ボードレールの自己演出

『悪の花』における女と彫刻と自意識

小倉康寛

みすず書房

ボードレールの自己演出　目次

略号

ボードレールのテクストからの引用について、本研究は、以下の略号を用いる。略号に続くローマ数字は巻号を示し、カンマの後のアラビア数字は頁数を示す。

OC : Charles Baudelaire, *Œuvres complètes*, éd. par Claude Pichois, Gallimard, coll. « Bibliothèque de la Pléiade », 2 vol., 1975.

CPl : Charles Baudelaire, Correspondances, éd. par Claude Pichois, Gallimard, coll. « Bibliothèque de la Pléiade », 2 vol., 1973.

AB : *L'Atelier de Baudelaire : « Les Fleurs du Mal ». Édition diplomatique*, éd. par Claude Pichois et Jacques Dupont, Honoré Champion, 4 vol., 2005.

凡例

ボードレールの詩集 *Les Fleurs du mal* は、馬場睦夫が一九一九年に洛陽堂、矢野文夫が一九三四年に耕進社から全訳を刊行して以降、『悪の華』と訳すことが慣例となっている。しかし二つの点を考慮しておく必要がある。

第一に「華」と「花」のどちらの漢字を当てるかである。二つは語の源において同一である。しかし「華」は華やかさに結びつき、「花」は植物のイメージに結びつく。ボードレールは、「新・悪の花」（一八六六）の元の案を「森」*Sylves*（CPl II, 576）としたように、植物のイメージを重要視していた。

こうした点は先行研究でもしばしば問題とされた。多田道太郎編纂の京都大学人文科学研究所の註釈は「花」を採用している。また杉本秀太郎は « fleurs » には梅毒の含意があると考え、菌が繁殖するイメージで「花」としている（『悪の花』杉本秀太郎訳、彌生書房、一九九八、一七九―一八〇頁）。安藤元雄は慣例に従って「華」という字を用いたものの、「華」は「悪の精髄」を連想させると指摘し、『悪の花』ないしは、『悪の花々』が適切であると述べている（安藤元雄『『悪の華』を読む』、水声社、二〇一八、三三頁）。

すでに人口に膾炙した「華」の持つ優雅なイメージは味があるとも言える。しかし学術書としての性格を持つ本書は可能な限り、原典のイメージを写しとりたい。そこで敢えて「花」とした。

第二に*Les Fleurs du mal*の«mal»は大文字なのか、小文字なのか、である。大文字ならば「悪」は寓意化されている。そして寓意の大文字は山括弧でくくるので、『〈悪〉の花』という日本語訳もありうる。しかし刊行された詩集の題字はフランス語書籍の慣例として、全ての文字が大文字で表記されており、判断ができない。この場合、作家自身が書簡で記した文字を参照するのが一般的である。

ボードレールの書簡で『悪の花』と記述があるのは三十箇所ある。時系列で並べると、詩人は一八五五年四月七日に大文字を用いる（CPl I, 312）。だが一八五六年十二月九日の書簡（CPl I, 364）以降、彼は小文字を用いるようになる。自著を紹介したり（CPl I, 405 et 408）、母親に標題の説明をしたり（CPl I, 410）、あるいは自己紹介の場面で書籍を示したり（CPl I, 539 et CPl II, 310）、標題に正確さが必要な場面で、彼はいずれも小文字を用いている。草案の段階では大文字であった可能性はあるが、詩集を出版した一八五七年以降は小文字と言える。

C・ピショワ編纂のプレイヤード叢書は、«mal»を小文字で表記している（例えば年譜で一八五七年の出版を記した際、*Les Fleurs du mal*としている。Claude Pichois, OC I, p. XL）。

本書もまた「悪」を小文字と考えた上で、『悪の花』と表記する。しかしその一方でC・ピショワは、参考文献を挙げる際には当該研究者の判断を尊重する。本研究もこのやり方に倣うことにする。

当該分野の慣例に従って、次のように表記した。

・ボードレールの著述からの出典は略号を用い、本文中に丸括弧でくくって示した。
・詩に標題がない場合、「無題（xxxx……）」などと、丸括弧内に一行目の訳文を記した。
・ラテン語の場合、平仮名をカタカナで表記した（「我ガふらんきすかへノ讃歌」や「悲シミサマヨウ女」など）。
・原文がイタリック体の場合、訳文は斜体にするのではなくて、傍点で表現した。
・原文の単語が大文字の場合、日本語ではそれに対応する表記がないので、訳文は太文字とした。
・原文が大文字から始まる単語で寓意と読める場合、単語を山括弧でくくった。絵画・彫刻などの標題は、二重山括弧でくくった。書籍の標題は、二重鉤括弧でくくった。論考の標題は、鉤括弧でくくった。

また慣例とまでは言えないが、先行研究等を念頭に、本書では次のように表記した。

・アルファベットの人名は十九世紀当時の人間と今日の研究者の名前が混じることを避けるべく、ボードレールの同時代人はフルネームで示し、研究者はファーストネームを略し、頭文字のみ記した。またこの際、例えば「Claude」の略は「Cl.」が仏語では正式だが、読みやすさを考えて「C・」とした。

・詩の訳出にあたっては行が対応するように論者が訳した。この際、角括弧内に主部や術部を補った。

・外来語のカタカナ表記は、すでに日本に定着しているものはそれを使い、日本語にないものはフランス語の音を表記した。例えば「ダンディズム」はフランス語の読みをカタカナにすれば「ダンディスム」と濁音がない。しかし日本語に定着している言葉を考慮し、「ダンディズム」とした。その一方で「キャトラン」（四行詩）や「テルセ」（三行詩）などは日本語にないので、フランス語の音をカタカナで表記した。「テクスト」と「テキスト」のように、仏語の音と英語の音のどちらも日本語に定着している場合は、仏語を優先した。

ボードレールの自己演出——『悪の花』における女と彫刻と自意識

序論

1. はじめに

文学者が自伝的な作品で自らのこととして表現する精神性は一般に、その実人生を飛び越え、過剰に偉大なものとなる傾向がある。例えば、現実の作家は欲望にだらしがなかったのに、作品で崇高な愛を表現していることがある。本研究が論じようとするテーマを先取りして言えば、彫刻のような身体を持つ女と恋愛する男の物語である。彫刻は古代の理想を体現している芸術であり、男は作家の化身である。彼は女との恋愛を通じて愛に関する思想を深めていくかに見える。しかし、こうした精神性の追求は暴くべき嘘なのだろうか。それとも、意図的な演出なのだろうか。嘘か、演出かという問題には、作家が社会や時代とどのように向き合ったのか、という問題が横たわっている。そしてここからは、作家が芸術家として、どのように自意識を表現したのかが透けて見えてくる。

シャルル・ボードレール（一八二一―一八六七）は近代フランスを代表する詩人であり、美術批評家である。生前に評価が得られなかったとは言え、彼は没後、詩集『悪の花』や近代の美の理論で、文学史や美術史で最も重要な位置を占めるようになった。彼についてはすでに多くの研究がある。彼が七月王政と第二帝政の変わり目という大動乱期の作家であることや、不幸な少年時代を送ったことは、大枠ですでに知られていることに思われる（社会状況や伝記は本論でも整理していく）。その上で最初に注目しておきたいのは、作者ボードレールと詩の語り手「私」との関係

図一

は解釈に幅があることである。語り手は作者のことなのか。別人なのか。あるいは部分なりとも両者が重なる点があるのか。読者がこれをどのように理解するかは、生前からボードレールを悩ませていた。ここでは個別の議論に入る前に、彼が『悪の花』の読者に期待していたことを概観し、演出という視角が有効であることを示しておきたい。

まず、ナダールの風刺画《シャルル・ボードレール》(一八五九年頃、図一)を見てみよう。絵は韻文詩「腐屍」を題材にしており、ボードレールはおどけた顔で、犬の死骸の側を跳ねるように歩いている。絵が示すのは、動物の死骸などで感傷に浸ることはない、詩人の図太さである。ここでナダールは詩の語り手とボードレールとを重ね合わせ、舞台裏を暴いてみせた。一八五九年五月、ボードレールは、ナダールに次のような感想をしたためる。

〈腐屍〉の王で通るのは私には辛い。君はおそらく、私の書き物の山を読んでいない。これらはまさに麝香とバラだ。それでも、君はとてもおかしなやつだから、多分、こう言う。「俺はこいつをとても楽しませた」。

(CPl I, 573-574)

では一体、どのように理解すれば、ボードレールは満足なのだろうか。同時代人たちが試みた読み方は、その主著となる『悪の花』を熟読し、語り手「私」に作者の影を発見することであった。しかしこれについても、ボードレールは周囲のやり方に不満を漏らしている。

そもそも作者と語り手を完全に同じ人物と考えることは、彼の望みではなかった。一八六四年十月十三日、彼は準禁治産者になってから約二十年の付き合いがある公証人のナルシス・アンセルへの手紙で、ベルギーでの不愉快な出

来事を報告しつつ、次のように述べる。「作者とその主題の混同はなんと滑稽なのだろう」(CPI II, 409)

また一八六六年二月十八日、彼は同じくアンセルへの手紙で、語り手と作者との関係についてアンセルが適切に理解しなかったことを咎め、次のように(抗議を込めて)説明している。

> あなたは他の人たちよりも察しが良かったわけではなかったので、次のように言わないとならないでしょうか。あの残酷な書物の中に、私は自分の心の全て、私の優しさの全て、私の(仮装された travesti)宗教の全て、私の憎しみの全てを込めたのだ、と。
> (CPI II, 610)

後々議論するように、「宗教」とは彼が独自に定義したダンディズムに関連する。だが、ここで注目しておきたいのは形容詞《travesti》である。これは、十九世紀に編纂されたリトレの『フランス語大辞典』によれば、「性別や身分と異なる服を着ること」、本来は真面目なものを「滑稽な調子で訳すこと」などの意味である。[1] ここから『悪の花』の詩の語り手と作者ボードレールとの関係が察せられてくる。語り手のモデルとなったのは作者その人である。しかし語り手は作者を演出した存在であって、二人は同一人物ではない。

とは言え、ボードレールは『悪の花』を編纂するために人生の多くを費やしたのであって、この意味において、詩集には「全て」が込められていたのである。彼は詩集の原型を一八四三年頃に考案してから何度も改編する。それは一八五七年の『初版』までで約十五年、一八六一年の『第二版』までで約二十年である。莫大な手間暇をかけた演出を推察すること——ボードレールは読者にこのようなことを望んでいたのではないだろうか。

しかし『悪の花』の演出に気がつくためには、読者が、詩人の実人生をあらかじめ知った上で、詩に描かれている虚構を判別しなければならない。ところが彼の実人生は読者へ公開されていたわけではなかった。どのようにすれば『悪の花』の演出を理解することができるのだろうか。

2. 『悪の花』と自己演出

ここで『悪の花』について先行研究で認められてきた読み筋を三通りにまとめ、演出という理解の仕方が、自伝的読解と虚構的読解の二つが重なり合わさる地点にあることを示しておきたい。

一九四二年にJ・クレペがG・ブランと共に上梓したジョゼ・コルティ版の註解がまとめたように[1]、『悪の花』の最も古い読み筋は、語り手「私」と書き手ボードレールとを同一人物と見做し、自伝として詩集を読む方法である。『悪の花』に収録された詩の一部は、詩集の発表前に匿名の手紙で、サバティエ夫人に贈られた[2]。つまり詩の一部は求愛のための詩として、実際に使われたことがあった。これを念頭に置くならば、他の詩も同じように、内縁の妻のジャンヌ・デュヴァルや、憧れのマリー・ドーブランに捧げられていると推定することができる。

そしてこの読み筋を発展させていけば、『悪の花』に収録された詩はそれぞれが、作者の人生の重要な場面を読者に垣間見させるものであり、詩集は思い出を集めたアルバムのような意味を持っていると考えることができる。この読み方をする研究者らはしばしば、ボードレールの伝記に照らし合わせて『悪の花』を読解するだけではなく、逆に、伝記が明らかにすることができない点を推量するために詩を引き合いに出すことがある。

しかしD＝J・モソップは一九六一年に上梓した『ボードレールの悲劇的な英雄』で旧来の読み筋を批判し、『悪の花』に登場する語り手を架空の人物と見做す[3]。実際、『悪の花』初版の「反逆」のセクションで、ボードレールは語り手「私」を演じているつもりだと述べている。

以下の作品の中で、最も特徴的な作品は、すでにパリの主要な文芸誌の一つで発表された。そこで作品は、少なくとも精神的な人々によって、本当のものとして受け取られた。すなわち無知な者や、逆上した者が唱える理屈に似たものだと理解されたのである。その苦悩の構成に忠実である『悪の花』の作者は、完璧な役者となるように、精神を、あらゆる頽廃であるような詭弁の全てに、作り上げたのであったのだが。

(AB II, 1197)

ボードレールが示唆する作品は一八五二年に『パリ評論』に発表した「聖ペテロの否認」である。読者たちは、詩の語り手が作者ボードレールのことだと理解し、詩人を背教者と批判した。ここで指摘しておかなければならないのは、ボードレールの出生の名前がシャルル＝ピエールであったということである。[4] 当時のフランス人の名前は聖人の名から取られており、フランス語読みの「ピエール」はペテロにあたる。彼が自分の名の由来を考えつつ、『新約聖書』のペテロの言動に思いを巡らしたことはあったはずである。だがそのように深いつながりの語り手「私」も、作者とは異なると彼は注意しているのである。[5]

『悪の花』は自伝か物語か、そこに書かれていることは事実か虚構か。このように整理すれば、第一と第二の読み方は対立する。しかしボードレール自身は、作品を自伝とも、虚構とも言い切っていない。[6] 彼はむしろ、そのどちらでもあると述べている。アルフレッド・ド・ヴィニーへの手紙を注意深く読みたい。

この本のために私がお願いする唯一の讃辞とは、これが単なるアルバムではなくて、始まりと終わりのあるものだと認めていただくことなのです。新しい詩篇はいずれも、私が選んだ独特の枠組みに当てはまるように調整して書かれました。

(CPI II, 196)

「単なるアルバム」un pur album という表現が部分否定になっていることに注意しておきたい。ボードレールは詩集に「アルバム」の性格があることを一旦は認めている。しかしこれだけでは不十分な理解であって、詩集には「始まりと終わり」、すなわち起承転結を読者が見つけることを願っているのである。実際、一八五七年の手紙でボードレールは『悪の花』初版の末尾について、一つのまとまりをもたらす終わらせ方をしていると述べている。「〈死〉に関するソネの数々は、素晴らしい一つの結論なのです」(CPI I, 394)。

さて、一九七〇年代になると、第一の読み方と第二の読み方を重ねる読み筋が登場する。J＝C・マチューによれば、先の三人の女に捧げられた詩群には、人物だけではなく、内容でも区切れがある。[8] すなわちジャンヌ詩群が性愛の悩み、サバティエ詩群が精神的な愛、マリー詩群が性愛と精神的な愛の二つの中間である。これらをつなげていくと、三人の女と順に交際し、愛欲に苦しむ青年の内面の物語が浮かび上がる（これは第三部で詳しく論じる）。

では、ボードレールはこのような複雑な構成を、詩を書く前から考えていたのだろうか。C・ピショワはJ＝C・マチューを支持する一方で、[9] ボードレールが詩を別々に書き終えた後、発表する段階になって詩をつなげ、一つの大きな作品になるように調整したと考える。「『悪の花』は前もって立てられた計画の結果ではない。創作の継続と、作り手の継続的な構想とが、このような解釈を導くのだ[10]」。

ボードレールは最初から大作の一部にするつもりで、個々の詩を書いたわけではないだろう。当初はおそらく、自伝的な作品を計画のないまま、書いたのである。しかし出来上がったものを発表する段階になって、彼は作品を接続することを考える。これによく似た試みはボードレールの時代の先例として、小説をつないだオノレ・ド・バルザックの『人間喜劇』や、詩をつないだヴィクトル・ユゴーの叙事詩にあった。

だがボードレールの特徴は、作品をつなぐことで、語り手「私」を作者とは別の存在に演出したことにある。つまり詩をつなげることで、詩集はあたかも語り手「私」の行動の記録のようになるのである。

3．女のモチーフと彫刻化

さて語り手「私」は具体的に、どのような行動をしているのだろうか。『悪の花』に関連する詩は、『初版』（一八五七）、『第二版』（一八六一）、『漂着物』（一八六六）、『新・悪の花』（一八六六）を合計すると約百五十篇になる。これらで特に多いテーマが恋愛である。恋愛ということは、語り手の男が、女との組み合わせで描かれているということである。そして語り手の男は、女の存在に翻弄され、むしろ女によってその性質が変化する。では、女を論じることで、語り手の男がいかなる点で演出された存在であるのかを逆照射することができるのではないだろうか。

本研究が演出の指標として独自に注目するのはボードレールが詩の随所で、女の身体を無機物になぞらえていることである。例えば、「石の夢のように美しい」（OC I, 21）、「花崗岩でできたその肌」（OC I, 116）、「黒檀の脇腹をした魔術師」（OC I, 28）などである。これらは身体の場所も、また材質も異なるが、いずれも女を彫刻に演出している。

女と彫刻の取り合わせは古典的な芸術作品にも数多くあった。後に論じるように、オウィディウスの『変身物語』に登場するピグマリオン王は彫像に恋をする。彼は古くから諸芸術のテーマになっていた。また彫刻芸術は十九世紀フランスにおいて、近代より前の古い美意識を象徴する芸術だと考えられていた。

だがボードレールの詩は古代の美を女に押し付けることを主眼とはしていない。真と善と美という三つの価値が一致していた時代、美しい存在は、真理を語り、善良でなければならなかった。ところが彼の描く女は残酷であったり、傲慢であったり、強い欲望を持っていたりする。彼女は近代より前の芸術家が理想とする女のイメージとはかけ離れている。語り手の男は、嘆き、懇願し、暴力を振るう（と述べる）。しかし語り手は古代の美へ回帰しようとしているのではない。彼はむしろ近代では彫刻の美が、想定外の仕方でしか機能しないことを示しているのである。

彫刻が体現する古代の理想の喪失は、フランス文学史に照らせば、ロマン主義の第二世代の特徴に合致すると言える。ボードレールの時代は、ユゴーたちのロマン主義全盛期と異なり、理想の失墜が顕著であった[11]。彫刻の理想の失墜は、この図式の枠内に収まる。しかし文学史では、時代に共通する意識が、美の問題としてどのように詩人に受け止められ、また詩人によってどのように作品に織り込まれたのかを、考察の射程内としてこなかったのではないか。これはあまりに個別のことであり、歴史という大きなフレームからはこぼれ落ちることだからである。ここでは逆に、彫刻に関連するボードレール個人の考えをつぶさに検討することで、近代という時代をあぶり出していくことにしたい。かくして本研究の目的は、ボードレールが自らの演出を通じて、『悪の花』の語り手を生み出したことを論じると同時に、彼がその前提とした近代の中での自意識をも示すことにある。次のように議論する。

4. 構成

第一部で本研究は、演出に関する前提的な議論をまとめておくことにする。本研究はまず、ボードレールが自伝的エピソードをモチーフに詩を書きながらも、故意に自分に関連する情報を隠していたことを示す。だが彼は、なぜ自伝的に書いた作品をそのまま発表しなかったのだろうか。本研究はこのように問うことで、彼が自らを演出した動機が新プラトン主義的な思想とダンディズムとにあったこと、彼が女にも「ダンディ」であることを求めたことを明らかにする。彼の想像力の中で「ダンディ」な女のイメージは彫刻に結びついていた。本研究は以上を芸術論として分析し、詩人の内面を浮かび上がらせる。

第二部で本研究は、美術批評家としてのボードレールに注目し、彼の彫刻論を考察する。近代における彫刻の批評を系譜として見渡すと、起点はヴィンケルマンの『古代美術史』にある。その後の批評家たちは、ヴィンケルマンに賛成であれ、批判的であれ、その受容者として位置付けることができる。ボードレールが重要視したディドロやスタンダールはヴィンケルマンに批判的であった。しかし十九世紀中葉、彫刻は偉大さを失い、生活空間を飾るものとなる。ボードレールは聖アウグスティヌスの美の思想を踏まえて、当時の「低迷した」彫刻を批判した。だがその一方で、彼は「低迷した」彫刻をも詩的想像力を働かせる材料としたのである。以上の彫刻をめぐる諸相からは、ボードレールのことだけではなくて、偉大さと卑小さの間で揺らぐ近代人の姿が垣間見える。

第三部で本研究は、女のモチーフの彫刻化に関連する詩を、詩群や詩集という、一つのまとまりで読む。検討するのは一八四三年頃の仲間内で発表された作品、一八五一年の詩群「冥府」、一八五七年『フランス評論』発表詩群、『悪の花』初版、一八六一年『悪の花』第二版である。本研究は『悪の花』のプレオリジナル版から、『初版』が成立し、『第二版』で力点が「パリ情景」へ移ったことを示すことで、語り手を演出する方向性が変化していることを論じる。ボードレールの演出の射程については、全体の結論部で考察する。

（1）*Dictionnaire de la langue française*, par Émile Littré, Hachette, 4 vol., 2e édition ; 1873–1877, t. IV, p. 2328.

（2）Jacques Crépet et Georges Blin, « L'architecture et les thèmes », dans Baudelaire, *Les Fleurs du mal*, éd. par J. Crépet et G. Blin, Librairie José Corti, 1942, p. 249.

（3）第一章で詳しくこの点は論じる。

（4）D. J. Mossop, *Baudelaire's Tragic Hero. A Study of the Architecture of* Les Fleurs du mal, Oxford University Press, 1961, pp. 17–19.

（5）Claude Pichois et Jean Ziegler, *Baudelaire*, Fayard, 2005（1re édition ; Julliard, 1987）, p. 63.

（6）ボードレールは舞台裏を明かすこの弁明について、うまく書けているとは考えていない。彼は一八五七年五月十四日に、編集者プーレ＝マラシに宛てた書簡で、この註が「不愉快」détestable（CPl I, 399）だと述べている。C・ピショワがJ・クレペの考えを支持するように、註は風俗紊乱の容疑で告発されることを予想した上で、弁明のために付されたものだろう（Claude Pichois, CPl I, 920）。ボードレールは表現に不満であっただけではなく、弁明させられなければならないことそのものが不本意であったかもしれない。

（7）宇佐美斉は多田道太郎編纂の『悪の花』註釈で構成を分析した際、J・クレペとG・ブランによる「憂鬱と理想」の区分けの仕方に注意を促している。「けれども、この区分は後世があくまでも便宜上つけたものであることを、忘れてはなるまい。殊に、恋愛詩篇を、作品のモデルによって、あるいは『霊感』の鼓舞者によって区分する方法は、ボードレールの実生活と作品の世界とを混同させる危険をはらんでいる」（宇佐美斉「『悪の花』の構成」、『悪の花、註釈』多田道太郎編、京都大学人文科学研究所、上下巻、一九八六、上巻、xxxi頁）。

（8）Jean-Claude Mathieu, Les Fleurs du mal *de Baudelaire*, Hachette, coll. « Poche critique », 1972, p. 53.

（9）C・ピショワはJ＝C・マチューと実質的に同じことを述べている（Claude Pichois, OC I, 923）。すなわちジャンヌ詩群は性欲、サバティエ詩群は精神的愛、マリー詩群は優しさと暴力がテーマになっていると考える。もっともマリー詩群は画一的に定義することが難しい。C・ピショワは「妹や子供に接するような優しい愛」が感じられると同時に、「最も嫉妬に駆られている殺戮者」が隣り合わせていると表現する。

（10）Claude Pichois, OC I, 799–780.

（11）ボードレールの語り手の嘆きがロマン主義の第二世代の特徴として説明されることは、文学史的な研究で広く認められている。例えばP・ベニシューは、『作家の聖別』において、ロマン主義全盛期の作家たちが、キリスト教の祭司に成り代わる理想を持っていたと論じる。この序となるインタヴューで、ロマン主義の第二世代となるボードレールの時代には状況が変わっていたと述べる。それは悲観主義と孤立化の時代だったのである。Paul Bénichou, *Le Sacre de l'écrivain, Romantisme français I*, Gallimard, coll. « Quarto Gallimard », 2004, pp. 10–12.

第一部　自己演出と芸術

第一部の序論

序論において本研究は、ボードレールが自らの化身である語り手を作為的に変化させていることを示した。すなわち演出である。本研究はこれを、『悪の花』における女のモチーフの彫刻化を視角に、逆照射することにした。女の彫刻化のテーマを考える上で念頭に置きたいのは、オウィディウスの『変身物語』第十巻に登場するピグマリオン王である。『変身物語』はラテン語を学べば、基礎教養として必ず読むものであっただろう。しかしボードレールは自らの作品にその世界観を取り入れていた。ピグマリオンだけではなく、ミダス王、オルフェウス、巨人ポリュペモスなど、『悪の花』の随所に、『変身物語』の登場人物は出てくる。

ピクマリオン王の物語の舞台はまず、キュプロス島の町、アマトゥスである。ここは鉱石の産地として知られ、美の神ウェヌスを信奉している。しかし町を治めるプロポイトスの娘たちは雷神ユピテルを祭り、人を殺して供物とした。怒ったウェヌスは彼女らを罰し、身を売る定めにする。『変身物語』ではこれが売春の起源である。淫らな女たちを見て、隣接した町（後のパポス）の王ピグマリオンは生きた女に失望する。

ピグマリオンは、彼女たち［＝プロポイトスの娘たち］が送った犯罪的な生活を目撃し、自然が女たちの心を満たしている性的欲望 vice に抵抗することにした。ピグマリオンは、連れ合いもなく、独身のまま暮らしていた。彼は女と床を共にしたことがなかった。しかしながら、見事な能力によって、彼は雪のように白い象牙を、女の身体に彫刻することに成功した。その美しさは、自然が同じようなものを作ることができないようなものである。彼は自らの作品に恋に落ちた。(1)

（角括弧内は論者）

象牙で作った彫刻に恋をしたピグマリオン王は、彫刻が人間の女となるようにウェヌスに祈る。女神は彼の祈りを聞き届け、彫刻に命を吹き込む。最後にピグマリオンの口づけで、彫刻は人となって目覚める。また二人の間には子供が生まれる。これは男が理想の女を思い描き、その女と肉体的に結ばれる物語である。

(1) 近代におけるピグマリオン王の物語

十八世紀から十九世紀前半にかけて、ピグマリオン王の物語は芸術における重要な題材であった。[2] 絵画ではアンヌ゠ルイ・ジロデの《自らの彫刻を愛するピグマリオン》(一八一九)が思い起こされる。文学ではジャン゠ジャック・ルソーが演劇『ピグマリオン』(一七七五)を発表したほか、ヴォルテールが女優アドリエンヌ・ルクヴルールに宛てた詩など、近代文学がピグマリオン王を扱った作品は例の枚挙に暇がない。

ボードレールもまたピグマリオンの物語を意識していた。しかし議論を先取りすれば、彼の詩的想像力の特徴は、彫刻を生きた女にすることではなく、逆に、生きた人間を彫刻化することにあった。『一八五九年のサロン』で美術批評家としてのボードレールは次のように述べている。

> 叙情詩が全てを、激しい恋心 passion さえも、高貴ならしめる。これと同様に彫刻、真の彫刻というものが全てを、運動さえも荘厳にする。(OC II, 671)

彼は恋や運動が卑俗なものだと考えた上で、詩や彫刻がそれらを厳粛にすると言う。注意しておくべきことは、彼にとって恋や肉体の結びつきは二の次で、高貴さや荘厳さこそが求めるべきものであったということである。これは彫刻の女と交わり、子をもうけたピグマリオン王と真逆である。

(2)　先行研究

女を石化して愛するというボードレールの嗜好は、一九六〇年代の諸研究が強調していたことであった[3]。

まずG・ブランは一九三七年に上梓した論文で、石を大地の象徴と理解する。その上で石の女を愛することは、厭世的なボードレールに残っていた現世的なものへの熱狂だと理解した。「彼は独特のやり方で、確実なもの、『現世的なもの・手に触れることができるもの』に対する熱狂を示す[4]」。ボードレールは最終的には世俗のもの、人間の自然な欲求を嫌う。だが彫刻が彼の現世的なものへの郷愁を象徴しているとG・ブランは考える。

しかし一九四七年のJ＝P・サルトルの作家論は別の考え方をする。ボードレールは全般にわたって、自らを苦しめるものを求め続けた。幼少期に実父を亡くしたボードレールは、エリート志向の強い義父の意を忖度して育った[5]。彼は積極的に自分を矯正し、理想の息子像を内面化した。彼は秀才に一度はなった。しかし自分で自分を監視し、性欲のように湧き上がる欲望を否定した結果、ありのままの自分を受け止めることができなくなってしまった。J＝P・サルトルは、ボードレールが現代でいう統合失調症に近かったと考える。詩人としての生涯の失敗の数々――準禁治産者の宣告、風俗紊乱の有罪判決、アカデミー会員選挙の落選――は、ボードレールがその気になれば避けられたものであって、彼は自らが苦しむ地点へと自らを追い込んでいったのである。

だが中でも、体温のある女ではなく、冷たい女を愛するのは、彼が自分で自分を苦しめる最も厳しい装置であったとJ＝P・サルトルは考える。「ボードレールは生涯、不毛のものを求めた。彼を取り巻く世界で、彼の目に恩寵と思えたものとは、鉱物の不妊で、硬い性質を備えたものであった[6]」。

J＝P・サルトルによると、石化した女は彼の精神を追い詰めるための装置である。中等教育までで統合失調症に近かったボードレールは自虐的になり、自分で自分を追い詰める装置をさらに開発し続けた。その数ある装置の中でも最大のものが、彫刻的な女を愛することだったのである。

L・ベルサーニは、J＝P・サルトルと同じく精神分析的な研究を行うので、ボードレールが統合失調症に近かったと考える点では共通点がある。しかし石の女に関する位置付けは異なる。L・ベルサーニによれば石の女の正体は、ボードレールの激しい暴力に怯える女である。「ボードレールのサディズムは、女の身を竦ませ、動くことを妨げようとする（……）」[7]。L・ベルサーニによれば、ボードレールの精神の形が定まらない。彼は移り気で、さまざまなものに関心を抱くからである。L・ベルサーニの考えによれば、「あまりにも快活な女へ」が描き出しているように、詩のモデルとなった女たちの元の姿は、明るく幸福である。しかし詩人の化身である語り手は女に暴力を振るい、わざと怯えさせる。この理由は作者ボードレールが、自らの欲望が変化しやすいことに苦しんでいたからである。語り手は女を怯えさせ、石のようにすることによって、自らの欲望の対象を不動のものにし、自らの精神を支える基盤にしようとしたのではないか、とL・ベルサーニは言うのである。

(3) 本研究の課題

これらの研究は手法も結論も異なる。また先行研究は二つの問題を抱えている。第一にボードレールが美術批評家であったことから、今日の研究水準で彫刻のテーマは、美に関する理論的な諸相と絡めて検討を行うことが欠かせない。先行研究は美術批評家としてのボードレールについて十分に触れていない。

第二に、J＝P・サルトルとL・ベルサーニは、フロイト的なモデルを前提的に持ち出し、その枠組みに適合した範囲にのみ言及したため、ボードレール特有の思想を十分に汲み取ることができなかった。

しかし三つの研究に共通するのは、ボードレールが自らの情欲と向き合い、それをコントロールするために彫刻的な女を愛したという論点である。この問題を考えるには、その前提として、ボードレールはそもそも、女にせよ、自分自身にせよ、なぜ、ありのままの姿であってはならないと感じたのかを明らかにしなければならない。第一部ではこの前提となる動機を美に関する問題として明らかにしたい。次の手順で議論する。

第一章で本研究は、『悪の花』を分析し、ボードレールが『悪の花』に加えた操作をまとめておくことにする。ここで明らかになるのは、彼が自伝的なエピソードをモチーフに詩を書いたが、個別の情報を読者に明かさなかったことである。彼がこのようなことをしたのは、なぜなのだろうか。この理由を考察するべく、第二章で本研究は、新プラトン主義の思想に影響を受けたボードレールが、巷に溢れる悪を憎んでいたことを理解する。しかし近代の芸術家は、悪を修正しきることはできない。無力を痛感するボードレールは、悪を覆い隠す演出で満足しようとする。これが彼の「ダンディ」である。だが彼が「ダンディ」であらねばならないと考える対象は、女へと拡大していく。第三章で本研究は、彼が女の悪を覆い隠す手段として化粧に注目していたことを示す。化粧は彼の想像力の中で、彫刻のイメージや詩のレトリックによって女を形容することに結びついていた。彫刻に関する美術史的な議論は、ボードレールの美術批評を中心としつつ、第二部で行う。

（1）Ovide, *Les Métamorphoses*, texte traduit par Georges Lafaye, Les Belles Lettres, 3 vol., t. II ; 1965, p. 130.

（2）L'article sur le terme « pygmalion », *Grand Dictionnaire universel du XIXe siècle*, rédigé par Pierre Larousse, Administration du Grand Dictionnaire universel, 17 vol., 1866-1888, t. XIII ; 1875, pp. 442-443.

（3）管見の限り、一九七〇年以降、石の女のテーマはボードレール研究であまり論じられなくなる。この理由は第二部の序論で述べるように、ボードレールの美術批評が注目されるようになり、彼が『一八四六年のサロン』で彫刻を「退屈」と断定したことが、彫刻嫌いと判断されたためだと考えられる。しかし第二部で論じるように、これは近代の彫刻に関する批評を渉猟した上で判断しなければならない。

（4）Georges Blin, *Baudelaire. Suivi de résumés des cours au collège de France, 1965-1977*, Gallimard, 2011, p. 54.

（5）Claude Pichois et Jean Ziegler, *Baudelaire*, *op. cit.*, pp. 120-121. オーピック夫人は一八六八年、アスリノーにオーピックがシャルル少年の才能とその成功にすっかり熱狂し、学費を惜しまなかったと証言したという。義父はおそらく悪意があったわけではなった。

（6）Jean-Paul Sartre, *Baudelaire*, Gallimard, 1947, p. 124.

（7）Leo Bersani, *Baudelaire et Freud*, texte traduit par Dominique Jean, Paris, Seuil, coll. « Poétique », 1981, p. 71.

第一章　『悪の花』の演出——五つの論点

『悪の花』はボードレールの自伝とどのような点で異なるのか。ここでは女のモチーフにまず集中した上で、ボードレールが自伝的な情報を隠していたことを、評伝と執筆態度の二つの角度から理解したい。

『悪の花』の研究において、詩集の第一のセクション「憂鬱と理想」で女をモチーフとした詩は、ジャンヌ・デュヴァル、サバティエ夫人、マリー・ドーブランらに捧げられていると推定されている。しかしボードレールの詩にはどこにも個人を特定するための名前が入っていない。また一連の詩のつながりで、どこに人物と人物とを分ける区切りが入るのかも、詩人は示していない。女たちは渾然一体となっているのである。

そもそも『悪の花』で女の名前が示されることは稀にしかない。シジナ（「シジナ」）、フランキスカ（「我ガふらんきすかヘノ讃歌」）、アガート（「悲シミサマヨウ女」）、マルグリット（「秋のソネ」）は例外的で、同じ名前はボードレールの詩で二度と登場しない。詩の語り手は女たちへ「あなた」や「おまえ」と呼びかける。また彼は「無題（波打つ、真珠母色の服を身に纏って……）」や「全て」などで、女を«elle»と呼ぶ。«elle»は「彼女」と訳すだけではなく、文脈によっては、美の化身のような、人間と呼べない存在となるという意味で、「あれ」と訳すことができる。また「無題（私が以上の詩をおまえに贈るのは……）」のような詩では、後に論じるように、わずかに一箇所の形容詞の性数一致でしか、描かれている対象が女であると判断することができない。

こうした匿名性は作為的なものであっただろう。ボードレールは実母カロリーヌに、詩集に自伝的な作品が含まれ

読 者 カ ー ド

みすず書房の本をご愛読いただき，まことにありがとうございます．

お求めいただいた書籍タイトル

ご購入書店は

・新刊をご案内する「パブリッシャーズ・レビュー　みすず書房の本棚」（年4回 3月・6月・9月・12月刊，無料）をご希望の方にお送りいたします．

（希望する／希望しない）

★ご希望の方は下の「ご住所」欄も必ず記入してください．

・「みすず書房図書目録」最新版をご希望の方にお送りいたします．

（希望する／希望しない）

★ご希望の方は下の「ご住所」欄も必ず記入してください．

・新刊・イベントなどをご案内する「みすず書房ニュースレター」（Eメール配信・月2回）をご希望の方にお送りいたします．

（配信を希望する／希望しない）

★ご希望の方は下の「Eメール」欄も必ず記入してください．

・よろしければご関心のジャンルをお知らせください．

（哲学・思想／宗教／心理／社会科学／社会ノンフィクション／教育／歴史／文学／芸術／自然科学／医学）

（ふりがな） お名前　　　　様	〒
ご住所　　都・道・府・県　　市・区・郡	
電話　　（　　　）	
Eメール	

ご記入いただいた個人情報は正当な目的のためにのみ使用いたします．

ありがとうございました．みすず書房ウェブサイト http://www.msz.co.jp では刊行書の詳細な書誌とともに，新刊，近刊，復刊，イベントなどさまざまなご案内を掲載しています．ご注文・問い合わせにもぜひご利用ください．

郵便はがき

料金受取人払郵便

本郷局承認

3078

差出有効期間
2021年2月
28日まで

113-8790

東京都文京区
本郷2丁目20番7号

みすず書房営業部
行

通信欄

（ご意見・ご感想などお寄せください．小社ウェブサイトでご紹介させていただく場合がございます．あらかじめご了承ください．）

ていることを知らせた際、あえて「明確な情報」がないようにしておいたのだと述べている。

私はこれらの作品にタイトルも付けず、明確な情報もないままにしておいたのです。と申しますのも、私は家族にまつわる私的な intime 物事に売春を強いるのが恐ろしいのです。（CPI I, 445）

ボードレールの著述で「売春」は、独特の含みを持っている。[1]「芸術とは何か。売春」（OC I, 649）。「愛とは、売春への志向である。同様に高尚な快楽で、〈売春〉に結びつけることのできないものはない」（OC I, 649）。彼は芸術を性愛になぞらえる。しかし母親に宛てた手紙では、自らのことを描いた作品を見知らぬ者に読ませること、すなわち、情報を公開することを比喩的に「売春」と呼び、避けたのである。

実際、『悪の花』でタイトルがない詩は、初版で九篇、第二版で八篇ある。また人物にまつわる匿名性については、ボードレールが『悪の花』へ収録する前、詩にイニシャルで献辞を入れていたことを思い返さないわけにいかない。三人の女について、よく知られている例を簡潔にまとめておくことにしたい。

まずジャンヌと考えられているものである。「我ト我身ヲ罰スル者」の一八五五年の手稿に入っていた「M・・・・J・・・・・・へ」（AB III, 2551）は、「ジャンヌ嬢へ」Mademoiselle Jeanne ではなかっただろうか。これは『悪の花』第二版で「J・G・Fへ」（OC I, 78）として復活する。その意味は「優しい女、ジャンヌへ」Jeanne, gentille femme ではないだろうか。[2] しかし献辞は『悪の花』初版と『芸術家』誌の発表で消されていたのである。

次にサバティエ夫人に送られた詩の中でも「功徳」は、献辞というよりも、むしろ標題の位置に「Aへ」（CPI I, 223）という言葉が入っていた。これはあだ名「アポロニーへ」か、本名「アグラエへ」だろう。[3]

そして「秋の歌」は一八五九年十一月三十日に『同時代評論』に発表された際、「M・Dへ」（AB III, 2343）と入っていた。これは「マリー・ドーブラン」のイニシャルにほかならないだろう。[4]

これらのアルファベットによる献辞は、『悪の花』第二版で復活したものもあるが、特に『初版』で一度は消される。削除の理由を考えるためには、エッセイ『人工楽園』の「J・G・F」という献辞にボードレールが付けた留保が参考になる。一八六〇年の初出の際、彼は次のように書いた。「私はこの献辞が意味のわからないものであって欲しい」（OC I, 1373）。この言葉は読者に対して両義的に働きかける。一つは読者を拒み、探索をやめるように促す働きである。しかしそれならば、言葉を添えずにイニシャルのみで十分ではないだろうか。したがって言葉のもう一つの働きは、何かの事実が伏せられていることを示し、読者を煽る働きである。

以上で述べてきた削除にまつわるボードレールの言葉は、彼の個人情報を知りたいという好奇心を抑えたとしても、詩を読む上で三つの疑問を突きつける。第一に、標題に限らず情報が消された箇所があるのではないか、という疑問である。例えば作中に入っていた名前や、個人を特定する情報が消されていることはないだろうか。そしてそうであるとするならば、彼の詩の原型は自伝だったのである。第二に、空白は常にそのまま残されているのか、という疑問である。空白ができたとしても、韻文詩は一行に含める音が決まっている。それだけに別の情報で上書きされている可能性はないのだろうか。そして上書きの際、自伝的な詩が虚構化されたのではないだろうか。第三に、ボードレールは、モデルの違う女たちを混淆させるために、わざと匿名にしたのではないだろうか。特に第十章で論じる『フランス評論』発表詩群では、『悪の花』初版でジャンヌ詩群とサバティエ詩群に分類される作品が混じり合い、三人で一人の女のイメージを形成している。モデルとなった女の個人情報を削除し、匿名化することで、抽象的な「女」というべきモチーフが詩で形成されているのではないだろうか。

三つの疑問に直接、回答を与えることはできない。女のモチーフを詩で扱う趣旨を、ボードレールは直接、説明していないのである。本章では知りうる事柄を五つに整理し、外堀から埋めていくことにしたい。

第一節では、ジャンヌ、サバティエ夫人、マリーについて、ボードレールの伝記的事実との関わりをまとめておく。第二節では、そもそも作者ボードレールについて、十九世紀当時から演出があったことを示す。第三節では執筆方法に目を向け、彼が草稿を残さない形で原稿を書いていたことを示す。第四節では作品の発表の方法に目を向け、彼が作品を十五年にわたって溜め込んでいたことを示す。第五節では、ボードレールが詩を書いた順番でも、出来事が起きた順でも、『悪の花』の詩を配置していないことを示す。

1．女たち

『悪の花』で詩のモデルとなった女は判然としない。しかしボードレールが作品に痕跡を残していなかったとしても、伝記研究から女たちの特徴を明確にし、ここから詩を分析することはできないのだろうか。

伝記的な推定を行う上での障害は、ボードレールが並行して複数の女に求愛していたことにある。彼がジャンヌと知り合った時期は、一八四一年の南洋航海の後、一八四二年頃と推定されている。[5] 彼女との内縁関係は、一八六二年頃まで続いた。同時に彼は一八五二年から一八五四年にかけて、サバティエ夫人への求愛の詩を書き、また全く同じ時期に、マリーにも求愛した。彼は三人へ同時に求愛した。

では彼女たちの容貌についてわかることと詩の文言とを照合し、推定を行うことはできないのだろうか。一九六八年、ボードレールの没後百周年に、詩人に関連する資料がプチ・パレ美術館で展示された。これによってジャンヌを描いたスケッチや、サバティエ夫人の肖像画や、マリーの水彩画など、人物の容貌に関する資料が集まった。[6] また三人の中でも、サバティエ夫人に関する研究は最も進んでおり、特にT・サヴァティエが二〇〇三年に上梓した研究書、『あまりにも陽気な女』は、彼女の生涯と交友関係を網羅的に記している。[7] しかし『悪の花』の女の描写は抽象的であり、モデルとなった女の推定は難しい。以下では、(1)ジャンヌ、(2)サバティエ夫人、(3)マリーの順で整理していくことにしたい。

(1)　ジャンヌ

ジャンヌ・デュヴァルと呼び習わされている人物の没年や、戸籍上の名前はわからない。

ボードレールの書簡を参照するとジャンヌには、三通りの姓名がある。「ルメール」Lemaire/Lemerが六回（CPI I, 124, 125, 152, 161, 302 et 331）、「デュヴァル」が四回（CPI I, 127, 567, 571 et 639）、「プロスペール」Prosperが一回（CPI II, 366）である。C・ピショワらの『評伝』によれば、ルメールは母方の姓名であった。[8] そうであるとすれば、「デュヴァル」とは父方の姓名だろうか。しかし彼らは慎重に次のように留保している。「ジャンヌとは誰だったのか？　どれが彼女の姓名だったのか？　これらはまだ推論の余地が残る」。

彼女について確かな情報は、混血で、背が高く、一八五九年四月に市立病院（現フェルナン・ヴィダル病院）に入院した時点で三十二歳と記載したこと――つまり一八二七年生まれで、ボードレールと交際した年齢は十五歳から三十五歳の間だったこと――、また同様にサント・ドミンゴの出身と記載したこと、だけである。[9]

彼女の容姿は証言が数多くあるものの、多くの点で一致しない。詩人のテオドール・ド・バンヴィルは一八四二年頃にボードレールと交流があった。彼はジャンヌについて、次のように証言する。

有色人種の娘で、背は大変高く、その褐色の頭は、天真爛漫で素晴らしいもので、それを取り巻く髪の毛は暴力的に渦巻いていた。その女王の歩みは、人馴れしない優美に満ちており、神々しいと同時に獣じみた何かであった。[10]

またバンヴィルは一八七九年の『カリアティード』の改訂版で、「長椅子」と題した詩を収録する。この詩は一八四二年頃に書かれたもので、ジャンヌの名を含んでいる。

ジャンヌはめずらしい花々の中央に寝そべった。
そして　彼女の野蛮な宝石が
今夜　血の炎を放っている間、

奇妙な花々に彩られたクッションの上で
優しい光が　その白い足を輝かせる。[11]

バンヴィルの官能的な詩は、ボードレールの「宝石」と関連するとも言われている。[12] ボードレールの「宝石」は次のようなものである。

最愛の人は裸だった、そして、私の心を知り抜いており、
彼女は最も響きのよいその宝石だけを身に着けたのだった、(……)
(……)
彼女は寝そべり　そして愛されるに任せたのだった、
そして　寝椅子の高みから彼女は　満足そうに笑っていたのだった
海のように　深く優しい　私の愛に、
それは　断崖へ向かうように　彼女に向かって登っていく。

(AB II, 1034-1035)

宝石を身につけている点、横たわっている点で、二つの詩が描く情景は同じものである。しかしジャンヌはなぜバンヴィルとボードレールの二人の前で、同じ官能的なポーズをとったのだろうか。二人の詩人は後年、同じ女を恋人に望んだ。つまり彼らはマリーを恋人に望み、バンヴィルがマリーに選ばれたのである。二人の詩人の女の好みは似ていた。これを考えればジャンヌも同様に、二人の求愛の対象であったのではないか。

さらに写真家のフェリックス・ナダールはフェイディアスの作品を彷彿とさせる古代彫刻のようにジャンヌは美しく、「さまざまな洗練の特殊な混合物」と述べている。[13] ジャンヌを見出したのは、そもそもナダールであった。[14] ジャンヌは一八三八年から一八三九年までの間、ポルト・サント・アントワーヌ座で、ベルトの名で端役をやっていた。

十九歳のナダールは、彼女に目をつけた。彼は彼女と数週間のみ、交際した。『評伝』は、写真家が「女ったらし」coureur des filles と批判的である。当時、ジャンヌは十二歳前後である。

この時点で、今日の倫理観と異なることに触れなければならないだろう。ボードレール、バンヴィル、ナダールは一八二〇年から一八二二年までの生まれである。二十歳前後の彼らは六歳程度年下のジャンヌを情婦にした。当時の舞台女優は娼婦のような意味合いがあった。しかし今日の倫理観で彼女は――正確に生年がわからないと言ったにせよ――、子供というべき年齢であった。青年芸術家たちのサークル内で、少女は次から次へと男を渡り歩き、二人の青年の前で媚態を作るようなことになっていたようである。

以上は倫理的な観点からすれば批判されるべきことだが、同時に多くのことを推論させる。まず、もしボードレールが一八四二年から一八四八年までの間に、ジャンヌをモデルとした詩を書いたのだとすれば、これらは十五歳から二十一歳の少女をモデルとした詩ということになる。彼が女を知性ある存在ではなく、官能的にしか描かなかった理由は、描いている対象がそもそも幼なかったからではないか。

また十二歳の頃から情婦として渡り歩いていたのならば、彼女は教育を受ける機会もなかったはずである。実際、彼女はどのくらい読み書きができたのかもわからない。ボードレールの原稿も適切に扱わなかった。一八五九年十二月十七日の手紙で、ボードレールは家に残した原稿を保存しておくように念を押している。「――私の韻文詩と論考とを失くさないように」(CPl I, 640)。裏を返せば、彼女が作品を捨てたことがあった。

そしてボードレールは一八四八年、ジャンヌがかつら職人と浮気している現場を目撃し、激怒した。(15) ジャンヌは多情で、浮気者であった。だが彼女が貞操を守らなかったのは、彼女の側からすれば、ボードレールとの交際が恋愛ではなかったからではないか。彼との交際は娼婦に似た境遇が強いたことだったのではないか。

さてジャンヌの容貌は、真逆の証言もある。一八四〇年頃、バイイ学生寮でボードレールと知り合い、生涯の友となったエルネスト・プラロンは詩人の実人生に関する最も重要な証言者である。彼は次のように述べる。

混血の女で、あまり黒くはなく、あまり美しくもなく、――髪は黒くて、縮れはありませんでした。胸は平らでした。――背は高くて、足は引きずっていました。(16)

プラロンはバンヴィルと全く逆のことを言っている。混血だが、有色人種とすぐにわかるほど「黒くはない」。髪の毛は褐色ではなく「黒い」。髪の質は渦巻いているどころか、「縮れ」はない。胸は豊満ではなく「平ら」である。獣のような活力どころか、足が悪い。バンヴィルと共通する情報は、混血と背の高さだけである。

証言が食い違う理由は突き止められていない。しかし証言者たちの中でプラロンだけが唯一、ジャンヌと男女の仲にない。ここから推定できることがある。恋人関係にあったバンヴィルやナダールの印象に残っていたのは、彼らが彼女と関係を持った十代の姿だったのかもしれない。その一方でプラロンは、「足を引きずった」というように、一八五三年より後の病の姿を述べたのかもしれない。実際、ジャンヌは深刻な病気になった。

一八五三年三月二十六日、ボードレールは実母カロリーヌに宛てた手紙で助けを求める。

――一年前、私はジャンヌと別れました。これはもう、報告したことです。――それをお母さんは疑っていらっしゃって――私は傷ついたわけです――お母さんはなぜ私が隠しごとをしたがったり、隠しごとをしたりする必要があるとお考えになるのでしょう。――数ヶ月の間、私は彼女に、月に二度か三度、少しのお金を渡すために会いに行ったのです。――／ところで今、彼女は深刻な病気で、これ以上ないくらい貧しいのです。

(CPI, 213)

C・ピショワらの『評伝』は同年、ボードレールが母親にお金を借りるためにさまざまな口実を作っていたことを指摘している。(17) したがってここで彼が書いていることが、真実ではないかもしれないと疑っておくことは必要ではある。しかし手紙から察せられるのは、ボードレールの母親はジャンヌとの交際をよく思っていなかったであろうということである。詩人はその彼女の名を出すのだから、病気は真実だったのではないか。

一八五九年になるとジャンヌは中風麻痺になっていた。ボードレールは一八五九年四月二十九日、一ヶ月を超えるジャンヌの入院費用をプーレ＝マラシに相談した際、次のように書いている。

> これら全てのことがあなたを大変煩わせてしまうでしょうが、私はあなたのご友情を頼るのです。私は、私の麻痺した女が扉の外に置かれるのを望んでいません。彼女は、たぶん、そうされれば満足かもしれません。しかし私こそが回復のためのあらゆる方策が尽くされるまで、彼女の看護を望むのです。（CP II, 567）

また唯一現存しているジャンヌ宛のボードレールの手紙には次のようにある。「この手紙は新しい封筒に入れなさい。左手を使って書く元気もないだろうから、宛先は女中に書いてもらいなさい」（CP II, 639）。C・ピショワらの『評伝』は彼女が右半身麻痺で、文字を書くこともできなくなっていたのだと推定する[18]。

このように考えていくとジャンヌが壮健だったのは、一八四二年から一八五三年より前までの、ごく短い期間であったことがわかってくる。『悪の花』が描く彼女はこの期間のものと言える。その一方で、プラロンが証言したジャンヌの姿は、一八五三年以降、病んだ彼女の姿であったのかもしれない。

『悪の花』に収録された作品の中で、ジャンヌを思わせるのは肌の色である。例えば「サレド女ハ飽キ足ラズ」の一節、「黒檀の脇腹をした魔法使い、真っ黒な真夜中の落とし子よ」（OC I, 28）について、「黒檀の脇腹」という表現を黒人の肌の暗喩と読み替えれば、黒人と白人の混血であるジャンヌを示していると理解することはできる。「宝石」には「ムーア人の勝ち誇った」（OC I, 158）様子になぞらえられる女が登場する。ムーア人が有色人種であることから考えても、ジャンヌを暗示していると考えることはできる。

しかしこれらはあくまで推定であり、それを起点に議論を進展させることが可能なほど、確実な基盤にはならない。例えば「宝石」についてもう少し詳しく考えようとすると問題の所在がわかってくる。

詩において女は「アンティオペーの腰と髭も生えていない若者の胸」（AB II, 1035）をしている。もし「宝石」のモデルがジャンヌだとすれば、これは女が初めて男を誘惑する場面を描く作品なのだから、彼女が十代で、ボードレールと出会った頃のことを想定しなければならない。この意味ではプラロンの証言よりもバンヴィルらの証言を優先しなければならない。しかしバンヴィルは彼女の胸が豊満だと述べていた。さらに画家のエドゥアール・マネによるジャンヌの肖像画（図二）や、ボードレール自身によるペン画（図三と図四）は、おそらく若い頃のジャンヌの姿を記憶と証言とによって描いている。[19] ここでも彼女は豊満な胸をしている。

ところがボードレールの詩に描かれている女は、少年のような胸をしているのであって、ジャンヌと特徴が合致しない。詩に描かれた女の胸の大きさが果たして、証言と適合しているか否か。J・クレペとG・ブランの註釈がこの点について悩むように、[20] 胸の大小は研究者の真面目な議論の対象になっていたのである。

さらにジャンヌ宛と目されている詩の中でも、当初のモデルが彼女であったか否かがわからなくなるものがある。

図二

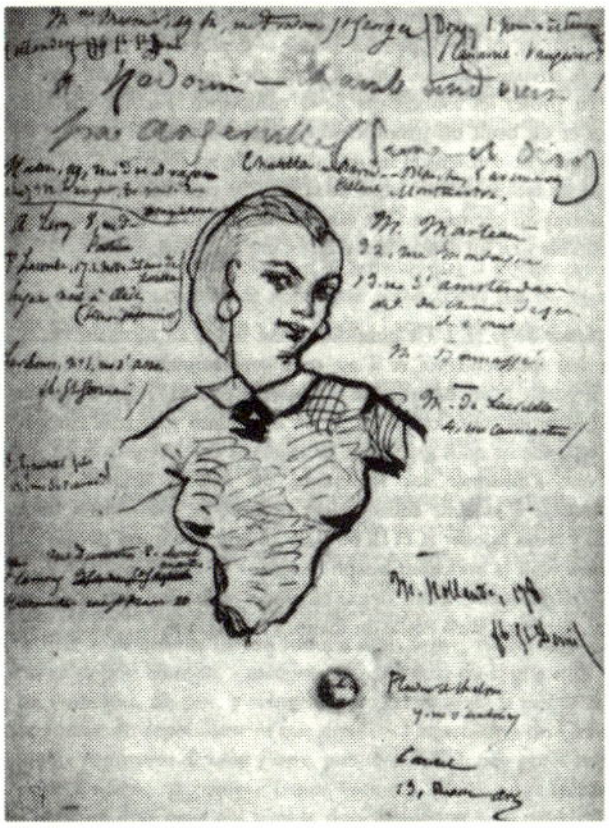
図三

図四

「無題（私が以上の詩をおまえに贈るのは……）」を考えたい。

このソネには「ジャンヌ」という言葉こそ出てこないが、「漆黒の眼を持つ彫像よ、青銅の額を持つ大天使」（OC I, 41）という一節がある。青銅の天使は皮膚の黒さを思わせるだけに、混血のジャンヌのことを指しているのではないか。また「私が以上の詩をおまえに贈るのは……」（OC I, 40）という詩の書き出しは、ボードレールが詩を書いた動機を総括していると読める。ここには彼の思いが込められていると察せられる。

しかしソネには、『悪の花』初版の校正刷と印刷稿の間とで、宛てられている人物を示す重要な一節で、大きな矛盾がある。そもそもソネには「おまえ」が女であると判断できる箇所が一箇所しかない。

おまえを苦いと判断した死すべき愚か者どもを、
Les stupides mortels qui t'ont jugée amère,

（OC I, 41）

形容詞「苦い」amer が女性形 amère に変化していることによって、読者は「おまえ」が女だと判断することができる。しかし校正刷で、元の文章は次のものであった。

おまえを自分らの兄弟と呼ぶ死すべき愚か者どもを。
Les stupides mortels qui t'appellent leur frère.

（AB III, 2192）

「おまえ」は当初、「兄弟」frère、つまり男であったと読める。[21]

修正についてC・ピショワは、ボードレールが「ソネを一人の女に宛てた事実を考慮した」[22]と述べる。つまりソネは最初から女宛であったのだが、推敲の段階で、意図が伝わりにくい表現を調節したと考えるのである。しかしソネを詩集に収録し、詩群の末尾に配置することを決めた際、ボードレールが詩のモデルを男から女へと変更したと考えることもできるのではないだろうか。

(2)　サバティエ夫人

サバティエ夫人 Madame Sabatier（本名アグラエ・ジョゼフィーヌ・サヴァティエ Savatier, 一八二二—一八九〇）は当時の有名人であった。彼女は富豪の愛人として暮らし、一八四七年から一八六一年までの日曜日、フロショ街の自宅で、夕食会を開いていた。会の参加者は、しばしば固定メンバーであると考えられた。ゴーティエ、フロベール、マクシム・デュ・カンなどである。しかしT・サヴァティエによれば、参加者は流動的で、より多くを考えなければならない。(23) むしろ彼女のアパルトマンの付近に住んでいた芸術家や著名人は、一度は招待されていたと考えた方が適切である。これは膨大な数に上り、ほとんど当時の人物録の様相を呈してしまう。そして本書が後で扱うフシェール、エベール、クリストフなどの彫刻家たちも、ここで文学者らと接点を持っている。サバティエ夫人は夕食会で「アポロニー」や「議長」というあだ名で呼ばれていた。

ボードレールがサバティエ夫人と接点を持った時期については諸説ある。彼は当初、彼女に匿名で手紙を送付していた。彼が実名で手紙を送るのは一八五七年である。この点にのみ注目すれば、ボードレールが夕食会の参加者であったか否かそれ自体が疑わしい。しかしT・サヴァティエによれば、J・クレペが『書簡集』を刊行した時のことに遡らなければならない。(24) つまりボードレールが一八五〇年から一八六六年までに彼女に送付した手紙の総数は四十一通だが、J・クレペは内容の重複を避けるために、半数しか刊行しなかった。こうした点を踏まえて推定すれば、ボードレールは一八五〇年頃からサバティエ夫人と接点を持つようになり、一八五四年には彼女と読書をするような仲であったと考えることができるのである。(25)

サバティエ夫人については、夕食会を通じて出会った、複数の芸術家が作品を作っている。(26) 絵画としては、シャルル・ジャラベールの水彩画や、ヴァンソン・ヴィダルの肖像画がある。また一八五八年以降は写真もある。(27) しかし一八五〇年前後の容姿を知る上で、オーギュスト・クレザンジェの胸像（図五）は特権的に重要ではないだろうか。彼

図五

はその頃、サバティエ夫人を囲っていた富豪、アルフレッド・モッセルマンの依頼を受け、彼女の身体から型をとって《蛇に噛まれた女》（一八四七）を制作した。

　しかし芸術作品の顔から詩のモデルを推定することは、すでに試みられたことではあるが、その精度において難点がある。例えばC・ピショワは、ボードレールの詩「仮面」のモデルとなったエルネスト・クリストフの《人間喜劇》（一八五七—一八五九）の二つある顔の一方は、サバティエ夫人の顔と似ていたのではないかと考える。「女の現実の顔はサバティエ夫人の顔を考えさせる。彼女のところにクリストフは頻繁に出入りしていた[28]」。実際、後年のクリストフは、クレザンジェが彫刻を作った時のことをサバティエ夫人に尋ねていた[29]。彼は彼女の容姿をよく観察していたはずである。C・ピショワの推定を裏付ける状況はあるかに見える。

　だが美術史家であり、ボードレール研究の第一人者であるW・ドロストは、C・ピショワの言う二人の女の顔の類似が証明できるのか、と疑問を唱える。「C・ピショワの仮説は確認することができるのだろうか[30]」。W・ドロストがクリストフの書簡の研究から示すように、彫刻家はもう一枚の顔を《モナリザ》に似せようとしていた[31]。ここから考えれば「現実の顔」もまた、イタリア風の芸術から取られているのではないか。またT・サヴァティエによれば、クリストフがサバティエ夫人と特に親しくなったのは一八七〇年代のことであって[32]、ボードレールの死後である。つまり彼の彫刻が誰をモデルとしているのかも定かではないのである。

　これらの問題に加えて、そもそもボードレールのサバティエ夫人宛の詩が、彼女をモデルにしているのか否か、その根本的なことさえも実は不確かである。ボードレールは一八五七年の手紙で、『悪の花』初版の「八十四頁と一〇五頁の間に含まれている詩の全てはあなたのものです」（CPI, 423）と書いた。実際、彼は一八五二年から一八五四年にかけて、詩集に収録することになる六篇の詩（詩集に含めないものを数えれば七篇[33]）をサバティエ夫人に送っていた。これらは一回に一篇ずつ、匿名で送られた。

六篇の詩を時系列で列挙すれば順に、次のようになる。

「あまりにも快活な女へ」（一八五二年十二月九日）
「Aへ［後の「功徳」］」（一八五三年五月三日）
「無題［後の「精神的な曙」］」（一八五三年五月）
「無題［後の「告解」］」（一八五三年五月九日）
「無題［後の「生きている松明」］」（一八五四年二月七日）
「無題（今夜は何を語るのか、孤独で哀れな魂よ……）」（一八五四年二月十六日）

二十世紀初頭の『悪の花』研究において、これらのサバティエ夫人に送られた詩は、ボードレールの詩の中でも最もモデルが確実な作品だと目されていた。[34]しかしその後の研究が明らかにしたのは、彼の詩は極端に抽象化されており、モデルとなった女を判断することが難しいということである。またF・リーキーは、もし詩がサバティエ夫人と出会った一八五〇年より前に書かれていたとすれば、その詩は別人を書いていたはずだと考える。かくしてこれら六篇は、ボードレールの言葉とは逆に、研究者の厳しい検討に附される。[35]

サバティエ夫人に送られた詩の本当のモデルの問題に最も深く踏み込んだ研究者は、T・サヴァティエである。彼は全体で決めつけるのではなく、一篇ずつ、問題を切り分けるべきだと考える。彼によれば六篇のうち、四篇は判断がつかない。まず一連の詩の最初に位置する「あまりにも快活な女へ」を考えてみることにしたい。この詩は匿名で彼女に送られた詩であり、内容は大枠では求愛の詩であると言える。しかしサバティエ夫人にとっては場違いであった。詩を受け取った側の気持ちを察するわかりやすい事例として取り上げたい。

おまえの頭、おまえの仕草　おまえの雰囲気は
風景のように　美しい、
笑いが　おまえの顔で　戯れると
さわやかな風が　明るい空に吹くようだ。

（CPI, 205）

冒頭は相手の美しさの賛美から始まる。おそらくこれはサバティエ夫人を喜ばせた。だが詩の結論はいささか脅迫的である。「私はある晩にやってみたいのだ、（……）私の血をおまえに注ぎ込むことを」（CPI, 206）。A・モスは「血」という言葉で、[36]ボードレールが読み手に象徴的な解釈を期待していたと考える。[37]しかしサバティエ夫人に関して最も詳しい研究書を上梓したT・サヴァティエは、彼女は怯えたであろうと指摘する。[38]

一八四七年に彫刻家のクレザンジェが全裸の彼女をモチーフにした《蛇に嚙まれた女》（一八四七）を制作して以降、サバティエ夫人は男たちから身体の美しさを賞賛されるだけではなく、性的暴力を暗示することを言われるようになっていた。彫刻は彼女の身体から型を取ったもので、彼女は世間に裸体を公開してしまったのと同じことであった。例えばアンリ・エグモンの彫刻に関する批評は、サバティエ夫人を賞賛しつつも、その一方で、サディスティックな欲望を吐露する。だが彼女は逆説的な賞賛を望んでいなかった。

このように考えていくと、ボードレールはサバティエ夫人のために詩を書いたのだろうか、という疑問が思い浮かんでくる。彼はあらかじめ書いていた詩を彼女に送っただけではないか。つまり先の「あなたもの」appartenir という表現は、単に「サバティエ夫人に送った詩」あるいは「彼女に捧げることにした詩」を意味するのであって、「サバティエ夫人を描いた詩」を意味しないことになるのである。

他の三篇についても手短に先行研究をまとめておくことにしよう。「無題（今夜は何を語るのか、孤独で哀れな魂よ……）」は、一九四一年の論文でA・フィユラが指摘していたように、マリーをモデルとしたと目されている詩と表現が似ている。[39]つまりサバティエ夫人だけのための詩ではないかもしれないのである。同様に、「無題［後の「精

神的な曙」〕」は匿名化が著しく、そもそも女が現実の女なのかさえも、判断ができない。(40)

さらに「無題［後の「生きている松明」〕」はボードレールの言葉に反して、先行研究は彼女をモデルとしなくても書けたはずだと指摘する。「生きている松明」を送った時、彼は情熱的な調子で書いている。「あなたは善を為していらっしゃいます――たとえそれを知りはしなくても、――たとえ眠っていても、――ただ生きているだけで、です」（CPII, 266）。実際、「生きている松明」で彼は次のように書く。

私をあらゆる罠と深刻な罪から救いつつ、
それらは私の歩みを〈美〉の道へと導く。

（CPII, 266）

この文言はサバティエ夫人が「善を為している」という手紙の文言と重なり合わさる。しかしT・サヴァティエはこの詩に、ペトラルカやポーの影響が強く見られることを重要視する。(41) ボードレールは現実の女をモデルにしたのではなく、ペトラルカたちを模倣して作品を書いたのではないか。

だが以上で述べてきた四篇の詩については不確かさが残る一方で、他の二篇はサバティエ夫人がモデルだとT・サヴァティエは考える。まず「Aへ［後の「功徳」〕」は、ジャンヌと推定される残酷な女との諍いを打ち明けるもので、その読み手である女に期待されているのは母性である。(42) ボードレールの周囲にいる女たちで、この役割を果たせるのは、サバティエ夫人ではないか。また同様に、「無題［後の「告解」〕」は、確かにボードレールがサバティエ夫人から苦しみを打ち明けられたことはなかったにせよ、彼女の境遇からそれを察することができた。(43) 特にクレザンジェに身体の型を取られたことが、彼女の重荷になっていたのではないか。しかしT・サヴァティエはこれらの詩を起点に、別の詩のモデルをサバティエ夫人と推定することは避けている。

実際、ボードレールとサバティエ夫人との関係は最重要のことも曖昧である。例えば一八五七年八月末、彼は彼女と一夜を共にしたはずである。ところが八月三十一日の手紙に彼は次のように書く。

まず私たちは二人で一緒になって、常に恋している幸せな一人の善良な男を悲しませる怖れがあることに、心を支配されているのだ。 (CPI I, 425)

「善良な男」とは、サバティエ夫人のパトロン、モッセルマンである。二人は情事の後、直ちにサバティエ夫人のパトロンのことを気にし出している。彼は次のように結論する。「そして、最後に、最後に、数日前、おまえは一つの神々しい存在で、おまえは寛大で、美しくて、侵し難い存在だった。おまえは今や女だ」(CPI I, 425)。ボードレールはサバティエ夫人を愛人にしたが、一日で別れを切り出す。彼は幻滅したのだろうか。だが三十六歳の男の手紙である。言葉と裏腹に、身を引いたと考えてみることもできる。

しかし、踏み込んだ解釈を行う前の段階で、ボードレール研究ではわからないことがある。つまり、この手紙がサバティエ夫人に実際に送られたのか否かそれ自体、研究者の間で判断が分かれているのである。手紙のオリジナルは一九六八年、アレクサンドリーヌ・ド・ロスチャイルドが十九世紀後半に集めたコレクションの一つとして売りに出された。[44] しかし手紙はそれに先立って、E・クレペがアンセルの保管する品の中から複写した文面に基づいて公刊された。[45] アンセルはボードレールの遺品を管理していた。彼が手紙を持っていたということは、ボードレールが最終的に、手紙を手元に置いていたということである。

C・ピショワは彼が手紙を送付したものの、浮気の発覚を恐れたサバティエ夫人が返却したと考える。[46] T・サヴァティエは彼が手紙を書いたが、送らなかったのだと考える。[47] しかし何れにせよ、手紙を所有していたのが誰かという細かい情報から想像しなければならないほど、二人の関係は明確にわからないのである。

(3) マリー

マリー・ドーブラン (Marie Daubrun, 一八二七—一九〇一) ——本名マリー・ブリュノー (Marie Brunaud / Brounod)[48] ——

はジャンヌと同じく舞台役者であり、生年もジャンヌと同じであった。もっともジャンヌが端役で終わったのに対し、マリーは本格的な女優である。彼女の容姿を伝える資料は三点、確認されている。(49) まず一八四七年八月にアレクサンドル・ラコーシーによって描かれた水彩画である。マリーは演劇『黄金の髪の美女』の役柄の衣装を身にまとっている（図六）。次に一八六〇年一月十五日に『パスパルトゥー』誌に掲載された、ピエール＝ポール・コンバの肖像画である。そして一八六二年頃にカルジャが撮影した肖像写真である。

マリーが注目されるようになったのは、一八四六年七月十九日のヴォードヴィル座である。『パリの演劇』誌は、これを彼女の初舞台としている。(50) しかしC・ピショワらの『評伝』はそれよりも遡らなければならないと指摘する。(51) 彼女は「ドーブラン」という芸名が確定していない時期、一八四五年十月にはモンマルトル座で舞台を踏み、すでに人気は十分にあった。『評伝』は、ボードレールの中編小説『ラ・ファンファルロ』のヒロイン、ラ・ファンファルロはマリーの面影と重なり合わさるのではないか、と問うている。

ボードレールは一八四五年頃から、一八五九年までマリーを求める。一八五四年は特に顕著である。彼は六月からマリーの出演するゲテ座に出かけていた。(52) 同年十二月四日、彼は母親のカロリーヌに次のように書く。

図六

私は同棲生活に再び戻るつもりです。もし私がルメール嬢［＝ジャンヌ・デュヴァルの母方の姓］のところに一月九日にいないならば、私は別の女のところにいるでしょう。私にはどんな対価を払ってでも、家族が必要なのです。これが仕事をし、消費を少なくする唯一の方法です。

（角括弧内は論者、CPI I, 302）

手紙を読む限り、ボードレールとマリーとの関係は、かなり進んでいたように思える。しかしもうこの頃、バンヴィルとマリーとは付き合い始めていたはずであった。ボードレールはそれでも食い下がった。

一八五五年夏、ボードレールはジョルジュ・サンドの演劇《ファヴィラ親方》を降ろされたマリーが復帰できるように、サンドに掛け合う[53]。降板の理由はマリーが配役よりも太りすぎているというものであった。ボードレールの嘆願を受け取ったサンドは劇場側に強く抗議するが、マリーは採用されない。C・ピショワらの『評伝』によれば、ボードレールがサンドを悪く言うようになり始めたのは、この逆恨みである。彼は一八五九年までマリーと接点を持とうとした。しかしマリーがバンヴィルと別れることはなかった。

マリーの面影を理解するにあたって、バンヴィルの作品の描写を参照することにしたのはA・フィユラであった[54]。ボードレールの詩がモデルを割り出すのに慎重な検討を重ねなければならないのに対して、バンヴィルの作品にはマリーの名前が直接入っている。バンヴィルの詩の場合、検討は実証的に行うことができる。

C・ピショワらの『評伝』がバンヴィルとマリーとの関係が決定的なものとなった証拠とみなすのは、『ある女優の物語、ニネット』の献辞である[55]。「マリー・ドーブラン嬢のために、この小説は、その友テオドール・ド・バンヴィルによって病室の机の片隅で書かれた、一八五五年」。その後、バンヴィルはマリーに関連する作品を次々と出していく。一八五八年五月十日、『フランス評論』に彼が掲載した詩群は「女たちの肖像」と題されている。ここには「マリーという名の女」が含まれている。バンヴィル研究のP・ハンブリーは、これによって、他の「深淵の魅力」、「緋色のリボン」、「血の花」もまたマリー宛ではないかと推定する[56]。そして一八六二年の詩集『紫水晶』は十二篇の詩を収録した短いもので、副題には「ロンサールのリズムに乗せて書いた愛の新しいオドレット」とあり、「マリーへ」と献辞が入っている[57]。この中には「ティスベー」のように、マリーが演じた役柄を扱う詩が含まれている。一八五五年以降、バンヴィルとマリーは人生を共にするようになる。

しかしバンヴィルがマリーへ作品を贈るようになったのはこれよりも二年前のことである。バンヴィルは一八五三年十月十五日、『芸術家』誌に発表した際、「マリーへ」と題した求愛の詩を発表する（この詩は後に「ブドウ摘みの女」と標題が変わる）[58]。マリーの容貌を伝える冒頭部を引用したい。

おまえの　柔らかくて　長い髪が
誇り高い波として　広がっていく、
［これは］おまえという川の波のようだ
おお　シャロンの美しい娘よ！
香り高いおまえの頭を　垂れてほしい、
私が［見ることが］できるように、おお　我が愛する女よ！
その金髪で　濡れるのを見たいのだ
おまえのカメオの横顔が。

おお　神々しい気候 climat の娘よ！
おまえは白鳥よりも白く生まれた（……）[59]

（角括弧内は論者）

ブロンドの髪、白い肌がマリーの重要な特徴である。特に髪については「ドーブラン」Daubrun の由来だろう。これを《d'au brun》と分解すれば、「ブロンドのものを所有する」という意味になる。[60]

こうしたことを念頭に、ボードレールの詩の中でマリーがモデルと考えられる作品は四篇ある。まず「取り返しのつかないもの」は一八五五年に『両世界評論』に掲載された時、標題に当たる位置に「黄金の髪の美女へ」（AB III, 2321）と記されていた。これは一八四七年にマリーが演じた劇『黄金の髪の美女』と対応する。次に「あるマドンナへ」である。詩の三十七行目の「聖母マリア」Marie（OC I, 59）はマリーと言葉遊びになっている。そして「嘘への愛」である。一八六〇年三月の手紙で、ボードレールはプーレ゠マラシに宛てて、「あなたはこの花のヒロインをご存知でしょう」（CPI II, 14）と書いている。[61] しかし特に重要なのは「秋の歌」である。

「秋の歌」は一八五九年十一月三十日に『同時代評論』に発表された際、「M・Dへ」（AB III, 2343）と献辞がついていた。これはマリー・ドーブランのイニシャルだろう。詩の後半部には女を描写する箇所が一つある。

私は愛する　緑がかった光を放つおまえの長い眼を、
優しい美女よ、しかし全てのことが　今日は私に苦々しい、
そして一切のものが、愛でさえも、狭い寝室と暖炉の火も、
海に沈む　輝く燃える太陽には　及ばない。

（AB III, 2343）

これをもってA・フィユラと同様、C・ピショワもまた、緑の眼がマリーの特徴だと考える。[62]

事実、『悪の花』においてマリー詩群に該当する箇所の詩はいずれも眼が重要なモチーフになっている。「毒」では「おまえの緑色の眼」（OC I, 49）から毒が流れ出る。「曇った空」は「靄」vapeur（OC I, 9）に覆われたかのような眼を謳う。「猫」（私の脳髄で……）は末尾で「明るい角灯、生きたオパール」（OC I, 51）のような猫の眼を謳う。「旅への誘い」では「裏切り者のおまえの眼」（OC I, 53）が一つのモチーフとなる。「親しい会話」で描かれる女は「祝祭のように輝く、炎の眼」（OC I, 56）を持っている。「午後のシャンソン」でモチーフとなる女の眼は、魔女の「魅惑的な眼」（OC I, 59）であると同時に、「月のように和やか」（OC I, 60）である。

このようにマリーに関連すると考えられる詩群で眼の出てくる回数は多く、眼は特に重要になる。しかし眼を重要視した人物描写は、別の女に宛てられたと推定される詩にも見当たる。例えばマリー詩群から離れた位置にあるソネ「美」は、芸術詩群の一篇である。この末尾で美の化身は、男たちを魅了する力の源として眼を誇ってみせる。「それは私の眼、永遠の光を宿した私の大きな眼！」（OC I, 21）。

ジャンヌ詩群でも同様に眼の描写は多い。「無題（波打つ、真珠母色の服を身に纏って……）」では「魅惑的な鉱物で造られた」（OC I, 29）磨かれた眼がモチーフとなる。「踊る蛇」では「黄金と鉄」が混じり合った「二つの冷たい宝

石」（OC I, 30）の眼を持つ女が登場する。「猫」（おいで、私の美しい猫……）では、「金属と瑪瑙」（OC I, 35）の混じった眼がモチーフとなる。「無題（私が以上の詩をおまえに贈るのは……）」で語り手は女に「漆黒の眼を持つ彫像よ」（OC I, 41）と呼びかける。

さらにサバティエ詩群の「生きた松明」では擬人化された眼そのものがテーマとなり、「これら光に溢れた二つの眼」（OC I, 43）は語り手の前に立って彼を導く。

C・ピショワが示唆するように、(63) ジャンヌに関連する詩とマリーに関連する詩との間で、眼の特徴は違う。ジャンヌ関連の詩で眼は金属や鉱物になぞらえられ、冷たく光る。これに対し、マリー関連の詩で眼は炎のように燃えているのである。しかしボードレールは機械的に区分をしていたとは思われない。例えば「生きている松明」はサバティエ詩群だが、燃える眼はマリー詩群に近いものではないだろうか。またマリー詩群の「猫」の眼はオパールになぞらえられる。オパールに燃える輝きがあることは認めるとしても、鉱物の眼はジャンヌ詩群に近いものではないだろうか。このように考えていくと、眼はボードレールの詩において頻出するテーマであり、マリーだけに捧げられたものではないことが明らかになるのである。

2.　演出されたプロフィール

『悪の花』に収録された詩においてモデルとなる女が曖昧である理由は、ボードレールが全般的に、自分に関する情報を残さなかったことも一つの原因を作っている。それどころか彼は率先して偽の情報を流していた。

C・ピショワとJ・ジグレールの評伝『ボードレール』は、詩人が常に服装や髪の形や色を変えたと伝える。(64) 彼はふざけ半分に変装し、周囲は彼の同一性と呼ぶべき特徴がわからなかった。「人を驚かせたい欲求と、人に驚かされたいという欲求は非常に正当なものである」（OC II, 616）。これは彼の美術批評『一八五九年のサロン』の一節であり、まずは美に関する理論と考えるべきである。しかしこの言葉の背後には、他人を驚かせて喜ぶ、愉快犯的なボードレールの姿が透けて見える。おそらく第一の目的は驚かすことだっただろう。しかし作者の個人情報が具体的にわからなくなったことによって、『悪の花』の語り手と女の匿名性は一層、確実になった。

以下では、(1)まずボードレールが伝記的な記事を書かれることを避けていたこと、旅行歴を周囲に正確に伝えず、カルカッタをはじめ、インドまで見聞した大旅行家であると自称していたことを示す。(2)次に大旅行家のイメージを支えていたのが、彼の東洋趣味であったことに目を向け、その中国趣味と日本趣味を示す。(3)その上でインドへの憧れが、彼の詩に初期から後期まで一貫して見られることを示す。

(1)　不正確な旅行歴

最初にボードレールが他人からプロフィールを伝えるように依頼された際、どのように対応したのかを示しておきたい。これは二例ある。まず一八五二年五月八日、アントニオ・ヴァトリポンから文学者人名事典のために、経歴を送るように頼まれた時、ボードレールは実質的に断る。「あなたは、親愛なるヴァトリポン、この上ない困惑を私に引き起こしているのです。自伝的な覚え書きを提供せよなどと、どうしておっしゃるのです」（OC I, 783）。ボードレールは作品名を列挙し、次のように結ぶ。「整理するなり、消すなりしてください。思う通りにどうぞ。もし私が何か忘れていたら、おあいにくさま」（OC I, 784）。彼はほとんど投げやりである。

また一八六〇年頃、エドモン・デュランティーが評伝を書く計画が持ち上がった時、ボードレールは自らの人生を説明したメモに嘘を含ませる。「インドでの旅行の数々（共通の合意による）」（OC I, 784）。正確には「インドでの旅行」dans l'Inde ではなく、「インドを目指した旅行」と書くべきだっただろう。

インドを見たかのように彼が吹聴していたことは、ボードレールが当時、世間にどのように登場したのかを考える上で重要である。彼は亡父の遺産をわずかな間で蕩尽したため、家族らに強要される形で、一八四一年六月から一八四二年二月までインド洋行きの船に乗せられたのであった。この時、義父オーピック将軍に頼まれた船長のピエール

＝ルイ・サリズが、彼の後見人役を引き受けていた[65]。

船の向かう先はインドであった。しかし実際のボードレールの旅行はインドの遥か手前、喜望峰を回ったところのモーリシャス島で終わっていた。彼は船旅に嫌気がさし、島で下船し、島の女と交際し始めたのである。「クレオールのある夫人へ」は、おそらくその当時に書かれた作品である。ところが彼は帰国後、自分はインドまで行った大旅行家だと説明していた。このイメージは生前の彼を語る上で、決定的に重要であった。

いくつかの例を挙げたい。まずサント＝ブーヴは、一八六一年にボードレールがアカデミー会員に立候補した際、その擁護のために用いた記事で、彼を文学における言語の探検家として紹介する。

（……）ボードレール氏はついに人間が住みにくいことで有名な言語の大地の岬に、すでに知られたロマン主義の極限を超えて、派手に装われ、非常に変な形をし、しかし魅力的で、神秘的な一つの東屋を自分のために作る方法を発見した（……）[66]。

サント＝ブーヴはボードレールの風変わりなところを異国趣味と説明する。そして彼は議論を締めくくるにあたって、ボードレールの詩学を「ロマン主義のカムチャッカ」とまとめる[67]。こうした比喩が説得力を持ちうる理由は、ボードレールがそもそもインド帰りだと周囲に説明していたからにほかならない。

またゴーティエは、ボードレールの死後に刊行された『悪の花』第三版に、長い序文を付し、次のように述べている。「ボードレールはインドにおいて長く旅行した、と私たちは伝えられた。全てがそれを物語っていた[68]」。ゴーティエによれば、ボードレールはあたかも、「セイロン島、ガンジス河流域の拠点の数々」まで旅行したかのようであったという。つまりインドの内陸部まで行ったことになっていたのである。

サント＝ブーヴのいうカムチャッカは大袈裟としても、ボードレールはインドからさらに奥地へと行ったと考えられていたようである。最初から真実を知っていた一人、プラロンは次のように述べる。

おそらくボードレールは、途方もない国々を長きに渡って遍歴したという噂が公にあることを、いい気持ちになって放っておいたのです。なぜなら、神秘的な色彩を伴って、彼に遠くから来た人の雰囲気を纏わせていたからなのです。[69]

しかし誤解したのは周囲の責任だろうか。ボードレールの責任だろうか。

プラロンの言葉に反して、ボードレールは率先して自分を旅行者に演出していた。例えば後年、彼が庇護を求めることになるヴィニーは一八六一年十二月二十二日の日記で次のように感嘆している。「私はボードレールに二時から四時まで会った。彼は大変博学で、英語が堪能で、十七歳の頃に偉大なるインドの諸国に住み、よく観て回った」[70]。当時、英国領だったインドから帰り、英語が話せる人物とヴィニーは彼のことを思い込んだ。

また一八六四年十月十三日のアンセル宛の手紙で、ボードレールはベルギーが気に入らないことを報告しつつ、自分は大旅行家であったのに、と嘆く。

私が耐えているのをご判断ください。私といえば、ル・アーヴルでは、黒くてアメリカ的な港を眺めていました。私はボルドー、ブールボン島、モーリシャス島、カルカッタで海と空とに親しみ始めたのです（……）。

(CPI II, 408-409)

ル・アーヴルから数えて、最初の四つの地名は事実である。ボードレールの義父オーピックは、ノルマンディー地方のオンフルールに屋敷を購入し、義父の死後、詩人は好んでそこに逗留した。[71] ル・アーヴルとオンフルールは、セーヌの下流を挟んで真向かいの街で、パリへの鉄道はル・アーヴルから出ている。

ボルドー、ブールボン島、モーリシャス島は、若い頃の彼が、南洋航海で実際に行った場所である。船はボルドーから出発し、彼はモーリシャス島まで旅行した。[72] しかしカルカッタ——すなわち今日、ベンガル語でコルカタと改名されたインドの街——が列挙に加わっていることについて、C・ピショワは、真相を知っていたはずのアンセルにまで嘘をつくとは「驚くべきことだ」と註をつけている。[73] おそらくボードレールは晩年、インド帰りを吹聴するようになっており、アンセルが真相を知っていることを忘れたのだろう。

(2)　中国趣味、ジャポニスム

ボードレールが自らを旅行家に見せかけるにあたって、重要な役割を果たしたのが東洋趣味である。彼はアジアを見てきたかのような印象を出したがっていた。これはインドのみならず、中国と日本にも及ぶ。

まず中国趣味である。ボードレールは一八五五年の万国博覧会に関する批評で、公的な参加がなく、中国茶の商人J＝H・ウーセが中心となって開催した中国展について次のように書く。[74]

> 多少なりとも思索したことがあり、多少なりとも旅をしたことがあるという方々、つまり良識のある方々皆に、私はお尋ねしたい。一体、現代のヴィンケルマン流（そういう手合いは我々の中に満ちているし、フランス人には溢れんばかりにいるのだし、怠け者こそ、この主義に夢中である）はどうするのだろうか。何と言うのだろうか。中国の産物は、奇妙で、異様で、形はねじれて、色彩は強烈で、それでいながら時として、消え入らんばかりに繊細だ。（……）しかしこの美が理解されるためには、批評家、それを観る者が、自ら秘技に属する変化を成し遂げる必要がある。また想像力に対して意志で働きかけ、この奇妙な花を咲かせた環境に参入する術を学ぶ必要がある。（OC II, 576）

ここでボードレールは自らを大旅行家と任じた上で、異国の珍しいものを理解するには、感性を養う必要があると批評の読み手たちに説く。旅は思索と同様に、良識を養う重要な手段である。しかし彼は中国を訪れたことはなかったし、また中国展に足繁く通ったわけでもなかった。だがこの箇所を読む限り、すでに「奇妙な花を咲かせた環境に参入」している彼が、公衆に向かって、東洋の物品に理解を求めていたかに思える。

実際、彼は身の回りに東洋のものを置いていた。これを示すにあたって取り上げたいのは、彼の日本趣味である。一八六四年、「(あまりに安かったので、悪く設えられたに違いない) 書見台 pupitre」(CPl II, 452) について、彼は当時、東洋の物品を買える店の一つであるドゥゾワ夫人の店で修繕を依頼した。(75) 書見台はボードレールにとって、詩を書く上で重要な道具であった。後期の「風景」には次の一節がある。

そして〈暴動〉が、私の窓ガラスに唸りを上げても、
私を書見台 pupitre から顔を上げさせることはないだろう。

(OC I, 82)

ボードレールが複数の書見台を持っていた可能性はあるのだから、この詩に登場する「書見台」が日本趣味のものであったと考えることは控えたい。しかしこの一節からわかるのは「書見台」が彼の書斎に必須であったということである。日本風の書見台も、彼のお気に入りの一つであったに違いない。

彼が修繕を依頼したドゥゾワ夫婦の店は一八六二年頃に開店し、シャンフルーリや、画家のジェームズ・ティソたちが常連になっていた。(76) ボードレールはシャンフルーリを中心として、彼らと東洋美術の情報をやり取りしたはずである。またボードレールは東洋趣味を友人らと共有したがっていた。一八六一年十二月二十日頃、彼はクリスマスの贈り物として、アルセーヌ・ウーセに次のような手紙を書く。(77)

かなり前に私は日本の土産物の包みを受け取りました。私はそれを友人らに分けたのですが、あなたには三つ、取ってあります。それらは悪くないものです (日本のエピナル版画で、江戸では一つで二スーです)。羊皮紙に貼って、竹か赤い棒で囲えば、効果は抜群だとお約束します。

(CPl II, 752-753)

この時、彼はドゥゾワ夫婦の店から日本のものを買ったのだろうか。それともJ＝H・ウーセの「中国の門にて」から買ったのだろうか。[78] いずれにせよ、この手紙からは、彼が浮世絵をかなりの量持っていること、それに通暁した立場を取っていること、自分も居室に飾っていることが察せられる。ドゥゾワ夫婦の店について、最初に注目したのはボードレールであった。懇意にしていたシャンフルーリは次のように証言する。

十年前、テュイルリー界隈に、小さいけれども、その棚の奇妙な色彩で人目をひく店が開店した。生き生きとした色彩を愛する一人の詩人が、窓の前に長い間立ち止まり、店内に好奇の眼差しを投げかけていた。彼はそこに、孤独を少し紛らわせる美があることに気がついたのである。この奇妙な詩人は、世界人であり、自ら足を止めた場所で、真っ先に共感を作り出す技を持っていた。彼は店に入り、日本の画帳をめくり、座り込み、退屈していた女商人［＝ドゥゾワ夫人］と会話し、扇子で自らをあおいだり、ひどい質の日本のタバコの紙巻をふかしたり、あらゆる調子で日本を褒め称えたりしながら、帰路に着いた。

この夢見がちな詩人は毎年、数ヶ月の間、自分で楽しむための奇妙なものを発明するのだった。しかし彼の情熱は強迫観念の性質を持っていて、偏愛が続く間はいつも、それを他人に押し付けるのであった。このようにして彼は、日本の品を扱う女商人のトランペット［＝宣伝役］となったのである。[79]（角括弧内は論者）

「世界人」という言い回しは、『現代生活の画家』の一節から取られたもので、ボードレールを示す。[80] シャンフルリーによれば、ドゥゾワ夫婦の店に最初に足を踏み入れたのはボードレールである。彼が面白がったのはまず、日本画の色彩であった。次に扇子、そしてタバコである。ティソはここにいたのである。そしてこの趣味の「押し付け」の延長線上で、彼は日本の物品を配って歩いたのではないだろうか。

ボードレールに関連する人物で、他に日本趣味で知られるのは、一八六〇年に『悪の花』の扉絵を描くフェリックス・ブラックモンと、その支援者にして『悪の花』の編集者プーレ＝マラシである。(81) そして画家のファンタン＝ラトゥールである。(82) 三人がボードレールの「押し付け」をきっかけに日本趣味になったのかどうかは、はっきりしない。しかしボードレールを取り巻く環境を考える上で考慮に入れておくべきことではある。

ボードレールが親しんでいた絵はシャンフルーリの日本趣味から察することができる。(83) シャンフルーリは一八九一年までには葛飾北斎の浮世絵を四枚所蔵していた。(84) しかし一八六〇年代の趣味は、一八六九年に発表したエッセイ『猫たち』から考えるのが適切だろう。『猫たち』は古今東西の猫について、面白い情報を集めてきた読み物である。彼はここで日本の陶器製の猫（おそらくは招き猫のようなもの）や、(85) 一項目を割いて北斎を紹介する。(86) また同著が紹介する猫のイラストの中で最も多い部類に入るのが浮世絵の抜粋である。

『猫たち』には合計で六枚の浮世絵が掲載されている。シャンフルーリはこれらの出典も、作者の名前も記していない。しかし一つは猫が着物を着てしゃべるもので、歌川国芳の《流行猫の戯、道行猫柳婬月影》（一八四七）である。(87) もう一つは複数の猫が寄せ集まって、化け猫の顔になる歌川芳藤《五拾三次之内猫之怪》（一八四七）である。(88) その他は歌川国芳の《猫飼好五十三疋》（一八四八頃）とも、歌川広重の《浮世画譜》とも見える。(89)

歌川芳藤の絵の出典はティソの所蔵となっている。ここに透けて見えるのは、ドゥゾワ夫婦の店を通じてできた交友関係である。シャンフルーリは『猫たち』で猫好きの詩人としてボードレールを紹介している。(90) 二人は趣味を共有していたのであり、『猫たち』はボードレールの視点と重なる点が多いだろう。

ボードレールは常に日本に好意的ではなかった。風刺画家エミール・デュランドーやアルフレッド・ダルジューに寄せて、彼は『内面の日記』に次のように書く。「日本人は猿である」（OC I, 690）。しかし彼は浮世絵を額に入れなおし、自室に飾っていた可能性さえある。生前の彼は、東洋の美術を率先して受容した好事家たちの一人であり、これは彼が「世界人」、すなわち旅行者だからだと考えられていた。

(3) 詩におけるインドへの憧れ

さらに詩に見られるインドへの憧れを示しておきたい。まず「あるマラバールの女へ」である。この詩は一八四六年十二月十三日に『芸術家』誌に発表される。この詩のインド趣味は標題で明らかである。マラバール沿岸はインド西南に位置し、交易の要所である。もし一八四一年にボードレールが旅を続けていたとすれば、そこに到着しただろう。彼は匿名の少女に向けて、次のように謳う。

なぜ、幸福な子よ、おまえは私たちのフランスを見たいのだ、
この国はあまりに人が溢れていて　苦しみが鎌で刈り取っていくのに、
そして、［なぜ］水夫たちの強い腕に　おまえの人生を委ねて、
おまえの愛しいタマリンドに　大いなるお別れをしなければならないのか？

（角括弧内は論者、OC I, 174）

「あるマラバールの女へ」の末尾には「一八四〇年」（OC I, 174）と記されている。先に論じたように南洋航海は一八四一年六月からである。彼はインドに行ったと周囲に嘘をつくためではなく、旅行の前、インドに対して持っていた憧れを形にするべく、この詩を書いたのではなかっただろうか。

ボードレールの周囲にはどのようなインドに関する書物があったのか。これは管見の限り、先行研究で十分に明らかになっていない。しかし一八二一年から一八二五年にかけて仏訳されたチャールズ・ロバート・マチューリンの『メルモス、あるいはさまよう男』にはインドの描写がある。マチューリンの小説は複雑な入れ子構造になっているが、小説はアイルランドから始まり、スペインへと舞台を移し、後半でインドが登場する。ここでタマリンドをはじめとする植物は、少女が無垢であることを象徴的に示す。

少女は仏塔の瓦礫に近づく。その度に揺れる信心深い少女の頭上で、タマリンド、ココヤシ、ヤシがその花々

を散らし、その香りを発散させ、小枝がバランスを取っていた。(91)

この島で唯一の住人である美しい女は、自分の崇拝者たちを目にすると動揺したが、平静を再び装うのに時間はかからなかった。彼女は恐怖を知らなかった。というのも、彼女の見てきた世界には、敵意の気配を向けるものは何もなかったのだから。太陽と影、花と葉、彼女の糧となるタマリンドとイチジク。(92)

ボードレールは『メルモス、あるいはさまよう男』に随所で注目し、この翻訳の存在も知っていた。(93) 彼がこれを若い頃から愛読していた可能性は高い。彼は書物を読んで、想像で「あるマラバールの女へ」を書いたのではないか。しかし十九世紀当時の読み手は詩人が自分の経験を書いたと誤解しただろう。「あるマラバールの女へ」は『悪の花』に収録されない。しかし一八五七年十一月に『現在』誌に再度発表されたように、ボードレールの作品として忘れられたわけではなかった。また「タマリンド」は「異国の香り」にも登場する。「異国の香り」では「緑のタマリンドの香り」(OC I, 26) が女の胸から香るのである。タマリンドのつながりを考えれば、「異国の香り」の夢想の舞台までもインドに思われてくる。

けだるい　とある島で　自然が与えているのは
独特の木々と　おいしい果物だ。
男たちの身体はほっそりとして　力強く、
女たちの目の率直さには　びっくりするばかりだ。

(OC I, 25)

同様の裸体の描写は、ボードレールの詩に数多くある。日本学の研究で知られるG・ボノーは、「前の世」が、十九世紀に一般では書物でしか知られていないインドを惹起するものであったと指摘する。(94)

私は長いこと　巨大な柱廊の下で暮らしたものだ（……）
（……）
そこで　私は静かな逸楽の中で暮らした、
天空と、波と、壮大さのただ中で［私は暮らしたのだ］
そして裸の奴隷たちは、全身によい匂いがしみ込んでいて、
シュロの葉をあおいで　私を冷やしてくれていた、
そして彼らが唯一気にかけるのは　深めることであったのだ
私を鬱屈とさせていた　辛さの謎を。
（角括弧内は論者、OC I, 17-18）

柱を中心とした建築物は東洋に限らず、古代ギリシアの神殿や大聖堂を思わせる。しかし「裸の奴隷たち」や「シュロの葉」という記述と相まって、「前の世」の舞台はアジアの紋切り型のイメージと結びつくのである。さらに「無題（私はこれら裸の時代の思い出を愛する……）」には次のようにある。

私はこれら裸の時代の思い出を愛する、
そこではポイボスがいくつもの彫刻を黄金色に染めて楽しんでいた。
そして男と女は　敏捷で
嘘も　心配事もなく　喜びに満ちていて、
そして、愛らしい空は　彼らの背を撫で、
彼らの高貴な機械を健康にしていた。
（OC I, 11）

これは詩人が古代を回想する場面であり、舞台をアジアに限る必要はない。しかしボードレールは見てきたように書く。詩人が東洋をモチーフに、近代西欧とかけ離れた情景を描いたと錯覚しうるのではないか。
一連の文脈の中に置いてみると、『悪の花』で表明されるパスカル的な厭世的な態度もまた、東洋風の印象がしてくる。ボードレール研究者たちが特に重要視したのは「ミミズクたち」である。

それら〔＝ミミズクたち〕の態度は賢者に教える
現世で怖れなければならぬものとは
喧噪と動きなのだ。

（角括弧内は論者、OC I, 67）

「ミミズクたち」には『悪の花』初版以降、「異国の神々と同様に」（OC I, 67）という表現が加わる。客観的に考えれば「異国」についてインドだけが想起されるわけではないだろう。しかし先のG・ボノーは、当時の『悪の花』の読者たちがこの一節を理解するにあたって、ボードレールの若い頃の南洋航海を思い起こしつつも、インドの哲学が描かれていると錯覚した可能性があると指摘する。[95]
G・ボノーの論点を補足する形で考えれば、確かに今日の我々がここにパスカルの影響を看取できるのは、ボードレールの別の著述を思い出すからである。彼は散文詩「孤独」でパスカルの断章に言及している。これを念頭に置いた上で、パスカルの「人間は多くの喧騒 bruit と動き remuement を好む」という一節が、「ミミズクたち」の「喧騒 tumulte と動き mouvement」という表現に対応していることに気がつくのである。[96] しかし仮に「ミミズクたち」だけを前にしたのであれば、読者はパスカルまで思い出すことはできず、ボードレールが東洋仕込みの思想を開陳していると思ったかもしれない。
インドを示唆する作品は初期作品だけではなかった。ボードレールは後期の作品でもインドを重要視する。一八五九年初頭に思いついたという詩、「死の舞踏」には次のようにある。

セーヌ河の冷たい岸から　ガンジス河の燃える淵まで、

（OC I, 98）

ボードレールはセーヌ河について、その中流をパリで見ただろうし、海に注ぐ前の広大な河になったところをオンフルールではボートで横断もしただろう。しかし彼はここで、ガンジス河を並列することで、あたかもセーヌ河と同様に、このインドの河を熟知しているかのように見せかけるのである。

さらに後期の作品「髪」で詩の語り手は、アジアとアフリカを観てきたかのように語る。

気怠いアジアと　燃えるアフリカ、
遠く、ここにはない、ほとんど亡くなった、一つの世界が丸々
おまえの深いところで生きている、香り豊かな森よ！

（OC I, 26）

以上のようにボードレールは、自分を大旅行家と見せかけ、東洋を理解する好事家として仲間内では通っていた。彼は実生活でも自分を演出していたのであり、伝記的な事実はほとんど誰にも、わからなかった。

3. 執筆方法と草稿の破棄

伝記的な情報がわからない場合、文学の研究者らは一般に草稿を研究することで、作家の歩みを推定していく。しかしボードレールの場合、『悪の花』に収録された詩の草稿をほとんど残さなかった。

若い頃のボードレールが原稿にあたるものを持っていたことは確かである。シャルル・アスリノーは一八五一年、ボードレールの家で、ハードカヴァーで装丁された大きなノートを二冊、目撃した。[97]その中には飾り文字で清書された作品が収まっていた。しかし二冊のノートは消失してしまった。

初期から中期にかけて残る直筆の資料は、『パリ評論』誌に掲載されることを期待して、ボードレールが一八五一年九月から一八五二年一月にかけてテオフィル・ゴーティエに送った十二篇の詩である。[98]だがこれらは清書された原稿であり、詩のモチーフとなる出来事や、それを経験した時期を伝える資料ではない。草稿と呼べるものは後の「我ト我ガ身ヲ罰スルモノ」(AB III, 2551-2552)である。これはボードレール自身の手で一八五五年と記載されており、おそらくノートの断片である。彼はこの時点で標題を決めることができなかった。また「親しい語らい」Causerie の手稿(AB III, 2333)では、彼が削除で斜線を使わなかったことがわかる。

ボードレールがどのように作品を書いていたのか。先行研究でこれについて詳しく論じたものは管見の限り、見つからない。しかし研究者の間で、前提的に知られていることはある。以下で簡単にまとめたい。(1)まずボードレールが作品を書く際、メモを貼り合わせ、元の原稿を破棄していたことを示す。(2)次に彼がメモを結合して作品を書いた事例として、「無題(私はこれら裸の時代の思い出を愛する……)」の末尾を取り上げる。

(1) 古い原稿の破棄

詩を書いた過程を示すメモや草稿が残されていない理由の一つは、ボードレールの執筆方法が、清書してしまえば古い原稿を破棄していく方法だったことにある。例えば、彼は文芸批評「若い文学者への忠告」で、友人の執筆方法を紹介する形で、理想的な書き方を記す。

最も際立った、最も良心的な人々は、――例えばエドゥアール・ウーリアックは、――まず多くの紙片を埋めることから始める。彼らは画布を覆うとこれを呼ぶ。――この混乱した作業には、何物をも失わないという目的がある。次に彼らは清書するたびに、冗長なところを削り、枝を刈り込む。結果は素晴らしいものになっただろう。自らの時間と自らの才能を全て捧げたabuser[99]からである。
(OC II, 17)

注意しておきたいのは、ウーリアックが最初にメモを多く取り、メモを結合させて原稿を作るというくだりである。そしてメモを結合させてできた重複は、清書の際に削除する。

ボードレールは編集者のプーレ＝マラシ宛の手紙で、推敲の際に「鋏と糊」(CPI I, 378)を使うと述べている。これはつまり、彼がウーリアックと同様、まず紙片に思いついたことを書き散らし、それを結合させる書き方をしていることを示唆する。しかし鋏と糊で結合を行うとは、すなわち、元のメモを鋏で切り抜き、糊で貼り合わせるということである。さらに彼は「若い文学者への忠告」(OC II, 17)で次のようにも述べている。「かくして私は削除線の信奉者ではない。削除線は思考の鏡を曇らせる」。これは削除が残らなくなるように、清書のたびに原稿を書き直すということである。彼は原稿に削除の跡が残らないように意識していたのである。

このようにボードレールは切り抜いたメモを糊で張り合わせて原稿を作り、頻繁に清書をしていく。以上の執筆方法をしていれば必然的に、元のメモは切り刻まれ、残らなくなるのではないだろうか。

(2)　メモの結合

では「メモ」を結合すれば、どのような作品ができ上がるのだろうか。これは全ての作品について綿密に推定がなされているわけではない。しかしボードレール研究者の間で、別々の「メモ」を結合した蓋然性が高いと看做されているのは、「無題(私はこれら裸の時代の思い出を愛する……)」の末尾である。

私たちは、確かに、堕落した国々の民で、
古代の諸民族にとって　未知の美を有している。

心の下疳の数々によって蝕まれたさまざまな顔、
そして　憂愁の美しさの数々とでもいうべきものを［有しているのだ］。
しかし　私たちの遅ればせのミューズたちの　これらの発明も
妨げることはないだろう　病める種族が
青春に対して、心からの賞賛を捧げることを、
――聖なる青春へ、素朴な様子へ、穏やかな額へ、
流れる水のように澄んでいて明るい目へ、
そして［若さは］無心に　あらゆるものに広げているのだ、
天の青空、鳥たち、花々のように、
その香り、その歌　その心地よい熱を！

（角括弧内は論者、OC I, 12）

ここで語り手は古代の健康な美と同時代の病める美とを比べ、古代の美を賞賛している。しかしドラクロワの絵画をはじめ、ボードレールは近代の芸術作品に強い関心を持っていた。したがって研究者らは、彼が古代美を賞賛していることに疑問を唱える。阿部良雄は『全集』の註釈で次のように述べる。「この結論は、『病める花々』の詩人の根本的精神と矛盾しはしないかという疑念は当然出てくる」[100]。C・ピショワは、この詩は二つか三つの作品を合成することで、特に『悪の花』のために作られたと推定している[101]。

「メモ」の結合はおそらく次のようなことではないだろうか。若い頃のボードレールは古代美に一時期、関心を持っていた。しかし一八四〇年代半ばを過ぎると、彼はドラクロワなどを論じ、現代の美を探求するようになる。彼が結合させることにしたメモは、何年も時間が離れていた可能性がある。

4．時系列の混淆

『悪の花』の詩のモチーフが厳密に判断できなくなった理由は、ここまで論じてきたメモを切って貼る執筆の方法に加え、ボードレールが詩を書き溜めて発表したことにもある。彼は一八四三年に詩を書いていた。しかし『悪の花』初版で作品の多くを発表したのであって、一八五七年までは、約十五年の隔たりがある。仮に彼が詩を書くたびに発表していれば、推定はもっと進んだだろう。しかし彼は書いた詩をしまっておいた。

以下では、⑴初期作品と証言があるものを整理し、⑵書き直しの諸例をまとめ、⑶彼が詩を書き始めた頃から十五年余り沈黙を保ったことを簡潔に示すことにしたい。

⑴　初期作品の推定

まずプラロンの証言によれば一八四三年頃、すなわち、二十二歳で、ボードレールは『悪の花』に収録する作品を三十篇は完成させ、内輪の集まりで読み上げていたという。[102]プラロンは記憶の確実さに応じて二つに分けて証言している。第一に、彼の記憶の確かな作品は十六篇である。

「アホウドリ」、「地獄のドン・ジュアン」、「巨人の女」、「無題（私は夜空と等しく　おまえを深く愛する……）」、「腐屍」、「無題（ある夜　私は恐ろしいユダヤ人女の傍らにいた……）」、「あるマラバールの女へ」、「反逆者」、「我が子の眼（「ベルトの眼」）」、「無題（私は忘れてはいない、街の近くの……）」、「無題（あなたがお妬みだった偉大な心を持つ女中……）」、「起床のラッパが兵舎の広場で歌う……（「朝の薄明かり」）」、「ワインの魂」、「屑拾いたちのワイン」、「殺人者のワイン」、「アレゴリー」

第二に、プラロンの記憶が不確かな作品は十四篇である。

「祝福」、「無題（私はこれら裸の時代の思い出を愛する……）」、「無能な修道僧」、「前の世」、「理想」、「異国の香り」、「髪」、「無題（おまえは全宇宙を閨房にいれかねない……）」、「ヴァンパイア」、「眉をひそめる月」、「破壊」、「殉教の女」、「優しい二人の姉妹」、「シテール島への旅」

プラロンの証言について、C・ピショワは一部で誤りがあると考えている。例えば記憶の不確かな詩篇に含まれる「髪」は、「異国の香り」のテーマを発展させたものであって、一八五〇年代末の作品のはずである。[103] また「アホウドリ」は一八五九年にアスリノーの助言を受けて、書き換えられたものである。[104] 一八四一年の海洋旅行が「アホウドリ」のモチーフになったとしても、モチーフになった事件が起きたことと、詩が完成されたことは分けて考えなければならない。プラロンの証言には厳密ではない点が残っているのである。

しかしそれでもプラロンの証言を信頼しないわけにはいかない。例えば「無能な修道僧」については、一八四二年か一八四三年にボードレールがオーギュスト・ドゾンに宛てた書簡で、原型となる詩が発見された。[105]

ボードレールが一八四五年より前に多くの詩を書いていたことを示す状況証拠は他にもある。一八四三年頃、彼はプラロンを含めた三人の仲間と共同で、詩集『韻文集』を刊行するはずであった。彼は仲間内の筆頭格であるギュスターヴ・ル・ヴァヴァスールとの意見の食い違いで、原稿を引き上げることになる。とは言え、『韻文集』の紙幅を考えれば、彼は他の三人と同様、五十篇前後の作品を準備していたはずである。[106]

(2) 大幅な書き直し

ボードレールの原稿がわからなくなった理由は、彼が安易に決定稿を出さなかったことにもある。フォンテーヌブローの住人は一八三九年末、義兄の家に滞在する彼が、執筆に取り組む姿を次のように証言する。

我々の所で働いてくださったお兄様（我々の裁判所の尊敬するべき裁判官で故人）の御宅で、二回か三回、私は偉大な若い男を見かけました。その目は放心しており、無気力で、孤独を求めていました。当時、すでに、シャルル・ボードレールは数々の紙片の一面を、優雅で流暢な韻文で埋め尽くしていたのでした。詩は彼の頭を過ぎて行った最初の主題に関するものです。これらの最初の産物は、一切まとめられていなかったと思います。そしてシャルル・ボードレールの名誉とは、大いなる力でもって容易さへ抵抗し、それでできた成果の数々を直ちに却下し、自分から遠いところにやることだったのです。(107)

ボードレールの取り組みは徹底したものであった。例えば彼は「幻想的な銅版画」を実質的に全て書き直す。一八四三年から一八四七年にかけて書かれた原稿には当初、「ラリフラフラフラ」（OC I, 967）とハミングにも似た節回しがつき、形式も自由であった。冒頭のみ並べる。

亡霊のおめかしと言えば
　　ラリフラフラフラ
骸骨の輝く額の上の
　　ラリフラ　フラ　フラ
ウジ虫でできた黒い王冠一つ
　　ラリフラフラ　フラ。
可愛らしく　斜めを向いて置かれている。
　　　　　　　　　　　　（OC I, 967）

決定稿で書き出しは次のようになる。

この奇抜な亡霊のおめかしと言えば、
その骸骨の額の上に　グロテスクに置かれた、
謝肉祭を思わせる恐ろしい王冠でしかない。

(OC I, 69)

C・ピショワや、[108] G・ロップが[109]指摘するように、ボードレールは当初、ピエール・デュポンが作るような音楽にのせて歌える詩を書いたのだろう。いわゆる、民衆詩 chanson populaire である。しかし決定稿で彼は節回しを削ぎ落とし、テーマはほとんど同じながら、文体を練り直した。

彼が目指していたものは一八六〇年二月十八日のアルマン・フレース宛の手紙で簡潔に示されている。

〈ソネ〉をかくも軽々しく扱い、ピタゴラス的な美しさをそこに見ない人物とは、一体誰なのでしょうか（おそらく有名な人物でしょう）。形式が厳しく拘束するからこそ、思想がより強くほとばしるのです。〈ソネ〉とは全てがうまく合います。滑稽調でも、恋愛調でも、情熱でも、夢想でも、哲学的な瞑想でも。そこにはよく仕事をなされた金属と鉱物の美しさがあるのです。

(CPI I, 676)

ボードレールはソネという十四行の限られた紙幅の中で、最大限の刺激を与えることを目指していた。これに彼は莫大な時間を投じたのではなかっただろうか。

(3)　約十五年の沈黙

もっともボードレールは当初、作品を長い間、寝かせておくつもりはなかった。彼は一八四〇年代、単独で詩集を出版することを考えていた。タイトルは、『レスボス島の女たち』であった。これはレスボス島の住人と、同性愛者の意味がかけ合わさったスキャンダラスなタイトルであった。[110] 詩集はある程度、完成したものができていた。例えば彼は一八五〇年、母カロリーヌに宛てて、次のように述べている。

私の詩の本ですか？　数年前だったら、一人の男の評判を高めることに十分だったと、私はわかっています。ありとあらゆる悪魔の騒ぎを引き起こしたでしょう。しかし今日、条件や環境や、全てが変わってしまいました。

(CPI I, 178)

そして一八五一年、『議会通信』に発表した「冥府」は同じ標題の詩集からの抜粋であり、詩集は「ミッシェル・レヴィ書店から近日刊行予定」(AB II: 873) とも記されていた。

しかしボードレールは『初版』の発表前までに五十四篇の詩しか発表していない。[111] しかもそのうちの二十篇は『悪の花』の発表前の三ヶ月に、詩集の広告のために『フランス評論』誌、『芸術家』誌、『アランソン新聞』に発表したものである。つまり彼は一八五七年より前までで、三十四篇の詩しか発表していなかった。

そして彼は一八五七年に『悪の花』初版を出版する際、かつて新聞や文芸誌に発表した時の配列を組み替え、細部の言葉を調整した。この時、彼は編集者のプーレ＝マラシが先走って印刷してしまった分は賠償金を払うと約束し、修正の猶予を引き出した。[112] つまり彼は、手元にあった原稿をそのまま発表するのではなく、新しい作品となるように改めて推敲をしたのである。『初版』で発表された詩は百一篇である。

さらに一八六一年の『悪の花』第二版で、彼は詩集を編み直す。収録された詩は百二十七篇である。

ボードレールが作品を制作した年月日を解き明かし、『悪の花』に収録した詩を時系列で並べることはできるのだろうか。J・クレペとG・ブランは不可能だと述べている。[113] またG・ロップの『ボードレールの詩とフランスの詩、一八三八年から一八五二年まで』のように、状況証拠を手掛かりに、作品が書かれた時期を推定する研究はある。[114] 彼は『悪の花』に収録された作品だけではなく、ボードレールの作品と考えられているものを含めて、一八五二年以前に書かれた詩の総数を一〇八篇とし、その中で三十九篇が一八四三年以前に書かれていると考える。これが推定の限界と言っても過言ではないだろう。

5.『悪の花』と自伝

では『悪の花』の詩の配置は何を意味しているのだろうか。詩の配列が、書かれた順番や、伝記的な事実の順番に沿ったものではないことは、二つの点を考えれば直ちにわかる。

第一に、藪睨みのサラに関連した詩である。ボードレールがサラと交際したのは、一八三九年、バカロレアの試験を受けにリヨンから上京した時である。(115) 彼女に関連する詩は、時系列ならば、詩集の最初に収録しなければならない。しかし彼女をモデルとしていると考えられる詩、「無題（ある夜　私は恐ろしいユダヤ人女の傍らにいた……）」は『悪の花』初版で第三十一番目、『第二版』で第三十二番目の位置にある。これはジャンヌ詩群の末尾にあたる。つまり詩集では、あたかもジャンヌの後にサラに会ったかのように描かれているのである。

第二に、ボードレールが読者に対して、詩をまとまりで読むことを求めていたことである。『悪の花』裁判の際、彼は弁護のために本の読み方を次のように説明する。「一冊の《本》は、その総体において判断されるべきものである（……）」（OCI, 193）。また一八六一年十二月にヴィニーに宛てた手紙で、彼は次のように述べる。

この本のために私がお願いする唯一の讃辞とは、これが単なるアルバムではなくて、始まりと終わりのあるものだと認めていただくことなのです。新しい詩篇はいずれも、私が選んだ独特の枠組みに当てはまるように調整して書かれました。（CPI II, 196）

詩集は思い出を無秩序に載せた「単なるアルバム」ではなく、起点と終点があり、一貫した一つの物語であるとボードレールは述べる。友人のバルベ・ドールヴィイは『悪の花』裁判の際に、ボードレールを擁護する記事を発表した。その中で彼はこれらと同様のことを、より詳しく説明している。

> 色彩が豪華で華やいだ中にある輪郭を看て取る芸術家たちは、瞑想的で意思を持った詩人によって綿密に計算された計画、一つの秘密の構造があることを実によく感じ取るだろう。『悪の花』は、発想の赴くままに撒き散らされ、それらを寄せ集めるという理由の他に理由がないままに一つに集められたたくさんの叙情的な作品を、次々と並べたものではないのだ。これら［＝『悪の花』の詩の数々］は、別々の詩であるよりも、最も強い統合性を備えた詩的な作品である。自らが作ったものをよく知る詩人が配置した順番で読まないならば、芸術と審美的感覚の見地から言って、これらから失われるものは多いだろう。[116]
>
> （角括弧内は論者）

ドールヴィイは絵画の比喩を用いて、色彩がバラバラに配置されているように見える絵、つまり、寄せ絵を思い浮かべるように読者を促す。彼が述べているのは次のようなことである。寄せ絵は漫然と観ていれば、絵を構成する一つ一つの要素にしか目が向かない。しかし注意深く観れば、全体がつながり、一つの意味が浮かび上がってくる。『悪の花』はこれと同じで、収められた作品は個別に読むこともできるのだが、実は全体で一つの統合性を備えている。隠された輪郭を見抜くには、配列に従って読まなければならない。

最初に指摘しておいたように、ボードレールは書いた順でも、出来事が起きた順でも詩を並べなかった。このことを念頭におくと、『悪の花』に収録された詩は自伝とは別の規則で配置したはずである。『悪の花』の詩はつなげて読めば、言うなれば、一つの物語のようなものが浮かび上がるのではないだろうか。

小帰結

『悪の花』に描かれている女たちのモデルは、ボードレールが交際していた三人の女性だと推定されている。ジャンヌ、サバティエ夫人、マリーの三人である。彼女たちの容姿は、ある一定程度、明らかになっている。しかしボードレールの詩のモデルは厳密には、彼女たちと特定することができない。

推定を困難にしているのは、まずボードレールが自らのプロフィールを演出し、事実を周囲にも知らせなかったことにある。この点は彼がインドの奥地まで観て回ったと周囲に吹聴していたことに顕著である。彼はインド旅行を膨らませる形で、中国や日本の物品を愛好し、周囲にも勧めていた。

またボードレールは草稿を残さなかった。彼はメモを接合しつつ詩を書き、清書を繰り返した。さらに彼は一八四三年頃から詩を書いていたが、作品を発表したのは一八五七年頃である。その間に彼は原稿を大きく改稿した。さらに彼は長い年月、原稿を書き溜めたのであり、今日の読者は詩の書かれた順番がわからない。『悪の花』の詩の配置は、書かれた順でも、ボードレールの人生で起きたエピソードの順にも配置されていない。

以上のように『悪の花』は、作者ボードレールの伝記的なエピソードを素材に作られたものでありながら、巧みに加工されており、最終的に、詩の語り手「私」はボードレールのことではなくなったのである。では彼はなぜ、自伝的に書いた詩をそのまま発表しなかったのだろうか。彼は自らを修正することに意義を見出していたように思える。次章からは彼が演出をした動機を考えていくことにしたい。

(1) 次の文献は特殊な含みを持つ「売春」という語を「プロスティテュション」と仏語で表記した上で、愛、宗教、芸術の三つの視角から検討を加える。中堀浩和『ボードレール、魂の原風景』、春風社、二〇〇一、二六―六一頁。ボードレールは娼婦を買うために散財したが、金遣いの荒さはリビドーの高まりと対応するという。

（2）Claude Pichois, OC I, 986. 諸研究者らは概ねジャンヌに宛てられていることで合意しているが、異説もある。詳しくは第十一章で論じる。

（3）Claude Pichois, CPl I, 827.

（4）Claude Pichois, OC I, 934.

（5）Claude Pichois, CPl II, 1009.

（6）*Baudelaire. Petit Palais, 23 novembre 1968–17 mars 1969*, Ministre d'État Affaires Culturelles et Réunion des Musées Nationaux, 1968, pp. 19–21.

（7）Thierry Savatier, *Une femme trop gaie*, CNRS, 2003.

（8）Claude Pichois et Jean Ziegler, *Baudelaire*, *op. cit.*, p. 232.

（9）*Ibid.* 記録を保管していた病院の記録庫は、一九七〇年頃に消失してしまった。しかしJ・クレペが資料を転写していた。Claude Pichois et Jean-Paul Avice, *Dictionnaire Baudelaire*, Du Lérot, 2002, p. 240.

（10）Théodore de Banville, *Mes souvenirs*, Charpentier, 1882, p. 74.

（11）Théodore de Banville, *Œuvres poétiques complètes*, éd. par Peter J. Edwards, Honoré de Champion, 9 vol., t. I ; 2000, p. 265.

（12）バンヴィル研究のP・ハンブリーによれば、この詩はジャンヌを描いたもので、ボードレールの詩「宝石」と大きく関係がある（Peter S. Hambly, Théodore de Banville, *Œuvres poétiques complètes*, t. I, *ibid.*, p. 526）。「長椅子」が書かれた年代は、一連の他の詩が一八四二年と記されていることを考えれば、その付近と言える。しかし、バンヴィルの描くジャンヌは足が白い。彼女は黒人との混血であったことを思えば、足が白いとは別人を意味しているのではないか、とC・ピショワは判断を保留している（Claude Pichois, OC I, 1134）。しかし後で引用するように、プラロンはジャンヌが「あまり黒くはない」と述べている。

（13）Félix Nadar, *Baudelaire intime. Le poète vierge*, Blaizot, 1911, p. 7.

（14）Claude Pichois et Jean Ziegler, *Baudelaire*, *op. cit.*, p. 232.

（15）*Ibid.*, p. 411. « merlan » は当時、かつら職人の意味があった。*Dictionnaire de la langue française*, par Émile Littré, *op. cit.*, t. III, p. 526.

（16）Ernest Prarond, la lettre à Eugène Crépet en 1886, in Claude Pichois, *Baudelaire. Études et témoignages*, À la Bacconière, 1967, pp. 26–27.

（17）Claude Pichois et Jean Ziegler, *Baudelaire*, *op. cit.*, p. 406 et pp. 408–410.

（18）*Ibid.*, p. 522.

（19）研究者の間で、ボードレールのスケッチに対する信頼度は高くない。例えば後年の詩「ベルトの眼」は一八六四年にブリュッセルで書かれた直筆原稿があり、彼の手で、ペン画でベルトのスケッチが入っている。J・クレペはこれをジャンヌであると考えたが、C・ピショワはこれに反証し、ボードレールのスケッチの理解しにくさを指摘する（Claude Pichois, OC I, 1139）。またジャンヌのスケッチについてプチ・パレ美術館のカタログは、「ジャンヌは、しかしながら、ボードレールがここで我々の前に示したイメージとはかなり異なった」と注意を促している（*Baudelaire. Petit Palais, 23 novembre 1968-17 mars 1969*, *op. cit.*, p. 20）。

（20）Jacques Crépet et Georges Blin, *Les Fleurs du mal*, *op. cit.*, p. 531.

（21）これが当初、誰に宛てたものであったのかを考察した研究は管見の限りない。不遇の死を遂げた人物と言えば、画家のエミール・ドロワや、ネルヴァルが思い浮かぶ。しかし決定的なことは言えない。

（22）Claude Pichois et Jacques Dupont, AB I, 268.

（23）Thierry Savatier, *Une femme trop gaie*, *op. cit.*, p. 58.

（24）*Ibid.*, pp. 59-60.

（25）一八五四年十二月二十日、ボードレールはバルベ・ドールヴィイに書籍を送ってくれるように頼む（CPl I, 305）。ここには彼の本をある女に読んであげる必要があると記されている。これはサバティエ夫人のことだと推定されている。この点は第三章で改めて触れる。

（26）*Baudelaire. Petit Palais, 23 novembre 1968-17 mars 1969*, *op. cit.*, pp. 72-74.

（27）Thierry Savatier, *Une femme trop gaie*, *op. cit.* 同著の一二二頁から一二三頁の間に挟まれた図版は、七葉の写真を紹介している。一八五八年が三葉、一八六二年が一葉、一八七〇年が一葉、一八八二年が二葉である。しかしこれらの写真を並べた際にわかるのは、彼女が一八五〇年代後半から急速に太り始めたことである。

（28）Claude Pichois, OC II, p. 1413.

（29）Thierry Savatier, *Une femme trop gaie*, *op. cit.*, p. 250.

（30）Wolfgang Drost, dans Baudelaire, *Le Salon de 1859*, Honoré Champion, 2006, p. 776.

（31）Ernest Christophe, la lettre du 12 septembre 1869, in *Correspondance d'Eugène Fromentin*, éd. par Barbara Wright, CNRS, t. II ; 1995, p. 1534. 彫刻のモデルは、後の第七章で仔細に論じる。

（32）Thierry Savatier, *Une femme trop gaie*, *op. cit.*, p. 250.

（33）ボードレールは「無題［後の「讃歌」］」を一八五四年五月八日に送付した。

（34）Jacques Crépet et Georges Blin, « L'architecture et les thèmes », dans Baudelaire, *Les Fleurs du mal*, *op. cit.*, p. 249.

（35）Félix Leakey, « Baudelaire-Cramer : le sens des orfraies », *Du romantisme au surnaturalisme. Hommage à Claude Pichois*, À la Baconnière, 1985, pp. 147–166 ; « Pour une étude chronologique des « Fleurs du mal ». « Harmonie du soir » », *Revue d'Histoire Littéraire de la France*, nº2, avril-juin 1967, pp. 343-356.

（36）「あまりにも快活な女へ」は『悪の花』初版に収録される際、「血」が「毒」venin（AB II, 1075）に書き換えられる。「毒」は、ボードレールによれば、「憂鬱やメランコリー」（OC I, 157）の比喩である。

（37）Armand Moss, *Baudelaire et Madame Sabatier*, Nizet, 1975, p. 61. A・モスによれば、例えばエドガー・ポーの詩の世界で「血」は生命力を象徴する。血を活力の暗喩と読めば、詩は「女に生命力を自分が注ぎ込む」という意味になる。しかしポーに関しては、ボードレールその人がフランスへの紹介者であって、この文学的な含意を理解できる者は、ほとんどいなかったはずである。

（38）Thierry Savatier, *Une femme trop gaie*, *op. cit.*, p. 86.

（39）*Ibid.*, p. 87 et p. 101. またA・フィユラの議論は次を参照。Albert Feuillerat, *Baudelaire et la Belle aux cheveux d'or*, Yale University Press, 1941, pp. 28–31. C・ピショワもこの説に概ね同意する。Claude Pichois, OC I, 1131–1132.

（40）「しかし同様に、最も極端な女の匿名化は、彼女をエーテル化し、はかないもの、肉体のないものとする」。Thierry Savatier, *Une femme trop gaie*, *op. cit.*, p. 93.

（41）*Ibid.*, p. 100.

（42）*Ibid.*, p. 92.

（43）*Ibid.*, p. 95.

（44）Claude Pichois, CPl I, 937.

（45）Armand Moss, *Baudelaire et Madame Sabatier*, *op. cit.*, p. 105.

（46）Claude Pichois, CPl I, 937.

（47）Thierry Savatier, *Une femme trop gaie*, *op. cit.*, p. 152.

（48）Albert Feuillerat, *Baudelaire et la Belle aux cheveux d'or*, *op. cit.*, p. 1.

（49）*Baudelaire. Petit Palais, 23 novembre 1968–17 mars 1969*, *op. cit.*, pp. 70–72.

（50）Albert Feuillerat, *Baudelaire et la Belle aux cheveux d'or*, *op. cit.*, p. 81. バンヴィル研究のP・アンドレスはマリーに関してはA・フィユラの論考を踏襲している（Philippe Andrès, *Théodore de Banville, Un passeur dans le siècle*, Honoré de Champion, 2009, p. 74）。しかしボードレール研究ではC・ピショワらの『評伝』のように、もう一年遡る。この理由は中編小説『ラ・ファンファルロ』のモデルをマリーとする説があるからだと察せられる。

(51) Claude Pichois et Jean Ziegler, *Baudelaire*, *op. cit.*, pp. 319-320.

(52) *Ibid.*, pp. 423-425.

(53) *Ibid.*, pp. 427-428.

(54) Albert Feuillerat, *Baudelaire et la Belle aux cheveux d'or*, *op. cit.*, pp. 10-11. しかしA・フィユラが根拠にしたのは「ルーベンスの女」(『流刑者たち』収録) である。これがマリーを描くという説は、その後の研究で否定されている。F・ブリュネによれば、『フランス評論』に収録された際、「ルーベンスの女」の第二十五行目は「おお小さなルイーズよ」となっていた (François Brunet, dans Théodore de Banville, *Œuvres poétiques complètes*, *op. cit.*, t. IV ; 1994, p. 389)。「ルイーズ」は一八五四年から一八五五年にかけてバンヴィルが注目していた女優、ルイザ・メルヴィルを指している。彼女は十八歳で亡くなった。彼女はバンヴィルの劇の役を演じていた (Philippe Andrès, *Théodore de Banville, Un passeur dans le siècle*, *op. cit.*, pp. 96-97)。

A・フィユラの議論はその全てを問題とする必要はないが、「ルーベンスの女」を根拠とした誤解は修正が必要だろう。しかしバンヴィルに関する研究の遅れもあって、これは必ずしも当該分野の中で認知されているわけではない。例えばC・ピショワは一九九二年の小論で、F・ブリュネの『流刑者たち』に関するテーズを取り上げつつも、A・フィユラの論を強く支持する (Claude Pichois, « Banville, Baudelaire et Marie Daubrun », *Théodore de Banville en son temps*, *Bulletin d'études parnassiennes et symbolistes*, Aldrui éditions, 1992, pp. 245-249)。

(55) Claude Pichois et Jean Ziegler, *Baudelaire*, *op. cit.*, p. 429.

(56) Peter Edward et Peter Hambly, dans Théodore de Banville, *Œuvres poétiques complètes*, *op. cit.*, t. VIII ; 2001, p. 620.

(57) Théodore de Banville, *Œuvres poétiques complètes*, *op. cit.*, t. IV ; 1994, p. 213.

(58) Peter Hambly, *ibid.*, t. II; 1996, p. 633.

(59) Théodore de Banville, *ibid.*, t. II, p. 151.

(60) 当初、« Daubrun » の綴り字は、« D'aubrun » であった。Claude Pichois et Jean Ziegler, *Baudelaire*, *op. cit.*, p. 319.

(61) 第十二章で改めて論じる。

(62) Claude Pichois, OC I, 934.

(63) Claude Pichois, OC I, 896. C・ピショワは「猫」の目が「瑪瑙」のイメージを伴うことについて、他の近隣の詩で女の眼が金属や鉱物になぞらえられていることに注意を促している。

(64) Claude Pichois et Jean Ziegler, *Baudelaire*, *op. cit.*, pp. 483-485.

(65) C・ピショワらの『評伝』は、サリズが義父オーピック将軍に宛てた書簡を引用し、事の顛末を仔細に確認している。Claude

Pichois et Jean Ziegler, *Baudelaire*, *op. cit.*, pp. 188–191.

（66）Sainte-Beuve, « Des prochaines Élections de l'Académie », *Le Constitutionnel*, le 20 janvier 1862.

（67）ボードレールは「ロマン主義のカムチャッカ」を歓迎し、サント＝ブーヴには次のように礼状を送った。「あなたが私のカムチャッカとお呼びになったものについて、もしこれと同じく力強い励ましの数々をたびたび受けることができるなら、私は一つのシベリアを作り出す力を持つでしょうし、そこは暖かくて、人が住んでいるだろうと思うのです」（CPl II, 219）。

（68）Théophile Gautier, *Baudelaire*, éd. par Jean-Luc Steinmetz, Le Castor Astral, coll. « Les Inattendus », 1991, p. 29.

（69）Éric Dayre et Claude Pichois, *La Jeunesse de Baudelaire vue par ses amis*, W. T. Bandy Center for Baudelaire Studies, Vanderbilt University, 1991, pp. 76–77.

（70）Cité par Claude Pichois et Jean Ziegler, *Baudelaire*, *op. cit.*, p. 577.

（71）Claude Pichois et Jean-Paul Avice, *Dictionnaire Baudelaire*, *op. cit.*, pp. 281–284.

（72）Claude Pichois et Jean Ziegler, *Baudelaire*, *op. cit.*, p. 184.

（73）Claude Pichois, CPl II, 876.

（74）中国展について、論者は以下で調査した。小倉康寛「一八五五年、万国博覧会の中国展」、『言語社会』、第七号、二〇一三年、二二六—二四二頁。従来の研究では、中国展の概要はゴーティエの『欧州の芸術——一八五五年』から推測するのみであった。しかし展示の概要はJ＝H・ウーセという名の茶の商人が、自身の店のプロモーションを兼ねて、カタログを作っていた。J.-G. Houssaye, *Notice sur la Chine pour servir de Catalogue à la grande Exposition chinoise*, Chez l'auteur, 1855.

（75）ボードレールは書見台を気にし、アンセルに四度も問い合わせる（CPl II, 427, 439, 452 et 469）。

（76）ドゥゾワ夫婦の店（リヴォリ通り二二〇番地）はゴンクールが通ったことでも知られる。Edmond de Goncourt, *Journal*, éd. par Robert Ricatte, coll. « Bouquins », Laffont, 3 vol., t. II ; 1989, p. 640 et p. 801. 店の名称はしばしば曖昧であった。大島清次によれば「中国の門」か「中国の船」であるという（大島清次『ジャポニスム』、講談社、一九九二、三七—三八頁）。しかしJ＝H・ウーセが「中国の門にて」À la Porte Chinoise を経営していた。これは最初にブルス通り三番地にあったが、一八五五年以降、ヴィヴィエンヌ通り三十六番地に移転する。

　ドゥゾワ夫婦の店は一八六二年に夫婦で開き、一八七一年に夫が亡くなってからは、夫人が切り盛りするようになった（Paul Perrin, « Autour de Manet et des impressionnistes, Le premier japonisme en peinture », *Japonisme*, Flammarion, 2014, p. 44）。その頃、店の名前は「日本女」La Japonaise となっていた。なおシャンフルーリが一八六八年十一月二十一日に『パリ生活』に発表したエッセイ、「日本産の流行」が重要な証言資料となっている。Champfleury, *Son regard et celui de Baudelaire*, éd. par Jean et Geneviève

Lacambre, Hermann, 1990, p. 143.

(77) この書簡についてC・ピショワは留保している。しかし阿部良雄は、ボードレールの東洋趣味を研究した経緯から、蓋然性が高いとする（阿部良雄「註釈」、『ボードレール全集』、前掲書、第六巻、六八六頁）。実際、本文で引用するシャンフルーリの証言に従えば、この箇所はボードレールの真筆と考えて間違いない。また近年では一八六〇年代のジャポニスムの黎明期の一員としてボードレールが言及されるようになっている。例えば次を参照。Paul Perrin, « Autour de Manet et des impressionnistes, Le premier japonisme en peinture » *op. cit.*, pp. 42-49.

(78) ラカンブル夫妻が述べるように、「中国の門にて」は中国茶の専門店というよりもむしろ、東洋の物品全般を扱っており、日本の物品を買うこともできた（Jean et Geneviève Lacambre, Champfleury, *son regard et celui de Baudelaire*, *op. cit.*, p. 140）。またJ＝H・ウーセは特に漆製品について、日本のものも扱っていることを示唆している。「この産業は日本に起源がある。しかし中国人たちはこれを変わったやり方で改善した。しかしながら、中国の釉をかけられた木製品は、構図の豊かさと多様さで上回るものの、日本のものから抜きんでるほどではない」（J.-G. Houssaye, *Notice sur la Chine pour servir de Catalogue à la grande Exposition chinoise*, *op. cit.*, p. 63）。なおJ＝H・ウーセが続けて述べることによれば、漆製品は長きにわたって西欧で珍重された。ボードレールは漆の書見台をドゥゾワ夫婦の店に修理に出したが、別のところで購入した可能性もある。

(79) Champfleury, *Son regard et celui de Baudelaire*, *op. cit.*, pp. 144-145.

(80)『現代生活の画家』で「世界人」の語は随所に登場するが、例えば第二章の標題は「芸術家、世界人、群衆の人、子供」（OC II, 687）となっている。

(81) Jean-Paul Bouillon, « À gauche : note sur la société du Jing-Lar et sa signification », *Gazette des Beaux-Arts*, mars 1978, pp. 111-113. ブラックモンとファンタン＝ラトゥールは特に、一八六八年から一八六九年にかけて、日本美術について語る「ジャング・ラール Jing-Larの会」の基本メンバーとなった。これは月一回、日曜日に開催される会で、名称は「安酒」« ginglard »に由来する。基本メンバーは八人で、シャンフルーリとティソはそこに含まれていない。しかしプーレ＝マラシはブラックモンとの縁で参加し、第二帝政を批判するようになる。

(82) 阿部良雄によると、ファンタン＝ラトゥールはボードレールの日本趣味の収集物を譲り受けた（阿部良雄「註釈」、『ボードレール全集』、前掲書、第六巻、六八六頁）。

(83) Champfleury, *Son regard et celui de Baudelaire*, *op. cit.*, pp. 140-145.

(84) ラカンブル夫妻によれば、シャンフルーリは北斎の浮世絵を四枚、所蔵していた。これは一八九一年一月二十六日に売り立てのカタログに掲載された。Jean et Geneviève Lacambre, Champfleury, *son regard et celui de Baudelaire*, *op. cit.*, p. 140.

（85）Champfleury, *Les chats*, J. Rothschild, 1869, pp. 254–255.

（86）*Ibid.*, pp. 276–278.

（87）*Ibid.*, p. 193.

（88）*Ibid.*, p. 129. これはティソの所蔵品が出典となっている。

（89）*Ibid.*, p. 22, 74, 208 et 220. 馬渕明子『ジャポニスム、幻想の日本』、ブリュッケ、二〇〇四、二三二頁。

（90）Champfleury, *Les chats*, *op. cit.*, pp. 109–112.

（91）Charles Robert Maturin, *Melmoth ou l'homme errant*, texte traduit par Jean Cohen, Chez G. C. Hubert, 6 vol., 1821–1825, t. IV, p. 103. もっともこの仏訳は原文とは異なる点もある。例えば章組は自由に変えられており、翻訳の扉には「自由に英語より訳した」と記されている。本研究はボードレールの若い頃の読書を考えるべくこれより引用した。しかし後年の詩人は再訳の必要を訴えている（CPl II, 461）。

（92）Charles Robert Maturin, *Melmoth ou l'homme errant*, *op. cit.*, p. 114.

（93）エッセイ「笑いの本質について、および造形芸術一般について」（OC II, 531）と「オノレ・ドーミエ氏の肖像のための詩」（OC I, 167）には、メルモスの名が登場する。また「我ト我身ヲ罰スル者」の末尾で笑う男は、メルモスを暗示しているのではないか（OC I, 79）。さらに一八五九年の母宛の手紙によれば、ボードレールの書架にはマチューリンの戯曲『バートラム』の原書と仏訳があった（CPl I, 613）。一八六五年のミッシェル・レヴィ宛の手紙でボードレールは、『メルモス、あるいはさまよう男』の仏訳があることを記しつつも、忘れられた名著を再度訳す意義を説いている（CPl II, 461）。もっとも同小説は長大なものであり一八二一年の訳本で六巻、千五百八十九頁である。およそ片手間でできる仕事ではない。C・ピショワが注意を促すように、ボードレールが訳そうとしていたのは『バートラム』の方ではないか（Claude Pichois, CPl II, 867）。

（94）Georges Bonneau, *Mélanges critiques*, Dil Ve Tarih, 1956, pp. 34–35. 多くは次の書籍に拠っていたと推定されている。Eugène Burnouf, *Introduction à l'histoire du bouddhisme indien*, royale, 1844.

（95）Georges Bonneau, *Mélanges critiques*, *op. cit.*, pp. 32–33. 松本勤は他に、一八五一年頃の不穏な世相（ナポレオン三世によるクーデター）と東洋思想の影響との関連性を挙げる（松本勤「註釈」、『悪の花、註釈』多田道太郎編、前掲書、上巻、七〇六―七〇七頁）。

（96）この点を言うには、まずボードレールの散文詩「孤独」を思い返さなければならない。詩の語り手はパスカルの言葉としつつ、次のように書く。「私たちの不幸のほとんど全ては、部屋に留まっていられなかったことに由来する」（OC II, 314）。パスカルの元の文章は次のものである。「人間のあらゆる不幸は一つの物事、部屋で休んでいられなかったことに由来すると私は発見した」（Blaise Pascal, *Pensée*, éd. par Léon Brunschvicg, Hachette, 3 vol., 1904, t. II, p. 53. なお断章番号ではブランシュヴィック版で一三九、ラフュマ版一三六となる）。「ミミズクたち」に対応するのは断章の続きである。パスカルは裕福な人間たちがその富を享受するのではなく、あえて大金を積んで軍人の地位を買い進んで苦難に身をまかせることなどを例に挙げ、人間には、その惨めさを忘れるために動きたい欲望があるのだと指摘する。パスカルは人間たちの行動を次のようにまとめる。「人間は多くの喧騒 bruit と動き remuement を好む」（*Ibid.*, p. 57）。

（97）これらの諸相は次にまとまっている。Claude Pichois, OC I, 806–807.

（98）AB II, 876–911.

（99）現代のフランス語において、« abuser » は「濫用する」など、肯定的な意味ではない。しかしエミール・リトレの『フランス語辞典』は第一語義を「悪用する」と規定するが、第二語義を「完全に」absolument と記している（*Dictionnaire de la langue française*, par Émile Littré, *op. cit.*, t. I, p. 24）。

（100）阿部良雄「註釈」、『ボードレール全集』、前掲書、第一巻、四七五頁。

（101）Claude Pichois, OC I, 847.

（102）Ernest Prarond, la lettre à Eugène Crépet en 1886, *op. cit.*, pp. 26–27.

（103）Claude Pichois, OC I, 880.

（104）*Ibid.*, 835–836.

（105）*Ibid.*, 856. また草稿は以下を参照。AB III, 1949.

（106）Gustave Le Vavasseur, Ernest Prarond et Auguste Argonne, *Vers*, Herman Frères, 1843.

（107）Chennevières, *L'Abeille de Fontainebleau*, 22 octobre 1869, texte reproduit par Claude Pichois et Jean Ziegler, *Baudelaire*, *op. cit.*, p. 169.

（108）Claude Pichois, OC I, 967.

（109）Graham Robb, *La poésie de Baudelaire et la poésie française 1838–1852*, Aubier, 1993, pp. 268–270.

（110）C・ピショワによれば、「レスボス島」に同性愛の意味が加わったのは近代のことである（OC I, 793–794）。『十九世紀万物百科大事典』はレスボス島の項目で、島が古くは交易地として栄えたことを記した後、島の女たちは「ひたすら快楽に専心する宿命にあり」、またそれが「恥ずべき風習」と述べている（L'article sur le terme « Lesbos », *Grand Dictionnaire universel du XIXe siècle*, *op. cit.*, t. X ; 1873, p. 402）。

（111）「あるマラバールの女へ」を含めれば五十五篇となる。本研究では阿部良雄の見解に従い、当時の資料を網羅的に複写した『ボードレールのアトリエ』（AB）で確認した。阿部良雄「解題・詩集『悪の花』の成立」、ボードレール、『ボードレール全集』、筑摩書房、

全六巻、一九八三—一九九三、第一巻、四三三頁。

（112）一八五七年三月を過ぎると、プーレ＝マラシは苛立ち始める。彼は三月に製本してしまった。しかしボードレールの方は、校正刷に書き込みを入れつつ、新たに詩を足すことさえ考えていた（CPl I, 383-384 ; CPl I, 387）。

（113）Jacques Crépet et Georges Blin, dans Baudelaire, *Les Fleurs du mal*, *op. cit.*, p. 226.

（114）Graham Robb, *La poésie de Baudelaire et la poésie française 1838-1852*, *op. cit.*, pp. 385-392.

（115）Claude Pichois et Jean Ziegler, *Baudelaire*, *op. cit.*, p. 156.

（116）Barbey d'Aurevilly, OC I, 1196. また、この一節は『悪の花』裁判において、弁護士が引用した。Barbey d'Aurevilly, OC I, 1214.

第二章　ボードレールの演出——新プラトン主義と「ダンディ」

ボードレールは自伝的な情報を核に詩を書いていた。しかし彼はモデルとなった女の細部の情報を伏せたり、自分自身のプロフィールを演出したり、草稿を残さなかったり、詩を書いた順序を読者に見せなかったり、さらには詩を物語のように配置したりすることで、語り手「私」を自分とは異なる存在に加工した。前章の議論を受け、本章ではボードレールがこのような演出を行った動機を考察することにしたい。

まず思い返しておきたいのは、ボードレールの有名なダンディズムである。後で示すように、彼は高価なチョッキを着用していたことをはじめ、身だしなみにこだわりがあった。自らのイメージを演出することは、ダンディズムと大きな関わりがあると言える。しかし彼にとってダンディズムは独特の意味を持っている。「実際、私がダンディズムを宗教の類とみなしたのは、全くの間違いではないのだ」（OC II, 711）。ダンディズムが宗教につながるという発想は一見、誇張に思われる。だが彼の芸術論は神学的な問題と結びついていた。美に関する理論としてダンディズムを理解した上で立ち戻れば、彼の思想の奥行きがわかるのではないか。

ボードレールの美に関する思想を理解する上で鍵になると作家研究で考えられてきたのは、新プラトン主義である。[1]これはどのような思想だろうか。美術史研究において教科書的な位置を占めるに至ったE・パノフスキーの『イデア』は、新プラトン主義を軸に美の歴史を整理したものである。『イデア』によれば新プラトン主義は、プラトンの名こそ冠しているものの、プラトン自身の思想と大きく異なる。E・パノフスキーはプラトンの思想を次のようにまとめている。「プラトンにとって芸術的創造の価値とは科学的な探求の価値として規定されている」[2]。プラトンはそもそも芸術を高く評価しなかった。彼はあくまで科学的な真理を探究しようとするのであって、美は真理に付随するものだと考えた。しかし真理を伴わない美もある。プラトンはこのような美を虚偽と切って捨てたのである。

他方、プロティノスは、美こそが真理を導くものだと考える。すなわち彼にとって美は、たとえ実体がなく、存在していなかったとしても、本来あるべき理想を人間に示すものである。そして彼はこの理想をこそ、真理と考えたのである。つまり一言で、プラトンとプロティノスは、「真理」と呼ぶものが異なるのである。

プロティノスの思想を受け継いだ新プラトン主義者たちは、特にマルシリオ・フィチーノ以降、神が作った世界は不完全であり、芸術家が作り直さなければならないと考えるようになる。ボードレールは、自分自身を含めて自然にあるものが悪であり、欠点を修正しなければならないと考える。この点において彼は、フィチーノ以降の新プラトン主義者らと方向を等しくする。しかし彼の議論は近代人のものである。彼は理想の追求を信仰ではなく、芸術的な技や、ダンディズムとして説明するのだし、芸術家の限界も重々承知していた。

先行研究でボードレールが自らを変えたことは、第一部の序で触れたように、精神的な病理と理解されることが多かった。しかし新プラトン主義が自然の修正を重要視していたことと結びつけて考える時、彼の自己演出が自らを矯正するという意味で、芸術に関する思想と密接に関連していることが浮かび上がってくる。

本章は第一節で、ボードレールが一八四〇年代から一八五〇年代にかけてカトリック的な神秘主義に接近した諸相を整理する。第二節では新プラトン主義の特徴を整理する。第三節ではボードレールの思想に新プラトン主義と共通する点があることを指摘しつつも、近代人として相違があることを示す。以上を踏まえて第四節では、ボードレールのいう「ダンディ」が、自然を修正するという点で新プラトン主義と通底したものであることを明らかにする。第五節では近代社会における「ダンディ」の限界を論じる。

1. 十九世紀フランスと新プラトン主義

C・ピショワとJ・ジグレールによれば、一八四七年頃の革命が起きる寸前のフランスの思想は大きく二つの潮流があった。一つは社会主義的な潮流、もう一つは新プラトン主義に通じる神秘主義的な潮流である。[3]ボードレールは若い頃から二つに関心を持っていたが、ナポレオン三世のクーデターで社会主義に失望した後、ますます神秘主義に接近することになる。以下では、(1)まず先行研究を念頭に置きつつ、時代の流れを整理する。(2)その上でボードレールがどのように新プラトン主義に接近していったのかを考えたい。(3)これを掘り下げる形で、彼がリセの頃から古代ギリシアの思想に関心があったことを指摘する。

(1) 社会主義と神秘主義

まずボードレールの社会主義への接近を示す顕著な例は、後に『悪の花』と命名し直す詩集のタイトルを一八五一年には『冥府』*Les Limbes* としていたことである。[4]« limbe »とは『十九世紀万物百科大事典』が記すように、元は「縁」を示す言葉である。「冥府」という語は『旧約聖書』にも『新約聖書』にも登場しない。この語を用いたのは十二世紀のペトロス・ロンバルドゥスをはじめとする神学者たちである。彼らによれば、イエスは磔刑の後、復活するまでの死後三日、この「冥府」にいたという。しかし具体的なイメージを示したのは、十三世紀の詩人ダンテ・アリギエーリである。彼が『神曲』で描いたように「冥府」は天国でも、地獄でもない第三の領域である。冥府には裁きを待つ者の他に、裁きの対象外の者たち――古代ギリシアの賢人たちをはじめ、カトリックの洗礼を受けていない者たち――も拘留されているのである。

C・ピショワが諸研究をまとめつつ首肯するように、十九世紀中葉の社会主義者たちは「冥府」を時代の過渡期を意味する言葉として使っていた。[5]社会主義者らにすれば、当時は「社会の始まり、工業化の不幸な時代」が、望ましい社会主義へと移行するための中間地点であった。彼らはこうした宙吊りの時代を、「冥府」という死者たちの領域になぞらえたのである。ボードレールの友人にして、後にヘーゲルの著作を訳すことになるジャン・ヴァロンは、ジョゼフ・プルードンや、シャルル・フーリエに結びつく社会主義的な印象を出そうとして、『悪の花』の詩人が「冥府」を当初のタイトルに選択したはずだったと示唆している。(6)

しかしC・ピショワが注意を促すように、ボードレールの社会主義への傾倒は一八四九年二月二十四日から、一八五一年末のナポレオン三世によるクーデターで途切れることになる。一八五二年三月五日に彼が公証人のナルシス・アンセルに宛てた手紙には、その旨がはっきり書かれている。

十二月二日が私を身体的に脱政治化しました。
LE 2 DÉCEMBRE m'a physiquement dépolitiqué.
(CPI, 188)

「脱政治化」という独自の言い回しにつけられた副詞「身体的」physiquement は今日のフランス語で稀にしかない。これはリトレの『フランス語辞典』によれば、「現実的・物理的なやり方で」の意味である。(7) 語の解釈は『十九世紀万物百科大事典』においても同様である。(8)

P・ラフォルグは、脱政治化が物質的な次元のことであり、精神的な次元や、詩作品における次元でのことは指さないと考える。(9) つまりP・ラフォルグは、ボードレールが精神における次元では、政治と何らかの関わりを持ち続けていたと考えるのである。この可能性は一概に否定はできない。(10) とは言え、ボードレールが一八五二年以降、政治運動への直接的な参加に一線を画したことは、作家研究者らの間で意見が一致しているのである。

脱政治化の後、ボードレールがより一層、接近することになったものは、前々から関心を持っていたカトリック的神秘主義である。以上の流れを踏まえて、彼の神秘主義への接近を辿り直してみたい。

(2) ボードレールと新プラトン主義

ボードレールが新プラトン主義の影響にあることは、諸研究者らが指摘したことであった。例えばM・エイゲルディンゲルは韻文詩「手の施しようのない者」がプロティノスの強い影響下にあると指摘している。[11] この解釈はC・ピショワも強く支持している。[12] また美術史研究のA・ハウザーによれば、ボードレールの発想には、新プラトン主義者と通底するものがある。[13] これらを念頭に整理し直していきたい。

ボードレールがはっきりとプロティノスの名を書いた事例は、一八四七年に発表した自伝小説の性格を持つ『ラ・ファンファルロ』の一節である。ここには主人公サミュエルが『エネアデス』を読む描写がある。

さて、今日はプロティノス、あるいは、ポルフュリオスの神秘的なページを苦労して解読する。(OC I, 554)

ポルフュリオスはプロティノスの弟子であり、師の著述を編纂した。ボードレールは『エネアデス』がプロティノスの作品であるばかりではなく、ポルフュリオスの作品でもあるのだ、と示唆しているのである。これは彼が『エネアデス』について、ある一定以上の知識を持っていたことを示している。

だが神秘主義への注目は、一八四〇年代から一八五〇年代の流行でもあった。M・エイゲルディンゲルの『ボードレールのプラトニズム』は詩人がプロティノスやフィチーノの著述を直接読んでいたかについて一旦、留保している。[14] しかし同著によれば、新プラトン主義者たちの著書はいずれもプロティノスやフィチーノの影響を色濃く受けている。ボードレールはこれらを読むことで、読んでいなかったはずのプロティノスの思想に導かれていたのである。彼に影響を与えた新プラトン主義者に数えられている著述家たちを簡単に整理したい。

まずエマヌエル・スヴェーデンボリと、オエネ・ヴロンスキーである。C・ピショワとJ・ジグレールの評伝『ボードレール』は、詩人が二人の著作を手に持って歩き、その重要性を強調していたと伝える。[15] これを証言したのはシャンフルーリである。[16] 彼によるとボードレールはこの時、ルーヴル美術館で十六世紀の画家アニョーロ・ブロンズィーノの作品を賞賛していたという。当時のイタリアで、フィチーノは芸術家に広範な影響を与えた。これらからは、ボードレールが新プラトン主義に関連するものを積極的に受容していたことが察せられる。また『評伝』によると、ボードレールが愛好したオノレ・ド・バルザック、ラルフ・エマーソン、ジョゼフ・ド・メーストル、エドガー・ポーなどの著作が、新プラトン主義の思想を彼に伝えたのである。

(3) 若い頃の関心

だが本研究ではもう一つ、直接的にボードレールが新プラトン主義思想へ接近しえた事例を付け加えておくことにしたい。彼がリセでラテン語やギリシア語に特異な才能を発揮し、作文コンクールに何回も出場し、表彰されたことはよく知られている。[17] こうした古典への関心と哲学の講義のテーマがあいまって、彼がプロティノスの著作に関心を持った可能性があるのではないか。一八三九年二月二十六日の義父オーピック宛の手紙を読みたい。

私は、正確に言えば、学校のクラスについていくために助けを必要とはしないのですが、復習教師にお願いしたいと思っていることがあります。それは哲学についての追加分のものであり、学校のクラスではやってもらえないものなのです。つまり大学の課程には組み込まれていない宗教や、私たちの先生が私たちに理解させる時間が確実にないであろう〈美学〉、あるいは諸芸術の哲学なのです。／私が同様に頼みたいのはギリシア語です。(……) ご存知の通り、私は古代の諸言語が好きで、ギリシア語に大変興味を持っているのです。(CPI I, 67)

注意しておきたいのは、哲学、美学、ギリシア語の組み合わせである。C・ピショワとJ・ジグレールの『評伝』によれば、一八二〇年代生まれのフランス人で、エコール・ノルマル・シュペリウールへの進学を希望する生徒にとって、ヴィクトール・クーザンの思想哲学に関する知識は必須であった[18]（同校はフランスで最も高い位置付けにある高等教育機関で、そこへ進学することがエリートの登竜門になる）。ボードレールの通ったルイ゠ル゠グラン高校は二つも、クーザンの思想を概説する講義を設置していた。一つはクーザンの弟子で博士課程の院生でもあったジュール・シモンの講義である。もう一人はアリスティド・ジャスマン・イアサント・ヴァレットの講義である。『評伝』はボードレールが二人の講義を受講していたことを確認している。

クーザンは『哲学的断章』で、自らの哲学を示す前に前提的な知識として、プロティノスの古代哲学から、クーザンにとって個人的に親しいヘーゲルの思想までを整理する。[19] 若いボードレールが義父宛の手紙で関心があると書いたのは、このような哲学史ではないのか。ボードレールは家庭教師に、エコール・ノルマル・シュペリウールを修了し、後に精神科医として名を為すシャルル・ラセーグを望んだ。ボードレールの願いはすぐに叶えられなかったものの、ルイ・ルグラン高校を放校になり、サン・ルイ高校に転校した時、認められる。

しかしラセーグは当初こそ理想的に思えたものの、最終的にボードレールには納得がいかないものとなった。バカロレア試験の際、一八三九年六月から彼は一ヶ月、パリのラセーグの実家に滞在した。七月十六日、彼は方向性が違うことを母親に報告する。「私はラセーグ氏を不満にさせました」(CPI I, 76)。

これらを整理すると次のようになる。若い頃のボードレールは新プラトン主義的な美学に興味を持ったが、十分に深めることができなかった。しかし彼はその後、C・ピショワやM・エイゲルディンゲルが述べたように新プラトン主義の書物に触れることで、間接的であったにせよ、その源となる新プラトン主義の考え方に到達することになったのではないか。その始まりはリセの頃にあったのではないか。以上を念頭に、新プラトン主義の思想とボードレールの著作とを対応させ、具体的に相違点を考えていくことにしたい。

2. 新プラトン主義の特徴

新プラトン主義者らに共通する大きな特徴の一つは、現世にある物質的なものは全てが虚飾で、精神的なものこそが真だと考えることにある。始祖となるプロティノスの主著『エネアデス』の第六巻第九論文の冒頭に、この思想は凝縮されている。「全ての存在、基本的な存在と同様に存在という名を受け付ける資格のあるものは何であれ、その統一性によってのみ、存在なのである。統一性がないのなら、実際、存在はどうなってしまうのか。統一性を剥奪されたのであれば、存在はそうであると我々が述べるところのものであることを、やめてしまうだろう[20]」。プロティノスは一なる神にこそ、本質や真理があると考える。

ボードレールにとって統一性の観念は創造を考える上で重要であった。彼は『内面の日記』にエマーソンの言葉を書き写す。「人生において一つの賢明なことは、集中である。一つの悪は消散である」(OC II, 674)。また彼は統一性を手掛かりに次のように天地創造を考察する。

> 統一性 unité が二元性 dualité になったことだとすれば、堕落したのは神ではないか。言い換えれば、天地創造とは、神の堕落ではないのか。(OC I, 688-689)

統一性を問題としている点で、彼はまさに新プラトン主義的である。しかしD・ヴーガが注意を促したように、ボードレールは神が堕落しうる存在だと考えている[21]。彼が神の堕落を指摘したのはここだけではない。別の箇所で彼は神が作った世界に欠点があるとまで指摘している。

> 宇宙の原理がいかに一なるものであろうとも、自然は絶対的なものも、完全に揃ったものも与えない。(OC II, 455)

新プラトン主義の文脈で、彼の考えはどのように位置付けるべきだろうか。再びE・パノフスキーの『イデア』に拠りつつ思想史を簡単に整理し、ボードレールの思想を論じる手がかりにしたい。

三世紀にプロティノスとポルフィリオスが『エネアデス』を編纂した後、彼らの思想は四世紀前後にカトリックの世界に取り込まれていくことになる。まず聖アウグスティヌスである。この頃のカトリック教徒たちは、神の創った世界は完全なものでなければならないのであって、そこに被造物である人間が瑕疵を見つけたり、何かを付け足したりすることは、神の完全性を否定する冒瀆行為だと考えた[22]。

四世紀の頃の新プラトン主義者からすれば、ボードレールの考え方は異端以外の何物でもないだろう。しかしその後、十四世紀にペストが流行するなど、西欧世界では神の作った世界の不完全さが露呈していく。時代の変化の中で十五世紀のプラトン学者、マルシリオ・フィチーノは、芸術家と神との関係について新たな理論を構築した。そして彼の思想が新プラトン主義の新たな基盤となるのである。

まずフィチーノは、神の創造した世俗の世界が完璧だと考えない。神そのものは完全無欠であるとしても、現世には神の力が及ばず、不本意にも不純物が混じり込んでいると彼は考えるのである。しかし人間は神が理想とした天上の世界に行くことはできないが、神が思い描いた本来の造形物の姿を垣間見ることは許されている。「神の内在的な力」であるところのヌースは、そのために人間に与えられた恩寵である。フィチーノによる『プラトン『饗宴』註解』第四章には、この点がはっきりと示されている。

〈宇宙〉におよぶ神の内在的な力は、その恩寵の効果によって、彼の子供たちのようなものであるところの、〈天使たち〉と、神の力が創造した魂の数々の中に、深く入り込んでいる。この光の中にあっては、何事をも創造することが可能な力がある。この神的な光は、世俗の物質におけるよりも、神により近いものとして、その被造物の最も純粋なやり方で、世界全体の秩序を説明してみせる。そういうわけで、我々が見ているもの全ては、その世界にいる〈天使たち〉の中や魂の数々の中に、我々が目で見るよりも、はっきりと存在しているのである[23]。

フィチーノによれば、世界は神的光によって創られた。光は神の力であり、世界の秩序を形成している。人間にはこの光を認識する力が与えられている。これがヌースである。

彼は人間の魂の中に植え込まれたヌースを神的な世界（イデア）の「痕跡」（ラテン語でformulae）と呼び、人間が前世から来世まで普遍的に持つものと位置付けた。このようにして彼は、プロティノスの神秘主義思想とカトリックとを融合し、「神的ヌースにおけるさまざまな事物の範例」を定義したのである。(24)

さらにこのような議論によってフィチーノは、芸術家に従来と異なる使命を与える。聖アウグスティヌスにとって、神の創った世界は完璧なものでなければならず、それを修正するなど、瀆神以外の何物でもなかった。しかしフィチーノによれば、神は世界を不完全に創ってしまった代わりに、人間にそれを修正するための手がかりを与えた。つまり人間は神的光を用いた創造は行うことができないものの、光を見ることによって神が意図せずして失敗した点を理解することができる。芸術家は強いヌースの力を持っており、本来あるべき世界の理想を芸術作品によって人々に示すことを使命としているのである。

3．五つの論点

ボードレールは聖アウグスティヌスにも大きな影響を受けていた。「異教派」で彼は次のように述べる。「見ることのあまりの快楽に、聖アウグスティヌスが感じた全ての悔恨を私は正しいと認める」（OC II, 49）。第二部で彫刻を論じつつより詳しく示すように、ボードレールは少なくとも聖アウグスティヌスの『告白』を熟読していたのであり、またその影響を受けつつ、美について考えたのである。

しかし神に欠点があると考えるボードレールの思想は、フィチーノ以降の新プラトン主義者の影響を受けている。以下では(1)共通する点を三点、(2)違う点を二点、指摘しておきたい。その上で、(3)近代人であるボードレールが新プラトン主義者たちと異なり、世俗の力を重要視していたことを示す。

(1) 三つの共通点

第一の共通点は、ボードレールが人外の存在から力を芸術家が授かるという思想を否定していないことである。『一八五九年のサロン』で彼は次のように述べている。「ロマン主義とは一つの恩寵 grâce であり、天上的であろうと、地獄的であろうと、そこにおいて我々は永遠のスティグマを受けなければならない」(OC II, 645)。「恩寵」とあるように、芸術家の力は祝福であれ、呪いであれ、神が与えたものである。

第二の共通点は、ボードレールの芸術論にフィチーノのヌースに相当する言葉が見当たることである。ボードレールは『一八五九年のサロン』で「想像力」imagination を次のように説明している。

彼女は分析力であり、彼女は総合力である。(……)彼女は世界を創造したのだから(私はこのことを宗教的な意味においてさえ言うことができると思っている)、彼女が世界を支配することは正しい。(OC II, 620-621)

ボードレールは想像力を擬人化し、創造主に近い存在として描く。彼は『一八五九年のサロン』の続く第四章で、キャサリーヌ・クロウの伝奇集『自然の夜の相』[25]を引用して、その神秘の力を説明している。しかしクロウの著作は、怪奇現象を含む小話を集めたもので、創造的想像力に関する理論書のようなものではない。C・ピショワをはじめとする作家研究者らは、ボードレールにはクロウの著作を読むのに先立って、新プラトン主義のヌースについて素養があったと考える。[26] 実際、初期から後期の批評まで彼は、世界を構築する力を持つ特殊な想像力が、芸術家に必要であることを強調してやまない。『一八四六年のサロン』で彼は、デッサンと構成に「想像力」が必要だと訴える(OC II, 489)。また『一八五九年のサロン』で彼は、壮大な計画を実現するには「力強い想像力」が重要だと述べる(OC II, 670)。つまり彼は一八五九年前後に創造的想像力の議論を始めたのではなくて、一八四五年から一貫して、その重要性を唱えていたのである。

ボードレールと新プラトン主義者たちとの間にある共通点の第三番目は、神の作った自然を不出来なものだと考えていたことにある。ボードレールは『一八四六年のサロン』の理論部で、芸術家の本来あるべき制作の仕方について次のように説明する。芸術家は制作の準備として、「自らのモデルのゆっくりとした誠実な研究」（OC II, 456-457）をしなければならない。しかしモデルが必要になるのは、あくまで準備段階のことである。モデルの観察から理想は導き出せない。なぜなら理想とは、あくまで観念的なものだからである。

> 一つの理想とは、個体によって修正された個体であり、絵筆や鑿によって再度構成され、その本来のハーモニーの輝かしい真実へと引き戻された個体なのだ。（OC II, 456）

ボードレールによれば、そもそも完璧なモデルは世界のどこにも存在しない。そうであるのだから、芸術家は想像力でモデルの本来あるべき理想の姿を探り当て、欠点を修復した姿を念頭に、制作を行わなければならない。『一八五九年のサロン』でボードレールはよりはっきりとモデルの限界を指摘する。

> 私はあるがままに物を表象することが、無意味で下らないことだと思う。なぜならあるがままのものは、何一つ私を満足させないからだ。自然は醜い。私は実証的な positif くだらないことよりも、私の幻想のもたらす怪物たちが好きだ。（OC II, 620）

この一節から読み取れることは二つある。まず彼は、モデルを模倣して作品を作る芸術家を批判しているということである。しかしこれはギュスターヴ・クールベのようなレアリストたちのことではない。「実証的な」という言葉でボードレールが示唆するのはむしろ、エルネスト・メソニエやマルタン・ドロリングのようにフランドル派の流れを継承した細密な作風の画家たちのことである。(27) 彼らは画壇の中心的存在になっていた。

だが本研究がここで注目したいのは、もう一つの点である。ボードレールはそもそも自然の事物それ自体が彼を満足させないのだから、自然をいかに緻密に再現したところで、彼を満足させることはない、と述べている。モデルとなる自然を警戒する態度はまさに新プラトン主義者のものと考えることができる。

美術史家A・ハウザーは、詩人としてのボードレールが自然を描く際、決して見たままをそのまま描かないことに、新プラトン主義と通底する自然への警戒心を看取する。[28] A・ハウザーが取り上げるのは、例えば「ロマン主義の夕日」における太陽の修辞である。ボードレールは情景を写し取るのではなく、想像力を混ぜ込む。

新鮮そのものになって登ってくる時　〈太陽〉のなんと美しいことか、
朝の挨拶を　爆発のように　私たちに投げつける！

(OC I, 149)

詩人が太陽に注目するのは、日の出のたびに「新鮮そのもの」になり、理想を回復するからである。新プラトン主義とボードレールとの精神的な接点をA・ハウザーは、次のようにまとめている。「芸術はわれわれがすでに知り所有している事物を模写するものではなく、何か見知らぬものを開始し、そうしなければわれわれの経験にとっては存在しないような客観的な世界を創造するものである[29]」。

(2)　二つの相違点

しかしボードレールの生きていた近代は、フィチーノたちの頃にもまして、神が信頼に足らない存在になっていた。この意味で彼はフィチーノ的な新プラトン主義者から遠ざかっていく。二つの特徴にまとめたい。

第一にボードレールは神を怠慢だと考えている。例えばイエスの磔刑を描いた「聖ペテロの否認」は神に対する不信感が顕著である。詩人の化身である語り手は、イエスの苦悩に寄り添いつつ、横暴な神を批判する。

神はそれで　何をしているのだろう　呪詛がこのように波となって
その愛しい〈熾天使たち〉に向かって毎日　押し寄せているというのに？
肉や酒で満たされた一人の暴君のように、
我々の恐るべき冒瀆行為も心地よい音とし　神は眠っているのだ。

(OC I, 121)

ボードレールによれば悪は神の怠慢によって発生している。正義は人間が意思を持って行わなければならない。

——もちろん、私は出ていくだろう、この私は、満足だ
行動が夢の妹ではない一つの世界から［私は出ていくことに］。
私は剣を用いて　そして剣によって死ぬことができないか！
聖ペテロはイエスを否認した……彼はよくやった！

(角括弧内は論者、OC I, 122)

神が無能で怠慢で、「行動」（現実）は「夢」（理念）とは重なり合わさない。詩の語り手であるボードレールの化身は『マタイによる福音書』に記された「剣を持つものは剣によって滅ぼされる」[30]というイエスの言葉を変えながらも、理想を求めて滅ぶのならば本望だと喝破する。

第二にボードレールがモデルとなる事物の理想形を認識するやり方は、フィチーノら新プラトン主義者とは異なった。つまり新プラトン主義者らが霊感と信仰の綯い交ぜになった神秘の力ヌースに頼ったのに対し、ボードレールはこれだけではなくて、世俗的な力——生理現象というべきもの——に頼ったのである。彼は「若い文学者たちへの忠告」で霊感の働き方を食事や睡眠になぞらえて説明する。

霊感は、空腹や、消化や、睡眠のように、作動する。

(OC II, 18)

芸術家の脳は、作品を作ろうとする時、モデルに関する情報を消化している。消化ができた時、芸術家の脳裏には作品のあるべき姿が思い浮かんでくるとボードレールは言うのである。

さらにボードレールは後期の美術批評『現代生活の画家』で、画家ギースが制作をする時に見せる火のついたような怒りを例にとりながら、忘却が霊感と似た効果を上げるメカニズムをより詳しく説明している。

かくして、G氏の制作では、二つの事柄が現れる。一つは、記憶を蘇らせ、呼び出そうとする集中力である。記憶は一つ一つの物事にこう言うのだ。「ラザロよ、起きよ！」。もう一つは、鉛筆と筆の、炎のようなもの、陶酔のようなもので、ほとんど嵐にも似ている。これは十分に素早く描けていないのではないか、統合が抽出され把握される前に幻影が逃れ去るままにしてしまうのではないか、という恐れである。あらゆる偉大な芸術家たちがもっている苛烈な恐れとはこのようなものだ。そして、あらゆる表現の方法を所有したいと彼らに熱烈に欲望させるのは、この恐れである。というのも、精神の秩序が、手の躊躇いの数々によって悪化しては、絶対にならないからだ。また、最終的に制作は、理想的な制作は、夕食をとった健康な人間の脳にとってそうであるのと同じように、無意識的で、すらすらいくものとなってほしいからだ。（OC II, 699）

芸術家たちは、自らがイメージしたことを忠実に作品に再現することを目的としている。これにあたってはまず、イメージが思い浮かんだ時に素早く描く技術を芸術家たちが持っていなければならない。

注意しておきたいのは、ボードレールが脳のメカニズムを「夕食をとった健康な人間」になぞらえ、「無意識的」という言葉を用いていることである。彼は時間が経つにつれて記憶を整理する脳の自然なメカニズムを利用することで、作品の理想的な仕上げができると考える。つまり芸術家がモデルの細部を忘却することによって、無駄な細部が捨て去られ、作品を制作する上で必要な要素だけが残ると彼は考えるのである。

(3)　芸術家ボードレール

以上のことはボードレールの詩作の方法に重ね合わせることもできる。本研究は第一章で彼がメモを接合し、それを何度も清書することで詩を書いていたことを示した。詩人のメモは、画家で言えばスケッチに相当する。またメモの清書とは、画家がすでにスケッチしたものを記憶の中で統合し、一気に全体を描き出すことに置き換えることができる。そしてボードレールは画家を論じつつ、最後の清書までに何年もの時がかかることを示唆しているが、彼自身は詩を発表するまでに最大で十五年、作品を温めていたのである。

しかしここで強調しておきたいのは、彼が忘却という生理現象を意識的に利用したことである。これは彼の近隣の詩人と比べて特殊なことであった。例えば彼と同年代で近しい関係にあった詩人バンヴィルは霊感を利用した。創作論『フランス詩小論』によれば、詩人は「超自然的で神的な贈与」[31]によって書くのであり、「詩人にとって、思想と脚韻は一つのものでしかない」[32]。バンヴィルは言わば、天啓を受けて詩を書くのである。

またボードレールが英語から翻訳することでフランスに紹介したエドガー・ポーは論理によって詩を書く[33]。ポーは「大鴉」の制作の手順を次のように説明する。彼はまず英語の特性を考え、最も発音が印象的な音として、子音《r》と母音《o》を結びつけた単語に注目する。その上で悲哀を帯びた単語として彼は《Never more》を選定する。その上で彼は、この単語を繰り返し発言したとしても不自然にならない主体として鴉を選ぶ。また同時に、彼は憂鬱な状況を一層鮮烈なものとするべく、恋人と死別した男の嘆きをテーマに選ぶ。

ボードレールは二人に影響を受けることがあっただろう。しかし詩を書く上で彼は、霊感でも論理でもなく、生理現象を重要視していた。彼は神の力や、理性の力を借りるのではなく、自らの肉体に基盤を置き、そこから芸術を考えたのである。しかし彼は肉体を信頼していたわけではないだろう。むしろ肉体は信用ならないものであり、優れた作品を生み出すために、彼は芸術家が慎重にならなければならないと考える。だからこそ彼は作品を構想した時から完成させる時までに、長大な時間をかけたのではないか。

ボードレールは自らの肉体的な悪の監視をより高度に方法論化し、徹底することになる。これが「ダンディズム」である。一般のダンディズムと切り分けつつ、論じていくことにしたい。

4. 芸術論としての「ダンディ」

まずダンディと一口に言っても、どのような記述が課題となるのかを示しておきたい。『内面の日記』でボードレールは自らを観察し、欠点を矯正する必要性を「ダンディ」という言葉で説明する。

ダンディは間断なく、崇高であろうと熱望しなければならない。彼は鏡の前で生活し、眠らなければならない。(OC I, 678)

鏡の前で自らを修正し続けることは、ボードレールが『悪の花』の推敲を繰り返した態度に重なり合わさる。もっともボードレール研究一般で「ダンディ」は必ずしも、芸術論に結び付けられていない。阿部良雄は『群衆の中の芸術家』で、ボードレールと画家ウジェーヌ・ドラクロワを比較し、ダンディを切り口にする。[34] 二人は一般に、ダンディという言葉で語られる。しかしドラクロワは貴族的な階級に出入りする金持ちで、女と遊ぶのがうまく、洒落者である。ボードレールはボヘミアンで、娼婦にさえ入れ込むほど遊びなれていない。阿部はダンディという言葉を鍵に、ボードレールの所属していた階級がブルジョワ階級よりも低かったことを示す。

しかし本研究では視角を変え、芸術に関する思想として「ダンディ」を考えたい。以下では、(1)ダンディ一般について整理した上で、(2)ボードレールの述べる「ダンディ」を概観する。それを踏まえた上で、彼が精神性の追求を重要視していたこと、それが新プラトン主義と通じる手がかりを示す。(なおボードレールの特殊な意味でのダンディに関して、本研究は鉤括弧をつけ、「ダンディ」と表記する。）

(1)　ダンディ一般

まずダンディという言葉は一般に、イギリスのロンドンで使われ始めたもので、ジョージ・ブランメルのように立ち振る舞いや身なりによって、本来は出入りできない貴族社会に出入りする平民階級の者のことを指す。しかしフランスにおけるダンディはむしろロマン主義的ボヘミアンに結びついていた。

例えばボードレールが随所で援用したバルザックは、一八三〇年に発表した『優雅な生活論』において、フランス的なダンディが目指すべきものを次のように説明する。

モードに、流行しか見ない男は愚か者である。優雅な生活は、思想や学問を排除しない。優雅な生活が、これらに貢献するのだ。優雅な生活は時間を楽しく過ごすことを学ぶだけではあってはならず、非常に高度な思想の秩序の中でこれを運用するのである。(35)

ここに含意されているのは、イギリス的なダンディに対する批判である。イギリス的なダンディは、流行を追いかけ、優雅な生活を目指す。しかしフランス的なダンティは物質的な洗練に加え、独自の思想を持つことを目指さなければならない。バルザックはイギリスを下に見ているのである。

その一方で、バルベ・ドールヴィイの『ダンディズムとジョージ・ブランメル』は逆に、イギリス人こそが精神的であり、フランス人には理解することができないと論じる。問題は、啓蒙主義者たちが人間の最も卑しい感情として退けてきた、虚栄心 vanité をどのように理解するかにある。

よろしい、これはイギリス独自の力で、人間の虚栄心 vanité に刻み付けられている。この虚栄心は皿洗いの心にまで根を下ろしているのであって、虚栄心に対抗するパスカルの無頓着さなど理性を欠いた横暴でしかない。［虚栄心から］ダンディズムと呼ばれるものを生み出すものが、［イギリス独自の力なのだ］。これをイギリスと共有する方法は一切ない。これはイギリスの精髄のようなものだ。(36)

（角括弧内は論者）

ドールヴィイによれば人間にはすべからく虚栄心があるが、イギリスは独自の力を持っており、虚栄心をダンディズムに転換する力がある。しかしこれはイギリス人の文化を事実としてまとめたものではなく、ブランメルとその周囲に引きつけて、ドールヴィイ自身の思想を吐露したものである。同著は一八五四年にボードレールがドールヴィイに送ってくれるように依頼した本であった。(37) 彼はこれを熟読したはずである。

過剰なまでに精神化されたフランス的なダンディは、フランス人にとっても一般に受け入れにくいものであった。リトレ編纂の『フランス語大辞典』はダンディを「流行を滑稽なまでに誇張し、身繕いを追求した男」(38) と定義する。またラルース編纂の『十九世紀万物百科大事典』も批判的である。(39) イギリスでいうダンディは貴族階級へ出入りし、上品である。ところがフランスのダンディは貴族の社交界とは必ずしも関連しない。彼らは個々に自らの思う美を追求し、しばしば傲慢で、荒くれ者でさえある。

A・ヴァイヤンの『ロマン主義事典』によれば、フランス的なダンディは貴族に対抗する新たなブルジョワ階級というよりむしろ、芸術家たちの集団であり、具体的にはロマン主義者たちであった。彼らは「存在と見かけ、事物の奥底とその表層との統合」(40) を欲して、物質的な優雅さに見合った精神性を身に付けようとした。

(2) ボードレールの「ダンディ」

ボードレールは物質的なダンディと精神的なダンディの両方に関心があった。後年、貧困に喘ぐことになったとは言え、亡父の遺産を相続したばかりの若い彼が、分不相応に身を装ったことは、よく知られている。学生寮で共に過ごしたプラロンは二十歳頃のボードレールを振り返って、次のように証言している。

バイイ学生寮の階段を降りてきた彼の姿が、私はまだ目に浮かびます。彼は痩せていて、襟元を大きく開き、とても長い、いいい、チョッキを着て、袖飾りには傷一つなく、握りに黄金の小さな球がついたステッキを手にし、しなやかで、ゆっくりとした、ほとんどリズムに合わせたような足取りでした。[41]

「チョッキ」と訳出した《gilet》は『十九世紀万物百科事典』によれば、「短いジャケット、裾がなく、大体は袖がなく、燕尾服やフロックコートの下に着るもの」を指している。[42] 今日のファッションでチョッキは常に着るものではなくなっている。しかし同『事典』が記すように、《gilet》はフランスの有産階級の伝統的な衣装であり、色や形状が異なっていた。チョッキは言わば、ステータス・シンボルだったのである。ボードレールのチョッキは裾が長めであり、プラロンがイタリック体（訳文では傍点）で強調するように、チョッキとしてはかなり変わった形であったのだろう。また後で示す「健気な犬たち」のチョッキは鮮やかな色をしていた。

C・ピショワらの『評伝』は、彼の着ていたチョッキが特注品であり、義兄アルフォンスのチョッキの約七倍の価格であったことを記している。[43] 一八四一年一月、お金を使いすぎたボードレールから相談を受けたアルフォンスは、次のように怒ったと『評伝』は伝える。「チョッキ三着で百二十フラン。一着が四〇フラン。大柄な私で、チョッキをいくつか買って、十八フランから二十フランなのだ」。

アルフォンスは、フォンテーヌブローの裁判官と市議会議員を務め、地元の名士であった。C・ピショワらによれば、この彼の給料が年に千五百フランで、彼のチョッキは一着で六フラン程度であった。ところがシャルルのチョッキは一着が四〇フランである。十九世紀フランスは既製服が少なく衣服が高い時代であったことを考慮に入れたとしても、ボードレールのチョッキがいかに高級品であったかが察せられるというものである。

上等なチョッキはボードレールの後期の作品に至るまで、詩人の矜持を満たすための小道具として重要な役割を果たしている。彼は散文詩「健気な犬たち」で表彰される詩人を次のように表現する。

ウェルギリウスやテオクリトスの牧人たちは、歌くらべの賞品に、美味しいチーズや、最高の作り手による横笛や、乳房の張った山羊がもらえることを期待したものだ。気の毒な犬たちを謳った詩人はお礼に、美しいチョッキを受け取った。(44)その色彩は、豊かであると同時に色褪せていて、秋の日差しや、成熟した女たちの美しさや、冬の前の暖かな日々を思わせた。

(OC I, 362-363)

ここでチョッキは、古代の歌くらべの賞品に代わって、現代の歌くらべの賞品として、最もふさわしいものとして描かれている。二十歳のボードレールが高価なチョッキを買ってしまったことを念頭に読むと、彼が心底、上等なチョッキが好きであったことが察せられるというものである。

とは言え、彼の同時代の衣服に対する関心は、単なる個人的なこだわりの範囲に止まらず、美術批評家としての提言へとつながっていく。『一八四六年のサロン』の有名な一節を読んでおくことにしたい。

燕尾服、すなわち現代の英雄をくるんでいる皮について。ヘボ絵描きたちがママムシ［＝モリエールが『町人貴族』で創作したトルコの高官。滑稽で派手な衣装を着る］のような服を着て、アヒル撃ちの銃のようなパイプでタバコを吸うような時代は過ぎ去った。だが芸術家の工房と社交界は今でもギリシア風のマントや左右が偏った服でアントニーを詩的に描くことを望む輩で溢れている。

しかしながら、あまりに多く迫害されたこの燕尾服も、その美しさと固有の魅力を持っているのではないだろうか。我々の時代、永遠の喪の象徴を黒く痩せた双肩にのせている苦悩の時代に、燕尾服は必要なものではないだろうか。

（角括弧内は論者、OC II, 494）

画家たちは同時代の人物たちの肖像画を描く際、古代ギリシア風のトーガやチュニカを着せて表現することが専らであった。襞のあるギリシア風の装いこそ美しいものだと考えられていたからである。しかしボードレールは燕尾服に好意的であった。これはC・ピショワが注意を促すように、ロマン主義に先例がある。[45] だが燕尾服を近代の象徴とまで理解したのはボードレールが最初といっても過言ではない。C・ピショワはこの一節の註で、シャンフルーリの批評を援用し、『一八四六年のサロン』の一節こそ、クールベが《オルナンの埋葬》（一八五〇―一八五一）で燕尾服を着た平民を描く着想を与えたと指摘している。

ボードレールの物質的ダンディズムは、芸術における新しい一時代を築くきっかけとなったのである。

(3) 精神性の追求

以上のようにボードレールの著述の中で、物質的なダンディズムは軽視できないものではある。しかし彼は『現代生活の画家』で、「ダンディ」の目的を次のような精神の追求と定める。

> 私がお金について語ったのは、その情熱を崇拝する者たちにとって、お金は欠くことができないものだからだ。しかしダンディは、本質的なものとしてお金に憧れるのではない。無限の信用があれば、彼には十分である。こうした下品な情熱をダンディは、卑俗な死すべき者へと委ねておくだろう。ダンディズムとは、思慮に欠けている多くの人らが思っているようなものではなくて、身だしなみや、物質的な上品さへの過剰な嗜好でさえないのだ。（OC II, 710）

ここで彼は、人間を神々と対比する時に用いる「死すべき者」という言い回しを使い、言外のうちに、ダンディを不死なる者、すなわち、神々の位置に据える。彼によればダンディは物質的な豊かさを超越している。彼は続く一節で物質的ではない嗜好を、貴族的なものや、精神主義や、ストイシズムと表現する。

彼にとってダンディズムは、信仰に近い意味を持つ。「実際、私がダンディズムを宗教の類とみなしたのは、全くの間違いではないのだ」(OC II, 711)。彼は、ダンディが体現する精神性を次のように説明する。

誰もが反対や、反逆の性格を帯びている。誰もが人間の誇りにおいて最良のもの、今日の人々にあってはごく稀になった、低俗さ trivialité と闘い、それを破壊したいという欲求を体現している。(OC II, 711)

ボードレールによれば、世間一般には「低俗さ」という悪が溢れており、「ダンディ」はその悪と戦っている。彼はこの論点を個人の問題から、社会的な問題へと広げる。つまり彼個人が「ダンディ」であろうとしても、周囲の低俗さによってそれが妨げられているのである。

5. 近代と「ダンディ」

注目しておきたいのは、ボードレールにとって「ダンディ」が不出来な世界と戦うという意味を持っていることである。こうした彼の態度は新プラトン主義者と通底するものがある。しかし彼は神のため、信仰のために戦うのではなくて、彼個人の問題として悪と戦う。また彼は民衆を導くのではなく、民衆と対立する。

〈ダンディ〉は何もしない。／〈ダンディ〉が、嘲弄する bafouer ため以外に、民衆に話しかけるところが、思い描けるだろうか? (OC I, 684)

「何もしない」とは、「やる気がない」という意味ではない。彼は別の箇所で、次のように述べている。「私は、私の同時代の人々が意味するのと同じような、信念を持っていない。なぜなら私は野心がないからだ」(OC I, 680)。ただし彼は次のように付け加える。「しかしながら、私は、もっと高い意味において、同時代の人々には理解されない信念をいくつか持っている」(OC I, 680)。彼は信念を民衆に対して説明しない。

こうしたボードレールの矜持の持ち方は、民衆を導く芸術家を思い描いたフィチーノに比べて個人主義的である。また「悪」と一口に言ってもボードレールの場合、神学的な悪だけが問題なのではなく、衆愚的な民主主義が問題となっている。彼のダンディズムはこれらの特徴において、近代人のものである。

しかし「〈ダンディ〉は何もしない」(OC I, 684) という言葉は、「何もできない」という意味を含んでいるのではないだろうか。近代において芸術家は神秘的な力を行使できるわけではない。そしてそのことを芸術家自身がよく承知している。ボードレールが無力さに、どのように向き合ったのかを考えたい。

以下では、(1)「ダンディ」の無力さをボードレールが嘆いた事例を示す。(2)しかし彼の美の定義で、無力感はそれ自体が美を構成する要素の一つであった。(3)これを踏まえた上で、彼が社会や他人ではなく、自分自身を変えること、あるいは、自分自身のこととして悪を修正することを考えていたことを示す。

(1)　無力な「ダンディ」

ボードレールは自らの理想が、大衆社会で実現できないことを怒っていた。『内面の日記』で彼は無力感を悔しがり、感情を爆発させる。この時、ダンディズムは彼の自尊心の避難所となる。

私は自分の中に、預言者の滑稽さがあると感じる。そういう私は、自分の中に、医者の慈悲を決して見つけないであろうことを知っている。この卑しい世界で道に迷い、群衆に小突かれ、私は疲れ切った男のようだ。この疲れた男が我が身を振り返って見るものとは、歳月の深みの中にある、幻滅と苦しみでしかない。そして前を向いて男が見るものは、教訓も、苦しみも、新しいものが何も含まれていない嵐だ。この男は、宿命から数時間の快楽を盗み取った夜、消化でいい気持ちになる。彼は——できる限り——過去を忘れ、現在に満足し、未来を諦める。彼はその冷静さとダンディズムとに酔っている。彼は目の前を通っていくものたちと同じほどには低俗でないことを誇りに思い、タバコの煙をじっと眺めながら、独り言をいう。これらの意識 consciences がどこへ行こうが、構わないではないか？

私は、その道に通じた人らが、作品外のものと呼ぶものの中にそれてしまったと思う。しかし、私は以上の紙片を残しておくことにしよう、――なぜなら私は怒りの日を記録したいのだ。

(OC I, 667)

ボードレールは「私」と語り始め、次第に三人称で自分のことを客観視するようになる。そして自らの知性とダンディズムとに酔いしれ、自尊心を満たす。しかし現実を変える力がない知性の働きを疎ましく思う。つまり彼は「預言者」のように先々を見通すことはできるが、どうする力もない。したがって病を治す「医者」のように振る舞うことができない。彼は「怒りの日」と一度書いたが、それを斜線で消さず、下に「悲しみ」と書き直し、丸で囲む。「ダンディ」であることは「卑しい世界」で何の意味も持たないかに思える。

(2) 無力感と美

しかしボードレールは、悲しみと無力感をも美の範疇に含める。

美しい男の顔は、逸楽の観念を含んでいる必要はない。これは、おそらく女の目から見れば別だろうし、――ものがよくわかっている男の目から見てそのように思う、ということになる。――逸楽の観念は女の顔では一般に、顔がより憂鬱であれば、それだけますます、人を誘う。しかしこちらの顔［＝男の顔］もまた、熱烈なものと悲しいものとで作られた何かであり、［さらに次に列挙するようなもので作られているのである。］――精神的な欲求、暗く抑圧された野心――唸りを上げるが、使われることのない力の観念、――しばしば無感動な復讐者の観念、（というのも〈ダンディ〉の理想的なタイプはこの主題を無視することができないからだ）、――しばしば以上と同様に、——最も興味深い美の特徴の一つ、——神秘。そして最後に〔これをいうためには、美学において、私が自分をどの点まで近代的だと感じているかを告白する勇気を持たなければならないのだが〕、〈不幸〉である。

（角括弧内は論者、OC I, 657）

ボードレールによると男の魅力は、「憂鬱」、「暗く抑圧された野心」、「唸りを上げるが、使われることのない力」、「無感動な復讐者の観念」、「神秘」、「〈不幸〉」によって作られている。これらの中でも「抑圧」と「復讐」は、挫折を前提としている。しかし〈ダンディ〉は報復感情を持っていてはならないのである。

興味深いのは、「〈不幸〉」の扱いである。これは近代にあっては、嘆き悲しむべきことではなく、美に含めるべき物事であるという。ボードレールは断章の続きでジョン・ミルトンの『失楽園』に登場する「サタン」（OC I, 658）の顔を最も美しい男の顔の典型例であると述べる。

『失楽園』は一八三六年にシャトーブリアンが散文で訳していた[46]。おそらく一八四三年の時点でボードレールの愛読書であったはずである[47]。『失楽園』は、熾天使ルシフェルが、神に背いて地獄に落とされたところから始まる。魔王サタンとなったルシフェルは神を憎み、神の創ったアダムとイヴを堕落させることによって、神への報復を達成する。しかしこの報復は完全なものではなく、イエスが人類に代わって贖うことになる。

サタンは偉大なる力を持ちながらも、世界を変革するほどの力を持たない男の例である。ボードレールはこれに共感しつつも、無力感のもたらした憂鬱を美と読み替えることで、慰めとしたのではないか。

(3)　「ダンディ」の課題

無力な近代人ができることは何か。ボードレールの世界観に即して考えれば、これは社会を変革することでも、他人を変えることでもなく、自分を変えることである。彼が自我の形をひっきりなしに変えたことは、第一部の序でまとめたように、精神分析的な研究を敷衍すれば自己受容の問題であり、統合失調症にも似た病理である。しかし彼自身の論理に即して考えれば、自分を変えることだけが近代の芸術家にできることだったのである。あるいは他者を自分のことに引きつけて変えることだけが、近代の芸術家に許されたことだったのである。

ボードレールは『現代生活の画家』で画家コンスタンタン・ギースを論じた際、芸術家がモデルとなる他者を描くにあたって、他者の内面に入り込み、その人物に身を変えるのだと説明している。

> このように普遍的な生の愛好者は、刺激に満ちた貯水池に入るかのように、群衆の中に入っていくのである。彼をこの群衆にも等しい巨大な一枚の鏡になぞらえることもできる。いや、意識を持った一つの万華鏡になぞらえてもいい。万華鏡は、人々の動きに応じて、多様な生と、生の諸要素の全ての動きの魅力を表現するのである。一つの自我は自分自身ではない自我に貪欲だ。生とは常に、止まることを知らず、逃げ去っていくものである。［一つの自我は］この生よりも、より生き生きとしたイメージへと自らをなし、そのように自らを説明する。
>
> （角括弧内は論者、OC II, 692）

絵のモデルを群衆の中で探す画家は「意識を持った万華鏡」となり、自我の形を次々と変えていく。画家の絵に登場する人物たちは違うように見えるが、源ではいずれも画家自身である。これはギースのことよりむしろ、『悪の花』においてボードレールがさまざまな語り手を演じたことを説明しているのではないだろうか。

ボードレールの詩学は他者を一度、自分のこととして取り込む。そして語り手「私」を通じて、自分のこととして悪を考える。このようにすることで彼の詩の語り手は、さまざまな読者の似姿となっていく。

小帰結

芸術に関するボードレールの思想の下地には、彼が一八四〇年代から注目していた新プラトン主義の思想があった。新プラトン主義者たちは神の創造した自然を不完全なもので、芸術家が欠点を修正しなければならないと考える。ボードレールもまた自然にあるものに対して批判的であった。しかし彼は新プラトン主義者たちと異なり、神の力に頼ることができなかった。彼は忘却をはじめとする世俗の力に頼る。

こうしたボードレールの信条は「ダンディ」に収斂する。だが「ダンディ」に社会を変革する力はない。彼は無力感を美に結びつける。また社会や他人を変えることを望むのではなく、自分を理想へと近づけることで満足する。『悪の花』における語り手「私」の演出は、「ダンディ」の追求と重なり合う。

しかし他者を変化させないと言ったにせよ、愛の対象である女は別であった。ボードレールは女の悪を咎めつつ、「ダンディ」であることを求める。次章で詳しく検討することにしたい。

（1）例えば韻文詩「手の施しようのない者」はプロティノスの強い影響下にあると理解されている。Marc Eigeldinger, *Le Platonisme de Baudelaire*, À la Baconnière, 1951, p. 100 et p. 113. この解釈はC・ピショワも首肯している。Claude Pichois, OC I, 988-989.

（2）プラトンや新プラトン主義に関する研究は数多いが、ここでは芸術論が主題となるため、E・パノフスキーの書を手掛かりとする。Erwin Panofsky, *Idea*, texte traduit par Henri Joly, Gallimard, coll. « tell », 1989, p. 20.

（3）Claude Pichois et Jean Ziegler, *Baudelaire*, *op. cit.*, pp. 303-305.

（4）L'article sur le terme « limbe », *Grand Dictionnaire universel du XIX*^{e} *siècle*, *op. cit.*, t. X ; 1873, p. 521.

（5）Claude Pichois, OC I, 795. 具体的な例としてはキリスト教と社会主義の二つを横断するフェリシテ・ド・ラムネーによるダンテの『神曲』の訳が挙げられる。Alighiri Dante, *La Divine Comédie*, texte traduit par Félicité Robert de Lamennais, Didier, 1863. もっとも『神曲』は当時、特に流行りであった。C・ピショワはこの他、『神曲』について六つの版を確認している（Claude Pichois, OC II, 1300）。ボードレールは『一八四六年のサロン』でピエ＝ランジェロ・フィオレンティーノの散文訳を引用している（OC II, 438）。またJ＝N・イルーズによれば「冥府」を鍵言葉に、同時代のネルヴァルについても社会主義的な一面を理解していくことができる。Jean-Nicolas Illouz, « Préface », dans Keiko Tsujikawa, *Nerval et les limbes de l'histoire. Lecture des* Illuminés, Droz, 2008, pp. x-xi.

（6）Claude Pichois, OC I, 794-795.

（7）*Dictionnaire de la langue française*, par Émile Littré, *op. cit.*, t. III, p. 1104.

（8）L'article sur le terme « physiquement », *Grand Dictionnaire universel du XIXe siècle*, *op. cit.*, t. XII ; 1874, p. 925.

（9）Pierre Laforgue, *Baudelaire dépolitiqué*, Eurédit, 2002, pp. 9-11.

（10）また西川長夫はプルードンとの関わりから、その後もボードレールが政治に関心を持ち続けたことを示す。西川長夫「ボードレールとプルードン――形成期における「科学的」社会主義と「現代」文学」、『思想』、第五百九十八号、一九七四、四七―六九頁。

（11）Marc Eigeldinger, *Le Platonisme de Baudelaire*, *op. cit.*, p. 100 et p. 113. 註1も参照。

（12）Claude Pichois, OC I, 988-989.

（13）アーノルド・ハウザー『マニエリスム』若桑みどり訳、岩崎美術社、下巻、一九七〇。新プラトン主義者たちはマニエリスム期に集中する。当該分野の第一人者A・ハウザーは、マニエリスムと呼ぶべき対象を狭く絞りながらも（ルネサンスより後の、フィレンツェの芸術）、その一方で概念を拡張し、「準マニエリスム」という言い方でマニエリスムに通底した芸術があると論じる（同書、五五三頁）。

（14）Marc Eigeldinger, *Le Platonisme de Baudelaire*, *op. cit.*, pp. 7-17.

（15）Claude Pichois et Jean Ziegler, *Baudelaire*, *op. cit.*, pp. 303-305.

（16）Champfleury, *Son regard et celui de Baudelaire*, *op. cit.*, p. 238.

（17）Claude Pichois et Jean Ziegler, *Baudelaire*, *op. cit.*, pp. 134-151.

（18）*Ibid.*, pp. 135-136.

（19）Victor Cousin, *Fragments philosophiques*, Ladrange, 1833, pp. 239-241.

（20）Plotin, *Les Ennéades*, texte traduit par Marie-Nicolas Bouillet, 3 vol., Hachette, t. III ; 1861, p. 536.

（21）Daniel Vouga, *Baudelaire et Joseph de Maistre*, José Corti, 1957, p. 175. D・ヴーガがここで問題としているのは、ジョゼフ・ド・メーストルとの対比である。彼は次のように結論付けている。「同様に、道徳と宗教の二元論に対する糾弾は、メーストルの著作を読み間違ったか、読んでいないのである」。

（22）Erwin Panofsky, *Idea*, *op. cit.*, p. 51 *sqq.*

(23) Marsilio Ficino, *sopra lo amore o ver Convito di Platone*, Florence, 1544, texte cité par Erwin Panofsky, *ibid*., pp. 155-156.

(24) この節の理解はE・パノフスキーの解説を参照した。Erwin Panofsky, *ibid*., p. 74.

(25) Catherine Crowe, *Night Side of Nature, or Ghosts and Ghost Seers*, G. Routledge and Co., 1852, p. 199.

(26) Claude Pichois, OC II, 1393-1394. またW・ドロストもこの見解を肯定している。Wolfgang Drost, Baudelaire, *Le Salon de 1859*, *op. cit.*, pp. 289-292.

(27) 阿部良雄によれば、「レアリスムというのが自然の事物の忠実な再現をめざすことだとすれば」、モデルを写実する西洋絵画全般がレアリスムを逃れられないことになる（阿部良雄『群衆の中の芸術家』、ちくま学芸文庫、一九九九、一三五頁）。したがって阿部は大雑把に写実を一つの括りにするのではなく、一八四〇年代から一八五〇年代の写実的な流派を細分化するべきだと訴える。これはメソニエとクールベの差になる。ボードレールは随所でドラクロワとメソニエを比較し、ドラクロワの偉大な絵が不評である一方で、メソニエが高く評価される世相を批判している（同書、一二一—一九頁）。一方でクールベに対してボードレールは一八四九年に国営富籤の商品として配られる絵画の中に、彼の作品を入れてもらえるように嘆願書を書いている（同書、一四七頁）。

クールベとメソニエとの分水嶺となるのは、阿部によれば、メソニエが緻密に描き過ぎたのに対し、クールベが絵を観る者に想像の余地を残す「素朴さ」を残したことにある。阿部は次のようにまとめている。「メソニエ流の写真的自然模写からクールベのレアリスムを分かつゆえんのものも、そうした初心《うぶ》——当時の批評用語で真率主義 sincérisme と呼ばれたこともあるもの——の有無だったと私には思われるのだ」（同書、一六四頁）。

(28) アーノルド・ハウザー『マニエリスム』、前掲書、五六一頁、五六三—五六四頁、五六六頁。

(29) 同書、五六五頁。

(30) *La Bible. Nouveau Testament*, éd. par Jean Grosjean et Michel Léturmy, Gallimard, coll. « Bibliothèque de la Pléiade », 1971, p. 18.

(31) Théodore de Banville, *Petit traité de la poésie française*, Bibliothèque-Charpentier, 1903, p. 48.

(32) *Ibid*., p. 60.

(33) Edgar Poe, « Méthode de composition », texte traduit par Charles Baudelaire, dans Charles Baudelaire, *Œuvres complètes*, éd. par Jacques Crépet, Louis Conard, 10 vol., 1922-1966, t. VIII ; 1966, pp. 160-177.

(34) 阿部良雄『群衆の中の芸術家』、前掲書、六〇—一一九頁。

またダンディを切り口に、ボードレールの位置を探る試みは次の文献にも見られる。Françoise Coblence, « Baudelaire, sociologue de la modernité », *Baudelaire, du dandysme à la caricature*, *L'Année Baudelaire*, n°7, Honoré Champion, 2003, pp. 11-36. プルードンのような社会主義者たちはダンディではなかったのであり、ここにボードレールと社会主義との分水嶺があるという。実際、ボードレールは一八六六年一月二日のサント＝ブーヴ宛の手紙で、プルードンは「いい奴」ではあったが、「〈ダンディ〉」ではなかったと書いている（CPl II, 563）。

（35）Honoré de Balzac, *Traité de la vie élégante*, dans *Œuvres diverses*, éd. par Pierre-Georges Castex, Gallimard, coll. « Bibliothèque de la Pléiade », 10 vol., t. XII; 1990, p. 247.

（36）Jules Amédée Barbey d'Aurevilly, *Du Dandysme et de Georges Brummell*, B Mancel, 1845, p. 6.

（37）CPl I, 305.

（38）*Dictionnaire de la langue française*, par Émile Littré, *op. cit.*, t. II, p. 951.

（39）L'article sur le terme « dandy », *Grand Dictionnaire universel du XIX*[e] *siècle*, t. I, *op. cit.*, p. 63.

（40）Allain Vaillant, l'article sur le « Dandy », *Dictionnaire du Romantisme*, sous la direction de Alain Vaillant, CNRS éditions, 2012, p. 145.

（41）Ernest Prarond, la lettre à Eugène Crépet en 1886, *op. cit.*, p. 79.

（42）L'article sur le terme « gilet », *Grand Dictionnaire universel du XIX*[e] *siècle*, *op. cit.*, t. VIII ; 1872, p. 1256.

（43）Claude Pichois et Jean Ziegler, *Baudelaire*, *op. cit.*, pp. 172–173.

（44）原文は « étés de la Saint-Martin »。第一章で論じたように、ボードレールはカルカッタへ行ったと吹聴していた。これを思えば、西インド諸島のセント・マーチン島を指していると考えられなくもない。しかしフランス語でこの言い回しは「小春日和」を指す。小春日和は周知のように、冬の直前の春めいた暖かな日である。昨今でこの語は春と誤解される向きもあるので、「冬の前の暖かな日々」と訳出した。

（45）Claude Pichois, OC II, 1323.

（46）John Milton, *Le Paradis perdu*, texte traduit par François-René Chateaubriand, C. Gosselin et Furne, 2 vol., 1836.

（47）ル・ヴァヴァスールは一八四三年に『韻文集』で発表した詩の中で、（おそらくは「優しい二人の姉妹」に見られる）ボードレールの思想をミルトンに引きつけて批判する。この点は後の第八章で再び取り上げる。

第三章　女のモチーフの演出——化粧と彫刻

ボードレールは「ダンディ」を理想と掲げ、巷に溢れる悪を嫌った。しかし彼は近代の芸術家の限界をもわかっていた。彼の詩は他者の悪ではなく、自らの悪を問題とする。あるいは他者の悪を問題としていたとしても、彼は語り手「私」に引きつけて、自分のこととして語る。彼はこのような距離を他者と置いていた。しかし例外は恋人となる女の悪である。恋人は他者でありつつも、彼にとって自分の延長にあった。

そもそも女を悪と考える思想の源は、『旧約聖書』の『創世記』に見当たる。[1] 無垢であった男（アダム）を堕落させたのは、女（イヴ）である。神はアダムが禁断の実を食べたことをイヴの責任とし、女を罰するために以後、女全体の産褥の苦しみを増してやると宣言する。悪の要因を女に帰す思想は西欧圏に広範に流布していた。ボードレールに影響を与えたキリスト教の思想家の中で、女を悪と断定し、最も激しく憎んだのはジョゼフ・ド・メーストルである。次は彼の『サンクト・ペテルスブルク夜話』第十一章である。

あらゆる法は要するに、大なり小なり、女たちに対する厳しい予防策を取っている。今日にあってもまだ、コーランのもとで女たちは奴隷であり、野生人にあっては酷使される人間である。福音書のみが、女たちを最善のものにすることで、人間の水準を高めることができるのだ。福音書のみが、子を産んだ後の女たちの諸権利を宣言するのだ。そして子を産むことは、女たちの心の中に、悪に対するのと同様に善に対して最も活動的で、最も力強い装置を打ち立てるのである[2]。

法衣貴族であったメーストルは法律の話を引き合いに出す。彼によれば、女は悪であるため、イスラム圏をはじめとする非キリスト教圏では奴隷とされている。これについて彼は理解を示す。しかしキリスト教圏の文化では——メーストルの考えでは他の文化圏に比べて寛容ということになるのだが——、女らが産褥の血を流すことで清められ、最良の存在となることを認めているという。メーストルの思想には『旧約聖書』において、怒れる神が、イヴに対して産褥の苦しみを増すと宣告したことが下敷きにある。

ボードレールはメーストルの思想に影響を受けていた。「ド・メーストルとエドガー・ポーが、私に論理的に思考することを教えた」(OC I, 669)。またメーストルが批判されると、彼は激しく怒り出す。次は一八五六年一月、アルフォンス・トゥーネルに彼が向けた言葉である。「あなたのような人間が！『世紀』紙の単純な編集者のように、ド・メーストルという、我々の時代の偉人、見者に対して、機に乗じて侮蔑の言葉を投げかけるとは！」(CP I, 337)。さらにボードレール自身も『内面の日記』で女を批判している。「私は女が教会に入ることを許されていることに常々驚いてきた。〈神〉と女たちは何を会話できるのだろうか」(OC I, 693)。

しかし彼は根本でメーストルと異なっていた。次は『現代生活の画家』の女の説明である。

> ジョゼフ・ド・メーストルが美しき獣を見た存在であり、この者が持つ美徳が政治の深刻な駆け引きを陽気にし、容易にする。この者のために、この者によって、富が蓄えられたり、散財がなされたりする。この者のために、いや、特にこの者によって、芸術家や詩人はその最も繊細な宝石を作り出す。
> (OC II, 713)

獣であるにせよ、女は至上の価値を持っており、メーストルも女の魅力を認めているとボードレールは述べる。しかしこの一節についてプレイヤード叢書で註釈をつけたC・ピショワは、メーストルの著述に女を礼賛する記載はなかったはずだと首を傾げる。(3) メーストルが著述の全般にわたって女は悪だと繰り返しているだけに、これはボードレールの単純な記憶違いと言って済ませることができない。C・ピショワが示唆するように、詩人はメーストルの著作をさほど読んでいないか、さもなければ、意図的に解釈を曲げたのである。

こうした疑問を持つ時、ボードレールと女との問題を考えるには、聖書やメーストルとの影響関係を論じることよりもむしろ、彼のテクストに何度も登場する個々のモチーフを論じなければならないことに気がつく。ボードレールが「ダンディ」であろうとしていたことはすでに第二章で論じた。議論を先取りすれば、彼は女にもまた「ダンディ」であることを求めていた。彼は女の俗っぽさを憎み、可能ならば女の内面に入り込み、我が事のように女を変えたいと考えていただろう。しかし、それは物理的にできることではないので、彼はせめて女の外見を装うことを考えた。このために彼が注目したものは二つある。一つは女に彫刻のイメージを与える化粧の術である。もう一つは、詩において女を彫刻のように演出することである。

第三章では、ボードレールにとって女を装うことが、自らを装うことに等しく重大であったことを明らかにし、女のモチーフの描かれ方が、『悪の花』の語り手の演出を考える上で重要な鍵となること示したい。

本章は第一節で、ボードレールが女の外見に惹かれつつも、その内面を理解したいと考えていたことを示す。第二節で、彼が理想とする女が悪と聖なるものを両義的に兼ね備えた女であったことを論じる。第三節では、こうした女のイメージが「ダンディ」に結びついていたことを明らかにする。第四節では、化粧のもたらす彫刻のイメージに彼が理想を見ていたことを示す。第五節では彼が、ピグマリオン王よりもミダス王に親近感を感じていたことを時系列で示す。第六節では「あるマドンナへ」を論じ、女の彫刻化の顕著な例を示す。

1. 女の魅惑

ボードレールにとって女はどのような存在であったのか。彼は女を必要としていたが、同時に恐れていた。最初にその総括となる後期の美術批評『現代生活の画家』の一節を読んでおくことにしたい。

この存在［＝女］は、大部分の男たちにとって、最も生き生きとしたものである。そして哲学的な逸楽にとっては不面目ではあるとしても、最も変わらない享楽の数々の源泉なのである。この存在に向かって、あるいはこの存在に資するように、男たちはあらゆる努力をする。この存在は恐ろしいもので、意思疎通が不可能であり、神に似ている（次のような違いがある。永遠［＝神］が交流しないのは、有限なるものの理性を失わせ、押しつぶしてしまうからだ。一方で我々が話題にしている存在［＝女］は、意思疎通することが全くないから、不可解であるに過ぎない）。

（角括弧内は論者、OC II, 713）

ボードレールはここで二つのことを述べている。一つは女が男にとって享楽や活力の源となるということである。彼は情熱的に女の存在を肯定し、神に等しいくらいに女を崇拝する。しかし他方、彼は女と理解し合えない理由を示し、相互理解を諦めている。女は男と意思疎通する力それ自体が欠けているというのである。相手を理解することが難しいため、彼は女を恐れる。この問題は彼とジャンヌとの関係を反映しているはずである。

すでに第一章で述べたように、ジャンヌは十二歳前後からナダールによって芸術家サークルに連れてこられ、青年たちの間を情婦として渡り歩いていた。彼女は教育を受ける機会がなかった。この意味でボードレールと対等に会話できるような、知的な恋人ではなかったはずである。しかし彼の批評は、このような個別の問題を言っているのではない。彼が述べるのは、普遍的な男女間の相互理解の難しさである。

以下では、⑴ボードレールの著述に共通して繰り返される女への陶酔を整理する。⑵しかし彼は女を理解したいと望みつつ、それができないことに苦しんでいた。ここに詩人の思考の奥行きを見たい。

(1) 女の役割

ボードレールの詩の語り手は、しばしば女の正体を知らないと読者に伝えるのだし、そもそもそれを知りたいとも考えていない、という態度をとる。顕著な例は「嘘への愛」に見当たる。

私は知っている　最も憂鬱な眼には、次のものがある、
貴重な秘密を　何も包み隠していない［眼］。
［空っぽの眼はさながら］宝石の入っていない美しい小箱、形見の入っていないメダイヨン、
御身自身よりも　もっと空っぽで、もっと深い、　おお〈天〉よ！

しかし十分ではないか　おまえの見かけが、
真実を避ける心を　楽しませるには？
おまえの愚かさ　あるいは　おまえのつれなさがなんだと言うのだ？
仮面　あるいは　装飾、結構だ！　私はおまえの美を崇拝する。

（角括弧内は論者、OC I, 99）

美しい女の真実が、仮に愚かで無関心な人間であろうと、空っぽであろうと、外見が美しければ語り手は満足するのだという。女は役に立てばいいのである。同様の考え方は「秋の歌」にも見当たる。

短い勤めだ！　墓が待っている。それは貪欲だ！
ああ！　このままでいさせてほしい、あなたの膝の上に私の額をのせ、

惜しみながら　味わっていたい、白くて灼熱の夏を、
過ぎ去った季節の　黄色くてやわらかい光を！

(OC I, 57)

「秋の歌」の語り手は、女に膝枕を求め、彼女の優しさが嘘であったとしても幻影に陶酔したいと願う。語り手が彼女に願うのは、つかの間、役に立ってくれることだけである。

こうしたテーマのまとめは「美への讃歌」に見当たる。

おまえが天から来たのであろうと　あるいは　地獄から出たのであろうと、構わない、
おお〈美〉よ！　巨大で、ゾッとする、うぶな怪物よ！
もしおまえの目、おまえの微笑み、おまえの足が、私に扉を開くなら
私が愛し私が未だ知らない一つの〈無限〉へと［扉を開くなら］？

(角括弧内は論者、OC I, 25)

ここで概念としての「美」は寓意化され、女として扱われている。詩でボードレールが謳うのは、美の捉え難い性質と、そこへ自らを投げ入れていく語り手の姿である。美の正体は謎でしかなく、天に属するのか、地獄に属するのか、という大まかな属性さえもわからない。しかし語り手の男は、美の持つ魅力が未知の「〈無限〉」へと自分を誘うのならば、相手の正体が何であろうと構わないと言い切る。

こうした割り切り方は、女をモノ化しているという点で批判するべきことにも思える。(4) よく知られるように、十九世紀フランスにおいて、女は、結婚前は人形のように扱われ、結婚後は母となることが期待された。(5) さらに第二帝政は家父長的な家族制度を社会の基盤とした。仮に工業化を背景に社会へ進出したとしても、女は労働者として一人前に扱われることが少なかった。ボードレールの役割の押し付けはこれに重なる。

しかし別の詩を考えると、彼は女を理解したいと望み、その願望の過剰さが女の演出へつながっていたことが浮か

び上がってくる。議論を先取りすれば、彼が選ぶ女は理解できる女や、理想的な女ではない。彼はむしろ悪女とも言える女を選び、彼女が彼にとって望むものとなるように演出しようとしていたのである。

(2)　秘めた願望

女を理解したいというボードレールの願望は、まず、彼が語り手との間に置いた距離から読み解くことができる。例えば「ある異教徒の祈り」である。語り手は女に慰めの役割となることを熱狂的に願う。

〈逸楽〉よ、常に私の女王であってほしい！
セイレーンの仮面を着けよ
[仮面は] 肉と天鵞絨で作られたものだ、
（角括弧内は論者、OC I, 139）

セイレーンは半身が女で半身が魚の伝説上の生き物で、『オデュッセイア』ではその歌声で船乗りたちを誘惑する。[6] 語り手は〈逸楽〉に呼びかけ、仮面を被り、セイレーンの振りをせよと言う。正体が何者であれ、美しく、詩人の夢想を支える女ならば受け入れ、愛するというテーマは先に引用した「美への讃歌」と同じである。しかし注意しておきたいのは、まず仮面の禍々しさである。仮面は肉と天鵞絨とで作られている。そして「ある異教徒の祈り」はタイトルによって、語り手がボードレールではなく、別の「ある異教徒」だと断っている。どのような異教徒が問題なのだろうか。

注目しておくべきはフランス語に混じった、次のラテン語の一節である。「『女神ヨ！　我願イヲ聴キタマエ！』」*Diva ! Supplicem exaudi !*（OC I, 139）。J＝F・ドレアルの指摘を支持しつつ、C・ピショワがまとめるように、この一節は『変身物語』第十三話の一つ目の巨人ポリュペモスが、海のニンフに求愛した言葉と重なる。[7]

Tantum miserere precesque / Supplicis exaudi ;
どうか嘆願者を哀れに思ってほしい。(8)

巨人は求愛をはねのける海の精に苛立ち、彼女の恋人に対して暴力を振るいながら懇望する。(9)詩の作者であるボードレールは見かけの美しさに陶酔する異教徒に共感する一面もあったに違いない。しかしこの詩は巨人と同じように女に愛されない男の内面を描いた作品であって、ボードレール自身のことではないと読める。つまり彼は異教徒ほどに、女の見かけに陶酔し、内面を省みないということができなかったのである。

こうした点に気がつく時、性に関するシニカルな一節は、愛を嘲笑している以上に、ボードレールが自らの苦しみを吐露している言葉だと解釈することができる。『内面の日記』の一節を列挙したい。

愛とは、売春の嗜好である。 (OC I, 649)

愛の営みは拷問、あるいは外科手術に極めてよく似ている。 (OC I, 651)

〈教会〉は、愛を消し去ることができないので、せめて消毒しようとして、結婚制度を設けた。 (OC I, 688)

これらをつなぎ合わせて理解すれば、ボードレールはあらゆる愛が売春であり、結婚もまた制度化された売春でしかないと考えていることになる。そして性の営みは外科手術のようなものでしかない。

だが徹底的な批判は翻って、女を理解したいという彼の強い願望を証し立てているのではないだろうか。『内面の日記』で彼は次のように、愛の必要性について説いている。

> 人間が高尚にも愛が必要だと言っていることは、この孤独への恐怖のことであり、自分以外の肉体の中でその自我を忘却することが必要だ、ということなのだ。(OC I, 700)

人間は孤独を恐怖しており、そのために愛を必要としているに過ぎないと彼は述べる。これは冷笑的であるが、その一方で、彼がどうしようもなく愛を必要としていることを前提としているのである。

2. 女の二重性

ボードレールの周囲には悪魔的な愛が圧倒的に多かった。彼はこれに対して両義的な態度をとる。一方で、彼は悪魔的な享楽を冷笑する。しかし他方で、彼はそれを慰めにし、時に楽しんでいた。ここから見えてくるのは悪魔のような女を愛しつつ、どのようにしてその女に天使的な属性を演出するか、という課題である。

以下では⑴ボードレールが「天使」という言葉に、初期作品から後期作品まで、強い関心を持っていたことをまとめる。⑵このように彼がこだわった理由は、愛の行為が、人間を天使的にも悪魔的にも変化させるからである。⑶しかし彼は両義的な女を好んでいた。ここでは両義性を演出と結びつけて理解を深める。

⑴ 天使と獣

ボードレールが「私の天使よ」という言い回しを皮肉りつつ、女を理解することの難しさを嘆いた一連の箇所から、彼の疑問の核となるものを示したい。「天使」は初期から、後期にまで見られるテーマである。

まず彼が一八四〇年十二月にアルフォンスへ書簡で送ったソネである。第一キャトランを読みたい。

私たち皆が　冒瀆している貞淑な言葉がある。
お世辞が好きな恋人たちがある奇妙な濫用をするのだ――
「私の天使よ」などと言わない奴には　お目にかかったことがない。[10]
これに〈楽園〉の天使たちは、私の思うに、嫉妬などしない。
(CPI I, 84)

世間一般で恋人に対し「私の天使よ」と呼びかけることはよくあるが、現実に天使のように貞淑な女などどこにもいない、と若いボードレールは指摘する。
中期に書いたと目される『内面の日記』で、彼はこのテーマをさらに発展させる。

あらゆる人間的な物事と同様に、愛において、心からの合意は、一つの誤解が生み出した結果なのである。この誤解とは、快楽のことである。男は叫ぶ。「ああ、私の天使よ！」。女は甘く囁く。「ママ！　ママ！」。これら二人の大馬鹿者は、同じことを二人で考えていると確信しているのである。――乗り越えられない深淵が、意を通ずることの不可能性を生み出す。深淵は乗り越えられていないままだ。
(OCI, 696)

男たちは睦言で、「私の天使よ」という言葉をよく使う。しかし相手は果たして本当に天使なのだろうか。男も女も性の快楽のあまり、相互的に理解ができていないことを忘れてしまっただけではないのか。
後期の散文詩「野蛮な女とかわいい恋人」でボードレールは、恋人らの間で意思の疎通が難しいことを描く。この際、詩人の化身である詩の語り手は女を次のように描写する。

この怪物は、一般に「私の天使」と呼ばれる、これらの獣たちの一匹なのです。すなわち、一人の女です。
(OC I, 289)

壮年にさしかかったボードレールは若い頃と同じく、天使と呼ばれている相手の正体が異なることを面白がってみせる。彼の想像力の中で獣は悪魔へと結びつく。

> ミネット、ミヌット、ミヌイユ、私の猫、私の狼、私の可愛いお猿さん、大きなお猿さん、大きな蛇さん、私の可愛い憂鬱なロバさん。／あまりに繰り返される言語による似たような夢想、あまりに頻度の高い動物的な呼び名は、愛における悪魔的な一面を証言しているのだ。悪魔たちは、動物の形をとるのではないか。（OC I, 660）

以上のように愛の行為で恋人をどのように呼ぶかは、ボードレールにとって非常に重要な問題であった。

(2)　愛の二重性

他の男たちが恋人を「天使」と呼んでしまうことを嘲笑したボードレールだが、彼は全ての愛が悪魔的なものであるとは考えていなかった。愛にはもう一つの可能性がある。

> あらゆる人間の中に、あらゆる時に、同時に、二つの請願 postulation がある。一つは神へと向かい、他方は魔王へと向かう。神への祈願、あるいは精神性は、段階を登ろうとする欲望である。魔王への祈願、あるいは獣性は、下降の喜びである。後者は、女への愛とか、動物、犬、猫などへの内的な会話と結びつくのである。／これら二つの愛から生じる喜びは、これら二つの愛の本性に適合しているのである。（OC I, 682-683）

「あらゆる人間」とあるように、ボードレールは彼個人のことだけではなく人間全般のことを俯瞰し、愛の形を二つに分類する。一つは神へと向かうもので、精神的な愛である。だが他方では、悪魔的な愛、すなわち情欲がある。

人間には「あらゆる時に」「同時に」二つの道を選ぶことができる。

ここで「請願」と訳出した《postulation》は日常語ではなく、リトレの『フランス語大辞典』によれば、判例で使用される法的な権利か、あるいは、教会で使われる恩恵を意味する。[11] これらは請求すれば与えられるものだが、宗教的な意味においては、神にこれを過度に請求する人間は望ましくない。ボードレールが《postulation》という語を選ぶことで示唆しているのは、人間は権利を適切に請求できるのか、神に試されているということである。良いものを選べば、その精神を高めることができる。悪いものを選べば、精神を貶める。

このことは翻って、愛する対象を変え、適切な愛し方をすることができれば、人間は聖なる存在にも、悪なる存在にも変われるということをも含意しているのではないだろうか。

(3) 両義的な女の美

しかしボードレールの好みはさらに細かく言えば、純粋な天使ではなく、二重の属性を持つ女であった。実際、彼は悪を楽しんでいた。『内面の日記』で彼は次のように断言する。

私に言わせれば、こうだ。愛がもたらす唯一で至高の逸楽は、悪を為すという確信にある。——そして男も女も生まれながらにして、悪の中に全ての逸楽が見いだせることを知っているのだ。 (OC I, 652)

彼が好むものは美に演出された悪である。『内面の日記』で美を定義した断章はこの点を顕著に伝える。

私は〈美〉[普遍的な美を示すBeau]の定義を発見した。——私の思う〈美〉ということだが。それは熱烈なものと、悲しいもので作られた何かであり、少し曖昧で、推測の余地を残している何かだ。お望みなら、私は自分の考えを顕著な対象に当てはめてみることにしよう。その対象とは、例えば、社会で最も関心が持たれているもの、女の顔だ。魅惑的で美しい顔、女の顔は、——しかし混乱したやり方で、——逸楽的なものと悲しげなものとを同時に、夢見させる。これが含むのは、憂鬱、無気力、さらに飽満の観念である。あるいは逆の観念、つまり情熱、生きたいという欲求、そして欠乏や絶望からくるもののように、後戻りする苦痛と関連する観念である。神秘、悔恨もまた〈美〉の特徴である。

（角括弧内は論者、OC I, 657）

理想的な女の顔は矛盾する要素を含んでいる。まず「熱烈なもの」で、「逸楽的なもの」である。そして「情熱」や「生きたいという欲求」である。これらは魅惑的で美しい。つまり情欲に関連する悪魔的な要素である。しかし女の顔は逆に「悲しいもの」、「憂鬱」、「無気力」、「豊満の観念」、「苦痛」に関連するもの、「悔恨」を含んでいなければならない。物質的な豊かさを退け、苦痛を帯びた悔恨の顔は、修道女の顔を彷彿とさせる。このように彼が理想とする女の顔には、二つの要素が「混乱したやり方で」混じっており、ボードレールはこうした「何か」としか呼びようのないもの中身を「推測」することに美を感じるのである。

3.「ダンディ」ならざる女

ここで一度、ボードレールが、どのような女を求めていたのかを整理しておくことにしたい。『内面の日記』の女に対する批判を読むと、彼が逆説的にも「ダンディ」を女に求めていたことがわかる。

女は〈ダンディ〉の反対だ。／だから女は恐怖を掻き立てる。／女は腹がへれば食べたがる。喉が渇けば飲みたがる。／欲情すれば、交わりたがる。／美しい利点だ！／女とは自然であり、すなわち、忌まわしい。／同様に女は常に卑俗であり、すなわち〈ダンディ〉の反対なのだ。

（OC I, 677）

彼によれば、女は自然の欲求のままに生きているのであり、肉欲を恥じることがない。この恬然とした態度が、「ダンディ」であろうとする男には理解できない。しかし「〈ダンディ〉の反対だ」と女に対して批判するということは翻って、女に〈ダンディ〉であって欲しいと言っているということである。

そして「女とは自然であり、すなわち、忌まわしい」という一節は注目に値する。自然が忌まわしいという考えは、第二章で論じた新プラトン主義者の考え方である。ボードレールは自らについて、自然のもたらす悪を監視し、改めようとした。女に対しても彼は自然を排除することを求めているのである。

さらにボードレールが『内面の日記』に記した「美女を作り出す魅力的な様子」(OC I, 659)、すなわち理想的な女とは、最後の子供じみた「猫の様子」を除けば、そのまま「ダンディ」の姿と言ってもよいほどである。
無感動な様子、
退屈した様子、
軽率な様子、
鉄面皮な様子、
冷たい様子、
自分の内面を観察している様子、
支配者的な様子、
強い意志を持つ様子、
意地悪な様子、
病的な様子、
子供っぽく、無邪気で、茶目っ気が混じり合った猫の様子。
(OC I, 659)

しかしこのような「ダンディ」な女は、およそ見当たらないのではあって、男が女を理解することはない。むしろ彼の周りにいる女は活力に満ちている。彼は韻文詩「イッツモ同ジク」で、沈黙を命じる。

黙っていたまえ、愚かな女よ! 常に陽気な魂よ!

(OC I, 41)

陽気さは「ダンディ」の対極にある。沈黙を強いることで、ボードレールは「ダンディ」であることを女に求める。さらに彼は情熱のおぞましさを憎み、女に対して注意を喚起する。「秋のソネ」には次のようにある。

――魅力的であってほしい　そして黙ってほしい！（……）
私は情熱 passion を憎む　そして才能 esprit は私に苦々しい！（……）
静かに愛し合おうではないか。（……）

（OC I, 65）

彼は「愛し合う」ことを否定するのではなく、激しい「情熱」や、小賢しい「才能」を批判する。しかし女は彼の真意を理解しているとは限らないし、また彼の要求を受け入れられるとは限らない。彼は少なくとも一度は、自分の信じる「ダンディ」について、実際の女と議論したことがあっただろう。一八五四年十二月二十日、知り合ってまだ間もないバルベ・ドールヴィイに、彼は著作を譲ってくれるように頼む。

私はすっかり馬鹿になってしまい、病んでいて、何も読む気が起きないのです。さらに、あるご婦人に、約束してしまっていたのです。彼女は昔から、次のようなことを強く望んでいたのです。つまり、あなたの書いたものを何かしら、私が彼女に読んであげることを。――あなたにとって取るに足らないこの男は、もし次のものが再び手に入るようにしてくださったら、『指輪』、『ダンディズム』、『女のいとこ』、『古い恋人たち』、『魅惑された女』――私が本をなくしたわけではないのですが、――あなたに大きな幸福をお返しするでしょう。

（CP I, 305）

ドールヴィイはボードレールの申し出に少なからず面食らっているようである。返事の手紙の末尾によれば、後に親密になる二人の作家は、一八五四年末の時点でまだ二日間しか付き合いがない。ドールヴィイは次のように返事した。「私の書いたものに関心をお持ちになり、読もうとするとは、あなたは何と感じがよろしく、善良な方でしょう。しかし私は恥ずかしくなってしまいましたし、私の貧弱な本をあなたのお手元に届けようとしても、最初のものはふさがっているのです[12]」。だが彼は版元に取り寄せを依頼し、本を送る。

注意しておきたいのは、「あるご婦人」に読み聞かせる本の中に『ダンディズム』が含まれていることである。C・ピショワは相手がサバティエ夫人か、マリー・ドーブランのどちらかではないか、と問うている[13]。その一方で、T・サヴァティエは当時、サバティエ夫人が読書に凝っていたことを強調する[14]。

しかし相手が誰であるにせよ、この前提には、ボードレールが女と「ダンディ」について話し合っていたということがある。しかも参考資料を必要としていたのであるから、その議論はかなり細かく、具体的なものだったのではないだろうか。想像力を逞しくすると、二人は論争になっていたのかもしれない。

女を「ダンディ」にすることはおそらく失敗したのだろう。ボードレールはドールヴィイの『ダンディズム』を翌年、アンセルへの贈り物として手放してしまう[15]。しかし彼は別でダンディズム論を書くことを構想し始める。一八六〇年二月四日、彼はプーレ＝マラシに宛てて、「文学的ダンディズム」(CP I, 664)を『プレス』誌に発表するつもりだと書く。これに相当するものが第二章で論じた『現代生活の画家』のダンディの章である。しかし女に対してはどうだろうか。『現代生活の画家』では、女を論じた章が三つある。これらは「ダンディ」と関連して、ボードレールが女に求めていたことの総括ではないだろうか。注目したいのは「化粧礼賛」の章である。

4. 悪と化粧

『現代生活の画家』における「化粧礼賛」は、一般に想定される化粧論と大きく違う。ボードレールによれば化粧は女の罪深さを減じるための術である。つまり官能や魅力を際立たせるためのものではなく、神学的な悔恨に結びつくものである。古今の化粧に関する議論に目を向けつつ、彼の思想の特徴を考えたい。

以下では、⑴まずバルザックの『ベアトリクス』に目を向け、十九世紀で化粧が評価されるようになったことを指摘しておくことにしたい。⑵その上で、ボードレールの「化粧礼賛」を読むことにする。しかし彼の議論が神学的な広がりを持つことは奇妙である。⑶これを掘り下げる形で、プラトンの『ゴルギアス』に目を向ける。

⑴　バルザック『ベアトリクス』

ボードレールが読んでいた小説として研究で頻繁に引き合いに出される資料の中に、バルザックの『ベアトリクス』第三部がある。[16] バルザックが第三部を『通信者』紙に連載したのは一八四四年十二月から一八四五年一月にかけてである。G・ロップは、ボードレールが一八四七年、『文芸家協会会報』に発表した『ラ・ファンファルロ』で、筋書きに『ベアトリクス』を取り入れていると指摘する。二つの作品は違いがあるとは言え、浮気した夫を夫人のために第三者が骨を折って別れさせる話である。[17] G・ロップは「『ラ・ファンファルロ』のテクストは、まだボードレールがバルザック作品の読者であった証拠を与える」と述べている。[18]

『ベアトリクス』第三部は夫の浮気に苦しむ妻、サビーヌの悩みが出発点となる。彼女は若く、美しい容姿をしていた。しかし夫が好む女は、年増で、怪しく微笑み、化粧をしている女である。サビーヌは嘆く。

ある種の殿方たちの目から見れば、若いということが劣ったことなのよ！　素朴な顔には、推測するべきものが何もないの。私は率直に笑うのだけれど、これが間違いなの！　魅惑するためには、こんな風に、堕天使たちが長くて黄色い歯を無理に隠している憂鬱な含み笑いができるようにしておくべきなの。すっぴんの顔は単調なのよ。頬紅や、鯨脳や、コールド・クリームで下塗りした人形の方が好まれるのよ。[19]

後に議論するように、プラトンの『ゴルギアス』は化粧をまやかしの術と糾弾する。これと比べれば、化粧を評価するという点で、バルザックとボードレールとは同じ方向にいる。しかしボードレールの議論において、焦点は神学にある。これを浮かび上がらせるように、『現代生活の画家』第十一章「化粧礼賛」を読むことにしたい。

(2) ボードレール「化粧礼賛」

美術批評「化粧礼賛」でボードレールは、自然を原罪の温床として糾弾することから議論を始める。

美に関する間違いの大半は、道徳に関する十八世紀の間違った観念から生まれた。この時代には自然が、人間に可能なあらゆる善と美の、基盤であり、源であり、典型だと考えられた。原罪を否定することが、この時代の全般的な迷妄を増長するのに少なからず寄与したのである。（OC II, 715）

彼は十八世紀の合理主義に基づく啓蒙思想が、カトリックと距離を置き、原罪を直視しなかったことを批判する。その上で彼は、人間が悪に立ち向かう必要性を訴える。

犯罪とは、動物―人間が母親の腹にいる時に汲み取ってきた趣味であり、その起源からして自然的である。美徳とは逆に、人工的であり、超自然的 surnaturelle である。というのも、あらゆる時代、あらゆる国家において、神々と預言者たちが、動物化された人間たちを啓蒙するために必要とされたのであり、人間は、独力では、それを発見する力を持っていなかったからである。（OC II, 715）

「超自然的」surnaturelle は十九世紀においても今日のフランス語と同じ意味であり、「自然を超えた力」や「神の啓示」を指す。(20) しかしここの文脈でボードレールは « surnaturelle » を、悪である「自然状態」naturelle を「乗り越える」sur の意味で使っている。そして理性と芸術は、悪であるところの自然を超克する手段である。

> 悪は、生まれながらにして、宿命によって、努力せずになされる。善は常に芸術の産物である。私は、自然が道徳について悪い忠告者であり、理性が真の贖い主で矯正者であると述べたが、これらのこと全ては、おそらくは美の法則に置き換えることができる。このようにして私は化粧を、人間の魂の原初の高貴さの表れと看做すようになる。（OC II, 715-716）

注意しておきたいのは、理性が悪を根本から変えるとまで、彼が言っていないことである。悪は「宿命」であり、努力を怠ればすぐに生み出される。その一方で理性が生み出す芸術美は、悪である自然を覆う「化粧」でしかない。化粧は剥がれ落ち、何度もやり直さなければならないものである。化粧は人間の限界を暗示しているのではないだろうか。しかしボードレールにとって化粧は比喩ではなく、本当に神学的な意味を持つものである。彼は流行やファッションを化粧と同様に神学に結びつけて理解する。

> 流行とはかくして次のようなものだと看做さなければならない。人間の脳髄の中で、自然が積み上げる粗野なもの、世俗的なもの、不潔なもの全ての上に浮かび上がる、理想の趣味のしるしである、と。自然の崇高な変形である、と。あるいはむしろ、自然を改善するために、普遍的に、継続的に行われる試みである、と。（OC II, 716）

ボードレールにとって流行とは、物質的な豊かさや、虚栄心を満たす洗練のようなものではなく、宗教的な罪を人が覆い隠そうとした努力の結晶である。この議論は、女の身の処し方を考えることへと結びついていく。

> 哲学的芸術家が、あらゆる時代において、言わば、そのか弱い美を補強し、神格化するために、女性たちが用い

たあらゆる手法の数々の正当性を見つけるのは、このような考察においてなのである。（OC II, 717）

彼は神学的悪を隠す手段の一端として、化粧の意義を強調する。

この列挙は数えきれないものとなるだろう。しかし、私たちの時代が卑俗にも化粧 *maquillage* と呼んでいるものに限り、米の粉末の使用を見てみよう。それは無邪気な哲学者たちに愚かにも呪われているのだが、次のようなものを目的とも結果ともしている。自然が無礼にもまき散らしていった斑点の全てを消すこと。肌のきめと色合いに抽象的な統一性を創造すること。この統一性は、下着が生み出すものと同じように、直ちに人間を彫刻に、すなわち神々しく超越した存在へと、近づけるのではないだろうか。（OC II, 717）

彼は「化粧」という呼び方が「卑俗」だと批判する。[21] なぜなら身を装うことは「抽象的な統一性を創造する」ものであり、「直ちに人間を彫刻に、すなわち神々しく超越した存在へと」接近させていくものであって、神的次元のことに直結しているからである。彼はもっと高貴な呼び名こそが相応しいと考えているのである。

本節は最初にバルザックの小説を例に、十九世紀フランスにおいて、化粧が評価されるようになったことに触れた。しかしボードレールの議論の射程は、神が創造した自然の不完全さの問題まで収めている。なぜ彼の議論はこのように広がるのだろうか。ここで十八世紀に至るまで化粧を批判する根拠となったプラトンの『ゴルギアス』を考えておきたい。

(3) ソクラテスの化粧批判

ソクラテスはゴルギアスをはじめとするソフィストらとの対話で、弁論術を真の「芸術」とは考えず、「お世辞」と批判する。[22] 弁論術が人を説得するやり方は、場当たり的なもので、論理的な根拠を持たない。弁論術が仮に喜びや快楽を作り出すことがあったとしても、そこに真実が含まれているかどうかは確実ではないのである。ソクラテスは弁論術の正体であるところの「お世辞」を擬人化し、人を騙す詐欺師のようなものとして説明する。

そいつ［＝お世辞］は全く考慮しないのだ、
最善というものを。
しかし最も心地よいものを次々と、
追いかけ、
愚か者を騙し、
次のように思わせているほどなのだ、
そいつこそが最も偉大な価値があると。(23)
（角括弧内は論者）

「お世辞」の例として、ソクラテスは料理と化粧を挙げる。例えば料理は食物を口当たりのよいものにする。しかし美味いという快楽は、医学が伝える身体に悪いものを見誤らせているのかもしれない。上辺の美味は「愚か者」や子供を騙し、健康を損なう。同様に化粧は美しい身体を見誤らせる。

そして化粧は、
このようなやり方を用いて、
体育術の下に隠れている。
有害で、まやかしで、
下劣で、自由を知らぬこいつ［＝化粧］は、
騙しているのだ、

衣装や色や、
磨かれた滑らかさや、感覚でもって。
こいつ［＝化粧］は男たちをして、
それらから、ある奇妙な美を引き出させ、
無視させるほどなのだ。本来は
体育術で獲得する美を。(24)

（角括弧内は論者）

ソクラテスによれば、美しい肉体とは体育術が作り上げるものでなければならない。ところが化粧は男たちの感覚を壊し、不健康な身体をも美しいものと誤認させる。このようにソクラテスはまやかしの技である料理や化粧が「最善」のものである真理や、神へと接近することを助けるどころか、妨げになると考えた。

ありのままの自然を善いものだと考えるプラトンやソクラテスの態度は、新プラトン主義者やボードレールとは根本で異なるものであった。第二章ですでに論じたように、新プラトン主義者らは、神の創った自然が、あるがままで完全な真理や善を表していると考えなかった。そしてそうであるからこそ、自然は芸術家の手によって修正するべき対象なのである。しかし――第二章でこれも論じたように――、ボードレールの考え方は新プラトン主義者とも異なる。新プラトン主義者にとって、悪の修正は神が手助けしてくれるものであった。他方、ボードレールにとって神は信頼しきることができず、自ら向かう地点も社会的に支持を得られているわけではない。だからこそ彼は化粧を神的次元のことに引きつけつつも、人為的に悪に修正を施すことで満足しようとする。

化粧と彫刻とを結びつけるにあたって、ボードレールにとって重要なのは詩であった。完成されなかった『悪の花』の序文の草稿で、彼は化粧と詩とを関連付け、似たジャンルであると考えている。

ある実体名詞と、類似か反対の意味を持つ、ある形容詞を結合させ、心地よさや苦味、至福や恐怖など、あらゆ

る感覚を表現できる可能性があるのだから、詩は絵画、料理、化粧の芸術に結びつく。（OC I, 183）

ボードレールが追求するものはプラトンが求めた科学的な真理ではなく、「感覚」である。彼はソクラテスと全く逆の目的を掲げ、詩を絵画や料理や化粧と結びつける。見かけの美こそが、芸術家のできる限界なのである。「化粧礼賛」の一見奇妙とも思える神学論は、このような彼の立場を凝縮して示している。

では詩人は化粧を真似て、具体的に何をどうしようというのだろうか。ここでボードレールが先の化粧論で、彫刻を重要な比喩として用いたことを思い返しておきたい。化粧が生み出す「この統一性は、下着が生み出すものと同じように、直ちに人間を彫刻に、すなわち神々しく超越した存在へと、近づけるのではないだろうか」（OC II, 717）。彼が化粧に求めるのは、女を彫刻のように見せる作用である。

5. ピグマリオン王とミダス王

議論を先取りして最初に全体を見渡しておくことにしたい。彫刻をめぐるボードレールの想像力には二つのモチーフがある。まず彼の作品を初期から後期まで見渡すと、彼は当初、ピグマリオン王に関心を持っていた。しかし中期以降の彼はこれを退ける。「苦悩の錬金術」の言葉を借りれば、これはミダス王である。

ではミダス王とは誰だったのか。簡単に確認しておくことにしたい。『変身物語』の第十一巻は詩人オルフェウスがバッカスの供、マイナスたちに殺害されたところから始まる。バッカスは自らを讃える詩人が死んだことに怒り狂い、マイナスたちに報復を繰り返す。その騒乱の中でバッカスは養父シレノスを見失ってしまう。シレノスは道に迷い、フリジアで百姓たちに捕まったのである。シレノスが誰なのかを知っていたミダス王は、彼を熱烈に歓待した。バッカスはその礼として、王に奇跡の力を授けた。

ミダス王が自ら望んだ力は、身体に触れるもの全てを黄金に変える力である。当初、王は有頂天になっていた。だが食物を含め、全てのものを黄金に変えてしまい、王は激しく後悔することになる。

安易にも大喜びになった彼［＝ミダス王］は従者たちが準備してくれた食卓に着く。そこには焼かれた麦［＝パン］がたくさんあった。しかし彼の手が豊穣の神ケレスの贈り物［＝パン］に触れるや、ケレスの贈り物はすぐに固くなった。彼が貪欲な歯で料理を引き裂こうとすると、料理は消え、歯の下からはごうつくばりの金属の薄皮が出てくるのだ。彼が願いを叶えてくれた神のリキュール［＝バッカスのワイン］を真水で割ると、溶けた黄金が、自分の開いた唇から流れ出してくるのが見える。金持ちであると同時に貧しいという、かくも新しい災いに怯え、彼はもはや富裕から逃げ出すことしか求めない。そして彼がかつて願ったことは彼を怖がらせるだけだ。豊穣の最中にあって、彼は飢えを癒すものがない。乾きが彼を憔悴させ、その喉を焼く。あまりにも苦痛となったこの黄金を彼は呪う。彼は両手を天に向かって差し出した。その腕は輝いていた。彼は叫んだ。「許し給え、ワインの搾汁機の神よ［＝バッカスよ］、おお、我らが父よ。私が間違っていたのだ。しかしお願いだから、私に情けをかけていただきたい。私からこの輝く厄災を取り除いていただきたい」[25]。（角括弧内は論者）

ミダス王はせっかくの願いを無駄にしてしまう。彼は『変身物語』の中で、類を見ない愚か者として描かれる。ここで注意しておきたいことは二つある。まずピグマリオン王との比較である。彼は石の女を解放し、自由にした。しかしミダス王は逆に、女をモノ化する。次に奇跡の力はミダス王本人にも止められるものではなく、神が助けない限り、苦しみが果てしなく続くということである。苦しみはボードレールの詩にも見当たる。

以下では順に、(1)ボードレールの初期作品でピグマリオン王のイメージが重要であったこと、(2)中期作品においてそのイメージが消えたこと、(3)後期作品でミダス王のイメージが重要になったことを示す。

(1)　初期作品とピグマリオン王のイメージ

初期作品を振り返ると、ボードレールは自分の名前を冠しなかった詩で、ピグマリオン王をテーマにしている。例えば次の無題の詩は、一八四三年の『韻文集』にプラロンの名前で発表された。しかしプラロンはボードレールの助言を素直に受け入れていたのであって、ボードレールの影響は大きいだろう。[26]

［無題］

——私はおまえのギリシア風の形と冷たい瞼を愛する、
私の折り曲げられた手の中の　パロの美しい大理石よ。
こうやって、その石でできたニンフを作ったピグマリオンは
夢見ていたのだ　欲望によって　未だ隠れた息をさせたいと。

愛と天才の説明しがたい重みをかけて、
彼は石の塊を命ある口づけで温めた。
ニンフは動き出した、赤らみ、そして、ぎこちなさなどなかった、
生きている［彼女は］　台座から彼に向かって駆け出す。

知性と魂を彼女は身に纏っていた。
芸術家はその作品の上で　ようやく眠ることができた……
ああ！　しかし私は、私は自分の影像を動かすことができない。
大理石だけが　私の最も熱い口づけに答えるというのに。[27]

（角括弧内は論者）

詩の語り手が想起しているモチーフは、「ピグマリオン」(v.3) という語が出ていること、「口づけ」(v.6) が命を吹き込むことなど、明示的にピグマリオン王とガラテの物語である。語り手はピグマリオンのように奇跡によって彫刻に命を吹き込みたいと望むが、それができない。

また一八四六年七月十九日『コルセール・サタン』紙にアレクサンドル・プリヴァ・ダングルモンのイニシャルで発表された「騎士のソネ」の末尾もまた、ピグマリオンのモチーフを扱っている。[28]

否！　しかし私はあなたにとって唯一の者だ　荒々しい息で、
おお　冷たいガラテよ、やってみせよう、僭越ながらも、
わずかなりとも　あなたの　無感覚の大理石を再び温めることを。

(OC I, 223)

語り手はつれない恋人を「大理石」の彫刻になぞらえ、「ガラテ」と呼びかける。ガラテはピグマリオンの彫刻の名である。彼は、ガラテがピグマリオンの求愛に応えたように、冷たい女が心を開き、彼に身を任せることを期待しているのである。ダングルモンの詩の多くはボードレールが関与していると目されており、特にこの詩について、C・ピショワは「明確によりボードレール風の調子である」と述べている。[29]

これらはボードレールがピグマリオン王の物語にある一定以上の関心を持っていたことを示す。しかしプラロンの詩にせよ、ダングルモンの詩にせよ、ボードレールは自分の作品として認知しなかった。

(2)「芸術家たちの死」における彫刻家の変化

ではボードレールが自分自身の作品として認めたものの中で、ピグマリオン王のイメージはどうなるのだろうか。中期以降の作品の傾向を考えるべく、『悪の花』に関連する詩の中で、特に「芸術家たちの死」について考えたい。

一八五一年の「冥府」に収録された際、詩にはピグマリオン王のイメージがあった。

その身体を　奇怪な仕事のために　酷使しなければならない、
両手で　不浄な泥を捏ねなければならない、
理想的な形 l'idéale figure に出会う前には
それへの暗い欲望 le sombre désir が　私たちをすすり泣きで満たす。

（角括弧内は論者、AB II, 874）

ボードレールは芸術家の苦悩を示すにあたって、彫刻家を取り上げる。泥を捏ねて人型を作る芸術家のイメージは、泥からアダムを作った『創世記』の神のイメージと重なり合わさる。(30) 芸術家は神にも似て泥を捏ね、「暗い欲望」の対象となるもの、すなわち、女の像を作っているのである。ピグマリオン王は象牙を刻んで彫像を作った。彫塑と彫琢という作り方や、泥と象牙という材料などの違いがあるとは言え、自らの力で愛欲の対象となる女を作り出すという点で、ボードレールの描く彫刻家とピグマリオン王とは共通点があると言える。

ボードレールはこれを「奇怪な仕事」と表現する。第三章の冒頭で触れたように、『創世記』でアダムの罪はイヴによってもたらされる。聖書を思い起こすのならば、彫刻家は自らの罪の根源を自分で作り出しているのである。これをボードレールは「奇怪」と冷笑したのではないだろうか。

しかしボードレールは「芸術家たちの死」の該当箇所を一八五七年の『悪の花』初版で書き換えてしまう。

私たちは　巧みな企てに　魂 âme を磨り減らすことだろう、
そして私たちは　多くの重い骨組みを崩すことだろう、
偉大なる〈生物〉la grande Créature をじっくり眺める前には
それに対する地獄の欲望 infernal désir が　私たちをすすり泣きで満たす！

（角括弧内は論者、AB II, 1230）

ここでは多くが変化する。まず作り手は「彼」という第三者から、「私たち」へと変わる。制作にあたって酷使するものも、「身体」から「魂」へと変化する。また制作の内容も変化する。すなわち「泥を捏ねる」のではなく、「重い骨組み」を壊しては組み上げることになる。つまり制作しているものは、手でこねて作れる彫塑のようなものではなく、「多くの重い骨組み」を入れた像、すなわち、巨大な像となるのである。

C・ピショワは『初版』の「芸術家たちの死」に、ミシュレの描くミケランジェロのイメージを重ね合せる。[31] 詩の描いている彫刻家が、ミケランジェロかどうかは検証できることではない。しかし要点を取り出せば、『初版』の詩が描いているのは、ミケランジェロのように努力する人間だ、ということである。つまり「芸術家たちの死」から、粘土を捏ねる『創世記』の神や、奇跡の芸術家のイメージは消えたのである。

ここから振り返ると、「奇怪な仕事」という表現が消え、「巧みな企て」となったことも、意義があると思える。ボードレールは彫刻家の仕事を尊重する表現にしたのである。そして情欲を暗示した「暗い欲望」という表現は、「地獄の欲望」へと変わる。「地獄」は「暗い」の強調とは考えられない。「地獄」は続くテルセで、彫刻家が死後の世界でもまた、理想を求めて奮闘し続けることへの布石となる表現である。かくして「芸術家たちの死」は書き直しによって、奇跡を起こすピグマリオンを描いた詩から、死後まで努力する人間を描いた詩と変化するのである。

(3) 後期作品におけるミダス王のイメージ

以上のようにボードレールは、ピグマリオン王のイメージを遠ざけた一方で、望まずして彫刻家に等しい力を手に入れたミダス王のイメージを『悪の花』第二版で示している。これが「苦悩の錬金術」である。

苦悩の錬金術

ある者は　その熱で　おまえを晴れやかにし、
別の者は　おまえに深い悲しみを与える、〈自然〉よ！
ある者には「墓！」と聞こえるものが
別の者には「生命と繁栄！」と聞こえる

未知のヘルメスよ　私を助け
そして常に私を脅しつける者よ、
おまえは　私をミダス王に等しい者とする、
錬金術師たちの中で　最も悲しい者に。

おまえによって　私は黄金を鉄に変え
そして楽園を地獄にする。
雲でつくられた　死者を覆う布の中に

私は　愛しいものの死骸を見つけ、
そして天空の岸辺に
私は巨大な装飾された棺 sarcophage の列を築き上げる。

(OC I, 77)

第一キャトランがテーマとするのは、事物の価値観は転換するということである。自然は晴れやかにすることにも、悲しみを与えることにも働く (vv. 1–2)。また逆に、ある者にとっては墓と思えるものは、別の者にとっては生命や繁栄に転換する (vv. 3–4)。こうした転換を詩は錬金術になぞらえて説明する。

第二キャトランで語り手はミダス王を「錬金術師の中で、最も悲しい者」(v.8)と呼ぶ。ミダス王が触れることで、王の近しい者たちは命を奪われ、黄金になった。しかし詩に登場する語り手は、ミダス王よりも劣った力しかない。第一テルセが示すように、ミダス王は黄金を生み出したのに、彼は事物を鉄に変えることしかできない(v.9)。そして彼は黄金も楽園も——つまり好ましいものを——おぞましいものにする力しかない。

注意しておきたいのは第二テルセの「装飾された棺」sarcophage である。フランス語において墓を表現する言葉はさまざまにあるが、これは古代の死者を埋葬する棺の中でも死者の彫像を載せたものを指す(32)。つまりここで詩が述べていることは、語り手が生き物を鉄に変え、命を奪うと同時に、彫刻化しているということである。このようなイメージの発展によって、ボードレールはミダス王を彫刻家の一人と解釈しているのである。

自然の生命力を取り除くことは、ボードレールにとって、粗野な物事を洗練し、高貴にするイメージに結びついていた。特に『一八五九年のサロン』で彫刻を論じた際、彼は次のように述べている。

> 叙情詩が全てを、情熱さえも、高貴ならしめる。これと同様に彫刻、真の彫刻というものが全てを、運動さえも荘厳にする。
> (OC II, 671)

情熱や運動は俗っぽいものだが、詩と彫刻がこれらを高貴にしたり、荘厳にしたりする。彼は悪をこのように加工する手段として、ミダス王の彫刻術と自らの詩学とを重ね合わせていたのではないだろうか。

6.「あるマドンナへ」

ではボードレールがミダス王と自らを重ねるというのであれば、彼は女を彫刻化することで何をどのように苦しんでいたというのだろうか。化粧、詩、彫刻の三つが関連し、三つが重なることを最も直接的に読者に示すのは、後期の作品「あるマドンナへ」である。まず冒頭を読みたい。

私はおまえのために建てたい、〈マドンナ〉よ、私の恋人よ、
私の悲嘆の奥底に　地下の祭壇を、
そして穿ちたい　私の心のもっとも暗い片隅に、
世俗の欲望からも　嘲る眼差しからも遠く離れて、
青と黄金色の琺瑯がちりばめられた、壁龕を、
そこにおまえを立たせるのだ、驚嘆した〈彫刻〉よ。
私の磨かれた〈韻文〉、純粋な金属の格子によって
水晶の韻で　巧みに星座を散らした［格子によって］、
おまえの頭に　大きな〈冠〉を作ってやろう。

（角括弧内は論者、OC I, 58）

女が置かれているところは、詩人の心の奥に想像力で建てられた地下祭壇の壁龕である。語り手である詩人は、その磨かれた詩句によって、「おまえ」と呼びかけるマドンナを装うことを考える。

ボードレールは「マドンナ」Madone という言葉を、女との関係でしばしば用いた。まずマリー・ドーブランへ宛てた手紙である。「私の守護天使、私のミューズ、私のマドンナになってください。そして私を〈美〉の道へと導いてください」（CP I, 182）。また「無題（今夜、何を語るのか、孤独で哀れな魂よ……）」には、自らを「私は守護〈天使〉、〈ミューズ〉にして、〈マドンナ〉である」（OC I, 43）と述べる女が登場する。このソネにはサバティエ夫人の面影がある。

C・ピショワがプレイヤード叢書の註で指摘するように、「マドンナ」という言葉は彼女らとのやりとりで生まれ

た表現かもしれない。[33] しかしここでは十九世紀フランスにおいて「マドンナ」が「イタリアやスペインで、公路の壁龕に据えられた聖母マリアの小像」を指すことを念頭に置きつつも、[34] 詩人にとって女が匿名の聖なる崇拝の対象であると理解しておくことにしたい。

女は彫刻のように扱われ、詩で作られた装飾物で飾り立てられていく。しかし贈り物の数々は女を喜ばせるためのものではない。むしろそれらは女を身動きが取れなくするためのものである。最後にボードレールの化身である語り手の詩人は、〈七つの大罪〉で七本の〈短剣〉を作り、女の心臓にそれを打ち込んで懲罰を加える。

最後に、おまえのマリアとしての役割を完全なものとするために、
そして愛に野蛮さを混ぜ合わせるために、
黒い逸楽！　七つの〈大罪〉を材料にして、
悔恨に満ちた執行人となり、私は七本の〈短剣〉を作るだろう
よく研ぎすまし、そして、冷酷な曲芸師のように、
おまえの愛の　最も奥深いところを　標的にして、
私は短剣を全て埋め込んでやる　おまえのぴくぴく動く〈心臓〉に、
嗚咽するおまえの〈心臓〉に、血の溢れるおまえの〈心臓〉に！

(OC I, 59)

「マリアとしての役割を完全なものとする」という一節に注意しておきたい。完全ではないという言葉が含意するのは、詩人がマドンナと呼ぶ女に対して持っている不満である。詩人によって装飾された彼女の外見は聖母のような慈悲深い存在を思い起こさせる。しかし実際の彼女は外見が美しいだけで、その内面は聖母とは程遠く、罪深い存在である。彼は外見に内面を合わせることを強いるために、女を罰する。

この結末にはボードレールの複雑な内面がよく表れている。彼は女を理解することを諦め、外見の装飾に満足しよ

うとする。また彼は演出された悪女をこそ、美しいと考えていた。しかし彼は最後の段階になって、女の内面に介入し、暴力を振るう。そして彼はこの暴力を振るうにあたって自らを「悔恨に満ちた執行人」と感じ、苦しんでいたのである。ここには他者へ介入をしない彼のダンディズムと、他者を変えたい欲求のせめぎ合いがある。

小帰結

ボードレールは女の外見に強く惹かれ、しばしば女が夢想の役に立ちさえすれば、内面がどのようなものであっても構わないと冷淡な態度をとる。また彼は愛を嘲笑して憚らない。しかしこれは女を理解したいという願望の裏返しである。そして彼が求める女は、自らの目指す理想と同じ「ダンディ」でなければならなかった。しかしそうした女はいない。そこで彼は詩において女の悪を覆い隠し、見かけの上で「ダンディ」に仕立てようとする。彼はこれにあたって化粧を重要視する。化粧とは彼の想像力の中で、神学的な意味を持ち、人間が悪と向き合うための手段である。化粧は彫刻のイメージを伴った。彼は詩人として女を彫刻のように描き、彫刻化によって女を理想に近づけようとした。この時、彼はピグマリオン王よりも、ミダス王のイメージを好んだ。

官能的な女に惹かれつつも、女を彫刻化し、欲望の対象外とすることで、ボードレールは罪深さを逃れようとする。ここには彼の身勝手さと弱さとが透けて見えると考えることもできる。しかし女の彫刻化は、彼の欲望の表明だけではなく、読者へ向けた演出であったかもしれない。この点を考察するにあたっては、より細かく検討を重ねていく必要がある。第一部の結論で課題を改めて整理する。

（1）*La Bible. Ancien Testament*, éd. par Édouard Dhorme, Gallimard, coll. « Bibliothèque de la Pléiade », 2 vol., t. I ; 1956, pp. 10–11.

（2）Joseph de Maistre, *Les Soirées de Saint-Pétersbourg ou Entretiens sur le gouvernement temporel de la providence ; suivis d'un Traité sur les sacrifices*, Rusand, 2 vol., 1822, t. I, pp. 424-425.

（3）Claude Pichois, OC II, 1426.

（4）例えば現代思想家のG・スピヴァクは、ボードレールの詩「白鳥」を特に批判し、黒人女をはじめとするモチーフが記号化されていることを、白人男性の典型的な差別であると断じている（Gayatri Chakravorty Spivak, *A Critique of Postcolonial Reason*, Harvard University Press, 1999, pp. 148-157）。彫刻化というテーマとは直接関連性はないが、女をモノ化することの問題という点では、重要な指摘である。

（5）*La Femme au XIXe siècle, littérature et idéologie*, Presses Universitaires de Lyon , 1979, p. 107.

（6）L'article sur le terme « sirène », *Grand Dictionnaire universel du XIXe siècle*, *op. cit.*, t. XIV ; 1875, p. 765.

（7）管見の限り、嘆願をテーマとした似た言い回しは、「深キ底カラ我呼ビカケタリ」の冒頭の元となった『旧約聖書』の『詩篇』一三〇の冒頭にも見当たる。これはユダヤ人の神ヤハウェに祈るものだが、異教的とまでは言えないだろう。「深キ底カラ我呼ビカケタリ」は第九章で論じる。

（8）Ovide, *Les Métamorphoses*, *op. cit.*, t. III ; 1966, p. 83.

（9）巨人ポリュペモスは森を支配しており、さらにその父は海を支配するネプチューンである。巨人はニンフが牧神の息子アキスを愛していることを知って、アキスを襲う。瀕死のアキスは魔法で命こそ取りとめるが、葦になってしまった。なお海のニンフの名前はガラテというが、ピグマリオンが求愛したガラテとは別である。

（10）« *Je n'en connais pas un qui* n'adore *quelque* ange. » このイタリック体について、阿部良雄は強調と考え、傍点を振っている（『ボードレール全集』、前掲書、第一巻、三七九頁）。しかしボードレールは引用を斜体で示すことがある。論者は、斜体が言葉の濫用を具体的に示した台詞だと考え、括弧で示す。

（11）*Dictionnaire de la langue française*, par Émile Littré, *op. cit.*, t. III, p. 1236.

（12）*Lettres à Charles Baudelaire*, éd. par Claude Pichois et Vincenette Pichois, À la Bacconière, 1973, pp. 31-32.

（13）Claude Pichois, CPl I, 866.

（14）Thierry Savatier, *Une femme trop gaie*, *op. cit.*, p. 108.

（15）Claude Pichois, CPl I, 866.

（16）ボードレール研究で『ベアトリクス』が参照される事例は大きく二つある。一つは詩の標題である。「深キ底カラ我呼ビカケタリ」は一八五一年に詩群「冥府」に収録された際、「ベアトリクス」と題されていた。また「ヴァンパイア」も一八五五年の『両世界評論』

に掲載された際、「ベアトリクス」と題されていた。ボードレールの脳裏では、ベアトリクス（フランス語）、ベアトリーチェ（イタリア語）は同じことを意味していた（阿部良雄「註釈」、『ボードレール全集』、前掲書、第一巻、五九四頁）。そしてこの点から考えれば、『悪の花』初版に発表される「ベアトリーチェ」もまた、一連のベアトリクス関連の詩の一篇であると言える。

もう一つは『悪の花』の命名である。バルザックの小説には、次のような言葉が読まれる。「あらゆる毒を持つ花々は魅惑的です。魔王がそれらの種を蒔いたのです、というのも、悪魔の花々 les fleurs du diable というものと、神の花々というものがあるのですから」(Honoré de Balzac, *Béatrix*, dans *La Comédie humaine*, éd. par Marcel Bouteron, Gallimard, coll. « Bibliothèque de la Pléiade », 10 vol., 1950–1952, t. II ; 1951, p. 536)。アスリノーの証言によれば『悪の花』というタイトルはイポリット・バブーの発案によるものだが (Charles Asselineau, *Baudelaire et Asselineau*, éd. par Jacques Crépet et Claude Pichois, Nizet, 1953, p. 187)、研究者らはこれとあわせてバルザックのいう「悪魔の花々」が『悪の花』の由来となった可能性を考えている（阿部良雄「註釈」、『ボードレール全集』、前掲書、第一巻、四二二—四二三頁）。

(17) バルザックの『ベアトリクス』第三部は、不和に陥った貴族の夫婦（デュ・ゲニック男爵とサビーヌ）と、この男爵の愛人となったベアトリクスの三角関係を描く。夫婦の不和に対してサビーヌの母であるド・グランリュー公爵夫人が怒り、裏社会を取り仕切る怪人ド・トラーユ伯爵に問題の解決を依頼する。ド・トラーユ伯爵は、デュ・ゲニック男爵とベアトリクスの仲を引き裂くために、間男を二人用意する。一人は美男子ラ・パルフェリーヌ伯爵で、彼はベアトリクスを籠絡する。もう一人はデュ・ロンスレ男爵で、彼はベアトリクスの夫ド・ロシュフィード伯爵の浮気相手ションツ夫人を籠絡する。このようにベアトリクスを取り巻く恋愛事情は、大貴族が裏で糸を引くことで大きく変化し、彼女は真実を何も知らずにデュ・ゲニック男爵と別れさせられるに至る。『ラ・ファンファルロ』のテーマもまた別れさせる話である。サミュエルはド・コスメリー夫人の悩みに応えて、その夫と女優ラ・ファンファルロとの仲を引き裂こう暗躍し、これに成功する。

(18) Graham Robb, *Baudelaire. Lecteur de Balzac*, José Corti, 1988, p. 164.

(19) Honoré de Balzac, *Béatrix*, *op. cit.*, p. 566–567.

(20) L'article sur le terme « surnaturel », *Grand Dictionnaire universel du XIXe siècle*, *op. cit.*, t. XIV ; 1875, p. 1273.

(21) 『赤裸の心』では、「〈身繕い〉」*La Toilette* (OC I, 694) について一章を書く旨が記されている。彼の意に叶う言葉は、これであったのではないか。

(22) ギリシア語の κολακεία は日本語の翻訳文献では「迎合」と訳されており、哲学の分野では「コラケイアー」とカタカナで併記するなどして、一つの鍵言葉となっている（プラトン『ゴルギアス』加来彰俊訳、岩波文庫、二〇〇四、五六—五七頁）。しかし本研究ではボードレールの同時代人たちの理解に肉薄するべく、仏語から訳出した。Platon, *Gorgias*, texte traduit par François Thurot,

Hachette, 1877, p. 103. 同書は一八一五年に初版がフィルマン・ディドから刊行され、一八四〇年に第二版がアシェットから刊行された。

（23） *Ibid.*, p. 109.

（24） *Ibid.*, p. 111.

（25） Ovide, *Les Metamorphoses*, *op. cit.*, t. III ; 1966, p. 6.

（26） G・ブランはJ・ムーケの説を受け入れる形で、この詩がプラロンの名前でこそ発表されているが、その真の作者はボードレールであると考える（Georges Blin, *Baudelaire, suivi de Résumés des cours au Collège de France, 1965-1977*, *op. cit.*, p. 55)。確かにボードレール風の言い回しはある。第十行目の芸術家が「休むことができた」というくだりは、『冥府』に発表された「芸術家たちの死」の第四行目、「休息する場所を見つけよ」（AB II, 874）を思わせる。しかしボードレールの手が入っていることはあるとしても、この詩は共作というべきものではないか、と論者は考える。この詩は一八四一年三月十五日と日付が入っている。もしボードレールの作品だとすれば、最初期のものだが、彼はこの時、「無題（私たち皆が　冒瀆している貞淑な言葉がある……）」のようなソネで、情欲と女への懐疑を赤裸々に謳っていた。ピグマリオンの伝説に託して、理想の女を得たいが、得られないと謳うよりも、目の前の女を追い求めるのが一八四一年頃のボードレールであったのではないか。

（27） Gustave Le Vavasseur, Ernest Prarond et Auguste Argonne, *Vers*, *op. cit.*, p. 105.

（28） 発表された文章には「Cl. P. d'A」とあった。しかしC・ピショワはClがAlの間違いだったのではないかと述べる（Claude Pichois, OC I, 1266)。

（29） Claude Pichois, OC I, 1266.

（30） *La Bible. Ancien Testament*, *op. cit.*, t. I, p. 7.

（31） Claude Pichois, OC I, 1091.

（32） リトレの『フランス語辞典』によれば« sarcophage »は「古代人が火葬を望まない時、遺体を収めた墓で、その所有者が用いていた身体を石で作ったもの」を指す。すなわち、これは墓の中でも、火葬をしない、彫刻がのっているような墓を指しているのである。また『辞典』の記載によれば、十九世紀フランスにおいては葬送の棺を指した（*Dictionnaire de la langue française*, par Émile Littré, *op. cit.*, t. IV, p. 1827)。『十九世紀万物百科大事典』も同様の記載をしているが、その形状の変遷に大きな紙幅を割いている（L'article sur le terme « sarcophage », *Grand Dictionnaire universel du XIXe siècle*, *op. cit.*, t. XIV ; 1875, p. 220-221)。『事典』からは、石の他に木が使われたこともあれば、彫刻がレリーフであった場合もあることがわかる。しかし何れにせよ、« sarcophage »が彫刻に結びつく語であることは確かである。また以下の図録に« sarcophage »の例が詳しい。*La Sculpture*, par G. Duby et J.-L. Daval, Taschen, 2013, p. 91, p. 92, p. 93, p. 111, p. 124, p. 134, p. 135, p. 140 et p. 141.

（33）Claude Pichois, OC I, 936.

（34）L'article sur le terme « Madone », *Grand Dictionnaire universel du XIXe siècle*, *op. cit.*, t. X ; 1873, p. 897.

第一部の結論

『悪の花』はボードレールの自伝的なエピソードをモチーフとしながらも、たび重なる演出で虚構化されていった作品である。第一章では、『悪の花』に加えられた操作をまとめた。ボードレールは女のモチーフから細部の情報を削り落とした。また彼は実人生を周囲に演出して伝えていた。そして彼はメモを結合させ、詩が描いている対象が誰なのかはわからなくしてしまった。さらに彼は『悪の花』初版を構成する際、配列を組み替え、詩をつなぎ合わせることで起承転結が浮かび上がるようにした。

ではボードレールはなぜ自伝的に書いたものを演出したのだろうか。第二章では彼が新プラトン主義の考え方に影響を受け、芸術家として悪を修正することを目指していたことを指摘した。しかし近代において芸術家ができることには限りがある。フィチーノのように民衆を導く立場はもはや取れない。こうした時、彼は自分自身を演出することで満足する。「ダンディ」の追求は、自己演出の最初の動機の一つだと言える。

しかし問題は女であった。男は崇拝する女の存在によって、天使を崇拝する者とも、悪魔を崇拝する者とも変化してしまう。つまり女次第で男のいかなる努力も水泡に帰すのである。この意味において、ボードレールにとって自らを演出する核心には、女を演出することがあった。第三章では彼が女の外見に惹かれているが、その一方で、彼がその内面を理解できないことを苦しんでいたことを示した。彼はありのままの女を理解するのではなく、女の外見を装飾することで、女を自らの理想に近づける。この時、女は彫刻のイメージを伴う。

だが以上の考察は、不十分な点が残る。これらはボードレールが目指していたものの形や方向性を浮かび上がらせたのであって、彼の作品がそのようなものであるということではない。彼が長い時間をかけて『悪の花』を詩集として改編していたことを明らかにする時、別の角度から、彼の演出の奥行きに改めて気がつくだろう。

女のモチーフの彫刻化がどのような背景を持っていたかを知るには、まずボードレールの美に関する思想的な背景や、彫刻に関する理解を踏まえておく必要がある。本研究はこれを第二部で論じる。

また『悪の花』関連の詩は、一篇の詩が、周囲の別の詩と関連し、全体で大きな物語を作っている。つまり『悪の花』における女の彫刻化は、一篇の詩から理解するのではなく、詩集や詩群の単位で詩を読解し、しかも複数のパターンを場合分けしなければならない。本研究はこれを第三部で論じる。

全体の結論では、これらの議論から見えてきたことと照らして、第一部を改めて振り返ることにしたい。

第二部　彫刻と想像力

第二部の序論

ボードレールは詩人であると同時に、美術批評家であった。詩と美術批評とは今日の研究者にとって、文学研究と美術史研究という別の学問の領域になる。しかしボードレール研究者らは二つをしばしば自由に横断する。この手法は、J・プレヴォーが二十世紀中葉に示し、その後、阿部良雄が練磨したものである。ボードレール研究において横断的な議論が成立する理由を説明することから、議論を始めたい。

十九世紀フランスの詩人は、詩だけで生計を立てることは稀で、一般に批評で収入を得ていた。もっとも、詩人にとって批評は、金銭を目的にしたものに過ぎないという事態も起きうる。例えばN・ダヴィッド＝ヴェイユは、ゴーティエが生活のために批評を書いており、自分の感受性で批評を書けなかったと注意を促している。(1) ゴーティエは一八五〇年、手紙で次のように嘆く。「私は自分が気にいることが決してできないだろう」(2)。かくしてゴーティエのような詩人を論じる場合、批評を全面的に信頼することはできない。

さて、ボードレールの場合、詩人として文壇に現れるより先に一八四五年、美術批評家として活動を始めた。彼は批評で生計を立てることを夢見ていた。しかし生前の彼は職業的な批評家として地位を確立するには至らなかった。(3) ボードレールの美術評論が専門的な観点から注目されるようになったのは、A・フェランが一九三三年に編纂したエディション・クリティック版『一八四五年のサロン』からであった。これはA・フェランによる百二十九頁にわたる序論が付されたものである。A・フェランは十九世紀の時代背景を素描した後、他の批評家たちが一八四五年のサロンをどのように批評したかをまとめ、ボードレールの独自性を浮かび上がらせる。

焦点となるのは、ボードレールが専門的な美術批評の手法を持っていたか否かである。方法論がなければ批評家として信頼に値しないのである。A・フェランの答えは、ボードレールはヴィンケルマンやハイネ的な「美学」の枠組みを知っていただろうが、意識的に理論を退け、彼個人の感性に従ったというものであった。[4]

もっとも感性で書かれた批評には、公平性という点で限界もある。複数の美術史家たちは、ボードレールが『一八四五年のサロン』で、ウィリアム・オスーリエの《回春の泉》(一八四五)を賞賛してしまったことを汚点と考える。[5] なぜオスーリエを論じたのに、後年高い評価を得たクールベやマネに、ボードレールは紙幅を割かなかったのか。これらの画家は、詩人にとって個人的な友人でもあった。不公平ではないか。

論じるべき相手を論じなかった不公平さは、ボードレールの限界として認めておかなければならないだろう。しかし彼のアマチュア的なところは、彼が詩的想像力を重んじたことによって生じたものである。彼は美術批評と詩とを横断することを夢想していた。『一八四六年のサロン』には「最良の批評とは面白く、詩的なものだと私は率直に信じる」(OC II, 418)とある。「灯台」や「仮面」はその実践と読める。

以上のように考えていけば、ボードレールの美術批評は詩的想像力の源泉を知る上で、重要な資料だと言えるのである。このように美術批評を位置付けた上で、第二部では批評を取り上げつつ、彼にとって彫刻が持つイメージを考えてみたい。

(1) ボードレールと彫刻

まず議論を先取りし、ボードレールの著述における要所を示しておくことにしたい。彼の身の回りで彫刻が守護的なイメージを伴っていたことは、『悪の花』に収録された作品の中でも自らが自伝的と述べている作品や、『一八五九年のサロン』の随所で窺い知ることができる。

「無題(私は忘れてはいない、街の近くの……)」は詩人の幼少期を謳った作品である。ボードレールは実父ジョゼフ゠フランソワ・ボードレールと六歳の時に死別する。若く美しい彼の母カロリーヌは軍人のオーピックとすぐに再婚し、その後、ボードレールは厳しいエリート教育を受けることになる。ボードレールにとって、実父が亡くなり、母が再婚する前の時期は、幸福な一瞬であった。詩は次のように始まる。

私は忘れてはいない、街の近くの、
私たちの白い家のことを、［家は］小さいけれども静かだった。
その石膏のポモナと　その年老いたウェヌスが
発育の悪い植え込みに　その裸の四肢を隠していた、（……）

（角括弧内は論者、OC I, 99）

ボードレールは街の中心から離れた家を思い返す時、家に付随したものとして、真っ先に、果物の栽培を司る神ポモナと愛の神ウェヌスの像を描きこむ。彫像は言うなれば、思い出の守護神のように登場する。また『一八五九年のサロン』の彫刻批評の冒頭で、ボードレールは当時の不出来な彫刻を批判する前に、理想的な彫刻を描写する。それらはしばしば人間たちに向かって、語りかけてくる。

（……）公共の広場で、十字路の一角で、不動の人間たちが、その足元を去っていく者たちよりも偉大な人間たちが、沈黙した言語で、栄光や、戦争や、科学や、受難の壮大な物語をあなたに語りかける。

（OC II, 770）

彫刻は生活空間の随所にいて、人間の生活が崇高なものとなるように、教育者や、聖霊や、庇護者のように注意する。ボードレールの言葉で言えば、これこそが彫刻の「神々しい役割」（OC II, 770）である。

彫刻はボードレールのイメージの中で、物質的なものではなく、むしろ精神的なものでなければならない。ここから考えていけば、彫刻化された女は、欲望をかきたてるよりも、むしろ逆に、性愛や欲望というものを男に反省させる役割を担うのではないか。しかしボードレールにおける彫刻を論じる上で最大の問題は、彼が彫刻を批判したことである。先行研究を整理しつつ、この問題を考察する視角を定めておきたい。

(2) 美術批評における糾弾

ボードレールは『一八四六年のサロン』で、彫刻を「退屈」ennuyeux（OC II, 487）と糾弾している。M・レイモンが指摘するように「退屈」という言い回しはフランス語として、侮蔑的なニュアンスが含まれている。(6) ボードレールに対するJ・プレヴォーの批判は、美術史家を含めた研究者らの疑問を集約している。

次のように告白せざるをえない。彼［＝ボードレール］は、きちんと判断をしていない。ドラクロワ、アングル、ドーミエ、後にはクールべとマネを第一の序列に置くことで、絵画に関しては神々しさで驚嘆させたのに、彼は［フランソワ・］リュードにほとんど言及していない。異国趣味を味わい、動物の形の気品を賞賛した彼であったのに、［アントワーヌ＝ルイ・］バリーについては、ただの一回たりとも引き合いに出していない。［ジャン＝バティスト・］カルポーを無視している。彼が語った他の彫刻家は、［オーギュスト・］プレオー、［ジェームズ・］プラディエ、［エマニュエル・］フレミエであり、凡庸で退屈な状態に留まったものたちだ。彼は熟慮の上で議論したのではない。(7)

（角括弧内は論者）

ボードレールが、今日の図録に載っているような著名な彫刻家に言及していなかったことは事実である。彫刻を論じる際に美術史家は、一九八六年にグラン・パレ美術館で開催された企画展の図録『十九世紀フランス彫刻』を特権的に重要な資料と見做すが、(8) 彼が名を挙げた彫刻家たちは十分に記載されていない。しかし十九世紀中葉、一体誰を取り上げればよいのか。J・プレヴォーの議論には二つの点で誤解があった。(9)

まずC・ハムリックをはじめとする研究者らが指摘するように、一八四〇年代から一八六〇年代前半にかけて作られた彫刻作品で美術史的に重要なものは少なかった。(10) ディドロ研究者にして美術史家のG・メは次のように述べる。「実際、彫刻芸術の本物の改革を目撃するにあたっては、ロダンを待たなければならなかったのだ」。(11) ロダンに加え、ここでガルニエ宮の彫刻で知られるカルポーを加えることができるだろう。だがロダンやカルポーが頭角を著したのは、一八六〇年代である。この時、ボードレールは晩年にさしかかり、文筆家としての活動を停止していた。つまり彼の活動していた時代、ロダンやカルポーはいなかった。

またJ・プレヴォーはおそらく、当時の大彫刻家が誰なのかがわかっていなかった。凱旋門を飾るフランソワ・リュードのレリーフ《ラ・マルセイエーズ》（別名《義勇兵たちの出立》、一八三三―一八三六、図七）や、パンテオンを飾るダヴィッド・ダンジェの全長三十メートルを超える巨大レリーフ《偉人たちへ、感謝する祖国》（一八三〇―一八三七、図八）は最大級のものである。ジェームズ・プラディエは、フランソワ・リュードとダヴィッド・ダンジェと並ぶ、当

図七

図八

時を代表する彫刻家であった。しかしこの三人は一八五〇年代には亡くなっていた。

W・ドロストはボードレールの『一八五九年のサロン』の註釈で次のように強調している。「一八五九年、一般によく知られた同時代の三人の大彫刻家、プラディエ、リュード、ダヴィッド・ダンジェが世を去っていた」[12]。そうであるなら一八四〇年代後半から一八五〇年代は、その三人の弟子たちの時代であったと言える。彼らこそ、J・プレヴォーが凡庸な彫刻家だと呆れ果てた、プレオーやクリストフだったのである。プラディエでさえも凡庸だというのであれば、その次の年代の彫刻家たちなど、もう見るべきものはないことになる。

十九世紀に重要な彫刻がなかったことを考慮すれば、ボードレールが彫刻を批判していることは、何ら特殊ではない。しかしそれでもなお、彼の彫刻に関する批評は辛辣である。

二〇一〇年にプラディエについてレゾネを出版したC・ラペールは、十九世紀中葉のフランスの批評家たちが彫刻に対して冷淡であったことを確認した上で、ボードレールの偏りを指摘した。「『カリブ人の芸術』であり、『時代の暗闇』に遡る彫刻は、彼にとって、『現世にない物事を考えさせる』役割を持っていた」[13]。当時の批評家たちは一般に彫刻を重要視しなかったのであって、ボードレールが彫刻を批判したことは奇異ではない。しかし彼は世俗的な美に関心を持とうとしなかった。C・ラペールは後者の点を強調することで美術史家として、ボードレールのプラディエ批判は公平ではなかったと断罪するのである。

(3) 本研究の課題

ではボードレールの彫刻に対する偏りとはどのようなものなのだろうか。これを明らかにすることで、彫刻をめぐる彼の詩的想像力の輪郭を逆照射することができるはずである。

問題はボードレールの批評がヴィンケルマンの『古代美術史』やスタンダールの『イタリア絵画史』のように、芸術作品を地域と時代とで細かく分け、体系的に論じていないことである。あるいは体系化しないまでも、考えをまとめていないことである。彼に一つの論考を書く意思はあった。一八四七年、彼は母親に向けて、二つの記事を執筆中だと述べている。「一つは風刺画の歴史で、もう一つは彫刻の歴史です」（CPl I, 145）。彼はこれを遊びのようなものと言うが、六百フランの原稿料を見込んでいる。他の批評「ボンヌ・ヌーヴェル百貨店の古典派美術展」の原稿料は六十フランであった[14]。この点を考えると紙幅は十倍に相当し、大分なものだったと予想することができる。風刺画の歴史は実際に発表された。一八五七年の「フランスの風刺画家たち数人」と、「外国の風刺画家たち数人」である。しかし彫刻の歴史は発表されなかったし、草稿も残っていない。

結局、ボードレールの『サロン』は彫刻について紙幅が短く、断片的である。これを体系化された美術論と照らし合わせて偏りを示すにあたっては、彼が書かなかった彫刻の歴史を考える必要がある。すなわちヴィンケルマンを起点に先行する美術論を複数論じた上で、近代の彫刻論として要所となる点を絞り込み、これに沿ってボードレールの彫刻論を切り分け、整理し直さなければならない。次のように論じる。

第四章ではボードレールを論じるに先立って、彼に影響を与えた近代の彫刻論を渉猟し、彫刻論の要所となるテーマを概観する。ここではヴィンケルマンの『古代美術史』を論じた上で、それを受容したディドロ、スタンダール、ヘーゲルへと目を向ける。本研究はヴィンケルマンの批判的な受容者として、近代の批評家たちを位置付けることになる。第五章では十九世紀中葉のフランスに彫刻の「低迷」が起きていたことを改めて辿り直す。その上で第六章では、ディドロやスタンダールの批評の影響を受けつつも、ボードレールが独自の思想から偉大さを失った彫刻を批判していたことを示す。第七章ではボードレールの想像力を論じ、ミケランジェロ、フシェール、エベール、クリストフの彫像に関する彼の批評と詩を議論する。ここで我々は、官能的な彫刻のテーマに、彼が独自に哲学的な思索を付け加えていたことを理解することになる。

（1）Natalie David-Weill, *Rêve de Pierre : La quête de la femme chez Théophile Gautier*, Droz, 1989, pp. 1-2.

（２）Théophile Gautier, la lettre du 30 juillet 1850 à Eugénie Fort, citée par Natalie David-Weill, *Rêve de Pierre : La quête de la femme chez Théophile Gautier*, *ibid.*, p. 2.

（３）美術批評家として生前に成功しなかった点は、晩年の集大成となる『現代生活の画家』を発表する媒体をボードレールが長らく見つけられなかったことからも示せる。しかしこれは一八五七年の『悪の花』裁判の影響もあるだろう。生活費のために筆を曲げることがあったか否かというならば、金銭に注目するのが簡潔だろう。ボードレールは小論「ボンヌ・ヌーヴェル百貨店の古典派美術展」で六十フランを得る（Claude Pichois et Jean Ziegler, *Baudelaire*, *op. cit.*, p. 630）。しかし彼が生涯で稼ぎ出した金額の中で、最も大きかったのはエドガー・ポーの翻訳で、八九〇〇フランをもたらした（*Ibid.*, p. 639）。生涯の収支を計算すると美術批評は、重要な収入源とは言えなかった。

（４）André Ferran, dans Baudelaire, *Le Salon de 1845*, éd. par André Ferran, Archer, 1933, p. 107. 実際、ボードレールはヴィンケルマンについては『一八五五年の万国博覧会』で、その主義者たちを退けている（OC II, 576）。ヴィンケルマンの思想について本研究は、近代の彫刻批評の基本的な資料であるため、第四章で論じる。ボードレールがこれを退けたことについては、第六章で論じる。

（５）ボードレールは『一八四五年のサロン』で《回春の泉》について、ドラクロワに比肩するほどに重要視して三度も言及するのだし（OC II, 358-360, 375 et 407）、さらに翌年の『一八四六年のサロン』では批判に対して「私は自らの感じたことをあくまで変えない」（OC II, 419）として、理解を求めている。オスーリエの絵画は第二次大戦で消失したと思われていたが、その後、イギリス人の個人蔵になっていた。一般的には人目に付かないため、ボードレールの批評は検証しようがなく、一言でまとめれば、《回春の泉》は長らく、「幻の名画」だと考えられて来た。しかし絵が実際に出て来たら、色彩は強烈でアンバランスであり失敗作なのである。

一九六八年十一月二十三日から六九年三月十七日にかけてプチ・パレ美術館で開催されたボードレール百周年記念展で、《回春の泉》が飾られた際、ラカンブル夫妻はこれを主要な例に、評論と作品の照合をすることで、ボードレールの評論の真価を見極めることが重要だと説く（Geneviève et Jean Lacambre, « À propos de l'exposition Baudelaire : les Salons de 1845 et 1846 », *Bulletin de la Société de l'Histoire de l'Art français*, 1969, pp. 107-121）。

A・カヴァレ＝セルラッツは次のようにまとめる。「プチ・パレの展示会は、近代の偉大な美術理論家としてボードレールを提示することを基本的な目的としていた。しかしこうした位置付けに対して、反論する者もいた。ボードレールがオスーリエとか、パンギィイ＝ラリドンの作品の賞賛者でありながら、マネの絵を理解していないことが問題なのである」（Arlette Cavalet-Sérullaz, « À propos de l'exposition Baudelaire : L'Exposition du bazar de 1846 et Le Salon de 1859 », *Bulletin de la Société de l'Histoire de l'Art français*, 1969, p. 134）。これらの疑問は要するに、ボードレールが大芸術家以外の芸術家を褒めたことを咎めるものである。

ボードレールが感性に頼って批評したことについて、C・ピショワは次のように述べる。「ボードレールはそもそもそれ以外に評論のやり方というものを知らなかっただろう」（Claude Pichois, OC II, 1295）。しかし阿部良雄は、ボードレールがあえて方法論を放棄していたと考える（阿部良雄『群衆の中の芸術家』、前掲書、四三頁）。実際、ボードレールは『一八五五年の万国博覧会』でヴィンケルマン的な美学に即して議論することを批判している。また阿部によれば、マネがまだ登場していなかった時からすれば、違う色と色の間を埋める中間色を配する色彩の技（半濃淡画法）をやめたという点でオスーリエの絵は画期的であった（同掲書、一九五―二〇〇頁）。

（6）Marcel Raymond, « Baudelaire et la sculpture », *Preuves*, , n° 207, 1968, p. 48.

（7）Jean Prévost, *Baudelaire, essai sur l'inspiration et la création poétiques*, Zulma, 1997, p. 180.

（8）*La Sculpture française au XIXe siècle, Galeries nationales du Grand Palais, 10 avril-28 juillet 1986*, Réunion des musées nationaux, 1986.

（9）J・プレヴォーはナチスに対するレジスタンス活動の中で論文を執筆し、論文が完成する前にナチスに射殺された（Claude Pichois et Jean-Paul Avice, *Dictionnaire Baudelaire, op. cit.*, pp. 379-381）。彼は論文を書くにあたって手元に資料がなく、執筆に時間がなかったと察せられる。しかしこうした個別の事情を察するとしても、一八五〇年代の彫刻については、フランスでも美術史的な議論が少なく、J・プレヴォーのような文学研究の第一人者でも誤解することが多かった、と考えてみることは可能だろう。

（10）Cassandra Hamrick, « Baudelaire et la sculpture ennuyeuse de son temps », in *Nineteenth-Century French Studies*, n° 35, University of Nebraska Press, 2006, pp. 110-131.

（11）Gita May, *Diderot et Baudelaire, critiques d'art*, Droz et Minard, 1957, p. 134.

（12）Wolfgang Drost, « Synthèse du commentaire », dans Charles Baudelaire, *Le Salon de 1859, op. cit.*, p. 134.

（13）Claude Lapaire, *James Pradier et la sculpture française de la génération romantique*, Institut, 2010, p. 214.

（14）註3を参照。

第四章　近代人と彫刻──ヴィンケルマンとその批判的受容者たち

美術批評における彫刻の位置を歴史的に概観しようとした時、しばしば指摘されるのが近代に起きた芸術の位階の変化である。ルネサンスのイタリアでは、どの芸術がより偉大であるかが議論され、これはイタリア語で「比較」を意味する「パラゴーネ」と呼ばれた。ルネサンス期の順は、建築が最も上位で、彫刻、絵画と続き、音楽と文学は最下位であった。彫刻はここで二番手ながらも、諸芸術の規範となる重要な位置を占めた。

ミケランジェロの弟子である彫刻家ベンヴェヌート・チェリーニは一五四九年、ベネデット・ヴァルチに送付した有名な書簡で、次のように彫刻を制作することに伴う困難を偉大さと読み替える。

私は次のように主張する。全ての芸術の中で、彫刻は七倍偉大なのだと。なぜなら一体の彫像は八つの側面を持ち、全てが等しく良いものでなければならないからだ。(1)

彫刻は上下左右と回り込むことができ、八つの面がある。彫刻家はいずれの面も完璧に仕上げなければならない。それゆえ、彫刻は絵画の何倍もの労力がかかり、その点で偉大だとチェリーニは考えるのである。また同時に八枚を仕上げるということは、空間について優れた認識力を養わなければならない。チェリーニによれば、彫刻に習熟すれば、芸術家は建築家にも、画家にもなれる。チェリーニは彫刻を「諸芸術の母(2)」と位置付ける。

ところが近代になるとパラゴーネは変化する。彫刻は当初、十八世紀ドイツのヨハン・ヨアキム・ヴィンケルマンによって、一躍注目されるようになる。彼によれば彫刻こそは古代ギリシアの精神を象ったものであり、この古代ギリシア以上に優れた文明はなかったのである。しかしヘーゲルの『美学講義』によって、パラゴーネは変化する。文学と音楽が芸術の第一位を占め、絵画、彫刻、建築の順になるのである。

このように整理すればルネサンス期から近代にかけて、彫刻の地位は低下したかに見える。しかしその内実を考えると、これは単なる「低下」ではないことに気がつかされる。ヘーゲルだけではなく、美術批評家としてのボードレールに大きな影響を与えたディドロやスタンダールも含めて近代の批評家たちの彫刻論を見渡すと、焦点は「偉大さ」や、「神聖さ」を近代人が敬遠し始めたことにあった。

以下では次のように論じる。第一節では近代において彫刻に関する批評の頂点に君臨したヴィンケルマンの議論に目を向けておきたい。その後、第二節でボードレールに影響を与えたと目されるディドロの批評、第三節でスタンダールの批評を整理しておく。第四節では『古代美術史』を独自のやり方で止揚し、その栄光を終わらせたヘーゲルの『美学講義』で特に彫刻に関連する箇所をまとめる。

1．彫刻の聖性——ヴィンケルマン

十八世紀ドイツの著述家ヨハン・ヨアキム・ヴィンケルマンは二つの著述によって後世に大きな影響を与えた。一つは出世作となる『絵画と彫刻におけるギリシア芸術模倣論』（一七五五）である。この時、彼はイタリアに足を踏み入れておらず、古代彫刻を実際に観ていなかった。彼が提起したのは理論的な問いである。デッサンを学ぶにあたって一般には、自然をモデルとすることが有効に思われている。だが自然美と芸術美は異なるものではないか。芸術美を追求するにあたっては、古代芸術の模倣が最善であるとヴィンケルマンは結論する。

我々にとって、偉大なものとなるために追随するべき唯一の道とは、間違いなく、模倣が可能であれ、模倣ができないのであれ、古代人を真似ることである。(3)

自然美と芸術美の大きな差異の一つは、自然美が目の前のものを写実的に写し取っていけば達成できるものであるのに対し、芸術美が普遍的な次元の美であることにある。二つは異なる美である。芸術美の高みに到達した作品こそが、《ラオコーン父子》像であった。ヴィンケルマンはこの彫刻の偉大さを荒波の中の静けさと表現する。内心では猛り狂っているのに、外見は穏やかだというのである。

高貴な単純さと、静かな偉大さとが、振る舞いにおいても、表現においてもある。これこそ、ギリシアの主要な作品の数々を、素晴らしさによって決定的に区別するにあたっての、一般的な特徴なのである。海がその表面では猛り狂っていても、その奥深くでは静かなままであるのと同様、ギリシアの人物たちの表現は、彼らを動かす情熱がどれほどのものであろうとも、魂を偉大で、常に変わらないように見せているのである。(4)

『古代美術史』(一七六四)でヴィンケルマンは芸術美をさらに仔細に検討する。

以下では、『古代美術史』における理想美の議論を軸に、彼の思想を描き出すことにしたい。(1)まず彼が古代ギリシアを特権化し、「大いなる様式」と「美しい様式」に分けたことを理解しておく。(2)次に彫像の具体的な美点として、三つの要点を整理しておく。(3)最後にヴィンケルマン思想の受容について整理する。

(1) 「大いなる様式」と「美しい様式」

ヴィンケルマンは『古代美術史』の冒頭で、次のように述べる。

最も古い資料が我々に教えることとは、最初の彫像の数々が表現していたものが、人間とは何か、だったということである。人間がその輪郭でいかに見えるかとか、人間の持つ特徴だとかではなかったのである。フォルムの単純さから始まった研究は、プロポーションの研究へと進んでいく。プロポーションは適確さを教える。すなわち、大きな彫刻を作ることができる確信を与える。こうして芸術は偉大なものへと到達し、最後に、ギリシアにおいて、美の最も高い段階へと徐々に到達したのである。(5)

ここにはヴィンケルマンの思想が凝縮されている。まず彫刻は人間の精神を表現しているのであって、姿形を写し取っただけのものではない。しかし美しく表現するためには、さまざまな条件を必要とする。まず人々が自由で、その悟性を存分に発達させ、美しい精神を有していることが大前提である。「ギリシアの組織と政治を考えてみれば、芸術が特権的な地位を占める主要な理由は自由なのである(6)」。

古代ギリシアの栄光と比べる時、エジプト、フェニキア、ペルシアの彫刻は、美と呼ぶには値しない。これらの地域では王の力が強く、芸術家の地位は低いものだったからである。専制君主制を敷いていたアジアは問題にもならない。エトルリアの彫刻やメダルは美と呼ぶに値するが、資料も少ない。ローマは古代ギリシアの模倣であり、むしろ絶世期の凋落していく姿である。かくして議論の中心は古代ギリシアに絞り込まれる。

しかし一口に古代ギリシアと言っても、最盛期は限られていた。ヴィンケルマンは次のように分類する。

最も古い様式は、フェイディアスまで続いた。フェイディアスと当時の芸術家たちの功績で、芸術は偉大さへと到達した。この様式は、大いなる様式 le grand style、気高い様式 le haut style と呼ぶことができるだろう。プラクシテレスから、リュシッポスとアペレスたちにかけて、芸術は優美と魅力を獲得した。この様式は、美しい様式 le beau style と呼ぶことができるだろう。これらの芸術家たちと、その流派の後に、いくらか時が経ち、芸術は模倣者たちとともに凋落し始めた。我々は第三の様式を、模倣者たちの様式と呼ぶことができるだろう(7)。

ここに示されているのは三つの区分である。フェイディアスの第一の様式、それを発展させた第二の様式、模倣に過ぎない第三の様式である。ヴィンケルマンが芸術美を考察するにあたって中心的な事例となると考えているのは、第二の区分の「大いなる様式」(あるいは「気高い様式」)と「美しい様式」である。

まず「大いなる様式」の特徴は、偉大ではあったとしても、無骨で、彫刻を観る者を圧倒し、畏怖させることにある。その様式の担い手たちは、フェイディアス、ポリュクレトゥス、スコパス、アルカメネス、ミュロンたちであった。「彼らの様式は偉大なる様式の名に相応しいものであり、ゆえに美を度外視して、その主要な狙いは偉大さにあったと思われる(8)」。その作品は優雅な丸みを欠いており、直線的で、しばしば四角形であったり、角張ったりしており、「気高い様式はデッサンにおいて、ある種の醜さを保っている(9)」。

しかし彫刻家たちはそもそも心地よい美を追求はしていなかった。ヴィンケルマンは次のように述べる。「(……)彼ら[=気高い様式を持つ巨匠たち]が探求したものとは、部分の調和の完全性と、高貴な表出とにある美だけであった。彼らは心地よさよりも、真実の美を求めていたのである(10)」(角括弧内は論者)。「大いなる様式」は写実的であり、あくまで真理の表現を目的としていたのである。

次に「美しい様式」は「大いなる様式」を乗り越える形で現れたもので、むしろ心地よい美を追求する。ヴィンケルマンはこれを次のように説明している。

美しい様式の芸術家たちは、最も高貴である第一の優美に第二の優美を結合させた。ホメロスのユーノーが、ユピテルの目に、より愉快で、愛らしく見えるようにと、ウェヌスの帯を借りたのと同様で、これらの芸術家たちは、至高の美に感覚的な魅力というものを関連づけることや、愛想のよい一面を付与することでより社交的な性格を偉大さに与えることに努めた(11)。

「美しい様式」の担い手たちはプラクシテレス、リュシッポス、アペレスである。この時代の主要な統治者は、アレクサンドロス大王であり、ヴィンケルマンによると、最も芸術が栄えた時代である。

以上のように、ヴィンケルマンは古代ギリシアの彫刻を合計五つに区分し、「美しい様式」から芸術美の理想を導き出した。これが理想美である。その具体的な要件とは、次の三つである。

(2)　美の要件

(a)　解剖学的なデッサンと細部の捨象

ヴィンケルマンによれば、全ての芸術作品の基本となるのは解剖学的な観察である。古代エジプト彫刻が劣っていた理由は、ここまでの議論を踏まえれば二つある。芸術家の地位の低かったこと、民衆の精神の自由がなかったことである。しかしそれに加え、ヴィンケルマンは人間の身体の観察が十分になされなかったことを咎める。[12] だが人体の正確な再現は「大いなる様式」とはなっても、「美しい様式」とはならない。

「大いなる様式」から「美しい様式」へと移行するためには細部を描き過ぎないことが必要である。そして彼の考えによれば、そのようにすることで芸術作品は人間をモデルにしていたとしても、神を描いた作品となるのである。例えば神々は永遠の生命を有するから、血管等を描く必要がない。[13] また同様に、神々は肉体を維持する器官を必要としないので、年老いた神を表象する時においてさえも、筋や腱を描く必要がない。[14] さらに神々は乳を必要としないから女神の場合、授乳器官としての乳首は描いてはならない。[15] ヴィンケルマンによれば、乳首が描かれているかどうかは、彫刻が女神か普通の裸婦なのかを判別する重要な基準となるのである。

(b)　白色と大理石

ヴィンケルマンよれば、色彩は混乱を引き起こすものに過ぎない。[16] しかも単一の色であったとしても、白こそが最上の色であり、黒は避けなければならない。彼が悪い例として念頭に置くのはエジプトの彫刻である。彼によればエジプトの遺跡において、最も無残に破壊されているものは黒色の彫像である。この理由は黒が悪魔のイメージを喚起するからである。[17] また別の箇所で彼は、文化が違えば、黒が珍重されることもあることを認めている。[18] しかしこうした逸脱を認めていけば、普遍的な美を規定できないと彼は述べる。

彼によれば白色の最高の素材は大理石である。そして大理石の中でも、彼は特にパロの大理石が最高のものであると定める。[19] また彼はプラトン『法律』（第十二巻954A）の言葉を引きつつ、彫像は一つの大理石の塊から作れと定められていたと注意を促す。[20]

（c）裸体

ヴィンケルマンによれば裸体は、虚飾のない精神の様態を象徴しており、単純さを表現する。「古代の彫刻家たちは決して衣服の美しさを借りなかった」[21]。また彼は、ペルシア人の彫刻が発展しなかった要因は、裸体が悪とされていたことであると糾弾する。「彼らの芸術家たちは芸術の最も気高い対象を追求しなかった」[22]。

以上の三つの要件を満たしている芸術作品はより高次のものであり、ヴィンケルマンは、それだけ芸術家の精神が自由であったと理解する。そしてその最高の作品は《ベルヴェデーレのアポロ》像である。

アポロ像は、破壊を免れた古代の作品の全ての中で、芸術の最高の理想である。[23]

《アポロ》像は、アポロのアトリビュートとなる弓を引き、おそらくはヒュドラを退治している。しかし彼の表情は穏やかで、戦闘に臨むような気迫は一切ない。また戦士であるはずの彼の筋肉は、過剰に発達していない。ヴィンケルマンはこうした描き方に、現実を超えた神々しさを見る。

究極の美は、神にある。人間的な美の観念は、至高の存在と調和するように考えられる限りにおいて、完全なものとなる。統合的で、分割不可能な観念は、我々を物質から分ける。(24)

《アポロ》像の体現する美は十八世紀中葉から十九世紀中葉に至るまでの約一世紀、芸術美の理想と考えられた。しかしヴィンケルマンの理論がアカデミズムの中枢を占める一方で、それに対する批判者たちが現れてくる。

(3)　ヴィンケルマン思想の受容

ヴィンケルマンの最も強烈な批判者はゴットホルト・エフライム・レッシングであった。レッシングの『ラオコーン』(一七六六)は、主にヴィンケルマンの『絵画と彫刻におけるギリシア芸術模倣論』を批判するものである。ヴィンケルマンによれば《ラオコーン父子》像は、ホメロスの『イーリアス』の一部を描いている。彼は文学作品と照合する形で、彫刻家は蛇に絞め殺されるラオコーン父子の断末魔を抑制して表現したと考える。

しかしレッシングは『ラオコーン』の第五章で、二つを比較することがそもそもできないと反論する。(25)第一に、ウェルギリウスは蛇が絞め殺した相手をラオコーンの息子二人のみとしたのに対して、彫刻はその父親を足して三人が蛇に襲われている。第二に、詩では蛇が二重に巻き付いて人間を圧死させようとしており、息子らの苦しみが叫び声として強調されるのに、彫刻で蛇は巻き付いていない。第三に、詩では父子は祭司の服を纏っているのだが、彫刻は裸体である。レッシングによれば、全てはヴィンケルマンの思い込みである。

しかしヴィンケルマンの著作は人々を説得したのではなく、人々に必要とされていたのである。この理由は二つ考えられる。一つは身分を超えて、あらゆる者が崇高な存在になれることである。ヴィンケルマンに関する研究者のE・デクロットは、彼の思想の特徴を次のように言い表している。

オウィディウスの『変身物語』(第十章、二四三行から二九七行)の伝統的な版によれば、彫刻家ピグマリオンは、彼自身が刻んだ女性像に恋に落ち、石の肉体にウェヌスが命を吹き込み、ウェヌスを得ることになる。この古典的な形式によれば、神々の協力のおかげで、芸術作品に魂を吹き込むのは、彫刻家なのだ。さて、ヴィンケルマンにとって、作品に息吹を授けるのは、彫刻家ではなく、何よりも、それを観る者である。(26)

ヴィンケルマンの批評の核心は、才覚や教養次第で彫刻を観る誰もが、彫像に命を吹き込む神のように、特権的な存在になれるということにある。貴族階級ではないが、芸術作品を鑑賞する余暇と資金のあるブルジョワたちが、彼の思想に熱狂したことは想像に難くない。

次に古代ギリシア彫刻は、民主主義的な自由をはじめとする理念を象徴していると考えられた。これはドイツだけのことではなく、西欧全体における時代の流れであった。M・フュマロリは十八世紀中葉から後半の古代ギリシア趣味をめぐる諸相を整理した際、次のようにまとめる。

ルソーと、それに接続されたヴィンケルマンの悩ましい言葉の数々が、政治的な革命と芸術的な世代交代を行うための計画として、偽ロンギノスのテーマを拡大したことは事実である。しかしそうだとしても、ルイ十四世の治世の終わりから、フランスにおいて、彼らの言葉が人口に膾炙し、精神を支配したことは理解しておかなければならないことなのである。(27)

この背景には王政があまりにも、カトリック的な文化様式と結びついていたことがある。キリスト教は王権神授説を打ち出すことによって、王の権威に神のお墨付きを与えた。また同様に、宗教芸術は神の栄光を讃えるその一方で、王の威光を高めた。かくしてカトリックと王政はほとんど一心同体となっていたのである。このため王制を廃止し、新しい社会を始めるにあたっては、新しい文化を打ち立てる必要があった。

ナポレオンが白羽の矢を立てたのが、古代ギリシアの文化であった。彼がイタリアの彫刻家、アントニオ・カノーヴァに多数の古代風の彫刻の制作を依頼したことはよく知られている。皇帝に続き、多くのフランス人らが、古代ギリシア的な彫刻を求めていく。ヴィンケルマンの思想はこの流れとまさに合致していた。

ドイツで一七六四年に発表された『古代美術史』は早くからフランスに受容され、仏訳の出版は一七六六年であった。[28] またヴィンケルマンへの言及はスタール夫人の『ドイツ論』（一八一〇）第二部第六章や、カトルメール・ド・カンシーの大著『方法論的百科全書、建築』（一七八八）[29]など、数知れない。

しかし特にフランスにおいて、ヴィンケルマンが示した彫刻の神々しさは、近代人の手に余ると考えられるようになる。次節から、ディドロとスタンダールの批評を読むことでこれを理解したい。

2. 聖性の敬遠——ディドロ

『百科全書』の編纂者として知られるドニ・ディドロは美術批評家として多産であった。一七五九年から一七八一年にかけて彼は、二年から四年ごとに、合計九回のサロン評を執筆している。また『絵画論』（一七六九）は彼の美に対する考えを総括したものである。彼にとって彫刻は最も重要な芸術ではなかった。しかし彼は彫刻家エティエンヌ＝モーリス・ファルコネの親友であり、『サロン』評でも、その言葉を引いている。またヴィンケルマンの考え方にも、ある一定以上の敬意を払っている。

ディドロの言説全てを見渡すことは本研究の射程を超えている。しかしボードレールに接続する形で基本的な知識を整理しようとする時、興味深いのは、『一七六七年のサロン』（一七六七）の「彫り物」*sculpterie* という造語である。後々論じるように、ボードレールはこれとよく似た言い回しを用いているのである。そこで本研究では、「彫り物」の意味を理解することを糸口として、ディドロの理論を明らかにしていきたい。

以下では、⑴まず『一七六七年のサロン』と『一七六五年のサロン』の彫刻に関連する箇所を概観しつつも、彼がヴィンケルマンの『絵画と彫刻におけるギリシア芸術模倣論』を批判した論理に注目しておく。⑵次に『絵画論』における彫刻の言及を考えつつ、この点を掘り下げていく。⑶その上で彼が、彫刻を普遍的に聖なるものではなく、古代人にとって聖と俗の入り交じったものと理解していたことを整理する。

⑴『一七六七年のサロン』と『一七六五年のサロン』

最初にディドロが『一七六七年のサロン』で「彫り物」という言葉を使った箇所を引用したい。

> 全てが堪え難い凡庸さである。しかしながらパジューは知りすぎているほどなのだ。彫刻が、より偉大なもの、より刺激的なもの、より独自のものとなること、絵画と同様に人物と表現の選択においてより単純なものとなることを。そして彫刻において中庸はなく、崇高か凡庸であることを。さらに民衆の人がサロンで述べたように、彫刻ではない全てのものは、彫り物 *sculpterie* であることを。パジューは今年、実に彫り物を我々に作ったのである。[30]

ここでディドロは、オーギュスタン・パジューの作品を批判する。「彫り物」とはまず、パジューの彫刻であり、それこそが――ディドロによれば――不出来な彫刻の典型的な例なのである。

注目しておきたいのは「民衆の人がサロンで述べたように」という表現である。「民衆の人」とはディドロ自身のことであり、先立つサロン評とは『一七六五年のサロン』のことである。

『一七六五年のサロン』でディドロが述べている彫刻の難しさとは、理想の形を思い描くことの難しさである。彼は友人の彫刻家、ファルコネの言葉をまとめつつ、次のように述べる。

彫刻家というものは、画家よりもモデルの観察に長い時を必要とする。無気力であろうと、貪欲だろうと、［才能が］乏しかろうと、四十五歳を過ぎるまで積み重ねを彼に求める。この理由は、彫刻が単純さや、素朴さや、才気煥発な粗野を求めるのであって、ある年齢を超えないと決して着想することができないことだからなのだ。(31)
（角括弧内は論者）

しかし彫刻家だけではなく、観る者も修行しなければならないのである。「私は自分の趣味で、自分の判断で絵を買うだろう。だが彫刻となると、芸術家の意見をとるだろう」(32)。彼にとって彫刻は難解な芸術であり、理解するためには当人が長期の修行をしなければならない。だが具体的には何が難しいのだろうか。

この点の答えとなるのは、『一七六五年のサロン』の理論部で、彼がヴィンケルマンの名を示した箇所である。一七六五年という年と、デッサンのモデルを問題としていることを考えると、これは『古代美術史』ではなく、『絵画と彫刻におけるギリシア芸術模倣論』だと推定できる。彼はヴィンケルマンの意見を尊重こそするが、全面的に賛成はしない。彼は偉大な精神の重要性を認めつつ、次のように述べる。

もう一つの問いを彼［＝ヴィンケルマン］にしてみてもらいたい。よく知らない自然より古代を研究することに価値があるのか。古代の芸術家たちが行った研究と趣味には、彼らを好ませる特別な利点の全てがあるのだが、我々の作品をしかしながら、卑俗なものにしてしまうだけではないか。(33)
（角括弧内は論者）

ここでディドロは次のような疑問を唱えている。まず古代芸術を模倣したとしても、それを観る者たちが古代人のように偉大な思想を持っているとは限らない。もし偉大な精神を有していない近代人が古代彫刻を模倣したとしても、形だけの模倣で、内実が伴わないのではないか。彼のこの疑問を念頭に、彼の美術に関する考え方が集約された『絵画論』（一七六六）を繙いてみることにしたい。

(2)『絵画論』における彫刻

ディドロの『絵画論』は七章で構成されており、順にデッサン、色彩、明暗法、表情、構成、建築、真善美の関連性について論じていく。『絵画論』は絵画を主なテーマとするが——ディドロによれば——、絵画を理解するにあたっては、その近隣の芸術である彫刻と建築を考えないわけにいかない。「しかし絵画と彫刻を誕生させたものが建築であるとしても、逆に、この二つの芸術によって建築は偉大な完全性を得たのだ」[34]。ここで思いかえすべきは、本研究が第四章の序で触れたベンヴェヌート・チェリーニの書簡である。

チェリーニによれば、彫刻は建築術を学ぶ上で必要な空間認識を向上させることができるのだし、彫刻は八枚の絵画を組み合わせたものに等しい。ディドロはこうしたイタリア・ルネサンス期の考え方を踏まえた上で、彫刻が画家を志す芸術家の修練の場となると考える。彼はデッサンを論じた第一章でも、現実の人間のもつ自然美と芸術作品のもつ芸術美の違いを示すために、彫刻を引き合いに出す。

自然においては歪んだ鼻は、何かを損ねるものではない。なぜなら全体がつながっているからだ。我々は、隣接したところの小さな変化の数々によって奇形へと導かれていく。これらは奇形をもたらすものであると同時に、奇形を救っているものである。《アンティノウス》像について鼻を曲げてみたまえ、そして残りは彼がそうであるところのものにしておきたまえ。鼻は最悪になるだろう。なぜか？　アンティノウス像の鼻は曲がるのではなく、欠けてしまうことになるからだ[35]。

人間の身体では部分が周囲につながっている。仮に鼻を曲げると、その周囲も歪み、顔全体として不自然なことはない。しかし芸術作品では、鼻がもげるだけである。

ディドロはこのような事例を示すことで、自然の美しさと芸術作品の美しさとは根本的に成り立ちが違うことを指摘する。そして彼は、芸術家が自然を模倣するよりも、先行する芸術作品を真似ることを勧めるのである。この考えはヴィンケルマンが『絵画と彫刻における古代ギリシア芸術模倣論』で示したものであった。先に論じたように、ヴィンケルマンによれば、芸術家は自然をモデルとするよりも、古代ギリシアの彫刻をモデルとした方が良い作品を作ることができるのである。

しかしディドロは二つの点でヴィンケルマンと相容れない。第一に、彫刻の空間性を否定したことである。彼は《ラオコーン父子》像を引き合いに出しつつ、彫刻を二次元芸術として理解する。

私は次のように思うことを避けることができない。彫刻において、その所作をきちんと果たしている人物像が、全ての側面から観て、それをきちんと果たしたのではないし、結果として、全ての側面から観て美しいわけではないのだ、と。全ての側面において等しく美しくしようと望むのは、愚かなことである。四肢の間に純粋に技術的な対比を作ろうとして、その行動の厳密な真実を犠牲にすることにこそ、対位法と卑小な様式の根源がある。いかなる場面にも、他のどれよりも面白い一つの視覚面 aspect、一つの視点がある。そこから彫刻は見なければならないのだ。この視覚面、この視点のために、付随的な全ての視覚面と視点を犠牲にしなさい。それが最善である。ラオコーンとその息子たちの群像にも増して、単純で美しい群像があるだろうか。しかし左から見たら、ほとんどラオコーン父は見えないし、息子たちの一人は影になっているのであって、これより冴えない群像があるのだろうか。しかしながら《ラオコーン》は、現在までのところ、有名な彫刻で最も美しい作品なのである。[36]

ディドロによれば《ラオコーン父子》像は、最も優れた彫刻である。しかしこれでさえも、実質的に二次元である。このことを念頭に置けば、彫刻は三次元芸術ではなく、二次元芸術として理解しなければならない。さらに第二点目として、ディドロは『絵画論』の第四章で、古代の美が現代人の感覚に照らしてみると理解することができないと述べている。この点を掘り下げて考えることにしたい。

(3) 聖と俗の二重性

ディドロは『絵画論』の第四章で表情を論じ、美と判断されるものは、社会環境や時代によって異なると論じる。その上で彼は古代において彫刻家が初めて作品を作った時を考える。「私は抗うことができそうにない。友よ、絶対に私はここで、詩人が彫刻家と画家に及ぼした作用と反作用、彫刻家が詩人に及ぼした作用と反作用、そして双方が自然において命あるものにも、命ないものにも及ぼした反作用について語らねばならない(37)」。

古代において彫刻が作られた時のことをディドロは次のように想像する。まずホメロスのような詩人が、神の偉大さを語る。次に彫刻家が、身の回りの身体を参考に、聖なるものを具象化した。一般の人々にしてみると、モデルとなった身体は性的な欲望の対象であった。ところが彫刻となって寺院に飾られることで、身体は同時に信仰の対象となるのである。ディドロは彫刻の神格化を次のように想像する。

かくして私は次のように思わざるをえないのだ。集った人々が、入浴中の、体操場の、公共の競技をしている裸体の男たちを眺めて楽しんでいた時、彼ら自身がそれを感じていなかったとしても、美としている讃辞の捧げものの中には、聖なるものと俗なるものとが混淆した様態があり、その淫蕩と信仰の奇妙な混淆は私の知らないようなものであったのだ、と。一人の淫蕩な男は、腕に愛人をかき抱いて、私の女王よ、私の支配者よ、私の女神よ、と呼んだだろう。だが私たちの口が言うのでは精彩を欠くこれらの言葉は、彼らの時代、別の意味を持っていた。彼らにとっては真実であった。彼らは天上の国に、神々の中にいたのは本当のことだからである。個人的な崇拝と、国を挙げての崇拝の対象を、彼らは現実に享受していたからである(38)。

ここでディドロが述べていることは慎重に切り分けて検討しなければ理解できない。まずテーマになっているのは、卑俗なものである性欲と、神聖なものである宗教的な崇拝が入り混じっていることである。

しかしディドロは古代人たちが矛盾した感覚を有していたとは考えない。むしろ彼らにあっては性愛も聖なるものであり、聖と俗の区分が近代とは異なったとディドロは考えるのである。聖なるものから性欲を切り離したのはキリスト教であり、近代人は古代人の美の本当の意味を理解できない。

これはヴィンケルマンに対する根本的な批判となる。ヴィンケルマンにとって美は普遍的なものであり、時代ごとに変化するものではなかった。彼は、古代人にとって彫刻が持つ意味と、近代人である近代人が彫刻に見出す意味が異なるなどとは、夢にも思わなかった。

ディドロは近代人として、古代と同時代との文化の間に一線を画す。その上で近代人が求めるものは、古代ギリシアの彫刻にはないと述べ、彫刻を退けたのである。古代人と近代人が目指すべきものが別々にあると考え、古代彫刻を退ける論法は、スタンダールにより顕著である。

3. 有用性と恋愛——スタンダール

スタンダールの『イタリア絵画史』（一八一一—一八一七）が標題に反して、絵画の歴史ではないことは、よく知られている。この書は七部で構成されており、細かくは百八十四章に分かれている。しかし内容で分けると大きく三つになる。第一部から第三部にかけては、イタリアの歴史を踏まえつつも、民族の精神史と重ね合わせつつ、レオナルド・ダ・ヴィンチを中心に絵画の発展を示していく。第四部から第六部にかけては、美の観念の理論的な検討である。第七部はミケランジェロ論である。

本研究が注目するのは、第四部から第六部である。スタンダールによれば一口に「理想美」と言っても、古代、ルネサンス、近代においては別々の「理想美」がある。彼が求めているものは近代の美である。しかし彼はそれを規定するにあたって、古代の芸術を参照するのである。この時、彼は古代彫刻が古代においては「有用」であることを認めつつも、近代人が求めるものは絵画的な美であると論じていく。

以下では、(1)まず『イタリア絵画史』におけるヴィンケルマンの批評の受容について整理しておく。(2)次にスタンダールが近代の美を新たに示した論理を簡潔に示し、彼がヴィンケルマンの議論を否定しない形で彫刻を退けたことを理解する。(3)最後に彼の考える近代の美が含む問題点に注目する。

(1) スタンダールとヴィンケルマン

まず『イタリア絵画史』にヴィンケルマンの影響があることそれ自体は、スタンダール研究において疑問の余地がないように思われる。特に第五部第百九章に挿入される小さな物語では、ルーヴル美術館の傍、パレ・ロワイヤルにあるカフェ・ド・フォアで、スタンダールの語り手と未知の男が偶然出会い、意気投合したエピソードが披露される。チェチェローネの役を買って出る語り手（＝スタンダール）に対し、もう一方の男は奮起し、ヴィンケルマンとレッシングの書籍を購入し、それらを前に、議論しようとする。ここでは《ベルヴェデーレのアポロ》と《アンティノウス》の二体が俎上に上がる。ヴィンケルマンが《アポロ》像を特権化したのは『古代美術史』の方である。レッシングの著作は『ラオコーン』一冊である。二冊の本とラオコーン論争は、彫刻のみならず、芸術美を考えるにあたって、基本的な知識として扱われているのである。

しかし『イタリア絵画史』の語り手は、ヴィンケルマンの影響を隠そうとする。「学識あるヴィンケルマンは忘れようではありませんか[39]」と批評の語り手は述べている。またミケランジェロの『最後の審判』を論じた第百七十一章で、次のように述べる。「ヴィンケルマンはたぶん、ミケランジェロについて似たことを書いたのだろうが、私は引用することができない。なぜなら私はこの作家を読んでいないからだ[40]」。

スタンダールは本当にヴィンケルマンの著作を読んでいないのだろうか。彼は他のフランス人と同様、カトルメール・ド・カンシーを介して、ヴィンケルマンの思想を受容することができたはずである[41]。しかしP・アルブレは同様に、スタンダールが『古代美術史』を直接読み、深く影響を受けていただろうと考える。[42] またV・デル・リットは、彼が『古代美術史』を読んだのは一八一二年であったと考える。[43]

実際、スタンダールの著述をさらに紐解いてみると、『イタリア絵画史』を脱稿した後の『イタリア旅行記』でもヴィンケルマンの著作は、一つの参照軸ではある。日記形式の旅行記の一八一八年五月二十二日の記録に彼は、イタリア語でヴィンケルマンの著述が翻訳されている旨を記している。[44] また同様に一八二八年三月十七日の記載で彼は、《ベルヴェデーレのアポロ》像を描写するにあたって、ヴィンケルマンを参照した旨を記している。[45] 以上を考えると彼は『イタリア絵画史』から故意にヴィンケルマンの影響を隠していたのである。

この理由について、スタンダール研究者らは、彼がヴィンケルマンに対して競争心を持ったのではないか、と考えている。[46]『イタリア絵画史』を執筆中のスタンダールの野心は、一八一六年十月二十日にルイ・クロゼに宛てた手紙に書かれている。「感傷的な者は誰でも、ヴィンケルマンを引用する。二十年後は、もし作品［＝『イタリア絵画史』］が成功していれば、作品が引用されるようになるだろう」[47]（角括弧内は論者）。

スタンダールは『イタリア絵画史』によって、ヴィンケルマンに取って代わろうと考えるのである。実際、彼は『イタリア絵画史』第百九章で批評の中の登場人物に次のように、質問させている。「あなたは、《アポロ》像よりも細部を捨象した上で、崇高な様式において、人間がより遠くまで進むことができるとお考えですか」[48]。語り手は可能だと応じる。《アポロ》像こそ、ヴィンケルマンが見出した最高の芸術作品である。ここにヴィンケルマンを乗り越えようとするスタンダールの野心が透けて見える。

(2)　美と有用性

ヴィンケルマンの『古代美術史』がエジプトから古代ギリシアの最盛期までを時代と地域とで区分して一冊の本で論じたのと同様に、スタンダールもまた、古今東西の芸術家が目指す美の種類を腑分けする。

スタンダールが全体を見渡す切り口にするのは、美が「有用な表現」だという考え方である。[49] 彼によれば、理想美の普遍的な規定があるのではない。各時代の人間は、それぞれにとって有用なものを美として選ぶと彼は考える。この例示として、主だったものを時代ごとに簡単に整理しておくことにしたい。

まずベドウィン族の美は「力や理性や慎重さの表現[50]」である。なぜ慎重さが美の要件となるのか。彼の推測は第八十章に書かれている。「日々、天蓋の下で、父権に基づく正義を行うベドウィン族の長老の相貌には、深い注意力と善良さがあらわれているだろう。これは芸術が、正義を示すために取り入れなければならない印なのだ[51]」。古代人が感情を排する理由は、裁き手の公正さを重要視するためである。

その一方、古代ギリシアの共和制では幸福が重要になる。論点は第百十六章に集約されている。「ギリシア人たちにおいては、共和制、すなわち、確実性、幸福、市民の生命が、世帯を持つ美徳を神聖なものとした[52]」。『古代美術史』でヴィンケルマンが重要視した理想美は、観る者を圧倒する偉大さではなく、陶然とさせる優雅さであった。スタンダールの枠組みでこれは確実性や幸福の追求に相当する。

ところがスタンダールが生きる近代の王政において重要になるのは、歓楽である。彼は次のように問う。「しかし、力、理性、高邁な慎重さが、恋愛を生み出すのだろうか？[53]」。そして彼は恋愛の要因となるものを列挙した後、直ちに、「古代彫刻においては、これらはいずれも全くない[54]」と結論する。

スタンダールは近代の理想美の要件を、第百十九章で六つに整理する。

1．桁外れに生き生きとした精神。2．相貌における多くの優美さ。3．情熱の暗い炎ではなく、機智の炎で輝く目。魂の数々の動きの生きた表現は、目にある。それは彫刻の埒外である。かくして近代の芸術の眼は、非常に大きいものとなるだろう。4．多くの快活さ。5．感受性の資質。6．ほっそりとした体軀、とりわけ青春の敏捷な風貌[55]。

近代の美においては力、慎重さ、真面目さを欠いていることは、何ら問題ではない。まず第百二十三章には次のようにある。「近代の美は、力強い雰囲気はないだろう。それは高貴な雰囲気があって、おそらく古代よりも上の水準にあるのだ」[56]。また第百二十七章では、ヘラクレスの力強さや真面目さは、当代の社交界で疎まれるだろうとしている。「力の後に、我々が大いに反感を覚えるものは、慎重な様子と、深く真面目な様子である。というのも、愚かさはやや、深く真面目であることに似ているからだ。彫刻家にとってこれは難所である」[57]。

スタンダールによれば、近代の美の要件となる色や敏捷さを表現するにあたって、衣服は重要なものである。しかしヴィンケルマンによれば、彫刻は裸体で、大理石の白地の肌でなければならなかった。スタンダールは衣服を重要視することで、古代彫刻と決別する。「衣服がある、かくして、彫刻はもはやない」[58]。

スタンダールは第百二十五章で、次のように呼びかける。

いつになったら、ユダヤ人でも、ギリシア人でも、ローマ人でもなくて、有用なものと不要なものを知ることに唯一の基盤を置いた高貴な民族を、私は見ることができるのだろうか[59]。

このようにスタンダールはヴィンケルマンからの影響を内在的に大きく受けつつも、古典的な美と近代的な美の二種類が異なるものであることを主張し、近代の美をこそ自らの探求するべきものと定めたのである。

(3)　美と欲望

しかしスタンダールの求める近代の美の問題点は、繊細な美と劣情とが不可分なことにある。「卑俗な魂の持ち主たちにとっては、絵画はある特定の快楽の数々に接近してしまうというのは本当だ」[60]。『イタリア絵画史』の註釈者のP・アルブレは、一八一六年九月三十日のクロゼ宛の書簡で、スタンダールが、美と色欲の混淆が理解されないであろうと嘆いたことを引き合いに出す[61]。

『イタリア絵画史』を四巻にするには、私には二年なければならないだろう。色彩と明暗法の理想美を発明しなければならないだけに一層だ。ほとんど同じくらいに難しいのが、彫刻の理想美である。それらは我が国の女性たちの尻に実に近い要素を持っているので、パリの凡庸なブルジョワどもは、この美しい光景を私が示してやるには、あまりにも上品ぶるだろう。(62)

彼が望む理想の近代の芸術家とは、優雅な美を描きながら、劣情を分離させることができる者である。彼は『イタリア絵画史』で絵画における理想美を理論的に示し、またその必要性を訴えたが、例となる芸術家を示すにはいたらなかった。第六部の結論は次の通りである。「美からこの欠点を除去することができる驚くべき芸術家、近代のラファエロの傑作の数々は、いかなる崇拝を持って迎え入れられることだろうか！(63)」。

4.『古代美術史』の止揚——ヘーゲル

ヘーゲルの『美学講義』が近代的な芸術の枠内から、彫刻を除外したことは一般によく知られている。『美学講義』の基本は第二部で提示された、芸術における三段階の進歩史観である。

まず古代の芸術家たちは何を表現してよいのかもわからなければ、どのような手法が有効かも十分に考えていない。この時、理念と物質の関係は、物質が優位になる（象徴的芸術形式）。顕著な例は、建築である。その後の芸術家たちは、表現したいことをよく吟味し、理念と物質を合致させる（古典主義芸術形式）。この典型的な例が古代ギリシアの彫刻である。しかし近代の芸術家たちは、理念の表現を追求する。この時、理念が物質を凌駕するようになる（ロマン主義的芸術形式）。具体例は、文学や音楽や絵画である。

ヘーゲルはこのように芸術の段階を三つに分け、近代をロマン主義の時代と定める。これによって彼は近代芸術において、文学、音楽、絵画を特権化し、彫刻と建築を退けるのである。

しかし古典主義的芸術段階を説明するにあたって、ヘーゲルはヴィンケルマンの『古代美術史』をほとんど引き写している。なぜ内容としてはヴィンケルマンの著述と重なるにも関わらず、ヘーゲルの出した最終的な結論はヴィンケルマンと逆で、近代から彫刻を締め出すことになるのだろうか。

以下では、⑴まず普遍性をめぐって、ヘーゲルがヴィンケルマンと異なる考え方をしたことを理解しておく。⑵次にこの思想の中で彫刻がどのように位置付けられるのかを考察する。⑶これらを踏まえた上で、最後に十九世紀中葉のフランスにおける『美学講義』の受容について光をあてる。

⑴　ヴィンケルマンの受容

まずヘーゲルにおけるヴィンケルマンの受容を考えておくことにしたい。『美学講義』において、彼はレッシングがヴィンケルマンに仕掛けた論争を一蹴している。

他にも有名な彫刻はあるが、中でも、我々は《ラオコーン》に言及を限っておくことにする。ここ四十年か、五十年あまり、これは多くの研究や議論の対象となった。特に、重要な問いかけは、次のようなものである。ウェルギリウスは彫刻家が作った群像を見たあとに、場面を描いたのか否か。あるいは芸術家は、ウェルギリウスの描写を読んでから、作品を作ったのか否か。そして、ラオコーンは叫び声の数々を発しているのか否か。一般に、彫刻において、叫びを表現しようとすることは適切であるのか否か。他は同じような問いである。ヴィンケルマンによって刻み付けられた運動が、芸術の本当の意味が精神に浸透する前に、こうした心理学的なくだらないことbagatelleが出てくるのである。(64)

ヘーゲルはレッシングの『ラオコーン』の主要な論点を正確に要約した上で、レッシングを本質が何もわかっていない愚か者の類いと断定する。この一方でヘーゲルは、ヴィンケルマンの『古代美術史』を独自のやり方で受容する。彼は「普遍性」を規定し直すことで、ヴィンケルマンを思想的に乗り越えるのである。

まずヴィンケルマンが『古代美術史』で言う「普遍性」の意味を確認しておくことにしたい。

> しかし我々は、これらの観念において、そして、おそらく趣味や嗅覚においてより一層、異なるだろう（……）。美は五感で、知覚される。しかし精神が、美が美であることを同定し、また美を理解するのだ。精神は望ましいように、五感が敏感であるところのものを和らげ、五感に正しさを与える。さらに、ヨーロッパと同様に、アジアとアフリカの、文明化された民族の大半にあっては、もし彼らの諸観念が気儘に取ってこられたものではないのならば、我々が全てを説明していないとしても、美の普遍的なフォルムが常に一致しているのである。[65]

ヴィンケルマンがここで示す「普遍」は、理性が五感を補正し、「正しさ」を与えるということである。こうした人間の努力の延長線上にヴィンケルマンの考える普遍的な神はいる。しかしヘーゲルの言う普遍的な神は、人間を超えた地点にいるものである。そして芸術家はこの探求者なのである。

(2) 彫刻の黄昏

ヘーゲルが『美学講義』で、芸術一般が求める対象を神と規定した箇所を読んでおくことにしたい。

> 中央、まさに中心と言うべきものは、ここでは、神それ自体かそのようなものの、完全なるものの表象である。これは、その完全なる独立において、動きや差異において自らを示すこともまだしていないし、また自らの行動や自らの識別もまだしていない。これは威厳に満ちた休息や神的な静けさに、自らを閉じ込めているのである。これこそ、その真実の形態の元に表現された理想であって、理想は自らを生き生きと表現しつつも、自らと完璧

に一致したままなのである。完全なるものが無限の独立の中に出現するためには、完全なるものが精神として捉えられ、同時に、自らに適切である外的な現れを自ら有した主体として捉えられなければならない。[66]

芸術作品が求めるものとは、形而上学的な神である。この神は自分と他の区別がついていない。この意味において神は世界全体を無限に内包しており、世界を統一する存在である。

次に彫刻についてヘーゲルが全般的な考えを示した箇所を読みたい。

彫刻のそれぞれの人物にとって、実体的なものは常に、基本的な原理である。個人的な観想も感情も、表面的で変化する特徴の数々も、決して支配的であることはできない。神々と人間たちの中にある永遠性は、恣意と偶然的な人格とを捨て去り、神々あるいは人間の［像の］うちに、その完璧で不変の明晰さをもって表現されなければならない。[67]

（角括弧内は論者）

彫刻は個人の感情や特徴を表現することに秀でてはおらず、むしろそれらを切り捨て、事物の中にある神的永遠性を表現することにこそ、その特徴があるとヘーゲルは考える。これ自体は形而上学的な神の探求の妨げにはならない。問題は、彫刻が「実体的なもの＝物質的なもの」substantiel を基本的な原理としていることである。

ヘーゲルはこの諸問題を具体的に検討するにあたって、ヴィンケルマンの『古代美術史』を参照する。先に『古代美術史』について整理した（a）解剖学的なデッサンと細部の捨象、（b）白色と大理石、（c）裸体――ヘーゲルはこれらの理想の彫刻の要件を、芸術家たちが普遍的神を表現するための試行錯誤と理解する。

芸術が未開の象徴段階から発展し、古典主義的段階になった時、彫刻は自然と理念を調和させる最も重要な芸術である。しかし近代において芸術家がより精神的な探求を行う時、一つの変革が起きる。

この革命の原理とは、次のようなものだ。これまで人間は、自然と社会の法と調和しつつ生きていた。人間は、その意志と行動において、調和を感じ、同意することができていた。ところが人間は、その知覚の無限の世界に引き籠もり始めるのである。彼は真の無限を手に入れる代わりに、そこに未だ、不完全なイメージや有限の形を見出すのでしかないのだ。(68)

純粋な理念を求める近代人たちは物質との調和を自ら退け、理念と無限を求める。これこそが、冒頭で説明したように古典主義段階からロマン主義的段階への移行である。

さて近代、すなわち、ロマン主義的段階において、彫刻は必ずしも理想的な芸術ではない。と言うのも、彫刻は他の絵画や音楽や文学に比べ、物質に大きく依存しており、理念を自由に表現できないからである。

彫刻作品の数々は、多様なところに設置される。ギャラリーの入り口、公共の場の数々、階段の手摺、壁龕などである。さて、このような場所の多様性は、建築学上の用途と同じく、人の状況とさまざまに結びつく一方で、芸術作品の主題と意味を永遠に変化させていくのである。群像においては、人間が生きている場面により近づくことができる。(69)

この一節の意味を理解するには、「建築学上の用途」を別の箇所から理解しなければならない。

その［＝建築の］使命とは、すでに与えられた精神や、人間や、人間の手によって生み出された神々の可視的なイメージのために、外的な自然を、周囲を取り巻く道具として、美的な意味で芸術的に、理想的に働くように、設えることである。(70)

（角括弧内は論者）

建築とは「家族や、市民社会や、文化における生活の用途」[71]に役に立つものであり、使用方法によって本質が変化する。ヘーゲルによれば変化は、精神の純度が低いことを示す証拠である。

これを踏まえると先の一節の意味が了解できる。彫刻は建築物と一体になっているのだから、建築と同様に、使用方法によって本質が変わっていくとヘーゲルは述べているのである。そして彼は建物と一体になることが、彫刻の芸術としての自立性を脅かすと指摘しているのである。

ヘーゲルがこの具体例として示すのが、クリスティアン・フリードリッヒ・ティークの《グリフォンの引く車に乗ったアポロ》像(一八二〇年頃)である。ヘーゲルは、ベルリン国立歌劇場の屋根に設置される前の彫刻を工房で見たが、その時は素晴らしいと感じた。だが実際に屋根に載せられてみると、さまざまなモチーフが重なりあってしまい、輪郭が曖昧で、竪琴をはじめとするさまざまな意匠がむしろ邪魔に思えたと言う。逆に成功しているのは、ブランデンブルグ門の上に設置されたヨハン・ゴットフリート・シャドウの《勝利の女神》(一七九三)である。これは人物と人物の間隔が十分に取られているので、輪郭がはっきりしたままなのである。

以上のように、設置場所や用途など、精神以外の諸要因によって表現している内容が変化せざるをえない彫刻は、理念を徹底的に追求することに不向きだとヘーゲルは結論したのである。

(3)　十九世紀中葉のフランスにおけるヘーゲルの受容

ヘーゲルの著作で最初にフランス語に訳出されたものは『美学講義』である。これは一八四〇年から一八五一年まで、ヴィクトール・クーザンの弟子、シャルル・ベナールによって三巻本で刊行された[72]。フランスにおけるヘーゲルの受容については、E・ピュイゼの大著があるが[73]、一八四〇年代については必ずしも明るくはない。ボードレールの時代の特徴として考えてみたいのは、一八三〇年代から二十年に渡ってフランスの学術を席巻したクーザンの存在である。彼はヘーゲルの思想を実質的に流布させていた。

『哲学的断章』(一八三三)の長大な序文は、クーザン自身が、その来歴と思想をまとめた自伝的なテクストである。

彼はカント哲学の研究から始めたが、カントに賛成はしなかった。人間には神から与えられた知覚が備わっていると考えていたからである。クーザンが自らの思想を説明する言葉を見つけたのは、ヤコービ学派においてであった。ここで彼は「観想よりも自然で、普遍的で、確実であるところの自発的直感 intuition spontanée」[74]の重要性を学ぶ。しかしヤコービ学派においては、理性と信仰が分離されていた。そこで彼はシェリングとヘーゲルに依拠する。ヘーゲルにおいて歴史は、人間が普遍的神の在り方を各時代に、別々のやり方で探求したものの積み重ねである。神的次元と現実的次元の交叉する地点こそ、彼が求めていたものであった。

P・ベニシューは、次のようにクーザンの思想を要約している。

> 伝統的な美の理論 esthétique は、安易に理想美と芸術作品とを混同してしまう。その想定可能な完璧な人間は、ギリシア彫刻において示されている。折衷主義のあからさまな二元論は、学説をほとんど変えず、結論を変えることを目指す。この二元論において〈美〉それ自体は現実から遠ざかり、〈無限〉と名付けられるにいたる。すなわち、芸術作品で常に必要不可欠とは言え、表象することは不可能な母型としての〈無限〉である。そして、作品が表す感覚的対象、無限への参照を可能にする感覚的対象は、いかなる対象、醜い対象であってもかまわない。なぜなら、この［無限への］参照は、いずれにせよ遠くから間接的になされるとは言え、宇宙全体の声だからである。[75]（角括弧内は論者）

P・ベニシューによれば、クーザンが美の基盤としたのはギリシア彫刻である。しかし彫刻を前に、クーザンは理論と作品とを安易に合致させようとしているとP・ベニシューは批判する。二つは常に一致するものではないかもしれない。しかしクーザンは二つが合致しなければならないと思い込み、そのために、作品を見ないことさえある。つまり理論が先行するクーザンにとって、芸術作品は「いかなる対象、醜い対象」でもよかった。

クーザンの失敗は別の見方をすれば、ヴィンケルマンとヘーゲルの思想を消化しきらないまま受容し、美の基礎となるものを定めなかったことによって起きていると考えることもできる。実際、クーザンの議論はヘーゲルの『美学講義』とよく似ている。例えば、ボードレールの通ったルイ・ルグラン高校で教鞭を取ったヴァレットは、クーザンのコレージュ・ド・フランスの講義を批判的に解説した際（『文学部における哲学について、とりわけクーザン氏の方針と方法について』）、ヘーゲルの発展段階に近い考えをクーザンが持っていたこと示す。

ヴァレットの解説によれば、彫刻が巨大で威圧的である理由をクーザンは、専制君主の権威を象徴しているからだと説明する。「ペリクレスの時代の彫刻にあっては、腕が体にピタリとつけられていたり、足が揃えられていたり、動きがなかったり、東洋の人生のようなものが、なおも見られる。この理由を我々は説明する」[76]。古代ギリシアの政治家ペリクレスの時代は、政治的な混乱が大きく、ギリシア人たちでも自由な精神ではいられなかった。クーザンはこれを東洋の専制君主制になぞらえる。しかし暴君が去った後の古代ギリシアになると、人間は自由になるので彫刻の形が変化し、足は揃えられず、人物のポーズは動的になる。

芸術作品の特徴を時代の風潮と照らして説明し、ギリシアを最上位に置く考えの原型はヴィンケルマンにある。しかし発展段階として強調したのはヘーゲルであった。実際、クーザンはヘーゲルの影響を隠していない。クーザンが自らの学問の来歴を記した『哲学的断章』の序文の結語は次のようなものである。

> ヘーゲルは多くをシェリングから借用した。私はヘーゲルやシェリングよりは貧弱だったのだが、二人のどちらからも借用した。このことを私に責め立てる狂ったやつがいるが、そのことを知らしめられても私は恥ずかしくないのだ。[77]

これは事実であった。クーザンは一八一八年頃にベルリンに滞在した頃から、ヘーゲルと面識があった。また一八二四年、美学講義が開講されていた年度、彼はドイツに旅をした。彼はおそらくヘーゲルの美学講義を聴く機会には恵まれなかっただろう。しかし彼は受講者から講義録のノートを譲ってもらっていた[78]。またヘーゲルは一八二七年にパリを訪問した。彼はこの時、クーザンと寝食を共にし、お互いの研究について語り合った(79)。クーザンの思想は広範にフランスの人口に膾炙した。ネルヴァルは一八四六年十月二十六日の「プレス」紙の記事で次のように書く。「ヘーゲルは、美学に関して常に引かれているものであり、長きに渡って、芸術には軽薄なものなどないことを証明しているのである」(80)。この記述は、C・ピショワが確認するように『美学講義』翻訳の序文を受けてのことである(81)。注意しておきたいのは「常に引かれている」という表現である。

ネルヴァル個人はゲーテの『ファウスト』を訳出したように、ドイツ語に堪能であった。彼はヘーゲルの著述をよく知っていたかもしれない。しかし同時に彼は『美学講義』の中身は、翻訳の前にフランスでよく知られていたと示唆している。これはヘーゲルの思想から多くを借用したクーザンの思想のことを言っているのではないか。つまりフランス人たちはヘーゲルの名を知らずとも、クーザンの書によって中身を知っていたのである。

第二章で論じたように、ボードレールの世代、エリートの登竜門となる高等教育機関、エコール・ノルマル・シュペリウールを受験するためにはクーザンの思想を知っていることが必要不可欠であった。ボードレールもまた『内面の日記』に「彼のヘーゲル主義」(OC I, 688) と書き付けている。しかしボードレールはヘーゲルと異なる形で彫刻の聖性を想定していた。続章で考察したい。

小帰結

近代における古代ギリシア彫刻は、ヴィンケルマンのいた十八世紀に栄光の頂点を迎え、その後、失墜していく。ヴィンケルマンによれば、彫刻は聖なるものである。しかし興味深いことに、レッシングを除けば、表立って彼を糾弾した者はいなかった。多くの批評家はヴィンケルマンを「敬遠した」と言ってよい。

ディドロは、古代人と近代人の美の理解の仕方を切り分ける。近代人は裸体像に欲望を感じてしまう。しかし古代人にとっては性愛を含めて、全てが聖なるものであったのだと彼は考える。

スタンダールは、理想美の意義を認めつつも、有用性の観点から古代と近代を別のものだと考える。古代において有用なことは、司法官の公正さを表現することであった。しかし近代においては恋愛こそが有用であり、美は官能と不可分に密に結びついている。かくしてスタンダールは絵画を重要視する。

ヘーゲルは、芸術とは普遍的な理念の追求であるとした上で、彫刻は物質に依存している度合いが高く、精神的なものを深めていくにあたって限界があり、近代人の精神を表現する芸術に相応しくないと考える。

議論を先取りすれば体制派に与するものたちはヴィンケルマンの思想を依然として支持した。しかし近代の批評家や思想家たちは皆、彫刻の神聖さを認めるが、彫刻を近代人の求めるものから除外する。ボードレールの生きていた十九世紀中葉のフランスは、これらの言説が混淆していた時代であった。

（1）Benvenuto Cellini, Letter, in *A Documentary History of Art*, by edited and translated Elizabeth Glimore Holt, Princeton, 2 vol., t. II; 1982, p. 35.

（2）*Ibid.*, p. 36.

（3）Johann Joachim Winckelmann, *Pensées sur l'imitation des œuvres grecques en peinture et en sculpture*, texte traduit par Laure Cahen-Maurel, Allia, 2005, p. 12.

（4）*Ibid.*, p. 38.

（5）Johann Joachim Winckelmann, *Histoire de l'art dans l'Antiquité*, texte traduit par Dominique Tassel, éd. par Daniela Gallo, Librairie Générale Française, coll. « La Pochothèque », 2005, pp. 71–72.

（6）*Ibid.*, p. 227.

（7）*Ibid.*, pp. 333–334.

（8）*Ibid.*, p. 345.

（9）*Ibid.*

(10) *Ibid.*, pp. 351–352.

(11) *Ibid.*, p. 354.

(12) *Ibid.*, p. 109.

(13) *Ibid.*, p. 118.

(14) *Ibid.*, p. 262.

(15) *Ibid.*, p. 252.

(16) *Ibid.*, p. 126.

(17) *Ibid.*, p. 162.

(18) *Ibid.*, p. 242.

(19) *Ibid.*, p. 376.

(20) *Ibid.*, p. 378.

(21) *Ibid.*, p. 118.

(22) *Ibid.*, p. 158.

(23) *Ibid.*, p. 552.

(24) *Ibid.*, p. 246.

(25) Gotthold Ephraim Lessing, *Laocoon*, translated by Robert Phillimore, George Routledge and sons, 1910.

(26) Élisabeth Décultot, « Introduction », dans Johan-Joachim Winckelmann, *De la description*, éd. par Élisabeth Décultot, Macula, 2006, pp. 13–14.

(27) Marc Fumaroli, « Retour à l'Antique : la guerre des goûts dans l'Europe des Lumières », in *L'Antiquité rêvée, innovations et résistances au XVIII*[e] *siècle*, sous la direction de Guillaume Faroult, Christophe Leribault et Guihem Scherf, Gallimard, Louvre Éditions, 2011, p. 55.

(28) Johan Joachim Winckelmann, *Histoire de l'art chez les anciens*, texte traduit par Gottfried Sellius, dirigé par Jean-Baptiste-René Robinet, Saillant, 2 vol., 1766.

(29) Antoine-Chrysostome Quatremère de Quincy, *Encyclopédie méthodique, Architecture*, 3 vol., t. I ; 1788, p. 118.

(30) Denis Diderot, *Salon de 1767*, éd. par Else-Marie Bukdahl, Annette Lorenceau et Gita May, dans *Œuvres complètes*, éd. par Herbert Dickmann et Jean Varloot, Hermann, Hermann, 19 vol., t. XVII ; 1995, p. 489.

（31）Denis Diderot, *Salon de 1765, essai sur la peinture*, éd. par Else-Marie Bukdahl, Annette Lorenceau et Gita May, dans *Œuvres complètes*, *ibid.*, t. XIV ; 1984, p. 286.

（32）*Ibid.*, p. 280.

（33）*Ibid.*, p. 278.

（34）本研究では以下の対訳本を参照しつつ、論者が訳出した。Denis Diderot, *Traité de peinture*, éd. par Ken-ichi Sasaki, 佐々木健一『ディドロ『絵画論』の研究』中央公論美術出版, 3 vol., 2013, t. III, p. 88.

（35）*Ibid.*, p. 14.

（36）*Ibid.*, p. 82 et p. 84.

（37）*Ibid.*, p. 52.

（38）*Ibid.*, p. 54.

（39）Stendhal, *Histoire de la peinture en Italie*, éd. par Paul Arbelet, dans *Œuvres complètes*, éd. par Victor Del Litto et Ernest Abravanel, Slatkine Reprints, 20 vol., 1986, t. XXVII, p. 94.

（40）*Ibid.*, p. 278.

（41）Paul Arbelet, « Préface », dans Stendhal, *ibid.*, t. XXVI, p. LXXXV.

（42）Paul Arbelet, dans *ibid.*, t. XXVII, p. 515.

（43）Victor Del Litto, *La Vie intellectuelle de Stendhal*, Slatkine, 1997, pp. 172–173 et pp. 418–419.

（44）Stendhal, *Voyage en Italie*, éd. par Victor Del Litto, Gallimard, coll. « Bibliothèque de la Pléiade », 1973, p. 197.

（45）*Ibid.*, p. 780.

（46）吉川逸治「自我の発見」、『スタンダール全集』第九巻『イタリア絵画史』吉川逸治訳、人文書院、一九七八、xxix 頁。

（47）Stendhal, *Correspondance*, Gallimard, coll. « Bibliothèque de la Pléiade », 3 vol., t. I ; 1968, p. 833.

（48）*Ibid.*, pp. 96–97.

（49）Stendhal, *Histoire de la peinture en Italie*, *op. cit.*, t. XXVII, p. 102.

（50）この点は何度も反復されているが、端的に次にまとまっている。*Ibid.*, p. 112.

（51）*Ibid.*, pp. 13–14.

（52）*Ibid.*, p. 113.

（53）*Ibid.*, p. 112.

（54）*Ibid.*, p. 113.

（55）*Ibid.*, p. 117.

（56）*Ibid.*, p. 124.

（57）*Ibid.*, p. 136.

（58）*Ibid.*, p. 139.

（59）*Ibid.*, p. 127.

（60）*Ibid.*, p. 144.

（61）Paul Arbelet, dans *ibid.*, p. 473.

（62）Stendhal, *Correspondance*, *op. cit.*, t. I, p. 826.

（63）Stendhal, *Histoire de la peinture en Italie*, *op. cit.*, t. XXVII, p. 144.

（64）『美学講義』の中身は管見の限り、訳版によって細部が大きく異なる。この理由はフランス語版の訳者シャルル・ベナールが、ヘーゲルの難解な言い回しを簡略化したためと思われる。ヘーゲル研究としては、さまざまな版を比較検討するべきだろう。しかし本研究は最終的にボードレールの言説を位置付けることを目的としているため、彼と同時代のシャルル・ベナール訳を校訂した現代の版から引用する。Georg Wilhelm Friedrich Hegel, *Esthétique*, texte traduit par Charles Bénard, Librairie Générale Française, coll. « Livre de poche », 3 vol., 1997, t. II, p. 182.

（65）Johann Joachim Winckelmann, *Histoire de l'art dans l'Antiquité*, *op. cit.*, pp. 243-244.

（66）Georg Wilhelm Friedrich Hegel, *Esthétique*, texte traduit par Charles Bénard, *op. cit.*, t. II, p. 18.

（67）*Ibid.*, p. 120.

（68）*Ibid.*, t. I, p. 636.

（69）*Ibid.*, t. II, p. 182.

（70）*Ibid.*, p. 30.

（71）*Ibid.*

（72）*Ibid.*

（73）Éric Puisais, *La naissance de l'hégélianisme français 1830-1870*, Harmattan, 2005.

（74）Victor Cousin, *Fragments philosophiques*, *op. cit.*, p. xxxvi.

（75）Paul Bénichou, *Le Sacre de l'écrivain*, *Romantisme français I*, *op. cit.*, p. 249.

（76）Aristide-Jasmin-Hyacinthe Valette, *De l'enseignement de la philosophie à la faculté des lettres (Académie de Paris), des principes et de la méthode de M. Cousin*, Hachette, 1828, p. 50.
（77）Victor Cousin, *Fragments philosophiques*, *op. cit.*, p. xli.
（78）ノートは近年、ソルボンヌ大学の図書館から発掘され、刊行された。Georg Wilhelm Friedrich Hegel, *Esthétique, cahier de notes inédit de Victor Cousin*, éd. Alain Patrick Olivier, Vrin, 2005.
（79）Georg Wilhelm Friedrich Hegel, *Correspondance*, traduit par Jean Carrère, Gallimard, 3 vol., 1990, t. III, p. 162.
（80）Gérard de Nerval, *Œuvres complètes*, éd. par Jean Guillaume et Claude Pichois, Gallimard, coll. « Bibliothèque de la Pléiade », 3 vol., t. I ; 1989, p. 1101.
（81）*Ibid.*, p. 1882.

第五章　十九世紀中葉の彫刻の「低迷」とボードレール

ディドロ、スタンダール、ヘーゲルたちは彫刻芸術にある一定の敬意を払いつつも、彫刻は近代人の求めるべきものではないと考えた。しかしその一方で十八世紀後半から十九世紀前葉のフランスには、優れた彫刻があったし、著名な芸術家たちもいた。ディドロに注目してみよう。まず友人、エティエンヌ＝モーリス・ファルコネである。そしてジャン＝アントワーヌ・ウードンやジャン＝バティスト・ピガルである。さらにディドロが怒り心頭に発したオーギュスタン・パジューであっても今日、彫刻に関する図録に記載がなされる水準にあった。スタンダールが筆を執った十九世紀前半には、ナポレオンによって多くの古代彫刻が西欧の各国からフランスに集められていた。フランス人たちは《ベルヴェデーレのアポロ》などをルーヴル美術館で観ることができた。そしてアントニオ・カノーヴァをはじめ、数多くの彫刻家たちがナポレオンの発注で古代ギリシア風の彫刻を作っていた。

では十九世紀中葉のフランスはどうだっただろうか。議論を先取りすれば、まずナポレオンの敗北後、ヴィンケルマンが論じたような重要な古代彫刻はフランス国内から失われた。また政情不安によって公共事業は極端に少なくなり、彫刻家が作品を制作する機会は乏しくなった。そしてサロンは前衛的な作風を持つ彫刻家たちを締め出していた。裸体は政府の取り締まりの対象になっていた。このように彫刻はさまざまな束縛を受ける中で、公的な場を飾るものではなく、むしろブルジョワの私的な生活空間を飾るものとなっていく。そして同時に、彫刻は巨大なものから、小さなものへと変化していく。これが彫刻の「低迷」である。

問題は何をもって「優れた」彫刻と考えるかである。当時の彫刻家の中でいち早く再評価が進んだのは、[1]オーギュスト・プレオーである。彼についてはボードレールも「不完全ながらも、激しい夢」(OC II, 680) と評価した。プレオーの《ウェルギリウス》(一八五三、**図九**) が例となるように、作品は劣っているわけではない。

また批評家の中には、当時の彫刻をある一定以上、認めていた者もいる。例えば、ボードレールと同時代人のゴーティエである。彼の『一八三三年のサロン』は次のように始まる。「大小の同業者たちとは逆に、我々はサロンの言及を彫刻家から始めることにしたい[2]」。当時のサロン評は絵画を特権化し、彫刻については紙幅を割かないことが専らであった。ゴーティエは次のように注意する。「フランスでは、この気の毒な彫刻に対する無関心、ほとんど軽蔑と言えるものがある。これを見るのは、本当に残念なことだ[3]」。彼は彫刻を次のように持ち上げる。

> 彫刻は絵画よりも困難な芸術である。一体の彫刻については百枚の絵を挙げなければならないだろう[4]。

図九

前章の冒頭で引用したベンヴェヌート・チェリーニによれば、彫刻は絵画八枚に相当する。ゴーティエによれば、彫刻は百枚の絵に相当する。彼は美しく作られた彫刻を特権的に高く評価する。

しかし一八四〇年代から一八六〇年代前半に起きた彫刻の低迷は、彫刻を糾弾する批評家が引き起こした見せかけのものではない。かつて巨大で、人間の偉大さや、神々の崇高さを表現した彫刻が、失われたのである。本章では彫刻家を取り巻く経済状況や、政策に目を向け、「低迷」を説明していくことにしたい。

以下では、第一節で、十九世紀中葉の彫刻の低迷について理解する。また第二節では、当時の彫刻が芸術としては認められにくかったにしても、装飾品として流行していたことを示す。これを踏まえた上で、第三節では体制派が彫刻を取り締まっていたことを示し、その例としてゴーティエに注目する。第四節ではボードレールが体制に対して冷笑的であったこと、風俗紊乱で有罪を宣告されたことを示す。

1. 彫刻の失墜した時代

彫刻が絶頂をすぎているという認識は、十九世紀当時からあった。まずよく引き合いに出されるわかりやすい例は、ドーミエのリトグラフ《絵画の中におかれた彫刻の悲しげな態度》(一八五七、図十)である。官展会場の中央には、トーガを纏った古代ギリシア風の半裸の女の像が置かれている。だが、来場者たちの目が向くのは壁の絵画ばかりである。無視に耐えられない彫像は、コミカルな仕草で怒りをあらわにする。

彫刻が芸術として認められにくい時代は、一八三〇年代から一八六〇年代前半まで続いた。一八六一年、テオフィル・トレは次のように述べた。「かくして偉大な彫刻家というものはもういないのだ。存在することさえも不可能だろう」[5]。しかしトレの想定に反して、この後、ロダンとカルポーが頭角を表す。

では一八四〇年代から一八六〇年代前半のフランスにおける彫刻の衰退はなぜ起きたのか。この理由はさまざまな問題が絡み合っており一概に言うことはできないが、本研究では先行研究を踏まえ、三つの要因を挙げたい。以下では順に、(1)フランスの所有する当時の彫刻が貧弱であったこと、(2)彫刻家たちが資金難に陥っていたこと、(3)体制派が彫刻家を取り締まり、サロンから締め出していたことを概観する。

(1) フランスの有する彫刻の貧弱さ

第一に、フランスが所蔵する彫刻から古代彫刻が消えたことである。一七九七年頃から一八一五年頃まで、《ベルヴェデーレのアポロ》をはじめとする古代彫刻のオリジナルがフランスにあった。スタンダールが『イタリア絵画史』に書くように、[6]ナポレオンが文化財を保護する名目で、各国から接収してきたのである。しかしナポレオンが失墜するや否や、これらの古代彫刻はイタリアに戻されたり、他国の手に渡ったりした。

一八五五年頃のルーヴル美術館の目録によれば、美術館が所蔵していた彫刻は三百八十八体であった。[7]これは六つのカテゴリーに分かれており、内訳は、イタリア彫刻四十五体、ドイツ彫刻十一体、ジャンボローニャ（ジャン・ボローニュ）とその流派が十三体、フランス彫刻が二百八十三体、同時代の彫刻家が三十五体、十八世紀以降のイタリア彫刻が六体であった。注意しておきたいのは、古代彫刻が全くないことである。

もしボードレールが《ベルヴェデーレのアポロ》像や《ラオコーン父子》像を観ようと思うのならば、レプリカに頼らなければならなかった。古代彫刻は十六世紀、多くのレプリカが作られた。[8]ボードレールの行動範囲で観ることができたものであれば、フランソワ一世が命じて作らせたものが重要だっただろう。

一五四〇年、王はボローニャ出身の宮廷画家フランシスコ・プリマティッチョ（ル・プリマティス）を、ローマへ送り、古代彫刻から型を取らせた。青銅の複製はフォンテーヌブロー宮殿に設置されていた。プリマティッチョの複製した彫刻は、《ベルヴェデーレのアポロ》像（図十一）と《ラオコーン父子》像（図十二）の他、《ヘラクレスとしてのコンモドゥス》、《恥じらうウェヌス》、《クレオパトラ》、《テヴェレ河の擬人像》、さらに二体のスフィンクスと、二体のサテュロスであった。[9]

ボードレールとの関わりでいえば、彼の義理の兄アルフォンスは、フォンテーヌブローに住んでいた。一八三九年の手紙には次のようにある。「私がフォンテーヌブローに行った時には、是非是非、内輪の人［＝アルフォンスの息子エドモン］と引き合わせてください（……）」（角括弧内は論者、CPI, 80）。また一八四四年五月十日頃、母親に宛てて彼は次のように述べる。「私は今晩、フォンテーヌブローに向けて出立しました。そこに三、四日、滞在するでしょう」（CPI, 107）。ボードレールはアルフォンスとその一家に会いに若い頃から何度もそこへ行っていたのである。『サロン』評を書く一八四五年までに、宮殿を見学したとしても不思議はない。

プリマティッチョのレプリカは精巧なものであった。また当時の美術批評家はしばしば実物ではなく、レプリカで記事を書いた。したがってボードレールが他の批評家に比べて大きく遅れをとっていたとは言えない。むしろ彼が古代彫刻を立体で観ることができたことの方が重要である。しかしいずれにせよ、フランス国内からは古代彫刻は消え去っていたのであり、それが批評家たちを意気消沈させていた可能性は高かった。

(2) 資金難

第二に、C・ハムリックは十九世紀中葉のサロンに出された作品の水準が低かった理由を、資金難の問題として理解する。[10] サロンに出品される作品の多くは、政府やパトロンから依頼があった上で制作したものである。しかし当時の彫刻家たちには、大きな彫刻を作る機会が極端に少なかった。

そもそも彫刻はパトロンに莫大な資金提供を求める芸術である。二メートルを超える大きさで大理石像は一万フラン以上、青銅像で五千フラン以上、石膏像でも二千フラン前後である。[11] さらに大理石でも産地がパロとなれば、一万四千フランである。[12] 当時の貨幣価値は一概に言えないが、第二章で引き合いに出した裁判官のアルフォンス・ボードレールの年収が千五百フランであった。[13] いちばん安価な石膏像一体が裁判官の年収に相当し、大理石像ともなれば十年分の収入に相当する。彫刻家のパトロンとなるのが、いかに困難かが察せられる。

M－H・ジラールによれば、十九世紀前葉においてもフランスで貴族は大きな役割を果たした。[14] バリーを育てたのは鷹揚なオルレアン公爵であり、シマールにはリュイーヌ公爵がいた。

もっとも市民社会におけるパトロンは政府であり、公共事業であるはずだった。第二帝政が安定した後、フランスではガルニエ宮の装飾をはじめとする事業があった。だが一八四〇年代から一八五〇年代は、七月王政末期から第二帝政への移行期にあたっていた。この争乱の時代、公共事業を行う余力がフランスは十分になかった。[15] 一八五〇年前後に完成されたもので重要なものはリュクサンブール公園の装飾である。

内務省は一八四三年から一八四四年にかけて、彫刻家らに、フランスの王妃をモチーフにした大理石の立像を二十

図十二

図十

図十三

図十一

図十四

体、依頼した。例えば、オーギュスト・プレオーの《クレモンス・イゾール》（一八四五―一八四八年、図十三）である。二十体の彫刻の買い上げ価格は、それぞれ一体が一万二千フランであった。公園の彫像は、プレオーや、フシェールや、クラッグマンにとっては代表作となった。しかし、それでもこれは三メートルを超えるモニュメントのようなものではない。

一八四〇年代にリュクサンブール公園に設置されたものの中には、モニュメントと呼べる大きさのものがある。例えば一八三九年に内務省がプラディエに依頼した《リュクサンブール公園のペディメント》（一八四〇年頃、図十四）である。[16]これは宮殿の上部を飾るレリーフで、大時計を囲んで、《昼》、《夜》、《小さな精霊》の三体が彫り込まれている。しかし内務省は支払いを円滑に行うことができなかった。[17]彫刻の支払いが決定したのはもうプラディエが亡くなってから数年が経過した一八六一年、彫刻の設置から二十年以上経った後である。価格は四万五千フランで、内務省はその額になると支払えなくなったのである。

このように彫刻は莫大な費用がかかる芸術であり、特権的な芸術家以外にそもそも、制作を許されない芸術ジャンルであった。そして一八四〇年代から一八六〇年代前半は特に厳しい状態にあった。

(3) 体制の取り締まり

第三に、当時の官展は彫刻家を締め出していた。[18]バリーは一八三七年から一八五〇年まで、出品ができなかった。プレオーも一八三四年から一八四八年まで同様であった。官展は前衛的な芸術家を排除し、古典を模倣することのみを重要視した。自由な視点から新たな彫刻が生み出されることは、政府が望むことではなかった。

当時の彫刻家にとって官展から排除されることは、作品の買い上げがなくなり、芸術家としての活動が続けられなくなるということである。M・レームは十九世紀の彫刻家の困難を次のように描き出す。

一八三〇年、パリで画商はまだめずらしかったが、その中でも、彫刻の注文を専門とするのは二店か、三店であった。／注文を獲得するには、官展で展示することが不可欠であった。それが買主と連絡をするための唯一の手段であった。／認められるためには、審査員に気に入られるべきであった。[19]

バリーやプレオーが彫刻家として残ることができたのは、別でパトロンがいたからにほかならない。窮屈さが、芸術家のやる気を奪っていったことは十分に考えられる。

しかしこれらは一八三〇年代のことであり、一八四〇年代以降は若干異なる。彫刻は狭義の「芸術」ではなく、装飾物として人気になっていた。そして体制の取り締まりの在り方も変化していた。この点はボードレールを取り巻く環境として、ゴーティエやバンヴィルとも関連づけて、掘り下げておく必要がある。

2．十九世紀中葉と彫刻の普及

そもそも彫刻芸術は十九世紀に市民社会が始まるより前、貴族の館や教会の特別な場所に置かれており、彫刻をじっくり観ることができる者は、王侯貴族や司教権力者などに限られた。[20] 彫刻はくつろいで観ることができるものなどではなく、真面目な信仰や崇拝の対象であった。そうであるからこそ、かつて彫刻はベンヴェヌート・チェリーニやヴィンケルマンによって、絵画芸術以上に特権化されたのである。ところが十九世紀半ば頃から、彫刻は市民の生活空間に浸透していった。これを支えたものは三つある。

第一に、青銅製の鋳造である。複製ならば、購入費用は安価であった。『十九世紀彫刻家事典』はバリーの項目で、一八五五年の万国博覧会の際、彼の彫刻の複製が注文できたことを示している。[21]型は全部で二百五十四にも上る。その中で安価な一体を挙げると、《座る猫》（青銅、高さ九センチメートル、幅六センチメートル）が十五フランである。その他、小型のレリーフが十フラン前後で、立像でも百フラン以下である。

小さい彫刻もまた人気となった。例えば、ボードレールが『一八四六年のサロン』で「レース細工のようなカリブ人の芸術」（OC II, 488）と批判したゲラール父子の子のジョゼフ＝レイモンが作った彫刻、《聖母と子供》（制作年不明、**図十五**）である。注意したいのは大きさと材質である。これは十七センチメートルでテラコッタ製である。彫刻の買い手たちは、大きいことや、大理石であることを常に求めているわけではなかった。そのような一流のものは限られた人物にしか購入できなかったのであり、頻繁に流通していたわけでもなかった。W・ドロストによれば、文学者としては、バルザック、ユゴー、ゴーティエなどが小さな彫刻の所有者であり、第七章で論じることを踏まえれば、ボードレールもその一人であったと言える。[22]

第二に、十九世紀にはアマチュア的な彫刻家たちが、多く登場するようになった。例えばドーミエは画家として知られるが、一八三二年頃から《社交界の名士たち》と題した一連の彫刻を作るようになる。[23]十六センチメートルの《シャルル・フィリポン》（**図十六**）がよい例となるように、これらはいずれも二十センチ足らずの大きさで、テラコッタ製、油絵の具で彩色がなされている。また後で論じるように、ボードレールが特に重要視したクリストフは莫大な遺産を受け継ぎ、名誉のために制作していた。彼はアマチュア的であったと言える。

第三に、職人たちの活躍である。一九七二年に上梓されたM・レームの図録『十九世紀の彫刻』は、当時のフランスの彫刻の変化を「低迷」ではなく、特徴と理解した数少ない書籍である。彼は序文で次のように総括する。

彫刻家たちは、再び、ルネサンス期に先人たちが果たした役割を引き受けたのである。それは次のようなものである。公共の場に人間性を与えること、寄せ集めの建物が作る陰気なファサードを陽気にすること、墓標を異教の雰囲気で飾ることで死に近づくことを耐えられるものにすることである。[24]

パリという街は今日でも彫刻であふれているが、一八四〇年代から一八六〇年代前半に限定すると、資料として取り上げられるものは少ない。装飾的な彫刻は個人蔵の邸宅の一部であったり、芸術作品として保存されず、散逸してしまったりしているからである。ここでは図録などを手掛かりに概観することにしたい。

まず大きなもので言えば、一八五七年のルーヴル美術館、リシュリュー翼の写真（図十七）である。建物全体が彫刻で覆われており、最上部を飾るレリーフは、フランシスク・デュレの《科学と芸術を守る〈フランス〉》（一八五七）である。ルーヴルの装飾はジャン・グージョンの頃、すなわち十六世紀に端を発する。[25] しかし十九世紀中葉、建物を彫刻で覆うことは再度、流行した。つまり、ルーヴル美術館ほど華美に装飾されることはなかったとしても、ブルジョワたちのアパルトマンも壁も装飾がなされるようになる。M・レームによれば、「一八六〇年から一九一〇年の間に、パリには石を刻むものが四百人以上を数えた」。[26]

次に公共空間の装飾である。例えば、クラッグマンによる噴水の支柱の装飾《ルヴォワの噴水》（一八四四、図十八）である。先にも公園を飾る彫刻に触れたが、彫刻は市民に開放された場に設置された。

ブルジョワの私的空間については図十九と、後に改めて取り上げる図二十七を挙げたい。図十九はロスチャイルド邸のイタリア大広間を飾るシャルル・コルディエの彫刻《アトラントとカリアティード》（一八六一—一八六二）である。彫刻は青銅製で、金箔が貼られ、黒人の黒い肌を表現するにあたってはオニキスが用いられている。当時、このようにブルジョワの邸で、来客をもてなす要所は彫刻で飾られるようになっていた。

墓もその一つである。例えば、リュードとクリストフの合作と伝わる（一説にはリュードが大半を作った）《ゴドフロワ・カヴェニャック》（一八四七、図二十七）の墓碑である。これはモンマルトルの墓地でもひときわ注目を引く。しかし彫刻が墓碑になっている例はこれだけではない。モンパルナスを含め、墓地にはモニュメントや、墓石にはめられたメダイヨンがひしめいている。G・デュビーとJ＝L・デュヴァルの図録『彫刻』が指摘するように、これは

図十七

図十五

図十八

図十六

ブルジョワたちが彫刻を買えるようになったからこそ起きた現象であった。[27]

Ｗ・ベンヤミンが『複製技術時代の芸術作品』で示唆したように、十九世紀中葉のフランスでレプリカとして作られた彫像は、芸術の意味を変容させる。[28]彫刻はこれより前、キリスト教の宗教施設にあれば崇拝の対象であった。古代彫刻にしてみても、第四章で論じたヴィンケルマンは、それが観る者の精神を高貴にすると考えた。ところが複製によって彫刻は特殊なものではなく、日常生活の一部となる。

十九世紀中葉の彫刻は、美術史的に見れば、一流の作品とは認められないかもしれない。しかしＷ・ベンヤミンに倣って社会思想の観点から見れば、彫刻の複製は、かつて王や貴族たちが独占していた芸術が市民たちに分け与えら

図十九

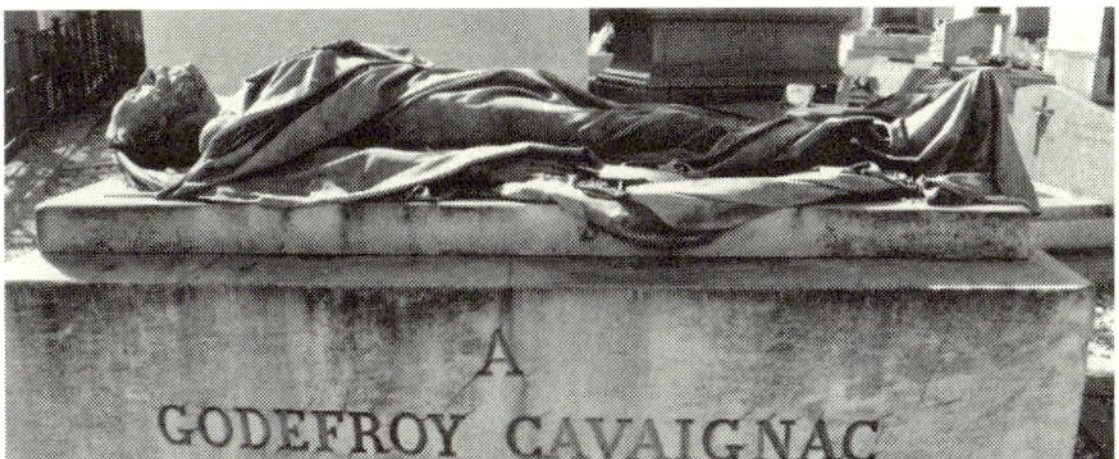

図二十七

れていく過程で生まれたものである。こうした民主化を近代社会の特徴と考えるのであれば、十九世紀フランスに起きた彫刻の「低迷」は、まさに近代を象徴する出来事であったのかもしれない。

3．ゴーティエと体制派

一八五二年に始まる第二帝政期は芸術について、数々の取り締まりを行った。P・ミケルによれば、第二帝政期は都市部と農村の貧富の格差が大きくなり、農村部は荒廃してしまった。(29)これを食い止めるべく、第二帝政はカトリックを重要視する。そのためカトリックの教義に照らして取り締まりを厳しくすることになった。P・ミケルが最も厳しい取り締まりの対象として挙げるのは、舞踏とダンスホールである。(30)例えばフレンチカンカンは厳しく監視された。文学では一八五七年の『ボヴァリー夫人』裁判、『悪の花』裁判などが思い返される。また第二帝政の成立と前後して、フランスでは言論を取り締る空気が瀰漫していた。ネルヴァルが『塩密輸人たち』(後に『アンジェリック』へと改稿)で誇張して描いたように、一八五〇年七月十六日の法によって「新聞やその補助となる媒体に発表された新聞小説は、一部につき一〇〇サンチームの収入印紙を貼ること」になっていた。(31)フランスの政府は、ウージェーヌ・シューの『パリの秘密』をはじめとする、社会主義的な小説が市民を扇動することを警戒していたのである。

彫刻についても取り締まりが行われた。まず局部の扱いである。第二帝政より前、一八二四年、ルーヴル美術館の美術局長ソステーヌ・ド・ロシュフコー子爵は、古代彫刻の局部を膏薬で覆うことを命じた。この後継、アルフレッド・エミリアン・ド・ニューヴェルケルク伯爵は局部を軟膏ではなく、葡萄の葉で覆うように命じた。また先に触れたように、この時代、政府は官展から前衛的な彫刻家たちを締め出していた。

こうした一連の流れの中で一八五〇年代、市民に向けて体制派の考えを説明するスポークスマンとなったのは、後期のゴーティエであった。M＝H・ジラールが注意を促すように、[32]初期のゴーティエ、すなわち、一八三〇年代の彼はむしろ反体制派と言ってよかった。彼は地下墓地に潜って骸骨を鑑賞するほどに、怪奇的な趣味を重要視していたのであり、体制派の好みにかなう芸術を探求しようなどとは思いにもよらなかった。

また初期のゴーティエは『一八三三年サロン』で激しい感情の表現を重要視し、ジャン＝ベルナルド・デュセニューの《怒れるロラン》（一八三一）を高く評価した。これはヴィンケルマンのいう「荒波の中の静けさ」[33]とは真逆の、剝き出しの怒りを表現した作品であって、一八五〇年以降のゴーティエならば評価しなかったかもしれない。しかし一八三三年九月、彼は長編詩「彫刻家、ジャン・デュセニューへ、オード」で、当時の芸術作品に見るべきものが少ないことを嘆きつつ、彫刻家をユゴーと同じロマン主義の系譜に位置付ける。

おお！　我がジャン・デュセニューよ、我々がいるこの時代は
我々全員　無為で若い男たちにとって、何と最悪なことだろうか、
芸術への信仰に　我々は恵まれている！
だが人々はもう何も信じない。――嘲弄の短剣が
あらゆる愛と　あらゆる情熱とを　殺してしまった。
　現代に魅力はない。

人々は探す、人々は考える。一つ一つの物事の奥底に
貪るように掘り下げる、つまらないもの prose を見つけるまで、
あたかも自分たちの虚無を確かめようとしているかのように。
この窮屈な時代にあっては　全てがかぼそく　しみったれている
そこをヴィクトル・ユゴーが、ただ一人、頭を上げて

そして　その巨大な頭蓋骨で　天井をぶっ壊したのだ。[34]

ゴーティエらは芸術を信じているが、一般の人々は芸術に限らず、もはや何も信じていない。一般の人々は細かいことを掘り下げるが、得られるものは「つまらないもの」、すなわち、芸術的価値の低いものでしかない。ゴーティエは同時代が芸術家にとって生きにくいと嘆きつつ、ロマン主義者たちの活路を模索する。

だがゴーティエはナポレオン三世のクーデターを機に、ロマン主義から体制派に転向する。R・ジャジンスキーによれば、これは新体制がゴーティエを魅了したというより、それだけロマン主義者たちが追い詰められていたのである。[35]この時、原理主義的なまでにカノンとされたのはヴィンケルマンの思想であった。

ヴィンケルマンの著書をゴーティエが読んでいるか否かは、かつて研究者らの間で慎重に判断するように注意がなされた。例えばR・ギローはゴーティエの著述におけるヴィンケルマン作品の受容を論じているが、ゴーティエが『古代美術史』を読んでいるかについては結論を出さず、内容としての類似性を指摘するに留めた。[36]しかしM－H・ジラールがゴーティエの主著となる批評『欧州の芸術――一八五五年』の註解を出版して以降、この問題は決着がついている。同著の第十二章の彫刻論には直接、ヴィンケルマンへの言及がある。

裸は彫刻術の基本的な条件である。（……）
裸のこの必要性はなぜなのか、と問う人がいるかもしれない。この理由は、人間が着想することができる最も完全な形が、人間固有のものだからだ。人間の想像力は、その彼方に行くことはできないだろう。理想美を作るものとは、特殊なものや偶然のものなどの一切を取り除いた人間の身体の表象である。ヴィンケルマンは以上のことを、深く高貴な言葉で、我々に見事なまでに理解させてくれた。そこで彼は彫刻術におけるギリシア人たちの栄光を宣言したのである。[37]

ゴーティエはこの一節の後で、『古代美術史』第一部第四章第二節を引用する。前章で論じたように、ヴィンケルマンの大著はフランスで一七六六年に翻訳されていたのである[38]。

とは言え、ゴーティエは裸体全てを許容したわけではなかった。彼は一八六四年、政府官報紙『世界報知』に載せた記事で、風紀を取り締まる必要性を説いている。彼は、石の彫刻を愛人としたピグマリオンの伝説を彫刻に欲情したふしだらな者の物語と理解する。彼はブルジョワにそのようにあってはいけないと呼びかける。

愛するものの彫像を造ること。これは我々にとってよくわかることだ。しかし彫像を愛人にしてしまうことは、傑作から芸術の永遠の生命を奪い去ってしまうことであり、下品な官能主義の満足のために不滅で理想の美しさを堕落させることである。これに我々はびっくりだ。とりわけギリシア彫刻については[39]。

先に本研究は彫刻の普及について概観した。しかし、これは図録に資料として残っているもののみである。P・ミケルによれば、第二帝政期の売春宿の装飾で古代ギリシア風のもの、特にポンペイ風のものが多かった[40]。つまり古代ギリシア風の作品は量産され、高級娼館の飾りとなっていたのである（次章でもボードレールの著述に引きつけてこの点は触れる）。若い娘たちは逆にゴシック風の装飾は敬遠し、異教的なものを好んだという。

こうした観点から考えれば、彫刻の普及が当時のブルジョワの男たちにもたらした変化は次のようなものであったかもしれない――装飾物である裸婦像は女神であれども、敬うべき相手ではなく、官能的な高級娼婦に見えるようになり始めた。そしてこの発想を一度してしまえば、古代彫刻のオリジナルもその延長で観るようになってしまうだろう。先の一節で、ゴーティエはこうした変化を堕落として、憂いたのではないだろうか。

ゴーティエの考えは、体制派の代弁をしたところが半分、純粋な美を男の欲望で汚してしまってはならないという義憤が半分だっただろう。ゴーティエの芸術的信条は、後期の主著となる詩集『七宝とカメオ』の巻末を飾る詩、「芸術」に示されている。これは一八五六年八月十日、『フランス評論』誌にバンヴィルが発表した詩「テオフィル・

ゴーティエへ」への応答であった。[41] 最初にバンヴィルの詩から読みたい。

狩りが終わった時、
鳥刺し［のようであった］ 詩人は
　巧みに扱うのだ
彫金師の道具を。

なぜなら彼は傷をつけねばならないのだ、
そこに刻むために　彼の純粋な
　夢を
心の硬い金属に。

容易な仕事ではない！
おまえ［＝ゴーティエ］は主張する、私と同じく、
　オードは
その古い規則を守っていて、

そして、輝いていて　引き締まった、
美しい堅牢な d'airain リズムは
　含んでいるのだ
穏やかな額にある思想を。[42]

（角括弧内は論者）

バンヴィルによれば、詩人はまず想念を見つけなければならない。それはさながら、狩りをする鳥刺しのようである。しかし一度書くべき内容がしっかりしたのであれば、詩人は彫金師となり、オードの形式を金属と見立てて、言葉を刻んでいく必要がある。バンヴィルの述べていることは前章の議論を思い返せば、ヴィンケルマンに通じる思想であると同時に、クーザン的でもある。つまりバンヴィルは彫刻において、理論と芸術とが一致しなければならないと考えているのであり、その困難を成し遂げる者を詩人として讃えるのである。

ゴーティエは「テオドール・ド・バンヴィル氏に／そのオドレットへの応答」と題して、一八五七年九月十三日に『芸術家』誌でバンヴィルに応答した。これが後に「芸術」と改題される。[43]

そうだ、より美しい作品が生まれるのは
形式からなのだ　それは仕事をすると
　抵抗してくる、
詩句、大理石、オニキス、七宝。[44]

ゴーティエはバンヴィルに同意しつつも、より具体的に問題を説明する。詩を形式に合わせて書くことは、「大理石、オニキス」を加工したり、七宝を作ったりするのと同じくらいに手間がかかる。しかし手間暇をかけて作ったものは、それだけ後世に残るものとなる。彼は次のように結論する。

神々でさえも死ぬ。
しかし至高の詩は
　留まるのだ

青銅よりもしっかりと。

彫刻せよ、磨け、彫れ。
願わくば　おまえの漂う夢が
　しっかりしたものとなるように
抵抗する塊の中で！(45)

応答の詩でゴーティエが述べている内容は、バンヴィルと全く同じである。これに照らして考えれば、ゴーティエにとって彫刻とは、想念に形を与えたものであり、無機物であるからこそ不朽である。彫刻を性の対象と想像することとは、せっかく作った芸術作品の普遍性を壊してしまうことにほかならない。

4．ボードレールの位置

ボードレールは、第三章ですでに論じたように、ピグマリオンの神話に距離を置いていた。しかし彼の考えの内実は、ゴーティエと大きく違ったはずである。ボードレールがピグマリオンを批判するのは、理想的な女がそれほど単純に手に入らないと考えたからだっただろう。しかしその一方で、彼の詩に登場する彫刻化された女のモチーフは、あくまで詩の語り手の恋愛の対象であった。彼はおそらくゴーティエに反対であった。

この例証となるのは、まずボードレールが一八六一年九月十五日に『ヨーロッパ』誌に発表した「警告者」である。彼はバンヴィルやゴーティエと似たような言い回しで次のように書く。

子を為せ、樹木を植えよ、
詩句を磨け、大理石を刻め、
〈歯〉が言う。「今夜おまえは生きているだろうか？」

（OC I, 140）

詩句を磨くことと、大理石を刻むことの併記はバンヴィルやゴーティエの詩と同じである。しかしボードレールはさらに、子を為すこと、樹木を植えることを付け加える。こうした日常生活の営みと芸術を同列に考える彼の考え方は、芸術を特権化する二人の詩人の考え方と一線を画している。

またボードレールはあからさまに第二帝政のやることを嘲弄していた。彼は『赤裸の心』に、「ニューヴェルケルクとかいう御仁の葡萄の葉の数々」（OC I, 707）と書き付けつつ、人々の欺瞞を皮肉る。彼はルーヴル美術館に娼婦と連れ立っていったのだが、娼婦は「不滅の彫刻や絵画の数々の前で、なぜこのような淫らなものを公に陳列することができたのか」（*Ibid.*）と言って、顔を赤らめたという。ボードレールは娼婦をしているものが裸婦像を恥ずかしがったことに呆れ、芸術作品の局部に目くじらをたてる人々に驚くのである。

しかしボードレールの考えは甘かったというべきだろう。彼は一八五七年『悪の花』初版を出版するや否や、風俗紊乱の容疑で裁判にかけられ、有罪になる。論告求刑で最も大きな争点となったのは、瀆神と、性に関する表現の露骨さであった。J・ポミエによると、告発された詩の選定には二つの基準があった[46]。

まず一八五七年七月七日、公安総局第一部第一課が内務省に報告した書類によれば、宗教への罪として、「聖ペテロの否認」、「アベルとカイン」、「サタンへの連禱」、「殺人者のワイン」が挙がる。次に道徳への罪として、「地獄堕ちの女たち」、「ヴァンパイアの変身」、「宝石」が挙がる。しかし裁判でピナール検事は性に関する問題として、さらに「サレド女ハ飽キ足ラズ」、「レーテ河」、「あまりにも快活な女へ」、「美しい船」、「赤毛の乞食女へ」、「レスボス島」を加える。こうした性に関する問題を扱う際、例になったのは彫刻であった。

シャルル・アスリノーは回顧録で『悪の花』裁判を振り返り、「もし一体の裸婦像が裁判所の前にあったら」と述べる。[47] 彫刻では許される裸体が、なぜ詩では許されないのか。アスリノーはこうした反論が巷で想定されていたことを示す。[48] ピナール検事はモチーフの扱い方を問題とする。

ポンペイやヘラクラヌムのような、崩れた都市の瓦礫の中で、我々が見出すのは、言わば異教徒らの恥の数々であります。しかし、寺院や公共の場に置かれた、彼らの彫刻は貞淑な裸体を有していたのでありました。（……）彼らは社会生活に敬意を払っていたのであります。／キリスト教が浸透した我々の社会においては、少なくとも、同じ敬意を持とうではありませんか。[49]

検事は裸体や性をテーマとして扱うことは否定しないが、日常生活と別個のものとなるように、描き方を工夫しなければならないと説く。これは内容的には、ゴーティエが言っていることとほとんど同じである。そして十九世紀中葉に、古代の彫刻が娼館の装飾となっていたことを念頭に解釈すれば、検事はボードレールの女のモチーフの扱い方が、娼館にも等しい低劣な水準だ、と言っているのである。

もっとも、歴史として俯瞰した時に、当時の彫刻が「低劣」なのか否かと問い返しておくことは必要だろう。前章でスタンダールの『イタリア絵画史』から示したように、近代人の求める芸術は、美と劣情とが表裏一体に結びついていた。スタンダール自身は近代人の芸術として彫刻を重要視しなかったが、彼の見方を借りれば、近代を象徴する彫刻とは、複製によって神聖ではなくなった官能的な彫刻だったのかもしれない。

ピナール検事によると、ボードレールはこの「低劣」な芸術家の一味であった。しかし議論を先取りすれば、彼は二つの点で、抗議したかったはずである。まず彼は当時の「低迷した」彫刻に反対であった。次に彼は詩で、彫刻のモチーフを官能的に描いたのではなかった。女の官能を彫刻的に描いたのである。この時、彼は彫刻化によって女を聖別できると考えていた。これらは次章以降、論じていくことにしたい。

小帰結

一八四〇年代から一八六〇年代前半にかけて、フランスの彫刻芸術は袋小路に陥った。まずフランスから重要な古代彫刻は失われた。また時代を牽引できるような彫刻家が死没しており、ロダンやカルポーはまだ出現していなかった。そして彫刻は制作に多額の費用を要する芸術であるが、政情不安の一八四〇年代から一八六〇年代前半にかけては公共事業が少なかった。彫刻制作のスポンサーはブルジョワとなったが、貴族ほどの資力はなかった。この結果、彫刻は青銅による鋳造、小ぶりなもの、装飾的なものが主流となった。

十九世紀中葉の綺麗で小さな彫刻は「芸術」としての地位を確立できなかったにせよ、流行していたと言える。しかし当時の体制派は、彫刻における裸体の表現の仕方を取り締まっていた。

一八五〇年代の後期のゴーティエは、体制派の動きに敏感であり、その旗振り役を買って出た。ボードレールはゴーティエと似通った側面を持つ詩人である。しかしボードレールは体制派に冷笑的であった。そして『悪の花』初版は風俗紊乱の容疑で有罪となる。検事の論理だけを追えば、あたかも彼は十九世紀中葉の「低迷した」彫刻と同じ質の詩を書いたかに思われてくる。だが彼が十九世紀中葉の彫刻を支持していたと考えることはできない。彼は全く独自に、ディドロやスタンダールの批評を受容したのである。彼は体制ともゴーティエとも違った意味で、彫刻の聖性を求めていた。次章で議論していくことにしたい。

（1）例えば次を参照。Charles W. Millard, *Auguste Préault. Sculpteur romantique 1809–1879*, Gallimard et Réunion des musées nationaux, 1997.

（2）Théophile Gautier, *Le Salon de 1833*, in *La France littéraire*, Firmin Didot Frères, mars, 1833.

（3）*Ibid.*

（4）*Ibid.*

（5）Théophile Thoré, *Salons de W. Bürger, 1861 à 1868*, Renouard, t. I, 1870, p. 86.

（6）スタンダールは『イタリア絵画史』に美術品を返還することになった顛末を一八一五年より後に記載する。Paul Arbelet, dans Stendhal, *Histoire de la peinture en Italie*, *op. cit.*, t. XXVII, pp. 90–91 et p. 460.

（7）以下の小冊子を通読し、分類を数えた。Henry Barbet de Jouy, *Musée impérial du Louvre. Description des sculptures modernes*, Vinchon et Charles de Mourgues, 1855.

（8）*La Sculpture*, sous la direction de G. Duby et J.-L. Daval, *op. cit.*, pp. 646–647. また複製の経緯は、以下に詳しい。サルヴァトーレ・セッティス『ラオコーン、名声と様式』芳賀京子・日向太郎訳、三元社、二〇〇六、一八―二一頁。同著によると十六世紀にレプリカの地位は高かった。レプリカはオリジナルの二番煎じではなく、オリジナルを改良したものだと考えられた。プリマティッチョの複製は二つの点で、オリジナルに優っていると当時は言われた。まず青銅が素材となった。当時は大理石よりも青銅の方が貴重であった（ヴィンケルマンにおいては大理石が特権化され、十九世紀フランスでも大理石の彫刻の方が高価である）。またプリマティッチョの複製は、オリジナルよりも一回り大きい。当時は大きいことに価値があると考えられた。

（9）これらは現在、フォンテーヌブロー城で「鹿の間」を通るツアーで一般公開されている。

（10）Cassandra Hamrick, « Baudelaire et la sculpture ennuyeuse de son temps », *op. cit.*, p. 118.

（11）管見の限り、費用を網羅的に示した研究は見当たらない。しかし試みにS・ラミの『十九世紀彫刻家事典』を手繰ると、価格が明らかなプレオーの彫刻が参考になる（*Dictionnaire des sculpteurs de l'école française au dix-neuvième siècle*, par Stanislas Lami, Honoré de Champion, 4 vol., t. IV ; 1921, pp. 114-119）。費用は材料ごとで大きく差がある。⑴大理石：《クレモンス・イゾール》（一八四八）一万二千フラン、《建築家ジュール＝アルドゥアン・マンサール》（一八五五）一万二千フラン。⑵青銅：《オンディーヌ》（一八六〇）八千フラン。⑶石：《聖母》（一八四四）三千フラン、《聖ジェルヴェ》（一八四九）三二〇〇フラン。⑷石膏：《殺戮》（一八三四）千五百フラン、《十字架のキリスト》二千四百フラン、《アウルス・ウィッテリウス》（一八六四）二千フラン。

（12）『十九世紀彫刻家事典』で大理石の産地がパロと明記されているものは稀にしかないが、例えばプラディエの《ゼフィルスに愛撫されるクロリス》（一八四九）は一万四千フランである（*Dictionnaire des sculpteurs de l'école française au dix-neuvième siècle*, par Stanislas Lami, *op. cit.*, t. IV, p. 109）。

（13）Claude Pichois et Jean Ziegler, *Baudelaire*, *op. cit.*, p. 173. アルフォンスの年収は一八四五年頃のものである。当時のフランスはインフレーションが起きた。一八六〇年までで見ると、役人の年収は主任級で二〇〇〇フランから二七〇〇フラン、管理職は四〇〇〇フランから五〇〇〇フランであった（*Ibid.*, p. 622）。

（14）Marie-Hélène Girard, « Théophile Gautier. Une saison romantique », *La Revue du Musée d'Orsay*, n° 5 automne, Réunion des musées nationaux, 1997, p. 52.

（15）タッシェンから出版された図録『彫刻』は公共事業によって十九世紀前半の彫刻の諸相を見通していくが、一八四〇年代から一八五〇年代は記載が断片的である。関連する頁を示す。*La Sculpture*, par G. Duby et J.-L. Daval, *op. cit.*, p. 867 *sqq.* et p. 891 *sqq.*

（16）彫刻が制作された経緯は年代などの情報が諸研究で必ずしも一致しないが、専門書として次を参照した。Claude Lapaire, *James Pradier et la sculpture française de la génération romantique*, *op. cit.*, p. 295.

（17）*Dictionnaire des sculpteurs de l'école française au dix-neuvième siècle*, par Stanislas Lami, *op. cit.*, t. IV, p. 109.

（18）Marie-Hélène Girard, « Théophile Gautier. Une saison romantique », *op. cit.*, p. 54.

（19）Maurice Rheims, *La Sculpture au XIXe siècle*, Arts et Métier Graphiques, 1972, pp. 7-8.

（20）ヴァルター・ベンヤミン『ボードレール』野村修訳、岩波文庫、一九九五、五九―一二二頁。

（21）*Dictionnaire des sculpteurs de l'école française au dix-neuvième siècle*, par Stanislas Lami, *op. cit.*, t. I, pp. 79-84.

（22）Wolfgang Drost, Baudelaire, *Le Salon de 1859*, *op. cit.*, p. 771.

（23）以下の図録はドーミエに一項目を割いている。*Écrire la sculpture, De l'Antiquité à Louise Bourgeois*, sous la direction de Claire Barbillon et Sophie Mouquin, Citadelles & Mazenod, 2011, pp. 358-361. また次の書は、彫刻家としてのドーミエに第六章を割いている。Raymond Escholier, *Daumier*, Éditions Floury, 1913. 同著によれば、ドーミエが彫刻を誰から学んだのかは推定の域を抜けない。ピュジェを模倣した可能性、プレオーから手ほどきを受けた可能性がある。また見つかっている彫刻はナポレオン一世の密偵をモチーフとした、青銅製の小像《ラタポワル》（一八五〇頃）など、数作しかない。しかしドーミエの絵画は彫刻のポーズとよく似ているという。

（24）Maurice Rheims, *La Sculpture au XIXe siècle*, *op. cit.*, p. 11.

（25）Georges Belleiche, *Statues de Paris. Les rue de la Rive Droite*, Massin, 2006, pp. 36-37.

（26）Maurice Rheims, *La Sculpture au XIXe siècle*, *op. cit.*, p. 5.

（27）*La Sculpture*, sous la direction de G. Duby et J.-L. Daval, *op. cit.*, pp. 886-889.

（28）ヴァルター・ベンヤミン『ボードレール』野村修訳、前掲書、五九―一二二頁。また美術史家D・アーウィンは教科書的な位置を占めるに至った著述『新古典主義』の第八章の標題を「ギリシア風群像彫刻の下でアイスクリームを食べる――新古典主義とともに生きる」と名付ける。これは食堂が美術館のようになったことを端的に示している。同著は十九世紀フランスの彫刻に限らず、ヨーロッパ全体の楽器、壁紙、食器など調度品に関わる全般的な変化を示している（デヴィッド・アーウィン『新古典主義』鈴木杜幾子訳、岩波書店、二〇〇一)。
(29) Pierre Miquel, *Le second Empire*, Perrin, coll. « tempus », 1998, pp. 201–205.
(30) *Ibid.*, pp. 205–208. しかし第二帝政は逆に、売春宿には甘かったという。
(31) Gérard de Nerval, *Œuvres complètes*, *op. cit.*, t. II ; 1984, pp. 5-6 et p. 1314. ネルヴァルの作中では一部につき、五十フランの罰金となっている。彼は額を二十倍に誇張したのである。
(32) Marie-Hélène Girard, « Théophile Gautier. Une saison romantique », *op. cit.*, p. 50.
(33) Johann Joachim Winckelmann, *Pensées sur l'imitation des œuvres grecques en peinture et en sculpture*, *op. cit.*, p. 38.
(34) Théophile Gautier, *Poésies complètes*, éd. par René Jasinski, Nizet, 3 vol., 1970, t. III, p. 133. この詩は『全集』において、「最後の詩」に収録される。しかし詩の末尾に「一八三一年」と記載がある。
(35) René Jasinski, dans Théophile Gautier, *Poésies complètes*, *op. cit.*, t. I, pp. LXXXVII-XC. こうしたゴーティエの歩みは『七宝とカメオ』のたび重なる改編に現れている。詩集は一八五二年が初版(十八篇)だが、その後、一八五三年(二十篇)、一八五八年(二十七篇)、一八六三年(三十三篇)、一八六六年(三十九篇)、一八七二年(四十七篇)に増補している。この詩集は二十年をかけて収録数が二倍に増えたのである。René Jasinski, dans Théophile Gautier, *Poésies complètes*, *ibid.*, t. I, pp. XI-XIII.
(36) Raymond Giraud, « Winckelmann's Part in Gautier's Perception of Classical Beauty », *Yale French Studies*, n° 38, Yale University Press, 1967, pp. 172–182.
(37) Théophile Gautier, *Les Beaux-Arts en Europe-1855*, éd. par Marie-Hélène Girard, dans *Œuvres Complètes*, Honoré Champion, t. IV ; 2011, pp. 239–240.
(38) Johan Joachim Winckelmann, *Histoire de l'art chez les anciens*, traduit par Gottfried Sellius, *op. cit.*
(39) Théophile Gautier, l'article dans *Le Moniteur universel*, 25 juin 1864, cité par Pierre Laubriet, Notice du *Roi Candaule*, dans Théophile Gautier, *Romans, contes et nouvelles*, éd. par Pierre Laubriet, Gallimard, coll. « Bibliothèque de la Pléiade », 2 vol., t. I ; 2002, p. 1496.
(40) Pierre Miquel, *Le second Empire*, *op. cit.*, p. 208.
(41) バンヴィルは一八五三年九月三十日に『パリ』誌に発表した際、この詩をゴーティエではなく、ウジェーヌ・ウスティンに宛てていた。しかし一八五六年に相手をゴーティエに変えた。Peter Hambly, Théodore de Banville, *Œuvres poétiques complètes*, *op. cit.*, t. II, p. 635.
(42) Théodore de Banville, *ibid.*, t. II, p. 154.
(43) 「芸術」は一八五八年の改編で詩集に収録された。

（44）Théophile Gautier, *Poésies complètes*, *op. cit.*, t. III, p. 128.

（45）*Ibid.*, p. 130.

（46）Jean Pommier, *Autour de l'édition originale des* Fleurs du mal, Slatkine reprints, 1968, pp. 71-72.

（47）Charles Asselineau, *Baudelaire et Asselineau*, éd. par Jacques Crépet et Claude Pichois, Nizet, 1953, pp. 114-115.

（48）今日知られるピナール検事の『悪の花』裁判の論告求刑文は、精密な裁判の記録ではないかもしれない。横張誠が述べるように、訴訟記録の原本は一八七一年の裁判所の火災で焼失してしまった（横張誠『侵犯と手袋、『悪の華』裁判』、朝日出版社、一九八三、二九二―二九三頁）。またボードレールには速記者を雇う余裕がなかったのであり、私的に残っている資料もない。検事の論告求刑として知られる文章は一八八五年に『現代重要訴訟評論』誌に匿名で投稿された記事である。ボードレール研究者らは、ピナールが自分の名前を伏せて、公開したと考える。ピナールは後に内務大臣にまで出世し、引退した一八八五年、論集を出す。この時、彼は『悪の花』裁判を収録しなかった。原稿を託されたシャルル・ブレエによると、この理由は次のようなものである。資料として手に入りにくいと考えられるので、少し長くなるが要所を全て引用する。

「次のことは私にもよくわかっている。例えば、フロベールの著作、『ボヴァリー夫人』に対する起訴は、無罪に至った。これの横に、ボードレールに対する起訴を配したら面白かったであろうと。彼は同年、軽罪裁判所の同じ部屋で、『悪の花』を出版したことにより有罪になった！　しかし法律でこの種の議論を報告することは禁じられており、ボードレールはこれを集めず、マスコミもこれを掲載しなかった。ピナール氏は、メモと記憶から事後的に、論告文を再構成することを私にさせなかった。私は、告発された数節を正確に出版しなければならなかっただろうから。大臣はそれについて削除を求め、しかも満足なのである」（Charles Boullay, « Préface », Ernest Pinard, *Œuvres judiciaires*, éd. par Charles Boullay, A. Durand et Pedone-Lauriel, 2 vol., 1885, t. I, p. XXI）。

この一節から読み取れることは多くある。まず論告求刑を厳密に記録した文章は、ピナールの方でも持っていないということである。そしてボードレールの有罪になった文章を再録すれば、風俗紊乱のテクストを再生産してしまうことになり、その再録者も有罪になってしまうということである。実際、『悪の花』裁判がやり直され、無罪になったのは一九二九年のことである。本研究の論脈で重要なのは、風俗紊乱と言える文章を蒸し返すことを恐れたピナールとブレエが、裁判の記録から一部を削除した可能性が高いことである。実際、『悪の花』裁判の論告求刑は量として、不自然なまでに少ない。例えばピナールの『著作集』にはフロベールへの論告求刑が含まれているが、紙幅は二十五頁、引用も三十を超える（Ernest Pinard, *Œuvres judiciaires*, *op. cit.*, pp. 131-155）。これに比べると『悪の花』裁判の論告求刑の文章の量は四分の一以下である。

（49）Ernest Pinard, « Réquisitoire », OC I, 1209.

第六章　ボードレールの彫刻批判

ボードレールが『一八四六年のサロン』で行った彫刻批判について、最も詳しい論考を発表したC・ハムリックは四つの表現に注意を促している。[1] ボードレールは、彫刻が「カリブ人の芸術」（OC II, 487）で、「物神論的」（*Ibid.*）で、「自然と同様に粗暴で実証的」（*Ibid.*）で、「補完的な芸術」（OC II, 488）だと断定している。これはM・レイモンによれば、侮蔑的な表現にほかならない。[2] しかしボードレールの批評の奥行きを理解するにあたっては、時代背景と照らし合わせ、また彼の主張の全体の中で位置付けなければならないだろう。

問題は彼の彫刻に関する言及が、著述の随所に散らばっており、彼自身の手で一つの論考にまとめられることがなかったことである。最初に三回の『サロン』評を概観しておくことにしたい。

『一八四五年のサロン』でボードレールは、彫刻家の序列をつける。彼はまずロレンツォ・バルトリーニを第一の座に据え、ジェームズ・プラディエ、ダヴィッド・ダンジェらをそれに継ぐ位置に置く。

その翌年の『一八四六年のサロン』でボードレールは、二つのタイプの彫刻家を批判する。一つは小さい彫刻を制作している者たちである。これらはレイモン・ゲラール、シャルル・カンバーワース、ジャン＝ジャック・フシェール、ジュール・クラッグマンである。もう一つは大きい彫刻を制作しているが、不出来な者たちである。ボードレールはプラディエについて前年、ある一定の地位を認めたのだが一転して、劣悪な彫刻家の筆頭に据える。「彫刻の哀れな状態を証明している人物とは、彫刻家の王である**プラディエ氏**である」（OC II, 489）。

『一八五九年のサロン』でボードレールは全体として理想的な作品はないと述べつつも、三人に紙幅を大きく割く。オーギュスト・クレザンジェ、エマニュエル・フレミエ、エルネスト・クリストフ（出品はしていない）である。クリストフについては次章で論じるが、彼らの作品は美によってボードレールの心を捉えたのではなく、むしろ想像力をかきたてたのである。あるいは、彼を面白がらせたのである。特にフレミエの彫刻について彼は、タイトルが大袈裟な一方で、作品は単純だとからかっている。

明らかにこの作品は次のようにタイトルを決めるべきであった。《大道芸人の馬、しかし大道芸人はいない。彼は近所にあるらしきキャバレーへ、カードをやって、一杯引っ掛けようと出掛けた！》。これぞ真のタイトルである！
(OC II, 676)

このように批判的な言説を列挙すると、ボードレールは彫刻を否定していたり、不真面目であったりするかのように思われてくる。しかし彼の論理は複雑であり、諸相を切り分けなければ、その奥行きがわからない。議論を先取りすれば、ボードレールの彫刻に対する批判は全否定ではなく、部分否定と考えるべきである。まず彼は全ての時代の彫刻を否定していない。十九世紀中葉の彫刻が問題なのである。しかも当時の彫刻と一口に言っても、小さくて綺麗なものが気にくわないのである。そしてこれは次章で論じることではあるのだが、小さい彫刻であっても、彼の詩的想像力を刺激する作品はあった。こうした諸相を考えていくと、彼の彫刻に対する批判は限られた作品に向けられており、また一見過激なその批判も、多くの留保を伴っている。

本章ではディドロとスタンダールの影響を明らかにしつつも、ボードレールがそれを脱し、独自の論点を持っていたこと、これがディドロやスタンダールとは別の意味で近代を目指したことを示したい。

以下では第一節で、ボードレールの十九世紀中葉の彫刻に対する批判を概観し、彼がパリの街中の彫刻に感銘を受けつつも、小綺麗な彫刻が気に入らなかったことを明らかにする。第二節では古代についての理解と空間性の問題を視角に、ボードレールの批評にディドロが及ぼした影響を考察する。第三節では、スタンダールの批評がボードレールに重要であったことを確認しつつも、その一方で、ボードレールがスタンダールの影響を脱し、独自に聖アウグスティヌスの思想に依拠していたことを示す。

1．ボードレールの批判

十九世紀中葉の彫刻に辛辣なボードレールだが、彼は街中の彫刻に好意的であった。これらはまさに十九世紀的なものである。彼は当時の彫刻の恩恵を受けていながらも、その一方で、当時の彫刻を厳しく糾弾するという両義的な態度を取っている。以下では、(1)パリの彫刻について簡単に整理した後、(2)彼が気に入らなかった小綺麗な彫刻についてまとめ、(3)彼が批判したプラディエの彫刻について考察することにする。

(1)　パリの街中の彫刻

ボードレールは彫刻が日常の生活空間に置かれることに肯定的であった。第二部の序論で示したように、まず彼は「無題（私は忘れてはいない、街の近くの……）」で、幼少期に実母カロリーヌと暮らした家を描き出す際、庭にあったウェヌスとポモナの石膏像を書き込む。すでに第五章で論じておいたように、彫刻はもともとが高額な費用を投じなければ手に入れられないものであって、これが普及したのは十九世紀ならではである。

また彼は『一八五九年のサロン』で街の随所に置かれた彫刻が、この世にないものを想起させる「神々しい役割」（OC II, 770）を持っていると論じた。図書館と教会について、それぞれ彼の意見を読みたい。

とある古い図書館の奥、長い思索を温め、想起する恵み深い薄明かりの中で、直立した厳かなハルポクラテスが、その唇に手を当てて、ピタゴラス学派の教育者のように、あなたに静寂を命じて、「しっ！」と言う。その動作は権威に満ちている。アポロとミューズたち、絶対的な亡霊たちは、薄明かりの中でその神々しいフォルムを輝かせ、あなたの思索を見守り、仕事を助け、崇高なものへとなるように励ます。

(OC II, 669)

乗合馬車の早足で揺れるような小さな教会の奥で、あなたが告解室に身を投じようとする前、やせ細って偉大な一人の亡霊があなたを立ち止まらせ、その墓地の大きな蓋をそっと持ち上げ、過ぎ去りゆく生き物であるあなたに、永遠というものを考えるように懇願する。

(*Ibid.*)

「とある図書館」を理解するにあたっては、W・ドローストが推定するように[3]、例えば、元老院（下院議会）となったリュクサンブール宮殿の図書館を思い浮かべてみることができるだろう。第一帝政のはじめ、ルイ＝フィリップ・ムシーの《ハルポクラテス》（一七八九）はルーヴル美術館からリュクサンブール宮殿へと移された。W・ドローストはこれをボードレールが見たかどうかを問うている。しかし、この図書館の天井画にはドラクロワの《冥府》（一八四一—一八四六）があることを思い出さないわけにはいかない。ボードレールは『一八四六年のサロン』で《冥府》をドラクロワの「風景画家」（OC II, 437）としての新しい一面を知らせる最も重要な作品の一枚と位置付けている。このことは彼が元老院の図書館に足を運んだという確実な証拠である。

次に「小さな教会」である。ボードレールが見た彫像は具体的にわからない。しかし興味深いのは、宗教施設にある彫刻までもが、ボードレールにとって宗教的な文脈で理解するべき対象ではなくなったことである。彼は『一八五九年のサロン』で彫刻が「永遠というものを考えるように（……）あなたに懇願する supplier」（OC II, 669）と表現する。リトレの『フランス語大辞典』が記すように、« supplier » は、自分よりも高次の存在に対して切望する際に使う動詞である[4]。教会に置かれている彫像はおそらく、神に祈っているのである。ところがボードレールは、彫像が教会への来訪者に懇願しているのだと再解釈する。彼がこのように考えるのは、彫刻の役割はすべからく、生きている人間に語りかけるものだと考えているからである。

また散文詩「道化師とウェヌス」で、道化師が彫刻に求愛して失恋する舞台は公園である。

なんという素晴らしい日だろう！　広大な公園は、太陽の輝く目の下で、〈アムール〉が支配する青春さながら、うっとりとしびれている。／事物に普遍的な恍惚が、一切の音を立てず、表現されている。水の流れでさえ、眠り込んだかのようだ。（……）言わば、ずっと高まっていく一筋の光が、事物をどんどん輝かせているのだ。興奮した花々は、空の青さと張り合おうとして、その色彩のエネルギーによって燃立つ。（……）巨大な一体の〈ウェヌス〉の足元に、あれらわざとらしい道化師の一人が、（……）台座に身を縮めて、目に涙をいっぱいにためて、不死の〈女神〉を見上げているのだ。（OC I, 283-284）

大きなウェヌス像の置かれた公園には噴水があり、花が咲き乱れている。こうした特徴は、リュクサンブール公園やテュイルリー公園のように、宮殿付きの庭園の特徴にこそ合致する。第五章で本研究は、一八四〇年代の数少ない公共事業の中に、リュクサンブール公園を飾る二十体の彫刻の発注があったことに触れた。公園に彫刻が置かれるようになったのもまた、十九世紀中葉特有の現象であった。

以上のように、彫刻は守護者や、学問を導く師や、修道女や、愛人のように、人間の延長でボードレールに語りかけてくる。本研究は先に、彼が十九世紀中葉の彫刻に恩恵を受けながらも、批判したと指摘した。ここで次の疑問が浮かんでくる。彼はむしろ彫刻が好きで、理想が高かっただけではないだろうか。

(2)　小綺麗な彫刻に対する批判

ボードレールが十九世紀中葉の彫刻について許すことができなかったのは、彫刻が小綺麗で技巧的なものとなり、大きさと偉大さが失われたことであった。まず彼が彫刻家たちを批判した言葉を三つの『サロン』から抜き出しておくことにしたい。彼は『一八四五年のサロン』で技巧的な彫刻家たちを批判する。

今日、我が国の画家たちと同様に、我が国の彫刻家たちも、技巧に対する過剰な関心に飲み込まれてしまっている。

(OC II, 402)

ここでいう「技巧への過剰な関心」は『一八四五年のサロン』の文脈だけでは、具体的にどのような傾向を指すのかはっきりしない。しかし翌年の『一八四六年のサロン』で彼は同様のことを述べている。

彫刻が近くから見られることに同意するや否や、彫刻家は細密なものや幼稚なものに専心するようになるのであり、これらの彫刻は、アメリカインディアンたちの長いキセルやお守りに勝つまで奮闘する。

(OC II, 488)

ここで彼が「近くから見られる」ことと「細密なもの」を結びつけていることは特に重要である。そもそも彫刻は建物の屋根や壁龕など、屋外に置かれるのであれば、近付いて観ることができない。それどころか彫刻は陽の光で影ができ、影は彫刻を物理的な体積以上に大きく見せる。しかし居間や階段など、屋内に置けば、通る者は彫刻を間近で観ることになる。この時、影はほとんどできない。室内の彫刻の質を決定するものは、影ではなく、彫刻の表面に細かく刻まれた細工の精密さである。彫刻は置かれる場所で言わば、影の芸術から、彫り物の芸術に質が変化してしまう。ボードレールはこの変化を批判しているのである。

そして『一八五九年のサロン』で彼は、神々しさが失われたことを批判する。

神々しい目標はほとんど埋もれ、綺麗なもの、細密なものが自惚れて、偉大なもの le grand に置き換わっている。

(OC II, 671–672)

ボードレールが好んだ「神々しさ」については後々――本章だけではなく次章を含めて――、議論していくことにしたい。しかしここで「偉大なもの」と訳出した« le grand »はフランス語で「大きなもの」をも意味する。先にボードレールが芸術作品の大きさを重要視していたに触れておくことにしたい。

阿部良雄が『絵画が偉大であった時代』で主題とするように、[5] 芸術作品の大きさはジャンルを示し、巨大な画布に描かれた歴史画は、他の風俗画、風景画、肖像画、静物画に比べて特権的な位置を占めた。

飾る場所を大きく取り、また制作費が莫大にかかる大きな絵は、貴族がパトロンであってこそ発展することができた。しかし一八二〇年代、画家のパトロンはブルジョワたちに変わる。彼らはパリ市内のアパルトマンに住み、巨大な絵を飾る場所がない。また彼らは一般市民に比べて豊かとは言え、貴族に比べればその資金力は小さかった。かくして大きな絵を作る慣習は廃れたのである。

ボードレールは十九世紀中葉の小さな絵画に批判的であった。『一八五九年のサロン』で彼は、クレザンジェの大きな絵画《地上の楽園におけるイヴがその眠りの間に誘惑される》(消失、一八五九)に好意的な評価を下した後、その理由を次のように説明する。

> というのも、友よ、私は、あなたをおそらくは微笑ませる告白をひとつしないとならない。自然において、芸術において、私が一層好むものは、長所が同じであるとすれば、あらゆる他のものよりも、大きなものだ。大きな動物、大きな風景、大きな船、大きな男と、大きな女、大きな教会。そして、他の多くの人がするように、私は自分の趣味を原理として、〈ミューズ〉の目から見て、規模というものが重要な考慮の対象になると信じるのだ。
> (OC II, 646)

引用の列挙の中に「大きな彫刻」という文言は見当たらない。しかし大きさを重んじるという点で言えば、論点を応用することはできる。彼は小さい彫刻を好まなかっただろう。

さて、ボードレールの批判が向かった最も苛烈に向かった相手を二人、考えてみることにしたい。まず『一八四六年のサロン』で全ての元凶を作っている芸術家として批判したクラッグマンである（OC II, 489)。

S・ラミの『十九世紀彫刻家事典』によれば、[6] クラッグマンはもともと銅板職人であった。彼の主要な作品として伝わるものは、《クラッグマンの水差し》（一八四四、図二十）と呼び習わされている銀細工である。彼は生涯で五十二点の作品を残した。この中にはリュクサンブール公園に置かれた《聖クロチルド（四七五―五四五）》（一八四七）のように、二メートルを超える立像もある。しかしこれは例外で、彼の作品の大半は「小像」statuette である。彼こそはボードレールが述べるように、彫刻が低迷した時代を象徴する彫刻家だった。

C・ピショワと阿部良雄の註釈は共に、ボードレールが『サロン』でクラッグマンをフシェールらの「師匠」maître（OC II, 489）としたことを咎めている。[7] S・ラミの『十九世紀彫刻家事典』も記すように、クラッグマンはむしろフシェールとラメイの息子の弟子であり、師弟関係は逆だったのである。フシェールは彫金職人でもあった。[8] クラッグマンの技術はまずフシェールから学んだものであったはずである。

図二十

しかしボードレールが師弟関係を間違えるはずがなかっただろう。第七章でフシェールを論じる際に整理するように、ボードレールにとって、フシェールの師であるラメイ父は実父フランソワの友人であった。また彼はフシェールと個人的に親しくしていた。このように考えていくと、ボードレールはラメイ父、フシェール、ラメイ息子と親しくしていた。彼はクラッグマンとフシェールの工房で顔を合わせていた可能性さえある。

ボードレールが「師匠」（OC II, 489）という表現で言いたかったのは、一八三一年にデビューして以降、一八四六年までの間で二十六体もの作品を発表したクラッグマンが勢いを持っており、本来は師であるはずのフシェールをも凌ぎ始めているという皮肉だったのではないだろうか。

(3) プラディエ批判は妥当か？

ボードレールが『一八四六年のサロン』で強く糾弾したもう一人が、ジェームズ・プラディエである。S・ラミの『十九世紀彫刻家事典』は、プラディエの作品として百二十三体の彫刻を列挙する。(9) またこれから約一世紀後に刊行されたC・ラペールの『ジェームズ・プラディエとロマン主義世代のフランス彫刻、カタログ・レゾネ』は、もはや見つからなくなったものを含めて、五百七十八体の彫刻を列挙する。(10)

ボードレールは『一八四五年のサロン』で、無名のイタリア人彫刻家ロレンツォ・バルトリーニを第一の位置に据えたが、それでもなお、プラディエに第二の地位を与えていた。

我々は彼の彫刻［＝《フリュネー》（一八四五、損壊）］を何と褒めたらいいのか、わからない。――それは比べようもなく巧みである。――あらゆる角度から観ても、綺麗だ。（角括弧内は論者、OC II, 403-404）

ところがボードレールは『一八四六年のサロン』で、プラディエを糾弾し始める。

彫刻の哀れな状態を証明している人物とは、彫刻家の王である**プラディエ氏**である。少なくともこの人は、肉付けをすることはできる。鑿さばきに特別な繊細さがある。しかし偉大な構成に必要な想像力も、デッサンの想像力もない。（OC II, 489）

さらに翌年の『カリカチュア一八四六年のサロン』でボードレールはバンヴィルと共作であるとは言え、《軽快な詩の女神》（一八四四―一八四六、図二十一と図二十二）をからかう。

このリュオルス洋銀で作られた竪琴と　マントの上にあるドアの留め金
それらの重みは全て　この軽いマントの上にのっているのだ、
私は重みを背負っている女を悪く思わないが、
しかし私が引き受けるとなれば　「ちくしょう」と彼女に言うだろう。

(OC II, 522)

風刺詩によれば、プラディエの彫刻を構成する主な要素は、竪琴、マント、「ドアの留め金」である。しかし「ドアの留め金」とは彫刻の頭部である。これを説明するべく、『サロン』には挿絵もある（図二十三）。

ボードレールのプラディエに対する批判は偏りがある。彼は一八四五年に、最上ではないにせよ、プラディエの作品をある程度まで評価していた。ところが翌年以降、彼は批判というより、価値を否定した。

こうした矛盾は研究者らを混乱させてきた。プラディエ研究者のC・ラペールは露骨に迷惑がっている。というのも、ボードレールは十九世紀フランスを代表する批評家と見做されるようになり、彼が糾弾した芸術家たちは二十世紀になって等閑視されるようになってしまったからである。「ボードレールの名前が入っていることで、長い間、彼のテクストはプラディエにとって致命傷となった」[11]。

C・ピショワは『一八四五年のサロン』の彫刻を評価する記述がそもそもの間違いだったのではないかと考える[12]。つまり一貫して、ボードレールは彫刻に辛辣であったのだが、美術批評家としてデビューした『一八四五年のサロン』では不十分にしか自分の考えを表明しなかったのではないか、とC・ピショワは考えるのである。

第二部の序論で触れたように、ボードレールが絵画批評でオスーリエを褒めてしまったことは、美術史家たちによって汚点だと見做されている。プラディエに対する批判も、こうした彼の偏りの一つ、あるいはアマチュア批評家であった彼の限界が生み出した「偏り」だと言うことは容易である。しかし彼の判断基準はどのように偏っているのだ

図二十二

図二十一

図二十三

ろうか。近代の批評と照らして、彼の彫刻論の特徴を浮かび上がらせたい。

2. ディドロと絵画

ディドロ研究者のG・メが指摘するように、[13] ボードレールの『サロン』評がディドロの『サロン』評の影響下にあることは確かである。ボードレールは『一八四五年サロン』と『一八四六年のサロン』で、出来の悪い彫刻を作る者を「彫り師たち」*sculptiers*（OC II, 402 et 488）と嘲笑した。ディドロは『一七六五年のサロン』で、不出来な作品を「彫り物」*sculpterie* と批判していた。[14] 二つの表現はよく似ている。

またボードレールはディドロの批評と比較されることを望んでいた。彼はシャンフルーリが『コルセール＝サタン』紙に『一八四五年のサロン』を批評した際、次のように書く。「しかし、もし私を喜ばせたいのなら、数行を真面目にやってください。そしてディドロの『サロン』について、**語ってください**」（CPl I, 123）。

以下では、第四章で論じたことを手掛かりに、ディドロの批評とボードレールの批評とを対応させていく。本研究は、(1)まず二人が古代彫刻を理解することの限界について議論していたことを取り上げる。(2)また二人が、彫刻を平面的に理解しようとしていたことを論じる。(3)最後にヘーゲルの彫刻に対する批判と照らして、ボードレールの議論の特徴を浮かび上がらせる。

(1) 近代人の限界

ディドロは『絵画論』において、近代人が古代の彫刻の真意を理解することができるのだろうか、と疑問を投げかけた。[15] 近代人にとって性の快楽は聖性と真逆にあるものだが、古代人にとっては、性こそが聖なるものであったかもしれない。近代人の価値判断は、キリスト教的な聖と俗の区分に決定的な影響を受けており、その枠内の狭いものの見方でしか、古代人を理解できていないかもしれないのである。

ボードレールはこの疑問に同意しただろう。『笑いの本質について、および一般に造形芸術における滑稽について』で、彼は次のように述べる。

古代が私たちに残したグロテスクな彫像には、仮面、青銅製の小さな像、全身が筋肉のヘラクレス、曲げた舌を宙空に出して、耳は尖り、全てが小脳とファルス［＝ペニス］でできているプリアポス［＝性欲を象徴する神］がある（……）。（……）これらは全て真面目さの詰まったものだと私は思う。ウェヌス、パン、ヘラクレスは、笑うべき人物たちではない。これらが笑われるようになったのは、イエスのやって来た後、プラトンとセネカの助けを借りつつである。（……）インドと中国の偶像は、自分たちが笑われることがわからない。これがおかしいと感じるのは、キリスト教徒である私たちである。

（角括弧内は論者、OC II, 533-534）

「イエスのやってきた後」、すなわち、カトリック圏の価値観に則れば、古代ギリシア、インド、中国など、非キリスト教圏の彫刻は「おかしいもの」comique と見える。おそらくここで思い返しておくべき文脈は、第五章ですでに触れたように、十九世紀フランスで古代ギリシアの彫刻の複製が、娼館の飾りとなっていたことである。ブルジョワたちはポンペイ遺跡から出土した陰茎のオブジェを眺めて、笑っていたのかもしれない。だが、これはあくまでキリスト教圏の価値観でおかしいと感じるに過ぎない。古代ギリシア人らに、この滑稽な彫刻は大真面目なものかもしれない、とボードレールは考えるのである。

逆に、近代人のものの見方と古代人のものの見方を重ね合わせ、古代と近代が同じ芸術の神聖さを目指していると考えたのは、ヴィンケルマンであった。ボードレールはディドロと同様に、ヴィンケルマンの思想を知りつつも、距離を置いた。(16) 第一章でも取り上げた『一八五五年の万国博覧会』の一節を再び読みたい。

多少なりとも思索したことがあり、多少なりとも旅をしたことがあるという方々、つまり良識のある方々皆に、私はお尋ねしたい。一体、現代のヴィンケルマン流（そういう手合いは我々の中に満ちているし、フランス人には溢れんばかりにいるのだし、怠け者こそ、この主義に夢中である）はどうするのだろうか。何と言うのだろうか。中国の産物は、奇妙で、異様で、形はねじれて、色彩は強烈で、それでいながら時として、消え入らんばかりに繊細だ。この産物を前にして、ヴィンケルマン流は何も言えないのではないだろうか。ところが、これこそが普遍的な美の典型的な例となるのだ。

(OC II, 576)

第四章でまとめたように、ヴィンケルマンの体系は規則化されており、これを持ち出せば芸術作品を観る者は、自分の感性を働かせずとも、規範に基づく判断で作品を批評することができてしまう。これをボードレールは「怠け者たち」（OC II, 576）という言葉で咎めたのである。

さらに晩年の『現代生活の画家』でボードレールはヴィンケルマンを随所で退ける。女を論じた章で彼は、「ヴィンケルマンやラファエロを持ち出してもどうにもならないのだ」（OC II, 713-714）と述べている。これは生きている女が、一つの規則や法則に沿って品評できるものではない、と述べていると考えることができる。

(2)　彫刻の空間性をめぐる批判

ボードレールはディドロと同様、彫刻を絵画的に理解しようとしていた。彼は『現代生活の画家』で、絵画と古代彫刻とでは、絵画の方が近代人にとって優先するべき芸術だとする。[17]

G氏［＝コンスタンタン・ギース］はその知性の広がりにもかかわらず（これは彼を侮辱するのではなしにそう言えるのだが）、もしレイノルズやローレンスの人物像を一つ味わう機会を失うくらいならば、古代彫刻の一群を無視することだろう、と私はかたく信じている。

（角括弧内は論者、OC II, 713-714）

では、ボードレールが彫刻を退ける理由はどこにあるのだろうか。

そもそもディドロは、《ラオコーン父子》像のような傑作においてさえも、彫刻の完成は不可能だと考えた。彼は、「いかなる場面にも、他のどれよりも面白い一つの視覚面、一つの視点がある」とした上で、「この視覚面、この視点のために、付随的な全ての視覚面と視点を犠牲にしなさい」と述べた[18]。

ボードレールもまた彫刻の完成について悲観的であった。彼は『一八四六年のサロン』で空間性がもたらす多義性を「曖昧で不満足なもの」(OC II, 487) だと批判した。「自然と同様に彫刻は、粗暴で実証的で、曖昧で不満足なものである。なぜなら、彫刻は一度に、あまりにも多くの面を示すのだから」(OC II, 487)。

彫刻が多面的であることは、次の問題を発生させることになる。「(……) 偶然に射す一条の光や、ランプの効果が、前もって考えたのではない美しさを露にしてみせる」(*Ibid.*)。これは「彫刻家にとって屈辱的」(*Ibid.*) である。芸術作品は作り手の意図を的確に伝えるものでなければならない。だが「絵画は一つの視点しかない。それは排他的で専制的である。したがって絵画の表現はより力強いのである」(*Ibid.*)。

さらにボードレールによれば、彫刻には色がなく輪郭しかないが、絵画には動勢 mouvement・色彩・大気がある。「これら三つの要素は、ややはっきりしない輪郭、軽く浮遊する線、タッチの大胆さを要求する」(OC II, 434)。絵画はより複雑な表現ができる上、芸術家が意図を明確に伝えることができる芸術である。

ディドロとボードレールの議論は、彫刻芸術の三次元性を批判し、絵画の二次元性を重要視する点で同じである。加えてボードレールは、彫刻を平面で観る方法に触れる。これが壁面に半円の窪みを穿つ、壁龕である。

野蛮な時代を抜け出した彫刻は、その最も壮大な発展にあっても、一つの補完的な芸術以外の何者でもない。持ち運びできる彫像を工業的に刻むことはもはや重要ではなく、慎ましくも絵画と建築に協力することが重要なのだ。天に向かって聳える大聖堂の数々は、その幾千もある深みを彫刻でもって埋める。彫刻の数々は、モニュメントと一体になって、一つの肉と身体を為すのでしかない。

(OC II, 488)

壁龕は、彫刻を観る者が回り込んで背後から観ることができなくし、光の当たる角度も限定する。ボードレールはその有用性を信じていただろう。女を彫刻に見立てる「あるマドンナへ」には次のようにある。「そして穿ちたい私の心のもっとも暗い片隅に、(……)青と黄金色の珐瑯がちりばめられた、壁龕を」(OC I, 58)。

(3)　ヘーゲル思想との比較

もっともボードレールの彫刻の空間性に対する批判は、ディドロの影響だけを特権化していいのだろうか。彼の考えはヘーゲルと引きつけられることもあった。美術史家M・バラッシュの目には、『一八四六年のサロン』の彫刻の空間性の議論がヘーゲルの『美学講義』に近いと見える。[19] 本研究では、ボードレールがヘーゲルを受容しえたか否かを主要な議論の対象としない。[20] しかしヘーゲル思想の受容の経路を別としても、ヘーゲルとボードレールとの考え方は結論で異なる。簡単に結論だけ比較してみたい。

まずヘーゲルによれば、彫刻が建築と一体となることは、彫刻の限界を定めてしまうことであった。建築は「家族や、市民社会や、文化における生活の用途」[21] で本質が変化する。変化は、その芸術が精神の純粋な表現ではないことの証拠になってしまうとヘーゲルは考える。

だがボードレールは、用途が定まることが芸術作品の脆弱さを露呈させるとは考えない。先に壁龕について論じたように、彼は彫刻が建築物と一体になることで、彫刻は絵画の利点を取り込むことができると考えたのである。このように彫刻が建築と一体化することをめぐって、二人は逆の評価を下した。

もっともボードレールの彫刻の空間性に関する考えは一八四六年から一八五九年にかけて、反転していると考える研究者もいる。[22] 彼は後年の『一八五九年のサロン』で、彫刻が「自然から取られたオブジェ」であり、「丸みがあり、奥行きがあって、その周囲を自由にまわることができる」(OC II, 670)と述べた。この結果、「農夫、野蛮人、原始人は、いかなる躊躇も感じない」（OC II, 671）と結論した。

確かにボードレールが一八四六年に彫刻の空間性を「曖昧さ」（OC II, 487）と述べたことと、一八五九年に「いかなる躊躇も感じない」（OC II, 671）と述べたことだけを比較すれば、彼の判断は真逆になっている。

しかし「誰にとって」であるかを考えなければならないのではないか。一八四六年にボードレールが示した考えは、近代人の目線から見れば、彫刻は不満足な点が多く、重要な芸術とは思えないということであった。近代人にとっては、これまで述べてきたように、絵画の方がふさわしいと彼は考えたのである。その一方で彼が一八五九年に示した考えは、「原始的な」人間から見れば、彫刻は意義があるということである。[23] 彼は近代的な人間と「原始的な」人間の視点を二つ持っており、論点を腑分けしているのである。

では近代人にとって、彫刻がなおも意味があるとすれば、どのようなことなのか。スタンダールの批評と照らしつつ、ボードレールの考えを見定めていくことにしたい。

3. スタンダールから聖アウグスティヌスへ

ボードレールは美術批評家としてデビューした頃から、スタンダールが『イタリア絵画史』で示した近代的な美の探求に大きな影響を受けていた。彫刻に関連したところでは三つある。まず『一八四六年のサロン』でボードレールは古代彫刻《ベルヴェデーレのアポロ》像と《アンティノウス》像の対比を行う。

私はベルヴェデーレのアポロや剣闘士よりも、アンティノウスの方が好きだ。なぜならアンティノウスは、魅力的なアンティノウスの理想であるから。（OC II, 455）

第四章で触れたように、二つの彫刻の対比はスタンダールの『イタリア絵画史』第百八章にすでにあった[24]。またボードレールが『一八四六年のサロン』で掲げたテーマ、「**ラファエロをいかにして凌駕するべきか？**」COMMENT L'EMPORTER SUR RAPHAËL？（OC II, 457）は、『イタリア絵画史』第百一章の標題である。さらに古代趣味の流行に対して、ボードレールは「異教派」で「誰が我々をギリシア人とローマ人たちから自由にしてくれるのだろうか？」（OC II, 46）と問う。よく似た表現はスタンダールの『イタリア絵画史』第百二十五章に見当たる。「いつになったら、ユダヤ人でも、ギリシア人でも、ローマ人でもなくて、有用なものと不要なものを知ることに唯一の基盤を置いた高貴な民族を、私は見ることができるのだろうか[25]」。

しかしボードレールはスタンダールの『イタリア絵画史』を起点としながらも、新プラトン主義の方向に結論を持っていく。以下では、(1)まず「異教派」でボードレールがスタンダールと同様に芸術の有用性を切り口としていることを確認する。(2)次に彼が考える有用性が聖アウグスティヌスの思想に近いことを示す。

(1)「異教派」と聖性

ボードレールは「異教派」の冒頭で古代趣味を問題とし、特に古代ギリシア彫刻と、それに影響を受けた作品が十九世紀のフランスを覆い尽くしていることを批判する。

> 少し前から、私はオリンポスの連中に総出で後ろを付いて回られ、大変に苦しんでいるのだ。（……）大理石のこれらの彫刻どもが、臨終の日、悔恨の日、不能の日に、献身的な女となるのだろうか。（OC II, 46–47）

ボードレールがここで問うのは、古代彫刻の有用性である。

有用性を切り口としたのは、スタンダールと全く同じである。しかし有用だと考えるものの内実は二人の間で大きく異なる。スタンダールが求める近代の美は、恋愛の役に立つものであり、優雅で繊細である[26]。その一方でボードレールが「異教派」で求める近代の美は、「向上するための力と方法」になるものである。

情熱と理性を追い払うことは、文学を殺すことである。キリスト教的で、哲学的な前の社会の努力を否定することは、自殺することであり、向上するための力と方法とを拒絶することである。（OC II, 47）

ここでボードレールは情熱、理性、キリスト教の三つを重要な要素として取り上げる。これらが「向上」につながるとはどのような意味なのだろうか。彼が想定するのはまず、真善美の一致である。彼は古代ギリシア彫刻の愛好家たちを批判しつつ、有用性と真と善とを併記する。

有用なもの、真実、善、本当に愛らしいもの、これら全ては彼にとって、未知のものだろう。（OCII, 48）

しかしこの一節は注意を要する。第四章で論じたように、ヴィンケルマンが真善美の一致を唱えており、スタンダールはそれを退けていた。つまりスタンダールは古代彫刻が公正さや安定を表現していると考えた上で、近代の芸術は恋愛のためのものでなければならないと述べ、真面目さを欠いていることの方が近代の美にふさわしいとしたのであった。真善美を問題とするボードレールはここで『イタリア絵画史』の作者と袂を分かっている。しかし彼はヴィンケルマンを支持したのではない。彼は「異教派」の結論で次のように述べている。

見ることのあまりの快楽に、聖アウグスティヌスが感じた全ての悔恨を私は正しいと認める。（OC II, 49）

聖アウグスティヌスの名前で思い返しておくべきことは、すでに第二章で論じた新プラトン主義である。ボードレールは世界の悪をダンディズムによって修正することを夢想し、精神性にその手がかりを求めていた。古代ギリシアの彫刻を批判するにあたっても、これは重要な論点となっているのである。

(2)　見ることの罪と聖アウグスティヌス

「異教派」における聖アウグスティヌスへの言及は小さいものに一見思えるが、ボードレールが示唆するテクストを正確に理解すると、議論全体にその影響が及んでいることに気がつくことになる。

まずC・ピショワは『告白』第六巻第八章を指していると考える。[27] 聖アウグスティヌスがマニ教について教授していた頃、法律を学ぼうとする真面目な弟子が無理矢理に闘技場に連れて行かれる。弟子は血生臭いものを見て、心が汚れることを恐れていた。弟子は当初、目をつぶり、剣闘士たちの闘いを見ないように努力する。しかし耳から入る歓声に惹かれ、闘技場を見てしまった。その結果、弟子は当初こそ衝撃を受けていたが、その残忍さに興奮し、悪の道に入ってしまう。聖アウグスティヌスは次のように述懐する。

> アリピウスはすぐに目を閉じて、かくも恐ろしい憤激に心が彼の魂が加担することを防いだ。さらに耳を塞いだらよかったのだが。[28]

感覚器官を塞いででも悪の道を遠ざける考え方の源には、『新約聖書』の『マタイによる福音書』第五章第二十八節と第二十九節がある。イエスは述べる。

> 私はあなた方に言う。女に邪心を持つために見る者は、その心において、すでに彼女と姦淫を犯しているのである。／もしおまえの目がおまえを躓かせざるをえないのなら、目を抉り出し、おまえから遠く捨てなさい。というのも、おまえにとっては、おまえの身体全てがゲヘナに放り込まれるより、おまえの身体の一部を失う方がまだよいからだ。[29]

しかし『告白』における視覚の問題は、第六巻第八章だけではない。C・ピショワの指摘とは別で、むしろ第十巻の方こそ扱いが大きく、この方がボードレールの「異教派」を考えるにあたって重要である。

第十巻で聖アウグスティヌスは五つの罪を告白する。肉欲（第三十章）、食欲（第三十一章）、嗅覚（第三十二章）、聴覚（第三十三章）、そして視覚（第三十四章）である。『告白』第三十四章は次のように始まる。

目の世俗的な快楽について語り、その全ての過ちについて告白することが、まだ私には残されている。(30)

聖アウグスティヌスによれば、人間が観ているものには、二つの種類がある。一つは世俗の世界の物質的な要素である。これは特に芸術美の輝きである。「目は美しい対象の多様性や、生き生きとして心地よい色彩を好む(31)」。これに対して、もう一つは神の片鱗である。それらは光であり、彼自身のみならず、トビト、イサク、ヤコブら、『旧約聖書』に記されている預言者たちが、いずれも知っていたものである。

聖アウグスティヌスは神の片鱗である光をこそ特権化し、物質的な美しさを求めることを罪深いと考える。

これぞ真実の光であり、唯一の光である。これを見たものは誰でも、これを愛する者は誰でも、まさに、全てが一緒に、一つの物事になっているのである。これに反して、先に私が語った肉体的な光は、現世に、不幸な甘美、この時代を盲目的に愛する者たちにとって、時代を心地よくする危険な魅力を広めている。(32)

聖アウグスティヌスは、神へとつながる「真実の光」と、欲望へとつながる「肉体的な光」をはっきりと分け、後者を退ける。ボードレールはこれと同じことを「異教派」で述べている。

物質的な芸術の誘惑の数々に取り巻かれていることは、失墜の大いなる機会の数々を作り出すことになる。長きに渡って、実に長きに渡って、あなたは美だけを、見たり、愛したり、感じたりするだけだろう。美以外には何もない。私はここで、美という言葉を狭い意味で用いている。世界は、その物質的な形状によってしか、姿を現さないだろう。世界を動かしている源の数々は、長きに渡って隠されたままだろう。(OC II, 47)

ボードレールは表向きの物質的な世界の裏には、本質的な源となる神的な世界が潜んでいると考える。その上で彼は神的な世界に通じる美を重要視する。このように彼は、スタンダールが鼓舞した古代美術の超克を命題として掲げつつも、聖アウグスティヌス的な論点を持ち出し、反対の結論に到達したのである。

かくしてボードレールがなぜ、クラッグマンの技巧的な彫刻や、プラディエの物質的に美しい彫刻を批判したのかを理解することができる。ボードレールが求めていたものとは聖なる彫刻であり、言わば新プラトン主義的な理念を感じさせる彫刻であった。これは十九世紀中葉のフランスでは、もう作られていなかったし、目指されるものでもなくなっていた。ボードレールの批評は懐古的という以上に、一種の時代錯誤と言うこともできよう。しかしこれは彼の一面に過ぎない。彼はディドロやスタンダールの批評によって、近代の流れをしっかりと見据えていた。そして次章の議論を先取りすれば、彼は官能的なモチーフを崇高に描いた彫刻をこそ好むのであって、古い美意識の神々しさと、新しい美意識の官能との融合を構想していたのである。

小帰結

十九世紀中葉の彫刻について、ボードレールは両義的な態度をとる。彼は街中の彫刻に好意的でありながら、サロンに出品された彫像を批判する。彼が特に嫌ったのは、彫刻が技巧的で小さくなることで神々しさが失われたことであった。彼は、ディドロから彫刻の絵画的な見方を学び、スタンダールから美の有用性を切り口にすることを学んだ。しかし彼は聖アウグスティヌスの影響を受けつつ、独自に彫刻の神聖さを探求する。

ボードレールの批評は彫刻に関する限り、時代錯誤的だと考えることもできる。だが、ここからさらに厳密に言えば、彼は彫刻が神聖なテーマのみを扱うべきだと主張していたわけではない。彼は官能や欲望という卑俗なテーマを神々しくする作品を求めていたのである。この点を考えるにあたり、次章ではミケランジェロの《夜》をはじめ、具体的な彫刻に関するボードレールの言及を検討することにしたい。

（1）Cassandra Hamrick, « Baudelaire et la sculpture ennuyeuse de son temps », *op. cit.*, p. 113.
（2）Marcel Raymond, « Baudelaire et la sculpture », *op. cit.*, p. 48.
（3）Wolfgang Drost, dans Baudelaire, *Le Salon de 1859*, *op. cit.*, p. 702.
（4）*Dictionnaire de la langue française*, par Émile Littré, *op. cit.*, t. IV, p. 2087.
（5）阿部良雄『絵画が偉大であった時代』、小沢書店、一九八九、八四―九二頁。
（6）*Dictionnaire des sculpteurs de l'école française au dix-neuvième siècle*, par Stanislas Lami, *op. cit.*, t. III ; 1919, pp. 222–225.
（7）Claude Pichois, OC II, 1320. 阿部良雄「註釈」、『ボードレール全集』、前掲書、第四巻、四二八頁。
（8）*Dictionnaire des sculpteurs de l'école française au dix-neuvième siècle*, par Stanislas Lami, *op. cit.*, t. II ; 1916, p. 364.
（9）*Ibid.*, t. IV ; 1921, p. 102–122.
（10）Claude Lapaire, *James Pradier et la sculpture française de la génération romantique*, *op. cit.*, pp. 244–447.
（11）*Ibid.*, p. 214.
（12）C・ピショワはバルトリーニの彫刻の礼賛について、「間違いだったのではないかと問うことはできる」と述べている。Claude Pichois, OC II, 1285.
（13）Gita May, *Diderot et Baudelaire*, *op. cit.*, p. 81.
（14）Denis Diderot, *Salon de 1767*, *op. cit.*, p. 489.
（15）Denis Diderot, *Traité de peinture*, *op. cit.*, p. 53.

(16) この点については以下で詳しく論じた。小倉康寛「ボードレールにおけるヴィンケルマン主義の受容　『理想美』・『モデルニテ』・レアリスム批判」、『言語社会』、第八号、二〇一四、二九五―三一六頁。

(17) ボードレールが押し付けがましい物言いをする理由は、彼の期待に反して、ギースが古代彫刻を研究したがっていたからである。一八六〇年二月十六日のプーレ＝マラシ宛の手紙で、ボードレールは愚痴をこぼしている。「不愉快な物事の山！　そう、ギースは途方もない fantastique 人物であるわけですが、《ミロのウェヌス》について、仕事をしたいと思いつき、ロンドンからこの彫像についてなされたあらゆる仕事や仮説のメモを彼に送ってくれと私に言って来たのです」（CPl I, 670）。

(18) Denis Diderot, *Traité de peinture*, *op. cit.*, p. 82 et p. 84.

(19) Moshe Barasch, *Modern theories of Art*, New York University Press, 2 vol., t. I; 1990, pp. 210–223.

(20) ボードレールはヘーゲルの名前を知っていたし、その思想の概要も大枠ではつかんでいただろう。まず彼の『内面の日記』には、「彼のヘーゲル主義」（OC I, 688）という言葉が読まれる。また「哲学的芸術」で彼は弁証法に近い考えを書く。「近代的な概念にしたがう純粋芸術とは何か？　客体と主体とを、芸術家の外の世界と芸術家自身とを、同時に含んでいる一つの暗示的な魔術を生み出すことである」（OC II, 598）。そしてヴィリエ・ド・リラダンは、韻文詩「手の施しようのない者」の感想を述べた際、「ヘーゲル的な深淵において始まっている」とボードレールに書き送った（Claude Pichois, OC I, 988）。ボードレールの近隣でヘーゲルの名前は意味が了解されるほどになっていたのである。しかしC・ピショワが再三注意を促すように、ボードレールのドイツ観念論の受容は深いものではないかもしれない（Claude Pichois et Jean-Paul Avice, *Dictionnaire Baudelaire*, *op. cit.*, pp. 26–28）。ヘーゲルのように読みにくい著述をじっくりと読むには、それなりの準備がいる。ボードレールは、ジャン・ヴァロンやネルヴァルらから、聞きかじった程度ではないだろうか。

(21) Georg Wilhelm Friedrich Hegel, *Cours d'esthétique*, texte traduit par Charles Bénard, *op. cit.*, t. II, p. 30.

(22) 阿部良雄「註釈」、『ボードレール全集』、前掲書、第四巻、四七八頁。

(23) ボードレールはこの「原始的な」人間の視点を持っていた。次章で論じる彼の詩「仮面」は、エルネスト・クリストフの彫刻に発想を得て、語り手が彫像の周囲を回り込み、表情が変化することをテーマとしている。したがって「農夫、野蛮人、原始人」に対して、侮蔑的なニュアンスがあるわけではないだろう。

(24) Claude Pichois, OC II, 1308.

(25) Stendhal, *Histoire de la peinture en Italie*, *op. cit.*, t. XXVII, p. 127.

(26) *Ibid.*, p. 117.

(27) Claude Pichois, OC II, 1101.

(28) Saint Augustin, *Confessions*, éd. par Philippe Sellier, texte traduit par Arnauld d'Andilly, Gallimard, coll. « folio classique », 1993, p. 199.

(29) *La Bible. Nouveau Testament*, éd. par Jean Grosjean et Michel Léturmy, *op. cit.*, p. 18.

(30) Saint Augustin, *Confessions*, *op. cit.*, p. 383.

(31) *Ibid.*

(32) *Ibid.*, p. 384.

第七章　彫刻と想像力

前章までで本研究は、十九世紀フランスにおける彫刻の失墜を明らかにした。またボードレールがディドロやスタンダールの影響を受けつつも、独自に彫刻の聖なるイメージを追求していたことを示した。本章では彼が著述で直接的に、間接的に取り上げた作品で特に重要なものを検討したい。

ボードレールが賞賛した彫刻家らは、今日の美術史的な区分で広義のバロックに分類される者が多い。[1]『一八四六年のサロン』で彼は、友人のオーギュスト・プレオーの言葉としながらも、重要な彫刻家の名を次のように示す。「私はミケランジェロについても、ジャン・グージョンについても、ジェルマン・ピロンについても熟知している」(OC II, 487)。グージョンとピロンは十六世紀フランスの彫刻家である。また『一八五九年のサロン』で彼は次のように述べる。「エジプト、ギリシア、ミケランジェロ、［ギヨーム・］クストゥー、そしてその他のものは、これらの不動の亡霊の中に何という驚異的な力を入れたのだろうか」（角括弧内は論者、OC II, 671)。クストゥーが活躍したのは十七世紀末から十八世紀初頭にかけてである。

そしてボードレールが「灯台」で名を挙げる十七世紀の彫刻家ピエール・ピュジェは、フランスにおける典型的なバロックの芸術家であり、十九世紀フランスで高く評価されていた。[2]

拳闘士の憤怒、フォーヌの破廉恥、

無作法な者どもの美を集めえた汝、
傲慢さで膨れ上がった偉大な心を持ち、虚弱で黄色い男、
ピュジェよ、徒刑囚たちの皇帝よ。

（OC I, 13）

ここでピュジェの彫刻作品の名前は具体的に記されていない。しかし「拳闘士の憤怒」は《クロトーンのミローン》（一六七一―一六八二）を想起させる。また「無作法な者ども」は《アレクサンドロス大王とディオゲネス》（一六七一―一六八九）で、賢人ディオゲネスに犬をけしかける王の従者を思い起こさせる。

さらに、後年の旅行記『かなしきベルギー！』でボードレールは、次のような熱狂的な言葉を書いている。「私は彩色された彫刻が大好きだ」（OC II, 944）。彼が見た彫刻は、W・ドロストが調査したように、中世に作られ、教会に置かれていた木造の彫刻のことである。(3) フランスにも同様の彫刻があったのだが、市民革命期に起きたイコノクラスムで破壊されてしまった。(4) ボードレールは木造の彩色彫刻をベルギーで観ることになった。

しかし「バロック」という言葉の用い方には注意が必要ではある。例えば『十九世紀万物百科大事典』によれば、バロックとは「宝石商たちが、完璧に丸い形をしておらず、価値を失ってしまった真珠について与えた名である」(5)。事典の記述は短く、芸術の流派を指すとは述べていない。十九世紀には今のような区分がなかったのである。またミケランジェロは一般な美術史の理解ではルネサンスに分類するべきもので、バロックとは呼ばない。その一方で、十九世紀フランスで流派を示していたのは「グロテスク」であった。(6)

『十九世紀万物百科大事典』の「グロテスク」の項目は、言葉の語源が古代のグロッタ（地下などに作られる祠）にあったと示すことから始まる。これは特にネロの黄金宮殿のグロッタを装飾するアラベスク模様のことを指していた。「グロテスク」の第一語義は「奇矯さ」bizarre や「とっぴさ」extravagant である。そして第二語義は、アラベスク紋様の換喩である。そして『事典』は奇矯を好むものたちを時代ごとに分類していく。

ボードレールはアラベスク紋様に強く惹かれていた。『内面の日記』には、「アラベスク模様は最も精神的な模様で

ある」(OC I, 652)とある。また「アラベスク模様はあらゆる模様で最も理念的なものだ」(*Ibid.*)とある。散文詩「バッコスの杖」では、杖に蔦や花の絡まりを次のように表現する。「曲線や螺旋が直線に取り入り、周囲を踊ることで沈黙の礼拝を捧げているとは言えないだろうか」(OC I, 336)。この意味において、彼は「グロテスク」の一派に連なる者であったと言ってよい。[7]では彼は彫刻について、何を求めていたのだろうか。

第七章で本研究は、ボードレールが関心を持っていた彫刻の特徴が「グロテスク」にあることを念頭に置いた上で、彼が官能的な彫刻に崇高さを見出していたことを看取していく。本章は第一節で、ミケランジェロの《夜》を取り上げる。第二節ではジャン＝ジャック・フシェールの《アルテミスの姿を借りたゼウスの腕に抱かれるニンフ、カリスト》を論じる。第三節ではエミール・エベールの《そしていつも！　そして決して！》を考察する。第四節ではエルネスト・クリストフの《人間喜劇》を検討する。

1. ミケランジェロと《夜》

イタリアに足を踏み入れたことがないボードレールがミケランジェロの彫刻作品を観ることができたのは、ルーヴル美術館であった。一八五五年のルーヴル美術館の常設展示には、ミケランジェロに関連する作品が合計で七体あった。[8]まず二体の《囚人》像――《瀕死の奴隷》(一五一三―一五一九)と《抵抗する奴隷》(一五一三―一五一九)――である。次にレプリカである。これらはテラコッタ製の《モーゼ》像と、青銅で六十センチあまりの大きさに複製した《昼》、《夜》、《夕暮》、《曙》である。四体の連作の中で《夜》はソネ「理想」の第二テルセに登場する。C・ピショワがプレイヤード叢書の註釈で述べる通り、ボードレールは版画でも彫像を見ることはできた。[9]しかし平面図だけではなく、立体として観ることができたことは強調しておいてよい。[10]

また彫刻家としてのミケランジェロを理解するにあたって、ボードレールは彼の詩作品を参照していたと考えられる。そもそもミケランジェロは大きく三つの分野で足跡を残した。絵画、彫刻、詩である。今日のミケランジェロ研究において、三つはそれぞれ別個に論じることが通例で、絵画が特権化されているようにも思われる。[11] しかし今日のミケランジェロ研究の第一人者、E-N・ジラルディによれば、ミケランジェロにとって絵画や詩は、彫刻の構想を練るためのものであった。[12] つまり詩は彫刻家が自らの作品の趣旨を説明したものである。彼の詩は草稿状態のものまで含めて三百二篇を数える。[13]

以下ではミケランジェロの詩と対応させつつ、ボードレールのソネ「理想」を理解したい。(1)まずボードレールがミケランジェロの詩を読んでいたと考える根拠を示す。(2)これを踏まえて「理想」をミケランジェロの詩と対応させつつ読解する。(3)最後にボードレールが官能と神々しさの混淆したものを夢想していたことを示す。

(1) 詩人ミケランジェロの受容

ミケランジェロの詩は、十九世紀中葉のフランスでよく知られたものであった。M-A・ヴァルコリエが仔細な註を付けた上で、散文で訳し、対訳本を出版していたのである。[14] この訳本では全体で百五十篇ほどが紹介されている。内訳は、翻訳した作品が、ソネ三十八篇、マドリガル二十八篇、その他十六篇である。翻訳していない作品が、ソネ二十六篇、マドリガル三十二篇、その他十二篇である。ボードレールはこの対訳本を読んでいたと目されている。[15] 彼がドラクロワに関する批評で、その詩句の一つを記憶の中から示しているからである。

感じやすく、気取った女たちは、おそらくドラクロワが、〈絵画〉によって、彼にとって一人のミューズ、彼の唯一の恋人、彼の一人が満足のいく官能を、作ったことに衝撃を受けるかもしれない。ドラクロワはミケランジェロに似ているのだ（彼の数あるソネの一篇の最後を思い出していただきたい。「〈彫刻〉よ！　神々しい〈彫刻〉よ、おまえが私の唯一の恋人！」）。（OC II, 766）

ドラクロワは数多くの女たちを描いたが結局、一人のミューズを追い求めたのでしかないと、ボードレールは説明する。そして彼は画家の態度が、ミケランジェロの態度と同じであったと述べる。

C・ピショワが指摘するように、引用に対応するミケランジェロのソネは次のものと推定することができる。(16)

［無題］

いかにして（しかしながら経験が立証していることではあるが）、非情で粗暴な石の塊から取り出した一体の彫像が、それを作り出した人間よりも長く存在するものとなるということが起きるのだろうか。作者自身は、束の間の生涯の果てに、死の殴打の数々を受けて、倒れるというのに。

ここでは結果が原因を凌駕し、芸術が自然に勝利を収めるのである。私は次のことを知っている。私には、彫刻が忠実な女の友となってくれている。時間が、日々、私の希望の数々を蝕む時であっても。

おそらく私は、おお、女の友よ、二人で、人々の記憶の中に一つの長い思い出を確固としたものとすることができるのだ。画布であれ、大理石であれ、そこに私たちの相貌と私たちの思いを託すのだ。

私たちより千年も後でまだ、私のおまえへの愛がどういうものであったのか、知ることができるだろう。おまえがどれほど美しかったか、おまえを愛した私がいかに正しかったのかを、看て取ることができるのだ。(17)

（角括弧内は論者）

散文詩訳だと対応がとりにくいが、ボードレールが考えていたのは、ソネの第二キャトランの一節だと考えられる。

イタリア語の原文を引用する。

Io 'l so ch'amicà ho si l'alma scultura
私は知っている、我にいる友は、魂の彫刻なのだと[18]。

ボードレールはM‐A・ヴァルコリエの書籍を熟読し、ミケランジェロの詩を記憶していたのではないだろうか。そうであるとするなら、ソネ「理想」はミケランジェロの他の詩と対応させて理解する必要が出てくる。

(2)「理想」における官能

ボードレールは一八五一年の詩群「冥府」から、一八五七年の『悪の花』初版にかけて「理想」の文面を五箇所変えている。『初版』から『第二版』にかけては変化がない。ここでは決定稿となる『第二版』をまず読みたい。

理想

1. お飾りの美女たちでは決してないのだ、
2. ろくでもない時代に生まれた、梅毒持ちの製品ども、
3. あのブーツを履いた脚、カスタネットを持った指先、
4. それらでは決して　私のような心を満足させることがない。
5. 任せておきたいものだ　ガヴァルニ、この硫黄病や、
6. 病院の美女たちのさえずる一群を扱う詩人に、

7.　というのも　私はこれらの青ざめた薔薇の中に
8.　私の真紅の理想に似つかわしい　一輪の花を見出せないのだ。

9.　裂け目のように　深い心に　なくてはならないものとは、
10.　おまえたちだ[19]、マクベス夫人よ、罪を犯す力強い魂よ、
11.　疾風の吹き荒れる気候で開化したアイスキュロスの夢よ。

12.　あるいはおまえだ、大いなる〈夜〉、ミケランジェロの娘よ、
13.　奇怪なポーズをとりつつ　穏やかに身をよじる者よ
14.　おまえの乳房 appas は　ティターン神族の口におあつらえ向きだ！

(OC I, 22)

注目しておきたいのは「よじる」tors (v. 13) という動詞である。これは一八五一年の「冥府」で、「眠る」dors であった。しかし一体、なぜボードレールは彫像が眠っていると判断できたのだろうか。彫像は頭を手で支え、気怠そうである。しかし瞼を半分開け、夢想しているとも見える。ここでも鍵になるのはミケランジェロの詩である。彫刻に刻まれたエピグラムを読みたい。

夜について
《夜》は、穏やかにくつろいで眠っている。おまえが観ているものは、ミケランジェロが彫刻した作品なのだ。しかし、眠っているということは、生きているということだ。疑うのなら、起こしてみるがよい。彼女はおまえに語り出すだろう。

夜に代わってミケランジェロの応え
眠りは私に心地よい。これら不幸と屈辱の時代にあっては、大理石でいる方が心地よい。何も見ることがなく、何も感じることがないことは、私にとって幸運なことだ。ゆえに私を一切、起こしてはならない。話す時は声を小さくするように。[20]

第一ストロフは、友人のストロッツィが彫像の台座に書き込んだものである。これを見たミケランジェロが第二ストロフを書き加えた。二つをつなげて読むと、彫刻は生きているのだが、心地よく眠っているので、起こすことができず、生きているのか否か結局は判断がつかない、という気の効いた冗談になっている。

エピグラムはスタンダールの『イタリア絵画史』第七部第百六十一章でも引用されており、ボードレールのソネの表現は、スタンダールを介した影響と考える研究者もいる。[21] しかし『イタリア絵画史』の先の引用部は、仏訳されることなく、イタリア語の原文がそのまま引用されていたのであった。またスタンダールの解説は簡素である。「私は《夜》が大変好きである。身をよじったポーズでは、眠ることなど不可能ではあるのだが」[22]。この箇所だけでは眠るという表現が特に重要だと判断できない。ボードレールはスタンダールの解説も読んでいたが、並行してM–A・ヴァルコリエの対訳本で、ミケランジェロ自身の解説を読んでいたのではないか。

このようにM–A・ヴァルコリエの訳本を読んでいたと考えるなら、《夜》に関するミケランジェロの他の詩篇が重要になってくる。以下は、ミケランジェロの《夜》を論じる際に最もよく引き合いに出される作品であり、M–A・ヴァルコリエの訳本において、巻頭詩という最も目立つ位置に配されているものである。

[無題]

あらゆる偉大な芸術家が構想できるもの全てを、大理石はその内奥に秘めている。しかし大理石からそれを開化させることができるのは、思想に従う一本の腕でしかないのだ。
これと同じように、誇り高く、神々しい美よ、おまえがおまえの内に包蔵しているものには、私が為してしまう悪と、私が求めている善がある。しかし私の入念さがもたらす結果は私の意図に反しており、このことが私に死を与える。
かくして私は、私の悪の数々を責める。偶然、愛、おまえの厳しさ、おまえの尊大さ、運命、おまえの魅力を責めはしない。もし、おまえの心が私に同時に与えた、生を伴う死から、私の無力な才能が、死しか、くみ出すことができなかったとしても。[23]

大理石にはあらゆる可能性が含まれており、そこから悪も善も生み出すことが可能である。偉大な芸術家というものは、理想の形はわかっている。しかし現実にそれを為すことは困難である。

第二章の議論を思い起こせば、ミケランジェロの述べる善と悪との分離は、新プラトン主義の教条そのままである。実際、ミケランジェロはフィチーノの影響下にあった。[24]

注目しておきたい箇所は、第三節である。ミケランジェロは「偶然、愛、厳しさ、尊大さ、運命、魅力」を排除するつもりはないが、不死の女神を表現しようとするのであって、人間の女を表現したいわけではないと強調する。この時、夜は形而上学的な意味での神的存在であり、古代ギリシア神話などのイメージを取らない。

ミケランジェロの詩と照らし合わせると、ボードレールが「理想」で描く《夜》は、「ティターン神族」という言葉があるように、ギリシア神話にイメージを近づけ過ぎていることがわかる。同時に女神が乳房を男に差し出すという、およそミケランジェロにとって慮外の解釈になっているのである。[25]

(3) 乳房の解釈

ボードレール研究では、乳房を差し出す行為が情事を暗示するのか、それとも授乳に過ぎないのかが問題になった。まず阿部良雄はそのどちらにも与せず、《appas》を「乳房」ではなく「姿態」と訳している。「巨人族《ティターン》の口に合うように作られた君の姿態」[26]。確かにフランス語の《appas》は色香や魅力と解釈することができる。しかしこれでは「巨人の口」との整合性が取りにくくなるのではないだろうか。

その一方でC・ピショワは「ティターン神族は夜の息子たち」であり、だからこそ女神は乳をやるのだ、と理解している。[27] しかし《夜》とティターン神族の親子関係の裏付けを取ることは難しい。古代ギリシア神話で夜の化身はニュクスである。ティターン神族の親は天空の神ウラノスと大地母神ガイアである。ガイアとニュクスとが同じ神だと考えない限り、C・ピショワの解釈は成立しないと言わなければならない。

ここで『十九世紀万物百科大事典』を参照すれば、[28] ニュクスの夫はエレボスである。ニュクスとエレボスは近親婚であり、エレボスはニュクスの子供か、弟である。エレボスはオリュンポスの神々と巨人たちとの戦争（ティタノマキアー）に参加し、ゼウスに成敗されたという。ニュクスもエレボスもティターンの代表的な神ではないが、その一味である。「ティターン神族の口」（v. 14）という「理想」の文言はエレボスの口を暗示しているのではないだろうか。しかしボードレールのイメージの中で、二人は恋人なのだろうか。親子なのだろうか。

本研究が検討しておきたいのは、「理想」の第一テルセに登場するシェークスピアの『マクベス』である。「罪を犯す力強い魂」（v. 10）を有するマクベス夫人は自らの夫を王とするために、君主を刺殺するようにそそのかした。この時に夫人は、自らの乳房を使って男を説得しようとしている。一八四二年のバンジャマン・ラローシュの散文仏語訳から第一幕第七場を引用する。

おまえがこの企てを私に打ち明けた時は、何という愚かしさだったのだろうか！　この勇気があった時は、おまえは男であった。そしておまえはそうであったところのものを上回るどころか、もうおまえは男ではなくなるのか。あの時は、機会も場所もおまえに好都合ではなかった。おまえはそれら二つを作り出そうと尽力した。今や二つが自らやって来て、おまえに与えられたのだ。彼らの貢献を前に、おまえの決意は揺らいでいる。私は授乳した、私は乳房にぶら下がる乳飲み子の母となる思いやりを知っている。ああ、しかし！　私に笑みを浮かべる我が子を見ているその時であっても、その柔らかい歯茎から乳房を引きはがして、頭をぶち割ってみせる。おまえが誓ったのと同じく、私がもしそれを誓ったのであれば、だ。おまえはそれを実行すると誓ったではないか。(29)

マクベス夫人はかつての約束が揺らいでいることを責めつつ、唐突に赤子に乳をやった時のことを話し出す。彼女は乳を吸うという行為によって、赤ん坊と夫とを重ね合わせる。(30)夫人は約束を違えれば、赤ん坊に対してでも躊躇いがないのだから、夫の頭など簡単に叩き割るぞ、と脅しているのである。

さて、乳房を差し出す行為が情事だとすれば、ボードレールは《夜》をどのように解釈したと考えることができるのだろうか。情事の相手はまずエレボスである。しかし「ティターン神族」(v. 14) と複数形になっている。したがってエレボスの他には、大洋のオケアノスや、台風のテュポーンをはじめ、自然の粗暴で雄大な力を象徴している者たちを考えることができる。さらに、アイスキュロスの名前が『鎖を解かれたプロメテウス』を含意していると考えるのなら、(31)ここにティターン神族第二世代のプロメテウスを含めることができる。

これらの神々はゼウスとの戦に備えている。あるいは『鎖を解かれたプロメテウス』を念頭に置くならば、ティターンはもう敗北した後で、ゼウスへ抵抗し、再戦の機会を伺っている。《夜》はマクベス夫人と同じく、戦に臨む男神たちをその肉体で鼓舞しているのだろうか。しかし《夜》は「平和に身をねじっている」(v. 13)。ボードレールが「理想」で描き出したのは、男を鼓舞すると同時になだめる官能である。彼はこうしたイメージを構築するにあたって、ミケランジェロの《夜》のレプリカを起点にしたのではなかっただろうか。

2. フシェールと同性愛者の群像

バンヴィルの証言によれば、一八四〇年代初頭、ボードレールはテラコッタ製の群像《アルテミスの姿を借りたゼウスの腕に抱かれるニンフ、カリスト》をジャン＝ジャック・フシェールに献辞付きで贈られていた。[32] この彫像は発見されていない。フシェールが一八三〇年に発表した《サタン》(図二十四と図二十五)の大きさが三十センチメートルを切っていたことを考えると、これもまた、同じような大きさであったのではないか。

C・ピショワが述べるように、この彫刻はボードレールに多くの影響を及ぼした可能性がある。[33] 彫刻のテーマは『変身物語』第二巻にある、月の女神の従者カリストの物語である。[34] 美しいカリストは、処女を誓い、男を寄せ付けなかった。しかし彼女に懸想したゼウスは策略を巡らせ、アルテミスに化けることで近づく。カリストは純潔を失い、アルカスを生む。アルテミスがゼウスの仮の姿であることを理解すれば、これは男女の情事ではある。しかしC・ピショワが指摘するように、視覚的には女の同性愛者がテーマである。おそらく彫刻はフランソワ・ブーシェの絵画《ユピテルとカリスト》(一七四四)に似たものだったのではないだろうか。

本研究ではボードレールの詩に描かれたフシェールの彫刻を論じるのではなく、フシェールの存在がボードレールに及ぼした影響を推定することにしたい。(1)まずフシェールについて一般的な知識を整理しておく。(2)次に彼とボードレールとの関係を示す。(3)最後にフシェールがボードレールに関連しうる点を示す。

(1) フシェール

S・ラミの『十九世紀彫刻家事典』によれば、フシェールは複数の分野を横断する芸術家であった。[35] 彼は彫刻家であるばかりではなく、琺瑯職人であり、絵についてはジャン＝バティスト・カミーユ・コローに師事していたという。彼は多産であり、生前に発表した彫刻が四十四体、死後、工房にあって売り出された作品が二十二体である。これらの多くは胸像をはじめとするもので大きくはない。しかし一八三四年、エトワール凱旋門の壁面を飾る《アルコレ橋の進軍》（一八三四）を制作する。これは横幅八メートル五十二センチメートル、縦幅三メートル九十六センチメートルの大作で、ナポレオンの進軍を描いたものである。またコンコルド広場、マドレーヌ寺院、リュクサンブール公園、パリ市庁舎の壁面など、公共の広場を飾る作品は多い。

多方面で活動しただけに、フシェールの作風全体を見通すことは難しい。しかしゴーティエは彼を次のように紹介している。「この訪問の日、そこには、ジャン・フシェールがいた。この彫刻家は、ジャン・グージョン、ジェルマン・ピロン、ベンヴェヌート・チェリーニの流れにいた（……）」[36]。ここで留意しておきたいのは、グージョンもピロンも、第七章の冒頭で示したように、ボードレールが重要視した彫刻家であったということである。そしてフシェールは、一九三七年のサロンにチェリーニの青銅の胸像を出品している。ここからも彼が目指していた彫刻の方向性が、「グロテスク」にあったことが察せられるというものである。

図二十五

図二十四

ボードレールは『サロン』評でフシェールの技術を高く評価するが、彼の作品は偉大な彫刻にはなっていないと批判もしている。まず『一八四五年のサロン』である。

> もう一人、巧みな彫刻家——しかし何だ！　決してその先には行かないのか。／この若い芸術家はサロンの数々ですでに成功を収めている。——彼の彫刻は明らかに成功を運命付けられているのだ。
>
> （OC II, 404）

次に『一八四六年のサロン』である。

例えばフシェール氏は、うんざりするほど、多方面の才能を有している。巨大な人物像、マッチ入れ、金銀細工のモチーフ、胸像、浅浮き彫り、全てができるのだ。（OC II, 488）

ボードレールがフシェールについて記すことは、『十九世紀彫刻家事典』で確認が取れる事実である。フシェールはすでにサロンで成功を収めているのだし、多種多様な芸術ジャンルで制作を行った。また彼は高い評価を受けていたのであって、これは一八三〇年代に大きい公共事業を請け負っていることからも明らかである。

しかしボードレールは「若い芸術家」と書くものの、フシェールは一八〇七年生まれであり、一八二一年生まれのボードレールからすれば一回り以上、歳上であった。第六章ですでに論じたようにボードレールは技巧的な作品よりも、偉大な作品を望んでいた。「その先にはいかないのか」（OC II, 404）という言葉はC・ピショワが指摘するように、手先が器用で商業的に成功を収める芸術家への批判とも読める。(37) しかしその一方で、二人が懇意にしていたことを考えれば、若いボードレールの激励と解釈することもできるのではないだろうか。

(2) 私的な交流

『ボードレール事典』のまとめによれば、ボードレールとフシェールは友人であった。(38) まずJ・ジグレールによるプレイヤード叢書の「芸術家総覧」の項目が伝えるように、フシェールの彫刻術の師、クロード・ラメイは、ボードレールの実父フランソワの友人であった。(39) C・ピショワとJ・ジグレールの『評伝』によれば、二人が最初に知り合いえたのは、一八四三年頃、ボードレールがピモダン館に住んでいた頃である。(40)

ピモダン館のあるサン・ルイ島は周知のように、パリの中央に位置する小さい島である。ここにプレオー、メソニエ、ドーミエらが住んでいた。芸術家のコミュニティがあったとしても不思議はない。おそらく二人は一八四三年頃に出会い、ラメイとボードレールの実父との縁で、親しく話すようになったのだろう。

フシェールとボードレールとの関係は、ボードレールの創作ノートから垣間見える。

七八　ある満足な怨恨（フシェールの物語、おそらく中編小説 nouvelle）。（OC I, 369）

『ある満足な怨恨』／（フシェールと伴にした私の冒険）。（OC I, 589）

怨恨（フシェール。）／彼の娘／雌馬／管理人のところへ数回の訪問。（OC I, 590）

三つのメモからわかるのは、ボードレールがフシェールに関連する「ある満足な怨恨」という標題の作品を構想していたということである。フシェールが一八五二年に亡くなったことを考えあわせれば、二人で行動した思い出をモチーフに、ボードレールは記念になる作品を書こうとしていたのではないか。

彼が書こうとしていた作品は発表されておらず、草稿も見つかっていない。しかしここではひとまず、彼がフシェールを作品にしてもよいと考えていたことに留意しておくことにしたい。

(3)　ボードレールの作品とフシェール

ボードレールの作品にフシェールの影響が及んでいると考えられるものは三点ある。まず一八四三年頃から一八五九年頃まで断続的に制作が試みられた、ボードレールとプラロンの共作、『イデオリュス』である。この劇は十六世紀から十七世紀のイタリアの彫刻家の青年をモデルとしている。チェリーニを敬愛したフシェールの工房は、彫刻制作の現場を取材するにあたって、大いに役に立ったのではないか。

もう一つは「あるマドンナへ」の細部である。

そして穿ちたい　私の心のもっとも暗い片隅に、
世俗の欲望からも　嘲る眼差しからも遠く離れて、
青と黄金色の琺瑯がちりばめられた、壁龕を。（OC I, 58）

この詩で詩人は自らの詩句をもって女の身体を装飾していく。しかし詩人は、彫刻家のイメージのみならず、琺瑯職人のイメージもとっている。二つを兼務できる彫刻家は当時としても稀であった。ボードレールがこのような彫刻家をイメージした理由は、まさにフシェールにあったのではなかっただろうか。

そして『悪の花』には女の同性愛者たちが何度も登場する。[41] 特に『初版』でボードレールは「レスボス島」、「地獄堕ちの女たち」と題した二篇を並べ、三篇で同性愛者詩群を作った。これらの詩を彼が書いた時期は、一八四五年から一八四七年と推定されている。[42] 加えて一八四〇年代、彼は『悪の花』の原型となる詩集の標題を「レスボス島の女たち」と構想していた。同性愛者詩群は初期の『悪の花』の核だった。これは《アルテミスの姿を借りたゼウスの腕に抱かれるニンフ、カリスト》が影響を与えていたのではないだろうか。

さらにS・ラミの『十九世紀彫刻家事典』によれば、フシェールの弟子にはエベールがいたのである。[43] 彼こそはボードレールが『一八五九年のサロン』で彫刻の標題に不満を唱えながらも、絶賛した彫刻家である。

3. エミール・エベールと《そしていつも！ そして決して！》

ピエール・ウージェーヌ・エミール・エベールはS・ラミの『十九世紀彫刻家事典』によれば、一八四九年の官展から一八九三年の官展までに三十五点の作品を発表した。[44] エベールはフシェールの弟子であり、グロテスクに強い関心があったと察せられる。エベールが内務省からの注文で一八五〇年に制作し、同年の官展に出品した石膏製の胸像《ベンヴェヌート・チェリーニ》（一八五〇）は、フシェールが一八三七年に青銅で作ったチェリーニの像と関連があっただろう。しかしエベールの作品は全般的に決して大きくない。《キマイラに打ち勝つペルセウス》（一八七四）も一メートルを超えるほどで、巨大とは言えない。彼の作品のほとんどは胸像である。彼は室内彫刻を主としていたのであり、彫刻が「退屈」になった時代の彫刻家だったのである。

『一八五九年のサロン』でボードレールは、エベールの《そしていつも！　そして決して！》*Et Toujours ! Et Jamais !*（図二十六は一八六三年にフシェールが青銅で作り直したもの）を二度、話題にする。ボードレールは作品のタイトルを誤解し、厳密に記載することができなかった。彼は《いつもと決して》（OC II, 615）*Toujours et Jamais* と書くが——C・ピショワが註をつけるように——、後で《決してといつも》*Jamais et Toujours*（OC II, 677）と間違えて記載した。しかし彼にとってこの彫刻は本当に評価に値すると思われていたのであった。

もっともボードレールがエベールにあらかじめ注目していた可能性は皆無ではないだろう。まずエベールがフシェールの弟子であったことを考えれば、ボードレールが彫刻家たちの工房で遭遇していた可能性はある。またT・サヴァティエの指摘によれば、エベールは一八四〇年代前半にサバティエ夫人と出会っていたはずである。[45]彫刻家はサバティエ夫人の食事会のメンバーとなっただろう。さらに彼は一八五四年十月、サバティエ夫人からバルザックの本を借りようとしている。[46]ボードレールは同じ時期、サバティエ夫人と共にバルベ・ドールヴィイの著作を読もうとしていた。エベールとボードレールはサバティエ夫人を介して接点があった。しかし彫刻の標題がわからなくなった際、彼が問い合わせたのはカロンヌやナダールであった。彼がエベールに問い合わせなかったことを思えば、深い交流はなかったのだと察せられる。また二人の間の書簡も残っていない。

図二十六

以下では、⑴最初にボードレールが標題のわかりにくさに不満を唱えていたことを整理した後、⑵彼が《そしていつも！　そして決して！》の官能と死というテーマに強く惹かれていたことを議論する。

(1)　標題のわかりにくさ

ボードレールは一八五九年のサロンで彫刻を見た際、作品の名前を覚えず、また出展の番号も控えないままに帰宅してしまったらしい。彼は複数の相手に問い合わせた。まず一人は『フランス評論』編集長のカロンヌである。ボードレールは『一八五九年のサロン』でカロンヌに語りかけつつ、次のように切り出す。

親愛なる＊＊＊氏、あなたを陽気にさせるためのお時間を頂戴できるなら、私はカタログを繙いて、人の注目を引くためにつけられた滑稽なタイトルの全て、おかしな主題の全てを抜粋し、容易にそれをやってのけるとしよう。（OC II, 614）

彼は一連のよくない標題を列挙した後、エベールの彫刻について怒りを表明する。

見事にできた、彫刻のある小さな群像について私が述べることができなかったのは、残念ながら私が番号を控えておかなかったからであった。私はこの主題を知ろうと、虚しくも四度も、カタログを読んだ。最後にあなたが、思いやりを持って、これは《いつもと決して》と呼ばれるものだと教えてくれた。私は、真に才能を有する一人の男が、無駄に謎かけ rébus に凝っているのを見て、率直に悲しかった。（OC II, 615）

彼は一度、エベールのつけた標題を意味のない謎かけと切り捨てる。しかし彼の気持ちはこれだけでは収まらず、同じ『サロン』の中でもう一度、この標題を取り上げる。

思い出して欲しい、親愛なる友よ、私たちはすでに《決してといつも》について語った。私はこの文字合わせなぞなぞlogogriphiqueのタイトルについて、まだ良い説明を見出せないでいる。もしかしたらこれは、『赤と黒』のように、失望させるための一撃であったり、モチーフもない夢想であったりするのかもしれない。もしかしたらエベール氏は、［ジャン＝ルイ＝オーギュスト・］コメルソン氏や［シャルル・］ポール・ド・コック氏の趣味に負けたのかもしれない。その趣味とは、あらゆる対位法がもつ偶発的な衝撃のうちに一つの思念を見出そうと、彼らを駆り立てたものだ。（角括弧内は論者、OC II, 677）

ここでボードレールが問うのは、『赤と黒』のように意味の反する語を並べておけばそれなりの衝撃を与えられるが、その効果について、エベールがどれほど考えていたのか、ということである。彼はエベールが文学作品を真似しただけであり、深く考えていなかったのかもしれない、と疑う[47]。

S・ラミの『十九世紀彫刻家事典』によれば、一八五九年のサロンは、一八五五年の万国博覧会を含めて、エベールの四回目の出展であった。彼はこの時、《哀願する恋人》（一八五九）と題した小さな大理石像を出品していた。この標題は謎めいている。おそらくエベールは標題の付け方について、独自に工夫しようとしたのではないか。しかし一八五九年のサロンの後、エベールの標題の付け方を変え、主題を説明するようになる。

例えば一八八七年のサロンに出品した、ジャン＝フランソワ・ルフェーヴル・ド・ラ・バレの彫刻の標題はいささか説明的である。それは《アブヴィルで、聖列に敬意を払わなかったため、一七六六年七月一日、刑に処された騎士バレの思い出に、自由な思想の精霊が栄光を授ける》（一八八七）と題されている。

ボードレールの批評がエベールに影響を与えたと考えたとしても、あながち間違いではないだろう。

(2)　官能と死

標題がわからなくなった時、カロンヌの他に彼が問い合わせたもう一人の相手は、写真家のナダールであった。一八五九年五月十六日のナダール宛の手紙で彼は、次のように書く。

> 彫刻［の部門］において、私は同じく（［彫刻を展示する官展の］〈庭園〉の散歩道で、出口に遠くないところで）、ロマン主義的な彫刻——飾り絵と呼ぶことができるなにがしかのものを見つけた。それは大変美しかった。ある若い少女と骸骨が、〈聖母の被昇天〉のように、浮き上がらされている。骸骨は少女に口づけをしている。だが骸骨は部分的に隠れていて、屍衣に覆われているかのようであり、その下で感じとれるのだ。
>
> （角括弧内は論者、CPII, 578）

ボードレールが一つの芸術作品について、一切の留保をつけることなく、「大変美しい」と表現することはごく稀にしかない。彼は『一八五九年のサロン』で、エベールの彫像を気に入った理由を説明する。それは彫刻が骸骨をテーマにしており、かつ官能と虚無とを描いていることである。

> 何れにせよ、彼は一体の魅力的な室内彫刻を作ったのであり、（ブルジョワの男女が閨房をこれで飾りたいと思うかどうかは疑わしいとしても）、これは言わば、彫刻における飾り絵なのだ。しかし、これは、もしより大きな規模で作ったのならば、墓地や教会で素晴らしい葬送の装飾となるかもしれない。一人の若い娘が、豊かでしなやかなフォルムを持ち、調和のとれた軽やかさを持って、描かれ、ゆらゆらと揺れている。そして彼女の体は恍惚か苦悶かで痙攣し、諦めを持って、巨大な骸骨の口づけを受け入れている。
>
> （OC II, 677）

エベールの彫刻は小さなもので、少女と骸骨を組み合わせた群像である。「諦めを持って」と表現するように、ボードレールはここに強姦されている娘のイメージを見ている。彼によれば、情事を行う閨房にこれを飾るかどうかは難しいことである。しかし墓地や教会ならば、むしろ素晴らしい装飾となるかもしれないと言う。

ボードレールが彫刻で注目するのは、少女を襲う悪鬼が、虚無の観念を具現化した存在であるかもしれないということである。彼は中世の「死の舞踏」の伝統を思い起こしつつ、悪鬼が骨だけの骸骨ではなく、肌があることに注目する。これは一般に骸骨を作ることが難しいから、エベールが「困難を巧みにかわした」（OC II, 678）のだと思われている。しかしボードレールは、悪鬼が虚無を体現しているからだと説明する。

> この力強い人物［＝骸骨］が亡霊たちや、悪霊たちや、ラミア［＝悪鬼］たちの広漠とした性格をここで帯びている理由、それの部分がまだ、水鳥のみずかきのように、関節をピタリと覆う羊皮紙のような肌で、包まれている理由、大きな屍衣の随所が関節の突起物によって持ち上げられ、半分を覆われている理由は、作者がおそらく、虚無に関する広漠と漂う思念を特に表現したいと望んだからなのである。彼は成功したのであり、彼の亡霊は空虚に満ちている。
>
> （角括弧内は論者、OC II, 678）

かくしてボードレールの見るところ、彫刻のテーマは二重である。一つは悪鬼に少女が襲われる姿である。しかし彼は、強姦者であるところの悪鬼が思念としての虚無を表現していると考えることで、彫刻がいやらしいテーマではなく、虚無や死に関する寓意的な作品だと理解するのである。

4．クリストフの《人間喜劇》

エルネスト・クリストフは十九世紀当時、芸術家たちの仲間内で知られた彫刻家であり、実証的な作風のリュードの門下にいながらも、ロマン主義へと回帰していったことが評価されていた。

ボードレールは『一八五九年のサロン』と『悪の花』第二版で、クリストフの作品二つ、《死の舞踏》（一八五九）と《人間喜劇》（一八五七—一八五九？）に言及している。ここで注目することにしたいのはボードレールがレプリカを所蔵していたことが確実な《人間喜劇》の方である。(48) クリストフが一八五九年二月十日、ボードレールに宛てた手紙には、「それと、あなたのための人間喜劇の試作品があります」と読める。(49)

ボードレールは詩「仮面」で《人間喜劇》を大きく取り上げる。しかし詩の記述と、実際の彫刻とは異なる点がある。これらの想像力の跳躍する地点は、彼の美術批評家としての素人的な一面、あるいは限界だと考えることもできるだろう。しかし差異からは、彼の彫刻に対する思い入れが浮かび上がるのではないだろうか。

以下では、⑴最初にクリストフについて簡単に整理しておく。⑵次に《人間喜劇》に焦点を当て、クリストフの発想の源がどのような地点にあったのかを考察する。⑶これらを踏まえた上で、他の批評家の文言と比較しつつも、ボードレールが彫刻の細部を知っていたことを示す。⑷最後に彼が「仮面」で彫像の細部を変え、官能に耽溺するのではなく、理性を持って欲望と距離を置くように自分自身に促していたことを示す。

(1)　彫刻家クリストフ

クリストフの作品で現存しているものは少ない。S・ラミの『十九世紀彫刻家事典』も記すように、(50) 巨万の富を相続した彼は、彫刻家として作品を売らなくても暮らしていくことができた。彼が貧困にあえぐボードレールに巨額のお金を貸したのも、遺産があればこそだった。(51) クリストフは職業的な彫刻家になる必要がなかったため、サロンへ定期的に出展することもなかった。彼が残した作品は、わずかに十二体である。(52)

クリストフは『悪の花』の詩が二篇も捧げられていることによって、ボードレール研究者の間で名前がよく知られている。しかし一般に彼は、フシェールやエベールよりも知名度が低い。ここでは詩人や批評家のエッセイを手掛かりに、彼について知られていることを時系列で整理しておきたい。

一八四〇年代、クリストフはリュードの工房に入門し、頭角を現した。彼は一八四七年に王党派の指導者《ゴドフロワ・カヴェニャック》(一八四七、図二十七、前出二二五頁)の青銅の横臥像をリュードと共に制作し、台座に共に名前を刻んでもらうほどリュードに目をかけられていた。S・ラミによれば、この横臥像でクリストフはほとんど制作を行なっていない。しかし二月革命の動乱でパリを離れた後、彼はリュードの工房には戻らなかった。クリストフとリュードとは険悪だったわけではない。詩人のジョゼ＝マリア・エレディアによるクリストフの評伝はこの点に触れ、彼が師と良好な関係を保っていたと伝える。[53] また彼は後年、師の記念碑の制作をしようとしている。《フランソワ・リュードのモニュメントのための習作》（一八九〇）である。

しかしクリストフとリュードとの間には、制作をめぐって考え方の違いがあった。リュードは実証主義的な作風であり、その工房では、モデルの身体を幾何学的に精密に計測し、忠実に写しとることを教えていた。エミリア・ディルケがクリストフの死後刊行のエッセイで示すように、クリストフはこれが不満であった。[54] 彼はむしろ彫刻の本質が表面の細工ではなく、「光と影の遊び」だと考えていた。すなわち彫刻は屋外に置かれて陽の光で陰影がつくべきものであり、屋内でランプの光に照らして細部の細工を観るものではないと彼は考えていたのである。この点はエレディアの批評でも確認を取ることができる。エレディアによるとクリストフは巨大な城壁都市ロッシュに生まれたため、「記念碑的なものに対する嗜好を彫刻作品にも留めていた」。[55]

実際、クリストフはリュードの工房を離れた後、巨大な石膏像《苦悩》（一八五五）を発表し、「山を切り出したかのようだ」とゴーティエを驚かせた[56]（《苦悩》は現在発見されていないが、その習作となった一八五一年の《奴隷》は**図二十八**と**図二十九**である）。屋外に置かれる大きな彫刻は、室内に置かれる小さな彫刻と制作の仕方が大きく異なる。小さな彫刻がモデルに似るように緻密に計算して作るとすれば、大きな彫刻は影の効果を計算し、量感を増すように作るのである。ボードレールはクリストフが、「リュードの実証主義的で緻密な教えが想像力を破壊してしまった弱々しい芸術家たち」（OC II, 678）ではないと賞賛している。

すでに第二章で触れたように、ボードレールが実証主義的な芸術家たちを好まなかったことを思い返しておきたい。J・プレヴォーは、ボードレールが美術批評でリュードについて触れていないことを糾弾した。[57] しかし彼はリュードに批判的であり、その作風から脱したクリストフを評価したのである。

クリストフがパリで芸術家たちの集まりに入ったのは一八五〇年頃である。彼はサバティエ夫人のサロンの常連で

図二十八

図二十九

あり、ボードレールやゴーティエの他、プレオーなど知己を増やした。[58] 特にナダールはイラストにより仲間内の有名人を紹介する《パンテオン・ナダール》（一八五一―一八五四）で早速、彼を取り上げている。

クリストフもまた社交を好んだ。彼は批評家たちを頻繁にアトリエへ呼んだ。『ガゼット・デ・ボザール』誌のシャルル・ブロンやポール・マンツとのやり取りは、書簡がフランス国立図書館に所蔵されている。[59]

またラルース編纂の『十九世紀万物百科大事典』は一八六九年に出版した第四巻で、クリストフに一項目を割いている。[60] この記事は広告に近い印象を受ける。『事典』は未発表の作品《人間喜劇》の解説をした上で、これは特殊な作品であるから、官展に出された時には足を運んで観るようにと呼びかけているのである。

さらにクリストフは文学者と懇意にしており、ウージェーヌ・フロマンタンとは親友であった他、ルコント・ド・リールの四行詩に青銅の群像《宿命》（一八八五）を作った。そして高踏派の筆頭格のエレディアがモノグラフィーを書いていることは、クリストフの評価を大きく高めただろう。

一方で、クリストフは官展で成功を収めなかった。彼は寡作で官展に出品したのは七回（一八五〇年、一八五五年、一八七六年、一八七七年、一八八五年、一八九〇年、一八九二年）である。[61] 制作の少なさは、彼の技量を鈍らせた。クリストフの死後に発表されたディルケの記事は、ヴィクトール・ポレという名の友人の言葉を紹介し、クリストフは金持ちであるため制作に専念せず、技術が十分ではない、と伝える。[62]

今日の美術史家S・ゲガンはクリストフの彫刻の再評価を促している。[63] 確かに、クリストフを三流の彫刻家と断定することはできない。[64] しかし彼が生前、評価を得られたのは、友人たちが彼を盛り上げようと尽力したことも大きかったと言わなければならない。

ボードレールは彼の評判を上げることを最も気にかけていた一人であった。『同時代評論』に「死の舞踏」を投稿した際、彼はクリストフへの献辞が消されていることに強く抗議する。次は一八五九年二月十一日に彼がカロンヌへ宛てた手紙である。

> 新しい献辞をあなたが消してしまったことは、私に非常に激しい悲しみをもたらしました。あなたの手紙を届けたのと同じ郵便配達人が、私にクリストフの手紙を持ってきました。それは彼の骸骨［＝《死の舞踏》］だけではなく、もっとよく仕上げられた小さな彫刻［＝《人間喜劇》］を私に知らせるものでした。本当に、私が小さな詩の冒頭に感謝を記すやり方で彼の名前を刻んだのは、全く当然のことなのです。クリストフ氏は、あなたの雑誌の評判を落とすような名前とは区別されなければならない男なのです。彼は《苦悩》（万国博覧会）と、ルーヴル美術館の中庭の素晴らしい彫刻［＝《夜》（一八五八）］の作者なのです。（角括弧内は論者、CPI I, 546）

さらに二月二十日のアスリノー宛ての手紙は次のように始まる。「私の『死の舞踏』は出たでしょうか。クリストフへの献辞は付いているのでしょうか。私はこれをあなたに尋ねざるをえないのです」（CPI I, 551）。

(2)《人間喜劇》の着想

クリストフが《人間喜劇》を二メートル四十五センチメートルの大理石像として完成させたのはボードレールの死後、一八七六年のことである。この形が見えてきたのは一八六九年のことであったと察せられる。同年の九月十二日、クリストフはフロマンタンに送った手紙で、次のように書いた。

私はやっと、自分の作っている彫刻の仮面の表現を決めることができたと思う。《モナリザ》が表現している、和らいだプラチネルラの性質のような何かをそれに付け加えたいのだ。それが見えるだろうか。(65)

彼は最終的に《モナリザ》風の顔にしようと腐心する。だがこれは一八六九年のことである。彼の当初の構想、すなわち、ボードレールが彫刻を見た頃の構想は、どのようなものだったのだろうか。

まず一つ明らかなのは、標題が示すように、彫刻が一八五〇年に没したバルザックと関連するものであったということである。エレディアによれば、クリストフの《人間喜劇》は、バルザックを記念するべく「その作品を壮大に擬人化したもの」であった。(66) しかしこのことはさらに別の彫刻へとクリストフの作品を結びつける。ゴーティエやボードレールの仲間内の彫刻家、プレオーは同じ標題で、バルザックを記念する彫刻を制作していた。《人間喜劇》(一八五三、図三十)である。これは高さ六十六センチメートル、奥行き三十センチメートルの青銅製の小像である。(67) 彫刻は一八五三年の官展に出品された後、ゴーティエの所有物となった。

ポール・マンツは一八五三年、プレオーの《人間喜劇》について次のように描写している。

想像していただきたい。もつれた髪の豊かさ、肉付きの豊かさにも関わらず、もう若くなくて、もう美しくもない一人の女を。彼女は笑っている仮面を離し、永遠の悲しみに染まっている。彼女は座り込み、頰杖をつき、視線を上げ、虚空をじっと見つめ、泣いている。(……)そして彼女が泣く間も、その脇にある仮面は優しく微笑

み続けている。(68)

またゴーティエはプレオーの《人間喜劇》について次のように書いている。

四十歳のニンフが、半ば呆然として、その髪の輝きの下で、涙をこぼしている。彼女は絶望して、疲れたポーズで座っている。それは自分の状態にうんざりし、舞台裏に戻り、椅子に身を投げ出し、その表情に悲しみの自然な表現を取り戻した喜劇役者のようだ。彼女の手には、大理石のように冷たい、その動かない笑いを表す、ニヤニヤしたからかいの仮面が握られている。(69)

図三十

これらを総合するとプレオーの彫刻は、中年の女が、片手に微笑む顔の仮面を持ち、呆然と涙を流しながら座り込んでいる様子を描いているということがわかる。後で示すように、クリストフの《人間喜劇》の女は若く、(ボードレールの詩が強調するように)美しくもある。しかしクリストフの彫刻は、笑う仮面と悲しむ女をモチーフとしている点で、プレオーの彫刻と全く同じ素材を扱っているのである。クリストフはゴーティエとサバティエ夫人のサロンで顔見知りであった。彼はプレオーの彫刻を見る機会があったと言える。

またクリストフに直接影響を与えたか否かは別としても、仮面は文学者たちの間で、注目のテーマであった。第一部で論じたように、ボードレールは「ある異教徒の祈り」と「嘘への愛」で仮面を取り上げた。

セイレーンの仮面を着けよ
仮面であれ　装飾であれ、讃えてあれ！　私はおまえの美を崇める。

(OC I, 139)

これらの詩でテーマになっているのは女の本当の思惑は別として、表面だけでも美しく、女に取り繕って欲しいという男の願望である。そしてボードレールと同様に、ロマン主義者であった頃の初期のゴーティエは、表から見た印象と、裏から見た印象が異なる女の彫刻に強い関心を持っていた。一八三六年八月、『フランス文芸』に彼が発表した「我らがキマイラ」(後の「スフィンクス」)の第二節を読むことにしたい。

(OC I, 99)

その女の顔［＝古代のキマイラの顔］は世界で一番美しい。
その首は　あなたが抱きしめたくなるほど肉付きがいい。
しかし裏に回ると、その丸い尻を見つけ
そいつの足に鋭い牙があるのがちらっと見える。[70]

(角括弧内は論者)

ゴーティエの詩は続けて、「表は魅力的で、裏が醜い」彫刻こそが、同時代人の幻想と幻滅を象徴すると謳う。彼は、男たちが女の真実に気がつきつつも、その見かけに惑わされることを面白がる。以上のような文学者たちの関心が、クリストフが《人間喜劇》で二つの頭部をつけるアイディアを思いついた土壌となっていたと考えることはできないだろうか。

クリストフは一八五六年頃にテラコッタで制作を試みた後、石膏と青銅で複製を作り、友人や批評家に小像を進呈した。『ボードレールのアトリエ』でC・ピショワらが確認したことによれば、同郷の画家エマニュエル・ランシエや、短い評伝を書くエミリア・ディルケがレプリカを持っていたのであり、少なくとも四体の複製があった。[71]　またT・サヴァティエは、サバティエ夫人もクリストフから石膏のレプリカを贈られていたと述べる。[72]　ここに一八七六年の大理石像と一八五九年の作品を加えれば、《人間喜劇》は七体以上あったことになる。一八五九年二月十日、ボードレールが贈られたのは、こうしたレプリカのうちの一体である。

しかし《人間喜劇》を受け取っていたのならば、ボードレールの著述には全体で奇妙な矛盾がある。彼は『一八五九年のサロン』で彫刻を他の批評家にも増して克明に描く。だが韻文詩「仮面」で彼は、想像力を交え、彫刻の細部を変えてしまうのである。なぜこのようなことを彼はしたのか。

これを考えるにあたって、本研究はまず、ボードレールがどれほど彫刻を詳しく知っていたのかを確認しておくことにしたい。次項では一八五九年の官展に関するテオドール・ペロケの批評、マンツの批評、ボードレールの批評の三つを比べ、ボードレールの批評がいかに具体的かを明らかにしておくことにする。

(3)《人間喜劇》の批評

まずペロケはナダールとの交流で知られる批評家で、クリストフと同様、《パンテオン・ナダール》にカリカチュアがある。ペロケはクリストフと仲間内と言ってよい。しかしペロケが「パリ新聞」紙に一八五九年二月二十七日に寄稿した批評はクリストフについて、わずかに一行を割くのみである。

> クリストフ氏は、《メランコリー》を展示する。これは芸術家と批評家の世界ですでによく知られ、賞賛され、見事で独創的な作品である。(73)

ペロケが述べるクリストフの《メランコリー》は――「すでによく知られ」とあるように――、ルーヴル美術館の中庭に置かれることになった《苦悩》のことである。そしてペロケの批評に《人間喜劇》に関する記述はない。彼の記事はかなり不正確だが、そもそもクリストフが一八五九年のサロンに《人間喜劇》を出品していないのであるから、精密に書くことも難しかったとは言えるだろう。

マンツは今日の美術史家たちが、しばしば最も大きな信頼を寄せる批評家である。彼はクリストフの彫像が官展に間に合わなかったと断った上で、『一八五九年のサロン』に以下のように書く。

例えば、クリストフ氏が準備している巧みな彫刻である。名前のない寓意的な彫像は、人間の女か神なのかもわからないが、彼女の裏には、明け方の曙のような夜のヴェールによって、別の女が隠されている。しかし優しい線がリズムをなし、愛らしい優美にくるまれた、ほとんどフィレンツェ風の健やかな、この女を語る時はまだ来ていない。(74)

マンツの記載から察するに、クリストフは個人的に《人間喜劇》を批評家たちに見せていた。ここで注意しておくべきことは、「名前がない」とされていること、喜びの顔が第二の顔を隠すための「ヴェール」だと考えられていることとである。クリストフは先にボードレールに送った手紙で明らかであったように、一八五九年二月の時点で作品の標題を《人間喜劇》と決めていた。ここから考えるとマンツの記載も不正確である。

さて、ボードレールの『一八五九年のサロン』の説明は他の批評家と比べて、具体的かつ正確である。彼は先のエベールの彫刻《そしていつも！　そして決して！》に接続させる形で批評を始める。

死の舞踏の主題が出てきたのが嬉しく思ったところで、私は、クリストフ氏が彼の創作の二つを出品しなかったことを残念に思う。一つ［＝《死の舞踏》］は［エベールの《そしていつも！　そして決して！》と］全くよく似たもので、もう一つ［＝《人間喜劇》］はより優雅で寓意的である。後者は裸婦を表すもので、フィレンツェ風の偉大で、力強い外観をしている（というのもクリストフ氏は、リュードの実証主義的で緻密な教えが想像力を破壊してしまった弱々しい芸術家たちではないからだ）。そしてこの彫刻は、正面からは、彫刻を観るものに、微笑んでいて愛くるしい顔、舞台の顔を示す。巧みに捻られた軽い布が、この紋切り型の綺麗な頭部と、それが載っているかに見えるがっしりとした胸部とをつないでいる。しかし、左か右に一歩進むと、この寓意の秘密、物語の教訓を見つけることになる。私は涙と苦悩とでぼうっとなり、引きつっている真実の頭部のことを言いたいのだ。最初にあなたの目を魅惑していたのは、一枚の仮面であった。それは普遍的な仮面であり、あなたの仮面であり、私の仮面であり、巧みな手が苦悩と後悔とを皆の目から隠すために持っていた綺麗な扇なのだ。この作品においては、あらゆるものが魅惑的で逞しい。身体の力強い性質は、上流社会の実に神秘的な表現と絵画的な対象をなしている。驚きも、許される以上の重要な役割をそこで果たしているわけではない。

（角括弧内は論者、OC II, 678–679）

ここで注目しておくべきは、ボードレールが彫刻の仕掛けを的確に描写していることである。彫像がフィレンツェ風であるという書き方はマンツと同じである。しかしボードレールは彫刻を観る角度を分ける。まず「正面からは、微笑んで愛くるしい顔、舞台の顔を観る者に示す」（図三十一）。「しかし、左なり右なりへもう一歩踏み出すと」、真実の頭部が見える（図三十二）。さらに彼は二つの面のつなぎ目も仔細に描写している。「巧みに捻られた軽い布が、この紋切り型の綺麗な頭部と、それが載っているかに見えるがっしりとした胸部とをつないでいる」。「載っているかに見える」l'air de s'appuyer のであり、「載っている」のではない。

以上のようにボードレールは細部まで熟知していた。しかし彼は韻文詩「仮面」において、必ずしもクリストフの彫像を描写していない。むしろ彫像を起点に、彼は想像力を羽ばたかせるのである。

(4) 「仮面」の二重性

韻文詩「仮面」に登場する存在は、始まりにおいて明確に彫刻であるが、次第に人間の女と区別がつかなくなっていく。擬人化に注意しつつ、読み進めたい。

図三十一

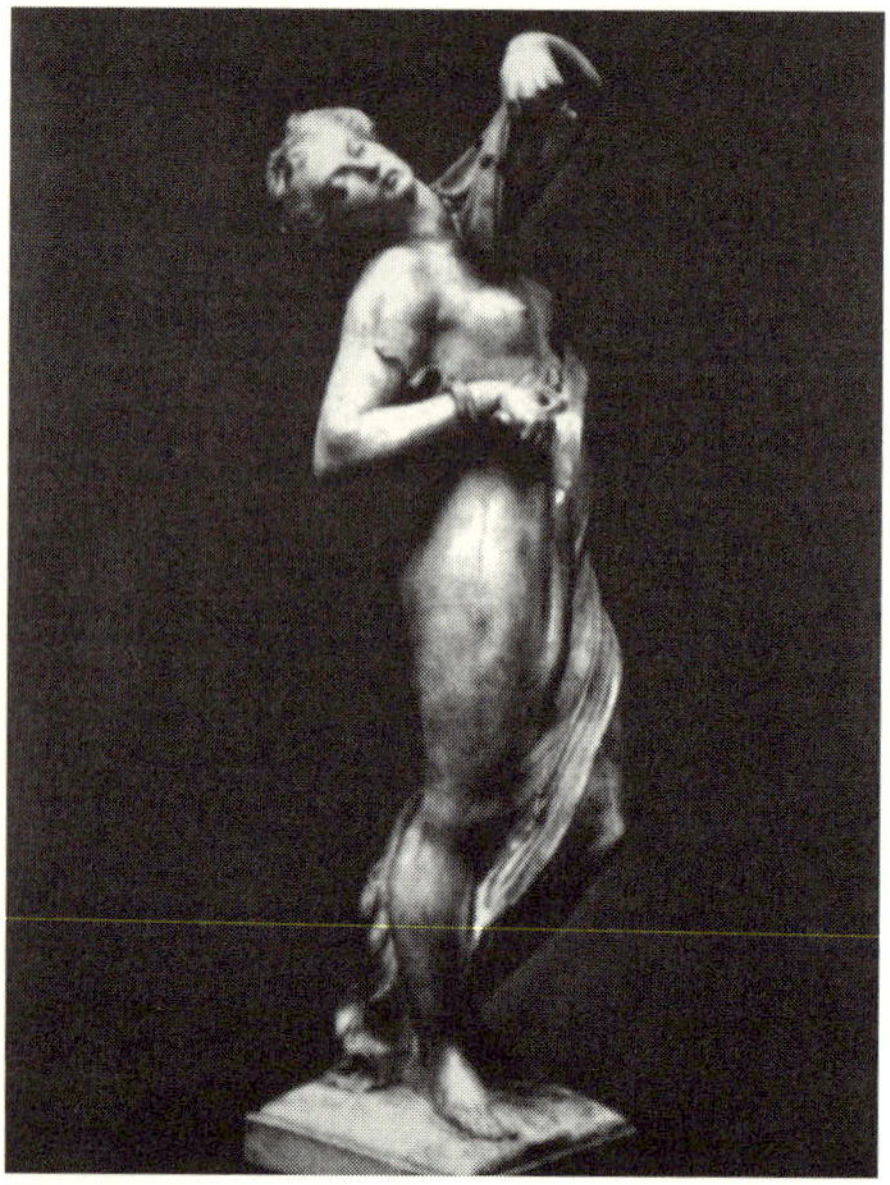

図三十二

仮面

ルネサンス趣味の寓意的な彫刻
彫刻家、エルネスト・クリストフへ。

1. フィレンツェ風の優美さを備えたこの宝物をよく眺めよう。
2. この筋肉質な　身体のうねりで
3. 神々しい姉妹である、〈気品〉と〈力〉が溢れている。
4. この女は、実に奇跡的な作品であり、
5. 神々しい逞しさを備え、愛くるしく痩せており、
6. 豪華な臥所で　玉座につくために　作られたのだ、

そして司教や公爵の余暇を　楽しませるために「作られたのだ」。
——また、繊細で官能的な微笑みを見てほしい
そこで〈自惚れ〉が恍惚を連れている。
陰険で、物憂げで　からかうような　この切れ長の目。
上品ぶっていて　全体がヴェールで覆われた、この顔、
その顔立ちのどれもが勝利者の雰囲気で我々に言うのだ。
「〈逸楽〉が私を呼び、〈愛〉が私に王冠を授ける！」
威厳を多く備えたこの存在に
優しさがなんという刺激的な魅力を与えるかを見てほしい！
近づこう、その美の周囲をまわってみよう。
おお　芸術の冒瀆！　おお　破滅的な驚き！
神々しい体を持っていた女は、幸福を約束していたのに、

頭部が　双頭の怪物で終わっているではないか！

——いや違う！　仮面、誘惑者の虚飾でしかなかったのだ、
甘美な　取り繕いで輝いていたこちらの顔は、
そして、見てほしい、あちらでは、恐ろしく引きつった、
本物の頭部と、「本物の頭部の」率直な顔が
嘘をつく顔に守られて　仰け反っている。

25. 気の毒な大いなる美女よ！　壮麗な流れを
26. おまえの涙が作り　［その流れは］憂いがちな私の心に注ぐ。
27. おまえの嘘が私を酔わせ、私の魂は飲み干す
28. 〈苦悩〉がおまえの目に溢れさせた河を！

29. ――しかし彼女はなぜ泣くのだ？　彼女は、完全な美女であり
30. その足元に打ち負かされた人類を跪かせることもできるだろうに、
31. いかなる神秘的な悪が　彼女の競技者のような脇腹を蝕むのか？

32. ――彼女は泣くのだ、愚か者よ、彼女は生きて来たがゆえに！
33. 彼女は生きているがゆえに！　しかし彼女を嘆かせるのは
34. とりわけ、彼女を膝まで震えさせるのは、
35. 明日も、ああ！　まだ生きていかなければならないであろうことだ！
36. 明日も、明後日も　いつまでも！――私たちと同じく！

（角括弧内は論者、OC I, 23-24）

副題に「ルネサンス趣味の寓意的な彫像」とあるように、また第一節で「フィレンツェ風の優美さを備えたこの宝物」（v. 1）、「実に奇跡的な作品」（v. 4）、「作られた」（v. 7）とあるように、詩の冒頭では女が造形物である旨が明確に示されている。喜びの顔の裏に悲しみの顔が隠れていたという仕掛けは、まさにクリストフが考え出したものである。しかしボードレールは四つの点を、想像力で書いている。

第一に名称である。ボードレールの詩では《人間喜劇》やバルザックを想起する記載はない。彼はむしろ詩の標題を「仮面」としている。クリストフは後年、大理石で《人間喜劇》を制作した際、標題を《仮面》と添えた。タイト

ルを変えることをボードレールは提案していたように思われる。

第二に大きさである。彫像は一八五九年の時点で小像であった。ランシエ記念美術館が所蔵する彫像は、高さ五十八センチメートル、幅十二センチメートル、奥行き十二センチメートルである。ボードレールが見た彫像もこれと同じである。ところが詩で彫刻は「豪華な臥所で　玉座に」つく（v. 6）。ここで含意されているのは、彫像が人間の女と等しい大きさであり、男の性の相手となる姿が想像できる、ということである。また小さい大きさならば「まわってみよう」（v. 16）というほどのことはない。つまりボードレールの詩「仮面」は、クリストフの小さな彫刻ではなく、生きた女と等身大の彫刻を想定しているのである。

第三に「フィレンツェ風の優美さを備えたこの宝物」（v. 1）、「実に奇跡的な作品」（v. 4）と呼ぶほど、クリストフの彫刻が立派なものであったのかどうか、定かではない。この点を考えるにあたっては、一八七六年の大理石像について批評家たちが述べたことを参考にしておきたい（図三十三と図三十四）。まずマンツは、クリストフがあまりに力強さを求め、フィレンツェ風の優美を表現し切れていないと批判している。[75] マンツはクリストフがミケランジェロをより深く研究するべきだと諭す。また一八七六年の評論でシャルル・イリアルトはクリストフを擁護しているが「背中と腰は、反論の余地がなく、重たい」と厳しい。[76]

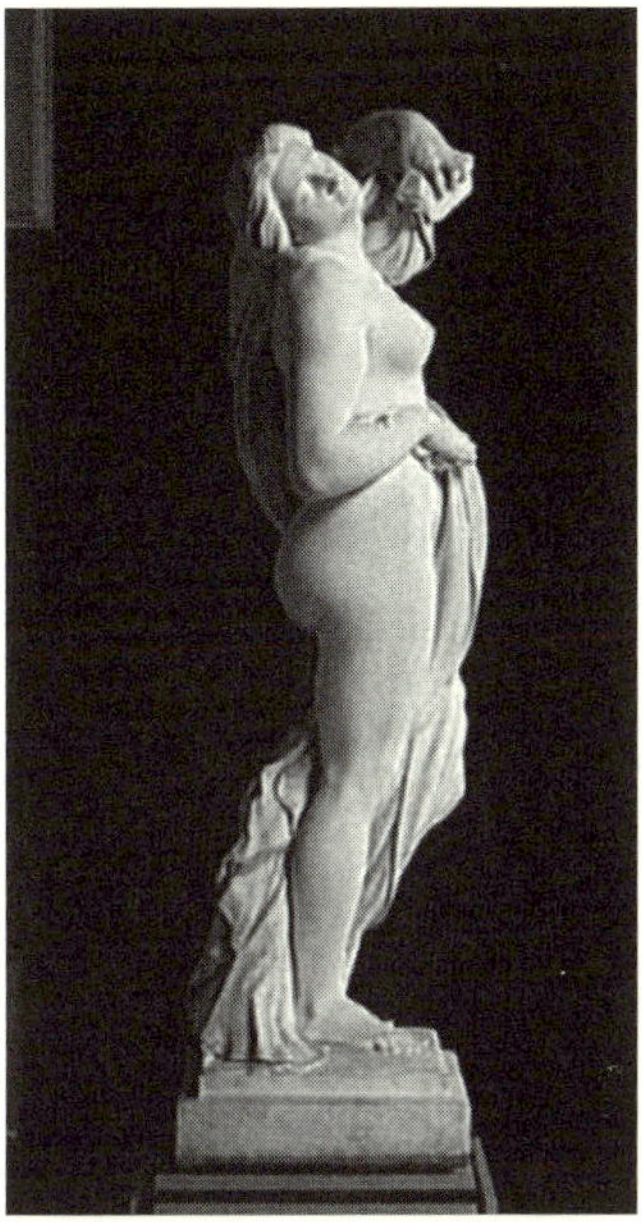
図三十三

図三十四

ボードレールは『一八五九年のサロン』で、クリストフの《人間喜劇》が「リュードの実証主義的で緻密な教え」(OC II, 678) を脱していると述べていた。そして彼は彫刻が「フィレンツェ風の偉大で、力強い外観」(OC II, 678) をしていると記す。これはまずクリストフの作風を賞賛していると読める。しかしこの言葉は裏があるようにも読める。つまり彼は、《人間喜劇》がリュードの作品のように細部まで緻密に作り込まれているわけではないが、それは欠点ではなく、豪快な力強さだ、と擁護しているのではないだろうか。そして、そうであるとすれば彼が「仮面」で、「繊細で官能的な微笑み」(v. 8) と彫刻を褒めたのは、矛盾しているのである。

第四に右手首の蛇である。蛇は彫刻に向かって左に回り込んだ時に、死角から姿を現す。この蛇はクリストフが考えた重要な仕掛けであった。一八六九年の『十九世紀万物百科大事典』の記事は、クリストフの伯父モローの言葉を引用し、彫刻の女の苦しみは蛇のせいだと説明する。

そこであなた方は、一体の女の彫刻に感嘆するでしょう。彼女の顔は、幸せで笑っていて、なによりもあなた方の注意を引くのです。しかしこの顔を、正面とは別で、ご覧になってください。少しだけ脇にまわってください。するとあなた方は、一枚の仮面しかご覧になれないでしょう。そして仮面が覆って、その背後に隠していた、不安げで、引きつって、苦しんでいて、瀕死な彫像をご覧になるでしょう。これと一緒に、女の心を噛んでいる一匹の蛇が、豪華なドレープの優雅な折り目の上に隠れているのをご覧になるでしょう。[77]

蛇はプレオーの《人間喜劇》にはない仕掛けであった。クリストフがプレオーの彫刻から出発したのだとすれば、蛇はまさに彼の独自性を示す。しかしボードレールの「仮面」で蛇は登場しない。女は「神秘的な悪」(v. 31) に脇腹を蝕まれるように見えると書かれている。なぜ蛇は消えたのだろうか。

興味深いのは一八七六年、大理石で《人間喜劇》ができた際、マンツが小さな蛇では女の苦しみは説明がつかないと批判していることである。[78] この見方からすれば、ボードレールはクリストフの彫刻の欠点を補ったと考えることもできるのではないだろうか。つまり表現として弱い点をわざと言い落としたのである。実際、彼は『一八五九年のサロン』で《人間喜劇》を批評した際、仮面をつける理由を独自に説明する。

それは普遍的な仮面であり、あなたの仮面であり、私の仮面であり、巧みな手が苦悩と後悔とを皆の目から隠すために持っていた綺麗な扇なのだ。
(OC II, 678)

社交界では苦悩を顔に出すわけにいかないので、貴婦人は扇で顔を隠している。同じことは、「あなた」も「私」もしているではないか、そしてさらに仮面をつけることは普遍的なことではないか、と言うのである。

ボードレールはこのテーマを発展させ、美しい女の苦しみに官能を感じるのではなく、いかに共感するかを詩のテーマに加える。彼は語り手を二人に分けることで、これを表現する。[79] まず「彼女はなぜ泣くのだ?」(v. 29)と問う語り手が、女の身体の美しさを強調し、官能に耽溺しようとする。しかしもう一人の語り手が、「私たちと同じく!」(v. 36)と強調しつつ、女の苦しみを自分のこととして考えようとする。

「仮面」の面白いところは、後者の語り手が前者を「愚か者」(v. 32)と罵り、一方的に説教をしたまま終わることである。ここにはボードレールの本音が垣間見える。彼は前者の語り手と同様に、女に欲望を抱いたのではないだろうか。しかし彼は欲望を抱く自我を批判し、距離を置くように努めていたのではないか。彫刻の女をめぐって、男の自我は引き裂かれる。ボードレールは欲望を読者の前にさらけ出しつつも、その一方で、偉大なる女の悲劇に共感できる男となることを夢想するのである。

小帰結

ボードレールは、理論として彫刻の聖なる一面を追い求めた。本研究は四体の像に関する彼の解釈を検討した。まずルーヴル美術館に展示されていたミケランジェロの《夜》のレプリカについてである。ボードレールはミケランジェロの書いた詩を読むことで、その彫刻が聖なるものであることは承知していた。しかし彼はソネ「理想」において、神々の情事に平和な印象をもたらすものとして彫刻を扱った。

また一八四〇年代に個人的に交流があったフシェールからボードレールは、群像《アルテミスの姿を借りたゼウスの腕に抱かれるニンフ、カリスト》を贈られていた。神々の同性愛のイメージは、「レスボス島の女たち」をはじめとする一八四〇年代の彼の作品に大きな影響を及ぼしただろう。

そしてエベールの彫刻《そしていつも! そして決して!》について、ボードレールは正確にタイトルを把握していなかったし、標題が意味するものはわからないと述べている。ところが一方で彼は、彫刻そのものを独自に解釈した。彼は悪鬼が少女を強姦するテーマに、虚無の寓意を看て取った。

クリストフは一般にはほとんど知られていない彫刻家である。ボードレールは彼を（官展に出品していないにも関わらず）『一八五九年のサロン』で大きく取り上げた。特に《人間喜劇》について彼はレプリカをもらっていた。彼の批評は、マンツの批評よりも詳しかった。しかしボードレールの韻文詩「仮面」は実際の彫刻を描写していたわけではなかった。彼はこの彫刻を起点に、欲望ではなく、共感を描き出そうとしたのである。

ボードレールが取り上げた彫刻に共通するのは、いずれも、裸婦か半裸の女を主題としており、官能に結びつくことである。しかし彼は欲望と異なるもの——あえて呼び名を与えれば哲学的な考察の素材となるもの——を見出す。彼は『一八五九年のサロン』で次のように述べていた。「叙情詩が全てを、情熱さえも、高貴ならしめる。これと同様に彫刻、真の彫刻というものが全てを、運動さえも荘厳にする」（OC II, 671）。彼の言う「高貴さ」や「荘厳さ」とは、こうした思索へと結びつくものではなかっただろうか。

（1）Wolfgang Drost, « Baudelaire et le néo-baroque », *Gazette des Beaux-Arts*, juillet-septembre 1950, pp. 113-135.
もっとも「バロック」という呼び名はあまりに広漠としており、美術史的な時代や地域を区分する語として機能していないという指摘もある。W・ドロストはこの点にほとんど踏み込んでおらず、ロジェ・ド・ピールの理論との理論的な類似性を示唆的に述べるのみである（ボードレールはド・ピールに言及はしていない）。

美術史的な区分について本研究は踏み込むものではない。しかしG－R・ホッケの『迷宮としての世界』が指摘するように、当該分野でこれは繊細な問題となっている（グスタフ・ルネ・ホッケ『迷宮としての世界』種村季弘・矢川澄子訳、岩波文庫、上下巻、二〇一〇）。本論で続けて述べるように、ボードレールは「アラベスク紋様」など、「マニエリスム」に通じるものを好んでいる。また第二章の註で触れたように、A・ハウザーは「準マニエリスム」という言い方で、ボードレールがマニエリスムに通じると論じていた（アーノルド・ハウザー『マニエリスム』、前掲書、五五三頁）。本研究が第二章と第三章で、新プラトン主義と「ダンディ」をめぐって示したことも、内容的には、マニエリストとボードレールが通底している点を示したことになる。

（2）ピュジェは写実的な作風であり、筋肉の筋や爪を描かないように求めるヴィンケルマンの考えからすれば、あまりに細部を描きすぎていると言える。しかし十九世紀においてピュジェは体制派とロマン派の二つの立場から異なる理由で、重要視されていた。例えばギュスターヴ・プランシュはピュジェの《クロトーンのミローン》は本来もっと激しい表現をすることができたが、それをしなかったのであり、まさにヴィンケルマンが《ラオコーン父子》像を例に論じた理想美を体現していると評価する（Gustave Planche, « Peintures et sculptures modernes de la France, Pierre Puget », *Revue des Deux Mondes*, le 15 août 1852）。その一方でドラクロワは、ピュジェの表現するものが「奇矯」で、「冷ややかな優雅さ」と異なるとして評価する（Eugène Delacroix, « Puget », in *Le Plutarque français, vie des hommes et des femmes illustres de la France*, Langlois et Leclercq, 2e édition, t. III ; 1845, pp. 181-192）。両者の言っていることは理想美を切り口にすれば真逆である。しかしいずれにせよ、ピュジェは十九世紀フランスにおいて国家を代表する彫刻家とみなされるようになっていた。

（3）Wolfgang Drost, « Baudelaire et le baroque belge », *Revue d'esthétique*, t. XII, juillet-septembre 1959, p. 44 *sqq.* ドロストによれば、ゴシック期の彫刻はバロックの最たるものであり、これをもってボードレールの嗜好がバロック的であることは疑いえない証拠となるという。加えてボードレールはおそらく、色付けがなされた彫刻に強い関心を持っていた。「哲学的芸術」には次の言葉が読まれる。「今日それぞれの芸術が、隣り合う芸術を侵食する欲望を表明している。画家たちは絵画に音楽的な音階を、彫刻家たちは彫刻に色彩を、文学者たちは文学に造詣的な手法を、その他の芸術家たち、今日我々の扱うべき彼らは、造形芸術の中にさえ百科全書的哲学の類を導入する。これらはデカダンスの宿命によるものだろうか」(OC II, 598)。

(4) イコノクラスムでよく知られたものは、東ローマ帝国で八世紀から行われたものと、ドイツの宗教改革の時に行われたものである。さらには一九四一年のドイツによるパリ占領時にも彫刻が破壊された。しかしフランス革命の前後、一七八九年前から一七九五年頃にかけて、多くの絵画、彫刻、建築が破壊された。これらは書物などと同様、王政下において市民が守るべき政治的、道徳的規律を伝える役割を担っていたからである。パリでは六体の王たちの彫像が破壊されたほか、さらにはノートルダム大聖堂で二十八体の彫刻が破壊された。これらは次の文献に詳しい。Georges Belleiche, *Statues de Paris. Les rue de la Rive Gauche*, Massin, 2006, p. 175. Stanley J. Idzerda, « Iconoclasm during the French Revolution », *The American Historical Review*, n° 60, 1954, pp. 13-26.『西洋美術研究 特集イコノクラスム』、三元社、二〇〇一。

(5) L'article sur le terme « baroque », *Grand Dictionnaire universel du XIX*^{e} *siècle*, *op. cit.*, t. II ; 1867, p. 250.

(6) L'article sur le terme « grotesque », *ibid.*, t. VIII ; 1872, p. 1555.

(7) さらに彼の詩では随所でグロッタが登場する。「あるマドンナへ」は「地下の祭壇」(OC I, 58)が舞台である。「地獄堕ちの女たち」には、「古い異教の祠」(OC I, 114)が登場する。

(8) Henry Barbet de Jouy, *Musée impérial du Louvre. Description des sculptures modernes*, Vinchon et Charles de Mourgues, 1855, p. 18.

(9) Claude Pichois, OC I, 874.

(10) 後年のC・ピショワらの註釈は修正を加えている。「しかしミケランジェロの彫刻の縮小化されたコピーの数々はパリで簡単に(特にルーヴル美術館で、フランスの王たちの所蔵品に由来するイタリアの青銅像で)観ることができたことを同様に思い出すことができる」(Claude Pichois et Jacques Dupont, AB I, 202)。

(11) ボードレール作品におけるミケランジェロの絵画は、註で簡単にまとめておきたい。ボードレールが画家としてのミケランジェロに触れたのは、『悪の花』所収の「灯台」である。詩で描かれる「曖昧な領域」(OC I, 13)とは冥府のことであり、システィーナ礼拝堂の天井を飾る十一枚の連作《最後の審判》(一五三五—一五四一)を指している。イタリアに行ったことのないボードレールは絵を版画で見たのだろう。

《最後の審判》の版画はフランスに広く出回っていた。例えばゴーティエは、ソネ「カリアティードたち」(『死の喜劇』所収)で、次のように述べる。「ある彫刻家が私にミケランジェロの作品を貸してくれた、／システィーナ礼拝堂と偉大な審判である」(Théophile Gautier, *Poésies complètes*, *op. cit.*, t. II, p. 92)。

またミケランジェロの《最後の審判》に関する言及は十九世紀フランスにおいて、批評でも多かった。スタンダールの『イタリア絵画史』は第七部の第百六十七章から第百七十三章までの七章を宛てて、ミケランジェロの《最後の審判》を論じている。さらにドラクロワは一八三七年に『両世界評論』に発表した論考「《最後の審判》について」で、この絵画が公衆の無理解にさらされやすいことについて考察した（Eugène Delacroix, « Sur Le Jugement dernier », *Revue des Deux Mondes*, août, 1837）。ボードレールは後年、ドラクロワの美術批評を論集として刊行しようと骨を折った（Claude Pichois et Jean Ziegler, *Baudelaire*, *op. cit.*, p. 517）。

（12）エンツィオ・ノエ・ジラルディ「ミケランジェロの詩」森田義之訳、ヴァレリオ・グァツォーニ『彫刻家ミケランジェロ』森田義之・大宮伸介訳、所収、岩崎美術社、一九九二、一六九―一八九頁。

（13）Michel-Ange, *Poésies/ Rime*, texte traduit par Adelin Charles Fiorato, éd. par Enzo Noé Girardi, Les Belles Lettres, 2004.

（14）Michel-Ange, *Poésie de Michel-Ange Buonarroti*, texte traduit et annoté par M. A. Varcollier, Hesse, 1826.

（15）Claude Pichois, OC II, 1448.

（16）*Ibid.*

（17）Michel-Ange, *Poésie de Michel-Ange Buonarroti*, *op. cit.*, p. 27.

（18）*Ibid.*, p. 26.

（19）« vous » を「あなた」とマクベス夫人に対する敬語で訳す翻訳もある。しかし一八五一年の「冥府」では「おまえ」であり、彼に敬語を使うつもりはなかったと察せられる。ボードレールは敬語を使うために « vous » にしたのではなく、マクベス夫人とアイスキュロスの夢の二つを示すために « vous » を用いたのではないか。

（20）*Ibid.*, p. 279.

（21）Frederic John William Hemmings, « Baudelaire, Stendhal, Michel-Ange et Lady Macbeth », *Stendhal-Club*, avril 1961, pp. 85–98.

（22）Stendhal, *Histoire de la peinture en Italie*, *op. cit.*, t. XXVII, p. 246.

（23）Michel-Ange, *Poésie de Michel-Ange Buonarroti*, *op. cit.*, pp. 2-3.

（24）Erwin Panofsky, *Idea*, *op. cit.*, p. 141.

（25）図像解釈学的な見地から考察すれば、別の解釈もある。《夜》のポーズは、ミケランジェロの絵画《レダと白鳥》（原画は消失し、模写のみが伝わる）のポーズと酷似している。以下の文献は、《夜》の正体をレダとしつつも、レダの根本の意味が大地母神ラーダーであると考える。上村くに子『白鳥のシンボリズム』、御茶の水書房、一九九〇、一六四―一六七頁。しかし《夜》とレダの類似は、本研究の関心では二つの点で熟慮を要する。まず二つの類似はあくまで図像解釈学から言えることで、図像解釈学が整備されたのは二十世紀初頭である。十九世紀にどのように考えられていたのか。またミケランジェロが《レダと白鳥》を意図的に破棄した可能性もある。彼は《夜》とレダとが重なることを避けたかったのではないか。本研究は《夜》をめぐるE－N・ジラルディの見解を重要視することにしたい。

（26）阿部良雄『ボードレール全集』、前掲書、第一巻、四十三頁。

（27）Claude Pichois, OC I, 874.

（28）ニュクスとエレボスの間には、〈運命〉、〈宿命〉、〈死〉、〈眠り〉、〈夢想〉の他、ステュクスやパルカなどの子がいる（L'article sur le terme « Erèbe », *Grand Dictionnaire universel du XIX*^{e} *siècle*, *op. cit.*, t. VII ; 1870, p. 797）。なおエレボスは「猫たち」に登場する。一八五一年の詩群「冥府」で「理想」と「猫たち」は近い位置にある。

（29）William Shakespeare, *Œuvres complètes*, texte traduit par Benjamin Laroche, Charles Gosselin, 2 vol., t. II ; 1842, pp. 174-175. 論者の確認した限り、十九世紀フランスに流通していた『マクベス』の仏語訳は細部の言い回しが違う。例えば始まりは「なんという獣だったのか」What beast was't then だが、フランス語では「なんという愚かしさだったのか」Quelle stupidité となる。こうした点は以下の翻訳で確認した。シェクスピア『マクベス』松岡和子訳、筑摩書房、二〇〇六、四四―四五頁。しかし意味として大きな変化はないと考え、ここでは立ち入らない。英語版は次を参照した。William Shakespeare, *The Arden Edition of the Works of William Shakespeare, Macbeth*, edited by Kenneth Muir, Methuen, 1984, pp. 41-42.

（30）乳を与えた経験とは何を指しているのか。マクベス夫妻に子供はいない。マクベスは次のように述べている。「子を為す日には、男だけを為せ。というのも、勇敢なおまえの性質の頑強さは男を作るほかないだろう」（William Shakespeare, *Œuvres complètes*, *op. cit.*, p. 175）。またマクダフは「ああ！ 彼［＝マクベス］に子供はいない」（角括弧内は論者、*ibid.*, p. 213）と述べている。しかしこれは彼女がマクベスとの間に子がいないということに過ぎない。シェークスピアの『マクベス』はラファエル・ホリンシェッドの『年代記』を下敷きにしており、マクベス夫人には前の夫との間にルーラッハが生まれていた。Kenneth Muir, William Shakespeare, *The Arden Edition of the Works of William Shakespeare, Macbeth*, *op. cit.*, p. 42.

（31）René Galand, *Baudelaire : poétiques et poésie*, Nizet, 1969, p. 274.『鎖につながれたプロメテウス』によれば、プロメテウスは、かつて世界の支配者層であったティターン族の末裔として、新たに支配者となったゼウスを敵視し、戦いを挑む。確かにアイスキュロスの戯曲を重ねれば、ボードレールの「理想」の第一テルセから第二テルセにかけて、ティターン神族が登場した理由がわかりやすくなる。

（32）Claude Pichois, OC II, 1286.

（33）*Ibid.*

（34）Ovide, *Les Métamorphoses*, *op. cit.*, t. I ; 1969, pp. 50-54.

（35）*Dictionnaire des sculpteurs de l'école française au dix-neuvième siècle*, par Stanislas Lami, *op. cit.*, t. II, pp. 364-369.
（36）Gautier, *Baudelaire*, *op. cit.*, pp. 33-34.
（37）Claude Pichois, CPI I, 792.
（38）Claude Pichois et Jean-Paul Avice, *Dictionnaire Baudelaire*, *op. cit.*, p. 184. Claude Pichois, OC II, 1286.
（39）Jean Ziegler, OC II, 1581.
（40）Claude Pichois et Jean Ziegler, *Baudelaire*, *op. cit.*, pp. 228-229.
（41）十九世紀に女の同性愛者の彫刻は密かに人気であった。例えばC・ラペールによれば、ボードレールの「地獄堕ちの女たち」と、プラディエの青銅の群像《地獄堕ちの女たち》（一八四一）のテーマは非常に近い（Claude Lapaire, *James Pradier et la sculpture française de la génération romantique*, *op. cit.*, pp. 414-415.）。

もっとも類似は標題によるものではなく、彫刻そのものである。プラディエがつけた彫刻の標題は《抱き合った女たち》や、《二人の恋人》や、《快楽の予感》などであった。《地獄堕ちの女たち》という呼び名が定着するようになったのは、ボードレールが『悪の花』を発表した後であったらしい。

ボードレールの「地獄堕ちの女たち」（砂の上で物思う獣たちのように……）の第一キャトランは海辺で睦み合う女たちを描いている。女たちは「砂浜に寝そべり」、「お互いの足を探り合い」、「甘い気怠さと苦い慄き」を求めている（OC I, 113）。一方のプラディエの彫刻の舞台は、女たちの背景が波打っていることを考えれば、海辺である。一人の女の下腹部に、もう一人の女が顔を埋めている。前者の女は絶頂に達しようとしている。

彫刻は、横十三センチ、縦七センチ五ミリであった。C・ラペールが示すように、これは青銅の他、テラコッタや大理石で十体は作られた。プラディエはおそらくエロティックな彫刻を集める者たちに、こっそり作った（ほとんどの作品にプラディエの名が入っていない）。ボードレールが群像を目にしていた可能性は検証する方法がない。また前章で論じたように彼がプラディエを徹底的に糾弾していることを思えば、彼の彫刻に影響を受けていたとは容易に言えない。だが時代背景を考える上で重要な資料ではある。

（42）Claude Pichois, OC I, 1127.
（43）*Dictionnaire des sculpteurs de l'école française au dix-neuvième siècle*, par Stanislas Lami, *op. cit.*, t. II, p. 142.
（44）*Ibid.*, pp. 142-144.
（45）Thierry Savatier, *Une femme trop gaie*, *op. cit.*, p. 41.
（46）*Ibid.*, pp. 108-109.
（47）ボードレールが懐疑的であった理由は、「決して」jamais という語が持つ重みを考えたからだと推測できる。彼に影響を与えたポーは、「大鴉」の執筆過程において、「決して」nerver more を脚韻とすることを最初に決めたのであった（Edgar Poe, « Méthode de composition », texte traduit par Charles Baudelaire, in Charles Baudelaire, *Œuvres complètes*, éd. par Jacques Crépet, *op. cit.*, t. VIII ; 1966, pp. 160-177）。これはフランス語では « jamais » である。ボードレールは脚韻の位置にこそ « jamais » を使うことはなかったが、この語を多用した。『悪の花』第二版に収められた百二十七篇のうちで、三十篇に « jamais » が使われている。そして「美」（OC I, 21）「白鳥」（OC I, 87）では、一文のうちで « jamais » を二度も繰り返している。また「通りすがりの女へ」では « jamais » をイタリック体で強調している（OC I, 93）。ボードレールは自らと同じ熟慮をエベールに求めたのではないか。

（48）ボードレールが所蔵していた彫刻は消失してしまった。しかしW・ドロストをはじめとするボードレール研究者らが認めているように、クリストフと同郷の画家エマニエル・ランシエが所蔵していた石膏像が、ボードレールの持っていたものと同じものと推定されている。

（49）*Lettres à Charles Baudelaire*, *op. cit.*, p. 99.

（50）*Dictionnaire des sculpteurs de l'école française au dix-neuvième siècle*, par Stanislas Lami, *op. cit.*, t. I; 1914, pp. 383-384.

（51）一八五九年十一月、ボードレールはクリストフへ七百五十フラン七十五サンチームの借金があった（CPl I, 618）。これは手形を流用して一度返済されたが、一八六〇年七月には再び、千五百フランの借金がある（CPl II, 67）。

（52）以下によると、クリストフの彫像は複数の青銅製のレプリカが作られた。Pierre Kjeliberg, *Les Bronzes du XIXᵉ siècle, Dictionnaire des sculpteurs*, Les Éditions de l'Amateur, 2005, pp. 226-227.

（53）José-Maria de Heredia, « Ernest Christophe », *Les Lettres et les Arts*, t. III ; 1886, p. 201.

（54）Emilia Dilke, « Christophe », *Art Journal*, 1894, p. 42.

（55）José-Maria de Heredia, « Ernest Christophe », *op. cit.*, p. 200.

（56）Théophile Gautier, *Les Beaux-Arts en Europe-1855*, *op. cit.*, pp. 674-676.

（57）Jean Prévost, *Baudelaire, essai sur l'inspiration et la création poétiques*, *op. cit.*, p. 180.

（58）Claude Pichois et Jean-Paul Avice, *Dictionnaire Baudelaire*, *op. cit.*, p. 122.

（59）例えば一八七二年の手紙でクリストフは、シャルル・ブロンを通じて大理石を手に入れる。これはクリストフの制作していた彫刻から推定すると《人間喜劇》のものであったのではないだろうか。Ernest Christophe, la lettre du 14 septembre 1872 à Charles Blin, BNF.

（60）L'article sur « Christophe, Ernest », *Grand Dictionnaire universel du XIXᵉ siècle français*, Larousse, *op. cit.*, t. IV ; 1869, pp. 237-238.

(61) *Dictionnaire des sculpteurs de l'école française au dix-neuvième siècle*, par Stanislas Lami, *op. cit.*, t. I, pp. 383-384.

(62) Emilia Dilke, « Christophe », *op. cit.*, p. 40.

(63) Stéphane Guégan, « A propos d'Ernest Christophe : d'une allégorie l'autre », in *Les Fleurs du Mal, Colloque de la Sorbonne*, par André Guyaux et Bertrand Marchal, Presses de l'Université de Paris-Sorbonne, 2003, pp. 95-106. S・ゲガンは特に註1でC・ピショワらの『評伝』がクリストフを債権者としか見做さなかったことを批判する。

(64) C・ピショワらの『評伝』は、ボードレールがクリストフに入れ込んだ理由は、借金をしていたからではないか、と示唆する（Claude Pichois et Jean Ziegler, *Baudelaire*, *op. cit.*, p. 506）。ボードレールは詩を献辞することで、「馬鹿な innocent クリストフ」に高額の小切手を次々と出させたと言うのである。しかし詩人が借金をするために詩を利用したことがあったとしても、金銭のみに問題を帰することはできないだろう。

(65) Ernest Christophe, la lettre du 12 septembre 1869, in *Correspondance d'Eugène Fromentin*, *op. cit.*, p. 1534.

(66) José-Maria de Heredia, « Ernest Christophe », *op. cit.*, p. 202.

(67) Charles W. Millard, *Auguste Préault. Sculpteur romantique 1809–1879*, *op. cit.*, pp. 180–181.

(68) Paul Mantz, « Le Salon de 1853 », *Revue de Paris*, juin 1853, p. 447.

(69) Théophile Gautier, « Salon de 1853 », *La Presse*, 25 juillet 1853, p. 2.

(70) Théophile Gautier, *Poésie complètes*, éd. par Maurice Dreyfous, *op. cit.*, t. I, p. 255.

(71) Claude Pichois et Jacques Dupont, AB I, 209–210.

(72) Thierry Savatier, *Une femme trop gaie*, *op. cit.*, p. 250.

(73) Théodore Pelloquet, « Beaux-Arts », *Gazette de Paris*, 27 février 1859, p. 4.

(74) Paul Mantz, « Le Salon de 1859 », *Gazette des Beaux-Arts*, t. I ; 1859, p. 367.

(75) Paul Mantz, « Le Salon de 1876 », *Le Temps*, 17 juin 1876.

(76) Charles Yriarte, « Le Salon de 1876 », *Gazette des Beaux-Arts*, t. XIV ; 1876, p. 130.

(77) L'article sur « Christophe, Ernest », *Grand Dictionnaire universel du XIXe siècle français*, Larousse, *op. cit.*, t. IV ; 1869, pp. 237–238.

(78) Paul Mantz, « Le Salon de 1876 », *op. cit.*

(79) 一人二役は、話者をまたいで脚韻を踏んでいることから明らかである。すなわち「打ち負かされた」vaincu（v. 30）と「生きて来た」vécu（v. 32）が節をまたぎ、語り手を変えて韻を踏んでいる。

第二部の結論

美術批評家としてのボードレールはしばしば、彫刻を批判したことで知られる。しかし彼の批判は彫刻全てを否定するものではなく、十九世紀中葉の彫刻を対象とするものであった。本研究は彼に影響を与えた批評や、時代状況を整理することで、彼が書かなかった「彫刻の歴史」(CPII, 145) を見通すことを試みた。

第四章では、ボードレールを論じることに先立って、彼に影響を直接的・間接的に与えたと考えられる、近代における彫刻論をまとめた。ヴィンケルマンが『古代美術史』で示した神聖な彫刻のイメージは、後のディドロの『絵画論』、スタンダールの『イタリア絵画史』、ヘーゲルの『美学講義』である一定の敬意こそ払われたが、全面的な支持を得られなかった。ヴィンケルマンより後の批評家たちは、『古代美術史』の著者が述べた通り、古代ギリシア彫刻が偉大であることは認めた。しかし近代の批評家は、近代人の精神を表現できる芸術を求めたのであり、古代人の美を体現した彫刻を敬遠したのである。

第五章では十九世紀中葉のフランスで、彫刻がどのような意味で「低迷」していたのかを論じた。当時の彫刻は三つの点で、十八世紀に比べると見劣りした。まず古代彫刻がフランスから失われていたことである。次に政治的に不安定で公共事業が行われず、彫刻家が大作に挑む機会そのものが失われていたことである。そして体制派の取り締まりが厳しかった。体制派に同調したのは、後期のゴーティエであった。ボードレールは低迷した彫刻になぞらえられて、『悪の花』を告発されたが、独自に崇高なものを求めていた。

第六章ではボードレールが当時の彫刻について、両義的な評価を下していることにまず注目した。彼はパリの街中の彫刻に好意的である反面、プラディエの彫刻に厳しかった。こうした偏りはどこから生まれたのか。彼に特に影響を与えたのは、まずディドロの批評であった。彼はディドロと同様に、近代人が古代彫刻を理解することに限界があると考えていたし、また二次元として彫刻を観ることを提案していた。また彼はスタンダールにも影響を受けていた。しかし彼は聖アウグスティヌスの新プラトン主義的な思想に同意しつつも、彫刻が神々しさを取り戻すことを夢想していた。この論点はディドロやスタンダールにはないものであった。

第七章で本研究は、ボードレールが想像力を交えて、彫刻を偉大なものとして描いた事例を考察した。これらはミケランジェロの裸婦像《夜》のレプリカ、フシェールの同性愛者の像《アルテミスの姿を借りたゼウスの腕に抱かれるニンフ、カリスト》、エベールの襲われる少女の像《そしていつも！　そして決して！》、クリストフの半裸像《人間喜劇》である。ボードレールは（彫刻家自身の思惑と別で）これらが官能的な女を描いていると一度解釈した上で、独自に想像力を働かせ、彫刻を偉大なものに演出した。

以上を踏まえて、第一部との接続を考えたい。本研究は第一部で、ボードレールにとって彫刻的な美は女の悪を装うためのものであり、「ダンディ」へ通ずるものだと論じた。しかし彼の「ダンディ」は一般的な洒落者の意味などではなく、世俗化された新プラトン主義の美意識とでも呼ぶべきものであった。

彫刻を聖なるものだと考える発想は、近代ではヴィンケルマンやヘーゲルの思想に見当たる。しかしボードレールは「異教派」で聖アウグスティヌスの教義に回帰する。ここでも問題は新プラトン主義的な理想である。

彫刻に関するボードレールの判断は、十九世紀フランスの美術批評の潮流から外れていたと言うべきだろう。当時はゴーティエのように、官能的な彫刻に注目しつつ、公衆を古典的な美意識へと誘導する批評が専らであった。今日の美術史家C・ラペールが糾弾したボードレールの逸脱は、この観点から理解することができる。

だがその一方で、ボードレールの批評は近代のものであった。まず彼は新プラトン主義者のように聖女や天使のイメージを求めたのではなく、男に逸楽をもたらす女を演出したのである。この前提には、男の情欲への弱さがある。そして彼が情欲や弱さをテーマとすることができたのは、第二部でディドロやスタンダールの評論から指摘したように、近代という時代背景があったからにほかならない。そしてこのように考える時、ボードレールの批評は近代における美のテーマを、美術史研究とは別の見地から、的確に捉えていたのである。

　では近代の批評として考える時、ボードレールの批評で注目するべき点はどこにあるのだろうか。スタンダールの頃、欲望は美の範疇で理解することができるものになりつつあった。しかしその後は官能を美のテーマとするだけではなく、官能をどのように扱うのかが問題となる。ボードレールは官能を題材としながらも、それを崇高なものに演出することで、二つの異なる美をつなぎ合わせる。今日、彼の著述が高く評価される理由は、古典的な美である崇高さと、近代的な美である欲望の二つに目配りをしていたからではないか。

　もっともボードレールは最初から官能的なテーマを演出することを目指していたわけではなかったはずである。彼はどのようにして詩学を確立していったのか。第三部では、個々の詩が他の詩とつながりを持つことに注目しつつも、彼が女のモチーフを彫刻化していった過程を明らかにしたい。

第三部　『悪の花』読解

第三部の序論

ボードレールは自らの似姿である語り手を通じて、自己を演出した。彼はこれをどのような操作によって、行ったのだろうか。彼にとって詩集や詩群を編むことは、個々の詩を書くことと等しく、重要な意味を持っていた。『悪の花』裁判において、弁護士ギュスターヴ・シェ゠デスタンジュは、詩集が「八年以上にわたる仕事の結実」だと述べている。(1) 弁護士がボードレールの言葉をそのまま口にしたと考えるのであれば、収録される詩の大半は一八五〇年頃にほぼ書きあがっていたことになる。しかしこれは『悪の花』初版とは違うものであっただろう。後の一八五七年、詩人は編集者のプーレ゠マラシに、容易に原稿を提出することができなかったからである。

まず出版の前のスケジュールを確認しておくことにしたい。ボードレールがプーレ゠マラシに連絡を取って出版の内諾を得たのが一八五六年十二月三十日、校正刷に手を入れて推敲を始めたのが一八五七年二月である。プーレ゠マラシは最初の原稿でもうよいと思い込んでおり、三月には一度、製本をしてしまった。しかしボードレールは賠償金を支払うと約束し、(2) さらに推敲を続ける。作業は六月初めまで続いた。

刊行するにあたって、ボードレールは全体を最初から見通しているわけではなかった。折丁が全部で十一冊になることがわかり、彼が詩集の構成を見直したのが一八五七年の四月末のことである。この時、彼は構成のやり直しを考え始める。以下は四月二十二日、彼がプーレ゠マラシに宛てた手紙である。

二四五頁。――本当に情けない、情けない。――救済手段はありません。というのも、新しい詩を作る気にはならないのですし、〈死〉に関するソネの数々は、素晴らしい一つの結論なのです。

（CPI I, 394）

彼は本に白紙を出さないために詩を書き足す必要があるが、これによって構成が動いてしまう、と悩んでいる。実際に出版された『悪の花』初版は、目次まで含めて二五二頁、本文が二四八頁である。おそらく三頁が空白になる見込みであった。彼は何かの詩を挿入してこれを埋めた。(3)

さらに彼は五月十六日の手紙で、最後の二つのセクション「酒」と「死」の構成をプーレ゠マラシに示し、ようやく詩集の構成がはっきりしたと告げている（CPII, 400）。翻って、詩集の構成はここまではっきりしなかった。『悪の花』は、法定納本が六月十二日、パリでの発売が六月二十一日頃である。(4)最後の段階になるとプーレ゠マラシはボードレールに連絡をしなくなった。五月の手紙で詩人は「ではあなたは私に表紙を見せたくないのですね！」（CPII, 402）と書いた後、感嘆符を合計で三十二個も連ね、怒りを示す。彼は六月六日にさらに修正をどうするかと尋ねている（CPII, 406）。つまり彼は印刷の一週間前まで『悪の花』を編集し続けた。

『悪の花』初版の推敲に次ぐ推敲は結局、一八五六年十二月から数えると、約六ヶ月かかっている。第一章で論じたことを踏まえれば、彼は、自伝とは異なる物語を詩集に重ねるために配列を調節していた、と考えてみることができる。ではどのような点に注意して読解をすればいいのだろうか。

(1) 先行研究

二十世紀中葉、『悪の花』第二版に収録された詩を連続させて読む研究書はあった。最初の試みは全体の序論で触れた、D゠J・モソップの『ボードレールの悲劇的主人公』である。(5)これは『悪の花』第二版を『初版』と融合させながら、語り手を「主人公」、すなわち、虚構の人物として読んでいく。またL・ベルサーニの『ボードレールとフロイト』は、語り手をボードレール自身と見做した上で、詩を連続させて読み、精神分析を行なう。

日本では福永武彦が配列を重要視していた。彼が編纂した『ボードレール全集』（人文書院、一九六三）は『悪の花』初版と『第二版』（『再版』）を別々に収録している。これは福永が『ボードレールの世界』で示した問題意識を反映したものであっただろう。「一人の詩人にとって、詩集とは何だろうか」[6]。福永によれば、ボードレールは他のロマン主義詩人たちと異なり、詩を収録したものを詩集としたのではなく、詩を緊密に連携させたものを詩集としたのである。したがって配列は最大限に尊重しなければならないのである。

『悪の花』の配列を遵守した読解で規模が最大の研究書は、二〇〇一年にM・リヒターが上梓した『ボードレール、『悪の花』完全読解』である[7]。これは二巻本で千七百五頁を使い、死と永遠、物質と精神などの二元論的対立を軸に詩をつなげて読解していく。物質的豊かさを求める者たちは有用性の神を信じている。結論部でM・リヒターは、ボードレールがこの神を告発しているとまとめる。『悪の花』は「『無慈悲で晴朗な』『有用の神』という最も強力な偶像の数々を養い、強めることをやめない概念上の基盤に向き合い、告発する」[8]。

しかし本研究の関心と、M・リヒターの関心は三つの点で異なる。まず演出の問題である。M・リヒターはボードレールが自らを装っていることを指摘している。だが伝記と接続させず、あくまで作品は伝記と切り離されたものとして扱っている。またM・リヒターは印刷稿に範囲を絞り、草稿の検討を行わない。そしてM・リヒターは『悪の花』第二版を特権化し、プレオリジナルとなる他の詩群の物語と相対化していない。

これによってM・リヒターは同じ詩が、配置によって別の意味で読めることについて触れられなくなってしまっている。さらにM・リヒターの読み方によれば、ボードレールは残酷な世界を生じさせた要因を男たちに求めるが、売春を強いられた女たちには「逆に、彼は常に理解と、深い同情と、連帯の真摯な感情を示している」[9]。だがボードレールは弱い女の守護者のようなものではない。第三部で具体的に明らかにしていくように、彼の語り手は弱い存在であり、女にむしろ守ってもらいたいと感じていただろう。そして女が理想的ではない場合（第三章の議論を踏まえると「ダンディ」ではない場合）、語り手は怒る。こうした問題点を乗り越えるためには、そもそも『悪の花』を読解する際、第二版だけを特権化するだけでよいのかを問い直す必要がある。プレオリジナル版と『初版』の意義を考えたい。

(2)『悪の花』初版の重要性

従来の研究において『悪の花』を論じる際は、ボードレールが生前、自ら目を通した『第二版』を決定版（édition définitive）と考え、バンヴィルとアスリノーが刊行した『第三版』は編者の意図が介入しているとして退けるのが一般的であった。[10]『第三版』を退けることは、論者も異論はない。しかし論者が『第二版』と同様に重要視したいと考えるのは、『初版』とそのプレオリジナルになった詩群である。

まず『悪の花』初版と第二版は詩の数と配列とが大きく違う。『初版』から削除された詩は六篇、『第二版』で加えられた詩は三十二篇である。すなわち三十八篇が移動している。これは『初版』に収録されている詩の数が百一篇、『第二版』が百二十七篇であることを考えれば、全体の四割から三割という看過できない数である。

また『第二版』では新たに「パリ情景」が加わり、セクションの順番も入れ替えられている。すなわち『初版』では、「憂鬱と理想」、「悪の花」、「反逆」、「酒」、「死」の順番であったのに対し、『第二版』では「憂鬱と理想」、「パリ情景」、「酒」、「悪の花」、「反逆」、「死」となる。以上の変化は『初版』の物語を変えるほどのものである。

さて、ボードレールの演出を考察するということは、作品の細部に隅々にわたるまで、彼の純粋な意思が反映されていることが大前提となる。しかし『悪の花』第二版は司直による六篇の詩の削除命令を発端としており、司直の糾弾を避けつつ、これまで制作した作品をできるだけ多く含ませようとするものである。その一方で『初版』はボードレールが推敲に手間をかけたものである。そして校正刷も資料として残されている。詩人の内面を理解するのならば、『初版』とそれが成立するまでのプロセスこそが、興味深いのではないだろうか。

しかし一連の流れを考えようとする時、検討が必要になるのは『初版』だけではない。ボードレールは『初版』の前まで十篇前後の詩をつなげ、詩群としていた。十篇前後の詩群から一〇一篇が連なる『初版』への拡大はどのような試みであったのか。これを検討する時、彼の演出の奥行きが浮かび上がるはずである。

(3)三つの詩群

C・ピショワとJ・デュポンが編纂した『ボードレールのアトリエ』によれば、ボードレールが『悪の花』のプレオリジナルとして発表した詩群の数は、全体で二十八にも及ぶ。内訳は『初版』前で十の詩群、『初版』から『第二版』の間で八の詩群、『第二版』以降で六の詩群である。[11] また発表こそされなかったが、準備されていた詩群である。これらは一八四三年に『韻文集』に発表するためにまとめていた詩群、ゴーティエに送付した二つの詩群である。[12] さらにサバティエ夫人に匿名で断続的に送った詩も、詩群と考えることができる。

夥しい数の詩群の中で、本研究はどれを論じるべきだろうか。本研究は一八五七年の『初版』を重要視し、そこまでの流れを考えるものである。この目的に照らした時、考えるべきは一八五七年までの十三の詩群である。しかし本研究はその中でも、次の女のモチーフの彫刻化に関連する六篇を含む詩群を選びたい。

・「アレゴリー」：一八四三年頃、バイイ学生寮に住んでいた学生たちが作った文芸サークル「ノルマンディー」派の内輪で「優しい二人の姉妹」を批判されたことへの反論として書かれた蓋然性が高い。
・「理想」：一八四三年頃、「ノルマンディー」派の影響の中で書かれた蓋然性が高い。また一八五一年の詩群「冥府」で発表される。
・「芸術家たちの死」：一八五一年の詩群「冥府」で発表される。
・「美」、「無題（波打つ、真珠母色の服を身に纏って……）」、「無題（私が以上の詩をおまえに贈るのは……）」：一八五七年の詩群で発表される。

これらの初出と再録を検討していくと、本研究が論じるべき詩群は、一八四三年頃にボードレールが『韻文集』に投稿しようとしていた詩群、一八五一年『議会通信』の「冥府」、一八五七年『フランス評論』の九篇の詩群である。第三部は彫刻化された女のモチーフを軸に、これらを順に読解することにしたい。

本研究は第八章で「アレゴリー」を中心に初期作品を論じ、ボードレールの詩が自伝から、自らを演出した作品へと変化する兆しを看取する。第九章では詩群「冥府」を論じ、ボードレールが自伝的な要素を一般化し、当時の青年の宿命を描いたことを示す。第十章では一八五七年に『フランス評論』誌で発表された詩群を論じ、ボードレールが死別のテーマを軸に、純愛の詩人として自らを演出したことを明らかにする。第十一章では、『悪の花』初版のジャンヌ詩群―官能詩群を中心に議論し、ボードレールが青年芸術家の成長の物語に沿って、自己を演出していたことを明らかにする。第十二章では、『悪の花』第二版の「パリ情景」を議論し、ボードレールが遊歩者の語り手の気ままな態度に重ねあわせて、愛憎と距離を置いたことを示す。

（1）Gustave Chaix D'Est-Ange, « Plaidoirie », OC I, 1210.

（2）CPl I, 383-384 et 387.

（3）Claude Pichois, CPl I, 916. C・ピショワは最後のセクション「死」ではなく、その手前のセクション「悪の花」に詩が加えられたと考える。ただしどの詩が加えられたのかまではわかっていない。

（4）法定納本の日は諸研究で一致しているが、発売日は諸説ある。横張誠によれば、発売は六月二十五日と推定できる（横張誠『侵犯と手袋 『悪の華』裁判』、前掲書、一五二―一五三頁）。阿部良雄はこれに首肯している（阿部良雄「註釈」、『ボードレール全集』、前掲書、第一巻、四三七頁）。C・ピショワはプレイヤード叢書で二十五日としている（Claude Pichois, OC I, p. XL）。しかし彼は後のJ・デュポンと刊行した『ボードレールのアトリエ』で六月二十一日としている（Claude Pichois et Jacques Dupont, AB I, 47 et AB IV, 3531）。

（5）D. J. Mossop, *Baudelaire's Tragic Hero. A Study of the Architecture of* Les Fleurs du mal, *op. cit.*

（6）福永武彦『ボードレールの世界』、講談社、一九八九、九頁。

（7）M・リヒターは、詩の連関性を無視した研究は『悪の花』を読む上で、「砂の上に建物を建てている」ようなもの、すなわち、砂上の楼閣と厳しく切り捨てている（Mario Richter, *Baudelaire,* Les Fleurs du Mal, *Lecture intégrale*, Slatkine, 2001, 2 vol., t. I, p. 9）。

もっともその一方で、詩の配列を自由に入れ替えて読解していく研究もある。例えば、J・テロの『ボードレール、詩と暴力』(Jérôme Thélot, *Baudelaire. Violence et poésie*, Gallimard, coll. « Bibliothèque des Idées », 1993)や、P・ラバルトの『ボードレールとアレゴリーの伝統』である(Patrick Labarthe, *Baudelaire et la tradition de l'allégorie*, Droz, 1999)。詩の配列を尊重するのか否かで、研究者の間では大きく分かれている。実際、読解から導き出される答えも、重なり合わさらないとは言わないまでも、大きく違う。

配列を尊重するか、それとも論理を優先するか。この問題はおそらく二十世紀初頭から起きていた。一九三七年の論考で、G・ブランは次のように述べる。「我々の目的は正統的で、かつ神秘的な動きについて一貫した理解を与えることであったのだから、我々は、全体的な構成や引用したテクストの配列について、時系列的なものの奴隷にとどまることができなかった」(Georges Blin, *Baudelaire, op. cit.*, p. 8)。

(8) Mario Richter, *Baudelaire*, Les Fleurs du Mal, *Lecture intégrale, op. cit.*, t. II, p. 1671.

(9) *Ibid.*, p. 1667. これはM・リヒターの読み方が浅いというより、『第二版』のみを字面通り追っていけば、このような結論に帰着するということなのかもしれない。

(10) 先行研究が指摘している問題は三つある。まず阿部良雄の見解に従って、二つ示したい(阿部良雄「解題・詩集『悪の華』の成立」、『ボードレール全集』、前掲書、第一巻、四五五―四五七頁)。

第一の問題は、ボードレールの意図しない詩が加えられていることである。『第三版』で加えられた詩は二十五篇、その中には『漂着物』の十一篇が含まれている。『漂着物』は『悪の花』に含めることをボードレールが望んでいなかった。また『初版』や『第二版』に含められなかった詩は、ボードレールが『悪の花』に収録する気がなかった可能性が高い。こうしたもの全てが『第三版』には含まれている。第二に、詩を選んだのがボードレールではないということは必然的に、詩の配列も彼ではないということである。

第三点目はC・ピショワが指摘するように、細かい文言の修正がボードレールによるものかがわからないことである。例えば『第三版』の「病んだミューズ」の三行目は、バンヴィルが修正したものかもしれない(Claude Pichois, OC I, 855)。実際、ボードレール全集を編纂したバンヴィルへのアスリノーの信頼はさほど高くない。他に『一八五九年のサロン』についてW・ドロストは、誤植と誤解して二人が重要な単語を削いでいると注意を促す(Wolfgang Drost, Baudelaire, *Le Salon de 1859, op. cit.*, pp. XIX-XX)。

(11)『ボードレールのアトリエ』第二巻(AB II)に収録されている作品を数えた。

(12) ボードレールがゴーティエに一八五一年九月と一八五二年一月に、合計で十二篇の詩を送付したことは一般に知られている。しかし送付は二回に分かれているのであって、七篇と五篇で分けられていた。以下はボードレール自身の手で七篇と五篇でリストが組まれていることを示している。AB II, 876-877 et 917.

第八章　初期作品（一八四三年頃）——自伝的な語り手

ボードレールが一八四三年、『韻文集』に発表しようとした原稿はさまざまな推定があるものの、全てが明らかになっているわけではない。研究者らがこの問題を知る発端となったのは二十世紀初頭に発表されたJ・ムーケによる研究書である。彼は当時知られていなかったボードレールの未発表戯曲『イデオリュス』の形を推定したのみならず、プリヴァ・ダングルモンやプラロンが発表した作品のほとんどがボードレールの作品だと考えた。(1)

J・ムーケの説の全てを認めることはできない。しかしボードレール研究者らはこれを部分的に批判しつつ、真筆を独自に推定するのが専らである。(2) そして諸研究者らに共通した認識は、「優しい二人の姉妹」、ル・ヴァヴァスールのソネ、「アレゴリー」の三篇が連歌にも似て、詩による対話となっていたということである。(3)

C・ピショワは「ル・ヴァヴァスールがボードレールに応答したのか、後者が前者に応答したのか」(4) と留保している。しかし別の註で彼は、ル・ヴァヴァスールがボードレールに答えたと述べている。(5) 三篇に共通するテーマは「子を産まない・不毛」infécondeである。テーマの発展を追っていけば、順番は推測できる。まず「優しい二人の姉妹」のテーマが〈放蕩〉と〈死〉ある。「一八四二年十二月」(6) と日付が入ったル・ヴァヴァスールのソネは、これら二つに加え、罪をテーマとする。ボードレールの「アレゴリー」は放蕩、死、罪に加え、赦しの四つをテーマとしている。テーマが増えていくのは、二人が応答しているからではないか。

ボードレールが当時発表した原稿は失われている。しかし『悪の花』初版の最初の校正刷こそが、一八四二年末に書かれた「優しい二人の姉妹」、一八四三年初頭に書かれた「アレゴリー」の原稿に近かったと考えてみることができるのではないだろうか[7]。

これらを読解する上での問題は、起点となる「優しい二人の姉妹」である。このソネは性の快楽を追求し、その結果、死に至ったとしても歓迎する、と謳う。破滅的とも見える詩はどのように解釈すればよいのだろうか。考察の手がかりとなるのは、『悪の花』に所収されなかった二篇の初期作品である。一篇は作中に藪睨みのサラを示唆する文言が入っている。ボードレールと彼女との交際時期は、彼がリヨンからパリに出た一八三九年頃から南洋航海出発の前、つまり、一八四一年六月より前である。もう一篇は、義兄アルフォンスに宛てられたもので、一八四〇年十二月と日付が入っている。二篇は共に性欲をテーマとしている。一八四一年より前の詩と、一八四三年以後の詩とを対比させる時、ボードレールの欲望に対する向き合い方が変化したことが浮かび上がってくる。一八四一年より前の作品は、娼婦を買う男を一人称で描く。これは欲望をそのまま描いた作品である。しかし一八四三年以後の作品は、女と彫刻を重ねあわせ、欲望を単純な性欲ではなく、美の欲求として演出するようになる。第八章ではこうした転換の一端が「ノルマンディー」派の筆頭格、ギュスターヴ・ル・ヴァヴァスールとの諍いにあったことを浮かび上がらせることにしたい。

以下では、第一節で一八四一年以前の作品を読解し、性愛が重要な作家の関心事であったことを示しておく。第二節では「ノルマンディー」派との関係を簡潔に示し、ボードレールがル・ヴァヴァスールに「優しい二人の姉妹」を批判された結果、「アレゴリー」で彫刻のイメージを提示したことを論じる。第三節ではその後に作られたと目される作品、「理想」『ラ・ファンファルロ』『イデオリュス』で彫刻のテーマが重要になることを指摘する。

1. 一八四一年以前の作品

十代のボードレールは、フランスでも有数の進学校、リヨンのルイ＝ル＝グラン中高一貫校に通い、エコール・ノルマル・シュペリウールを受験することも射程に入っていた(8)。ボードレールは一八三六年八月、学内で六つの賞を受賞している。ラテン語一等賞、ギリシア語仏訳二等賞、ラテン語作文三等賞、ギリシア語作文三等賞、デッサン三等賞、英語一等賞である。また当時の進学校は全国コンクールでメダルを獲得することを重要視していた。一八三七年に彼は学内表彰を四つ受けたほか、全国コンクールのラテン語詩とラテン語作文で共に二等賞を獲得した。彼は最も優秀な生徒の人であった。ところが一八三九年四月、教室内で回覧されていた手紙を副校長に提出しなかったことから、卒業のわずか数ヶ月前にもかかわらず、彼はルイ＝ル＝グランを退学せざるをえなくなる。彼はパリのサン・ルイ王立中等学校に転校し、同年八月に（かつて期待されたほどの見事な成績ではなく最低評価の可が大半で）文学課程バカロレアを取得、同年九月に中等教育を修了した。

若い頃のボードレールが性欲を持て余し、娼婦を抱くようになったのは、ルイ＝ル＝グランの退学からバカロレア受験の頃までと考えられている。まず藪睨みのサラをモチーフとしていると推定される作品を読みたい。

彼女は斜視だ、その奇妙な眼差しの効果は、
天使の睫毛よりも長い黒い睫毛が　影を作ることによって起きており、
人々を地獄に落とさせたあらゆる眼も
私には、彼女の　ユダヤ人的で隈のできた眼に値しないというほどだ。

彼女は二十歳でしかない。しかし胸乳は――もう低くなり
一つずつ瓢簞のように両脇に垂れ下がる、

しかし私は毎晩　彼女の身体の上で　はいはいして、
新生児のように、乳を吸い　噛み付くのだ——
そしてしばしば　彼女はわずかな寄付金さえもなく
肌をこすり　肩に香油を塗ることもできない——
私は彼女を静かに　熱心に舐める、
〈救い主〉の両足を　熱を込めて舐めた〈マグダラのマリア〉よりも［熱心に］——

（角括弧内は論者、OC I, 204）

垂れ下がった胸の描写は、彼女が性病を持っていることを暗示している。

十九世紀中葉において、娼婦は一般に、鑑札を受けた者と鑑札を受けない者がおり、さらに高級娼婦から下層の娼婦まで細かく違った。(9) 鑑札を受けておらず、ブルジョワの愛人になるような高級娼婦は、上流階級と変わらなかった。こうした女を賛美した文学作品は数多くある。その一方でボードレールの詩がテーマとしている相手は最下級の娼婦であり、一般には蔑まれる女たちであった。彼が彼女に肩入れしていることは独特である。

次に一八四〇年十二月、彼が義兄アルフォンスに送った詩である。

［無題］

1. 私たち皆が　冒瀆している貞淑な言葉がある。
2. お世辞が好きな恋人たちが　ある奇妙な濫用をするのだ——
3. 「私の天使よ」などと言わない奴には　お目にかかったことがない。(10)

これに〈楽園〉の天使たちは、私の思うに、嫉妬などしない。

この崇高で甘美な言葉は
とても純粋で美しい心を持ち、純潔で　混ざり気のない者にのみ当てはめるべきだ。
見ていただきたい！　その翼から汚泥のようなものが垂れ下がっているぞ
あなたの天使が微笑みながら　膝に座る時に。

私は、子供の頃、素朴な恋心を抱いた——
——ある身持ちが悪いと同時に美しい少女——
私は彼女を「私の天使よ」と呼んでしまった。彼女には五人の男がいた。
哀れ愚かな男たち！　私たちは愛撫されることにかくも飢えていたのだ——
私は誰かふしだらな女を再び手にすることを望む
「私の天使よ」よ　と言いたいのだ——、とても白い二つのシーツの間で。

（角括弧内は論者、CPI I, 84）

世の男たちは「天使」という言葉で女たちに呼びかける。しかしそんな女など、どこにもいないではないか、というのがボードレールの主張である。彼が恋した五人の男がいる身持ちの悪い少女（vv. 9–11）とは、鑑札を受けておらず、個人で決まった男たちに体を売っている娼婦を指していると理解することができる。

この詩はボードレールがアルフォンスに宛てた手紙の中に引用されていたものである。ボードレールは詩を年末年始の「お年玉」（CPI I, 84）として送付した。ソネはおそらく、字面だけで意味を取ることができないだろう。仮に「あなた」が手紙を受け取ったアルフォンスで、「天使」がその妻アンヌ＝フェリシテと読めば、ボードレールは詩によって義姉の不貞を告発しようとしているのではないか、という推測さえ働いてくる。
しかしシャルル少年は義兄に、無邪気に次のように述べている。

これは多分、義姉さんを楽しませるでしょう。エドモン［＝アルフォンスの息子］を抱擁しなければなりません。デュセソワさんとブランさんにお忘れなく、よろしくお伝えください。
（角括弧内は論者、CPI, 84）

思い返しておくべきは、詩を送った一年前、ボードレールが性病に感染したことである。一八三九年十一月二十日の義兄のアルフォンス宛の手紙で、彼は義兄が薬剤師を紹介してくれたこと、治療の費用を援助してくれたことを感謝し、関節の痛みと頭痛とがよくなったと報告している（CPI, 79）。手紙に病名は書かれていない。しかしC・ピショワとJ・ジグレールの『評伝』がまとめるように、関節の痛みと頭痛は一般に、梅毒の第二期（感染して三ヶ月後）に起きる症状である。[11]

これを念頭に考えると、ボードレールの詩は、性病でアルフォンス一家に心配をかけたものの、[12]心身ともに回復したことを報告したかったのである。おそらく「私は誰かふしだらな女を再び手にすることを望む」（v. 13）というソネの一節が、回復の宣言であり、若いボードレールには気の利いた冗談と思われたのである。

しかし注意しておきたいのは、ボードレールが性病を甘く見ていたことである。彼の病は完治しなかった。彼の梅毒は確認できる限りで、一八四九年から一八五〇年にかけて、一八六一年にかけて、二度再発した。C・ピショワらの『評伝』によれば、梅毒のけだるさは彼のメランコリーの一部であった。[13]若い頃のボードレールは性病に無知であり、ごく簡単に治癒するものと誤解していた。『内面の日記』には次のようにある。「若い作家が最初の原稿をなおした時は、その初めての梅毒を得てきた初心者のように誇らしげだ」（OCI, 694）。

思春期を抜けた頃のボードレールは壮年期の彼と印象が異なる。若い彼は義兄に性に関する問題を詩にして送りつけ、その妻が読んでも面白がるに違いないと信じた。彼のソネは一般の男たちを冷笑しており（「哀れ愚かな男たち！」(v. 12) など)、辛辣な性格が垣間見える。そして彼は性に関する失敗が取り返しがつくと楽天的に考えた。初期の「優しい二人の姉妹」を読むにあたっては、この若い彼が書いたものだと考えておく必要がある。

2. ボードレールと「ノルマンディー」派

J・ムーケの推定によれば、一八四三年頃のボードレールは「ノルマンディー」派の詩人たちから影響を受け、詩を書いていた[14]。これらは、「優しい二人の姉妹」と「アレゴリー」の他、「眉をひそめる月」、「ある好奇心の強い男の夢」、さらには「読者へ」などである。またG・ロップはオーギュスト・ドゾン宛の草稿が後に発見された「無能な修道僧」を例に、「ノルマンディー」派の面々の詩作品が影響を及ぼしたと論じる[15]。当時、ボードレールが詩をどのように配列し、詩群を作っていたのかはわからない。しかし「優しい二人の姉妹」と「アレゴリー」とは、ル・ヴァヴァスールとのやりとりを挟むと、詩のつながりが見えてくる。

ここでは、(1)「ノルマンディー」派とボードレールとの関係を整理した上で、順に(2)「優しい二人の姉妹」、(3)ル・ヴァヴァスールの無題のソネ、(4)「アレゴリー」を読んでいくことにしたい。

(1) 「ノルマンディー」派とボードレール

学生らの文芸サークル「ノルマンディー」派は、メンバーにノルマンディー地方出身者が多いため、地名をとって命名されたらしい。メンバーは筆頭格のル・ヴァヴァスール、フィリップ・ド・シュヌヴィエール(筆名ジャン・ド・ファレーズ)、オーギュスト・ドゾン(筆名アルゴン)、ジュール・ビュイッソン、エルネスト・プラロンである。「ノルマンディー」派の学生らはエコール・ノルマル・シュペリウールの学生であるプラロンを含めて、皆がエリートであった。歴史家となったプラロンを除けば[16]、彼らは体制派の要職を担った。

シュヌヴィエールは侯爵領を引き継ぎ、美術史家として世に認められ、一八五二年以降、地方美術館総監督としてサロンの組織を統括した。[17] 後の一八六四年、ボードレールがエドゥアール・マネとファンタン＝ラトゥールを優遇するように懇望したフィリップ・ド・シュヌヴィエール＝ポワンテル侯爵とは、この人である（CPl II, 350-351）。ドゾンは一八四一年に省庁に就職し、一八五五年以降、バルカン諸国駐在の外交官となり、その地域の言語と文化の第一人者となった。[18] ビュイッソンは大学の博士課程まで学業を続け、代議士となった。[19] ル・ヴァヴァスールは唯一、留年せず法学部を卒業し、最終的に出身地アルジャンタンで町長となった。[20]

彼らは一八四二年から一八四三年にかけて、作品集『韻文集』*Vers* を出版した。[21] 短い詩を組み合わせた長い作品もあるが、標題を数えれば、ル・ヴァヴァスールが四十篇、プラロンが四十一篇、ドゾンが五十四篇である。当初の予定では、ドゾンの作品が収められた第三部に、ボードレールの作品が収まるはずであった。彼は作品を準備していたはずである。ボードレール研究者らが一八四三年頃の時点で、彼が将来、『悪の花』に収めることになる作品を五十篇前後も書いていたと考える根拠は、ドゾンの紙幅が五十四篇あったからである。

しかしボードレールは寄稿を見送った。この経緯について、ル・ヴァヴァスールは次のように述べている。

> ボードレールは、原稿を私に提出した。それは後に『悪の花』（「憂鬱と理想」）に挿入される事になるいくつかの作品の下書きであった。愛想もなく、私は自分の見解を述べた。私はそれどころか、友として不躾でおしゃべりであったことにも、詩人に修正し、恥知らずな一節を隠すように求めた。ボードレールは何も言わなかったし、微塵にも残念がる様子はなかったが、寄稿者となる分を引き上げた。彼のしたことは当然であった。彼の新しい織物は、粗暴なものであり、あえてそのように織られていた。それは緯糸のはしらせ方が我々のキャラコとは別物であった。我々だけで詩集は出した。[22]

この一節からはボードレールが参加できなかった理由を窺い知ることができる。つまりル・ヴァヴァスールが検閲し、ボードレールの作風が「恥知らず」と判断して書き換えを迫ったのである。
ル・ヴァヴァスールは、なぜボードレールを批判したのだろうか。彼のボードレールに対する評価は一八四六年に書かれた「詩の一章。韻。わが友プラロンへ」に集約されている。

あの頃、熱烈な愛情が詩を作った、
私たちは〈詩の女神〉とそれに使える女たちを愛していた。
私たちは四人で　その家に出没し始めた。
あなた［＝プラロン］と私は、友よ、ボードレールとドゾンも、
私たちは狂ったように〈韻〉に夢中だった。ボードレール Baudelaire は
彼女に気に入られよう plaire とする以上に、驚かそうとしていた。
彼は見ることが怖かったのだろうか、子供っぽい心配で、
彼の〈詩の女神〉の独自性が　危機に瀕するのが［？］
そして　彼の独立心は、恐ろしかったのだろうか
その愛のままに　踏み固められた道を辿ることが？
――おそらく、昨今の連中の中で、
誰もが　彼［＝ボードレール］より凡庸で　ナイーブだった。[23]

（角括弧内は論者）

この詩は一見、ボードレールが「凡庸」や「ナイーブ」を退けたことを評価しているように読める。だがル・ヴァヴァスールが問題とするのは、ボードレールが詩をあまりにも作り込みすぎており、「踏み固められた道」を辿ることを過剰なまでに避けていたことである。ル・ヴァヴァスールからすれば、これが「子供っぽい心配」や、「独立心」に見える。あるいは女神を驚かせようとしていたように見えるのである。

ル・ヴァヴァスールはこのようなエキセントリックなボードレールを嫌ってはいなかった。この点は「ボードレール」Baudelaireと「気に入られる」plaireが韻を踏んでいることからも察せられる。しかし彼はあくまで、よくわからない人物を面白がっていたのであって、詩の中身を理解していたわけではないのである。

今日から見れば、プラロンを除けば、ボードレールの価値観と「ノルマンディー」派のメンバーとの価値観は、根本的に相容れなかった。『悪の花』の詩人はボヘミアンと言ってよい自由人である。その一方で、ル・ヴァヴァスールらは体制の中で出世を望んでいた。だがボードレール自身はそのように考えなかった。

例えば一八四一年、ボードレールとル・ヴァヴァスールは共作で、諷刺詩「クラブのジャックの支援者」を『海賊』紙に掲載し、アカデミーの立候補らの失態を諷刺した（OC I, 213-214）。確かに一時期、二人は親密であった。しかし若い頃は目立たなかった溝は後年、大きなものとなってくる。

ボードレールは一八六一年、『幻想派評論』紙に十人の文学者を批評した際、最後にル・ヴァヴァスールを主題に選ぶ。ル・ヴァヴァスールはアマチュア詩人であって、他の主題となったユゴー、ゴーティエ、バンヴィルと同格に並ぶ作家ではなかった。しかしボードレールは万感の思いを込めて次のように述べる。

> 私はギュスターヴ・ル・ヴァヴァスールに会わないで何年にもなるが、せっせと彼に会っていた頃のことに向かうと、考えていて常に嬉しくなる。（OC II, 179）

破格の扱いをした批評だが、これにル・ヴァヴァスールは不快感を隠さなかった。[24]特に「彼がほとんど裸で、椅子を組み上げた足場で、危険にもバランスを取っていたところは私を驚かせた」（OC II, 180）という一節は、ボードレールの悪意だとル・ヴァヴァスールは受け取った。地元の名士となった彼にとって、裸でアクロバットの練習をしていたことが暴露されることは威信を傷つけられることだったのである。

E・クレペはあらかじめボードレールを諫めたという。[25]「あなたは彼の友達でしょう。やめてあげてください。最初の五行を書き換えてください」。しかしボードレールは「私はル・ヴァヴァスールという人をよく理解しています」と述べて、E・クレペの助言を退けた。彼には、ル・ヴァヴァスールが自分の奇想に付き合ってくれる友人と思えていた。しかしこれは誤解に基づいていたのである。

ではなぜ、思想的に本来は全く違うもの同士が結びついていたのだろうか。C・ピショワらの『評伝』は、一八四三年頃は革命前の動乱の中で、階級を越えて団結する風潮があり、詩が好きだというだけで、全く異なる政治思想の者たちが交流することができたと伝える。[26] ここには後に高踏派の首領となるバンヴィルや、民衆詩人として有名なピエール・デュポンがいた。E・クレペはプラロンから当時の雰囲気を手紙で教えられた際、次のように感想を述べている。「何という温かく、緊張に満ちた雰囲気の中で、私たちには全く未知のものの中で、あなたたちは文学的な生を受けるという幸運に恵まれたのでしょう！」[27]。E・クレペの世代で階級差は決定的であり、体制側の詩人とボヘミアン詩人がともに詩を語り合うなどは、およそ考えられないことであった。

ボードレールがル・ヴァヴァスールのことを見誤った理由は、こうした時代の雰囲気もあっただろう。ここから翻れば、若い頃の彼はル・ヴァヴァスールの拒絶を翻意できると考えていたはずである。この点は「優しい二人の姉妹」、ル・ヴァヴァスールのソネ、「アレゴリー」の応答を考える上で重要である。

(2) 「優しい二人の姉妹」と欲望

優しい二人の姉妹

1. 〈放蕩〉と〈死〉は愛らしい姉妹、
2. 気前よくキスをし、揺るぎなく健康で、[28]
3. その下腹は常に純潔　ぼろ着を纏っている

4. 永遠の労苦を行っても　決して　子を産むことがない。
5. 不吉な詩人、家庭の敵、
6. 地獄のお気に入り、年金収入のない宮廷人、
7. ［彼に］墓と娼館は　そのクマシデの下で
8. 悔恨の決して通ったことのない寝台を示す。

9. そして棺桶も閨房も　瀆神に富み
10. 代わる代わる私たちに与えてくれるのだ、二人の優しい姉妹のように、
11. 恐ろしい快楽と　ぞっとする甘美なものを。

12. いつ私を埋葬しようとするのか、不浄な両腕を持つ〈放蕩〉よ？
13. おお〈死〉よ、いつ来るのか、色香では劣らぬ女よ、
14. 悪臭を放つ〈放蕩〉のミルトに　おまえの黒い糸杉を接ぎ木しに？

（角括弧内は論者、AB IV, 2883-2884）

「優しい二人の姉妹」の成立について、J・クレペとG・ブランの註釈は、ミュッセ、コルネイユ、バイロン、ユゴーの詩から、部分的に影響を受けていたと指摘する。[29] しかし文学テクストを複合しただけではなく、この背後にボードレール自身の経験と願望があったことは確実なことだと言えるだろう。

ソネは特定の生きている女ではなく、大文字で擬人化された〈放蕩〉Débauche と〈死〉Mort を描く。二人は子を産むことがないが（v. 4）、詩人に「恐ろしい快楽の数々と、ぞっとする甘美なものの数々」（v. 11）を与える。この意味で「瀆神的に多産」（v. 9）である。二人は概念であって、生きている女ではない。しかしその一方で二人の女が、

男にとって都合のよい女である事に注意しておきたい。

十九世紀における娼婦が最も怖れる問題は、同時代の医師Y・ギュイヨらの統計学的な調査が示しているように、堕胎と性病であった。(30) 二つは体を蝕み、最後は死に到る。ところが第一キャトランに描かれるように、二人の姉妹は気前よく、男たちに性的に奉仕してくれる。この際、一般に当時の娼婦たちが怖れていた堕胎と梅毒は一切、問題にならない。女たちは「健康」(v.2)で、「常に処女のまま」(v.3)であり、不妊の女(v.4)である。自らを性の遊具として提供してくれた上、病気にもかからない。女はモノであり、彫像のようである。

ここに透けて見えるのは前節で論じたように、ボードレールの性に関する楽天的な考え——あるいは、無知というべきもの——である。特に妊娠に関しては、自伝的な性格を持つ中編小説『ラ・ファンファルロ』で、主人公の青年、サミュエル・クラメールの考えをボードレールが説明したくだりを引き合いに出しておきたい。

> 彼は生殖を愛の欠陥であり、妊娠を蜘蛛の病気だと思っていた。(OC I, 557)

サミュエルにとって恋愛と生殖は全く別のことであり、子を為すために恋愛をすることなど夢にも思わない。シャルル・アスリノーの証言によれば、ボードレールもまた小説の主人公と同じことを話していたという。(31) 阿部良雄が示唆的に述べることによれば、十九世紀当時、男たちは娼婦が妊娠しないと信じきっていた。(32) ボードレールの性に対する理解は、こうした無知がもたらすフィクションと切り離すことができない。

おそらくボードレールは「優しい二人の姉妹」を「ノルマンディー」派の中で朗読し、また『韻文集』の草稿としてル・ヴァヴァスールに見せた。しかし友は「優しい二人の姉妹」を容認しなかった。彼は『韻文集』に収録したソネで、「優しい二人の姉妹」と逆の意見を述べているのである。

(3) ル・ヴァヴァスールのソネとミルトン

ル・ヴァヴァスールの第十三番目の無題のソネを読むことにしたい。

［無題］

1. 〈死〉は何も子を為さない、〈放蕩〉も同じだ、
2. ある退屈した朝、このように　ある友が　私に言った。
3. そして、つらい日々や　陰鬱な夜にあって、
4. 前者［＝〈死〉］は肉体を無に帰し、後者［＝〈放蕩〉］がその下絵を描く［、と彼が言った］。

5. 彼の前にも、ジョン・ミルトンが、馬に乗る小間遣いを、
6. 薄暗い部屋の片隅で、一人の女に仕立て上げていた、
7. ［女は、］穴蔵の地下道を通じて罪の臭いを嗅ぎ付け、
8. そして　鎌を持って働く男のように　労働に身を屈める。

9. しかし、ある日　〈死〉は驚くことに　母になっていた。
10. イエスが痛ましい十字架で天に召された時、
11. アズラエル［＝死の天使］に逆らって、そいつ［＝〈死〉］は〈生〉を生んだ。

12. だが〈放蕩〉は、ああ！　この不毛の処女は、
13. 騒々しい試みで、世界の人口を減らしたのだ。
14. そいつ［＝〈放蕩〉］がソドムを焼き、ラファエロを殺したのだ。(33)

（角括弧内は論者）

第一キャトランに登場する「ある友」（v. 2）とはボードレールのことであり、その発言は「優しい二人の姉妹」を指すと目されている。ル・ヴァヴァスールはミルトンの著作を持ち出しつつ反論する。

ル・ヴァヴァスールによれば、そもそも〈死〉と〈放蕩〉をテーマにした先例にはジョン・ミルトンがいる。これは具体的には『失楽園』のことを指していると考えられる。第二章でも取り上げたように、ボードレールは男の顔の美しさを示すにあたって、『失楽園』に登場する魔王のイメージを挙げている（OC I, 657-658）。ル・ヴァヴァスールはボードレールの愛読書を盾に取り、反論したのではないか。『失楽園』は壮大な叙事詩であるが、ここでは「優しい二人の姉妹」との関連で、三つの点に注目しておくことにしたい。

まずミルトンが〈罪〉Pêché と〈死〉Mort を擬人化し、主要な登場人としたことである。サタンは熾天使ルシフェルであった頃、自らの体から女である〈罪〉を生んだ。彼は自らの娘である〈罪〉と交わって妻とし、息子である〈死〉が生まれた。サタンはこれを知らなかったが受け入れる。

私はまずおまえ［＝〈罪〉のこと］について知りたい。おまえは二重の形をしているが、おまえは何者なのだ。なぜこの地獄の谷で、私に初めて会うのに、私を父と呼ぶのか。この亡霊［＝〈死〉のこと］を私の息子と呼ぶのか。私はおまえなど知らない。今に至るまで、私は、やつとおまえほど不愉快なものを見たことがない。(34)

（角括弧内は論者）

ボードレールの「優しい二人の姉妹」がテーマとした〈放蕩〉は、カトリックが定める七つの大罪の一つであって、〈罪〉と同義である。彼が死と罪を取り合わせたのは『失楽園』の影響と考えることができる。

またミルトンの想像力の中で、アダムとイヴが楽園で愛をかわす場所は、神が作った神聖な東屋である。

彼らはこのように語り、二人だけで、その幸福な巣 berceau の下へと入っていった。そこは至高の〈植林者〉が、人間の豪華な用途のために全てをお創りになった際に、お選びになった場所であった。厚く覆われた天井は月桂樹とミルトが絡まりあった茂みであり、さらに高いところに絡まるものは香りがよくて硬い枝であった。（……）[35]

ボードレールの「優しい二人の姉妹」の舞台は、墓と娼館が示す、クマシデの下の「寝台」（vv. 7-8）であった。墓という言葉が入っていたように、ボードレールのイメージは不吉である。その一方で『失楽園』の閨房は、幸福な楽園そのものである。しかしイメージの反転はボードレールの常套手段である。[36] 植物の下が閨房になるという発想そのものは、「優しい二人の姉妹」と『失楽園』に共通している。

ル・ヴァヴァスールのソネの前半の二節は、このような「優しい二人の姉妹」と『失楽園』とのイメージのつながりを示唆していると考えることができる。

しかしG・ロップが指摘するように、ル・ヴァヴァスールがボードレールのソネを責める核心は、〈死〉が母になるという発想が欠落していることである。[37] 三点目の接点として、これを『失楽園』に照らして考えたい。

ミルトンの『失楽園』において、ソドムの破滅（v. 14）は第十一巻、イエスの磔刑（v. 10）は第十二巻に描かれる。サタンは報復を終え、アダムとイヴを堕落させた。これによって人類は楽園から追放される。熾天使はアダムを慰める。天使が語って聞かせる未来の物語の中では、イエスが原罪を贖うことで人類が救われる。

彼［＝イエス］は死ぬが、間もなく生き返る。彼に対して死は長いこと力を侵していられないからだ。（……）この行為［＝イエスの復活］がサタンの頭を砕き、〈罪〉と〈死〉の敗北によってその力を打ち砕く。彼の主要な二つの武器［＝〈罪〉と〈死〉］は、その頭に、一過性の死が勝利者の踵を傷つけたよりも、ずっと深く突き刺さる。そして彼［＝イエス］が贖ったものたちの死は、一つの眠りのようであり、永遠の生への甘美な道筋なのだ。[38]

（角括弧内は論者）

イエスの力によって〈罪〉と〈死〉はいずれも敗北し、二人によってサタンは頭を砕かれる。しかし〈死〉は常に不毛なわけではなく、人類にとって「永遠の生への甘美な道筋」となる。このようにル・ヴァヴァスールはミルトンの『失楽園』の細部を持ち出して、ボードレールを諫めようとしているのである。

ボードレールはル・ヴァヴァスールの詩による応答に対して、さらに詩で応答を試みる。これが再び死と放蕩とをモチーフに含んでいる「アレゴリー」である。『悪の花』初版の校正刷から引用したい。

(4)「アレゴリー」と彫刻のイメージ

アレゴリー

1. 美しく　豊かな首回りを持つ一人の女が、
2. ワインの中に　その髪を垂らしたままにしている！[39]
3. 愛の矢の数々も常に、[40]怪しげな溜り場の毒も、[41]
4. 花崗岩でできたその肌の上で　滑ったり　鈍くなったりするばかりだ。
5. 彼女は死に微笑みかけ　放蕩をものともしない。[42]
6. 怪物は、[43]その手で、いつも引っ掻いたり　刈り取ったりするが、
7. その悲しげな遊びの中でいつも[44]　敬意を払ったのだ
8. 力強く真っ直ぐな　この身体の、粗暴な威厳に対しては。
9. 彼女は女神のように歩み　スルタンの妃のように休む。
10. 彼女は快楽の中に　マホメットの教徒の信仰を持っていて、

11. そして乳房が埋めている、伸ばした腕の間へ、
12. 彼女はその二つの眼で　人間という種族を呼ぶのだ。[45]
13. 彼女は信じていたのではないか、[46]この不妊の処女は
14. しかしながら世界の歩みには必要とされていて、
15. 肉体の美しさが崇高な恩寵であること
16. どんな汚辱であっても、赦しを奪い取れることを？[47]
17. 彼女は煉獄と同様に地獄も知らず、[48]
18. そして、[49]黒い〈夜〉に入ることになる時が来ても、
19. 彼女は死の顔を見つめることだろう、[50]
20. 生まれ落ちたばかりの者のように、[51]憎しみも後悔もなく。

（AB IV, 2897-2898）[52]

詩が描く美しい「女」elle には名前が与えられていない。彼女は言わば謎の存在であって、標題に引きつけて言えばアレゴリー、すなわち、「寓意」である。彼女の描写を整理しておくことにしたい。

まず容姿である。C・ピショワが指摘するように、最初の「首回り」encolure（v. 1）は本来、動物に対して使う言葉であり、人間に対して使うと奇妙なことになる。[53]彼女は、何かしら獣じみた印象がする存在である。彼女は盛り場に出入りし（v. 2）、男たちに「愛の矢の数々」（v. 3）を受けたりするが、「ものともしない」（v. 5）。死や放蕩も彼女に手を出すことはできない（vv. 5-8）。彼女の偉容は、スルタンの王妃にも似ている（v. 9）。

次に彼女の信条である。彼女は、「乳房」（v. 11）に象徴される「肉体の美しさ」（v. 15）が、「世界の歩みに必要とされている」（v. 14）と信じている。美は「崇高な恩寵」であり、女に赦しを与える（v. 15）。女は宗教的な罪の意識もなく、地獄も煉獄も無縁であり、子供のように純粋に、死を受け入れる（vv. 17-20）。

そして詩のテーマは、「優しい二人の姉妹」の時と同様に、「不妊の乙女」（v. 13）である。

「アレゴリー」が描く女が娼婦のイメージを伴っていることは明らかである。このイメージは二つあるだろう。一つはイスラム教徒のエロティックなイメージである。G・ロップによれば、[54]一八四〇年代、アンダルシアの女と共に、イスラム教の女のイメージは、官能的な女を示す際の決まり文句となっていた。「マホメット教徒の信仰」(v. 10) という表現はこれに対応する。次にR・ガランは古代ギリシアの美女、フィルネーの逸話を想起している。[55]高級娼婦フィルネーは、風俗紊乱の容疑で告発された。裁判で弁護人が彼女の服を開けて喉から胸にかけてはだけて見せたところ、裸体の美しさが陪審員らの賞賛を得て、無罪を勝ち取ることになった。この逸話に照らして解釈すれば、ボードレールは当時のフランスにおいても、官能的な人やものに対する美の特権的な赦しが行われるべきだと主張したことになる。これは「優しい二人の姉妹」を許容しなかったル・ヴァヴァスールに対する反論として、理解することができるのではないだろうか。

しかし注目しておきたいのは、『初版』の校正刷で「彼女は信じていたのではないか?」(v. 13) と条件法の否定疑問文で、女の心中を察するような物言いがなされていたことである。これは元のモデルがいたということを示唆する。J・クレペとG・ブランの註釈は、詩が書かれた時期から言えば、藪睨みのサラかジャンヌをモデルとしていると推定しなければならないが、二人とも「スルタンの妃」(v. 9) と呼べるほど立派な身分ではないと注意を促す。[56]しかしモデルが誰なのかと問う時、詩に描かれている女が極度に抽象化されていることに気がつく。その作用の中で最も強烈なものは、謎の女が持つ非生物のイメージである。

これは彫刻と重なることによって起きている。まず女の肌は「花崗岩」(v. 4) でできている。そして彼女は不妊で、死を怖れない。これらの超人的な特徴は、仮に女が彫像だとすれば全て納得いくものになる。女の正体が彫刻であると断定することはできないとしても、彫刻が女の謎めいたイメージを統合しているとは言えるだろう。

3. 彫刻のイメージと女

「アレゴリー」を読んだル・ヴァヴァスールは、ボードレールにどのように応じたのだろうか。ボードレールが『韻文集』から原稿を引き上げたことを考えれば、説得は失敗に終わったのだろう。そして彼が一八五一年まで詩作品を発表しなかったことを考えれば、ある一定以上、ル・ヴァヴァスールの批判は彼の胸にこたえたと察することもできる。実際、プラロンは一八五二年十二月の書籍の中で、「一行の詩も公刊していないのに名声を獲得した」詩人としてボードレールを紹介し、彼が挫折を乗越えて、詩集を刊行して欲しいと述べている。(57)

一八四〇年代後半のボードレールは戯曲や小説で、彫刻のイメージを掘り下げていった。彼は一八四七年に発表した自伝的な性格を持つ小説『ラ・ファンファルロ』で、主人公サミュエル・クラメールが女優ラ・ファンファルロに出会った時の心情を次のように描写する。

この太ももが、サミュエルにとってはすでに、永遠の欲望の対象となっていた。長く、ほっそりとして、力強く、脂肪がのっていて同時に筋肉質で、太ももは美しさ beau の有するあらゆる正しさ correction と、綺麗で淫らな誘惑を備えていた。一番広い部分を垂直に切断してみたのなら、この太ももから、頂点をむこうずねとし、ふくらはぎの丸みを帯びた線を凸型の底辺とする三角形の類いが得られただろう。この太ももを理解するにあたっては、本物の男の太ももではあまりに硬く、［アシル・］デヴェイラがクロッキーで描く女の太ももではあまりに柔らかい。（角括弧内は論者、OC I, 572）

太ももは矛盾する要素を兼ね備え、このことによって魔術的な魅力を発散する。太ももはまず、幾何学的な三角形が見出せるように、理性的な「美しさ」beau を有している。これと同時に、「綺麗で淫らな誘惑」を備えている。彼女の身体は画家では、描き切れない。これには彫刻術が最も適切である。「正確な拍子を取った彼女の動作の数々は、全てそのまま彫像術にとっての神々しいモチーフである」（OC I, 574）。

また一八四三年頃からプラロンと共同で書こうと試みた戯曲『イデオリュス』でも男女の出会いにおいて、彫刻のイメージが問題となる。高級娼婦フォルニケットに出会った時、主人公イデオリュスは「大理石」という表現によって、彼女のイメージを彫刻に重ねあわせている。

おお　心のない胸、忌まわしい魔術師、
ものを感じることのない冷たい大理石、おまえの声は　私たちの五感において
魂を従わせる強い魅力を持っている！

(OC I, 616–617)

イデオリュスは女の誘いを拒もうとするが、彼女の肉体の完璧さに抗うことができない。

ついに私がこんな風になったのは　彼女［＝フォルニケット］の愛がそうしたのだ。
私はもう十分に堕ちただろうか、神よ、この深遠の中に
そこでは悔恨が心を引き裂き、罪がつきまとう。
今晩……そして私は行くだろう……

(角括弧内は論者、OC I, 620)

C・ピショワが認めるように、『ラ・ファンファルロ』と『イデオリュス』には共通点が多い。[58] 主人公が芸術家であること、官能的な女との出会いを通じて成長すること、官能的な女と無垢な女とが対比されていることである。だがここで新たに四つ目の共通点として、初対面の女の身体が彫刻になぞらえられていることを加えることができるのではないだろうか。一八四〇年代のボードレールの作品で、彫刻のイメージは恋の始まりを告げる常套句となっていた。女の彫刻化というボードレール作品の特徴は一八四三年頃に始まったのである。

小帰結

ボードレールは一八四一年より前の初期作品において、娼婦を買った自分の姿や、梅毒にかかった自分の姿をテーマに詩作品を書いていた。一八四二年末に書かれたと推定される「優しい二人の姉妹」はひとまず、そうした作品の一つであったと見做すことができる。彼は放蕩と死を組み合わせ、性の快楽に貪欲な詩人の姿を描き出した。こうした性欲をテーマとした作品は、自伝に限りなく近いものであったと考えることができる。

しかしル・ヴァヴァスールは、ボードレールの「優しい二人の姉妹」をソネで批判し、ミルトンに当てつけた。体制派寄りのル・ヴァヴァスールと、ボードレールとは折り合いがつかなかったのである。

ボードレールはル・ヴァヴァスールに詩で反論した。彼は「アレゴリー」で生きている女とも、何かの抽象概念とも両義的に解釈できる女を示し、美に対する許しを焦点化することで、批判の矛先をかわそうとした。つまり問題を自分の肉欲ではなく、一般的な美の問題へと転換したのである。この時、女のイメージをまとめたものが、彫刻であった。その後の『ラ・ファンファルロ』や『イデオリュス』でも、ボードレールは女の身体を彫刻的な美として描き出した。このように考えていくと、女のモチーフの彫刻化は、女の魅力を描くと同時に、詩人が自らの情欲と距離を置くためのものであったと考えることができないだろうか。

（1）Jules Mouquet, dans Charles Baudelaire, *Vers retrouvés. Manoël*, éd. par Jules Mouquet, Émile-Paul Frères, 1929, pp. 44-50.

（2）例えばC・ピショワ編纂のプレイヤード叢書と阿部良雄訳の『ボードレール全集』「共作詩篇・推定詩篇」を比較してみると、研究者によってボードレールの真筆と考える作品が違うことは直ちに明らかになる。まずC・ピショワは十篇の詩を初期作品と推定している（OC I, 218-224）。しかし阿部良雄が示すのは（共作を除いて）八篇である（阿部良雄『ボードレール全集』、前掲書、第一巻、三九九―四一二頁）。しかも二人の見解が一致するのは四篇、「イヴォンヌ・ペン＝モールに」、「若い女大道芸人へ」、「無題（「私たちの愛はどれだけ続くの？」……）」、「無題（私は愛する、彼女の大きな青い眼を……）」のみである。「噴水修繕人」については、C・ピショワは真筆の可能性が高い別の枠に入れ（OC I, 216）、阿部良雄は推定の枠に入れている。

（3）Graham Robb, *La poésie de Baudelaire et la poésie française 1838–1852*, *op. cit.*, pp. 385–392.

（4）Claude Pichois, OC I, 1065.

（5）Claude Pichois, OC I, 1062.

（6）Gustave Le Vavasseur, Ernest Prarond et Auguste Argonne, *Vers*, *op. cit.*, p. 25.

（7）論者がこのように考える理由は、他のソネ「無題（私が以上の詩をおまえに贈るのは……）」のヴァリアントを考えた時である。第一章で指摘したように、初版の校正刷において、このソネは女宛ではなく、男宛であった。『悪の花』でソネが配置された場所は、恋愛詩群にあたる。その前に女との思い出を謳う「バルコン」があることから言っても、文脈上、男宛では通じない。ボードレールは校正刷で書き溜めていた原稿をそのまま印刷させ、その後、修正を加えようとしていたと考えてみることができるのではないだろうか。

（8）この節で述べるボードレールの伝記的な情報は、以下を参照した。Claude Pichois et Jean Ziegler, *Baudelaire*, *op. cit.*, pp. 134–151.

（9）Laure Adler, *La Vie quotidienne dans les maisons closes 1830–1930*, Hachette, 1990.

（10）« Je n'en connais pas un qui n'*adore* quelque *ange*. » このイタリック体について、阿部良雄は強調と考え、傍点を振っている（阿部良雄『ボードレール全集』、前掲書、第一巻、三七九頁）。しかし論者は、濫用されている言葉を具体的に示した台詞として考え、括弧で示す。

（11）医学的な観点は次にまとまっている。Claude Pichois et Jean Ziegler, *Baudelaire*, *op. cit.*, pp. 224–231.

（12）しかし性病という恥ずべきものを、アルフォンスが妻に話したかどうかは定かではない。Claude Pichois et Jean Ziegler, *Baudelaire*, *op. cit.*, p. 171.

（13）*Ibid.*, p. 227.

（14）Jules Mouquet, dans Charles Baudelaire, *Vers retrouvés. Manoël*, *op. cit.*, pp. 11–23.

（15）Graham Robb, *La poésie de Baudelaire et la poésie française 1838–1852*, *op. cit.*, pp. 69–72.

（16）Claude Pichois et Jean-Paul Avice, *Dictionnaire Baudelaire*, *op. cit.*, p. 374.

（17）*Ibid.*, pp. 119–120.

（18）*Ibid.*, p. 164.

（19）*Ibid.*, p. 88.
（20）Claude Pichois et Jean Ziegler, *Baudelaire*, *op. cit.*, p. 164.
（21）Gustave Le Vavasseur, Ernest Prarond et Auguste Argonne, *Vers*, Herman Frères, 1843.
（22）Éric Dayre et Claude Pichois, *La Jeunesse de Baudelaire vue par ses amis*, *op. cit.*, pp. 52-53.
（23）Gustave Le Vavasseur, « La Rime », dans *Poésie complètes*, A. Lemerre, 1888, 4 vol., t. I, p. 61. C・ピショワとJ・ジグレールの次の見解をあわせて参照した。Claude Pichois et Jean Ziegler, *Baudelaire*, *op. cit.*, p. 166.
（24）この顚末は以下を参照。Claude Pichois et Jean-Paul Avice, *Dictionnaire Baudelaire*, *op. cit.*, p. 271.
（25）*Ibid.*
（26）Claude Pichois et Jean Ziegler, *Baudelaire*, *op. cit.*, p. 218.
（27）Eugène Crépet, cité par Claude Pichois et Jean Ziegler, *ibid.*, p. 218.
（28）『悪の花』校正刷では « baisers, robustes de santé » であった。
（29）Jacques Crépet et Georges Blin, Baudelaire, *Les Fleurs du mal*, *op. cit.*, p. 496.
（30）十九世紀前葉まで、娼婦とは実態が知れない謎の存在とされていた。その社会学的な研究を開始したのは在野の医者A－J－B・パラン＝デュシャトレである。しかし一八五〇年代はむしろ後継のY・ギュイヨの研究の範囲である。以下の文献は全体で梅毒の感染や死亡率などを統計学的に示している。Yves Guyot, *La prostitution. Études de physiologie sociale*, G. Charpentier, 3 vol., 1882.
（31）Claude Pichois, OC I, 1420.
（32）阿部良雄「註釈」、『ボードレール全集』、前掲書、第一巻、五九四頁。
（33）Gustave Le Vavasseur, Ernest Prarond et Auguste Argonne, *Vers*, *op. cit.*, p. 25.
（34）John Milton, *Le Paradis perdu*, texte traduit par François-René Chateaubriand, *op. cit.*, t. I, p. 41.
（35）*Ibid.*, p. 88.
（36）例えば『一八五九年のサロン』でボードレールは〈アムール〉（英語圏でいうキューピッド）の表象を問題とし、一般には太った丸い子供で描かれるのだが、彼は、荒れ狂う馬や、魔物の姿に描くと述べている。（OC II, 639）
（37）Graham Robb, *La poésie de Baudelaire et la poésie française 1838-1852*, *op. cit.*, t. I, p. 74.
（38）John Milton, *Le Paradis perdu*, texte traduit par François-René Chateaubriand, *op. cit.*, t. I, p. 279.
（39）最初の校正刷のみで感嘆符、後に句点に修正される。
（40）最初の校正刷のみで「矢の数々」flèches であった。

（41）最初の校正刷で「魚」poisson となっているが、これは「毒」poison の単純な誤植だろう。
（42）最初と第二回の校正刷で死と放蕩は小文字であった。
（43）最初の校正刷で「怪物」は単数形 « Le monstre » であった。
（44）最初の校正刷のみで「彼らの悲しげな遊びでも、［怪物は］常に敬意を払ったのだ」（角括弧内は論者）Dans ses tristes ébats a toujours respecté であった。
（45）最初の校正刷のみで、この箇所はドゥ・ポワン（:）で、後に句点に修正される。
（46）最初の校正刷のみで、「彼女は信じていたのではないか?」Ne croirait-elle pas（v. 13）と始まり、文末（v. 16）が疑問符で終わっていた。
（47）最初の校正刷のみ疑問符で、後にポワン・ヴィルギュール（;）に修正される。
（48）最初と第二番目の校正刷で「地獄」と「煉獄」は小文字であった。
（49）最初と第二番目の校正刷で「そして」et の後に読点が打たれていた。
（50）最初の校正刷のみ「死」は小文字、後に大文字になる。
（51）最初と第二番目の校正刷では棒線がなかった。
（52）「アレゴリー」の校正刷は三つあるが、最初の原稿を訳出した。なお次で確認をとった。OC I, 1065.
（53）Claude Pichois, OC I, 1065–1066.
（54）Graham Robb, *La poésie de Baudelaire et la poésie française 1838–1852*, *op. cit.*, p. 351.
（55）René Galand, *Baudelaire : poétiques et poésie*, *op. cit.*, pp. 407–409.
（56）Jacques Crépet et Georges Blin, Baudelaire, *Les Fleurs du mal*, *op. cit.*, p. 498.
（57）Ernest Prarond, *De Quelques écrivains nouveaux*, Michel-Lévy frères, 1852, p. 7.
（58）Claude Pichois, OC I, 1446.

第九章　「冥府」（一八五一年）——青年たちの代弁者

ボードレールは一八五一年、『議会通信』紙に初めてまとまった量の詩を発表する。これは全体で「冥府」と題されており、「ミッシェル・レヴィ書店から近日刊行予定の」（AB II, 873）同じ標題の詩集の抜粋という触れ込みであった。十一篇の詩は順に、「憂鬱」、「無能な修道僧」、「理想」、「憂鬱（後の「陽気な死者」）」、「猫たち」、「芸術家たちの死」、「恋人たちの死」、「憎しみの樽」、「ベアトリクス（後の「深キ底カラ我呼ビカケタリ」）」、「憂鬱（後の「ひび割れた鐘」）」、「ミミズクたち」である。これらに共通するテーマは、憂鬱と死である。

テーマは、標題の「冥府」と深く結びついている。ダンテの『神曲』が描き出したように、冥府とは天国でも地獄でもなく、死者たちの魂が据え置かれる場である。作中のウェルギリウスの言葉を借りれば、冥府の刑罰とは「希望 espérance がないのに渇望 désir の中で生きること」[1]である。この詩群では絶望のようなものが全体を覆っているが、終わりになることはなく、語り手は生きながらえているのである。

「冥府」には、ボードレールの自伝的な一面を看取することができる。まず発表日である。これは四月九日、彼の三十歳の誕生日であった。作品をまとまった形で発表せず、文学者としての道が見えないボードレールは暗澹たる気持ちであったに違いない。これに比べて、例えば友人のバンヴィルは十九歳で『カリアティード』を出版している。「冥府」という憂鬱な標題は少なからず、ボードレール自身の心情を反映していたはずである。

しかしボードレールは「冥府」に「現代の若者らの精神的動揺の物語 histoire を辿ること」（AB II, 873）を目的に掲げた。つまり詩人としての彼は、自分のような若者は複数いると考えた上で、一般論として若者らの声を代弁しようとしたのである。実際、詩群において、自伝的エピソードは消され、第三者のこととして憂鬱が描かれている。この点は後々考察することにするが、それに先立って詩群の構造を整理しておくことにしたい。

注目しておきたいのは、第六番目の「芸術家たちの死」と、第七番目の「恋人たちの死」である。二篇は詩群のちょうど中央に位置する。詩群はここで山場を迎え、テーマが切り替わる。詩群を分析したM・リュフは「とりわけ最後の六篇に、作者の精神的な立場が表明されている[2]」と述べている。

中央の二篇が特別なものであることは、花や室内の様子などのモチーフが暗示している。まず花のモチーフは、これらに先立つ第三番目の「理想」で、語り手が求めるべき対象として登場していた。その花が「芸術家たちの死」と「恋人たちの死」で開花するのである。つまり序盤の詩にあったモチーフを中盤以降の詩が継承し、膨らませるのである。次に「冥府」の詩の約半数は語り手の部屋を舞台とする。第一番目の「憂鬱」と第二番目の「無能な修道僧」では、冬の荒んだ雰囲気の室内を描く。しかし第五番目の「猫たち」で部屋はくつろいだものになり、第七番目の「恋人たちの死」で部屋は崇高なものとなる。部屋は詩を追うごとに改善されていくのである。だが花は後半の「ベアトリクス」で消え、部屋の中の語り手は憂鬱に再び沈み込むことになる。

さて彫刻的な美のイメージは、中盤の盛り上がりの中で、語り手が探し求めるべき女を示すにあたって登場する。この点を考慮に入れつつ、ボードレールが彫刻化された女をどのように扱ったかを考えたい。

以下では詩群を内容として三つに分け、順に読んでいく。第一節では、第一の「憂鬱」から「理想」までで、失望の中で美が一つの希望となっていく流れを理解する。第二節では「猫たち」から、「芸術家たちの死」と「恋人たちの死」までで、美しい女を探求する青年が描かれていることを理解する。第三節では「憎しみの樽」から「ミミズクたち」までで、不眠がテーマとなり、語り手がニヒリズムに陥るまでを理解する。

1．失望と芸術――「憂鬱」から「理想」

最初のソネ「憂鬱」Le Spleen(3)は長雨に荒んだ語り手の住居を描写する。

憂鬱

1. 〈雨月〉は(4) 街全体に対して苛立ち
2. その壺の大いなる流れを撒き散らす　暗黒の冷たさを
3. 隣の墓地の青白い住人らへ
4. そして　死の運命を　霧の郊外へ。

5. 私の犬は(5)　タイル張りの床の上で寝わらを探し
6. 痩せて疥癬にかかった身体を　絶え間なく動かしている。
7. 老いた詩人の影が(6)雨樋をさまよう
8. 寒がりの亡霊の悲しい声を上げながら。

9. 大鐘が嘆き、そして　すすけた薪が
10. 風邪声の掛け時計を、甲高い声で伴奏する、
11. しかし汚い香水がぷんぷんするトランプに出てくる、
12. 水腫を患った老婆の不吉な形見［に出てくる］、

13. ハートの美しいジャックと　スペードのクイーンが
14. 過ぎ去った愛の数々を　不気味にも語り合っている。

（角括弧内は論者、AB II, 873）

時期はフランス革命暦の「雨月」（v. 1）、すなわち、一月末から二月中盤のことである。第一キャトランが描くのは、雨が降る街である。冬の冷たい雨で、「霧の郊外」（v. 4）では、路上生活者をはじめ、死ぬ者がいるだろう。第二キャトランで舞台は詩人の部屋に移る。犬は寒がってわらを探す（v. 5）。雨樋（v. 7）からは「亡霊の悲しい声」（v. 8）のような音がし、これは「老いた詩人」（v. 7）を思わせる。

詩の語り手「私」はテルセにおいて、想像力で室内にある動物やモノを擬人化する。第一テルセで、大鐘は「嘆き」（v. 9）、薪は「甲高い声で伴奏し」（vv. 9-10）、時計は「風邪声」（v. 10）である。第二テルセで、トランプが語り出す。しかしそれは憂鬱なものでしかない。「ハートの美しいジャックと、スペードのクイーン」（v. 13）の恋は終わっており、二人がもはや思い出を語ろうと「不気味」である（v. 14）。

最初のソネ「憂鬱」は冬のうんざりした街を描き出すと同時に、後続の詩に登場する多くのモチーフを予告する。ここに登場した動物、墓地、鐘の音、寒がりは、後の詩で再びテーマとなるのである。

第二番目の「無能な修道僧」は、憂鬱の要因を当代の芸術の困難に求めていく。

無能な修道僧

1. 昔の修道院の禁域では、[7] その巨大な壁に、
2. 聖なる〈真実〉の情景を、陳列していたものだ
3. その効果たるや　敬虔なる臓腑を温め
4. 簡素な建物の冷たさを和らげたのである。

5. キリストに食料の蓄えがあったその時代、[8]
6. 今日では　ほとんど引き合いに出されることもない高名な僧が一人ならず、
7. 埋葬の場をアトリエにし、[9]
8. 素朴に死を輝かせしめていた。

9. 私の魂は墓にいる、[10] 無能な修道僧、
10. 永遠の昔から　私はくまなく駆け回り　そこに住み着いているのだ。
11. この忌まわしい禁域の壁を飾るものは何もない。

12. おお　怠惰な修道僧、[11] では　いつになったら私はできるのだろうか
13. この惨めで悲しい人生の生々しい情景を
14. 己の手による傑作となし　己の目の好みとなすことを？

（角括弧内は論者、AB II, 873）

前のソネから引き継がれたテーマは、寒い室内のイメージである。かつてキリスト教が盛んだった頃には、修道院の「禁域」les cloîtres（v. 1）の壁面に、立派な装飾があった。これが「建物の冷たさ」（v. 4）を和らげていた。ボードレールがイメージしていた壁画を理解するにあたっては、一八四三年頃に「ノルマンディー」派のドゾンに送付された詩を思い返してみないわけにはいかない。

ドゾンに送られたヴァージョンで「無能な修道僧」の十二行目は「無能なオルカーニャ」（AB III, 1949）となっていた。C・ピショワがJ・プレヴォーの説に頷くように、[12] これは十四世紀フィレンツェの画家であり、建築家、彫刻家のアンドレア・オルカーニャのことを指している。ボードレールは語り手「私」をオルカーニャになぞらえつつも、

傑作をものにしていない無能な者だと自嘲したのである。[13]

語り手は壮麗な装飾に感激する。しかし、その一方で、彼は自らの魂が住み着いている墓を装飾することができないことに苛立ちを感じる。語り手―芸術家は、何を為すべきか。このテーマは次のソネへと引き継がれる。

理想

1. お飾りを持つ[14]美女たちでは決してないのだ、
2. ろくでもない時代に生まれた、梅毒持ちの製品ども、
3. あのブーツを履いた脚、カスタネットを持った指先、
4. それらでは決して　私のような心を満足させることがない。

5. 任せておきたいものだ　ガヴァルニ、この硫黄病や、
6. 病院の美女たちのさえずる一群の歌い手[15]に。
7. というのも　私はこれらの青ざめた薔薇の中に
8. 私の真紅の理想に似つかわしい　一輪の花を見出せないのだ。

9. 裂け目のように　深い心に　なくてはならないものとは、
10. おまえだ、マクベス夫人よ[16]、罪を犯す力強い魂よ、
11. 疾風の吹き荒れる気候で開化したアイスキュロスの夢よ、

12. あるいはおまえだ、大いなる〈夜〉、ミケランジェロの娘よ、

13.　奇怪なポーズをとりつつ　穏やかに眠る者よ、[17]
14.　そしておまえの乳房は　ティターン神族の口ために切り出されている。[18]

（AB II, 873-874）

「ろくでもない時代」（v. 2）とあるように「理想」は、「無能な修道僧」で示された時代の荒廃をテーマとして引き継ぐ。第二キャトランまで語り手は、理想を見出せないと嘆くばかりである。しかしテルセにおいては打って変わり、語り手は「疾風の吹き荒れる気候」（v. 11）においても咲く花を見出したと報告する。

これを示すにあたって、ボードレールは、四つの指標を対比する。キャトランはガヴァルニの版画を貧弱として退け、テルセでより強いものとして、シェークスピアの戯曲の主人公、マクベス夫人を示す。次に彼はアイスキュロスのイメージを示し、最後に、ミケランジェロの彫刻《夜》に視点を集約する。

「理想」はすでに第七章で考察したように、独立して読むことのできる作品であり、特にミケランジェロの《夜》をめぐる文言にはボードレールの独特の世界観が込められている。またボードレールが梅毒に感染したことを念頭におけば、「ろくでもない時代に生まれた、梅毒持ちの製品ども」（v. 2）を退けた一節は深読みすることができる。彼はもう娼婦などを相手にすることをやめた、と宣言していると読めるのである。

しかし「無能な修道僧」と接続させて「理想」を読めば、時代の荒廃を乗り切ることを考えた芸術家が、手掛かりにするべき先人たちの作品を探索し、具体的に列挙していると読めるのである。

後続の詩篇では冥界がテーマとなって行く。《夜》のオリジナルがメディチ家の墓碑であることを思えば、彫刻が冥界への導き手となっていると考えることもできる。しかしそれ以上に、ここでは夜の化身であるニュクスのモチーフが、その夫であるエレボスのモチーフへと詩群を導いていくのである。

2．死から希望へ――「猫たち」から「芸術家たちの死」と「恋人たちの死」

第四番目のソネ「憂鬱」Le Spleen（後の「陽気な死者」）は、第一のソネと全く同じタイトルである。しかしそのテーマは打って変わり、死を破滅ではなく、ある種の気楽なものとして示す。

おお　蛆虫どもよ！[19]　耳も眼もない真っ黒な友よ、
見よ　おまえたちのほうに　自由で陽気な死体がやって来るのを。
哲学者面した遊び人らよ、腐ったものから生まれる息子たちよ、

私の朽ちた身体の中を　悔恨もなく　くぐり抜けて行くがいい、
そして教えて欲しいものだ　いまだに何かの痛手[20]を与えられるのか
魂が抜けたこの老いた身体に　死者たちの間で死んでいる身体に。[21]

（AB II, 874）

第二テルセが示すように、死とはもはや「痛手」がなくなった状態である。死者たちは「自由で陽気」である。このような死に関する詩を挟んで、詩群は冥界へと接近していく。

第五番目のソネ「猫たち」Les Chats で、舞台は再び、第一番目のソネ「憂鬱」が描いていた寒い日の居間に移る。しかし「憂鬱」では犬が寒がってわらの寝床を求めていたのに対し、「猫たち」に登場する動物はタイトルの通り、猫に変わる。犬と異なり、猫こそは「家の誇り」である。

熱烈な恋人たちと　厳しい学者たちとは
その成熟の季節に等しく愛する[22]

力強くて　優しく、家の誇りの　猫たちを、
彼らは飼い主たちと同じく寒がりで　飼い主たちと同じく家に籠りがちだ

猫たちは知識と逸楽の友であり、
深淵の静けさと恐ろしさを探し求める。
エレボスは　死の馬車を引く馬に　猫たちを用いたかもしれない、
もし彼らが誇りを捨てて　隷属するのであれば。

(角括弧内は論者、AB II, 874)

猫たちは、熱烈な恋人たちであろうと、厳しい学者であろうと、飼い主たちの気をなごませる。注意しておきたいのはエレボスとニュクスとのつながりである。第七章でも論じたように『十九世紀万物百科大事典』によれば、[23]エレボスはニュクスの夫である。二人の神は近親婚であり、エレボスはニュクスの息子か、あるいは弟であるという。「理想」の末尾から「猫たち」へは神話が伏線になっている。
しかし冥界のエレボスは、自尊心の強い猫たちを屈服させるだけの力は有していない。猫の友たちにとって、死はあたかも恐れるに足らないものであるかのように思える。死後の世界へのこうした気安い雰囲気があった上で、続く第六番目の「芸術家たちの死」で、冥界のテーマと芸術のテーマとが交差する。

芸術家たちの死[24]

1.　長い間　山を越え　谷を越え　歩かなければならない、
2.　多くの砂利を踏み砕き　馬 monture を乗り潰さなければならない、
3.　安息の地を見つけるまでには　そこでは善き自然が

4. 最後に休息所を見つけよと　心を誘ってくれる。
5. その身体を　奇怪な仕事のために　酷使しなければならない、
6. 両手で　不浄な泥を捏ねなければならない、
7. 理想的な形に出会う前には
8. それへの暗い欲望が　私たちをすすり泣きで満たす。

9. 自らの理想像[25]に出会うことのなかった者もいる、
10. そして呪われ　屈辱を刻印された彫刻家たちは、
11. 自ら額と胸を引き裂く。

12. もはや　たった一つの希望だけが　彼らをしばしば慰める[26]、
13. それは死[27]だ、これが新たな太陽のように天に架かり、
14. 彼らの脳髄に花々を咲かせる[28]

（AB II, 874）

テーマは彫刻家たちに代表される芸術家の苦悩である。ここには三通りの彫刻家が登場する。第一の彫刻家は苦労がついに報われ、「休息所を見つけよ」（v. 4）と自然に言ってもらえる彫刻家である。第二の彫刻家は「自らの理想像に出会うことのなかった」（v. 9）彫刻家である。第三の彫刻家は、「呪われ、屈辱を刻印された彫刻家たち」（v. 10）である。第三章でも論じた通り、最初の八行（二つのキャトラン）は『悪の花』初版で大きく変わる。そして『初版』以降は彫刻の作り手も、一人称複数「私たち」（AB II, 1229）になる。しかし「冥府」では三人称で、さまざまな彫刻家が列挙されていくのである。

第一の彫刻家のように恵まれているものは稀である。大体は第二の彫刻家のように理想像を手にできないのみならず、悪くすると第三の彫刻家のように呪われてさえいるのである。

第三番目の呪われた彫刻家にとって、死は救いの意味を持つ。死は唯一の「希望」(v. 12) であり、「新たな太陽」(v. 13) のようであり、彫刻家たちの「脳髄に花々を咲かせる」(v. 14)。この表現が何を意味するかを理解するにあたって思い返して起きたいのは、先立つソネ「理想」で、芸術という花を咲かせる植物が育たない不毛な土壌のイメージが示されていたことである。しかし「芸術家たちの死」では太陽—死が、土—脳髄に蒔かれた植物—花に養分を与える。死の世界とは言え、花が咲いたことは一つの栄光なのである。

二十二歳頃にはもう詩を発表する準備ができていたのに、三十歳にしてまだ一冊の詩集も刊行していないボードレールは、第三番目の彫刻家に自分を重ねていたのではないだろうか。実際、後に発表された『悪の花』初版で、この箇所は一人称複数「私たち」に書き改められるのである。しかし『議会通信』紙で発表されたヴァージョンで、呪われた彫刻家たちは三人称で書かれている。あえて一人称を用いなかったことはボードレールが作者註で「現代の若者らの精神的動揺の物語を辿る」(AB II, 873) と述べていたことと関連しているだろう。彼は自分のことではなく、一般論として芸術家の苦悩を描き出したのである。

さて詩群「冥府」の最大の特徴は、この後に「恋人たちの死」が配置されていることである。『悪の花』初版以降は、むしろ順序が逆で、「恋人たちの死」の後に「芸術家たちの死」が来る。「冥府」の配置で二つの詩を接続させる時、次のような読み筋が現れる。「芸術家たちの死」に登場する彫刻家は全員が理想の像を作れたわけではなかった。だが仮に第一の彫刻家のように、それができたのならば、どのようなことになるのか。

彫刻である女は、男の意志が作り上げた被造物であり、男の思いのままになる存在である。この時、男女の間で齟齬が起きるはずがない。それが描かれているのが「恋人たちの死」ではないだろうか。そしてこのようなつながりで読む限りにおいて、ソネは直接、彫刻を扱っていなくても、彫刻に関連する詩と言えるのである。

恋人たちの死

私たちは手に入れるだろう　軽い香りに満たされたベッドを、
墓のように深い長椅子を[29]、
そして花入れには偉大な花々を[30]、
これらはより美しい空の下で、私たちのために開化する

その最後の熱気を　我先にと費やし、
私たちの二つの心は　二つの大きな松明となるだろう、
その二重の光は照り返しているだろう
私たちの二つの精神、これらの双子の鏡の中で。

神秘的な青と薔薇色とに染められた[31]ある夜、
私たちは　一度だけのすすり泣きを[32]　交わすだろう、
そして［すすり泣きは］永遠の別れの意味を込めた閃光[33]のようであるだろう、

［すすり泣きは続くだろう］天使が、扉を開けて入ってくるまで[34]、
誠実で慎重な[35]［天使が］、命を再び与えに来る［まで[36]］、
曇った鏡たちや　死んだ炎たちに。

（角括弧内は論者、AB II, 874-875）

このソネは男女の理想的な愛の情景を描く。本研究は第三章で、ボードレールが男女の相互理解について懐疑的で

あることを指摘した。「あらゆる人間的な物事と同様に、愛において、心からの合意は、一つの誤解が生み出した結果なのである」（OCI, 696）。しかしここでは「誤解」など問題にもならない。

ソネの第一キャトランは室内の情景を示す。「ベッド」（v. 1）、「長椅子」（v. 2）、「花々」（v. 3）に恋人たちは囲まれる。第二キャトランで「二つの心」（v. 6）は燃え上がる。ボードレールは「二つ」という単語を何度も繰り返す。恋人らは一つに統一されることはない。しかし二人は「双子の鏡」（v. 8）となり、同じ存在となる。テルセが描くのは情事とその後である。恋人たちの情事は、「一度だけ」（v. 10）で、これが「永遠の別れ」（v. 11）となる。彼らは審判の日に天使が来て、救われる。

「冥府」の特徴を考えるにあたって注目しておきたいのは、第一キャトランの花々の描写である。『悪の花』初版で改稿した時、ボードレールは花々に「奇妙な」étrange という形容詞をつける。リトレの『フランス語大辞典』で確認すると、« étrange » には「異国の」や「見たことがない」などの他、「不自然」の意味がある。[37]「奇妙な」という表現は一見して注意を引く。これはボードレールの美意識において重要なテーマであった。彼は『一八五五年の万国博覧会』で「美とは常に奇矯な bizarre ものである」（OC II, 578）と述べ、奇妙な美を自らの信条とした。これを思えば「奇妙な花々」は、まさに彼の詩学を凝縮しているのではないだろうか。

しかし「冥府」の花々は「偉大な」（v. 3）ものである。花が咲く空は「より美しい」（v. 4）。「冥府」で彼は、個人の嗜好を排し、一般の青年が抱くような理想を描いたのである。

さて、ソネの主動詞が、未来形になっていることは注意しておく必要がある。すなわち「手に入れるだろう」auront（v. 1）、「なるだろう」seront（v. 6）、「照り返しているだろう」réfléchiront（v. 7）、「交わすだろう」échangerons（v. 10）である。これらの未来形は起きる蓋然性が高いことを語り手が予想したのでも、実行する意思を示したのでもなく、言わば、語り手の願望や夢想を叙述していると読むことができる。

そして語り手の思うことの実現性が確かでない理由は、詩群「冥府」の流れでは、直前の「芸術家たちの死」が説明しているのではないだろうか。理想的な彫刻を作れる者はごく一人握りに過ぎない。多くの者はそれができず、死後の世界で夢見るのみである。この夢の中身が「恋人たちの死」に示されたのではないか。

3．不眠と諦め――「憎しみの樽」から「ミミズクたち」

「恋人たちの死」で叙情的な感情が高まった後、詩群のテーマは再び暗い、憂鬱へと戻っていく。言わば、第七番目の詩と第八番目の詩との間に折り返し点があり、詩群のテーマは最初へと回帰していくのである。

まず第八番目の「憎しみの樽」では、激しい憎しみがテーマとなる。

しかし[38]幸せな酒飲みたちは　自分たちを打ち負かすものを知っている、
そして憎しみ[39]は惨めな運命を宿命付けられている
テーブルの下で決して眠り込むことができないのである

(AB II, 875)

酒飲みたちは幸せにも酒を飲んで、眠り込むことができる（打ち負かされる）。しかし憎しみはいつまでたっても眠り込むことができない。だから救いがなく、始末に終えないと詩は謳う。

次に第九番目「ベアトリクス」（後の「深キ底カラ我呼ビカケタリ」）は、おぞましい風景を寓意として、語り手の殺伐とした心の中を描く。ここでも眠れない苦しみが謳われていることに注意しておきたい。

ベアトリクス[40]

1 私はおまえの慈悲に懇願する、おまえは[41]私が愛した唯一の者、

2. 私の心が落ちてしまった　暗い裂け目の奥から［私は懇願する］。
3. ここは生気がない世界だ　地平線は鉛色、
4. 夜には　恐怖と瀆神の言葉とが跋扈する。[42]

5. 熱のない太陽が　三ヶ月以上[43]天にかかり、
6. また別の三ヶ月　夜が大地を覆う。
7. ここは極地よりも　何もない[44] nu 国だ。
8. 獣も、小川も、緑も、森もない。

9. さあ、世に次のものを超える恐怖はない
10. この氷の太陽の冷たい残酷さと、[45]
11. そして古い混沌[46]にも似た　古い[47]夜と。

12. 私は最も卑しい獣たちの運命に嫉妬する
13. それらは愚かしい眠りの中に沈み込むことができる、
14. それほどに時の苧環は　ゆっくりと繰り出されていく。[48]

（角括弧内は論者、AB II, 875）

第二テルセに眠れない語り手の姿が描かれる。しかし詩群「冥府」のつながりで注目しておきたいのは、太陽である。太陽は存在こそするが、「熱」（v. 5）がない。むしろ「氷」（v. 10）のようである。「暗い裂け目の奥」（v. 2）で植物は繁茂など望めない。世界には「獣も、小川も、緑も、森もない」（v. 8）。

先の「芸術家たちの死」では、死後の世界、太陽が天にかかり、芸術家たちの「脳髄に花々」を咲かせたのであっ

た。比較してみれば、「ベアトリクス」が謳う世界がいかに不毛のものであるかがわかる。そして一連の花がモチーフとなった流れは、このソネで途絶える。言わば、花は死滅してしまったのである。

語り手が請い願う相手、「おまえ」toi とは何者なのか。綴り字の«t»は『悪の花』初版で大文字となる。J・クレペとG・ブランの註釈が指摘したように[49]、これはフランス語として特殊である。解釈は二通りある。

まず大文字の「おまえ」を「神」と考え、詩の語り手が神に祈っていると理解するものである。ここで思い返すべきは、『悪の花』初版の標題、「深キ底カラ我呼ビカケタリ」De profundis clamavi である。これは『旧約聖書』『詩篇』一三〇(版によっては一二九)の冒頭の文言をそのまま記している。

De profundis clamavi ad te, Domine
Domine, exaudi vocem meam :
Fiant aures tuæ intendentes, ad vocem deprecationis meæ.[50]

奥深いところから　私は加護を求める、主よ
主よ、我が声を聞いてほしい。
我が嘆願の声に、耳をすませてほしい。

『旧約聖書』の『詩篇』一三〇の語り手は神に向かって嘆願し、夜明けと、神の言葉とを待ち望む。これは不毛の地にいて苦しむボードレールの詩の語り手の嘆きと重なり合わさる部分がある。『詩篇』一三〇とボードレールの詩との違いは、後続のテーマの展開である。『詩篇』一三〇は約束の地、イスラエルでの救いを謳う。ボードレールの詩で語り手は、深淵の恐ろしさを嘆き続けるばかりで、救いや希望はない。

もう一つはJ・クレペとG・ブランがより確実な解釈と強調するように[51]、「おまえ」をジャンヌと理解し、浮気者

のジャンヌに若いボードレールが傷ついたエピソードが垣間見えるという解釈である。しかし「冥府」で「おまえ」は小文字であり、神もジャンヌも暗示しない。『旧約聖書』に通じるラテン語の標題もない。ソネはあくまで、絶望した男一般の嘆きを描くのである。

C・ピショワは『悪の花』第二版について、このソネは「理想」からつながる一連の女の探求の流れの中にあると述べている。(52) この図式は「冥府」においても同様である。だが『第二版』においては、後続の詩で花が再び咲くのに対して、「冥府」ではこれが花を枯らす最後の詩になるということである。

第十番目の詩は再び「憂鬱」Le Spleen と題されている（後に「ひび割れた鐘」と変更される）。このソネは再び冬の夜を描く。語り手の心境は絶望というよりも、甘さと苦しみの入り混じった半々のものになる。

苦くも甘いことだ(53)　冬の夜々の間
パチパチとはね　煙る火のそばで　こんなことを感じるのは(54)
遠い思い出がゆっくりと起き上がってくるのだ
霧の中で歌う教会の鐘の音とともに。

私と言えば、私の魂はひび割れている、そして倦怠の数々に浸され
それ［＝私の魂］が　連夜の冷たい空気を　歌で満たそうとする時、
しばしば次のようなことがある　その弱々しい声が
忘れられた負傷者の叫び声に似ているのだ(55)

（角括弧内は論者、AB II, 875）

彼は歌いだすが、声が割れており、瀕死の人間を思わせる。

［その負傷者は］血の池を前にして、(56) 山と積まれた死者たちの下で、
動くこともなく(57) 大きな努力をしつつ　死んでいくのだ。
（角括弧内は論者、AB II, 875）

語り手の魂は過去には、ひび割れてなどおらず、朗々と歌うことができたのだろう。しかしもはやそれはできず、瀕死の「負傷者の叫び声に似ている」。もう青春は去ってしまったのである。最後の詩「ミミズクたち」は、教訓を伝える。

黒いイチイの木々の上で守られて、
ミミズクたちは並んでつかまっている
漆黒の偶像でもあるかのように、(58)
赤い眼を放つのだ。彼らは瞑想している(59)
（AB II, 875）

ミミズクたちは夜中、眠ることがない。ここでも不眠がテーマとなる。しかし鳥たちは苦しまない。G・ボノーの指摘を受け、C・ピショワが指摘するように、ボードレールは自然の鳥のミミズクを描写したのではなかっただろう。(60)『十九世紀万物百科大事典』が記すように、(61) ミミズクはミネルヴァ（アテネ）の遣いとして平和と英知の象徴だと考えられ、西欧では多くの文学者や芸術家たちが作品のモチーフとした。しかしその生態は獰猛で、西欧の詩人たちは専ら想像力で鳥を描いた。ミミズクは寓意的に昼の社会を嫌う者を指すようになる。ボードレールの詩でミミズクたちは「賢者」に諭す。

それら［＝ミミズクたち］の態度は賢者に教える
現世で怖れなければならぬものとは

喧噪と動きなのだ。

過ぎ去る影に酔いしれた男は
しばしば罰せられる[62]
場所を変えようとしたことについて。

（角括弧内は論者、AB II, 875）

ミミズクたちは「喧噪と動き」を退ける。彼らは最初から現世を生きることを諦めているのであり、結果から振り返れば、動かないという消極的な選択が最も賢いことになると示すのである。

動くことを嫌う発想はボードレールの著述全体を見ればパスカルと関連づけるべきではある[63]。しかし「冥府」に収録されている詩を接続させ、一連の流れとして読めば、次のようなことになる。憂鬱に沈み込む語り手は、芸術に救いを求めた。理想の愛は垣間見えることもあった。しかしそれは夢想に過ぎなかった。最後にミミズクは、諦めよ、そもそも挑戦してみようと試みることも愚かだ、と諭しているのである。

こうした青年の心境は今日の言葉で「ニヒリズム」とまとめることができるのではないだろうか。

小帰結

詩群「冥府」に収録された十一篇の詩をつなげて読む時、語り手「私」の苦悩の物語が浮かび上がる。彼は現実世界に絶望し、美に希望を見出そうとする。しかし希望の形は変化していく。第三番目の「理想」で美とは、芸術の探求であった。しかし第六番目の「芸術家たちの死」において、探求の対象は女の彫刻であり、それは恋愛の対象となりうるものである。そしてこの繋がりで読む時、第七番目の「恋人たちの死」は、理想の彫像が見つかった時の情景を描いていると理解することができる。しかし近代の芸術家にとって、ピグマリオンのように理想の女を得ることは難しい。彼はしばしの夢想の後、詩群の後半で再び失意に沈む。

こうした一連の憂鬱と理想の物語は、「冥府」において、ボードレールの個人的な打ち明け話ではなく、若い男の宿命一般となっている。例えば、「理想」の梅毒に関わる一節は、自分がそれにかかった詩人との感想として読むこともできる。また「ベアトリクス」は後の改稿を考えれば、ジャンヌのイメージが下地にあったのかもしれない。彫刻的な女のイメージの探求は、一八四〇年代にすでにあったものである。

しかし詩群は、ボードレールの個人的な告白ではない。特に「芸術家たちの死」では、三通りの彫刻家が登場する。語り手の視点は多角化され、一般化されている。一八五一年のボードレールはこのようにして当初、若者たちの悲観を代弁する者として、作品を世に問うたのである。

（1）第二章で示したように、十九世紀には『神曲』の訳が多くあった。ここではボードレールが『一八四六年のサロン』で引用した、ピエ＝ランジェロ・フィオレンティーノの散文訳を参照した（OC II, 438）。Dante Alighieri, *La Divine Comédie*, texte traduit par Pier-Angelo Fiorentino, Hachette, 1908, pp. 16-17.

（2）Marcel Ruff, *L'esprit du mal et l'esthétique baudelairienne*, Slatkine Reprints, 2011, p. 245.

（3）『初版』から定冠詞がなくなる。

（4）『第二版』で« Pluviôse, irrité »と読点が挿入される。文頭であるため« Pluviôse »が大文字かどうかは判断がつかないが、C・ピショワも指摘するように、これは「雨月」を擬人化している（Claude Pichois, OC I, 974）。ニュアンスから大文字と判断し、山括弧にくくった。

（5）『初版』から「犬」ではなく、「猫」になる。

（6）『第二版』から「影」ではなく、「魂」になる。

（7）『議会通信』では« Les cloîtres anciens, sur leurs »と読点があった。

（8）『議会通信』でこの一節は« où le Christ avait ses victuailles, »であったが、『初版』以降は« où le Christ florissaient les semailles, »「キ

リストの撒いた種が咲いていた時代」となる。

（9）『議会通信』で「死」は小文字であった。

（10）『議会通信』では文頭の棒線がなかった。また『初版』では「私の魂は墓である」Mon âme est le tombeau となるが、『議会通信』では「墓にいる」au tombeau であった。

（11）ドゾン宛の書簡（AB III, 1949）では「無能なオルカーニャ」Impuissant Orcagna であった。また『初版』以降は « O moine fainéant ! quand » と感嘆符が挿入されるが、『議会通信』では読点であった。

（12）Claude Pichois, OC I, 857.

（13）C・ピショワによれば、ボードレールがここで想起するのは十九世紀当時、オルカーニャの作と信じられていたフレスコ画《死の勝利》（一三五〇以降）である（同作の作者は現代ではフランチェスコ・トライーニとなっている。Claude Pichois, OC I, 857）。パリにいた詩人は実際にフレスコ画を観ることはなかったが、一八三九年にレオポルド・ルクランシェが出版したヴァザーリの『画家列伝』を読んだのだと目されている（Giorgio Vasari, *Vies des peintres, sculpteurs et architectes*, texte traduit par Léopold Leclanché, Just Tessier, 2 vol., 1839, t. I, pp. 378-395）。確かにこれほど有名な絵であれば、版画やレプリカがなかったとは言い切れない。しかしルーヴル美術館はオルカーニャの《聖母の誕生》を展示していた（Vinchon Ballard, *Notice des tableaux exposés dans le musée royal*, Musées Royaux, 1840, pp. 203-204）。これも併せて考えてよいのではないだろうか。

（14）『議会通信』では « ces beautés à vignettes » であったが、『初版』以降、「お飾りになる美女たち」ces beautés de vignettes となる。

（15）『初版』以降「歌い手」le chantre ではなく、無冠詞の「詩人」poète になる。

（16）『初版』以降「おまえたちだ、マクベス夫人よ」C'est vous, Lady Macbeth となる。「おまえたち」はマクベス夫人と次の「アイスキュロスの夢」を指す。しかし『議会通信』では « C'est toi, lady Macbeth » であった。

（17）『議会通信』では「眠る」dors であったが、『初版』以降、「身をよじる」tors となる。

（18）『議会通信』では « Et tes appas taillés aux bouches des Titans. » であった。『初版』以降、文頭の「そして」がなくなり、「切り出された」taillé が「おあつらえ向き」façonné となる。

（19）『初版』では文頭に棒線が入るが、『第二版』で『議会通信』と同じになる。

（20）『議会通信』では「かみ傷・痛手」morsure であったが、『初版』以降、「責め苦」torture になる。

（21）末尾は『議会通信』で句点、『初版』で疑問符、『第二版』で感嘆符となる。

（22）『議会通信』には節の終わりに読点がなかった。

（23）L'article sur le terme « Erèbe », *Grand Dictionnaire universel du XIX*^{e} *siècle*, *op. cit.*, t. VII ; 1870, p. 797.

(24) キャトラン（最初の二節）は『悪の花』初版で大きく書き換わる。これは第十一章で改めて引用して示す。

(25)『議会通信』で「理想像」idole は小文字であった。

(26)『議会通信』でこの一行は大きく違い、« N'ont plus qu'un espoir qui souvent les console, » となっていた。

(27)『議会通信』で「死」は小文字であった。

(28)『議会通信』で最後は感嘆符ではなく、句点で終わる。

(29)『議会通信』ではポワン・ヴィルギュール（;）であったが、『初版』から読点に変わる。

(30)『議会通信』では« Et de grandes fleurs dans de jardinières, » であったが、『初版』以降、« Et d'étranges fleurs sur des étagères, »「そして棚には奇妙な花々を」に変わる。

(31)『議会通信』では« Un soir teint de » であったが、『初版』以降、« Un soir fait de » に変わる。

(32)『議会通信』では« un sanglot » であったが、『初版』以降、« un éclair » に変わる。つまりボードレールは、第十行目と第十一行目の単語を入れ替えたのである。

(33)『議会通信』では« Et comme un éclair tout chargé d'adieux » であったが、『初版』以降、« Comme un long sanglot, tout chargé d'adieux » に変わる。

(34)『議会通信』では« Jusqu'à ce qu'un ange, entrouvant [*sic*] » であったが、『初版』以降、« Et plus tard un Ange, entr'ouvrant [*sic*] » に変わる。

(35)『議会通信』では「慎重な」soigneux であったが、『初版』で「喜びの」joyeux となる。

(36)『初版』では「来るだろう」viendra となるが、『議会通信』では「来る」vienne であった。

(37) *Dictionnaire de la langue française*, par Émile Littré, *op. cit.*, t. II, p. 1528.

(38)『初版』以降、文頭に棒線が加わる。

(39)『初版』以降、「憎しみ」は大文字で擬人化される。

(40) 標題は二度変わる。一八五五年の『両世界評論』では「憂鬱」Le Spleen となる。しかし『悪の花』初版では、「深キ底カラ我呼ビカケタリ」になる。

(41)『初版』以降、「おまえ」が大文字になる。

(42)『議会通信』では句点だが、『初版』以降、ポワン・ヴィルギュール（;）となる。

(43)『議会通信』では「三ヶ月」であった。しかし『初版』以降、「六ヶ月」となる。

(44)『議会通信』では句点だが、『初版』以降、感嘆符となる。

（45）『議会通信』では読点があった。
（46）『初版』以降、「混沌」は大文字になる。
（47）『議会通信』では「古い」であったが、『初版』以降、「果てしない」immense になる。
（48）『議会通信』では感嘆符がなかった。
（49）Jacques Crépet et Georges Blin, dans Baudelaire, *Les Fleurs du mal*, *op. cit.*, p. 351.
（50）*Sainte Bible : contenant l'Ancien et le Nouveau Testament*, texte traduit par Louis de Carrières, Gaume frères et J. Duprey, 7 vol., 1870, t. IV, pp. 408-409. なおヘブライ語では神への呼びかけが、初めは「ヤハウェ」、二回目が「アドナイ」となっている。この点は以下で確認した。*La Bible. Ancien Testament*, éd. par Édouard Dhorme, *op. cit.*, t. II, ; 1959, p. 1118.
（51）Jacques Crépet et Georges Blin, dans Baudelaire, *Les Fleurs du mal*, *op. cit.*, p. 350.
（52）Claude Pichois, OC I, 891.
（53）『初版』以降、« doux, pendant » と読点が入る。
（54）『初版』以降、「聞く」となる。
（55）『議会通信』では « Ressemble aux hurlemens [*sic*] » であったが、『初版』以降、「厚ぼったいゼイゼイいう声を思わせる」Semble le râle épais になる。
（56）『議会通信』では « Auprès » であったが、『初版』以降、「ほとりで」Au bord になる。
（57）『議会通信』では « meurt sans bouger dans » と読点がなかった。
（58）『議会通信』では « Comme des idoles de jais, » であったが、『初版』以降は « Ainsi que des dieux étrangers, » 「異国の神々と同様に」となる。
（59）『議会通信』では « leur œil rouge; ils » であったが、『初版』以降は « leur œil rouge. Ils » となる。
（60）J・クレペとG・ブランの註によれば、「ミミズクたち」と関連があると思われるテクストは、ホメロス、ウェルギリウスをはじめ、十五にも上る（Jacques Crépet et Georges Blin, Baudelaire, *Les Fleurs du mal*, *op. cit.*, p. 413-415）。これを検証したG・ボノーによれば、特に重要なのは、トマス・グレイの詩である（Georges Bonneau, *Mélanges critiques*, *op. cit.*, p. 27）。彼は、グレイの詩でミミズクは単数形であったことに注目し、ボードレールのミミズクが複数形で、列をなしている点に注目する。自然のミミズクは気性が荒く、どこの国でも列をなして並ぶことはない（*Ibid.*, p. 42）。したがってボードレールは、実際のミミズクを見ていないのではないか、とG・ボノーは問うている。C・ピショワはこれに同意し、ボードレールが旅行記の挿絵や、木彫りの彫刻を見たのではないかと考える（Claude Pichois, OC I, 962）。実際、『議会通信』では詩に「漆黒の偶像」という表現がある。例えば、バリーの小像《ミミズク》（制作年不明、青銅、高さ十センチメートル、幅四センチメートル）を考えてみることもできるのではないか。これは一八五五年の万国博覧会に展示された（*Dictionnaire des sculpteurs de l'école française au dix-neuvième siècle*, par Stanislas Lami, *op. cit.*, t. I, p. 83)。

（61）L'article sur le terme « hibou », *Grand Dictionnaire universel du XIX*^{e} *siècle*, *op. cit.*, t. IX ; 1872, pp. 271-272.

（62）『初版』以降、「常に」になる。

（63）第一章参照。

第十章　『フランス評論』発表詩群（一八五七年）——部分と全体

ボードレールは一八五七年七月の『悪の花』出版に先立って、四月から三つの媒体に詩の抜粋を発表した。(1) 四月二十日、彼が『フランス評論』誌に発表した無題の詩群はそのうちの一つである。(2) 九篇の詩は順に「美」、「巨人の女」、「生きている松明」、「夕べのハーモニー」、「香水壜」、「毒」、「全て」、「無題（波打つ、真珠母色の服を身に纏って……）」、「無題（私が以上の詩をおまえに贈るのは……）」である。これらは『悪の花』のジャンヌ詩群、サバティエ詩群、マリー詩群を合体させる形で編まれている。(3)

ボードレールが詩群を入稿した時期は三月頃と目されている。三月二十四日、彼はプーレ゠マラシに次のように書き送る。「私に校正刷を二冊送ることをまだ、あなたはお忘れです。今回はこのことが『芸術家』誌、『フランス評論』誌、あるいは『両世界評論』誌に原稿を出す妨げになっているのです」（CPI, 389）。

C・ピショワとJ・デュポンが『ボードレールのアトリエ』で示すように、詩人は要望した校正刷を直し、『フランス評論』の発表版とした。(4) 例えば「無題（私が以上の詩をおまえに贈るのは……）」についてボードレールは校正刷で、第十一行目の棒線と、第十三行目の修正を行い、(5) これをそのまま『フランス評論』に投稿した。またソネ「美」は、第一行目の感嘆符の有無など、『フランス評論』発表の方が『悪の花』第二版に近い。

そして『フランス評論』の「全て」は、『悪の花』初版の校正刷をさらに推敲したものである。彼は第三行目について、校正刷で « tâchant de »（〜しようと努力する）ではなく、「« tâchant à » がより美しいと思うのです。しかし大きな間違いでしょうか」（AB III, 2205）と書き込みを入れている。『初版』の印刷稿では « tâchant de » のままとなったが、『フランス評論』では « visant à »（〜を狙う）となった[6]。

以上のように考えていくと『フランス評論』は、『初版』の前に編まれたものではない。二つは同時期に編まれたものではあるが、より細かく言えば、『フランス評論』の方が部分的に、推敲が重ねられているのである。

『フランス評論』発表詩群はそれぞれの詩のモチーフに注意する時、構成が綺麗に二つに分かれることに気がつく。すなわち詩群は、女の身体の部分をテーマとする前半と、身体の全体をテーマとする後半に分かれるのである。具体的には「美」が乳房と眼、「巨人の女」が乳房、「生きている松明」が眼、「夕べのハーモニー」が心、「香水壜」がにおい、「毒」が眼と唾液をテーマとする。しかし第七番目の「全て」がテーマを転換する。すなわち、問答形式の「全て」では語り手に悪魔が、女について愛するものは、部分なのか、全体なのか、と問う。語り手は全体に精神性が宿ると答える。その後の詩は、踊りや動きをテーマとするようになる。

彫刻のモチーフは、最初の「美」の後、最後の「無題（波打つ、真珠母色の服を身に纏って……）」と「無題（私が以上の詩をおまえに贈るのは……）」とに見出せる。

以下ではまとまりごとに詩を分け、「美」（第一節）、「巨人の女」（第二節）、「生きている松明」（第三節）、「夕べのハーモニー」と「香水壜」と「毒」（第四節）、「全て」（第五節）、「無題（波打つ、真珠母色の服を身に纏って……）」（第六節）、「無題（私が以上の詩をおまえに贈るのは……）」（第七節）と区切って詩群を読んでいく。

1. 「美」――詩人への呼びかけ

美

1. 我は美しい、おお　死すべき者どもよ！[7]　［我の美しさは］石の夢のようだ、
2. そして我が胸は、男たちがそれぞれ触れては自らを傷つける、
3. これは詩人[8]に愛を抱かせるために造られた
4. 物質のように、永遠で、沈黙した［愛を］。

5. 我が天空を支配する姿は　不可解なスフィンクスのようだ。
6. 我は雪の心を白鳥の白さに統合する。
7. 我は線を動かす運動を嫌い、
8. 決して我は泣きもしなければ　決して我は笑いもしない、

9. 詩人たちが前にする　我が尊大な態度は、
10. 言わば[9]　最も誇り高い巨大彫刻群 monuments から借りて来たかのようだ、
11. 彼らは　その日々を厳しい研鑽の数々に使い果たすだろう。

12. というのも　我はこれらの従順なる恋人たちを魅惑するべく[10]
13. 星々[11]を美しくする純粋な鏡を持っているのだから。
14. それは私の眼、永遠の光を宿した私の大きな眼！

（角括弧内は論者、AB II, 940）

ソネの語り手「我」は謎めいた存在である。語り手が「女」と呼ぶことのできるものであることは、一行目の形容詞「美しい」が女性形 « belle » に変化していることから判断できる。しかし彼女は比喩で描かれている。彼女は「石の夢」（v. 1）のように美しい。彼女の支配者然とした態度は「不可解なスフィンクスのよう」（v. 5）である。彼女は

「巨大彫刻群」(v. 10) から借りたような誇り高さを備えている。そして彼女は感情をあらわにしない(「決して、我は泣きもしなければ、決して、我は笑いもしない」(v. 8))。しかしどこにも彼女が彫刻そのものだとは記されていない。彼女はあくまで彫刻に似ているだけである。

A・フォンガロは彫刻が比喩であって、語り手は生きた女だと考える。[12] しかし、彫刻でなければ、生きた女だと解釈が確定するものだろうか。それはあくまで可能性の問題に過ぎないのではないだろうか。[13] その一方で、詩のタイトルは「美」となっている。このことを念頭に置いた上で、本研究ではあえて結論を出さず、ソネの語り手を美の観念が女の形をとって具現化したもの――美の化身――と理解しておくことにしたい。

さて、このソネのテーマは、美の化身と男たちとの関係である。ソネには三通りの男が登場する。一般の「男たち」(v. 2)、定冠詞単数の「詩人」(v. 3)、定冠詞複数の「詩人たち」(v. 9) である。

まず第一キャトランには、二通りの男が登場する。一般の「男たち」は彼女の胸に触れて傷つく (v. 2)。しかし彼女の胸は凡庸な一般の男たちのために作られてはいない。これは定冠詞単数の「詩人」のためのもので、「物質のように、永遠で、沈黙した愛」(v. 4) を「抱かせる」inspirer (v. 3) ためのものである。

この一節はどのように解釈すればいいのだろうか。一つは美の化身が、定冠詞単数の詩人に愛し合う関係になりたいと言っているという解釈である。「愛を抱かせる」inspirer l'amour という表現は『十九世紀万物大百科事典』の « inspirer » の項目が用例を記すように、[14] 人口に膾炙したもので、「愛を思う」éprouver l'amour と類似しているが、それよりも強い表現である。しかし同『事典』は « inspirer » の主となる意味を次のように記す。「魂の中に超自然的な感覚の類、あるいは超自然的な熱狂を入り込ませること」。さらにリトレの『フランス語大辞典』は「超自然的な光によって受けた、言わば〈神聖なもの〉を胸に、精神に吸い込むこと」と定義する。[15]

これらの « inspirer » のニュアンスを汲めば、「美」の一節は次のように理解することができるのではないだろうか。愛という貴重なものを世の男一般は知らない。しかし女神の胸が定冠詞単数の詩人にのみ、それを初めて授けるのである。しかしこの秘蹟が授けられる者から、一般の男たちは除外されている。そもそも胸に接触するという行為そのものが（「触れては傷つく」meurtrir（v. 2））、間違った接し方なのである。

ソネはさらに比較する対象を示す。これが第一テルセの定冠詞複数の詩人たちである。彼らは乳房に触れるという愚かなことはしない。彼らは第二テルセに書かれている女の眼の輝きに魅惑され、その美を研究するのである。しかし彼らの努力が身を結ぶことは決してない。彼らは研鑽を積むが、日々を「使い果たす」consumer ことになる（v. 11）。リトレの『フランス語大辞典』は « consumer » について、「使い果たし、全てが無に帰り、壊れること」[16]と記す。これは何も生産しないという強い意味を伴う。先の第一キャトランの表現を念頭に置いて具体的に考えれば、彼らもまた「愛を抱く」ことを願うのだが、美の化身はそれを許さないのである。

『フランス評論』ではこのような美の化身からの呼びかけが巻頭詩となっている。問題は呼びかけられた男の語り手、すなわち、詩人がどのように応えるかである。これが後続の詩に書かれているのではないだろうか。

2.「巨人の女」——巨大さと乳房

巨人の女[17]

1. 〈自然〉がその力強い想像力の最中にあって
2. 日々　怪物じみた子供たちを身ごもっていた時、
3. 私は若い巨人の女の傍らで暮らすことを好んだだろう、
4. 好色な猫がお姫様の足下にいるように。
5. 私は好んで見ただろう　その身体がその精神とともに花開く様子だとか

6.　恐ろしげな遊びで　身体が自由に大きくなっていく様子だとかを。
7.　［私は好んで］推測しただろう　その心に暗い炎が宿ったのかどうか
8.　その眼の中に浮かぶ湿っぽい霞によって。

9.　［私は好んで］その壮大な肢体を自由に走り回っただろう。
10.　［私は好んで］巨大な膝がつくった斜面をよじ登っただろう、
11.　そして　時には夏、不健全な太陽たちが、

12.　彼女を疲れさせ、彼女を田園いっぱいに横たえる時、
13.　［私は好んで］その胸乳の影で気儘に眠っただろう、
14.　山裾の平和な集落のように。

（角括弧内は論者、AB II, 940–941）

「美」から「巨人の女」を導くモチーフはまず大きさである。美の化身の特徴として描かれていたスフィンクスや巨大彫刻群（モニュメント）の威容は、巨人のテーマに発展したのである。

「巨人の女」のモチーフとなる巨人は二体いる。一体は古代ギリシア神話でよく知られるティターン神族である。〈自然〉が力を有し、「怪物じみた子供たち」（v. 2）を身ごもっていた時代とは、天地創造の時代に、ガイアが自然を巨人として生んだ時期のことを指していると読むことができる。

しかしこれだけでは巨人族の王宮の説明がつかない。もう一体は、十八世紀イギリスの作家、ジョナサン・スウィフトの『ガリヴァー旅行記』第二篇、「ブロブディンナグ渡航記」に登場する巨人族である。一般に『ガリヴァー旅行記』として知られるのは、第一篇「リリパット渡航記」である。ここで船医ガリヴァーは小人たちの国に流れ着き、巨人として扱われた。しかし第二篇では逆に、彼は巨人たちの国に行き着き、小人として

扱われる。彼は農夫の家に逗留した後、見世物にされ、王妃や女官の気晴らしのために王に金貨一千枚で身を買われる。ガリヴァーは王宮で過ごす。ボードレールの「巨人の女」の「お姫様」（v. 4）のイメージは、ここから生まれたのではないだろうか。彼は『内面の日記』に、「スウィフト風」（OC I, 703）のおどけ方を記す。また阿部良雄によれば、「ジュール・ジャナンへの公開状草案」には、スウィフト流のジョークが登場する。[18] ボードレールはその愛読者であったかもしれない。しかし詩の語り手の無邪気さは、ガリヴァーと異なる。

ガリヴァーにとって、巨人の女はなんら好ましいものではなかったし、いかに相手が美しくても、情事の相手とはなりえなかった。ガリヴァーは王宮付きの女中たちに、性的な恥ずかしめを受けた時を次のように記す。

王宮の女中たちの間で私がもっとも気まずい想いをすることになったのは、私の子守役が招かれた際に私を連れて行った時、礼儀作法など一切無しに、私を重要性など一切ない生物のように扱うのに直面したことであった。つまり、彼女たちは裸になるために脱ぎ出し、私の前で下着をつけるのである。その間、私は全裸になる前に化粧台に置かれているのである。私は請け合うが、これは魅惑的な光景とは程遠く、恐怖と嫌悪の感情以外の何者でもなかった。彼女たちの肌は、きめが粗く、でこぼこしていて、私が近くによってみると多彩な色をしており、木の皿と同じ大きさのホクロがところどころにあり、そこからは荷造り紐よりも太い毛の数々がぶら下がっている。彼女らの体つきPersonsの残りについては、もう深く言わないでおく。（……）これら王宮の女中たちの中で最も外見のよい者、愉快で浮かれ騒ぐ十六歳の少女が、時々、私を彼女の乳首の一つにまたがらせ、他にも悪戯の数々をした。読者らには、これらの点を私が入念に書かないことを許していただきたい。[19]

ガリヴァーの相手は最も若く美しい少女であったが、小人となった彼から見れば、その皮膚は顕微鏡で見たのと同じことになる。毛穴が大きな穴のようで、毛はロープのようである。性的ないたずらに彼は恐怖する。

ところが「巨人の女」の語り手は、喜んでお姫様の従者となり、身体を存分に駆け回る（vv. 9–10）。第二キャトランは、お姫様の心身の成長を描く。テルセで語り手は、成熟したお姫様の情事を見守る。語り手の豪胆とも言える振る舞いには、ボードレールの大きなものを好む趣味趣好がよく現れている。[20]

プーレ＝マラシの依頼を受けて、[21]ボードレールを擁護する短い記事を『逸話』誌の文芸欄に寄稿した批評家ロレダン・ラルシェは、「不健全な太陽たち」(v.11) が太陽神のような男神たちの寓意だと述べている。[22]実際、十九世紀フランスで形容詞《malsain》は、不健康、健康に有害なものの意味が一般的だったが、「密通や同棲」を扱う文学を指すこともあった。[23]このように解釈すれば、巨人のお姫様は不良の男たちと恋をして、情事に至るということである。猫のような存在である語り手は、巨人のお姫様のことを想っているのではあるが、男としてではなく、あくまでペットとして寄り添い、お姫様が横になって休んだ隙をついて、乳房に触れる。

ここで先のソネ「美」と接続させて考えたい。美の化身は、乳房を触れる行為について、一般の男たちが自分の身を傷つけることであり、定冠詞単数の詩人の行動ではないものだとしていた。「巨人の女」の語り手は、飼いならされたペットに姿を変えて触れる。これはソネ「美」の第十二行目に描かれていた「従順な恋人」と呼応しているし、性愛の意味はない。しかし美の化身が求めていたのは、乳房よりも眼の美しさを理解することである。

かくして美の化身と詩群の語り手「私」との間に、愛し方をめぐる望みの違いがあることがわかる。男は美の化身の言いつけを拒みこそしないが、乳房に触れたいという欲望を抱いているのである。だが彼は女の眼を愛そうと努めることになる。これが次のソネ「生きている松明」である。

3. 「生きている松明」——眼

生きている松明

1. それらは私の前を歩く、それら光に溢れた二つの眼[24]には、
2. 博学なある天使が　磁力を授けたのだ。
3. それらは歩く、それら神々しい兄弟は　私の兄弟で、
4. 私の視線を　ダイヤモンドのように輝く炎に結ぶ。[24]

5. 私をあらゆる罠と深刻な罪から救いつつ、
6. それらは私の歩みを〈美〉Beau の道へと導く。
7. それらは私の従僕で　私はそれらの奴隷である。
8. 私の存在の全ては　その生きている松明に従っている。

9. ――魅惑的な〈眼〉[25]よ、おまえたちは神秘的な光で輝いて
10. 真っ昼間に燃え盛る大きな蠟燭だ。[26] 太陽が
11. 赤く燃えようとも、しかしその幻想的な炎を消すことはない。

12. ［だが］それら［＝蠟燭］は〈死〉を讃える、おまえたちは〈復活〉を謳うのだ。
13. おまえたちは　私の魂の復活を謳いつつ歩くのではないか、
14. 太陽も消すことのできない炎の星々よ？[27]

（角括弧内は論者、AB II, 941）

「それら」ils が指すものは、寓意によって、謎かけになっている。まず「眼」である（v. 1）。だが「それら」は眼というにはあまりに大きな力を持っている。「それら」は「神々しい兄弟」であり（v. 3）、罪から語り手を救い（v. 5）、「〈美〉の道」（v. 6）へと導く。光を放つという点で言えば、「それら」は「大きな蠟燭」（v. 10）にも似ている。しかし

蠟燭は死を謳うが、「それら」は復活を謳う（v. 12）。最後に、「星々」（v. 14）とされる。

このソネは何を比喩と理解し、何を謎の存在の正体と理解するかで、大きく二つに解釈が分かれる。ありうる一つの読み方は最後の「星々」（v. 14）こそが、謎の存在の正体だと理解する読み方である。確かに星ならば、常に語り手の先に立って歩んでおり、眼や、神々の兄弟や、蠟燭に見えたとしても論理的な整合性がつく。だがもう一つは、超自然的な働きを持つ「眼」（v. 1）がさまざまなものに形容されていくと理解する読み方である。

ソネの元となったポーの長編詩「ヘレンへ」は、眼をモチーフとする。(29)「ヘレンへ」の語り手は、ある七月の夜明けに、薔薇が咲き、月が照った庭園で「あなた」に出会い、その眼に魅せられた。しかし語り手の思いは叶わない。思いの相手「あなた」は死を暗示して消え去り、代わりにその両眼が「彼ら」として残る。

しかし、今や、魅力的なディアナが視界から消え、
西にある雷雲の臥所に沈み込んだ。
そしてあなたが、亡霊のように、墓である木々の中に
静かに去って行った。ただ二つの眼を残して。
（……）
彼らは私に付き添う——彼らは私を幾年も導く。
彼らは私の主人である——また私が彼らの奴隷である。
（……）
彼らは私の魂を美で満たす（それは希望だ）、
そして彼らは、遠い上の〈天国〉にいて——星々へ私は跪き、
悲しい気持ちで、静かに夜に見る。
日中の盛りであっても

私はなお彼らを見る——やさしく瞬く二つの
ウェヌスよ［＝明星よ］、太陽が消し去ることのできないものよ！(30)
（角括弧内は論者）

ポーの詩の表現はボードレールの「生きている松明」と多くの点で類似している。すなわち、「彼らは私に付き添う——彼らは私を幾年も導く」、「彼らは私の主人である。また私が彼らの奴隷である」、「日中の盛りであっても」、「太陽が消し去ることのできない」などは、ほとんどそのままボードレールが採用している。

「ヘレンへ」でも眼は謎めいた存在であるが、元は恋人の存在を象徴する身体の一部であり、恋人の死後はその存在がウェヌス、すなわち金星と重なり合わさっていると読める。ボードレールがポーの詩を下敷きとしていたことを念頭に、ここではソネが、眼を描いているのだと考えておくことにしたい。

さて以上のように考えた時、「生きている松明」が最初の「美」からテーマを継承していることに気がつくことになる。「美」で示されたテーマは第一キャトランの乳房の他、第二テルセの眼であった。詩群の語り手である男は「巨人の女」で乳房に身を埋める。しかし「生きている松明」では眼を愛する。詩を一連のつながりとして読めば、語り手は美の化身の求めに忠実な男となろうとしているのである。

4.「夕べのハーモニー」、「香水壜」、「毒」——心、におい、唾、眼

「生きている松明」から「夕べのハーモニー」を導くのは、教会のモチーフである。「生きている松明」の語り手は、第二テルセで、蠟燭が死を謳うのに対し、「おまえたち」は復活を謳って欲しいと祈願した。「蠟燭」cierge は蠟燭の中でも特に大きいものを指し、教会の祭礼で用いられる。(31) それらが死を謳うとは、葬儀を暗示している。「夕べのハーモニー」は、夕暮れを太陽の死として謳うのである。

ヴァイオリンは傷つけられた心のように震え、
優しい心は、広漠としていて黒い虚無を嫌う！
——空は大きな聖体安置台のように悲しげで美しい。(32) ——
太陽は凝固した自らの血の中に溺れている。

優しい心は、広漠としていて黒い虚無を嫌い、
輝かしい過去のあらゆる名残を集めて来る。
——太陽は凝固した自らの血の中に溺れている。(33) ——
私の中にあるおまえの思い出は　聖体顕示台のように輝く！

(AB II, 942)

空は仮造りの祭壇のようであり、太陽は自らの血の中に溺れている。この葬儀は無論、夕暮れの比喩に過ぎない。大袈裟とも言える描写で詩が強調するのは、感じやすい「優しい心」である。思い出と死のモチーフは、後続の「香水壜」がさらに展開して行く。詩の語り手は、古い香水壜がかつて壜を満たしていた香りの片鱗を留めていたことを引き合いに出し、自らが香水壜のようになって、死にゆく女のにおいを留めておくのだと述べる。

私はおまえの棺となるだろう、愛らしい悪臭よ！
おまえの力と　おまえの毒々しさの証言者となるだろう、
天使たちが作った　いとおしい毒よ！　リキュールよ
私を蝕むものよ、——おお　私の心の生と死よ！(34)

(AB II, 943)

女の臭いは、矛盾した言葉を結合して描かれる。それは「悪臭」であるのだが、「愛らしい」。また「力」であり、「毒々しい」。さらに「天使たちが作った」ものであり、「いとおしい」ものであり、「リキュール」である。しかし逆に「毒」であり、語り手を蝕むものである。最後に語り手自身の言葉によって、これは彼の「心の生と死」の両面を持つものだとまとめられる。

においの源は、続く「毒」で、「唾液」salive だと示される。詩は、ワインの素晴らしさ、アヘンのもたらす無限の幻想を挙げた上で、次のように述べる。

これら全ても　この流れ出す毒にはかなわない
　おまえの眼、おまえの緑の眼から［流れ出す毒にはかなわない］、
湖で私の魂は震え　そして　己の姿を裏返しに見る。
　——[35]私の空想は群れをなしてやって来て
この苦い深淵で渇きを癒そうとする。

これら全ても　この恐ろしくも　驚異的なものにはかなわない
　おまえの蝕む唾は、
忘却の中に　後悔もせず[36]私の魂を沈み込ませ、
　そして、眩暈を押し流し、
衰弱した魂を　死の岸へと　転がしていくのだ！

（角括弧内は論者、AB II, 943）

引用した最初の節で、毒の源は眼であることが示される。しかし次の節は同じ言い回しを繰り返しつつ、眼の毒よ

りも、唾の毒の方がさらに強力だという。

眼が暗示するのは先の「生きている松明」が示していたように、理念としての美であり、官能とは異なるものである。しかし眼と併置される唾が暗示するのは口づけである。唾は肉欲の度合いが高いモチーフである。このように整理すると、眼と唾とは本来、相容れない。しかし「毒」において、毒の源は、眼であると同時に唾であることが示される。ボードレールの詩的想像力はこのように、二つの異なるモチーフを統合するのであって、もはや官能と美とは分離するべきものではなく、刺激物として同じくくりになるのである。

「巨人の女」から「香水壜」までの流れを振り返ると、女の諸要素は、官能（乳房、唾液、毒）と、美（眼）に分けることができた。ソネ「美」で女と彫刻が混淆した存在が男に求めた愛情は、凡庸な男たちがするように乳房を愛撫するものではなく、眼を愛し、ひたすら詩を書くことであった。語り手「私」は、これに忠実に従おうと努めていたように読めた。しかし「毒」でこの二分法は機能しなくなってしまうのである。

以上の伏線があった上で、ボードレールは次の詩「全て」で、女の身体の個々のパーツが独立して重要なのではなく、全体の調和こそが甘美なのだと説くのである。

5.「全て」——分析から統合へ

全て

1.　〈悪魔〉が、高いところにある私の寝室へ、
2.　今朝　私に会うために来て、
3.　そして、私の失敗をねらいつつ、(37)

4. 私に言った。[38]「是非とも知りたいものだ、

5. 全ての美しいものの中で
6. あの魅惑を作っている［ものの中で］、
7. 黒や赤いものの中で
8. あの魅力的な身体を形作っている［ものの中で］、

9. どれが最も甘美なのだろうか。」——おお　私の魂よ、[39]
10. おまえは〈忌み嫌われる者〉に対して答えた。
11. なぜなら〈あれ〉Elleの全てが慰めなのだ、[40]
12. 何ものも　より好ましいことなどない。

13. 全てが私を夢見させる時、私にはわからない[41]
14. 何が私を誘惑するのかも。
15. 〈あれ〉は〈曙〉のように私を眩惑し
16. そして〈夜〉のように慰める。

17. そして調和は　あまりにも霊妙で[42]
18. あの美しい身体全てを統べるので、
19. 無力な分析力は
20. 数多くの和音を書き留めることができない。

21. おお　神秘的な変容が[43]
22. 私の五感を一なるものへと融合する！
23. あの息は　音楽を奏でる、
24. 同じように　あの声は香りを放つ。[44]

（AB II, 944）

「全て」は単独で読めば、«Elle» が人間であると読める。«Elle» は「彼女」と訳すべきだろう。しかし本研究は巻頭詩「美」からここまでを一つのつながりとして読む。ソネ「美」に登場する美の化身は、物質とも人ともわからない。本研究が «Elle» を「あれ」と訳した理由は、このつながりを考えてのことである。

詩では、悪魔が「あれ」の中で、「どれが最も甘美なのだろうか」（v. 9）と問う。悪魔は語り手の答え方次第では、彼を引っ掛け、その魂を取ってしまおうと考えているのである。

しかし詩群のつながりとして悪魔の問いを考えてみると、これが、詩群のまとめとなっていることに気がつかされる。つまり先行する詩はいずれも、眼や、巨大さや、乳房や、においや、唾液や、身体の部分的な特徴を問題としていた。詩群をここまで読んで来た読者が、さまざまなテーマの中で何が重要か整理して欲しいという意味で、「どれが最も甘美なのだろうか」（v. 9）と問うことはありうる。悪魔は言うなれば、読者の代弁者である。

語り手にしてみると、一つを選ぼうとすることが間違いの始まりである。「あれ」は、眩惑する〈曙〉でもあれば、慰める〈夜〉でもある（vv. 15–16）。第五キャトランは宙吊りを音楽のイメージで説明する。つまり「調和」（v. 17）や「和音」（v. 20）である。重要なものはパーツではなく、全体である。

そして後続の詩では「あれ」elle という女の呼び方が継続されたまま、今まで彫像のように動かなかった女が動き出すようになる。身体の全体への注目は動きで表現されるようになるのである。

6．「無題（波打つ、真珠母色の服を身に纏って……）」——変化無限頌

［無題］[45]

1. 波打つ　真珠母色の服を身に纏って、
2. あれ elle が歩く様は[46]、踊っているかと思うほどだ、
3. あたかも長い蛇たちが　聖なる旅芸人の拍子で
4. 棒の先で動かされているかのように。

5. 陰気な砂漠と　その青空が、
6. いずれ二つとも人間の苦しみを感じないように、
7. 大海のうねりが作る長い網の目のように、
8. あれは無関心に　広がっていく。

9. 磨かれたあれの眼は　魅力的な鉱物で造られており、
10. 奇妙で象徴的なその本性のうちでは
11. 穢されたことのない天使が　古代のスフィンクスと混じり合い、

12. そこで全てはまさに黄金、鋼、光　ダイヤモンド、
13. 永遠に輝いているのだ、役に立たない天体のように、

14.　不妊の女の冷たい威厳が。

（角括弧内は論者、AB II, 944–945）

「あれ」elle はさまざまなものになぞらえられて行く。まず前半部の二節で「あれ」は、四回も変化する。「あれ」は波打つ、「真珠母色の服」(v. 1) を身に纏っている。次に「蛇」(v. 3) である。そして「砂漠」と、そこに広がる「青空」である (v. 5)。再び海のイメージに戻り、「大海のうねりが作る長い網の目」である (v. 7)。

次に第一テルセから第二テルセにかけて、詩は「あれ」について彫刻のイメージを強調していく。まず眼が「鉱物」(v. 9) になぞらえられ、彫像のイメージが惹起される。そこから「天使」と「スフィンクス」とが混じり合ったイメージとなる (v. 11)。再び全身が鉱物になぞらえられ (v. 12)、彫刻のイメージが再度、惹起される。「あれ」は「役に立たない天体」(v. 13) としての月になぞらえられ、最後に不妊の女のイメージとなる (v. 14)。

このようなイメージの変化は合計すると十一回にも及ぶ。しかし詩群の流れで興味深いのは先行する詩「美」に登場したスフィンクスと冷淡さが再び取り上げられていることである。ここにおいて、冒頭の「美」のテーマへと立ち返る。だが、二つの詩篇には違いが生じている。

「美」に登場する女は、「線を動かす運動」を忌み嫌い、「決して泣きもせねば、笑いもせぬ」のであった。無題のソネに登場する「あれ」もまた、感情の起伏は乏しい。「人間の苦しみを感じず」(v. 6)、「冷たい威厳」を輝かせている (v. 14)。しかし「あれ」は、踊るように歩く (v. 2)。女は動き出したのである。

次の詩で女の呼び方は「あれ」elle から、「おまえ」tu へと変化する。

7.「無題（私が以上の詩をおまえに贈るのは……）」——エピローグ

［無題］[47]

1. 私が以上の詩 ces vers をおまえに贈るのは、もし私の名が
2. 幸運にも　遠い先の時代に到達し、
3. そして、大いなる烈風におされる船のように、[48]
4. ある晩　人の脳髄を働かせた時、

5. おまえの記憶が、不確かなおとぎ話にも似て、
6. ツィンバロムのように読者を疲れさせ、
7. そして　友愛と神秘の鎖によって
8. 私の格調高い脚韻につり下げられ　残るためなのだ。

9. 呪われた者よ、深い底から
10. 天の極みにいたるまで、何も、私の他に、おまえに応えるものはいない。[49]
11. ――おお　おまえよ、跡をほとんど残さぬ影のような者よ、

12. 軽い足と　穏やかな眼差しで　踏みにじるがいい
13. おまえを苦いと判断した死すべき愚か者どもを、
14. 漆黒の眼を持つ彫像よ、青銅の額を持つ大天使よ！

（角括弧内は論者、AB II, 945）

語り手の詩人は、自らの名前が後世に残ることを夢見つつも（v. 1-3）、同時に、「おまえの記憶」（v. 5）が不朽のものとなることを望み、詩群で示して来た「以上の詩」（v. 1）を贈ったのだと述べる。この詩は『悪の花』ではジャン

ヌ詩群を締めくくる役割を果たしている。しかし『フランス評論』では、巻頭詩「美」に登場した美の化身へと捧げられているのであって、宛てられている対象が変化している。

語り手が労を執る理由は、女が「跡をほとんど残さぬ影のような者」(v. 11)であり、「苦いと判断され」、世には受け入れられていないからである(v. 13)。その存在に応える者は、「深い底から／天の極みにいたるまで」(vv. 9-10)、語り手一人である。この女に対して語り手は、「死すべき愚か者ども」(v. 13)を踏みにじる冷淡さを許しもする。また冷徹な報復は「漆黒の眼を持つ彫像」や「青銅の額を持つ大天使」よ(v. 14)、という呼びかけによって、感情がない彫像の冷酷なイメージと重なりあわさる。

しかしこの詩の特徴は、第二キャトランで示されているように彫刻と並行して、音楽のイメージが重要になることである。語り手の作品は「ある晩、人の脳髄を働かせる」(v. 4)難解なものであり、「ツィンバロムのように読者を疲れさせる」(v. 6)。さらに彼女は「友愛と神秘の鎖」である詩の響きに「つり下げられる」(vv. 7-8)。

音に関わるモチーフが特権的に扱われる理由を理解するにあたって、ここでは先立つ詩篇「全て」の第五キャトランを思い返しておきたい。「全て」では、女の美を一つの要素に還元することを退け、美は「調和」や「和音」のようなものだと説いた。そのつながりで考えると、「つり下げられる」という表現の奥行きが浮かび上がってくる。愛する存在であるところの女は、一つの言葉や単純な表現で規定できるものではなく、言葉と言葉とを重ね、抽象的にしか言い表せない、と語り手は述べているのではないか。

また第三キャトランで示されているように、女は、「跡をほとんど残さぬ影のような者」(v. 11)となっており、もはや「軽い足」(v. 12)しか持たない。彼女は彫刻のイメージを伴おうとも、もはや見かけの上でのことに過ぎず、重さ、すなわち、質料を持たない存在である。

ここで「美」からの流れを思い返しておきたい。「美」の女は、男たちを「死すべき者たち」と呼び、「石の夢のような」美しい身体の普遍性を高らかに謳う。ところが最後のソネで詩人は、その存在の影のような儚さを慈しみ、そうであるからこそ作品を残そうと望む。「美」の物質的な身体は、いつしか朽ち果てるものの一つに数えられていく。

最も不朽の存在とは、音であり、詩である。

小帰結

『フランス評論』に発表された九篇の詩は、有機的に組み合わされており、全体で一つの作品になっている。序盤はソネ「美」に登場した彫刻のような美の化身からの求愛に応答する形で進んでいく。美の化身は、沈黙した愛と、研鑽を求めた。同時に、胸に触れる一般的な男と詩人を切り分け、眼を愛することを求めた。

詩群の語り手「私」は、「巨人の女」において、猫のように無害な存在となって、女の胸で憩うことを夢想する。しかし「生きている松明」で彼は眼に導かれていく。中盤以降、詩群は死別のテーマを暗示する。「夕べのハーモニー」は太陽の葬儀を示す。「香水壜」はもはや空っぽであり、「毒」は死につながる。しかし一方で、心、におい、眼や唾液など、詩は女の身体のパーツをテーマにしていく。

「全て」では悪魔が語り手の男に、恋人の身体で「どれが最も甘美なのだろうか」と問い、これに応える形で語り手が女の身体の部分ではなく、全体が重要だとまとめる。終盤では全体がテーマとなり、これは動きで表現される。「無題（波打つ、真珠母色の服を身に纏って……）」では彫刻的なイメージを持った女が踊り出す。しかし動き出した女は、いかに彫刻のようなイメージを持っていようとも、もはや儚い存在でしかない。「無題（私が以上の詩をおまえに贈るのは……）」は女の記憶を詩で留めることを願いつつ終わる。

死にゆく女との純愛は、ボードレールの人生に見当たらない。実際、詩群を構成する作品は後に『悪の花』でジャンヌ詩群やサバティエ詩群に振り分けられるものであって、詩群の女のイメージは少なくても二人以上の女のイメージを合成して作られたフィクションである。このように女の演出を考えていくと、ボードレールが語り手の男を、誠実で感傷的な男として演出したことが浮かび上がってくる。

（1）『フランス評論』の他、『芸術家』誌に三篇（一八五七年五月十日）、『アランソン』紙に八篇（一八五七年五月十七日）である。

（2）原資料の標題にあたる位置には「詩」Poésieという言葉がある（AB II, 940）。しかし『フランス評論』ではどの詩群も最初に「詩」という言葉をいれた上で、次に標題が来る形になっていた。一例を挙げるならば、バンヴィルが一八五七年に『フランス評論』に発表した作は、「詩。エラト、カリアティード（女像柱）、鍾乳石」« Poésie.—Érato ; les Cariatides ; les Stalactites »となる。

（3）ジャンヌ詩群が「無題（波打つ、真珠母色の服を身に纏って……）」、「無題（私が以上の詩をおまえに贈るのは……）」、サバティエ詩群が「生きている松明」、「夕べのハーモニー」、「香水壜」、「全て」、マリー詩群が「毒」である。

（4）Claude Pichois et Jacques Dupont, AB I, 199.

（5）第一章で、この詩がジャンヌを描いているか否かを論じつつ触れた。

（6）リトレの『フランス語大辞典』によれば、« tâcher »には三つの用法がある（*Dictionnaire de la langue française*, par Émile Littré, *op. cit.*, t. IV, p. 2127）。「達成するために努力する」(de)、「努力する」(à)、「本来ではない作品のために、徹底的に努力する」(de)。詩において動作主体は悪魔なので、ボードレールは不正を暗示する、第三番目の用法を想定していたのだろう。しかしもし« à »を用いてしまえば、悪魔は正当なことのために努力しているかに読めてしまう。だがそれでも彼が« à »が美しいと考えた理由は、詩の第一キャトランに« a »の音を集めるためだったのではないだろうか。『第二版』で« tâchant à »となる。

（7）『初版』のみ、感嘆符がない。『フランス評論』と『第二版』には感嘆符がある。

（8）『フランス評論』のみ、綴りが« poëte »となっている。

（9）『フランス評論』と『初版』では« Qu'on dirait que j'emprunte aux »であったが、『第二版』で« Que j'ai l'air d'emprunter aux »となる。

（10）『フランス評論』と『初版』では読点がない。

（11）『フランス評論』と『初版』では「星々」だが、『第二版』で「事物」となる。

（12）Antoine Fongaro, « La Beauté, fleur du Mal », *Studi francesi*, 1960, pp. 489-493.

（13）例えば、次の可能性もある。女の正体は十九世紀に流行した小さな彫刻なのだが、スフィンクスや石碑のような大きな彫刻の迫力を備えている。この場合も、同じ表現をすると思われる。第二部で論じたように、彫刻の大きさは十九世紀中葉のフランスにおいて特に重要な問題であった。

（14）L'article sur « inspirer », *Grand Dictionnaire universel du XIXe siècle français*, Larousse, *op. cit.*, t. IX ; 1872, p. 722.
（15）*Dictionnaire de la langue française*, par Émile Littré, *op. cit.*, t. III, p. 116.
（16）*Ibid.*, t. I, p. 762.
（17）『フランス評論』から『初版』、『第二版』まで文面に変化はない。
（18）阿部良雄「註釈」、『ボードレール全集』第二巻、前掲書、五〇一頁。
（19）Jonathan Swift, *Gulliver's Travels*, edited by Albert J. Rivero, W. W. Norton, 2002, pp. 98-99.
（20）第六章で論じたように、ボードレールは『一八五九年のサロン』で同じ質ならば、大きいものを好むと述べた（OC II, 646）。しかし論者はこれと対比して、スウィフトが大きなものを嫌悪していたと述べたいわけではない。富山太桂夫らの翻訳文献によれば、スウィフトが巨人族を好意的に描かなかった理由は、巨人の王国、プロブディンナグはフランスの風刺であり、そもそもそれを好意的に描くつもりがなかったことがある（スウィフト『ガリヴァー旅行記』徹底注釈』注釈篇、岩波書店、二〇一三、二〇五頁）。またスウィフトは女性嫌いであった可能性もある（同書、二三一—二三二頁）。
（21）ボードレールはこの記事について、一八五七年五月六日の書簡で、プーレ＝マラシに感謝の意を示している（CPI I, 399）。ここから考えれば、記事はプーレ＝マラシが依頼したものである。
（22）Lorédan Larchey, l'article « Du 16 au 30 avril 1857 », *Revue anecdotique*, texte publié à la librairie, t. IV ; 1857, p. 177.
（23）*Dictionnaire de la langue française*, par Émile Littré, *op. cit.*, t. III, p. 412.
（24）『フランス評論』で「眼」yeux は小文字であった。
（25）一行が大きく異なり、『フランス評論』では « Suspendant mon regard à leurs feux diamantés. » であった。『第二版』では « Secouant dans mes yeux leurs feux diamantés. » となる。
（26）『フランス評論』では一行目の「眼」が小文字であったのに対し、ここの「眼」は大文字であった。
（27）『フランス評論』では « jours. Le soleil » だが、『第二版』では « jours; le soleil » となる。
（28）『フランス評論』では疑問符だが、『第二版』では感嘆符となる。
（29）ポーが「ヘレンへ」と題した詩篇は二篇ある。フランスではマラルメの訳に従って、短い方は « Stances à Hélène » と呼ばれており、長い方が « À Hélène » と呼ばれている（Edgar Poe, *Poèmes*, texte traduit par Stéphane Mallarmé, éd. par Jean-Louis Curtis, Gallimard, coll. « Poésie », 1982, p. 46 et pp. 77-79）。ボードレールは批評で短い方の詩篇についても言及しており（OC II, 259）、女を船になぞらえるポーのイメージは、ボードレールの「髪」や「音楽」などに影響を与えたと考えられる。しかし、ここで重要になる詩篇は長い方の「ヘレンへ」である。

(30) Edgar Allan Poe, *The Works of the Late Edgar Allan Poe*, edited by Rufus Wilmot Griswold, J. S. Redfield, 4 vol., t. II, 1850, p. 17.

(31) *Dictionnaire de la langue française*, par Émile Littré, *op. cit.*, t. I, p. 621.

(32)『フランス評論』で文頭と文末に棒線があった。

(33)『フランス評論』で文頭と文末に棒線があった。文末は « qui se fige; — » となっていたが、『第二版』では « qui se fige…… » となる。

(34)『フランス評論』で棒線があった。

(35)『フランス評論』で棒線があった。

(36)『フランス評論』で « sans remord » となっていた。« sans » の後の単数形は文法的に間違いなので誤植だろう。

(37)『フランス評論』で « visant à »、『初版』で « tâchant de »『第二版』で « tâchant à » となる。註6参照。

(38)『フランス評論』では « M'a dit » と複合過去形だったが、『第二版』で « Me dit » と現在形になる。

(39)『第二版』で感嘆符となる。

(40)『第二版』で話者の台詞を示す括弧がつく。

(41)『第二版』で話者の台詞を示す括弧がつく。

(42)『第二版』で話者の台詞を示す括弧がつく。

(43)『第二版』で話者の台詞を示す括弧がつく。

(44)『第二版』は感嘆符で終わる。

(45) 阿部良雄はこの詩篇について、「ソネ」と題されていたと記している（阿部良雄「註釈」、『ボードレール全集』、前掲書、第一巻、五〇一頁）。しかし論者が原資料にあたった限り、確認できなかった（AB II, 944）。

(46)『フランス評論』で読点があった。

(47) 阿部良雄はこの詩篇について、「ソネ」と題されていたと記している（阿部良雄「註釈」、『ボードレール全集』、前掲書、第一巻、五〇八頁）。しかし論者が原資料にあたった限り、確認できなかった（AB II, 945）。

(48) 第三行から第四行は『フランス評論』で « Et, navire poussé par un grand aquilon, / Fait travailler un soir les cervelles humaines, » となっていた。『第二版』では語順が組み替えられ、« Et fait rêver un soir, les cervelles humaines, / Vaisseau favorisé par un grand aquilon » となる。

(49)『第二版』は感嘆符で終わる。

第十一章　『悪の花』初版（一八五七年）——青年が詩人になる物語

『悪の花』初版に収録されている詩はどのように読むことができるだろうか。第一章の末尾や第三部の序論で論じたように、ボードレールは詩集を一つのまとまりで読むことを読者に求めていた。議論を先取りすると『初版』には、青年が生まれ、恋をし、女と死別し、憂鬱に沈み込み、詩人として自らの作風を見出していく物語がある。この過程で詩人は、生まれた時、神に祝福されて持っていた全能の力を失っていく。

彫刻のモチーフはこの流れの中で、重要な役割を果たす。例えば、始まりとなる「祝福」（一）で詩人の妻は彫刻化され、最後の詩「芸術家たちの死」（一〇〇）は彫刻家の探求を謳う。詩集は彫刻で始まり、彫刻で終わる。またボードレールは彫刻化された女を特定の箇所に集めている。要所となる詩を整理する。

- 「憂鬱と理想」：「祝福」（一）「病んだミューズ」（七）「金で身を売るミューズ」（八）「美」（一七）「理想」（一八）「無題（おまえは全宇宙を閨房にいれかねない……）」（二三）「無題（波打つ真珠色のその衣を身に纏い……）」（二五）「踊る蛇」（二六）「無題（私がおまえに以上の詩を贈るのは……）」（三五）
- 「悪の花」：「アレゴリー」（八五）
- 「反抗」：なし
- 「酒」：なし

・「死」：「芸術家たちの死」（一〇〇）

分布は一見して偏りが生じている。十二篇の詩の中で十篇が「憂鬱と理想」にあり、しかもそれがセクションの最初の方に密集しているのである。これは研究者たちがジャンヌ詩群と呼ぶ箇所である。

さて、詩集の読み方を考える上で、実際上の大きな問題は「憂鬱と理想」の区切り方である。他のセクションは、「悪の花」十二篇、「反逆」三篇、「酒」四篇、「死」三篇と、読者が区切らずとも読み通すことができる。その一方で、「憂鬱と理想」は七十七篇が連続し、読み手が区切って読むことが必要になる。

J・クレペとG・ブランがまとめた伝統的な「憂鬱と理想」の区切り方は次のようなものである。まず全体を①美に関する詩群、②恋愛に関する詩群、③憂鬱に関する詩群と分ける。次に②恋愛に関する詩群を、⑴ジャンヌ、⑵サバティエ夫人、⑶マリーの名を冠した詩群に細かく分ける。区分けは合計で五つになる。

しかしこれは『悪の花』を自伝的だとあらかじめ考え、その条件に合うように区分けしたものである。本研究は詩集を演出された自伝と考える。自伝と物語の中間を読解することを念頭に、別の分け方を考えたい。

注目しておきたいのは、ソネ「美」と「宝石」に描かれている女の違いである。二人が別人であることは、従来の区分けの仕方でも認められてきた。ソネ「美」の女は芸術の化身であり、「宝石」の女のモデルはジャンヌである。それゆえ、従来の研究では二つを芸術詩群とジャンヌ詩群とに分けたのである。本研究も二つの詩に出てくる女が別人であることは確実だと考える。しかし本研究は、二つの詩は内容として分断されているわけではなく、つながりがあると考える。重要になるのは「美」が天空の支配者を名乗っていることである。彼女は「我が天空 azur を支配する姿は　不可解なスフィンクスのようだ」（AB II, 1028）と謳う。

第十章でも論じたように、ソネ「美」が巻頭詩となれば、天空の支配は争うべきことではなかった。しかし『悪の花』初版では「美」の前に十六篇の詩がある。中でも「祝福」（一）、「太陽」（二）、「高翔」（三）は、青い昼の空を詩人の特権的な場と描く。(1) これを伏線とすれば、詩人は美の化身に特権的な場を奪い取られた、と解釈することが可能になる。彼は美の化身に恭順することなく、夜の世界へと逃げ込んでいく。そして彼はもはや天空を飛ぶことではなく、夜の化身である女と共に、海を移動することによって世界を見て回る。

本研究は、語り手が昼の女から夜の女へ逃避したことが浮き彫りなるように、『悪の花』全体を五つに分け、読解を試みる。まず「憂鬱と理想」を三つの詩のまとまりに分ける。

第一節では、詩人の属性を描いた「祝福」（一）から「不運」（十一）までを論じる。ここでは詩人本来の領分が、神に属すること、彼が太陽になぞらえられていること、空が特権的な場であることを読み取る。

第二節では「美」（一七）から「無題（私は、夜空と等しく、おまえを深く愛する……）」（二二）までを論じる。語り手は、スフィンクスのように昼の空を支配する美の化身からの求愛を逃れ、夜の化身の庇護を受ける。この中で語り手の青年は甘美な官能を経験する。ここは詩集の中でも、最も接続が緊密な箇所である。

しかし幸福な時は続かないだろう。夜の女はあまりにも強い情欲の持ち主だからである。第三節では語り手が女の欲望を鎮めるために彫刻のイメージを女に見出したことを考察する。また女との死別を経験した後、離れた箇所にある「親しい語らい」と「我ト我身ヲ罰スル者」で彼が恋愛を総括していることを示す。

これらを踏まえ、後続では「悪の花」（第四節）、「死」（第五節）を読解する。

1．「祝福」から「不運」——美の希求

「憂鬱と理想」の前半で、語り手は二つの空間に身を置いている。まず「祝福」（一）から「万物照応」（七）まで語り手は詩人の特権となる神的空間にいる。しかし「無題（私はこれら裸の時代の思い出を愛する……）」（五）から、語り手は世俗の空間で美を渉猟する。現世では、神的な美も、古代の美ももはやない。現代の美は何か。彼の悩みは「灯台」を経て、さらに「無能な修道僧」と「不運」で深まる。

以下では、まず「祝福」から「万物照応」までを一つのまとまりとして読む。次に「無題（私はこれら裸の時代の思い出を愛する……）」と「灯台」を、美に対する問題提起として読む。その上で、「病んだミューズ」と「金で身を売るミューズ」とを、美の探求の答えの一端として読むことにする。

(1)「祝福」――聖なる詩人の誕生

前振りとなる「読者へ」の次の詩「祝福」（一）は、物語としての『悪の花』の起点である。この詩が詩人の誕生から始まっていることは興味深い。ボードレールがあたかも自伝的に自らの身の上を語り出したかのような印象がするからである。しかし詩の記述の仕方は、作者が自分の人生を伝記として描き出すものではない。M・リヒターが注意を促すように、ボードレールは一人称ではなく、三人称で詩人を描いている。(2) 語り手と作中の人物がほとんど同じ存在であることを考えれば、これは奇妙なことであると同時に、意図的なことである。

「祝福」は次のように始まる。

その時、至高の力を持つ者の命令により、
〈詩人〉がこの退屈した世界に現れた、(3)
その母親は　恐怖におののき　瀆神の心に満ち満ちて
彼女を憐れみたまう神に向かって　拳を握りしめる。

（AB II, 993）

ボードレールは語り手を『新約聖書』の『福音書』に描かれているイエスの生涯を詩人のことに引きつけて脚色していく。詩人は神の命令によって生まれる。彼はおそらく「退屈した世界」の救い主である。しかし彼の誕生は望まれていない。大衆に迫害されることは、詩人もイエスも同じである。だが詩人の場合、まず彼の母親が迫害者である。イエスと違って、彼にはマリアのような庇護者がいない。さらに詩人の受難は続く。

しかし、一人の〈天使〉の目に見えない加護のもと、
相続権を奪われた déshérité〈子供〉は　太陽[4]に陶然となる、
そして彼の飲む全てのもの　彼の食べる全てのものには
アンブロワーズ［＝神の食べ物］や　朱色のネクタール［＝神の飲み物］が見出せる。

彼は風と戯れ、雲と話をし、
また歌いながら　十字架の道に酔う、
そして彼の巡礼に付き従う〈聖霊〉は
森の鳥のように元気な彼を見て　涙する。

（角括弧内論者、AB II, 994）

「十字架の道」とあるように、詩人の受難は、明示的にイエスの受難と重ねられている。« déshérité » という表現は注意を要する。阿部良雄はこれを「見捨てられた」と訳し、ロマン主義において詩人は近親者から疎んじられるのが一般的だったと註で記す。[5] しかし阿部も認めるように、リトレの『フランス語大辞典』によれば当時、« déshérité » は「遺産を奪われた」という意味である。[6] これに立ち戻れば、まず詩は神が作った世界の本来の相続人はイエスであるのに、イエスが相続権を奪われていると謳っているのではないだろうか。そしてここで思い出されるのは、ボードレールが準禁治産者の宣告を受け、実父の遺産を自由に使えなくなったことである。このように解釈すれば、詩のモデルが自伝的エピソードであることが透けて見えるのではないだろうか。

そして西欧の詩の伝統において思い返すべきは、詩神オルフェウスが、太陽神の息子であったことである。M・リヒターが指摘しているように、太陽の祝福を受けた詩人のイメージは、ボードレール自身の陰鬱な詩人のイメージと相容れない。[7] 太陽と詩人の重ね合わせは、意図的な演出ではないだろうか。

「祝福」の後半には、最大の迫害者として、詩人の妻が登場する。『悪の花』初版で、彫刻化された女が登場するのは、妻が詩人に行う一連の嫌がらせの最中においてである。

彼の妻は公の場の数々で　叫びながら行く。
「夫は私のことを美しいと思い　熱愛したいと思っているのですから[8]、
私は古代の偶像の数々の役割を果たしますわ、
これらは　しばしば　塗り直しや　金メッキのし直しが必要でしょう[9]。

陶酔しようと思いますわ　ナルドの香油、乳香、ミルラ、
崇拝の数々、肉や酒に、
これは知るためですわ　夫が私を賛美する心のうちに
嘲笑いつつも　神々へのオマージュを奪えるのかどうかを！

そしてこれらの敬虔さを欠いた笑劇に飽きたら[10]、
私の華奢で力強い手を彼の身体に置いてやります。
そして私の爪、ハルピュイアの爪にも似た「私の爪で」、
彼の心臓に達するまで　道を切り開いてやろうと思うのですわ。

（角括弧内は論者、AB II, 995）

妻は詩人の心を見透かし、彼が大好きなものになって、彼を罠にかけてやろうと言う。ここでは前提的に、詩人の好みが彫刻的な美しさとされている。自らの嗜好を女に知られることは詩人の災の源になる。「祝福」の末尾で彼は、神に祈りを捧げ、誘惑を退ける。

私は存じております　苦悩は唯一の高貴なもので
現世も地獄も　それを決して蝕むことがないことを、
そして私の神秘的な冠を編むには
全時代　全世界に税を課さねばならないことを。

しかし古代パルミュラの失われた宝玉の数々、
未知の貴金属の数々、海の真珠の数々、
これらを主が自らの手ではめてくださっても、(11)十分ではないでしょう(12)
輝き澄み渡る　その美しい王冠を飾るにあたっては。

なぜなら　それは純粋な光だけで作られるのですから、
原初の聖なる光の源から汲まれた［光だけで作られるのですから］、
そして死すべき定めの者たちの眼は、いかに壮麗であっても、
曇っていて　嘆きがちな鏡でしかないのですから！

（角括弧内は論者、AB II, 996）

詩人は苦痛を特権化する。現世も地獄も、それを「蝕む」mordre ことはできない。そして高貴な苦悩を謳う詩人の王冠となる物質は存在しない。彼は古代に交易地として栄えていたパルミュラ遺跡の宝物を退ける。第六章ですでに論じたように「異教派」において、ボードレールはスタンダール的な近代の美の探求を目的に掲げながらも、聖アウグスティヌスの見方を支持し、見ることや物質に欲望を抱くことそれ自体を罪と考えた。この時、古代ギリシアの彫刻は退けるべきものだと主張した。パルミュラ遺跡が古代彫刻を発掘する拠点であったことを考え

れば、「祝福」における物質的な美の否定はこれと重なり合わさる。

詩の文言を考える上で注意しておきたいことは二つある。まず光を放つものが人間の眼だというくだりの解釈である。この文言の前提には、詩人の王冠が、人間たちの眼の光を材料に作られるということである。しかし詩人はそれに満足はしていない。人間の眼の光は壮麗なこともあるが、原初の光を照り返している鏡でしかなく、しかもその鏡は曇っているのである。ここから読み取れるのは、人間の眼が原初の世界へ通じる媒体となっているということ、「曇り」は人間の限界だということである。

次に考えておきたいのは王冠をいただく詩人は、あたかも太陽のようだということである。先に論じたように、詩人は世俗の無理解によって本来、得るはずだった財産を奪われてしまっていた。しかし彼は神に、輝く王冠を要求すると同時に、自らの奪われた持分の返却を求めているのである。しかし彼はあくまで「曇り」を晴らすことを求める。この「曇り」を人間の罪深さの象徴と読み換えるのであれば、詩人が求めているものは、カトリック的な原罪を受ける前の原初の汚れのない人間の輝き、あるいは、理想的な人間の輝きである。こうした現世の穢れを避け、理想を求める思想は、第二章で論じた新プラトン主義と重なり合う。

「祝福」の後続の詩は太陽のテーマを継承する。もっともこの流れは『悪の花』初版のみである。『初版』で第二番目の詩は「太陽」(二)である。しかし『第二版』で「太陽」は「パリ情景」に移され、「アホウドリ」がこの位置に収まるのである。「太陽」は「祝福」で描かれた天空を自由に遊ぶ子供のイメージを受け継ぎ、詩人と太陽を類似する存在として描く。詩の末尾で、詩人は恵み深い太陽になぞらえられる。

それ[=太陽]が、一人の詩人のように、町に降りていく時、
それは　もっとも卑しい物事の運命を輝かせ、
そして王として入り込んでいく、音もなく　従僕もなく、
あらゆる貧窮院と　あらゆる宮殿に。

(角括弧内は論者、AB II, 998)

詩の文言に従えば、厳密には、太陽が詩人に似ているのである。こうした転倒した形容の仕方は、矛盾によって読者の注意を引く、修辞学上の技巧と理解することもできる。しかし詩人は太陽に先行する存在であり、太陽をも支配下においていると考えることもできるのではないだろうか。

『悪の花』初版が詩人の神秘的な力を強調していることは、『第二版』で「太陽」が「パリ情景」に移動し、第二番目の位置に「アホウドリ」が入ったことと比べてみると一層、明らかになる。

〈詩人〉は大雲の王者［＝アホウドリ］に似ている
そいつは嵐に出没し　そして射手をあざ笑う。
［ところがそいつは］地面の上では　やじのさなかを逃げ回り、
巨大な両翼が　歩く邪魔になっているのだ。
（角括弧内は論者、OC I, 10）

アホウドリは天空では無敵だが、地上では水夫たちにいたずらされる。ボードレールは詩人も似たようなものだと謳う。つまり現実世界で詩人は無能である。このように『第二版』が現実を見据えたものであるのに対し、『初版』は詩人を太陽になぞらえ、超人的な力を強調しているのである。

「高翔」（三）で詩人はいよいよ天に登って行く。この時、語り手は一人称の「私」となる。

沼を超え、谷を超え、
山、森、雲、海［を超え］、
太陽の向こうで、エーテルの向こうで、
星々をちりばめた球体の境界の向こうで、

私の精神よ、おまえは軽快に動く、
そして、波の中で恍惚となる優れた泳ぎ手のように、
おまえは陽気に　深く巨大な溝を穿つのだ
言葉にできない　雄々しい逸楽を伴って。

（角括弧内は論者、AB II, 999）

詩人の精神は飛び立ち、地上を超え、地球を抜け出し、太陽系をも超えていく。このような現世的なものを超えた先で、彼は「花々と事物の沈黙した言語」を理解するようになる。

［幸いなるかな］　思索が、雲雀のように、
天空に向かって　朝　自由に飛び立つ者は、
――［幸いなるかな］生の上を飛び、そして努力なしに理解する者は
花々と事物の沈黙した言語を！

（角括弧内は論者、AB II, 1000）

詩人はここで、人間の言語以外の言語を理解する者として現れる。言語のテーマは「万物照応」（四）において、物質でも、生物でもない、言葉を放つ、不可思議な柱のモチーフへと発展する。

〈自然〉(13)とは一つの御堂であり　そこで生きている柱の数々は
時折　曖昧な言葉を放つままにしている。
人間は象徴(14)の森を抜けて　そこを通り過ぎる
［象徴の森は］彼を親しげな視線の数々で見守る。

（角括弧内は論者、AB II, 1001）

「生きている柱の数々」vivants piliers はさまざまな次元で解釈しうる。まず言葉を放つということは、柱が人の形をしていると考えることもできる。そうであるならば、これはカリアティードのように、人物が彫琢されている柱ではないだろうか。カリアティードは十九世紀フランスでブルジョワたちのアパルトマンを飾るものとして再度、注目を集めていた。例えば近代にかけて十七世紀のピュジェによる《カリアティード》は、レプリカが何度も制作された。[15] また十九世紀のプラディエの《勝利》（一八四三―一八五三、図三十五）は十二体で、アンヴァリッドの円形ドームの柱を飾る。[16] 第五章と第六章で論じたように、当時のフランスは装飾的な彫刻に力を入れていた。時代背景を踏まえれば、ボードレールの脳裏にカリアティードがあったと推測してみることも不可能ではない。

図三十五

　しかし「万物照応」の書き出しを理解するにあたっては、ボードレールが音楽批評「リヒャルト・ヴァグナーと『タンホイザー』のパリ公演」で、ヴァグナーの曲を解説するために「万物照応」を引用した時のことを考える必要がある。彼によれば詩が描くのは、「神が複雑で不可分の一つの総体として世界を声高に言った」（OC II, 784）時のものである。この言葉を理解するにあたっては二つの点を考えておきたい。

　第一に、神が「世界を声高に言った」という表現である。西欧では伝統的に、言葉は神そのものだという考え方があった。その重要な例となる『ヨハネによる福音書』（『新約聖書』）を引用したい。

原初に言葉があった、言葉は神の内にあり、言葉が神であった。／言葉は神の内に最初にあった。／全ては言葉によって存在したのであり、言葉なしには何者も存在しなかった。／言葉には命があった、この命が人間たちの光であった。／光は深淵で輝き、深淵は光を見出さなかった。(17)

ヨハネによれば、言葉は事物を判別するための呼称や、記号のようなものではない。むしろ言葉が事物に先行して存在し、言葉によって事物が誕生したのである。この時、神とは言葉それ自体である。神が「世界を声高に言った」というボードレールの表現は、世界を生み出す神の姿と重なり合わさる。こうした言語神授説は、新プラトン主義思想の核となっていたものであって、(18)ボードレールにもその影響は及んでいたのである。

次に注目しておくべきは、ヴァグナーを批評した文章の中で、ボードレールが神を「不可分の一つの総体」と述べていることである。これは彼が『内面の日記』で述べた言葉と結びつく。

統一性が二元性になったことだとすれば、堕落したのは神ではないか。
言い換えれば、天地創造とは、神の堕落ではないのか。
(OC I, 688-689)

第二章でも論じたように、ボードレールは悪が蔓延した現世を憎んでいた。そして彼はその責任を神に求める。しかしボードレール自身の言葉によれば「万物照応」が描くのは、神が「二元性」になる前である。すなわち悪が生まれる前の世界——原罪も人間の生にまつわる一切の苦しみがない世界——である。

以上を踏まえると、「万物照応」の冒頭で描かれている情景は、カリアティードのように物質的にわかりやすいイメージのみに還元することはできない。詩で描かれているのは、言わば「祝福」の末尾で描かれていたような、言葉によって神が神を生み出した時のものであり、観念的なものではないだろうか。『悪の花』の序盤は、「祝福」がテーマを示した後、「高翔」によって読者を天上の世界に連れていくのである。

しかし次の詩から語り手は天上を離れ、地上を見て回るようになる。

(2)「無題（私はこれら裸の時代の思い出を愛する……）」と「灯台」——現代の美を求めて

私はこれら裸の時代の思い出を愛する、
そこでは太陽[19]がいくつもの彫刻を黄金色に染めて楽しんでいた。
（AB II, 1003）

「無題（私はこれら裸の時代の思い出を愛する……）」（五）は彫刻から始まる。この彫刻は造形物ではなく、筋肉の発達した肉体を持つ人間たちの比喩である。太陽神がそれらを黄金色に染める。「思い出」とあるように、語り手は太陽神のいる世界を見たことがある。前の「万物照応」から、神的世界のテーマが継承されており、語り手は楽園の証言者として話し出すのである。

第一章で触れたように、ボードレールを知る十九世紀フランスの読み手は、彼が楽園を描くにあたって、東洋へ旅行した経験をモチーフとしていると推測したかもしれない。しかし『悪の花』初版の流れに注意する時、ここで想起するべきイメージは、『旧約聖書』の『創世記』でアダムとイヴとがまだ禁断の木の実を食べず、羞恥心を知らないまま、裸体で暮らしていた頃の情景であるだろう[20]。

そしてこの楽園の情景を描く語り手の立場にも注目しないわけにはいかない。すでに論じたように「祝福」において、詩人は三人称で描かれ、作者と別々の存在であった。しかし「高翔」に続いて、ここで詩人は「私」として語る。ボードレールはあたかも神的世界の証言者として読者の前に登場したのである。

しかし語り手＝詩人がいる世界は、もはや神的世界ではない。彼は現世に降りてきたのである。現代の裸体は、淫蕩や病に侵されており、そこからはもはや、偉大さが失われている。

今日の詩人が[21]、思い浮かべようと望む
これら生まれながらの偉大さを、眺められる場所で[22]
［詩人は］男の裸体と女の裸体とが［眺められる場所に行くが］、
魂に暗黒の寒気が広がるのを感じる
次の恐怖に満ちた絵を前にして[23]
衣服に覆われた怪物、
仮面よりも醜いしくじった顔、
痩せた者、腹が出た者、肉が弛んだ者、これらあらゆる貧弱な身体。
（角括弧内は論者、AB II, 1004）

現代の裸体は醜いもので、語り手の詩人は恐れをなす。彼は古代の美に郷愁を感じるのではある。しかし彼は現代にしかない美しいものに眼を向けようと努める。

私たちは、確かに、堕落した国々の民で、
古代の諸民族にとって未知の美を有している。
（AB II, 1004）

この箇所は詩集の流れを転換する役割を果たしている。つまり「万物照応」までは、古代の美や、詩人の神聖な美がテーマとなっていた。ところがこれ以降は、テーマが現代の美へと向かっていく。
続く「灯台」（六）は現代へと通じる九名の芸術家を列挙する。詩の順で彼らはルーベンス、レオナルド・ダ・ヴィンチ、レンブラント、ミケランジェロ、ピュジェ、ヴァトー、ゴヤ、ドラクロワ、ウェーバーである。語り手は、芸術家たちの作風をそれぞれまとめた後、次のように述べる。

これらの呪いの言葉、これらの瀆神、これらの嘆き、
これらの恍惚、これらの叫び、これらの涙、これらのテ・デウムは、
一千もの迷宮で繰り返される一つのエコーだ。
死すべき人間たちの心にとって　これは一つの神のアヘン。(24)

これは一千もの歩哨たちによって繰り返された　一つの叫び、
一千ものメガフォンで送られる一つの命令。
これは一千もの城塞を照らした　一つの灯台、
大いなる森の数々で迷った　狩人たちの一つの嘆き！

なぜならば　これは本当に、主よ、最良の証言なのです
私たちは［これによって］自らの尊厳を示します
この長い一つの怒号は(25)　時代から時代へと流れ、
主のいらっしゃる永遠の果てで　死を迎えることになるのです！

（角括弧内は論者、AB II, 1007）

本研究ではあえて「一千」と、不定冠詞で示された「一つ」が対比できるように直訳した。これを踏まえて解釈すると、語り手にとって、まず九人の芸術家たちの作品は、呪いの言葉、瀆神、嘆き、恍惚、叫び、涙、テ・デウムである。これらは見かけの上で一千に匹敵するほど、無数のものである。しかし語り手によれば、本質は一つである。すなわち、「一つのエコー」である。そして「一つの神のアヘン」、「一つの叫び」、「一つの命令」、「一つの灯台」、「一つの嘆き」、「最良の証言」、「この長い一つの怒号」である。

一なる神がいる原初の世界は、先行する「万物照応」で描かれていた。「灯台」が示すのは逆に、一なる者が分裂

した後の世界、すなわち、詩の語り手がいる現代である。このようにして『悪の花』の序盤、「灯台」の末尾は詩の舞台が神的世界から現世へと舞台が切り替わったことを改めて読者に伝えるのである。

注意しておきたいのは、詩の中で「呪いの言葉」、「瀆神」、「嘆き」が、神に対して人間の尊厳を示す「最良の証言」と考えられていることである。これはどのようなことを言っているのだろうか。

本研究は第二章で新プラトン主義の考え方を整理した。これを思い返せば「灯台」で、ボードレールの語り手は次のようなことを述べているのではないだろうか。人間は神のように世界を創り出すことはできない。しかし現実の悲惨さに甘んじず、理想を思い描く想像力を有している。芸術家は、理想のみならず、理不尽に怒ったり悲しんだりする人間や、享楽へと逃げる人間を描くことで、人間の尊厳を神へ示す。芸術は神の創造した世界への不満を神に突きつけるものである。これは言わば神に対する抗議と言えるのではないだろうか。

『悪の花』初版において、ボードレールが抗議のニュアンスを強調したことは、校正刷の文言と比較すれば明らかになる。最後の「この長い一つの怒号」は、元々は「この繰り返す一つの叫び」ce cri renaissant であった。「繰り返す」という形容詞は動詞「再び生まれる」renaître に結びつく。[26] しかしボードレールは『初版』で、これを打ち消し、一つの怒号が長く続き、神のいる果てへ届くと書き換えた。

また「怒号」という言葉の射程を考えるためには、ボードレールが『第二版』で「すすり泣き」sanglot としたことと比較してみなければならない。「すすり泣き」という表現は、「恋人たちの死」や「芸術家たちの死」の一節を思い起こさせる。特に『芸術家たちの死』で「すすり泣き」(AB II, 1229) は、理想を思い描く芸術家が、理想を実現する可能性が低いことがわかって発する憂鬱な呻き声である。これに比べて「怒号」は力強い。

こうした語の選択からは、ボードレールが『初版』の時点で、先人たちの「怒号」、すなわち人間たちの尊厳を示す証拠となる芸術を、自らが継承できると自負していたことが察せられる。

では神に対する抗議であり、美である芸術を語り手である詩人は、どのように模索するのだろうか。ミューズに関する二篇のソネは、こうした現代的な美の手掛かりを示していると読める。

(3)「病んだミューズ」から「不運」——理想が失われた時代

病んだミューズ

私の気の毒なミューズよ、ああ！　今朝はどうしたのだ？
くぼんだ眼は夜の幻影で満たされ、
私がおまえの顔色に　代わる代わる映っていると見るのは
冷たく沈黙した　狂気と恐怖だ。

緑のサキュパスと　薔薇色の妖精とが
その壺から、おまえに恐怖と愛とを注ぎ込んだのか？
悪夢が、専制的でふざけた拳を振るって、
物語のミントゥルナエの奥底に　おまえを沈ませたのか？

私は願う　健康のにおいを発散させ
おまえの胸に　力強い思想がいつまでも訪れるように、
おまえのキリスト教徒の血が　リズムをなして流れるように。[27]
［私は願う　流れが］古代の節の数々の音のようであるように、
そこを代わる代わる治めるのは　歌の父である、

14. ポイボス、そして偉大なるパン、収穫を統べる主だ。

（角括弧内は論者、AB II, 1008–1009）

詩に描かれているのは、暴力で怯えた女である。彼女が娼婦であるかどうかは直接、示されていない。しかし夜の盛り場に出入りすることから（「夜の幻影」（v. 2））、彼女が夜の女であることは察せられる。「専制的でふざけた拳」（v. 7）の持ち主によって彼女はおそらく殴られ、皇帝マリウスが「ミントゥルナエ」（v. 8）の沼に隠れたように、朝まで、どこかへ逃れて息を潜めていたのである。彼女は怯えており、事情を語りはしない。語り手は「私は願う」je voudrais（v. 9）という言い方で、彼女を慰める。

注意しておきたいのは第二テルセの「ポイボス」（v. 14）である。この語が想起するのは、先の「無題（私はこれら裸の時代の思い出を愛する……）」の擬人化された太陽である。ポイボスは古代の理想を象徴する。語り手は彼女の外見がいかに汚れていようとも、その血に、神話の世界の聖なる音が流れていることを祈るのである。

ボードレールはこのように惨めな境遇にありながら、理想を求める人間の姿を描き出す。さらに「金で身を売るミューズ」（八）で彼は、野宿の危機に瀕している女をミューズとして描く。

金で身を売るミューズ

1. おお　私の心のミューズよ、宮殿の愛好家よ、
2. おまえは持っているのか　〈一月〉がそのボレアスたち［＝北風の神］を放った時、
3. 雪の降る連夜の憂鬱な夜の間、
4. 紫色になった二つの足を温める一片の燃えさしを？
5. おまえはそれなら　大理石のようになった両肩を生き返らせるのか

6. 雨戸から漏れて来る夜の光で？
7. 口の中と同じくらいに　財布が干上がったのを感じて、
8. おまえは　蒼穹から黄金を刈り取るのだろうか？

9. 毎晩のパンを得るために、おまえはやらなければならない、
10. 聖歌隊の子供のように、香炉を振ったり、
11. なんら信仰していないテ・デウムを歌ったり、

12. あるいは、空腹な曲芸師のように、乳房を見世物にしたり［しなければならない］
13. そして　おまえが見えないところで流した涙でしめった笑いは、
14. 卑俗な者を大笑いさせるためなのだ。

（角括弧内は論者、AB II, 1010–1011）

詩に登場する女は乞食に近い。J・クレペとG・ブランは「宮殿の愛好家」（v. 1）が豪華な暮らしを好む女だと解釈する[28]。宮殿は女の窮状を伝える比喩となっている。女は寒さで凍え、肩が「大理石のように」（v. 5）なる。彼女は宮殿の彫像のようになっているのである。また「口の中」palais（v. 7）はフランス語で、「宮殿」palais と同音異義語である。「宮殿の愛好家」とは困窮を揶揄するための強い皮肉である。

しかし語り手は皮肉を浴びせかけるだけではない。「香炉を振ったり」（v. 10）、「テ・デウム」（v. 11）を謳うことで、女は物乞いをする。また曲芸師のように女は乳房を見せ物にする（v. 12）。これは本当に曲芸をしているのか、それとも、売春を暗示するのか。いずれにせよ、女は自分を商品にするのである。彼女は笑顔を見せ、「卑俗な者」（v. 14）は大笑いするが、語り手は彼女が人に見せない涙を察する（v. 13）。

詩が描き出すのは、理想と現実の違いに苦しみつつも、現実を生きようとする女の姿である。このようにボードレ

ールは理想と現実の落差を『悪の花』初版において強調し、理想が失われた地点に詩のテーマを求めるのである。実際、彼は完成されなかった『悪の花』の序文で、次のように書いている。「〈悪〉から美を引き出すことは、困難であるだけに一層、私には心地よく思われた」（OC I, 181）。

しかし現世で美を見出すのは困難な試みではある。「無能な修道僧」（九）の語り手は、中世の壮麗な僧院の壁画を思い起こしつつ、自分にできるのだろうかと自問する。要所となる第二テルセを読むことにしたい。

おお　怠惰な修道僧！　では　いつになったら私はできるのだろうか
この惨めで悲しい人生の生々しい情景を
己の手による傑作となし　己の目の好みとなすことを！[29]

（AB II, 1013）

ここで注意しておくべきは、語り手が「この惨めで悲しい人生の生々しい情景」、すなわち悪の溢れた現実を題材に、傑作をなそうと考えていることである。だが彼は希望を捨ててはいないが、計画の実現は困難である。同じテーマは「敵」（十）にも見当たる。このソネは「私の青春は闇の嵐であった」（AB II, 1014）と自伝的な語り口で始まる。ここでボードレールは、農夫や園芸家のような耕作者に芸術家をなぞらえる。語り手が耕すべき大地はあまりに荒廃しており、洪水に洗い流され、水浸しである。

そして誰が知っているだろうか　私が夢見る新しい花々が
砂浜のように洗い流されたこの土の中に　見いだせるかどうかを
神秘的な栄養が花々の活力となるかどうかを？

（AB II, 1015）

荒れた大地には花となる種があるかもしれない。しかし種に栄養が届くかどうかは定かではない。

「不運」（十一）で語り手は地に埋まっている花の香りを感じ取る。

――多くの宝石は埋もれて眠る[30]
漆黒の闇と忘却の中で、
つるはしも　水の深さを測る鉛も届かないところで。

多くの花は惜しみつつ放つ[31]
秘密のように甘いその香りを
深い孤独のうちに。[32]

（AB II, 1017）

土の中にある花はまだ種である。しかし詩人は時間を超えて将来、地上に咲く花の香りを感じることができる。以上をまとめると次のようになる。詩集の前半部において、詩人は神の祝福を受けていた。しかし彼は神的世界を離れ、地上に美を探し求める。これはさまざまな芸術家がすでに試みたことではあるが困難な営為である。

2．「美」と官能詩群――純愛の演出

ソネ「美」の始まりから、ジャンヌ詩群にかけて『悪の花』初版の運びは、『第二版』と大きく異なっている。まず『第二版』では、第十一章で改めて触れるように、「美」、「理想」、「巨人の女」、「仮面」、「美への讃歌」が五篇で芸術詩群をなし、「異国の香り」から始まる恋愛詩群の前振りとなっている。言い換えると、芸術詩群と恋愛詩群とは内容的に接続せず、別々のものと読めるのである。ところが『初版』においては「美」から「異国の香り」ま

でが一つのまとまりとなっている。つまり「美」が描く強烈な女から、詩人は逃げ出し、「異国の香り」が描く官能的な女のもとに逃げてきたと読めるのである。『初版』が示す二人の女はどちらも彫刻的な美を体現している。しかし二人の差は、昼と夜、空と海、美と官能という三つの対立で強調されている。

本研究は、まず『悪の花』初版の文脈の中で「美」（一七）に「理想」（一八）が応答していることを明らかにする。その上で語り手が美の化身を退け、「巨人の女」（一九）と「宝石」（二〇）で、官能へと次第に接近していくことを示す。その流れの延長で本研究は「異国の香り」（二一）を読んだ上で、語り手が明確に求愛をすることで区切りとなる詩「無題（私は、夜空と等しく、おまえを深く愛する……）」（二二）を読解する。

(1)「美」——美の現前

美

1. 我は美しい、おお　死すべき者どもよ、(33)［我の美しさは］石の夢のようだ、
2. そして我が胸は、男たちがそれぞれ触れては自らを傷つける、
3. これは詩人に愛を抱かせるために造られた
4. 物質のように、永遠で、沈黙した［愛を］。

5. 我が天空を支配する姿は　不可解なスフィンクスのようだ。
6. 我は雪の心を白鳥の白さに統合する。
7. 我は線を動かす運動を嫌い、
8. 決して我は泣きもしなければ　決して我は笑いもしない。

9.　詩人たちが前にする　我が尊大な態度は、
10.　言わば　最も誇り高い巨大彫刻群から借りて来たかのようだ。
11.　彼らは　その日々を厳しい研鑽の数々に使い果たすだろう。

12.　というのも　我はこれらの従順なる恋人たちを魅惑するべく
13.　星々を美しくする純粋な鏡を持っているのだから。
14.　それは私の眼、永遠の光を宿した私の大きな眼！

（角括弧内は論者、AB II, 1028-1029）

『悪の花』初版はほとんどが男の詩人の独白である。ここで女が詩人に向かって語りかけてくる。第十章で本研究は『フランス評論』の「美」をすでに論じた。しかしソネのニュアンスは文脈で大きく異なる。

注目しておきたいのは二点ある。まず第二テルセである。美の化身は「純粋な鏡」（v. 13）であるところの眼を持っているという。この眼の背景は『フランス評論』に描かれていなかった。しかし『初版』では「祝福」と接続させることでその真意がわかる。「祝福」の末尾には次のようにあった。「死すべき定めの者たちの眼は、いかに壮麗であっても、／曇っていて　嘆きがちな鏡でしかない（……）」（AB II, 996）。人間の眼は原初の光を照らす器だが、不完全にしか光を投射できない。これに対して美の化身の眼は純粋であり、完全である。

「祝福」において詩人は原初の光で作られた王冠を求めつつも、得られないと述べた。ところが女はそれを所有して現れたのである。女の眼が純粋であり、原初の光で輝いているということは、詩人の特権を喪失させる。

次に第二キャトランである。ソネを単独で読めば、この描写は女の偉容を示す情報でしかない。だが先立つ詩で、天空こそは、詩人の特権的な領域であった。すなわち「祝福」、「太陽」、「高翔」という最初の三つの詩で、詩人は太陽のように振る舞った。ところが「美」では、美の化身が天空の支配者を名乗る（v. 5）。しかもそれは強奪したというに等しい。スフィンクスはオイディプスが倒すまで砂漠に君臨した伝説上で最強の生物である。詩人はもはや飛翔しようとも、常に自分よりも強い存在の顔色を伺わなければならなくなる。

このように理解すると第一テルセの定冠詞複数の「詩人たち」(v.11)は、女の美を研究するためだけではなく、美の化身の圧倒的な力に屈して、自らの時間を捧げることになった、と読むことができる。

『フランス評論』の後続の詩で、語り手は美の化身の求めに従った。つまり乳房でなく、眼を愛そうとしたのである。しかし『悪の花』初版で語り手は二つの点で、美の化身を拒んでいる。

まず詩人が昼の女ではなく、夜の女を求めるようになることである。確かに、後のサバティエ詩群や、マリー・ドーブラン詩群で、光がモチーフになることはある。[34] だが、それは晴れた日中の陽光ではなくなる。松明の光、夕暮れ、曇りの日の日差しなどである。何より「異国の香り」をはじめとするジャンヌ詩群では、明確に陽の光が退けられる。ここに描かれる女のイメージは夜であり、語り手は昼から夜へと逃亡するのである。

またすでに第十章でも指摘した通り、美の化身は胸ではなく、眼を愛するように求めていた。しかしその後の詩で、乳房をテーマの一部とする詩が四篇も続く。詩人は美の化身の求めに一切、従わないのである。

(2)「理想」——詩人からの応答

理想

1. お飾りの[35]美女たちでは決してないのだ、
2. ろくでもない時代に生まれた、梅毒持ちの製品ども、
3. あのブーツを履いた脚、カスタネットを持った指先、
4. それらでは決して　私のような心を満足させることがない。

5. 任せておきたいものだ　ガヴァルニ、この硫黄病や、
6. 病院の美女たちのさえずる一群の詩人[36]に。
7. というのも　私はこれらの青ざめた薔薇の中に、
8. 私の真紅の理想に似つかわしい　一輪の花を見出せないのだ。
9. 裂け目のように　深い心に　なくてはならないものとは、
10. おまえたちだ、マクベス夫人よ[37]、罪を犯す力強い魂よ、
11. 疾風の吹き荒れる気候で開化したアイスキュロスの夢よ[38]。
12. あるいはおまえだ、大いなる〈夜〉、ミケランジェロの娘よ、
13. 奇怪なポーズをとりつつ　穏やかに身をよじる者よ[39]
14. おまえの乳房は　ティターン神族の口におあつらえ向きだ[40]！

（AB II, 1030–1031）

本研究はこれまで二度、「理想」を読んだ。最初は、第七章でミケランジェロの《夜》に注目した際である。次は第九章で「冥府」を読んだ際である。本研究はいずれも、このソネを芸術に関する議論として理解した。しかし『悪の花』初版では、美の化身からの呼びかけへ応える位置に、置かれているのである。

注意しておきたいのは「お飾りを持つ美女たち」（AB II, 873）が「お飾りの美女たち」（v.1）へと変化したことである。お飾りを持つ女とは、ブーツを履き、カスタネットを持つような女たちである。しかしお飾りになる美女とは、前のソネに登場した美の化身を含んでいるのではないだろうか。

そして興味深いのは第十一行目である。語り手は太陽が照らし、不毛地帯となった砂漠に咲く赤い花を求めている

のである。彼は太陽のような女よりもむしろ「大いなる夜」（v. 12）の化身を好む。ここには昼と夜という対立構図が明確に出ている。そして夜の化身は乳房でティターン神族との情事に応じる。

ボードレールは初版で《夜》の描写の一部を変える。「冥府」において《夜》は「眠っている」dors。しかし『初版』で《夜》は「身をよじる」tors（v. 13）。この変化は熟慮の上で、あえてそうしたものであっただろう。第七章ですでに論じた通りミケランジェロは彫像のエピグラムで《夜》を眠る女とした[41]。

この修正についてP・マシアスは、眠るか・身をよじるかが問題ではなく。眼を閉じている状態を打ち消すことが、ボードレールの真意であったと考える[42]。つまり裏を返すと、『悪の花』初版において《夜》の眼は見開いているのである。これはソネ「美」の美しい眼に対して対抗していると考えることができる。

(3) 「巨人の女」と「宝石」――官能へ

後続の三篇の詩においては、性愛が次第にテーマとなっていく。「巨人の女」（一九）において、小人である語り手は、情事の傍観者である。

（……）
そして　時には夏、病身の malsains 太陽たちが、
彼女を疲れさせ、彼女を田園いっぱいに横たえる時、
［私は好んで］その胸乳の影で気儘に眠っただろう、
山裾の平和な集落のように。

（角括弧内は論者、AB II, 1033）

太陽神になぞらえられる他の男たちが、巨人である女と情事を交わす。その疲れ切った休息の時、詩人が胸乳に滑

り込み、官能を存分に味わう。前の「理想」に続き、ここでも乳房がテーマの一つとなる。「太陽たち」は、『フランス評論』発表の詩群で、語り手と別個に伊達男たちがいるように読めた。つまり形容詞« malsain »は、女と遊ぶことが好きな不良たちの寓意と、夏の猛暑の意味を二つかけていると理解することができた。しかし『悪の花』初版では、別の解釈をすることができる。

そもそも太陽は、「無題（私はこれら裸の時代の思い出を愛する……）」と「病んだミューズ」が好例となるように、『悪の花』初版で詩人の象徴であった。しかし太陽である詩人たちの居場所となる天空は、ソネ「美」において美の化身に奪われてしまう。詩人たちはこの意味において弱っているのである。このことを念頭に置けば「巨人の女」に登場する太陽たちは、美の化身によって弱らせられたという意味で« malsain »、すなわち、「病身」なのではないだろうか。しかし美の化身に拒まれた彼らは巨人の女の恋人となる。

続く「宝石」（二〇）は、詩人がついに恋人と一線を越える場面を描く。

最愛の人[43]は裸だった、そして、私の心を知り抜いており、
彼女は最も響きのよいその宝石だけを身に着けたのだった、
豊かな品々は　彼女に勝ち誇った雰囲気を与えていた
これは幸福な日々のムーア人の女奴隷たちの雰囲気だ。[44]

（AB II, 1034）

語り手は女へ「最愛の人」très-chère と呼びかける。ここで棒線が挿入され、二つが一語に結合されている。このことは、書き手ボードレールの思い入れがこもっているからだと察せられる。女は両義的な存在として描かれる。まず彼女は「ムーア人の女奴隷たちの雰囲気」を持っている。第八章で「アレゴリー」を論じた際に触れたように十九世紀当時、イスラム教徒のイメージは官能に結びついていた。[45]これを思えば、女には娼婦のイメージが入り込んでいる。しかし彼女たちの雰囲気は「幸福な日々」にある奴隷の雰囲気だという。

こうした変化をもたらしたものは「勝ち誇った雰囲気」を与えた装飾品である。宝石は、奴隷のようになった女に、栄光を取り戻させる。

語り手は、宝石が女を元気づけたことに満足している。彼は最愛の人を飾ることだけに満足しているのである。その一方で、女は裸体に近い姿で、宝石を身に纏った姿が語り手の好みであることをよく承知している。裸体に近い女の踊りが、媚態であり、性愛に結びつくことは自明であるかに思われる。ところが詩の語り手は、そのことがわかっていない。女の誘惑は不意を突くものとして描き出される。

そして　その腕とその脚、その尻とその腰は、
オイルのように磨かれ、白鳥のようにくねくねと曲がり、
慧眼で澄んだ私の目の前を　通り過ぎて行った。
その腹とその胸乳、これら私のブドウの木の房は、

悪の天使たちよりも　甘く媚びて　突き出された(46)、
これは私の魂が座っていた休息をかき乱し、
そして［私の魂を］水晶の岩より　立ち退かせるためだ(47)、
そこに　静かで孤独な(48)それは［＝私の魂］は座っていたのに。

（角括弧内は論者、AB II, 1035）

語り手の男は、女の幸福な姿と美しい形とを眺めていれば満足であって、当初は情欲のことなど考えもしなかった。ところが彼女の姿を見ていて、彼は次第に理性が揺らぎ、末尾で官能に溺れる。

――そしてランプが　死にゆくことを受け入れ、

暖炉が唯一　部屋を照らし、
燃え上がる溜息を吐く度に、
この琥珀色の肌に血を溢れさせるのだ！[49]

(AB II, 1035)

ランプが「死にゆくことを受け入れた」という表現は大袈裟に思われる。しかし光源は二つある。ランプが「死ぬ」ことによって、もう一つの暖炉の火の光が顕在化するのである。ここでランプの光が理性の寓意であり、暖炉が情欲の寓意と読むこともできるのではないだろうか。半裸で誘惑する女に理性は敗れ、語り手の男の中には幸せな官能が広がる。暖炉でパチパチ跳ねる火は、愛撫の吐息と重なる。

この詩は特にボードレールの自伝的な詩だったのだろう。注意しておきたいのは時制である。「宝石」の直接法半過去は絵画的描写の半過去、すなわち、一定の時期に完了した瞬間的行為を生き生きと語る半過去である。しかし周囲の詩は、順に「美」（一七）と「理想」（一八）が直接法現在、「巨人の女」（一九）が条件法過去、「宝石」（二〇）が直接法半過去、「異国の香り」（二二）が直接法現在である。もし詩をつなげて一続きの作品のようにするのならば、「宝石」は直接法現在形でなければならなかった。

このように時制がずれている理由は、「宝石」がボードレールにとって（ジャンヌとの思い出を描いた）自伝的な作品だったからではないだろうか。彼は『悪の花』初版のためではなく、自分の思い出のために「宝石」を書いたが、一八五七年になってそれをジャンヌ詩群に入れたのだと察せられる。

その先の情事は次の「異国の香り」（二二）が余すことなく描く。

(4)「異国の香り」と「無題（私は、夜空と等しく、おまえを深く愛する……）」——夜の女

異国の香り

秋のあたたかい夜、両眼を閉じた、その時、
おまえの熱っぽい　胸のにおいを　私が吸い込む、［その時］
私には　幸福な数々の岸辺が　広がって行くのが見える
これらは単調な一つの太陽が　炎で煌々と照らしている。[50]

けだるい　とある島で　自然が与えているのは
独特の木々と　おいしい果物だ。
男たちの身体はほっそりとして　力強く、
女たちの目の率直さには　びっくりするばかりだ。

おまえの香りによって　魅力的な風土の数々へと導かれ、
私は帆とマストで一杯になった一つの港を見る[51]
まだ[52]［帆とマストは］どれも海の波に揉まれて　疲れているが、

その間も　緑のタマリンドの香りが、
大気をめぐり　私の鼻を膨らませる、
［香りは］私の魂の中で　船乗りたちの歌と交わり合う。

（角括弧内は論者、AB II, 1036–1037）

乳房はここまでの詩で連続してモチーフの一つであった。乳房に触れることは「美」において、天空の支配者である女が禁じていた。「理想」と「巨人の女」では、乳房は巨人たちのものであった。「宝石」に乳房は描き込まれてい

るが、主たるテーマではなかった。しかし「異国の香り」のテーマは、まさに乳房である。乳房を愛撫し、その香りを吸い込む時、詩人の中に幻想が流れ込んで来る。『悪の花』において初めて、「おまえ」tuという人称が現れる。詩人にとって、女は真に親密な存在である。

詩人は恋人の胸の上で、世界を観て回る。まず岸辺（v.3）が見える。次に島のイメージが浮かび、そこにはフランスでは見ることのない木々が生い茂っていて、果物が見える（v.6）。そして住人たちが見える（vv.7-8）。彼は船に乗って旅をしているかのようである。方々を観て回った詩人は港へと到着する（v.10）。しかしそれでもタマリンドの香りがする間は、彼には船乗りたちの歌が聞こえるように思える（vv.12-14）。

詩人の乳房への愛撫を理解するにあたっては、タマリンドがどのようなものかを理解しておくことが必要になる。タマリンドは日本で馴染みがない植物で、詩の文脈では一見、香料のように思える。しかしこれはアフリカやインドのマメ科ジャケツイバラ亜科の植物で、その果実は酸味を多く含んでいる[53]。

第一章で触れたように、「あるマラバールの女へ」を一八四〇年に書いた時、ボードレールはタマリンドという植物にすでに注目していた。しかし「異国の香り」で、タマリンドのイメージはより具体的である。詩の語り手はこの果物の液を恋人の身体に塗り、愛撫したのである。こうすることで胸を愛撫する語り手の行為から、乳房を吸う子供の印象を強く打ち消すことができた。彼は南洋航海でマダガスカルに立ち寄った際、タマリンドを食べ、その経験を踏まえて、この詩を書いたのだろうか。

『悪の花』の流れの中で、詩人の魔術的な旅の仕方が変わったことに注意しておきたい。「高翔」で、詩人は空を飛び、宇宙の果てまで飛んで行った。しかしソネ「美」において、空は美の化身の支配する領域になる。詩人は『悪の花』初版の配列で、その後の詩で天空には決して登らなくなる。だが「異国の香り」で彼は女の胸の中で、海を移動する。この時あたかも、女そのものが船であるかのようなイメージが出てくる[54]。

C・ピショワとJ・ジグレールの評伝は「異国の香り」を南洋航海に引きつけて読んでいる[55]。彼らによれば、操船技術はボードレールが南洋航海の際に身に付けていた可能性が高い。一八四一年八月、彼の乗っていた船は座礁し、ほとんど沈没しかけた。その際に彼は次のような働きをしたという証言がある。

> ほとんどもう一つの漂着物でしかなくなった船を波が越えていく最中、ボードレールは船の一等航海士が防水布（タールを塗った布）を広げることを助けた。布は風の荒々しさに逆らって、ピンと張ったシュラウドに張りつき、奇蹟のように船を起き上がらせたのである。[56]

証言はボードレールが操船に「補助的に参加した」とまとめる。[57] 後年、港町オンフルールに好んで滞在したことから考えても、彼が船をある一定以上、操ることができた可能性は高い。[58]

ソネ「美」で制空権を奪われた詩人はもはや空を飛ぶことはないが、女とともに海を移動する。これは彼の魔術的な力が、当初とは異なる形で蘇ったことを示唆していると読むことができる。こうした復活を象徴的に示すのは、七行目から八行目にかけて、男と女の裸体が描かれていることである。先の「無題（私はこれら裸の時代の思い出を愛する……）」に従えば、美しい裸体は現世でもう見られなくなったのであった。しかし「異国の香り」では、閨房、あるいは女の胸で、失われた世界が復活するのである。

続く詩篇では、夜の化身は昼を遠ざける守護者として明確に描かれている。

［無題］

私は夜空 voûte nocturne と等しく　おまえを深く愛する、
おお　悲しみの器よ、おお　大いなる沈黙の女よ、
そして私は一層おまえが好きになる、美しい人よ、私から逃げれば逃げるほどに、
そして私の毎夜を装飾するものよ、おまえが次のようにすると見えるほどに「私は好きになる」、

5. 一層　皮肉な調子で　［私の両腕から］距離を重ねるほどに［私は好きになる］
6. ［その距離は］青い無限の広がりから　私の両腕を切り離す。
7. 私は襲撃しようと進み、そして　私はよじ登って何度も襲いかかる、
8. 一体の死体の後ろにいる　蛆虫らの合唱隊のように、
9. そして私は愛しく思う、おお　容赦なく冷酷な獣よ、[59]
10. その冷たさまでも　それによって　おまえは一層美しい！

（角括弧内は論者、AB II, 1038）

語り手は「異国の香り」に続いて、「おまえ」という親しい呼びかけを用いる。それだけに前の詩と描いている女が同じだという印象を与える。実際、C・ピショワは、詩句がジャンヌをモデルとしているとほぼ断定している。[60] 語り手は女を「夜空」（v.1）になぞらえた後、「悲しみの器」（v.2）と呼びかける。

「悲しみの器」vase de tristesse は、J・クレペとG・ブランが指摘によれば、聖ヒエロニムスがノラのポーリヌスへ宛てた手紙の中で、聖パウロを形容した言葉、「選バレタ器」*Vas electionis* にイメージの源がある。[61] パウロは元々、サウロという名であり、イエスを迫害していた。しかし彼は神からの呼びかけの後、目が見えなくなる。彼はキリスト教徒の祈りで再び目が見えるようになった後、名を改め、使徒に加わる。

しかし聖ヒエロニムスがこのような言い回しをした源は、パウロが書き手である『新約聖書』『ローマ人への手紙』第九章にある。パウロがここで「選ばれた器」と述べるのは、次のようなものである。

陶器を作る者［＝神］は、その粘土で、同じ種から、誉れある使われ方をする器 *vas* と、卑俗で恥ずかしい使われ方をする器とを作り分ける力がないのだろうか［いや、そんなはずはない］。／（では、次のことは、どのように言ったらよいのだろうか）。神はその正義の怒りを示し、またその力を知らしめるために、多くの寛大さ

をもって、失われる定めにある怒りの器 *vasa iræ* のために苦しまれた。そして神は栄光のために選んだ慈悲の器 *vasa misericordiæ* のために、その栄光の富を知らしめようとした。さらにユダヤ人たちの中だけではなく、他の国の民の中からも、神は私たちをお呼びになった。[62]（丸括弧内は仏語訳者による補足、角括弧内は論者）

『旧約聖書』の『創世記』によれば、神は泥をこねて人間たちを作った。[63]「器」とはまず神の被造物である人間全般のことを指している。それらの器の中で、神の教えを守らないユダヤ人たちは「怒りの器」として、滅ぶ定めにあるが、神は彼らに慈悲をかける。また善きユダヤ人たちは「慈悲の器」として、約束の地へと誘われる。彼らは神の恩寵に気が付き、改心することを神は期待しているのだとパウロは述べる。この背景にはパウロ自身がかつてイエスを迫害したにも関わらず、改心したことがある。ヒエロニムスはこうしたパウロの言葉の背景を汲み取って、彼自身の言い回しを用いながら、彼を「選バレタ器」と呼んだのである。

以上を念頭におくと「悲しみの器」という表現が暗示するものも察せられてくる。これは器の主である詩人を悲しませる女のことである。パウロがイエスを迫害したのと同様、またユダヤ人がキリスト教徒を迫害したのと同様、詩人の恋人は彼に対して従順ではない。実際、女は詩人から逃げるのであり（v. 3）、また「容赦なく冷酷な獣」（v. 9）である。しかしパウロのような改心を詩人は彼女に願っているのである。

ソネ「美」からの一連の詩の流れで注目しておきたいのは、四行目から六行目である。詩人は女へ夜の空を「装飾するもの」ornement（v. 4）、すなわち、月や星々と呼びかける。女は彼から遠ざかっていく。ここでも詩人は天空へと飛翔する力を持たないのである。しかし彼は別の接近の仕方を試みる。すなわち死骸に這い回る虫のようにして、彼女へと接近するのである（v. 8）。

『悪の花』初版の詩の流れで注意しておきたいのは、末尾で語り手が女へと求愛したことである。ここまで語り手は必ずしも積極的であったわけではない。特に彼は「巨人の女」では、他人の情事を眺めるだけであった。「宝石」では女がイニシアティブをとった。しかし「無題（私は、夜空と等しく、おまえを深く愛する……）」では、大きな女に何度も「よじ登り」（v. 7）、「愛しく思う」chérir（v. 9）。彼は冷たさも、美と受け入れる（v. 10）。
官能詩群の最初、青年は女に対して受け身であり、性に対しても未成熟であった。しかし最後に彼は変わる。ここには青年が恋をし、愛を語るようになるまで一つのまとまりがある。

3.「無題（おまえは全世界を閨房にいれかねない……）」以降——欲望と女の彫刻化

語り手「私」は当初、神々の住む世界に出入りする存在であったが、卑俗な現世に降りてくる。彼は自らの特権的な場である天空を美の化身に奪われた後、夜の女の官能的な癒しに救われる。しかし語り手の幸福は続かない。彼は理想的と思えた夜の女の悪い一面に気がつくことになる。それは彼女が多情であり、またその強い性欲に付き合いきれないことである。語り手は静かな美を望むようになる。この時、詩人としての彼は女を彫刻化する。しかし彼は女と死別し、憂鬱に沈み込むようになる。

以下では「無題（おまえは全世界を閨房にいれかねない……）」（二三）から「踊る蛇」（二六）までを読解し、語り手が官能と美を切り分けていった道筋を理解する。その後、死別のテーマが暗示されていることを「無題（私が以上の詩をおまえに贈るのは……）」（三五）で看取する。その上で語り手が憂鬱に沈み込む事例として、第二番目の「憂鬱」（六〇）の一節を読む。

(1)「無題（おまえは全世界を閨房にいれかねない……）」から「踊る蛇」まで——官能と美

［無題］

1. おまえは全世界 univers を閨房にいれかねない、
2. 淫らな女よ！　倦怠がおまえの魂を残酷にするのだ。
3. この奇妙な遊戯のために歯を鍛えるには、
4. 一つの心臓が毎日　おまえの餌の棚に必要だ。
5. おまえの眼が光るのは　露店や
6. 公共の祝祭で燃え盛る燭台のようだ
7. ［おまえの眼は］　借り物の力を厚かましく振り回す、
8. 自分の美の法を決して知りもしないまま。

9. 目も見えず　耳も聞こえないのに　残酷さはたっぷりある機械よ！
10. 世界中の血を飲んでしまう健康器具よ、
11. おまえは恥ずかしくないのか、そしておまえにはないのか
12. どんな鏡の前でも、おまえの色香が失せているのを見ることが？
13. おまえが物知り顔のこの悪の偉大さは
14. それならば　おまえを恐れで後ずさりさせることがなかったのか、
15. 隠されたデッサンを有する偉大な、自然が、
16. おまえを利用して、おお　女よ、おお　罪の女王よ、
17. ——おまえを利用して、卑しい獣よ、——天才をこねあげる時に？
18. おお　泥にまみれた偉大さ、崇高な恥辱！

（角括弧内は論者、AB II, 1039）

幸福な官能を謳う詩から一転し、語り手は女の性欲に付き合わされなければならない男の戸惑いを謳う。詩に登場する女は多情で日々、一つずつ男の心臓を引き裂く。その彼女の美しさの源は眼である。

ここで思い返しておきたいのは、ソネ「美」で、美の化身が美しさの源を眼と宣言したことである。美の化身は自らの力を知り、その上で無情にも、詩人たちの日々を研鑽に使い果たさせると述べた。

「異国への香り」までの流れで、語り手の男は彼女から逃れ、夜の女を恋人とした。しかし「無題（おまえは全世界を閨房にいれかねない……）」で描かれる女は、「自分の美の法を決して知りもしないまま」（v. 8）力を行使し、詩人を疲弊させる。この意味で彼女は、目も見えない、耳も聞こえない「機械」（v. 9）であり、ヴァンパイアのように血を飲んでしまう「健康器具」（v. 10）である。こうなってみると、自らの力の知りつつ行使していた美の化身と、何も知らないままに行使している機械のような女とでは、どちらが良かったのかという話になる。

もっともこの詩で描かれているモデルが、前の「異国の香り」の女——ジャンヌと推定されている女——と同じなのか否か、と問うことはできる。プラロンの証言によれば、この詩は一八四二年から一八四三年に作られていた。C・ピショワは（ジャンヌに会ったのは一八四三年以降であるから）そのモデルは、ジャンヌではなく、藪睨みのサラであっても不思議ではないと述べる。(64) しかし『悪の花』初版の流れでは、「宝石」で「最愛の女」という呼びかけがあって、その後の「おまえ」という一連の呼びかけの先にこの詩がある。したがって詩集としてここは一つにつながっていると考えることができる。

次の「サレド女ハ飽キ足ラズ」（二四）は、再び燃える眼を持つ多情な女をテーマとする。

サレド女ハ飽キ足ラズ

1.　夜のように褐色の、奇妙な女神 déité よ、
2.　麝香とハヴァナ葉巻の混じった香りがする女よ、

3. どこかの呪術師の作品よ、サバンナのファウストの作品よ、
4. 黒檀の脇腹をした魔術師よ、真っ黒な夜の子供よ、
5. 私は好む　コンスタンスのワインよりも、アヘンよりも、ニュイ［のワイン］よりも、
6. おまえの唇の霊薬を　そこで愛が気取って歩く。
7. おまえへ向かって　私の欲望がキャラヴァンとなって出発する時、
8. おまえの眼は　私の倦怠が水を飲む貯水池となる。
9. その大きな二つの黒い眼、おまえの魂の天窓から、
10. おお　容赦のない悪魔よ、[65] 私に注ぐ炎は少しにしてくれ。
11. 私は九重におまえを巻き取るスティクス河ではないのだ、

12. ああ！　私はできない、奔放なメガイラよ、
13. おまえの勇気を挫き　おまえをほえさせるために、
14. おまえの寝台という地獄で　プロセルピナになることは[66]！

（角括弧内は論者、AB II, 1041）

ラテン語の標題、*Sed non satiata* はユウェナリスの『風刺詩集』第六歌の一節からだと推定されている。[67] 王妃メッサリナは情欲が強く、娼館で身を任せるが、決して満足することがない。

「女神」déité（v.1）はC・ピショワが注意を促すようにフランス人にもめずらしい語である。[68] リトレの『フランス語大辞典』によれば、[69] «déité»はラテン語の「神」Deus を語源とし、第一語義は「神の本質」である。しかしこの意味で使われることは稀であり、神か女神の意味で理解することが多い。

その一方で『十九世紀万物百科大事典』は拡張的な意味として、« déité » が「崇拝の対象となる人や物」を指すと述べる。[70]『事典』は « déité » の付加形容詞（フランス語は通例、名詞の後ろに形容詞を置くが、例外的に名詞の前に形容詞を置くことがある）として二十四を列挙する。それらには「優れている」や「不死」などの神々しさに結びつく形容詞のほか、「耳が聞こえない」、「目が見えない」、「頑固な」、「容赦ない」、「無慈悲な」、「残酷な」がある。ここから « déité » が当時、賞賛だけではなく、相手を罵るためにも使われたことが察せられる。

これと対応することに、実際、「サレド女ハ飽キ足ラズ」で女は、崇拝の対象であると同時に、欲望で語り手の男を悩ませる。「女神」déité という呼びかけは、女を崇める対象として神格化しているだけではなく、皮肉を混じえつつ、男から見た女の理解し難さを表していると考えることができるのではないだろうか。

女を満足させるためには、ギリシア神話の「スティクス河」（v. 11）でなければならないのだと語り手は述べる。スティクスは冥界を流れる大河であり、九重に冥界を巻いている。[71]その支流にレーテ河、コキュートス河、アーケロン河がある。しかしスティクスは河になる前、ティターン一族の巨人の女であった。彼女はオケアノスの娘であり、ニンフ、すなわち女神である。

「サレド女ハ飽キ足ラズ」で語り手は女に圧倒される。彼は「メガイラ」（v. 12）に引き裂かれるオルフェウスや、冥王の妻「プロセルピナ」（v. 14）になった心地さえする。しかし語り手の性は男である。なぜプロセルピナ、すなわち、女神なのだろうか。ここでボードレールは意識的に男を女にする。つまり詩の語り手と女との閨房では、男が女に変わるということを読者に暗示的に伝えるのである。

C・ピショワが指摘するように、この詩でボードレールは語り手を通じて、自分の性の弱さを暗示している。研究者の間で、この意味は憶測の域を抜けていないように思われる。[72]しかしいずれにせよ、男は閨房で女に圧倒され、イニシアティブを取れなくなったのであり、このことに彼は不満を唱えているのである。

だが不満があるとは言え、語り手は女に魅了されているのではある。この理由は女が無機物のような美しさを持っているからである。彼女は「作品」（v. 3）であり、「黒檀の脇腹」（v. 4）をしている。彼女はここで彫刻に重ね合わされているのである。問題は眼が「魂の天窓」（v. 9）となって開き、火炎を注ぐことである。
注意しておきたいのは、その後の詩でボードレールが女の眼を、彫像のように描いたことである。これは二篇、連続する。まず「無題（波打つ、真珠母色の服を身に纏って……）」（二五）のテルセを読みたい。

磨かれたあれの眼は　魅力的な鉱物で造られており、
奇妙で象徴的なその本性のうちでは
穢されたことのない天使が　古代のスフィンクスと混じり合い、

そこで全てはまさに黄金、鋼、光　ダイヤモンド、
永遠に輝いているのだ、役に立たない天体のように、
不妊の女の冷たい威厳が。

（AB II, 1044）

『フランス評論』発表の詩群では、その前に連なる詩で美の化身が動かなかっただけに、その対比で、「無題（波打つ、真珠母色の服を身に纏って……）」は動きがある詩と読めた。実際、女は「踊っているかと思う」（AB II, 944）歩き方をしていた。しかし『悪の花』初版ではその前の詩に、より動きのある詩が連続している。特に直前の「サレド女ハ飽キ足ラズ」の女は、眼から炎を男に注ぎ込んでいた。これと比べれば「無題（波打つ、真珠母色の服を身に纏って……）」はむしろ静かである。特に女の眼は青銅の彫像の眼のように、輝くけれども静寂で冷ややかで、炎と対極にある存在である。ボードレールは言わば、女を彫刻化し、眼を塞いだのである。
さらに「踊る蛇」（二六）も比較すれば静かな詩である。

私が見るのを好むのは、物憂げな愛しい女よ、

かくも美しいおまえの身体で、
揺らめく布地のように、
肌がきらめくところ！

（AB II, 1045）

この詩でも女は動かないわけではない。また詩の末尾は「甘美な唾」を「ボヘミアのワイン」になぞらえる。これが暗示するのは口づけであり、この詩から官能は決して排除されているわけではない。しかし「サレド女ハ飽キ足ラズ」が描くほど赤裸々に、女と寝ることの重荷を告白しているわけではない。一連の流れの中で、女は踊る彫像のように描かれる。そしてこの時、眼は虚空として描かれるのである。

おまえの眼、そこには何も現われない
優しさも　苦さも、
［おまえの眼は］二つの冷たい宝石だ　そこで混じり合う
黄金が鉄に。

（角括弧内は論者、AB II, 1046）

この一節で女の眼は炎を吹く「魂の天窓」などではない。眼は空虚で感情がなく、ただ物質的に美しいものでしかない。そして「宝石」や金属の比喩で思い返しておきたいのは、先に読んだ詩「宝石」ある。この詩では女が半裸の踊りで男を誘惑した。「踊る蛇」はここにテーマが戻っている。テーマの回帰から察せられるのは、語り手が女の情欲にうんざりし、付き合い始めた頃のほどほどの官能に関係を引き戻したということである。

(2)　「無題（私が以上の詩をおまえに贈るのは……）」——死別の暗示

ボードレールは女を無機物のように描き、女の生命をも奪っていく。実際、後続の詩で暗示されているのは、まさに死別である。「腐屍」（二七）で語り手は動物の死骸を描写した後、末尾で女もいずれそうなると謳う。

——しかしながら　あなたもこのにおい［＝死骸の腐臭］と同じになるだろう、
　この恐るべき悪臭と同じに、
私の眼の星よ、私の本質を照らす太陽よ、
　あなた、私の天使　私の情熱よ！

（角括弧内は論者、AB II, 1050）

ここでも再び眼が重要になる。語り手の眼にとって、女は星であり、太陽と見える。しかし語り手は、女がいずれ死ぬと言う。これは「腐屍」という詩だけを読めば、彼が恋人をからかっているとも、すでに病身の彼女について述べているとも、どちらとも受け取ることができる。しかし『悪の花』初版では、死を暗示していると理解するべきだろう。と言うのも、後続の詩「深キ底カラ我呼ビカケタリ」（二八）が絶望を謳う。「無題（ある夜　私は恐ろしいユダヤ人女の傍らにいた……）」（二九）は女を喪失した悲しみから、別の女を抱く男を謳う。

ボードレールの人生と照らし合わせれば、女の死は二つの点で虚構である。第一に夜の女のモデルとなったと推定されるジャンヌは死んでいない。第一章ですでに述べたように、彼女は一八五三年以降、半身が麻痺したものの、死には至らなかった。第二に「無題（ある夜　私は恐ろしいユダヤ人女の傍らにいた……）」のモデルとなった藪睨みのサラは、第一章でも述べたように、ジャンヌと出会う前の詩人の情婦であった。ジャンヌが死んで、サラに慰めを求めたかのような流れは、ボードレールの伝記的な事実と全く異なるのである。

こうした死に関連する一連の詩の後、「無題（私が以上の詩をおまえに贈るのは……）」（三五）が続く。

私が以上の詩をおまえに贈るのは、（……）
おまえの記憶が、不確かなおとぎ話にも似て、（……）

私の格調高い脚韻につり下げられ　残るためなのだ。（……）
——おお　おまえよ、跡をほとんど残さぬ影のような者よ、

（AB II, 1065-1066）

語り手は、詩をロケットのような胸飾りに見立てて、思い出を保存しようとする。「記憶」を残す、「跡をほとんど残さぬ影のような者」という表現には、女の死が暗示されている。
注意しておくべきは、ソネの文面は『フランス評論』と同じであるのに、詩が捧げられている相手が変わっていることである。『フランス評論』で、このソネは「美」に登場する美の化身のためのものであった。しかし『悪の花』初版でこのソネは、美の化身と対極に位置する、夜の化身へと捧げるものとなっている。

軽い足と　穏やかな眼差しで　踏みにじるがいい
おまえを苦いと判断した死すべき愚か者どもを、
漆黒の眼を持つ彫像よ、青銅の額を持つ大天使よ！

（AB II, 1066）

夜の女は語り手を誘惑し、激しい情欲で苛んだ。しかし女が死に、彼の詩の力によって彫像となった時こそ、語り手は女を静かに受け止めることができるのである。眼はここで「穏やかな」ものである。
以上までの詩で、我々は一つのことを問わずにはいられない。女の容姿がもともと彫刻を彷彿とさせるものであったのか。それとも、ボードレールが彫刻のイメージを押し付けたのか。『悪の花』初版を物語として読む時、二つが交互に絡み合っていることがわかる。
「祝福」では女が詩人を苛むためにわざと彫刻に自らを装おうとした。「病んだミューズ」と「金で身を売るミューズ」では女の窮状が彫刻的に見えるということであった。「美」については、美の化身の容貌が彫刻的であった。しかし「サレド女ハ飽キ足ラズ」、「無題（波打つ、真珠母色の服を身に纏って……）」、「踊る蛇」では、女の情欲を封

じるために、語り手が女を彫刻に見立てているのである。

(3)「親しい語らい」と「我ト我身ヲ罰スル者」——恋の総括

語り手は一人の女と死別した後、代わりの女を求める。それがサバティエ詩群に登場する女であり、マリー詩群に登場する女である。第十一章の冒頭で示したように、ここには彫刻のイメージは登場しない。この理由は——ここまでの議論を踏まえて考えれば——彫刻化は詩人が女の情欲に対抗する手段であったからだと考えることもできる。第一章で示したように、ボードレールはサバティエ夫人やマリーとは、性的関係がなかったか、あったとしてもジャンヌとの間にあったほど頻繁なものではなかった。

「親しい語らい」Causerie（五一）は恋愛の総括となっている。そして内容的な接続を考えると、これは特にジャンヌ詩群のテーマを継承し、他の女との情事を経て、振り返っているように読める。

まず«Causerie»という語は、『十九世紀万物百科大事典』が示すように、動詞«Causer»「おしゃべりする」を名詞化したもので、会話の中でも、特にくだけたものを指す。(73) この点は今日のフランス語と変わらない。しかし十九世紀に«Causerie»は詩的表現として「神秘的な音」を指した。ボードレールの詩では、語り手の男が一方的に回想をするばかりで、言葉によるやりとりがない。この矛盾に注意しつつ、詩を読むことにしたい。

親しい語らい(74)

あなたは秋の美しい空だ、(75) 澄んでいて薔薇色の！(76)
でも(77)悲しみが　私に寄せてくる(78)　海のように、
そして引きつつ、残していく、(79) 私の陰鬱な唇に
塩辛い泥の　焼け付くような　思い出を。

——おまえの手は　無意味に滑っていく[80]　快感で痺れた私の胸を。[81]
それ［＝手］が探しているのは、恋人よ、[82]　荒らされた場所だ[83]
女の爪と　凶暴な歯とによって[84]［荒らされた場所だ］。——[85]
あなたはもう私の心を探さないでください。[86]　怪物たちがそれを食べてしまった。[87]
私の心は群衆に荒らされてしまった宮殿だ。[88]
お互いをそこで酩酊させあい、お互いをそこで殺しあい、[89]　お互いの髪をそこで掴みあう[90]
——[91]一つの香りが　あなたのむき出しになった胸元から[92]　漂う！——[93]
おお[94]〈美〉よ、魂たちの厳しいからざおよ！[95]　おまえが望むように！
祝祭のように　輝く、炎の[96]おまえの眼で、
獣たちが喰い残したこれらの肉片を[97]　灰にするがいい！[98]

（角括弧内は論者、AB II, 1103–1104）

詩は「親しい語らい」と題されているにも関わらず、男の心の声を独白として記すだけで、女の言葉は一語も記していない。«Causerie»を「神秘的な音」と解釈するのならば、その音は、第一キャトランが暗示する潮騒、第二キャトラン以降が暗示する睦声である。男女の間には言葉による理解がない。

C・ピショワが指摘するように、この詩で語り手は女を「あなた」vousと呼んだかと思えば、「おまえ」tuと呼び変える。[99]つまり一行目が「あなた」、五行目が「おまえ」、再び八行目と十一行目が「あなた」、さらに再び十二行目と十三行目が「おまえ」となる。一般にフランス語で二つの人称は混合されない。

阿部良雄がC・ピショワの註の後に発見した手稿によれば、五行目の「おまえの」は元々「あなたの」と書かれて

いた[100]。つまり、当初は全ての人称が「あなた」であったと推測できるのである。ところがボードレールは決定稿でこれを「おまえ」に変える。彼は意図的に二つを混ぜていた。

語り手と女との距離は他人行儀になったかと思えば、近くなり、また遠くなり、近くなる。あたかも波が打ち寄せては引くように、二人の距離は揺らいでいるのである。

語り手は「陰鬱」morose (v. 3) で、彼の心は怪物たちが「食べてしまった」(v. 8)。彼は苦しみを恋人に訴えつつ、慰めを求めている。女は彼に口づけし、彼の胸を愛撫する。しかし彼女は彼の慰めとはなれない。女は男の体に刺激を与え、「快感で痺れさせる」se pâmer (v. 5)。しかしその手は「無意味に滑っていく」(v. 5)。彼が思い返すのは、かつての女たちから受けた心の傷である (vv. 9–10)。男は、女が望むままに、「魂たちの厳しいからざお」(v. 12)、すなわち、魂を刈り取る道具のように振る舞うことを求める。

ここで『悪の花』初版の文脈を念頭に、「親しい語らい」の重要性を考えておくことにしたい。この詩にはそれまでの恋愛詩群に登場したテーマが反復されている。まず第十一行目の胸の愛撫は、かつて「美」から「異国の香り」で重要になったテーマである。特に胸から香りがするテーマは「異国の香り」と同じである。「親しい語らい」の第五行目に描かれるように、女もまた、男の胸を愛撫する。しかし恋人の手は語り手の男の胸を無意味にしか刺激しない。また男も乳房の匂いを感じても、「異国の香り」のように、幻想の海を旅しない。第一キャトランが示すように、悲しみにくれる語り手は海こそ想起するが、波打ち際で、とどまるのみである。

そして第二テルセが扱う眼のテーマである。輝く眼はかつて「祝福」で、詩人が求めても現世では見つからない、原初の光を宿す器であった。また「美」では純粋な光を宿す眼を持つ女が現れ、詩人は彼女を避けた。そして「サレド女ハ飽キ足ラズ」で、「魂の天窓」であるところの眼から炎を注ぎ込まれることを語り手は拒んだ。しかし同じテーマが「親しい語らい」で再度現れ、語り手は女の眼の火炎を受け入れるのである。

以上のように、「親しい語らい」は、『悪の花』初版で離れた位置にあったジャンヌ詩群のテーマのまとめとなっている。しかし語り手は、ただ女の目に焼かれているだけではない。『初版』では続く「我ト我身ヲ罰スル者」(五二)

で、語り手は逆に、女を打ち据え、涙を流させるのである。三つに分けて読みたい。

我ト我身ヲ罰スル者[101]

1. 私はおまえを殴るだろう　怒りもなく
2. 憎しみもなく、[102]——屠殺業者のように！[103]
3. モ[104]ーゼが岩を打ち据えたように、[105]
4. ——[106]そして私はおまえの瞼から、

5. 私のサハラ砂漠[107]を潤すために、
6. 苦悩の水を溢れさせるだろう。[108]
7. 希望で膨れ上がった私の欲望は
8. 塩辛いおまえの涙で　泳ぐだろう[109]

9. 沖合に行く船のように[110]、
10. そして　それら［＝涙］に酔った私の心の中で
11. おまえの愛しい鳴咽が　鳴り響く
12. 突撃を知らせる太鼓のように！[111]

（角括弧内は論者、AB II, 1105–1106）

『悪の花』初版において「我ト我身ヲ罰スル者」は、「親しい語らい」で女から受けた炎に対し、暴力で応答していると読める。しかしこれは『初版』のみである。『第二版』で「我ト我身ヲ罰スル者」は第八三番目に配され、憂鬱詩群の後半に位置する。M・リヒターが指摘するように、『第二版』ではその前に、「ひび割れた鐘」から始まる冬の憂鬱に関する詩が九篇連なり、憂鬱に沈み込んだ詩人がストレスで、女に暴力を振るう詩に読めてしまう。[112] しかし『初版』では第五二番目に配され、「親しい語らい」のテーマを継承するのである。

注目しておきたいのは、動詞がいずれも直接法単純未来になっていることである。これは多田道太郎が指摘するように、一八五五年の草稿と関連がある。[113] 草稿では冒頭に空白があった上で、「さもなければ」Sinon という接続詞があって、本文が始まる（AB III, 2551）。

M・・・・J・・・・・・へ／・・・・・・・・・・・・・・・さもなければ

à M… J…. / ………… Sinon

「さもなければ」の前に何が記されているのか。この箇所は『第二版』で「J・G・Fへ」へと置き換わる。これを手がかりに、どのような内容が記されていたのかを推定することにしたい。C・ピショワとJ・デュポンによれば、「J・G・Fへ」の「J」は「ジャンヌ」を指す。[114]「G」は「偉大な」grande、「寛大な」généreuse、「優しい」gentille などの可能性があるがいずれも形容詞である。また「F」は「女」femme の他、ボードレールの言い回しを検討すると「猫女」féline の可能性がある。これらの組み合わせは六通りである。とは言え、大枠では、次の内容ではなかったか――ジャンヌよ、理想的な女であってほしい、さもなければ私はおまえを打つ。

もっとも『初版』の一連の流れの中で語り手は、ジャンヌだけではなく、サバティエ夫人、マリーをも含めて、女たちとの交際を振り返っている。『初版』でボードレールがこの献辞を一度やめた理由は、詩がジャンヌだけではなく、サバティエ夫人やマリーとの関係も考えた上でのことであったからではないだろうか。

ここでなぜ暴力が問題となるのかを考えておきたい。ありうる解釈の一つは、男から女への報復である。彼の心は「サハラ砂漠」（v. 5）のように渇き切っている。この砂漠はどのようにしてできたのか。「親しい語らい」と接続させるのなら、女の炎の眼が全てを焼き尽くしたからだと考えることができるだろう。

しかし報復と読むことは、詩の言葉によって禁じられている。詩の言葉によれば、語り手は「怒りもなく、／憎しみもなく」（vv. 1-2）女を打つ。そして「屠殺業者」（v. 2）のように、仕事として請け負ったことを、無感動に行う。この理由を理解するにあたって、『内面の日記』の言葉を引き合いに出すことにしたい。

女を打つことの必要性について。／人は愛する者を罰することができる。例えば、子供たちである。しかしこのことは愛する者を軽蔑する苦しみを伴う。（OC I, 701）

愛する者が愚かな場合、子供を親が叱るのと同じように、罰する必要があるとボードレールは考える。ところが、これは罰を与える側も苦しみを伴う。問題は特に、相手を軽蔑してしまうことである。

『内面の日記』の一節を念頭に置いて考えると、語り手の「屠殺業者」の態度は、一切の感情を排した態度ではないだろうか。詩の語り手は自問自答する。

13.　私は間違った和音ではないか？
14.　神の交響曲の中で、
15.　貪欲な〈皮肉〉のおかげで
16.　私は鼓舞され、そして私は苦しむ
17.　そいつは私の声の中にいる、やかましい女よ！(115)
18.　この黒い毒こそ、私の血の全て(116)！
19.　私は不吉な鏡だ(117)

20.　そこでメガイラと見つめ合う。[118]
（AB II, 1106）

語り手は自らが女を打つ動機に、「貪欲な〈皮肉〉」（v. 15）が混じり込んでいることを自覚している。〈皮肉〉が彼を「神の交響曲」（v. 14）の中で、間違った存在、すなわち、調子外れの「和音」（v. 13）にしている可能性があるのではないか。しかし〈皮肉〉は語り手の一部であり、彼の「声の中」（v. 17）にいる。彼は自分の意思で言葉を紡いでいるはずなのだが、そこにはもう一つ、別の存在が混じり込んでいるのである。彼は〈皮肉〉が自らの「血の全て」（v. 18）に浸透しており、分離できないことがわかっている。ここを強調するべく、ボードレールは一八五五年の草稿にはなかった感嘆符を『初版』で十七行目と十八行目に挿入する。

彼は自らを「鏡」（v. 19）とし、「メガイラ」（v. 20）と対峙する。阿部良雄が註をつけるように、このメガイラは「サレド女ハ飽キ足ラズ」の第十二行目に登場した、強い情欲で語り手を恐れさせる女である。[119] 語り手は「サレド女ハ飽キ足ラズ」でメガイラを退けた。しかし「我ト我身ヲ罰スル者」で語り手は、暴力を女に振るい返すことで、禍々しいメガイラを内面化する。言うなれば、彼は女と直接向き合うのではなく、自分自身がメガイラとなることで、自分を観察する形で、女を理解しようとするのである。

この時、暴力を振るう側と暴力を振るわれる側とが分かち難く混じり合い、一体になる。

21.　私は傷跡であり　ナイフだ！
22.　私は平手打ち［する手］であり　頬だ！
23.　私は四肢であり　［それを引き裂く処刑の］車輪だ、
24.　そして　生贄であり　処刑人だ！
25.　私は自分の心臓から［血を吸う］ヴァンパイア、

26.　——これら偉大なる見捨てられた者たちの一人
27.　永遠に笑う罰を宣告された［者たちの一人だ］、
28.　そして　彼ら［＝見捨てられた者たち］はもう微笑むことができない！

（角括弧内は論者、AB II, 1106）

語り手は刑罰を与える側であると同時に、刑罰を受ける側である。彼は暴力を与え、その痛みを共有する。そして語り手は自らを神から「見捨てられた者たちの一人」（v. 26）だと述べる。「祝福」をはじめとする『悪の花』の序盤の詩で語り手は、仮に周囲から忌み嫌われようと、神の子であるという矜持を捨てなかった。しかし彼は「我ト我身ヲ罰スル者」で、女の暴力を理解するべく、自らを卑しい者たちの一人に加える。

ボードレールがここで想定した「見捨てられた者たち」（v. 26）の系譜は「笑う」（v. 27）という表現によって、察することができる。彼は『笑いの本質、および造形芸術一般について』でマチューリンの長編小説の怪人メルモス一世を取り上げる。「メロドラマに出てくるあらゆる異教徒、呪われ、罰を下され、耳まで裂けた引きつった笑いで宿命的に印をつけられた者たちは、笑いの純然たる正統派である。さらに彼らは、有名な旅行者メルモス、マチューリン神父の作り出した悪魔的な偉大な被造物の、嫡子、あるいは庶子なのだ」（OC II, 531）。

そしてボードレールは次のようにメルモス一世の笑いを分析する。

それ［＝メルモスの笑い］は、よく理解していただきたい、矛盾する自然の二重性がもたらす必然的な帰結なのだ。彼は人間と比べれば限りなく偉大であるが、完全なる〈真〉や〈正義〉と比べれば限りなく卑しく、低俗である。メルモスは生ける矛盾なのだ。彼は生の根本の条件から外れてしまった。その身体器官は、その思考をもう支えない。だからこの笑いは、臓腑を凍らせ、よじるのだ。

（角括弧内は論者、OC II, 531）

マチューリンの描くメルモス一世はほとんど不死であり、世界中を放浪している。この怪人は登場する時、常に笑っている。彼は人間を超えた存在でありながら、神には遠く及ばない。こうした二重性が怪人の笑いの源だとボードレールは考えるのである。メルモスはインドで、無垢な少女イマリー（イシドーラ）に、古代ギリシアやキリスト教文化を教える。少女が怪人を愛するようになった時、彼は次のように述べる。

「私を憎みなさい、私を呪いなさい」と異国の男は言う。彼は、彼女が言ったことを気にかけず、荒々しく足で蹴飛ばす。「私を憎みなさい。なぜなら私はあなたを憎んでいるから。私は存在するもの全て、もう存在しなくなったもの全てを憎んでいるのです。私自身が憎まれているし、憎むべきものなのです！」[120]

メルモス一世は誰かに愛されることそのものを諦めており、少女を傷つけ、憎しみと愛とを混淆させる。ボードレールはこの一節を読んでいただろう[121]。そして彼は「我ト我身ヲ罰スル者」でこのような怪人の苦しみと、男女の溝に限界まで苦しむ男とを重ね合わせたのである。詩の語り手は限界まで愛を理解しようとしたのであって、人間としては偉大であるが、真実の愛を手に入れるに十分な力はないのである。

以上で『悪の花』初版における、匿名化された女たちへの恋愛詩は終わりとなる。その後は名前のある女たちへ捧げられた詩が続く。すなわち、フランキスカを謳う「我ガふらんきすかヘノ讃歌」（五三）、名前こそ示されていないがおそらくは南洋航海の時に出会った夫人へ捧げた「クレオールのある夫人へ」（五四）、アガートという名の女へ捧げた「悲シミサマヨウ女」（五五）である。「我ガふらんきすかヘノ讃歌」の冒頭が「新シイ調ベニ乗セテ、オマエヲ歌ウ、」（AB II, 1107）と始まるように、これらは視点を切り替え、別の詩群を作っている。

『悪の花』初版を物語と読めば、匿名の女たちとの恋愛が終わった後、さらに別の三人の女たちとの情事があったと考えることが可能である。しかしこれらの恋は、語り手を一時的に陶酔させることはあったにせよ、内面から変えるほどの大きな力を持っていない。後に続く詩群は、憂鬱に関するものであり、言わば「我ト我身ヲ罰スル者」の内容と陸続きである。こうした内容的なつながりを追うと、『悪の花』初版において恋愛に関するテーマを本当の意味で総括している詩は、「親しい語らい」と「我ト我身ヲ罰スル者」であったのではないだろうか。
さて女のモチーフの彫刻化について理解を深めようとする時、憂鬱詩群の中でも、「憂鬱（私はもし千年生きたよりも、多くの思い出を持っている……）」（六〇）の末尾はエピローグの一つと読める。

——これからおまえはもはや、おお　生きている物質よ、[122]
漠然とした激しい恐怖に囲まれた花崗岩の一つの塊でしかない、[123]
靄の立ちこめるサハラ砂漠[124]の奥でまどろみ、
——[125]思い煩うことのない世界から無視された　一体の老いたスフィンクスは、[126]
地図から忘れられ、気立てが荒々しく
暮れ行く太陽の光にしか　謳うことがない。[127]
（AB II, 1123）

憂鬱に沈む語り手は、砂漠に飲み込まれていく。彼は「生きている物資」であり、「花崗岩の一つの塊」であり、すなわち、砂漠に置き忘れられた「一体の老いたスフィンクス」である。
砂漠のモチーフは「憂鬱と理想」の前半を思い返させる。「理想」において、語り手は砂漠で深紅のバラを探す。「我ト我身ヲ罰スル者」で、語り手の心は砂漠のように乾いていた。そして何より、ソネ「美」において、美の化身はスフィンクスのようであった。ここで語り手は、かつて彼を天空から追い立てた美の化身と同類になる。『悪の花』を一つの物語として読むならば、彼は、詩人としての力を取り戻したのではないだろうか。しかし彼はもう神の祝福を得ていない。彼がどのような詩人であるかは、第二のセクションに記されている。

4．第二のセクション「悪の花」と「アレゴリー」

『悪の花』初版で第二のセクションは、十二篇の詩で構成された「悪の花」である。もっとも、この配置は『初版』のみである。その後、このセクションは一八五七年に三篇が風俗紊乱で有罪となり、『第二版』では九篇と数が減らされ、第四のセクションへと移される。

セクション「悪の花」で詩の舞台は変わったように思われる。要所となる詩で、レスボス島とレフカダ島（「レスボス島」）、シテール島（「シテール島への旅」）など、エーゲ海の島々が固有名詞で示されるのである。セクションに収められている詩の舞台は常に特定できるわけではない。しかし詩をつなげて読むと、語り手が旅行者としてエーゲ海の島々を回っているイメージができてくる。前のセクション「憂鬱と理想」は都市（おそらくパリ）を舞台としていた。こうした場所の変更は、想像力をたくましくすれば、「憂鬱と理想」で憂鬱に沈み込んだ語り手が、心の傷を癒そうと旅に出たと解釈することもできるのではないだろうか[128]。

注目するべきは、詩のテーマが、語り手の内面の観察だけではなくなり始めたことである。特に「レスボス島」と二篇の「地獄堕ちの女たち」で作るレズビアン詩群で、語り手は他者の激しい愛の風景を描く。「レスボス島」（八〇）の一節で語り手「私」は、同性愛を描くために選ばれた詩人と自任する。

正義と不正についての法律が　私たちにどうしろと言うのだ?
群島の誉れとなる、崇高な心を持った処女たちよ、
あなたたちの宗教は　他の宗教と同じく　厳かだ、
そして愛は　地獄[129]も天も　笑い飛ばす!
——[130]正義と不正についての法律が　私たちにどうしろと言うのだ?

なぜならレスボス島は　地上の全ての中から　私を選んだのだ
花[131]と咲く　その処女たちの秘密を　謳いあげるようにと、
そして私は　子供の頃から、暗黒の神秘への参入を許されている
激しい笑いが　暗い涙[132]と入り交じりあう［暗黒の神秘に］。
なぜならレスボス島は、地上の全ての中から　私を選んだのだ[133]、

そしてこの時以来　私はレフカダ島の岬で　寝ずの番をする、
鋭く[134]　確かな眼を持つ、歩哨があたかも、
ブリッグ船、タルターヌ船　あるいはフリゲート艦を昼夜　見張る［ように[135]］、
［船の］形は　遠く　青空で　震えている[136]、
——[137]そしてこの時以来　私はレフカダ島の岬で　寝ずの番をする

（角括弧内は論者、AB II, 1171）

語り手は法を越えた地点にいる。彼にとって重要なのは「激しい笑いが　暗い涙と入り交じりあう」暗黒の神秘を理解することである。語り手はこの秘技に参入することを許されており、そうであるからこそ、「レスボス島は　地上の全ての中から　私を選んだのだ」と述べる。

「レスボス島」は一八五〇年に『愛の詩人たち』に発表された他、一八五七年に風俗紊乱で有罪になった後、『漂着物』に収録される。しかし『初版』でこの詩は、「我ト我身ヲ罰スル者」の笑いと陸続きと読める。語り手「私」は三人の女たちとの恋愛の果てに、相手を傷つけることと愛することが混淆した地点へ達した。これと「激しい笑いが暗い涙と入り交じりあう」という一節は関連すると言えるのではないだろうか。つまり「我ト我身ヲ罰スル者」の経験を持って、詩人は世に理解されない愛を謳う責務を負ったと解釈することができるのである。

『悪の花』初版で、かつてル・ヴァヴァスールを嫌がらせた強烈な性愛の快楽を謳う詩篇が登場するのはこの文脈

である。「優しい二人の姉妹」（八三）と「アレゴリー」（八五）は、『悪の花』の流れにおいて、語り手でしか見ることのできない、官能の追求の極地として、言わば奥の院の位置に置かれている。

ボードレールは『悪の花』初版で「優しい二人の姉妹」と「アレゴリー」との間に「血の噴水」を挟む。これで一八四三年頃の論争は読者にわからないようになっている。注目しておきたいのは「アレゴリー」である。ここに描かれる花崗岩の肌を持つ女は、詩集の流れから考えれば、ソネ「美」の語り手の「石の夢のように」美しい存在それ自体か、それに似た存在との再会を描いていると理解することができる。

アレゴリー

美しく　豊かな首回りを持つ女が、
ワインの中に　その髪を垂らしたままにしている。
愛の鉤爪の数々も、怪しげな溜り場の毒も、
花崗岩でできたその肌の上で　滑ったり　鈍くなったりするばかりだ。
彼女は死に微笑みかけ　放蕩をものともしない、
これらの怪物どもは　その手で、いつも引っ掻いたり　刈り取ったりするが、
その破壊の遊びの中でも　しかしながら　敬意を払ったのだ
力強く真っ直ぐな　この身体の、粗暴な威厳に対しては。
彼女は女神のように歩み　スルタンの妃のように休む。
彼女は快楽の中に　マホメットの教徒の信仰を持っていて、
そして乳房が埋めている、伸ばした腕の間へ、
彼女はその二つの眼で　人間という種族を呼ぶのだ。

彼女は信じ、知っている、こんな風に不妊で
そして　しかしながら　世界の歩みには必要とされている乙女は、
肉体の美しさが崇高な恩寵であること、
どんな汚辱にも　［肉体の美しさが］赦しを与えるものであることを。
彼女は煉獄と同様に地獄も知らず、
そして、黒い〈夜〉に入ることになる時が来ても、
彼女は〈死〉の顔を見つめることだろう、
生まれ落ちたばかりの者のように、——憎しみも後悔もなく。

（角括弧内は論者、AB II, 1184–1185）

詩を個別で読む際の解釈は第八章で論じた。ここでは『悪の花』初版の文脈に照らして理解を深めたい。まずボードレールが校正刷から変更したのは十三行目である。校正刷で語り手は、謎の女の内面について、「彼女は信じていたのではないか」と問いかけた。しかし『初版』で語り手は「彼女は信じ、知っている」と述べる。語り手が女の内面を推察する確信の度合いが強まるのである。つまり彼女は一般的には謎の存在であるが、語り手だけはその心を知っているのである。なぜ語り手は女の内面を知っていると言えるのだろうか。

ここで「憂鬱（私はもし千年生きたよりも、多くの思い出を持っている……）」を思い返したい。語り手は「一体の老いたスフィンクス」（AB II, 1123）であり、「一塊の花崗岩」（*Ibid.*）である。二人は同じ存在である。

さらに『悪の花』初版で石のような身体を持った女が最初に現れたのはソネ「美」であった。彼女は「石の夢のように」美しい。ソネ「美」の女と、「アレゴリー」の女とは身体が石になぞらえられている点でよく似ている。また「美」の女が「線を動かす運動」（AB II, 1028）を嫌ったのと同様に、「アレゴリー」の女は「力強く真っ直ぐ」（v. 8）である。しかし「アレゴリー」の女は詩人に「永遠で沈黙した」愛（AB II, 1028）を捧げるようには求めない。彫刻のような女も、もはや詩人に語りかけることがない。二人の間には距離がある。

このように『初版』の流れで読む時、「アレゴリー」は語り手が石になった後の続きを示している詩である。そしてル・ヴァヴァスールとの見解の相違によって生まれた詩であることは、もはや見えなくなる。

すでに第八章で論じたように、ボードレールが書いた彫刻化された女のモチーフに関連する最初期の作品は「アレゴリー」であっただろう。しかし彼はこれを『悪の花』の序盤に含めなかった。むしろ彼はこれを詩集の奥の院とでも言うべき終盤に配置した。これは彼の詩人としての歩みを考えるにあたって興味深い。彼は最初の頃、すでに愛の行き着いた果てが見えていた。だが、詩は周囲に理解されなかった。彼は若い頃の作品を読者に受け入れやすくするべく、その前振りとなる詩を、長年かけて準備したのではないか。

5. 最後のセクション「死」と「芸術家たちの死」

『第二版』で大幅に増補されることになるセクション「死」は、『悪の花』初版で三つの詩篇で構成されていた。順に「恋人たちの死」(九八)、「貧しい者たちの死」(九九)、「芸術家たちの死」(一〇〇)である。

考察を始めるにあたって詩群「冥府」を思い返しておくことにしたい。ここでは「死」に含まれる三篇のうちの二篇が登場するからである。第九章で考察したように、「冥府」では「芸術家たちの死」の後に「恋人たちの死」が続く。この順であれば、「芸術家たちの死」で垣間見えた実現不可能な理想が、未来形で「恋人たちの死」に描かれていると読むことができる。しかし『悪の花』初版で順序は逆転する。この配置は考え抜いたものであった。ボードレールはプーレ゠マラシに対して、「〈死〉に関するソネの数々は、素晴らしい一つの結論」(CPI, 394)だと述べた。『悪の花』初版の「死」のセクションは、一つの完成した詩群だったのである。

興味深いのは、「芸術家たちの死」はキャトランからテルセに至るまで大幅に改稿され、ほとんど別物となったことである。これを軸に『初版』における「死」のセクションの流れを考えることにしたい。

まず「恋人たちの死」である。この詩はテルセが改稿されるが、内容に大きな変化はない。その主たる目的は統辞を整え、表現をわかりやすくするためだと考えることができる。

神秘的な青と薔薇色とに染められたある夜、
私たちは　一度だけの閃光を　交わすだろう、
永遠の別れの意味を含む、長いすすり泣きのように。

そして間もなく〈天使〉が、扉をそっと開け、
誠実で快活に、再び命を与えに来るだろう、
曇った鏡の数々や　死んだ炎の数々に。

（AB II, 1226）

語り手は、豪華な部屋で、気持ちの通じ合った恋人と理想的な死を迎える。「冥府」に収録された時、天使は「慎重」soigneux と形容されるように、審判者であった。しかし『悪の花』初版においては「快活」joyeux であり、むしろ好意的な救い主である。これらは全て未来形で描かれているのであって、一つの願望と読むことができる。

次の「貧しい者たちの死」は、貧者にとって、死が休息となることを描く。[138]

慰めとなるものは〈死〉[139]だ　生きさせるのも〈死〉だ。[140]
それが生きる目的であり、唯一の希望であり
それは、神の霊薬、[141]私たちを高みに登らせ、私たちを陶然とさせ、
私たちに　夜まで歩き回る意欲を与える。[142]

（AB II, 1227）

「恋人たちの死」との差異は、死が恋愛の果てに迎えるものではなく、労働の果てに迎えるものとなっていることである。時制に注意すれば、語り手にとっての現実は、未来形で描かれる「恋人たちの死」ではなく、現在形で描かれる「貧しい者たちの死」であることがわかる。死は次のように形容される。

それ［＝〈死〉］は神々の栄光である、それは神秘の貯蔵庫である、
それは貧しい者の財布であり　彼の古い祖国である、
それは未知の〈天上〉へと開ける柱廊である！[143][144]

（角括弧内は論者、AB II, 1228）

ここで示される「柱廊」portique は「彼の古い祖国」という表現と相まって、詩集の序盤に登場した「万物照応」の「生きた柱の数々」（AB II, 1001）を思い起こさせる。語り手は、自分がかつて特権的に自由に出入りすることができた神々の世界へと戻る契機として、死を位置付けていると解釈することもできる。しかし芸術家である語り手にとって死はまた別の意味を持っている。ボードレールが「冥府」で発表した「芸術家たちの死」は、死の先まで続く芸術家の宿命を示す。

芸術家たちの死

1. 私は何回　鈴を振り
2. そしておまえの額に口づけしなければならないのか、陰気なカリカチュアよ？
3. 神秘の求積問題［にも似た］、的を射抜くためには、
4. 何度、おお　私の筒よ、槍を失わねばならないのだ？

私たちは　巧みな企てに　魂を磨り減らすことだろう、
そして私たちは　多くの重い骨組みを崩すことだろう、
偉大なる〈生物〉をじっくり眺める前には
それに対する地獄の欲望が　私たちをすすり泣きで満たす！

自らの〈理想の像〉に出会うことのなかった者もいる、
そして呪われ　屈辱を刻印された彫刻家たちは、
進むことだろう　自ら　額と胸を叩きつつ、

たった一つの希望、奇怪で暗いキャピトールの丘を胸に！
それこそが〈死〉だ、それは新たな〈太陽〉のように飛翔し、
彼らの脳髄に花々を咲かせることだろう！

（角括弧内は論者、AB II, 1229-1230）

この詩は「冥府」の頃から大幅に変化している。改稿された箇所で注目しておくべきは、現在形の他に、未来形の動詞が現れたことである。「磨り減らすことだろう」（v. 5）、「崩すことだろう」（v. 6）、「進むことだろう」（v. 11）、そして「花々を咲かせることだろう」（v. 14）である。これに注意しつつ、ボードレールの意図を汲みたい。

第一キャトランで、語り手は理想的な作品の完成を目指して、何度も失敗を重ねている。これをボードレールは「鈴を振る」（v. 1）ことや、「陰気なカリカチュア」（v. 2）に口吻することになぞらえる。また芸術作品を作ることを投矢になぞらえるとすれば、「的」は「神秘の求積問題」（v. 3）にも近いものに思える。求積問題に答えることは、かつて誰もできなかった。芸術家は、およそ誰も成し遂げていないことに挑んでいるのである。

語り手は第二キャトランで、「魂」（v. 5）を磨り減らし、さらに努力を重ねる。彼は「重い骨組み」（v. 6）を作って

は壊すのであり、第三章ですでに論じたように、骨組みを必要とする大きな彫刻を制作しているのである。しかし彼はいつまでも「〈理想の像〉」(v. 9) が得られないのではないか、という不安に駆られる。「呪われ　屈辱を刻印された彫刻家たち」(v. 10) の一人である語り手は、死後の世界に「たった一つの希望」(v. 12) を見出す。それは「〈死〉」が「新たな〈太陽〉のように飛翔し」(v. 13)、「花々」(v. 14)、すなわち、理想の作品を実現させるかもしれない、という期待である。彼は「奇怪で暗いキャピトールの丘」(v. 12) に凱旋するだろう。

この詩は単独で読むと「新たな〈太陽〉」(v. 13) が出現しなければならない理由がはっきりとわからない。また詩集の最後を、ボードレールはなぜ彫刻家の労苦を描くことで締めくくることにしたのか、という疑問も起きてくる。こうした疑問を考えるべく、ここで『悪の花』初版の一連の流れと重ねて解釈することにしたい。

語り手―詩人は、かつて神に祝福され、天空を自由に動いた（「祝福」「太陽」「高翔」）。しかし昼の空を美の化身に奪われて以降は（「美」）、太陽を避けるようになる。彼が好むものはむしろ夜である。女たちとの恋愛の後、彼は憂鬱に沈み込み、第二のセクション「悪の花」では官能を描く詩人と自らを任じるようになる。

「芸術家たちの死」までで語り手は、自らがもはや太陽と遠く隔たり、取り返しがつかないと感じている。彼は数々の恋愛をし、女たちを彫刻になぞらえたが、理想の女は得られなかった。

このように整理すると「芸術家たちの死」の彫刻家は、芸術家たちの代表として読めるだけではなく、一つの寓意になっていることに気がつく。彫刻家は『悪の花』初版の前半の詩が描く、彫刻的な女を求める語り手―詩人に重なり合わさるのである。この意味で「芸術家たちの死」は詩人の探求の総括となっている。

語り手は、理想が得られない原因を太陽に求めているように思われる。しかしここで言う「太陽」は、すでに論じたように、「祝福」から始まる一連の太陽のモチーフを考えなければ理解できないだろう。それは言わば、詩人に祝福を与える神の化身である。夜の庇護を受けた語り手の青年はもう太陽の祝福から遠ざかっている。しかし死後の世界において、もう一度新たな太陽が登った時、別の形で祝福を受けられるのではないか。

以上のように『悪の花』初版は、「祝福」に登場する妻が彫刻のように身を装って詩人を迫害することで始まり、

「芸術家たちの死」で詩人が理想の彫刻を得ることの難しさを謳って終わる。理想の女の探求というテーマは、第九章ですでに論じた詩群「冥府」にも見られたし、そこでも「芸術家たちの死」が要所となっていた。だが『悪の花』初版のヴァージョンはより重厚である。「冥府」では、不遇な青年一般の夢想がテーマであった。しかし『初版』では、すでに探求を行った一人の男が自らの前半生を振り返っていると読むことができる。その探求とは愛欲をめぐる探求である。そして青年は自らの進むべき道を見出したと、最後の詩で謳っているのである。

小帰結

『悪の花』初版を物語としてまとめると次のようになる。第一のセクション「憂鬱と理想」の始まりにおいて、語り手の青年は、世俗と切り離された境地にいる聖なる詩人として登場する。「祝福」や「太陽」で、彼は太陽神と重なる。しかし彼は圧倒的な美の化身に遭遇する（「美」）。彼はこの女に自らの特権的な場である昼の空の支配権を奪われ、詩人としての力を失うことになる。彼は夜の化身に導かれ、官能に慰めを見出すようになる。

語り手が女に耽溺していく姿は、「理想」から始まり、「宝石」と「異国の香り」を経て、「無題（私は、夜空と等しく、おまえを深く愛する……）」がまとめる。だが彼の思い描くような愛は手に入らない。夜の化身である女は情欲が強く（「無題（おまえは全世界を閨房にいれかねない……）」）、語り手が望むような愛し方ができないからである。一連の流れの中で、女の死が暗示されていく。その後、彼は別の女と交際する。しかしこれは再度、彼に自分の問題に向き合うことを促すものである。つまり「親しい語らい」と「我ト我身ヲ罰スル者」で、性に関するテーマに、語り手の男は再び向き合うことになるのである。

第二のセクション「悪の花」で、語り手は性愛を描く選ばれた詩人であると自分を任ずる（「レスボス島」）。彼は「優しい二人の姉妹」や「アレゴリー」において、官能を探求した結果を示す。

最後のセクション「死」の「芸術家たちの死」で、語り手はこれまでの探求を総括し、あまりの労苦に対する嘆きを交えつつも、死後の世界までも理想を追い求めていくと意思を表明する。

では『悪の花』初版の物語は自伝なのだろうか。確かに「祝福」は詩人の生い立ちを描いているし、詩集は全体で青年が詩人となるまでをテーマとしている。また詩のモチーフとなる女はジャンヌをはじめ、ボードレールと関係のあった女を彷彿とさせる。このように考えると、語り手の青年の原型は作者ボードレール自身であったと言える。しかし『初版』の物語とボードレールの人生とは異なった。三つの根拠を示しておきたい。

まず女たちと出会った順番である。第一章で整理したように、ボードレールは一八三九年頃に藪睨みのサラと出会い、一八四一年の南洋航海の後、一八四三年頃にジャンヌと出会った。伝記的な時系列で整理すれば、最初にサラがいて、次にジャンヌの順である。しかし『悪の花』初版では、ジャンヌがモデルとなった女の後に、サラがモデルになった女（「無題（ある夜　私は恐ろしいユダヤ人女の傍らにいた……）」）が登場する。

またボードレールの実人生で、恋愛は複数の女と同時に進行していた。しかし『悪の花』で、語り手は一人の女と順番に交際し、死別していくかのように読める。

そして語り手「私」が詩人として作風を決定した経緯は、ボードレールと逆である。語り手は最初に神的詩人として祝福されていたが、憂鬱に沈み込んだ後、「悪の花」のセクションで激しい性愛を描く詩人と自負する。しかし第八章で論じたように、ボードレールは一八四三年頃、すでに「優しい二人の姉妹」と「アレゴリー」を書いていた。「憂鬱と理想」の前半部の神的詩人を描く詩の数々は、それより後の中期の作品であるだろう。

このように『悪の花』初版で描かれる青年の半生は虚構である。しかしその素材となった詩は、まさにボードレールの自伝的な作品であった。彼は詩をつなぎあわせることで、時系列を解体し、自らを演出したのである。

（1）M・リヒターは、『悪の花』第二版についても、太陽が序盤で重要であると述べている（Mario Richter, *Baudelaire*, Les Fleurs du

Mal, *Lecture intégrale*, *op. cit.*, t. II, p. 1660)。
（2）Mario Richter, *ibid.*, t. I, pp. 43-44.
（3）校正刷では « dans ce monde » であったが、『初版』以降、« en ce monde » となる。
（4）校正刷では « s'enivre du soleil » であったが、『初版』以降、« s'enivre de soleil » となる。
（5）阿部良雄『ボードレール全集』第一巻、前掲書、一四頁と四六六頁。
（6）*Dictionnaire de la langue française*, par Émile Littré, *op. cit.*, t. II, p. 1103.
（7）Mario Richter, *Baudelaire*, Les Fleurs du Mal, *Lecture intégrale*, *op. cit.*, t. I, p. 42.
（8）『初版』では « Puisqu'il me trouve belle et qu'il veut m'adorer, » となっていたが、『第二版』では « Puisqu'il me trouve assez belle pour m'adorer, » となる。
（9）『初版』では « Que souvent il fallait repeindre et redorer ; » となっていたが、『第二版』では « Et comme elles je veux me faire redorer ; »「古代の彫像のように私も自分を金箔で塗り直したいと思いますわ」となる。
（10）『第二版』では « Et, quand » と読点が挿入される。
（11）校正刷では « sertis » であったが、『初版』以降は « montés » となった。
（12）『初版』では語順が異なるが、意味に変化はない。
（13）「万物照応」の校正刷は三つある。最初の校正刷と後の「リヒャルト・ヴァグナーと『タンホイザー』のパリ公演」で、「自然」は小文字であった。
（14）ボードレールは校正刷で「象徴」symboles を大文字にするかどうか迷う。当初は小文字であったが、一度目の書き込みで大文字、三度目で再び小文字にする。
（15）L'article sur « cariatide », *Grand Dictionnaire universel du XIX*^{e} *siècle français*, Larousse, *op. cit.*, t. III ; 1867, p. 393. 実際、十九世紀フランスにおいてピュジェの《カリアティード》は注目を集めており、一八二七年には、それを建物から切り離して、パリへ移送することも議論された。Charles Ginoux, *Notice historique sur le portique et les cariatides de Pierre Puget*, Plon, 1886, pp. 5-6.
（16）Claude Lapaire, *James Pradier et la sculpture française de la génération romantique*, *op. cit.*, p. 62 et pp. 324-328.
（17）*La Bible. Nouveau Testament*, éd. par Jean Grosjean et Michel Léturmy, *op. cit.*, p. 271.
（18）言葉とは物事を識別する記号なのか。それともその物事の本質を把握し、名づけたものなのか。あるいは言葉そのものが、イデア界にあるものへの手がかりなのか。こうした議論は西欧において数多くあった。
U・エーコによれば、第三の考え方は、『旧約聖書』の『創世記』に見当たる。またプラトンの『クラテュロス』でソクラテスが展開する言語論もこれに接続する。さらにこれはカバラのような神秘主義思想へと発展していくことになる（ウンベルト・エーコ『完全言語の探求』上村忠男訳、平凡社、二〇一一）。

またロマン主義において、言語神授説の思想は根強くあった（Frank Paul Bowman, *Le Christ romantique*, Droz, 1973, pp. 203–204）。以下の文献は神と言語を絡めるようになった言語神授説の系譜を整理し、それをジャン＝ジャック・ルソーやエティエンヌ・ド・コンディヤック、ヨハン・ゴットフリード・ヘルダーが批判したことを整理している。互盛央『言語起源論の系譜』、講談社、二〇一四。しかし言語神授説を依然として信じる一派もいた。ボードレールに近いところではメーストルを挙げることができる。『サンクト・ペテルスブルク夜話』の対話形式の断章で、メーストルの考えを代弁する語り手は、西欧各国の言語において、なぜ違う言語でありながら、同じものを示す時に、単語に音の類似があるのかと問う。語り手の伯爵によれば、単語には精霊が宿っており、この精霊が各国を移動し、人間たちに言葉を話させているのである。「それぞれの言葉の精霊は、あらゆるところで都合のいい場所を見つける動物のように、動いているのです」(Joseph de Maistre, *Les Soirées de Saint-Pétersbourg ou Entretiens sur le gouvernement temporel de la providence ; suivis d'un Traité sur les sacrifices*, Rusand, 2 vol., 1822, t. I, p. 136)。

（19）『初版』では「ポイボス」ではなく、「太陽」であった。ポイボスは太陽神を意味するが、十九世紀フランスにおいて特殊な意味を持っていたわけではない。『十九世紀万物百科大辞典』では簡略に、アポロのことを指すと記す（L'article sur « Phœbus », *Grand Dictionnaire universel du XIXe siècle français*, Larousse, *op. cit.*, t. XII ; 1874, p. 1100）。またリトレの『フランス語大辞典』が記す綴り字は、« Phébus » である（*Dictionnaire de la langue française*, par Émile Littré, *op. cit.*, t. III, p. 1095）。

（20）Mario Richter, *Baudelaire*, Les Fleurs du Mal, *Lecture intégrale*, *op. cit.*, t. I, p. 81.

（21）「詩人」は『初版』で小文字であったが、『第二版』で大文字になる。なおC・ピショワのプレイヤード叢書はこれを記載していない。

（22）『悪の花』校正刷では « où peut se voir » であった。

（23）『初版』から『第二版』にかけて、ここから四行は大きく書き換えられる。

（24）『初版』では感嘆符ではなく、句点であった。

（25）『初版』では « ce long hurlement » だったが、『第二版』で « cet ardent sanglot »、「この熱烈な一つのすすり泣き」となる。また校正刷では « ce cri renaissant »、「この繰り返す一つの叫び」であった。

（26）*Dictionnaire de la langue française*, par Émile Littré, *op. cit.*, t. IV, p. 1606.

（27）『初版』でここは句点であった。しかし句点であれば第二テルセに主部と術部がなくなり、意味こそ察せられるが、フランス語として文法的に成立しなくなる。校正刷は三稿とも読点であることを考慮すれば、おそらくは印刷の上での誤植である。なおC・ピショワはおそらく誤植と考え、プレイヤード叢書に記載していない。

(28) Jacques Crépet et Georges Blin, dans Baudelaire, *Les Fleurs du mal*, *op. cit.*, p. 308.

(29)『議会通信』と『第二版』で疑問符だが、『初版』で感嘆符となる。校正刷には次のようにある。「おそらく感嘆符は、不正確ではあるのですが、より良いのではないでしょうか?-」(AB III, 1952)

(30) 一八五二年にゴーティエへ送付したテクストと、『両世界評論』では棒線がない。

(31) 一八五二年にゴーティエへ送付したテクストで、第二テルセの二行は、「秘密」secret と「惜しみつつ」regret の押韻が逆であった。「多くの花は秘密のうちに放つ／惜しむように甘いその香りを」。

(32)『両世界評論』では « Dans des solitudes » であったが、『初版』以降、« Dans les solitudes » となる。

(33)『初版』のみ、感嘆符がない。他は『フランス評論』と同じ点が多いため、文言の変化は第十章に譲る。

(34) M・エイゲルディンゲルはボードレールの詩において、太陽は二つの働きを持つと指摘している。「太陽の騒々しい輝きは、あらゆる生命の衰弱を意味している。一方で光は、霧や暗闇に広がったり、理想的な天候を生み出したり、思い出の突然の蘇りと想像力の発展を恵んだりするのである」(Marc Eigeldinger, « Le Symbolique solaire », *Revue d'Histoire Littéraire de la France*, avril-juin 1967, n° 2, p. 362)。

(35)『議会通信』では « ces beautés à vignettes » であった。

(36)『初版』以降、無冠詞の「詩人」poète になる。

(37)『初版』以降「おまえたちだ、マクベス夫人よ」C'est vous, Lady Macbeth となる。

(38)『議会通信』で読点だったが、『初版』でポワン・ヴィルギュール（;）になる。

(39)『議会通信』では「眠る」dors であったが、『初版』以降、「身をよじる」tors となる。

(40)『初版』以降、文頭の「そして」がなくなり、「切り出された」taillé が「おあつらえ向き」façonné となる。

(41) Michel-Ange, *Poésie de Michel-Ange Buonarroti*, *op. cit.*, p. 279.

(42) Paul Mathias, *La Beauté dans les* Fleurs du Mal, Grenoble, Presses Universitaires de Grenoble, 1977, pp. 128–129.

(43) プレイヤード叢書に記載が見当たらないが（OC I, 158）、『悪の花』校正刷、『初版』、『漂着物』で « très-chère » と棒線が入っていた（AB IV, 3115-3122）。

(44)『初版』では「ムーア人」の綴り字が « Maures » となっていた。

(45) 詳しくは第十章に譲る。しかし加えて言えば、例えばディドロの処女作『おしゃべりな宝石』は、当時のフランスのルイ王朝の性風俗が頽廃した諸相を、架空のムーア人たちの王朝になぞらえた上で風刺している（Denis Diderot, *Les Bijoux indiscrets*, *Œuvres romanesques complètes*, éd. par Henri Bénac, Garnier Frère, 1962, pp. 1-233）。ここでは魔法の宝石が、魔力によって女たちの性器を口のように開かせ、女たちが隠していることを赤裸々に語らせていくのである。C・ピショワは「宝石」が風俗紊乱で告発されたのは、ディドロの小説との関連性を検事が見出したからだと示唆するが（Claude Pichois, OC I, 1133）、「宝石」と同じ場面はない。

（46）『初版』では「天使」が小文字であった。

（47）『初版』では読点があった。

（48）『初版』では読点がないが、後に « Où, calme et solitaire, elle » と読点が二つ挿入される。

（49）校正刷で句点であった。

（50）C・ピショワのプレイヤード叢書は「異国の香り」についてヴァリアントを記載していない。実際、このソネは『アランソン新聞』、『初版』、『第二版』の間で、文言が動いていない。しかし校正刷に当たると（AB III, 2057-2058）、若干の訂正がある。第四行目の末尾は校正刷で読点だったが、『初版』以降、ポワン・ヴィルギュール（；）に変更。

（51）校正刷では読点があったが、『初版』以降は削除。

（52）校正刷では « Encore » であったが、『初版』以降は « Encor » となる。

（53）L'article sur le terme « tamarinier », *Grand Dictionnaire universel du XIXe siècle*, *op. cit.*, t. XIV ; 1875, p. 1431.

（54）「踊る蛇」、「我ト我身ヲ罰スル者」、「音楽」において、女は船になぞらえられる。

（55）Claude Pichois et Jean Ziegler, *Baudelaire*, *op. cit.*, p. 194.

（56）*Ibid.*, p. 187.

（57）*Ibid.*

（58）オーピック将軍が購入し、彼の死後、カロリーヌが住居と定め、ボードレールも一室を与えられた通称「玩具の家」Maison-joujou は、オンフルールの高台にあった。一八五八年以降の海をテーマとした詩の多くは、ここで書かれたと推定される（Claude Pichois et Jean-Paul Avice, *Dictionnaire Baudelaire*, *op. cit.*, pp. 281-284）。パリからオンフルールへ行くためには、ル・アーヴルを経由しなければならなかった。ル・アーヴルとオンフルールの間には、セーヌ川の河口がある。川幅は二キロを超え、往来には船が使われていた。

（59）『初版』は読点、『第二版』から感嘆符になる。

（60）Claude Pichois, OC I, 882.

（61）Jacques Crépet et Georges Blin, dans Baudelaire, *Les Fleurs du mal*, *op. cit*, p. 340. 聖ヒエロニムスの手紙の該当箇所は以下を参照。Saint Jérôme, *Œuvre de Saint Jérôme*, par Benoît Matougues, Auguste Desrez, 1838, p. 533. 聖ヒエロニムスの手紙が十九世紀フランスにおいて「選ばれた船」vaisseau de l'élection と訳されていたことも興味深い。「異国の香り」において詩人は女と共に海を回った。詩人が詩的空想力によって恋人と共に世界を回ることは、イエスの宣教活動と重ねられているのではないか。もっとも「無題（私は、夜空と等しく、おまえを深く愛する……）」ではここまでの展開はしていない。

（62）ここでは以下のラテン語との対訳本を参照した。*Sainte Bible : contenant l'Ancien et le Nouveau Testament*, texte traduit par Louis de Carrières, *op. cit.*, t. IX, p. 61.

（63）『旧約聖書』の『創世記』を参照。この点は第三章でも論じた。またこの段落の解釈は以下を参照した。*La Bible. Nouveau Testament*, éd. par Jean Grosjean et Michel Léturmy, *op. cit.*, p. 493.

（64）Claude Pichois, OC I, 883.

（65）『初版』では読点だが、『第二版』から感嘆符になる。

（66）校正刷では句点だが、『初版』から感嘆符になる。

（67）Claude Pichois, OC I, 884. また以下の研究によれば、ボードレールは中等教育の教科書でユウェナリスの著作に親しむ機会があった。畠山達「ボードレールと「古典」の接点と差異——ノエルとドプラスによる教科書との比較を通して」、『言語文化』、第三十五号、二〇一八、一五六—一五八頁。これが指摘するように、一八三三年十一月二十三日、彼はユウェナリスの著作を贈ってくれたアルフォンスに礼を述べている。「このユウェナリスは素晴らしい、本当に本当に、お礼を言います、本当に心から」（CPl I, 22）。ユウェナリスの著述は人間の悪徳を描いており、子供が読むに適した読み物とは思われない。しかし中等教育の教科書に掲載されていたこともあって、ボードレールは十二歳にしてユウェナリスに親しんでいたのである。

（68）Claude Pichois, OC I, 884.

（69）*Dictionnaire de la langue française*, par Émile Littré, *op. cit.*, t. II, p. 1028.

（70）L'article sur le terme « déité », *Grand Dictionnaire universel du XIXe siècle*, *op. cit.*, t. VI ; 1870, p. 320.

（71）L'article sur le terme « Styx », *ibid.*, t. XIV ; 1875, pp. 1162-1163.

（72）C・ピショワもここの解釈については保留している（Claude Pichois, OC I, 887）。竹内成明は先行研究を整理しつつ、五つの可能性を提起する（竹内成明「註釈」、『悪の花　註釈』多田道太郎編、前掲書、上巻、二八〇—二八二頁）。モデルとなったジャンヌに同性愛的な趣味があった可能性、ボードレールが女役を求められた可能性、終わりのない情事の中で彼が役に立たないことを女に喩えている可能性（同時に無垢な頃への郷愁）、冥府の女王のような「魔」になりきれない苛立ち、である。また竹内は最後に自身の解釈として、« Proserpine » の綴り字に、« pine »、「ペニス」が隠されており、これが重要だとする。論者としては、この詩は実現されなかった詩集『レスボス島の女たち』に収録される作品として構想されていたのではないか、とも思う。

（73）L'article sur le terme « causerie », *Grand Dictionnaire universel du XIXe siècle*, *op. cit.*, t. III ; 1867, p. 626.

（74）「親しい語らい」に手稿があることはC・ピショワのプレイヤード叢書の時点では知られていなかった。一九七七年に手稿を発見したのは阿部良雄であった (Claude Pichois et Jacques Dupont, AB I, 325 et AB III, 2333)。阿部良雄はG・ブランの指摘を受けつつ、『全集』の巻末で転写し、ヴァリアントを検討している（阿部良雄『ボードレール全集』第一巻、前掲書、七一二―七一三頁）。以下では『手稿』と表記する。

(75)『手稿』では棒線だったが、『初版』で読点となる。

(76)『手稿』ではポワン・ヴィルギュール（;）であったが、『初版』で感嘆符となる。

(77)『手稿』では文頭に棒線があった。

(78)『手稿』では読点が挿入されていた。

(79)『手稿』では«Et laisse,»（残していく、）が«Dépose,»（置いていく、）であった。

(80)『手稿』では「あなたの」votreであった。

(81)『手稿』では読点だが、『初版』ではポワン・ヴィルギュール（;）となった。

(82)『手稿』では「ああ！」hélas!であった。

(83)『手稿』では「荒廃した」ravagéであったが、『初版』では「荒らされた」saccagéとなる。

(84)『手稿』では«sous»であったが、『初版』で«par»となる。

(85)『第二版』で棒線は消される。

(86)『手稿』では「私の心は消えてしまった」Mon cœur est disparuであった。

(87)『第二版』で「獣たち」となる。これは十四行目と対応させるためだっただろう。

(88)『手稿』では読点だが、『初版』ではポワン・ヴィルギュール（;）となった。

(89)『手稿』では順が逆で、「お互いをそこで殺しあい、お互いをそこで酩酊させあい」であった。

(90)『手稿』で句点、『第二版』で感嘆符となる。『初版』には何もない。

(91)『第二版』で棒線は消される。

(92)『手稿』では「感動した」émueであった。

(93)『手稿』では何もない。『第二版』で棒線ではなく、三点リーダーとなる。

(94)『手稿』では文頭に傍線が挿入され、«–Ah»（――ああ）であった。

(95)『第二版』で感嘆符ではなく、読点になる。

(96)『手稿』では「熱烈な、燃えるおまえの眼で」tes yeux brûlants, ardentsであった。

(97)『手稿』では「ゴミ」débrisであった。

(98)『手稿』で読点であったが、『初版』で感嘆符となる。
(99) Claude Pichois, OC I, 933.
(100) AB III, 2333. トランスクリプションは以下。阿部良雄『ボードレール全集』第一巻、前掲書、七一二頁。
(101)『初版』のみで献辞がなく、一八五五年の草稿で « à M... J..... / .... Sinon »（句点はMの後に四つ、Jの後に五つ、改行した後に十四つ）、『第二版』で « À J. G. F. » であった。
(102) 一八五五年の草稿と『初版』で棒線が挿入されていたが、『第二版』は読点であった。
(103)『初版』では感嘆符だが、一八五五年の草稿と『第二版』では読点であった。
(104) 一八五五年の草稿では棒線が文頭に挿入されていたが、『初版』と『第二版』ではなくなる。
(105) 一八五五年の草稿と『初版』では読点だが、『第二版』で感嘆符になる。
(106)『初版』では棒線が挿入されていたが、一八五五年の草稿と『第二版』ではない。
(107) 一八五五年の草稿と『初版』と『第二版』で綴り字が « Saharah » であったが、『第三版』で « Sahara » となる。
(108) 一八五五年の草稿と『初版』ではポワン・ヴィルギュール（;）であったが、『第二版』で句点になる。
(109) 一八五五年の草稿のみで読点が挿入されていた。
(110) 一八五五年の草稿はポワン・ヴィルギュール（;）であったが、『初版』と『第二版』で読点になる。
(111) 一八五五年の草稿のみで読点が挿入されていた。
(112) Mario Richter, *Baudelaire*, Les Fleurs du Mal, *Lecture intégrale*, *op. cit.*, t. I, p. 827.
(113) 多田道太郎「註釈」、『悪の花　註釈』多田道太郎編、前掲書、上巻、八四一頁。
(114) Claude Pichois et Jacques Dupont, AB I, 427. なお第一章で触れたようにC・ピショワ自身は « Jeanne, femme gentille » だと考えている（Claude Pichois, OC I, 986）。
(115) 校正刷で感嘆符を書き加える。
(116) 校正刷で感嘆符を書き加える。
(117) 校正刷で感嘆符を書き加える。しかし『初版』では消えている。
(118)『第三版』で句点ではなく、感嘆符になる。
(119) 阿部良雄「註釈」、『ボードレール全集』第一巻、前掲書、五五五頁。
(120) Charles Robert Maturin, *Melmoth ou l'homme errant*, *op. cit.*, p. 212.
(121) ボードレールとマチューリンについては第一章で整理した。

(122) この一行は校正刷で「そしてゆっくりと生きた物質に変わる」« Et change lentement la matière vivante » であった。文末は『初版』で読点だが、『第二版』で感嘆符となる。
(123) この一行は校正刷で前の行に続いて「黙った花崗岩の、激しい恐怖に囲まれて」« En un granit muet, entouré d'épouvante, » であった。文末は『初版』で読点、『第二版』で句点であった。
(124) 「我ト我身ヲ罰スル者」で « Saharah » の綴り字は変わる。つまり『第三版』で « Sahara » となる。しかし「憂鬱（私はもし千年生きたよりも、多くの思い出を持っている……）」で綴り字の変更はなかった。
(125) 『初版』のみ、文頭に棒線がある。
(126) この一行は校正刷で「好奇心旺盛な世界から無視された一体のスフィンクスとなって、」« En un sphinx ignoré du monde curieux » であった。
(127) 『第三版』で末尾は感嘆符になる。
(128) 失恋を機に旅に出る慣習は当時のフランスには、多くあった。例えばフロベールの『感情教育』ではアルヌー夫人との恋に破れたフレデリックが旅に出る。しかし興味深いのはエーゲ海という場である。『悪の花』第二版の末尾の詩句「旅」では魔女「キルケー」が登場し、『オデュッセイア』が暗示されている。オデュッセウスたちが旅する場は、エーゲ海近隣である。
(129) 『漂着物』で「地獄」と「天」は大文字となる。
(130) 『初版』の冒頭で棒線が挿入される。しかし一八五〇年の『愛の詩人たち』に収録された際と『漂着物』では棒線がなかった。
(131) 『愛の詩人たち』と『漂着物』で「花」は複数形になる。
(132) 『愛の詩人たち』と『漂着物』で「暗い涙」は複数形になる。
(133) 『愛の詩人たち』で感嘆符、『初版』で読点、『漂着物』で句点へと変わる。
(134) 『愛の詩人たち』で「信頼できる」であった。
(135) 『愛の詩人たち』では行の終わりに読点がなかった。
(136) 『愛の詩人たち』と『初版』で読点、『漂着物』でポワン・ヴィルギュール（;）と変わる。
(137) 『初版』の冒頭で棒線が挿入される。しかし一八五〇年の『愛の詩人たち』に収録された際と『漂着物』では棒線がなかった。
(138) 貧しき者をテーマとする一節は聖書に数多くある。C・ピショワは『ルカの福音書』第十章で、イエスが七十二人の弟子たちに托鉢させたエピソードと重ねる（Claude Pichois, OC I, 1090）。
(139) ゴーティエに送付した時と校正刷では小文字であった。
(140) この一行は『第二版』で文面が変わり、「慰めとなるものは〈死〉だ、ああ、それが生きさせる」となる。ボードレールは「〈死〉

の反復を避け、« hélas » を挿入したのである。

(141)『第二版』では「霊薬のように」comme un élixir となる。

(142) ゴーティエに送付した時はドゥ・ポワン（:）、校正刷でポワン・ヴィルギュール（;）、『初版』でドゥ・ポワン（:）、『第二版』でポワン・ヴィルギュール（;）となる。

(143) ゴーティエに送付した時は小文字であった。

(144) ゴーティエに送付した時は句点であった。

第十二章　『悪の花』第二版（一八六一年）の「パリ情景」——遊歩者

『悪の花』初版は一八五七年六月二十一日頃にパリで書店に置かれるようになった。しかし七月七日、公安総局第一部第一課が内務省に、風俗紊乱の疑いがあると報告する。裁判は八月二十日に開かれた。この結果、十三篇の詩が嫌疑をかけられ、六篇の詩が削除を命じられた。これをきっかけに詩集は姿を変える。

ボードレールは『悪の花』初版から六篇を削除しただけではなかった。彼は『第二版』で新たに三十二篇を加筆する。(1) つまり量で言えば、三十八篇が動いている。また第二版ではセクションの数が増え、順番も入れ替えられた。『初版』で第二番目のセクションであった「悪の花」の前には、「パリ情景」と「酒」が挿入される。

こうした変化は決して小さなものではない。『悪の花』は『初版』が百一篇、『第二版』が百二十七篇である。収められた詩の数でも三割以上が変化しているのだし、またセクションの組み替えによって、半数以上の詩の配置が変わる。詩をつながりで読む際には、配置が少し入れ替われば、全く別のニュアンスが生じる可能性がある。ここまで大掛かりな改編ともなれば、別の詩集といっても過言ではない。

かくして『初版』から『第二版』への変化は、『初版』の物語の解体でもあった。本研究は第十一章で、『初版』の「美」から「異国の香り」までで、青年が美の化身に特権的な場を追われ、夜の女の元に逃げ込んでいく物語があることを示した。しかし『第二版』ではこれは消える。まず「太陽」が第二番目の位置から動かされ、「パリ情景」に組み込まれることになった。ボードレールは『第二版』で代わりに収めた「アホウドリ」（二）で、嵐の夜を飛ぶ鳥の姿に詩人をなぞらえる。詩人は晴れの空のみならず、夜の空を支配する。これによって、「美」で女に昼の空を追い出されることが、青年にとってさほど危機的ではなくなってしまった。

次にジャンヌ詩群の付近の変化である。大きな問題は「宝石」が一八五七年の裁判で有罪とされ、削除を余儀なくされたことにある。「宝石」は一連のテーマを、美から官能へと転換する役割を持っていた。代わりにここには新しい二作、「仮面」（二〇）と「美への讃歌」（二一）が置かれる。

改編によって『第二版』には、彫刻詩群というべきものが現れる。しかしM・リヒターはこれについて物語のようなものがあるとは考えない。[2] また阿部良雄がG・ブランの解釈を敷衍しつつ指摘するように、ここに見出せるのはむしろ機械的な列挙である。[3] つまり彫刻的な美女と一口に言ってもさまざまにあり、傲慢な女（「美」（一七））や、悪女（「理想」（一八））や、魁偉な女（「巨人の女」（一九））がいるのである。

女たちは理解しがたい存在で二面性がある。「仮面」（二〇）に登場する「頭部が双頭の怪物」（OC I, 23）で、喜びと悲しみの二つの顔を持つ女は、この象徴と読むことができる。しかし「美への讃歌」（二一）で語り手は、美しければ、女が何者であろうと構わないと喝破する。

おまえが天から来たのであろうと　あるいは　地獄から出たのであろうと、構わない、
おお　〈美〉よ！　巨大で、ゾッとする、うぶな怪物よ！

（OC I, 25）

決意の後、「異国の香り」（二二）によって、語り手の青年は官能的な世界に飛び込んでいく。

こうした流れも物語とは言えるだろう。しかし『初版』に比べて『第二版』の物語は規模が小さい。また乳房のように詩を連結するモチーフは見当たらない。ボードレールの趣旨は、新たなセクション「パリ情景」に力を注ぐことであったのではないか。「パリ情景」は『初版』の「憂鬱と理想」から切り取って持ってきた詩が八篇、新たに書き下ろした作品が十篇、合計十八篇である。ここには三篇、彫刻化された女のモチーフを扱う詩がある。「通りすがり

の女へ」、「死の舞踏」、「嘘への愛」である。ボードレールの自意識がどのように詩集に反映されているのかに関心を持つ本研究は、当時の彼が力を入れた「パリ情景」に注目したい。

以下では最初に「パリ情景」全体の構造を見渡しておく（第一節）。その後、順に「通りすがりの女へ」（第二節）、「死の舞踏」（第三節）、「嘘への愛」（第四節）を読むことにする。

1．「パリ情景」の構造

「パリ情景」におけるボードレールの意図を理解するにあたって、研究者らが手掛かりにしたのは、タイトルの「情景」tableaux という語である。まず作家研究者の間でよく認められた見解をまとめておきたい。

J・クレペとG・ブランの註解は風景画のニュアンスを指摘する。(4) 事実、詩群はパリを描いているのだし、またセクションの最初に「風景」と題された詩がある。ボードレールは美術批評家として活動していたのであって、風景画にも関心があった。阿部良雄はさらにリトレの『フランス語大辞典』を典拠に、«tableaux»という語に、演劇の「場」のニュアンスを看取する。(5) しかし本研究は最初に、配列に規則があることを指摘したい。

十八篇の詩を見渡すと、「風景」（八六）、「赤毛の乞食女へ」（八八）、「小さな老婆たち」（九一）を除いて、詩の舞台は時刻が特定されている。そして詩は大まかに、時間軸に沿って配置されている。

• 朝：「太陽」（八七）：太陽が田畑を「目覚めさせる」（v. 10）。
「白鳥」（八九）：語り手の回想で、「ある朝」（v. 14）。
「七人の老人」（九〇）：「ある朝」（v. 5）。

・昼：「目が見えない者たち」（九二）：街路の物乞いを描く（「おまえが歌い、笑い、わめく」(v. 11)）。
「通りすがりの女へ」（九三）：喧噪の街路を舞台とする(v. 1)。

「耕す骸骨」（九四）：版画の農作業を描く(v. 13)。

・夕べ：「夕べの薄明かり」（九五）：「夕暮れが来た」(v. 1)。
「賭博」（九六）：賭場が開くのは一般に夕暮れ以降である。

「死の舞踏」（九七）：「舞踏会」(v. 5)を描く。

「嘘への愛」（九八）：盛り場が舞台で「ガス灯」(v. 5)が灯る。

「無題（私は忘れてはいない、街の近くの……）」（九九）：太陽が沈む「夕暮れ」(v. 5)。

「無題（あなたがお妬みだった偉大な心を持つ女中……）」（一〇〇）：「夕暮れ」(v. 15)。

・深夜：「霧と雨」（一〇一）：眠りをテーマとする。
「パリの夢」（一〇二）：「朝」(v. 3)に眠り、「正午」(v. 58)に起床する。[6]

・朝：「朝の薄明かり」（一〇三）：「朝の風」(v. 2)。

このようにボードレールは朝から始まり、昼・夕・夜を経て、朝に戻るように詩を配列しようとした。[7] 特に「夕べの薄明かり」（九五）と「朝の薄明かり」（一〇三）が、離れた場所に置かれていることは、この見方の裏付けとなる。二つは『C - F・ドゥヌクール頌』から『悪の花』初版に至るまで、隣り合わせでペアになっていた。[8] しかし『第二版』では意図的に場所が離されている。二篇は冒頭に、時間を切り替える表現がある。

ほらVoici　魅力的な夜、犯罪の友だ。

(OC I, 94)

「夕べの薄明かり」の冒頭は、「ほら」と呼びかけで注意を喚起するように、時間が変わったことを告げる。また「朝の薄明かり」も冒頭で、朝が来たことを起床ラッパが告げる。

起床ラッパが　兵舎の中庭に鳴り響き、
そして朝の風が　角灯の上に吹き付けていた。

(OC I, 103)

ボードレールは朝昼夜の変化を強調しようとしたのである。

以上までの議論を踏まえて、十九世紀中葉の « tableau » の定義を考えてみたい。阿部良雄が、リトレの『フランス語大辞典』で演劇の「場」の意味を重要視したことは先に触れた。しかし全体では十四語義あり、この中には、当時だけで通用する意味もある。語義を概観することで、根幹にある意味をつかんでおきたい。

(一) 黒板、(二) 掲示板、(三) 窓枠、(四) 船の甲板、(五) 水門の板、(六) 整理するためのボード、(七) 人物名を書いたカード・あるいは一覧表、(八) 絵画、(九) 風景、(十) 実験用の板ガラス、(十一) 物語の幕acteを区分する場、(十二) 演劇において人物が観客の前で一度並んで見せる動作の指示、(十三) 風景に限らず全般的な情景、(十四) 音楽において作品を模倣したものの一覧(9)

これらで物質的に共通するのは、板状の形をしているということである。この板は、船の甲板のようなものであったり、水門の板のようなもののこともある。しかし黒板、ボード、一覧表のように、板は整理するために用いられる。見晴らしのよい風景も « tableau » の範疇に入る。この語が意味するのは、内容物を秩序に沿って広げて見せることや、俯瞰すること全般である。これを踏まえて« Tableaux parisiens »のニュアンスを汲み取ると、パリについて顕著な情景を並べ、俯瞰するということではないだろうか。

以上の字義的な理解を踏まえた上で、詩の配列の仕方と絡めて、さらに二点、« tableau »について理解を深めておくことにしたい。まずM・リヒターによれば、« tableau »には枠の意味があり、それぞれの« tableau »は独立しているという。(10) つまり接続するものではないのである。もっともテーマとしては対照的な構図をなしている箇所はある。議論を先取りすれば、「通りすがりの女へ」では眼が重要なモチーフとなる。しかしその直前の「目が見えない者たち」は標題の通り、眼が見えない。また「死の舞踏」では中世キリスト教の伝統がテーマとなるが、「嘘への愛」ではキリスト教と敵対するバアル信仰がテーマである。

次にボードレールが詩を配列する秩序として選んだものは時間、さらに言えば太陽の運行だった。本研究は朝・昼・夕・夜という順番があることを論じた。しかし詩群には太陽のモチーフも頻繁に登場する。まず最初の詩「風景」の末尾は、太陽の復活を告げている。そしてこれは『第二版』で新たに書き変えられた箇所でもある。

〈暴動〉が、私の窓ガラスに唸りを上げても、
私を書見台から顔を上げさせることはないだろう。
なぜなら私は　次のような逸楽に没頭しているだろうから
私の意志で〈春〉を呼び出し、
私の心から一個の太陽を引き出し、そして生み出すのだ
私の輝く思想から　一つの温かい雰囲気を。　(OC I, 82)

この六行はボードレールが一八五七年に『現在』誌に発表した際、次のようなものであった。

そして暴動が私の窓ガラスに唸りを上げても無駄だろう、
私は書見台から顔を上げないだろう、
そして古い椅子からもう動かないだろう、
ここで私は作りたいのだ　若者の棺を
（その黒い隠れ家にいる　我らの死者たちを　沈めなければならない）
香炉のように　常に煙を放つ　甘い詩句によって。

（AB III, 2581）

最後の四行に「太陽」という語は登場しないし、詩を書いた意図も全く別である。C・ピショワによれば、「若者の棺」で暗示されているのは、一八五四年に二十歳で亡くなった甥のエドモンであったという。[11] 阿部良雄はこの他に、エミール・ドロワの可能性を示唆する。[12] しかしいずれにせよ、ボードレールが『第二版』に収録する際、「風景」の趣旨を変え、太陽のモチーフを加えたことは確かである。
次の詩篇「太陽」は、天体が巷に詩人のように入り込んでいく姿を描く。

それ［＝太陽］が、一人の詩人のように、町に降りていく時、
それは　もっとも卑しい物事の運命を輝かせ、
そして王として入り込んでいく、音もなく　従僕もなく、
あらゆる貧窮院と　あらゆる宮殿に。

（角括弧内は論者、OC I, 83）

また詩群の最後から第二番目の詩「パリの夢」でボードレールは、語り手を太陽に重ねる。

他のいかなる天体も、いかなる足跡も

太陽［の足跡］も、天の底に至るまで、
これらの驚異を照らし出すものはない、
それは個人の火 un feu personnel で輝いていた！

（角括弧内は論者、OCI, 102）

「個人の火」となった語り手は、他のいかなる天体にもまして、強く輝き、夢の中で世界を照らし出す。このように太陽の動きは、始まりと終わりとを飾る「パリ情景」の重要なテーマである。

以上から「パリ情景」の意図が察せられてくる。詩群には、本研究が第九章から第十一章までで論じてきたような一人の主人公を描く物語はない。むしろパリの情景が、時間軸に沿って列挙されているのである。パリの街には同じ時刻に、さまざまな人物がいて活動している。例えば夕暮れになると、賭場、舞踏会、盛り場など、さまざまな場に人は赴く。こうした人物模様を貼り合わせることで、ボードレールは街を描き出した。

『第二版』の配置の仕方は物語の否定であるかに思われる。しかし自己演出という観点から考えると、別の考え方もできる。詩の書き手は、通りすがりの遊歩者で、街で見かけたことを描いているように演出されているのである。以上を念頭に、女のモチーフを彫刻化した作品を三篇、読むことにしたい。

2．「通りすがりの女へ」――遊歩者と一目惚れ

通りすがりの女へ

1. 騒々しい街路が　私の周囲で　吠えていた。
2. 背が高く、ほっそりとして、喪服で正装した、荘厳に苦しむ、

3. 女が過ぎ去った、堂々とした手で、［彼女は］
4. 花綵の飾りと縁飾り［のある喪服のスカート］を持ち上げ、揺らした。
5. ［彼女は］敏捷で　高貴で、彫刻の脚をしていた。
6. 私といえば、飲んだのだ、常軌を逸した男のように痙攣し(13)、
7. 彼女の眼、嵐が芽生えた　鉛色の空の中にある、
8. 魅惑する優しさと　命を奪う快楽とを。

9. 一筋の閃光……そして夜！　――逃げゆく美女よ(14)
10. その眼差しで　私を突然生き返らせたのに(15)、
11. 私がおまえに会うことは　もう永遠(16)においてしかないのか？

12. 他所の場所で、ここから遥かに遠く！　あまりに後で(17)！　おそらく決してない！
13. なぜなら私は　おまえが去ったところを知らないし、おまえは私が行くところを知らないのだから
14. おお　私が愛したであろうおまえ、おお　それを知っていたおまえよ！

（角括弧内は論者、OC I, 92–93）

語り手の男は「騒々しい街路」(v. 1)で「喪服で正装した」(v. 2)女と出会う。女は「彫刻の脚」(v. 5)をしている。語り手の男は見事な脚に「常軌を逸した男のように痙攣」(v. 6)する。男の感想は大袈裟で、奇異に思われる。もっともボードレールは一八六〇年の『芸術家』誌で「身震い」と書いたものを、『第二版』で「痙攣する」と書き改めた。「痙攣」という表現は、彼が熟慮して書いたものである。

ここで第八章の議論を思い返しておくことにしたい。一八四〇年代のボードレールの作品において、主人公が女と

恋に落ちる時、女は常に彫刻的な肉体をしていた。『イデオリュス』において、ボードレールは高級娼婦フォルニケットについて「ものを感じることのない冷たい大理石」（OC I, 616-617）の肉体をしていると描写した。その後、青年彫刻家、イデオリュスは彼女に恋をする。『ラ・ファンファルロ』において、ボードレールは女優の太ももを解剖学的に描き、「正確な拍子を取った彼女の動作の数々は、全てそのまま彫像術にとっての神々しいモチーフである」（OC I, 574）とした。サミュエル・クラメールはこの後、女優を愛するようになる。

これらを念頭に置けば、女の彫刻のような太ももを見た後に、男が恋に落ちるのは、ボードレール作品の紋切り型であって、一八四〇年代の作品の表現を継承していると考えることができる。

また同様に、眼から流れた「魅惑する優しさと、命を奪う快楽」（v. 8）を「飲んだ」（v. 6）という表現は、先立つボードレール作品に見られる言い回しである。「毒」の一節を思い返したい。

これら全ても　この流れ出す毒にはかなわない
　おまえの眼、おまえの緑の眼から「流れ出す毒にはかなわない」、
湖で私の魂は震え　そして　己の姿を裏返しに見る…
　私の空想は群れをなしてやって来て
この苦い深淵で渇きを癒そうとする。
(OC I, 49)

女の眼からは毒が流れ出し、語り手の男はそれで「渇きを癒そうとする」。以上のように、彫刻の脚（v. 5）や、命を奪う飲み物（v. 8）のモチーフは、ボードレールの先行する作品にあった。「通りすがりの女へ」はこの総括となる作品である。しかし『イデオリュス』や『ラ・ファンファルロ』と比べてわかる「通りすがりの女へ」の特徴は、情事が始まらないことである。

「パリ情景」が遊歩者を描いていることを念頭に置けば、この理由は、語り手と女とが、往来で出会っただけだか

ら、と理解することができる。「なぜなら私は　おまえが去ったところを知らないし、おまえは私が行くところを知らない」(v. 13)。しかしボードレールは詩の末尾で、死別の含みを持たせる。「私がおまえに会うことは　もう永遠においてしかないのか？／／他所の場所で、ここから遥かに遠く！　あまりに後で！　おそらく決して、ない！」(vv. 11-12)。通りすがりに出会っただけの女に対し、この別れは過剰ではないだろうか。

だが「通りすがりの女へ」が、初期作品と中期作品から継承しているモチーフや表現を考えると、語り手が決別した女の本当の姿がわかる。彼女は若い頃からボードレールが、官能の象徴として繰り返し描いてきた彫刻化された女のモチーフではないだろうか。詩人はこの詩において、若い頃の憧れと決別したのである。女が喪服を着ていたのは、詩に描かれていない死者のためではなく、詩人との決別のためであったのかもしれない。

3.「死の舞踏」——舞踏会と死

ボードレールは「死の舞踏」を美術批評の一部として活用した。彼は『一八五九年のサロン』で、エルネスト・クリストフが一八五九年に官展に出品しなかった二体の彫刻のうちの一つ、《死の舞踏》(一八五九?)を詩によって説明しようとする。(18) クリストフの彫刻は消失しており、写真(図三十六)が伝わるのみである。これは骸骨が女のように着飾った彫刻である。しかしクリストフが作品を発表しなかった以上、当時の読者たちも作品を知らなかった。また後述するように、ボードレールはカロンヌに「死の舞踏」の意味を説明しなければならなかった。十九世紀当時、「死の舞踏」というテーマは——一部の好事家を除けば——一般に忘れ去られつつあったのだと察せられる。ボードレールの詩は冒頭、謎の存在を説明する形で始まる。

死の舞踏

エルネスト・クリストフへ。[19]

1. その高貴な姿を、生者と同じく、誇り、[20]
2. 大きなブーケ、ハンカチ　手袋を持ち、
3. 彼女は物憂げで　小粋だ
4. 突拍子もない雰囲気の　やせた色っぽい女のものだ。

5. これよりも細い体つきを　かつて舞踏会で見た者がいるか？
6. 大袈裟なドレスは[21]、王者のように広がって[22]、
7. ひからびた足に[23][24]　なみなみと崩れ　［その足を］締めているのは
8. 一輪の花のように綺麗な、飾り靴だ。

9. 鎖骨の縁に揺れる　レースの飾りは、
10. 岩に身をこすりつける　好色な小川のように、
11. おかしなコメディアンたち lazzi から　慎み深く守っているのだ
12. 彼女が隠そうとする不吉な乳房を。

13. 彼女の深い眼は　虚無と暗黒とから作られていて、
14. そして　巧みに花で覆われた、彼女の頭蓋は、
15. か細い脊椎の上で　なよなよと揺れている。
16. おお　途方もなく飾り立てられた　一個の虚無の魅力！[25]

（角括弧内は論者、OC I, 96–97）

図三十六

ボードレールが原稿を完成させ、カロンヌに送付したのは一八五九年一月一日である。彼はアランソンへの列車の中で、この詩を思い立ったらしい。「親愛なる友よ、私は鉄道での私の夢想の成果をあなたにお送りします。これをすぐに十五日の号に掲載してくださるようにお願いします。あなたの読者に私を忘れてもらいたくないのです。／骸骨に関する一篇の詩の中では、私が、古代の死の舞踏のやかましい皮肉と、中世の寓意的なイメージとに、努めて従っていることがおわかりになるでしょう」(CPI I, 535)。

詩人はおそらく一月十五日に掲載してもらうことを望んでいたのだが、『同時代評論』に詩が掲載されたのは三月十五日であった。詩人が最初にカロンヌに送付した原稿は消失している。しかし手紙の文脈から判断すると、草稿の冒頭で、第一行目の形容詞「誇り」fier は男性形であった。カロンヌは文法的な誤りを指摘して女性形を提案し、ボードレールは改める。詩人の言い訳によると、草稿には「骸骨」squelette という男性名詞が入っており、これを消した際に形容詞を変化させなければならないことを忘れたらしい。「男性形はやめます（（消えた単語なのですが）骸骨に一致させたのです）。そして、直ちに対応する女性形に、そこを置き換えます」(CPI I, 546)。このように彼は決定稿で、草稿の冒頭から「骸骨」という単語を消した。

決定稿は女の正体を段階的に伝えていく。第一行目は「生者と同じく」(v.1) という表現によって、逆説的に、女が生きていないことを暗示しつつも、彼女が着飾っていることを読者に示す。第二節は、装いこそ立派だが (v.2)、女が過剰にやせていることを示す (v.5)。第三節では「おかしなコメディアンたち」(v.11) が彼女の乳房を見たがって悪さをする。女は乳房を隠そうとしているが (v.12)、あまりに痩せているため、レースの飾りでかろうじて、乳房を隠している。女の服の中は見え隠れし、彼女はこれで男の気を引いている。

第四キャトランでついに正体が明かされる。眼は「虚無と暗黒」（v. 13）で、「頭蓋」（v. 14）がはっきりとわかり、「脊椎」（v. 15）までもが見える。リトレの『フランス語大辞典』によれば、「頭蓋」crâne の第一語義は「脳髄をしまい込み、守っている骨の集まり」であり、[26] 頭部一般ではなく、骨である。また『辞典』は同様に、「脊椎」vertèbre を「解剖学的用語」と定義している。[27] ここで読者は、生きている人間にとっては、髪の毛や肉に覆われて見えない骨の部分が、女から見えていることがわかる。女は骸骨である。

死霊を文学作品のテーマとした前例は、ゴーティエの『死霊の恋』や『死の喜劇』にある。第五章でも示したようにゴーティエは一八三〇年代、カタコンベで骸骨を鑑賞していた。しかしボードレールは女の正体について、一八五九年二月十一日のカロンヌ宛の手紙で独自に説明を行っている。

> *gouge* は素晴らしい言葉です。唯一の言葉、古い言語の言葉で、死の舞踏に当てはめることができるものです。死の舞踏と同じ時代の言葉なのです。**文体の統一性**、そもそも、美しい *gouge* とは、美しい女のことでしかありません。その後、*gouge* は、軍隊に付き従う遊女となり、この時代、兵士は、司祭と同様に、遊女たちを後ろに引き連れて、行軍しました。この歩く逸楽を正当化する規則さえあったのです。さて、〈死〉は、〈偉大な世界の軍隊〉の行くところはどこでもついて歩く Gouge ではないでしょうか。その抱擁に抗うことが明確に不可能な *positivement irrésistibles* 遊女ではないでしょうか。
>
> (CP I, 546–547)

骸骨の女は、男について回るという点で、死と重ね合わされている。これを念頭に詩の後半を読みたい。

45.　鼻のない舞姫、あらがえない美しい遊女 gouge よ、[28][29]
46.　「骸骨に」不愉快になっている　これらの踊り手たちに　言ってやるがいい。

47. 「お高くとまっている可愛らしい男どもよ、 おしろいと紅を塗る技[30]は長けていても、
48. おまえたちからは皆　死を感じる！　おお[31]　麝香の匂いのする骸骨ども squelettes よ、[32]
49. [33]しなびたアンティノウス、髭のない顔のダンディたちよ、
50. 見てくれのよい死骸たちよ、白髪のドン・ファンたちよ、
51. 死の舞踏の　普遍的なブランル［＝踊りの輪］は
52. おまえたちを　知らない[34]場所へと　運んでいくのだ！
53. [35]セーヌ河の冷たい岸から　ガンジス河の燃える淵まで[36]、
54. 死すべき者たちの群れは　飛び跳ね　そして　酔いしれている、［だが彼らには］見えない
55. 天空の穴の中で　〈天使〉のラッパが[37]
56. 黒いラッパ銃のように　不吉にも　開いているのが[38]。
57. [39]あらゆる風土で、あらゆる[40]太陽のもとで、〈死〉[41]はおまえに見とれている
58. わざとらしい態度をした、滑稽な〈人類〉よ、
59. そして　しばしば、おまえと同じく[42]、没薬で自らに香を焚き染め、
60. ［〈死〉は］その皮肉を　おまえの狂気に　混ぜ合せるのだ！」

（角括弧内は論者、OC I, 98）

ボードレールの語り手は、舞踏会で除け者にされている骸骨の女たちに向かって、男たちに反論してやれと促す。人間の男たちがいかに着飾ろうと、〈死〉からは逃れられない。男たちは「死の舞踏の普遍的なブランル［＝踊りの輪］」（v. 51）に巻き込まれ、「知らない場所」（v. 52）へと運ばれていく。

C・ピショワは、ボードレールが「ブランル」という語を選択したことを「素晴らしい」と賞賛する。[43]この語はまず、先に引用した手紙にあった「〈偉大な世界の軍隊〉」(CPI, 547) と対応しているとC・ピショワは考える。しかし「ブランル」は「舞踏」をも意味しているのであり、C・ピショワは二つの意味が重なることを面白がる。さらに本研究ではリトレの『フランス語大辞典』が第二語義として記す、「物事に与えられた衝撃」という語義を重ねておくことにしたい。[44]同『辞典』によれば、十九世紀フランスにおいて« branle »は、人間の行動の動機付けとなる「衝動」をも意味した。詩において、男たちは「飛び跳ね　そして　酔いしれている」(v. 54)。こうした生を楽しみたい衝動は、誰もが持つ「普遍的」(v. 51) な衝動ではないだろうか。

ところが浮かれ調子の男たちは「〈天使〉のラッパ」(v. 55) が、銃口のように不吉にも向けられているのに気がつかない。そしてさらには擬人化された〈死〉が、彼らを見張っていることもまったく気がつかない。だが〈死〉は男たちの浮かれ調子に、「その皮肉を」混ぜ合わせている (v. 60)。

皮肉に関する説明はないまま、詩は締めくくられる。しかし遡って詩を読めば、生きている男たちのことを「麝香の匂いのする骸骨ども」(v. 48) と呼んだことが、「皮肉」を理解する手がかりになるのではないだろうか。男たちは、着飾った骸骨の女たちを嫌う。だが男たちこそ、骸骨を飾った存在に過ぎないのである。死の象徴である骸骨は、人間の中にある。男たちはそのことを知らないで浮かれているのである。

「死の舞踏」でボードレールは『現代生活の画家』をはじめ、随所で述べてきたダンディズム論や化粧論に新しい見方を一つ加えている。第三章で明らかにしたように、彼が美術批評『現代生活の画家』で論じた化粧は、罪を隠すためのものであった。神は事物を創造する時に失敗し、人間を完全なものとして創ることはできなかった。化粧はこのような人間の欠点を修正するものであり、神のやり残したことを補完する。

その一方でボードレール「死の舞踏」において、化粧そのものを批判こそしないが、化粧をする男に対して批判的である。自らを飾った男たちは、生と死とを別々のものと考え、死を忌み嫌い、死から逃れるために生の饗宴に酔いしれる。ボードレールは語り手「私」の言葉を通じて、軽薄な男たちをあからさまに嫌悪している。これに対して骸骨の女たちは、そうではない。死そのものを引き受け、飾っているのである。

もっとも、以上のような「皮肉」は、「パリ情景」の流れの中からは浮かび上がらない。語り手「私」が遊歩者であるという前提から出発すれば、「死の舞踏」はむしろ、舞踏会に居合わせた男の夢想と読める。つまり壁の花となって男たちに相手にされない女がいて、語り手はその女に同情していると読めるのである。ボードレールはこのように、語り手を遊歩者に演出することで、意図を隠しているのである。

4.「嘘への愛」——隠された葛藤

嘘への愛(45)

1. 私がおまえの通り過ぎるのを見る時、おお　愛しい無気力な女よ、
2. 天井に砕け散る　楽器の歌にのせて
3. 調和があって　ゆっくりとした　おまえの歩みは止まり、
4. そして　おまえの深い眼差しに　憂鬱が漂っている［のが見える］(46)。

5. 私が［おまえを］観察する時、彩りをそえるガス灯の火で(47)、
6. おまえの青い顔は、病的な魅力によって飾られ、
7. そこに　夜の松明が　曙を灯す、
8. そして　おまえの魅力的な目は　肖像の眼のようだ、

9.　［こんなことを見ながら］私は独り言を言うのだ。彼女はなんて美しい！　そして奇妙に新鮮だ！
10.　一塊りの思い出だ[48]、王宮の重い塔だ、
11.　冠だ、そして彼女の心は[49]、桃のように痛んで、
12.　彼女の身体と同じく、知的な愛に、熟している。

13.　おまえは至高の風味を備えた　秋の果実なのか？
14.　おまえは何かしらの涙を待つ[50]　弔いの器や、
15.　遠くのオアシスを　夢見させる香りや、
16.　優しく撫でる枕や、あるいは　花籠なのか？

17.　私は知っている　最も憂鬱な眼には、次のものがある、
18.　貴重な秘密を[51]　何も包み隠していない［眼］。
19.　［空っぽの眼はさながら］宝石の入っていない美しい小箱、形見の入っていないメダイヨン、
20.　御身自身よりも　もっと空っぽで、もっと深い、　おお〈天〉よ！

21.　しかし十分ではないか　おまえの見かけが[52]、
22.　真実を避ける心を　楽しませるには？
23.　おまえの愚かさ　あるいは　おまえのつれなさ indifférence がなんだと言うのだ？
24.　仮面　あるいは　装飾、結構だ！[53]　私はおまえの美を崇拝する。

（角括弧内は論者、OC I, 98–99）

語り手は、女が通り過ぎていく姿を見ている。「楽器」（v. 2）の奏でる音が「天井」（v. 2）に反響している。詩の舞

台は盛り場である。彼女の歩みが緩慢なので（v. 3）、語り手は彼女をじっくり「観察する」（v. 5）ことができる。女の顔に「ガス灯」（v. 5）の光彩が重なり、彼女は造形物のように見える。

語り手は造形物的な美を有する女を愛する対象とするが、同時に「知的な愛に熟している」（v. 12）と考える。[54] ここまでの情景を整理すると、論理的には、ガス灯の光彩が彼女を美しく見せているに過ぎず、彼女の内面のことは何もわからない。盛り場にいる語り手が我に返り、恋を振り払ったとしても不思議ではない。

しかしボードレールは第五キャトランから、全く別の論理を展開する。語り手はそもそも、「貴重な秘密を何も包み隠していない」（v. 18）憂鬱な眼というものがあることを知っていると言うのである。そして彼は「真実を避ける心」（v. 22）の持ち主であり、見せかけでも、彼を楽しませればいいと述べる。

先行研究において、この詩のモチーフは二つあったと考えられている。第一にラシーヌの戯曲『アタリー』である。[55] ボードレールは、プーレ゠マラシ宛の手紙と、『同時代評論』において、標題と本文の間に、次の一節をエピグラムとして掲げていた。引用はラシーヌの戯曲の原文と同じである。

> 彼女［＝イゼベル］はまだ　この借り物の輝きを持っていた
> 彼女は自分の顔を入念に化粧し peindre　また飾り立て
> 歳月による取り返しのつかない侮辱を繕おうとしたのだ。
>
> ラシーヌ。（角括弧内は論者、CPl II, 14 et AB III, 2723）

ラシーヌの劇で、イゼベルは、その娘アタリー[56]の夢枕に立ち、ヤハウェの報復を告げる。イゼベルはすでに亡くなっているのだが、夢枕に立った時は、在りし日のように美しく着飾っていたのである。

イゼベルがラシーヌの劇中で登場するのはこの一箇所のみである。彼女は言わば、脇役に過ぎない。ボードレールが彼女に注目した理由は、ラシーヌが題材とした『旧約聖書』の『列王記』上下巻にまで遡らなければならないだろう。ラシーヌ自身が戯曲の冒頭で解説をつけるように、戯曲は『列王記』に記されたユダヤ教徒の世界を下敷きにしており、随所で『旧約聖書』の一節を組み込んでいる。ボードレールはおそらく、イゼベルにもともと注目しており、彼女のことを短く伝える言葉として、ラシーヌの一節を引用したのである。

ここで『列王記』に照らして、関連する情報を簡潔にまとめておきたい。まず問題の発端となったイゼベルは、ヤハウェを信仰するイスラエル王国とユダ王国にあって、バアル神を信仰する異教徒である。彼女はフェネキア出身であり、宗教が違ったのである。しかし彼女はイスラエル王に嫁ぎ、[57] そこでヤハウェの預言者たちを迫害し、バアル教を広め始める。[58] ラシーヌの説明を借りれば、これらは「偶像崇拝者か離教した者」である。[59]

イゼベルの娘、アタリーもまた同様のことを行う。[60] 彼女もバアル神を信仰しており、嫁ぎ先のユダ王国で、ヤハウェの信仰を蔑ろにし、バアル神への信仰を広める。彼女はユダ王国で、自らの親族を含めて、ヤハウェの信徒たちを虐殺する。アタリーもイゼベルも最終的に、ヤハウェの信徒によって粛清される。

イゼベルの死は、ラシーヌの劇と『旧約聖書』とで相違点がある。ラシーヌの戯曲では、先に殺害されたイゼベルが、アタリーの夢枕に立ち、将来の危機を予言している。しかし『旧約聖書』はこれに数節を割いて、事実として記述している。だが共通するのは、イゼベルが孫のエヒウ（聖書研究では「イエフ」）に殺害される際、化粧をして迎えた点である。『列王記』下巻は次のように記す。

> エヒウはイゼレエルの街に戻った。そしてイゼベルは、アイシャドーを目のまわりに塗り、頭を飾り、窓から身を屈めた。[61]

ボードレールがエピグラムにした先のラシーヌの一節は、『旧約聖書』のこの一節を韻文にしたものである。イゼベルは何をしようとしていたのか。聖書研究者のR・D・ネルソンは、イゼベルが、娼婦をしており、娼婦の習性として、エヒウを誘惑して難を逃れようとしていたのではないか、と考える。[62] しかし祖母が孫を誘惑するなどあるだろうか。また『列王記』上巻は、イゼベルがイスラエルの王妃となる前は「シドン人の王エトバアルの娘」であると記す。[63] 彼女は職業的な娼婦のようなものではなかった。

おそらくここにはバアル神の信仰に関する特有の問題がある。ラルースによる『十九世紀万物百科事典』は「バアル神」の項目で、その信徒の女たちが神への捧げ物として、自ら売春をしたと記している。[64] イゼベルは高級娼婦のような振る舞いで孫を懐柔しようとしたのではなく、バアル神を信仰する者の習慣を貫いたのではないだろうか。しかしいずれにせよ、死を覚悟した王妃が、美しさにより恩赦を獲得しようとしたことは確かである。

ボードレールはイゼベルの振る舞いに心を打たれただろう。初期作品としてすでに論じた「アレゴリー」の一節はこのテーマとちょうど重なり合う。

彼女は信じ、知っている、こんな風に不妊で
そして　しかしながら　世界の歩みには必要とされている乙女は、
肉体の美しさが崇高な恩寵であること
どんな汚辱にも　[肉体の美しさが]　赦しを与えるものであることを。

（角括弧内は論者、OC I, 116）

さらにイゼベルの化粧は、『現代生活の画家』第十一章「化粧礼賛」に引きつけて考えることもできる。第三章で論じた通り、ボードレールは素肌の色の斑や凹凸を宗教的な罪深さの現れと解釈し、化粧が原罪を覆い隠すと考えた。バアル教において、化粧は宗教と密接に結びついていたのである。

実際、バアル信仰を彷彿とさせる女に、ボードレールは好意的であった。ラルースによる『十九世紀万物百科事典』が記すように、バアル神はキリスト教圏で、悪魔「ベルゼブル」と同一視された。[65] これはしばしば「サタン」と同義とされるが、厳密には起源が異なる。サタンは熾天使ルシフェルの堕落した姿であるのに対し、ベルゼブルはバアルだからである。後期作品「取り憑かれた男」の語り手は、次のように叫ぶ。

おまえがなりたいものになるがいい[66]、黒い夜であろうと、赤い曙であろうと[67]。
私の体は震え　全身が　琴線となり[68]
こう叫ばずにはいられない。おお　我がいとしのベルゼブルよ、私はおまえを崇拝する！
（OC I, 38）

語り手の男は女のことを「ベルゼブル」と呼ぶ。詩には女が「〈狂気〉ののさばる場所」に出入りしたり、「田舎者たちの視線に欲望」を灯すとある（OC I, 38）。ここに登場する女はバアル神の信徒ではなく、バアル神の信徒のような振る舞いをする女と考えるべきだろう。ボードレールは彼女を「ベルゼブル」と呼ぶことで、皮肉を交えつつも、女を受け止めようとしているのである。バアル神の信仰という切り口で見れば、「嘘への愛」と「取り憑かれた男」には、後期ボードレール作品として、通底するテーマが見い出せる。

第二に考えられる「嘘への愛」のモチーフは、マリー・ドーブランである。ボードレールはプーレ＝マラシに宛てて、「あなたはこの花のヒロインをご存知でしょう」（CP II, 14）と書いている。第一章ですでに論じたように、一八五九年頃、彼とマリーとの関係は完全に終わっていた。マリーは一八五四年から、ボードレールの友人のバンヴィルの恋人であった。ボードレールは「嘘への愛」を書いたのと同じ時期、もう一篇、マリーを暗示する詩、「あるマドンナへ」を書いた。ここで語り手は女を彫刻に見立て、罰しようとする。

私はおまえのために建てたい、〈マドンナ〉よ、私の恋人よ、
私の悲嘆の奥底に　地下の祭壇を、
そして穿ちたい　私の心のもっとも暗い片隅に、
世俗の欲望からも　嘲る眼差しからも遠く離れて、
青と黄金色の琺瑯がちりばめられた、壁龕を、

そこにおまえを立たせるのだ、驚嘆した〈彫刻〉よ。
私の磨かれた〈韻文〉、純粋な金属の格子によって
水晶の韻で　巧みに星座を散らした［格子によって］、
おまえの頭に　大きな〈冠〉を作ってやろう。

（角括弧内は論者、OC I, 58）

そして語り手は女を呪詛する。

最後に、おまえのマリアとしての役割を完全なものとするために、
そして愛に野蛮さを混ぜ合わせるために、
黒い逸楽！　七つの〈大罪〉を材料にして、
悔恨に満ちた執行人となり、私は七本の〈短剣〉を作るだろう
よく研ぎすまし、そして、冷酷な曲芸師のように、
おまえの愛の　最も奥深いところを　標的にして、
私は短剣を全て埋め込んでやる　おまえのぴくぴく動く〈心臓〉に、
嗚咽するおまえの〈心臓〉に、血の溢れるおまえの〈心臓〉に！

（OC I, 59）

女を彫刻的な造形物になぞらえる発想は、「あるマドンナへ」と「嘘への愛」に共通している。しかし「嘘への愛」でボードレールがマリーへの憎しみと距離を置いたことは、二つの点から明らかである。まずボードレールは「嘘への愛」の第十行目を、プーレ゠マラシに宛てた原稿では「神々しい思い出」と書いた。しかし彼は『悪の花』第二版で「一塊りの思い出」と書き直して発表したのである。これらの文言の変化は、ボードレールにとって詩が、マリーとの思い出を賛美するだけのものではなくなったことを示している。

また彼は『悪の花』第二版で、「あるマドンナへ」を「憂鬱と理想」のマリー詩群に置き、「嘘への愛」を「パリ情景」に配置する。二つの詩は離れた位置に置かれ、そのつながりは一般の読者の眼から隠されている。「あるマドンナへ」でマリーを呪詛していた時と、「嘘への愛」で潔く諦めを表明した時のボードレールとの間には、大きな葛藤があったことは想像に難くない。しかし「パリ情景」の文脈において、「嘘への愛」は盛り場で不意に出会った美女に対する遊歩者の一時の一目惚れであるかのように演出されているのである。

小帰結

ボードレールは『悪の花』第二版で全般的に配列の規則を変える。すなわち『初版』では、小説にも似て物語によって詩を配置していたのに対し、『第二版』ではテーマに沿った列挙を行うようになるのである。『第二版』の「憂鬱と理想」の序盤からは、青年と女たちとの葛藤は消え、美しい女の類型の列挙になる。また『第二版』に新しく設けられたセクション、「パリ情景」に収めらた十八篇の詩の多くは、朝・昼・夜・朝という時間の流れに沿って、配置されている。詩群には語り手を主人公とする物語はない。しかしボードレールは語り手を遊歩者のイメージで演出することで読み筋を誘導している。

「通りすがりの女へ」には死別のテーマを暗示する一節が看取できるものの、詩群の流れの中では、街路で男女がすれ違っただけに読める。「死の舞踏」には若い頃の詩作品「優しい二人の姉妹」にあった放蕩と死のテーマが看取できるものの、詩群では舞踏会に居合わせただけの男が怪奇的なものを見ただけと読める。マリー・ドーブランをモデルとした「嘘への愛」は、ボードレールとマリーとの一件を考えれば、激しい葛藤があった後の作品だと察せられる。しかし「パリ情景」で詩人の愛情は、あたかも盛り場で居合わせただけの男が、ガス灯に映された女の顔に見とれた程度に演出されている。愛憎などの重々しいテーマを、遊歩者の気紛れのように演出してみせたことが、「パリ情景」の面白さであると考えてみることはできないだろうか。

（1）ソネを組み合わせた「幻」を四篇と数えれば三十五篇である。第二版の表紙には「新たに三十五篇を増補」（AB II, 1285）と記されていた。しかし研究者の間では「幻」を一篇とし、三十二篇と数えるのが一般的である。

（2）Mario Richter, *Baudelaire*, Les Fleurs du Mal, *Lecture intégrale*, *op. cit.*, t. II, pp. 1661-1662.

（3）阿部良雄「註釈」、『ボードレール全集』第一巻、前掲書、四九一―四九五頁。G・ブランは、「美」、「理想」、「巨人の女」、「仮面」の四篇で彫刻詩群が成立していると考えたという（同掲書、四九三頁）。阿部自身は「美への讃歌」を加え、芸術詩群が五篇で成立すると考える（同掲書、四九五頁）。『第二版』でボードレールは何を意図していたのか。阿部は「美」の解題において、「十九世紀中葉の人間にとって想像可能な限りの〈美〉の種々相に、さまざまな角度からアプローチを試みた」（同掲書、四九一頁）とする。

（4）Jacques Crépet et Georges Blin, dans Baudelaire, *Les Fleurs du mal*, *op. cit.*, pp. 259-261.

（5）阿部良雄「註釈」、『ボードレール全集』第一巻、前掲書、五五七―五五八頁。

（6）これは献辞が捧げられた画家ギースの生活パターンであったという。一八六〇年三月十三日、カロンヌ宛のボードレールの手紙には次のように読める。「二つ目の作品、ギースに捧げられた作品については、次の実証的かつ物質的な関係以外にありません。それは作品の詩人と同じく、彼は大体において正午に起きて来る、ということです」（CPl II, 10）。

（7）山田兼士は次の文献で、昼と夜の配置があることを認めた上で、夜の詩は初期作品にあたるのに対し、昼の詩は後期作品と指摘する。ここから『第二版』のボードレールが、夜の詩人から昼の詩人への脱却を図っていたのではないかと考える。山田兼士『ボードレールの詩学』、砂子屋書房、二〇〇五、二二一―二三頁。

（8）『初版』では「夕べの薄明かり」が第六七番目、「朝の薄明かり」が第六八番目であった。

（9）*Dictionnaire de la langue française*, par Émile Littré, *op. cit.*, t. IV, p. 2124.

（10）Mario Richter, *Baudelaire*, Les Fleurs du Mal, *Lecture intégrale*, *op. cit.*, t. II, pp. 878-879.

（11）Claude Pichois, OC I, 994.

（12）阿部良雄「註釈」、『ボードレール全集』第一巻、前掲書、五五九頁。

（13）『芸術家』誌での発表では「身震いし」tremblant であった。

（14）『芸術家』誌では「一筋の閃光……！　そして夜。逃げゆく美女よ」となっていた。

(15)『芸術家』誌では「私に思い出させ　生き返らせたのに」となっていた。
(16)『芸術家』誌では「永遠」は大文字であった。
(17)『芸術家』誌では「あまりに」trop が大文字から始まった。
(18) OC II, 679-680.
(19)『同時代評論』では「彫刻家エルネスト・クリストフへ」となっており、『パリ年鑑』では献辞がなかった。
(20) 未発見の草稿では「誇り」fière が女性形ではなく男性形であった。
(21)『同時代評論』、『フランス評論』、『審美渉猟』では読点なし。
(22)『同時代評論』では読点なし。
(23)『同時代評論』では「彼女の足」。
(24)『フランス評論』では読点があった。
(25)『同時代評論』では「――途方もなく飾り立てられた　一個の虚無の魅力、」となっており、冒頭が棒線、文末が読点で終わっている。『フランス評論』、『パリ年鑑』、『審美渉猟』では文末に感嘆符も読点もない。『悪の花』第三版では「――おお　途方もなく飾り立てられた　一個の虚無の魅力！」となる。
(26) *Dictionnaire de la langue française*, par Émile Littré, *op. cit.*, p. 882.
(27) *Ibid.*, p. 2466.
(28)«gouge»は一般に「娼婦」と訳す。ボードレールの一八五九年二月十一日のカロンヌ宛の手紙も、結局は、娼婦の意味が発生することを認めている。しかし彼が理解を求めていた意味を汲んで、「美しい遊女」とした。
(29) 未発見の草稿では「鼻がなく、激しい恐怖に両眼を満たされている」であった。
(30) 未発見の草稿では「巧みにポマードを塗る技」であった。
(31)『パリ年鑑』では「おお」が小文字だった。
(32)『パリ年鑑』では句点であった。「死を感じる」ものたちは、第四十九行からの列挙と区切れる。
(33)『パリ年鑑』ではここに括弧の記号が入る。
(34)『同時代評論』では「全く知らない」ne ~point と強調されていた。
(35)『パリ年鑑』ではここに括弧の記号が入る。
(36)『同時代評論』では読点がなかった。
(37)『同時代評論』では読点があった。

(38)『同時代評論』では感嘆符が入っていた。
(39)『パリ年鑑』ではここに括弧の記号が入る。
(40)『パリ年鑑』では「おまえの太陽」となっていた。「〈人類〉の太陽」という意味である。
(41)『パリ年鑑』では「死」が小文字であった。擬人化されていなかったのである。
(42)『同時代評論』では読点がなかった。
(43)Claude Pichois, OC I, 1033.
(44)*Dictionnaire de la langue française*, par Émile Littré, *op. cit.*, t. I, p. 408.
(45)一八六〇年、プーレ＝マラシ宛の書簡で標題は「装飾」Le Décor。
(46)一八六〇年、プーレ＝マラシ宛の書簡では読点だった。
(47)一八六〇年、プーレ＝マラシ宛の書簡では、« Quand je te contemple sous le gaz qui le colore » であった。このように読点がないのならば、「私が彩りをそえるガス灯の下で［次のようなおまえの姿を］観察する時」（角括弧内は論者）となる。一八六〇年の『同時代評論』では « Quand je te contemple, sous le gaz qui le colore, » と二箇所に読点が入り、「私が観察する時、彩りをそえるガス灯の下で、」となる。
(48)一八六〇年、プーレ＝マラシ宛の書簡では、「神々しい思い出」だった。
(49)一八六〇年、プーレ＝マラシ宛の書簡では、読点がなかった。
(50)一八六〇年、プーレ＝マラシ宛の書簡では、« funèbre, attendant » と読点があった。
(51)一八六〇年、プーレ＝マラシ宛の書簡では、« secret précieux » と「秘密」が単数形であった。
(52)一八六〇年、プーレ＝マラシ宛の書簡では、読点がなかった。
(53)C・ピショワの註によれば、一八六〇年、プーレ＝マラシ宛の書簡では、« Masque ou décor, Salut ; J'adore ta beauté. » と、感嘆符がポワン・ヴィルギュール（;）となっていた（Claude Pichois, OCI, 1035）。しかし『書簡集』の転写（CPI II, 14）と『ボードレールのアトリエ』（ABIII, 2724）ではこの表記はない。
(54)ボードレールは手紙で四十歳において愛は「知的なもの *savant*」（CPI, 15）と書いた。これと照らせば、描かれている女は四十歳であると考えることになる。阿部良雄はマリーが三十三歳であったことから、この詩はマリーを描いていないと考える（阿部良雄「註釈」、『ボードレール全集』、前掲書、第一巻、五七六頁）。しかし「知的な愛に熟している」という詩の一節と、手紙における「知的なもの」は同じ人物と考えないでもいいだろう。何より、一八二一年四月生まれのボードレールが四十歳になるところであった。
(55)Jean Racine, *Œuvres complètes*, éd par Georges Forestier, Gallimard, coll. « Bibliothèque de la Pléiade », 2 vol., t. I ; 1993, p. 1033.

（56）「アタリー」はフランス語の読みであるが、聖書研究では「アタリヤフ」、「アタリヤ」、「アタルヤ」と表記される（『列王記』池田裕訳、岩波書店、一九九三）。ここでは仏文学研究者の間で呼び習わされている表記とした。なお「アタリー」はヘブライ語で「ヤハウェは気高い」を意味する（同書、一八八—一八九頁）。ヤハウェを褒め称える名を持つ彼女が、その迫害者であるのは、一つの矛盾ではある。

（57）*La Bible. Ancien Testament*, *op. cit.*, t. I, p. 1105.

（58）*Ibid.*, pp. 1108-1114.

（59）Jean Racine, *Œuvres complètes*, *op. cit.*, t. I, p. 1009.

（60）*La Bible. Ancien Testament*, *op. cit.*, t. I, pp. 1165-1182.

（61）*Ibid.*, p. 1172.

（62）R・D・ネルソン、『列王記　上・下』田淵結訳、日本基督教団出版局、一九九八、三一四頁。

（63）*La Bible. Ancien Testament*, *op. cit.*, t. I, p. 1105.

（64）L'article sur le terme « baal », *Grand Dictionnaire universel du XIX*^{e} *siècle*, *op. cit.*, t. II ; 1867, p. 3.

（65）*Ibid.*, pp. 3-4.「バアル」は元々、「主人」の意味であり、尊称として「バアル・ゼブル」と呼ばれた。キリスト教徒はこれを「バアル・ゼブブ」（蝿の王）と呼んで嘲笑し、この蔑称がベルゼブルとなった。こうした変化が起きたのは、『列王記』下巻である。イスラエルの王アズハヤフはバアルを「バアル・ゼブブ」と呼んだ（『列王記』池田裕訳、前掲書、一四五頁）。「ベルゼブル」の語源は『列王記』を読んでいれば、文脈上、自ずと知ることになるものであって、ボードレールは必然的にこれを意識していたであろう。なおイゼベルは「ゼブルはどこにいますか」という意味である（同書、一〇二頁）。

（66）『フランス評論』ではドゥ・ポワン（：）であった。

（67）『フランス評論』では読点であった。

（68）『フランス評論』では「私の存在は一つの琴線となり」であった。

第三部の結論

『悪の花』に関連した作品にボードレールの自意識を読み解く難しさは、それぞれの詩が独立しているのではなく、詩群という一つのまとまりでつながっていることにある。本研究は第三部で、彫刻化された女のモチーフに注目しつつ、ボードレールが『悪の花』の改編のたびに、語り手「私」を演出する戦略を変えたことを明らかにした。

文学者としてのボードレールの起点は一八四三年頃に「ノルマンディー」派で起きた諍いであったと考えられる。サークルのリーダー格にあたるル・ヴァヴァスールはボードレールの作品を検閲し、言わば風俗紊乱の容疑をかけた。ボードレールは詩によって反論を試みるが、説得には成功しなかった。これを機に彼は、自分自身の欲望を表現するものとして詩を書くことを避けるようになったと見える。彼は女の美を彫像的に描くことで、自らが美を探求する詩人であるように演出するようになり始めた。（第八章）

最初に詩人としてのデビューが躓いた後、一八五一年のボードレールはまだ、まとまった形で詩作品を発表していなかった。「冥府」は彼の三十歳の誕生日に発表されたものであり、記念の意味を持っていただろう。彼は詩を一つの文脈に沿って配列する。すなわち彼は「現代の若者らの精神的動揺の物語を辿ること」（AB II, 873）を目的に掲げ、詩群全体で、現世に悲観しつつも希望を見出そうとし、それでもなおも失意に沈み込む青年の宿命を描き出したのである。この詩群で彫刻は、語り手「私」の想像力の中の恋人として登場する。しかしボードレールはここで自分自身の願望を書いたわけではない。彼は個人的な情報を消し、憂鬱に沈み込む同時代の青年の問題として一般化して、自らの悩みを描いたのである。（第九章）

ボードレールが詩群に意識的に虚構を混ぜ、語り手を物語の登場人物のように描き始めたのは一八五七年、『フランス評論』に発表した詩群においてであった。詩群は前半が女の身体の部分を謳「全て」の後、身体の全体を謳うようになる。この点で詩群は幾何学的に対称の構図になっている。詩群の語り手―詩人は、彫刻的な美を持つ傲慢な恋人の求愛を受け止めつつも、死別を経て、自らの詩で女の記憶を不朽化することを望む。

しかし無論、すでに第一部で論じておいたように、ジャンヌをはじめ、作家の恋人たちは死亡していない。また詩群では、ジャンヌに宛てられたと推定される詩と、サバティエ夫人に宛てられたと推定される詩が渾然一体となり、あたかも一人の女に宛てられているかのように読める。ボードレールは詩を貼り合わせ、架空の女に求愛する純愛の詩人として語り手を演出したのである。（第十章）

演出は『悪の花』初版において、一層進むようになる。ボードレールは自伝的な詩を組み合わせ、一つの物語を作る。逆に言えば、自伝的な情報の結びつきを一端解体し、再構成したのである。本研究は「憂鬱と理想」の区切り方を論じた上で、ソネ「美」の付近を中心に五つの詩群を読解した。

これらの議論で明らかになった物語とは次のようなものである。神的な属性を持つ無垢な青年が、横暴な女の求愛を退け、官能的な女に救いを求める。彼は恋人の死別の後、失意に沈み込む。彼は別の何人かの女と交際するが、望むものを得られない。彼は官能を描く詩人となる。これは青年が神から遠ざかるという意味で「失墜」の物語であると同時に、芸術家の青年の成長の物語である。（第十一章）

『悪の花』第二版でボードレールは、風俗紊乱で有罪となった詩を削除し、配列を大きく変化させる。『初版』の青年の物語は、もはや壊れ、消失してしまった。しかし新たに設けられたセクション「パリ情景」において、ボードレールは全く別のやり方で、一八五〇年代後半の彼の愛に対する複雑な考え方を表現する。

「パリ情景」は、主人公となる語り手の物語を描くようなものではない。むしろ朝・夜・朝という時間の流れに沿って、詩を配列したものである。女のモチーフの彫刻化に注目して要所となる詩を読解すると、これらのそれぞれにおいて、ボードレールの初期から中期までの詩的想像力が凝縮していることがわかる。しかし彼は自らの真意を、気軽な遊歩者の視線で覆い隠してみせたのである。（第十二章）

このようにボードレールは女のモチーフを彫刻化することによって、語り手「私」の姿を演出し、また発表ごとに表現しようとするものを変化させていく。ここから見える自意識の重なり合いは全体の結論で考察したい。

論文全体の結論

『悪の花』における語り手「私」と作者ボードレールとの関係はどのようなものだろうか。ボードレールは生前、周囲に両者が同一人物だと誤解されることを悩んでいた。また先行研究でも二十世紀中葉までの長い間、『悪の花』は自伝的な作品だと理解されてきた。ボードレールの言葉を追っていくと、彼が自らを演出することで、語り手を生み出したことは察せられる。しかし彼の実人生は公開されているわけではないし、伝記研究をもってしても、はっきりとしない空白が多い。そうであるとすれば、どのようにして『悪の花』の語り手が、作者の似姿でありながらも、虚構となった存在だと明らかにするべきだろうか。本研究は詩に登場する女のモチーフが彫刻に演出されていることに着目し、ここから語り手を逆照射することを試みた。

第一部で本研究は詩の読解に先立って、ボードレールが自伝的エピソードを詩の題材にしながらも、女のモチーフを演出することで、その詩的世界全体を演出していたことを論じた。要点は三つあった。第一に、彼の制作の方法である。長い年月をかけてメモを接合する彼の手法は、必然的にモチーフとなる自伝的エピソードの細部を削り落とすことになる。またこの空白に虚構を埋め込めば、事実関係は段々と曖昧になっていく。第二にダンディズムである。詩人は独自に「ダンディ」を規定し、それはもはや洒落者程度の意味ではなく、新プラトン主義に近いものであった。彼は世俗の悪を退け、聖なるものを求めた。そして彼は自らの欲望の根源とみなした女にもまた「ダンディ」を求めていた。しかし第三に、彼は官能を慰めとしていたのであって、完璧な聖女を求めていたわけではなかった。そこで彼は、官能的な女の悪の度合いを減らすことを考える。これが化粧であった。そして彼の想像力の中で化粧は、詩作と彫刻のイメージに結びついていた。

第二部で本研究は、美術批評を取り上げつつ、ボードレールが官能的な彫刻を神々しいものに演出したことを明らかにした。近代においては、ヴィンケルマンが彫刻を聖なる芸術と位置付けて以降、彫刻の聖性は広く認められていた。これはディドロ、スタンダール、ヘーゲルの芸術論で確認することができる。しかしヴィンケルマンを受容した彼らは、彫刻の聖性を認めたが、彫刻芸術そのものを敬遠するようになる。ディドロは、古代彫刻の裸体の意味がキリスト教徒である近代人にとって理解しきれるものではないと考えた。彼の見方によれば、絵画の方が近代人によりふさわしい芸術である。スタンダールは、恋愛に役立つものこそが近代人の求めるべき美であり、色彩を排除した彫刻はもはや時代遅れだと考えた。ヘーゲルは、彫刻を神聖なものだと認めた。だが、彼は空間芸術である彫刻が設置する場所によってニュアンスが変わることを欠点だと考えた。

近代に書かれた彫刻に関する批評を踏まえると、ボードレールが彫刻に聖なる属性を認めたことそれ自体は、ヴィンケルマンの系譜に連なるかのような印象を与える。しかし彼の生きていた一八四〇年代から一八五〇年代は、彫刻芸術が著しく変化した。彫刻家のスポンサーが貴族からブルジョワへと変わっていく中で制作資金が潤沢ではなくなり、彫刻は規模が縮小化された。この結果、彫刻はブルジョワらの日常空間を彩る装飾品となり、世俗化していった。ボードレールは、彫刻からかつての神聖さが喪失していくことに怒りを感じていたのであった。そして厳密に言えば、彼はヴィンケルマンを支持していたわけではない。むしろ聖アウグスティヌスなど、新プラトン主義的な思想を独自に解釈することで、近代という時代から離れた考えを持っていたのである。

また彼は十九世紀中葉の彫刻の全てを否定していたわけではなかった。例えば彼は街中の彫刻に関心を持っていた。加えて彼はミケランジェロの《夜》のレプリカや、フシェールのエロティックな彫刻や、エベールのレリーフ、あるいは友人であるクリストフの小さな立像を手掛かりに、想像力を羽ばたかせていた。

第三部で本研究は、ボードレールが望んだ読み方に沿って、詩のつながりを重要視し、彫刻化された女のモチーフに関連する詩を読解した。若いボードレールは一八四三年頃、激しい欲望を自分のこととして書いていた。しかし彼の作品は、将来の体制派を担う若者たちが集まった文芸サークル、「ノルマンディー」派で理解されない。特にル・

ヴァヴァスールが「優しい二人の姉妹」を詩で批判し、ボードレールは「アレゴリー」で応答した。しかし「アレゴリー」もまた、ル・ヴァヴァスールの理解を得ることは難しかったはずである。ボードレールは詩人として十年近く沈黙した後、語り手「私」と作者とを分けて、詩を提示するようになる。

一八五一年の「冥府」で、ボードレールは理想の性愛を「芸術家たちの死」から「恋人たちの死」へ続く流れで描き出す。これはあくまで青年一般の夢想であり、書き手ボードレールのことではない。一八五七年の『フランス評論』発表詩群で彼は、美の化身の要求を受け入れて、官能よりも美を選択する語り手を描き出す。

中期までの集大成となる『悪の花』初版（一八五七）でボードレールは、神的世界に属する青年が官能に耽溺していく姿を描く。しかし語り手はそこで、自らの芸術家としての存在理由を見つける。

『悪の花』第二版（一八六一）の「パリ情景」において、ボードレールは彫刻的な女に関する総括となる詩を発表しつつも、これを遊歩者の気ままな夢想であるかのように演出する。

本論の議論から浮かび上がるボードレールの演出の射程は、どのようなものであったのだろうか。一つには第一部で示したように、新プラトン主義的な「ダンディ」を目指すことが重要であっただろう。卑俗な現実社会において、ボードレールは理想を個人的に目指し、自らを厳しく観察したのであった。彼が近代の中で確立した自意識は、近代へ反対しているとは言わないまでも、近代より前の価値観を持ち込むことで、近代の流れに抵抗するものであったと言うことができる。しかしこれは一枚岩の自意識ではなかった。詩を読解した第三部から振り返ると、別の角度から奥行きが見えてくる。『悪の花』初版を中心に考えたい。

『悪の花』初版には官能的な女によって青年が変化を遂げていく筋書きが見当たる。これはそもそもボードレール作品の中で一八四〇年代の『イデオリュス』や『ラ・ファンファルロ』に先例がある。官能的な女と出会ったイデオリュスは彫刻を完成させ、サミュエル・クラメールは著述家として成功する。『悪の花』初版の語り手もまた《夜》の女との情事をきっかけに、詩人となる。物語の骨組みは同じである。

しかし『悪の花』初版の特徴として改めて強調しておきたいのは、詩集の筋書きは自伝的な詩を演出することで構築されているということである。すなわち、物語のモデルとなったのは一八四〇年代の青年期のボードレールであり、それを演出している詩人は一八五〇年代の壮年期のボードレールだったのである。つまり『悪の花』において「詩人」は二重の存在であり、壮年期の詩人は青年期の詩人を客観視し、演出するべきオブジェとしたのである。そしてこのような操作を加えた時に浮かび上がるのは、古代の理想の消失を嘆く語り手である。

『悪の花』初版の語り手は、古代の美を体現した女に随所で憧れる。しかし彼は理想を現実に見出すことができない。彼は荘厳な夜のような女に憧れるが、女たちは情欲が強く、彼の思惑を裏切る。彼女たちは一見、残酷にも見えるが、近代的であるとも言える。そして嘆く語り手は、青年期のボードレールの苦しみを表現しているというより、近代という時代の輪郭を描き出す陰画として機能している。

以上のように、ボードレールは過去の自分が書いたものを読者として突き放して読み、編纂し、新たな自意識を表現する材料としているのである。つまり、彼の作品には自意識が何層にも上書きされているのである。本研究は最後に、これがどのような営為であったのかを展望し、その全体像の中で、本研究の位置を示しておくことにしたい。

ボードレールは自意識の重なり合いに自覚的であった。彼がトマス・ド・クインシーの言葉を引用しつつ、「パランプセスト」——書物が高価だった時代に、元の文章を消して再利用した羊皮紙の写本（古い文章が消しきれず、新しい文章と二重写しになっていることもある）——になぞらえて、人間の記憶を説明したくだりに注目しておきたい。

「人間の脳とはなんだろうか、巨大で自然なパランプセストではないのならば？　私の脳は一つのパランプセストであり、読者よ、あなたのそれも同じなのだ。思想、イメージ、感情の数え切れない層が、あなたの脳の上に次々と、光のようにやわらかく注ぐ。どれもが過去の層を覆ってしまうかに思われた。しかし実際は、いずれも消え去りはしなかった」（OC I, 505）。「そうなのだ、読者よ、あなたの脳というパランプセストに次々と刻み込まれた、喜びや悲しみの詩は数え切れない。途切れることのない層はあたかも、処女林の葉や、ヒマラヤの溶けない雪や、光の上に注ぐ光のように、積み重なっていく。それぞれの層は順に、忘却に覆われてしまっている。しかし死の時、または熱に浮かされた中で、あるいはアヘンの力による探求で、これら全ての詩は生命と力とを取り戻す」（OC I, 507）。

ここで「脳」と書かれた言葉を『悪の花』と置き換えれば、そのままボードレールが行なった詩的営為の説明になる。彼は『悪の花』を途切れることなく、何度も改編した。自伝的作品はその過程で次第に、自分ではない青年の物語の一部へと組み込まれていった。つまり『悪の花』に関連する詩篇そのものが、自意識を上書きされる基底材なのである。そして、詩群や詩集に読み解ける演出はいずれも、その時々のボードレールが、時代や社会と対峙した自意識の結晶であって、どれもが「生命と力」を宿した貴重なものである。さらにパランプセストに刻み付けられたものの、破棄されてしまった作品も残る。「[破壊が]どうだというのだ？　重要なのは、これらが生み出されたということなのだ。それらは生み出されてしまったのであり、ゆえに、今もある」（角括弧内は論者、OC I, 506）。ド・クインシーからこの言葉を引用した時、ボードレールは、かつて存在したが、決定稿から除外された作品を、読者の誰かが、掘り起こし、復活させるであろうことを予測していたのではないだろうか。

本研究は分析の範囲を、彫刻化された女のモチーフに関連する箇所に限った。第三部で考察した対象は、五つの層であった。これらは『悪の花』に刻み付けられ、普段は覆い隠されている層であった。しかし、同じ手法を用いると、詩集には手付かずの層がまだ数多く残されていることに気がつく。

まず彫刻以外のモチーフからも、『悪の花』に演出を読み解くことはできるはずである。また第三部の序論で示したように、『悪の花』のプレオリジナル版は二十八ある。彫刻に限らなければ、資料体はまだ残っているのである。ここからさらに、ボードレールが「編むことができたかもしれない」詩集を念頭に置いた上で、実際の彼の選択を検討することもできる。だがこれは無限に近い数を考慮する必要がある。計算式は次のようになる。例えば『悪の花』初版は一〇一篇の詩で編まれているが、可能であった配列は、百一の階乗通りある。そして、もし一篇を減らした場合を検討したいならば、一〇〇篇で詩集を編んだ際の組み合わせ（百の階乗通り）を考察に加える必要がある。

途方もない可能性の中で、ボードレールがなぜその配列を選んだのか。このように問う時、何気なく辿っていた詩の配列は、彼が熟慮の上で選んだものであることが、鮮やかに見えてくるだろう。

かくも複雑な詩の読解の魅力を伝えるにはイメージが必要になる。記憶のパランプセストは、樹々の葉や、降り積もる雪や、光の重なり合いのようであった。『悪の花』の場合、その標題に照らせば、未知の花々をまず思い浮かべることができる。詩集という庭園で、花々は複雑に重なり合って植えられている。そして『悪の花』第二版が全体を治め、花園はひとまず安定しているかに見える。しかし一度、プレオリジナル版の可能性を検討し始めると、花々の配置は自在に入れ替わり、庭の形が変わっていく。眠っていた庭が、起きだすのである。読者は魔法の花園で、庭の形をつぶさに知りたいと歩き続けるのだが、その完璧な見取り図を描こうと企てても、翻弄されるばかりである。散策者は花園が変化し続けることに驚き、庭師は、もう一世紀以上も前に世を去ったはずだ、とつぶやくだろう。そして散策者は気がつくことになる。果てしない生成こそが、庭師の真の企みではないだろうか、と。散策者は生きている花園のただ中で、庭の形が変わるたびごとに、彼の思想を感じ取るだろう。

変わりゆくものを前に、文献学的手法をとった一冊の本ができることは、あまりにささやかだと言わざるを得ない。そして要した紙幅を振り返りつつ、もし他の可能性を全てを検分すればどのようなことになるのか、と問わずにはいられない。天文学的数字をはじき出す先の計算式に照らせば、一つの書架どころか、一つの図書館を埋めるほどの量の本が必要になるはずである。我々は全てを網羅するよりも、関心のある区画を散策することで満足するしかないのではないだろうか。しかし植物学者は、目の前の一輪の花を丹念に観察すれば、その花が育った花園の植生を大まかに推定することができる。本研究の試みも同じことである。そして『悪の花』という、生きている迷路全体を探索するにあたっては、自己演出という視角が、なおも一つの有効な導きの糸になると本研究は考えるのである。

論者は、さらなる庭の変化を予見しつつも、次なる花園へと通じる迷宮の糸玉をここに置いておくことにしたい。今、我々が通り抜けてきたところは、病める花々の間から彫刻のような身体が覗く小道であり、それは広大な庭園の中で、「官能と思索の道」とでも名付けることができるような一角であった。

あとがき

本書は二〇一七年二月に一橋大学へ提出した同題の博士学位請求論文を元にしつつも、研究論文を詩の愛好家の方にも広く読みうるものにできたらと、改めて書きおろしたものである。

ボードレール研究の難しさの一端は、前提となる情報量の多さにある。彼は詩人であると同時に、美術批評家であった。文学と美術という二つの分野を行き来すると、必然的に情報量は多くなる。本書は前提がなく読めるものにすることを目指した。例えばボードレール研究で言えば、標題の *Les Fleurs du mal* は『悪の華』と訳すべきか、『悪の花』と直訳するべきか。なぜ先行研究では『悪の花』第二版が決定版となっているのか。本書はこれらについて改めてまとめた。また美術史研究として言えば、本書の主題となる彫刻芸術はもちろん、ボードレールの東洋趣味、新プラトン主義など、研究者の間でも、理解が偏る情報をまとめた。索引も参照していただけると幸いである。

『悪の花』の訳出は、阿部良雄氏や岩切正一郎氏の訳文を参照しつつも、斎藤磯雄氏や安藤元雄氏の訳文をはじめ、フランス語の語順に日本語を調整する訳出の仕方に倣った。また本書では倒置、空白、角括弧による補足を使いながら、フランス語の原文と日本語の訳文との間で、行と句読点とが対応するように工夫した。

さまざまに努力を重ねたが、しかし力不足は大きくあると思う。ご寛恕とご鞭撻をお願いしたい。

このような場で書くべきことかどうか最後まで迷ったが、本書の執筆に臨む中で、よく考えたことについて、簡潔に記すことをお許し頂きたい。文学研究に対する昨今の風当たりは厳しい。「詩を研究して何になるんですか?」と聞かれることが論者にはしばしばある。若輩の私がこの問いに一般論として答えることはおこがましいとも思う。また本書に関心を持ってくださる読者の方は、言わずもがなで、文学研究に意義を認めてくださるのではないか。しかし二〇一一年の震災以後、社会に何か貢献することが必要だという気持ちもあって、論者はこの問題を我が事としてよく考えた。また、あらゆるものに「意義」を求める風潮も、高まっていると論者は感じている。執筆を終えた今、詩の研究は、他者を理解する努力に近いものがある、と論者は答えたい。

ボードレールは決して倫理的に模範となれる人物ではないし、また、その作品は常に心地よいわけでもない。そして膨大な研究があることからしても、どこまで論者が研鑽を積んでも、ボードレールを理解しきったと言えることはないのだろうと思う。彼は言わば、永遠にわからなさが残る「他者」である。だが語り手「私」とボードレールとを分析する中で、論者は、一人の人間を理解することの重みをひしひしと感じた。

自分の生活を踏まえて思うのは、現代の社会の善意は、他者を理解する努力を基盤としているのではないか、ということである。価値観が多様な現代では、他者を理解する努力が常に続く。それは果てしない。だが他者を鏡として、自分をよりよく知る喜びもある。詩を読むことは、これらと同じ地平にあるのではないか。そしてボードレールについては、本書のテーマとなる自己演出を追っていくと、作品を通じて、近代という時代までもが透けて見えてくる。他者を知り、それを楽しむ詩的営為が、社会の下支えだと、論者は信じたいのである。

思えば、彫刻という本書の核心となるテーマをくださったのは、森本淳生先生だった。絵画とボードレールに関する研究は数多いが、彫刻はフランスでも研究が始まったばかりだった。調査はパリ第8大学への留学を挟んで、十一年かかった。この間、森本先生だけではなく、ジャン＝ニコラ・イルーズ先生、鵜飼哲先生、中野知律先生、片桐祐先生にご指導いただいた。多くのご忍耐を頂いたと思う。そして恵まれた日々だったと思う。

またJ・クレペ氏、G・ブラン氏、C・ピショワ氏、阿部良雄氏らの『悪の花』に関する膨大な註釈を一次資料と付き合わせて検討する中で、論者は、先人たちに教えられ、また自分が報告をしているような感覚に陥ることがままあった。学恩という以上に、（お会いできない方に師事するという意味で）私淑だったと思う。

北村卓先生、海老根龍介先生、留学以来の研究仲間の廣田大地氏をはじめ、ボードレール研究会の先生方のご助言は励みになると同時に、とても貴重だった。日仏美術学会で発表させていただいた経験は、彫刻の説明の力点を考える上で重要であった。大出敦先生をはじめ、日本マラルメ研究会の先生方にも大きく励まされた。

一橋大学図書館のヘルプデスクの皆様には、資料を数多く取り寄せていただいた。これがなければ研究はできなかった。友人の實谷総一郎さんには、相談にのっていただいた。大学寮の寮監さんにもお世話になった。新保正貴先生をはじめ、子供の頃の先生方は文学に興味を持たせてくれたと思う。

最後に私事となるが、執筆の間、完成を心待ちにしてくれた両親が他界した。父は私の博士号前、二〇一五年五月に亡くなった。母は本書の佳境、二〇一八年十月に急逝した。資料を適切に確認するのは莫大な時間がかかる。研究の時間と、最後に家族と過ごせた時間とを、私は天秤に掛けてしまう。だが私という人間は研究でしか、自分を伝えられない人間だと思う。母が生前に原稿の一部を読んでくれたことが、今も私の大きな心の支えになっている。医師の入江潤一郎先生をはじめ、両親を看取る際に力となってくださった方々にも、この場を借りて改めて、お礼申し上げたい。執筆の最後の最後では、弟にも感謝しないわけにいかなかった。私は家族に伝わるような、良い論文を書けたのだろうか。お世話になった方は数多いが、本書を両親に捧げることをお許し頂きたい。

出版に際し、万端にわたってご配慮いただいたみすず書房の浜田優氏に、心より感謝したい。

二〇一九年八月十四日　東京　多摩蘭坂にて

小倉康寛

人名索引

（シャルル・ボードレール、作品の登場人物、聖書の登場人物は索引に含めなかった。またラテン語名は原綴、ギリシア語名は表音の綴りを記し、その後にフランス語を表記した。その他、フランス語の綴りが異なる場合も併記した。ページ数は内容が連続している場合にのみ、ダッシュ記号で示した。単語が註釈に現れる場合は、ページ数の横にnと記した。重要な点については太字にし、丸カッコ内に要点を記した。）

ア行

アイスキュロス（Aichylos/ Eschyle; 紀元前525-紀元前456）：261, 265, 295n, 296n, 342, 343, 357, 409
アウグスティヌス、アウレリウス（Aurelius Augustinus/ Saint-Augustin; 354-430）：24, 96, 97, **246-252**（ボードレールへの影響）, 301, 391, 490
アスリノー、シャルル（Charles Asselineau; 1820-1874）：33n, 68, 72, 153n, 223-224, 279, 308, 311n, 324
アペレス、コス島の（Apelles de Cos; 紀元前4世紀頃）：173, 175
アルカメネス（Alkaménês/ Alcamène; 紀元前5世紀頃）：174
アルゴン［ドゾンの筆名］
アレクサンドロス大王［あるいはマケドニアのアレクサンドロス三世］（Aléxandros ho Mégas/ Alexandre le Grand/ Alexandre III de Macédoine; 紀元前325-323）：175, 256
アングル、ジャン＝オーギュスト＝ドミニク（Jean-Auguste-Dominique Ingre; 1780-1867）：164
アングルモン、アレクサンドル・プリヴァ・ド（Alexandre Privat d'Anglemont; 1815-1859）：144, 312
アンジェ、ジャン＝ピエール・ダヴィッド・ド（Pierre-Jean David d'Angers; 1788-1856）：165-166, 230, 図八（165）
アンセル、ナルシス（Narcisse Ancelle; 1801-1888）：18-19, 50, 58-59, 83n, 91, 134
イリアルト、シャルル（Charles Yriarte; 1832-1898）：289
ヴァグナー、リヒャルト（Wilhelm Richard Wagner; 1813-1883）：225, 395-396, 449n
ヴァザーリ、ジョルジョ（Giorgio Vasari; 1511-1574）：357n
ヴァトー、アントワーヌ（Antoine Watteau; 1684-1721）：398
ヴァトリポン、アントニオ（Antonio Watripon; 1822-1864）：56
ヴァレット、アリスティド・ジャスマン・イアサント［ボードレールのリセの教師、クーザンの批判者］（Aristide Jasmin Hyacinthe Valette; 1794-18?）：94, 197
ヴァロン、ジャン（Jean Wallon; 1821?-1882）：91, **253n**（ボードレールのヘーゲル受容）
ヴィダル、ピエール＝ヴァンサン（Pierre-Vincent Vidal; 1811-1887）：45
ヴィテュ、オーギュスト（Auguste Vitu; 1823-1891）：図二十三（243）
ヴィニー、アルフレッド、ド（Alfred de Vigny; 1797-1863）：21, 58, 76
ヴィリエ・ド・リラダン、ジャン＝マリー＝マシアス＝フィリップ＝オーギュスト・ド（Jean-Marie-Mathias-Philippe-Auguste de Villiers de L'Isle-Adam; 1838-1889）：253
ヴィンケルマン、ヨハン・ヨアヒム（Johan Joachim Winckelmann; 1717-1768）：24, 59, 162, 166-167, 168-169n, **170-179**（美術批評）, 180-181, 183, 185, **186-189**（スタンダールにおける受容）, **191-193**（ディドロにおける受容）, **196-197**（ヘーゲルにおける受容）, 201n, 204, 211, 215, 217, **218**（ゴーティエにおける受容）, 221, 226n, **242-243**（ボードレールにおける受容）, 248, 253n, 293n, 300-301, 490
ウェーバー、カール・マリア・フォン（Carl Maria Friedrich von Weber; 1786-1826）：398
ウェルギリウス、プーブリウス、マーロー（Publius Vergilius Maro/ Virgile; 紀元前70-紀元前19）：108, 177, 191, 205, 337, 359n
ヴォルテール［本名：フランソワ＝マリー・アルエ］（Voltaire/ François-Marie Arouet; 1694-1778）：30
ウーセ、アルセーヌ（Arsène Houssaye; 1815-1896）：60
ウーセ、J＝H［中国茶の商人、中国関連の万国博覧会で主催に近い役割を果たした］（J-G. Houssaye）：59, 61, 83n, 84n
ウードン、ジャン＝アントワーヌ（Jean-Antoine Houdon; 1741-1828）：204
ウーリアック、エドゥアール（Édouard Ourliac; 1813-1848）：68-69
歌川国芳（1798-1861）：62
歌川芳藤（1828-1887）：62
歌川広重（1797-1858）：62
ヴロンスキー、ジョゼフ・オエネ（Josef Hoëné-Wroński/ Wronski; 1776-1853）：92

エグモン、アンリ（Henri Egmont/ Henri Massé; 1810–1863）：48
エマーソン、ラルフ（Ralph Waldo Emerson; 1803–1882）：93, 95
エベール、ピエール＝ウージェーヌ＝エミール（Pierre-Eugène-Émile Hébert; 1823–1893）：45, 167, 257, **270–275**（ボードレールとの交流）, 276, 284, 292, 298n, 301, 490, 図二十六（271）
エレディア、ジョゼ＝マリア（José-Maria Heredia; 1842–1905）：277–278, 280
オウィディウス、プーブリウス、ナーソー（Publius Ovidius Naso/ Ovide; 紀元前 43- 紀元後 17?）：23, 29, 178
オスーリエ、ウィリアム（William Haussoullier; 1818–1891）：162, **168–169n**（批評家ボードレールの限界の例証として）, 239
オーピック将軍、ジャック［ボードレールの義父］（Jacques Aupick; 1789?–1857）：31, 33n, 56, 58, 82n, 93, 94, 162, 452n
オーピック夫人、カロリーヌ［ボードレールの実母］（Caroline Aupick; 1793–1871）：13, 33n, 34, 35, 41, 51, 75, 85n, 94, 162, 166, 207, 232, 388, 452n
オルカーニャ、アンドレア（Andrea Orcagna; 1308–1368）：341, **357n**（当時のフランスの受容）
オルレアン公爵、ルイ＝フィリップ一世（Louis Philippe d'Orléans; 1773–1850）：208

カ行
葛飾北斎（1760–1849）：62
カノーヴァ、アントニオ（Antonio Canova; 1757–1822）：179, 204
カルポー、ジャン＝バティスト（Jean-Baptiste Carpeaux; 1827–1875）：164–165, 206, 225
カロンヌ、アルフォンス・ベルナール（Alphonse Bernard Calonne; 1818–1902）：271–273, 279, 468, 470–471, 482n, 483n
カン、マクシム・デュ（Maxime du Camp; 1822–1894）：45
カンシー、アントワーヌ・クリゾストーム・カトルメール・ド（Antoine Chrysostome Quatremère de Quincy; 1755–1849）：179, 186
カント、イマヌエル（Immanuel Kant; 1724–1804）：196
カンバーワース、シャルル（Charles Cumberworth; 1811–1852）：231
ギース、コンスタンタン（Constantin Guys; 1802–1892）：102, 114, 243, 253n, 282, 482n
クインシー、トマス・ド（Thomas De Quincey; 1785–1859）：492–493
クーザン、ヴィクトール（Victor Cousin; 1792–1867）：93–94, **195–198**（ヘーゲルの紹介者）, 221
グージョン、ジャン（Jean Goujon; 1510–1568）：213, 255, 267
クストゥー、ギヨーム（Guillaume Coustou; 1677–1746）：255
クラッグマン、ジャン＝バティスト＝ジュール（Jean-Baptiste-Jules Klagmann; 1810–1867）：210, 213, 230, **237–238**（フシェールとの師弟関係）, 251, 図十八（214）, 図二十（237）
クリストフ、エルネスト（Ernest Christophe; 1827–1892）：45, 46, 166, 167, 212, 213, 231, 253n, 257, **275–290**（《人間喜劇》あるいは《仮面》）, 292, 298–299n, 301, **468–469**（《死の舞踏》）, 483n, 490, 図二十七（215）, 図二十八と図二十九（278）, 図三十一と図三十二（286）, 図三十三と図三十四（289）, 図三十六（470）
クールベ、ギュスターヴ（Gustave Courbet; 1819–1877）：99, 109, **117n**（ボードレールにおける受容とレアリスム）, 162, 164
グレイ、トマス（Thomas Gray; 1716–1771）：359
クレザンジェ、オーギュスト（Auguste Clésinger; 1814–1883）：45, 46, 48–49, 231, 236, 図五（46）
クロウ夫人、キャサリーヌ（Cathaline Crow; 1803–1876）：98
クロゼ、ルイ・ジョゼフ［スタンダールの友人］（Louis-Joseph-Mathias Crozet; 1784–1858）：187, 189
ゲラール、ポール＝ジョゼフ＝レイモン（Paul-Joseph-Raymond Gayrard; 1807–1855）：212, 230, 図十五（214）
コック、シャルル・ポール・ド（Charles Paul de Kock; 1793–1871）：273
ゴーティエ、テオフィル（Théophile Gautier; 1811–1872）：45, 57, 68, 83n, 161, 205–206, 211, 212, **216–224**（体制派の詩人として）, 225, 228n, 267, 277–278, 280–282, 294n, 300, 301, 309, 311n, 321, 451n, 456n, 457n, 471
コメルソン、ジャン＝ルイ＝オーギュスト（Jean-Louis-Auguste Commerson; 1803–1879）：273
ゴヤ、フランシスコ・ホセ・デ（Francisco José de Goya; 1746–1828）：398
コルディエ、シャルル（Charles Cordier; 1827–1905）：213, 図十九（215）
コルネイユ、ピエール（Pierre Corneille; 1606–1684）：323

コロー、ジャン＝バティスト・カミーユ（Jean-Baptiste Camille Corot; 1796–1875）：266
コンディアック、エティエンヌ・ボノ・ド（Étienne Bonnot de Condillac; 1714–1780）：450n

サ行

サバティエ夫人、アポロニー［本名：ジョゼフィーヌ・アグラエ・サヴァティエ］（Apollonie Sabatier/ Joséphine Aglaé Savatier; 1822–1890）：20, 34, **35**（イニシャルによる詩との対応）, 36, 37, **45–50**（ボードレールとの関係）, 55, 78, 80n, 134, 149, 271, 277, 281, 282, 309, 386, 432, 487（サバティエ詩群については「ボードレール関連の事項検索」参照）
サリズ、ピエール＝ルイ［ボードレールの南洋航海の際の船長］（Pierre-Louis Saliz）：57, 82n
サント＝ブーヴ、シャルル＝オーギュスタン（Charles-Augustin Sainte-Beuve; 1804–1869）：57, 83n, 118n
サンド、ジョルジュ（George Sand; 1804–1876）：52
シェークスピア、ウィリアム（William Shakespeare; 1564–1616）：264, 296n, 343
シェ・デス＝タンジュ、ギュスターヴ［『悪の花』裁判の弁護士］（Gustave Chaix d'Est-Ange; 1832–1887）：305
シマール、ピエール＝シャルル（Pierre-Charles Simart; 1806–1857）：208
シモン、ジュール（Jules Simon; 1814–1896）：94
シャトーブリアン、フランソワ＝ルネ・ド（François-René de Chateaubriand; 1768–1848）：113
シャドウ、ヨハン・ゴットフリート（Johann Gottfried Schadow; 1764–1850）：195
ジャナン、ジュール（Jules Gabriel Janin; 1804–1874）：367
ジャラベール、シャルル（Charles Jalabert; 1818–1901）：45
シャンフルーリ［本名：ジュール・フランソワ・フェリクス・ユソン］（Champfleury/ Jules François Félix Husson; 1821–1889）：**60–62**（ジャポニスム）, 83n, 84n, 92, 109, 241
ジャンボローニャ［仏語名：ジャン・ボローニュ］（Gimbologna/ Jeanne Bologne; 1529–1608）：207
シュー、ウジェーヌ（Eugène Sue; 1804–1857）：216
シュヌヴィエール＝ポワンテル侯爵、シャルル＝フィリップ・ド（Charles-Philippe Chennevières-Pointel; 1820–1899）：318–319
ジロデ、アンヌ＝ルイ（Anne Louis Girodet de Roussy-Trioson; 1767–1824）：30
スウィフト、ジョナサン（Jonathan Swift; 1667–1745）：366–367, 383n
スヴェーデンボリ、エマニュエル（Emanuel Swedenborg; 1688–1772）：92
スコパス（Skópas/ Scopas; 紀元前 420- 紀元前 330）：174
スタール夫人、アンヌ・ルイーズ・ジェルメーヌ・ド（Anne Louise Germaine de Staël; 1766–1817）：179
スタンダール［本名：マリ＝アンリ・ベール］（Stendhal/ Marie-Henri Beyle; 1783–1842）：24, 166, 167, 171, 179, **185–189**（美術批評）, 199, 201n, 204, 207, 224, 225, 226, 231, 232, **246–248**（ボードレールにおける受容）, 251, 252, 255, 262, **295n**（ミケランジェロ《最後の審判》の受容）, 300–302, 391, 490
ストロツィ、ロベルト（Roberto Strozzi; 1520–1566）：262
ソクラテス（Sōkrátēs/ Socrate; 紀元前 469- 紀元前 399?）：**138–141**（化粧批判）, 449n

タ行

ダ・ヴィンチ、レオナルド（Leonardo da Vinci/ Léonard de Vinci; 1452–1519）：185, 398
ダルジュー、アルフレッド（Alfred Darjou; 1832–1874）：62
ダンテ・アリギエーリ（Dante Alighieri; 1265–1321）：90, 115n, 337
チェリーニ、ベンヴェヌート（Benvenuto Cellini; 1500–1571）：**170**（彫刻と芸術のパラゴーネ）, 182, 205, 211, 267, 269, 270
ティーク、クリスティアン・フリードリッヒ（Christian Friedrich Tieck; 1776–1851）：195
ティソ、ジェームズ（James Tissot; 1836–1902）：60–62, 84n, 85n
ディドロ、ドニ（Denis Diderot; 1713–1784）：24, 164, 167, 171, **179–185**（美術批評）, 198, 201n, 204, 225, 231–232, **241–245**（ボードレールにおける受容）, 251–252, 255, 300–301, **451–452n**（『おしゃべりな宝石』の受容について）
デヴェイラ、アシル（Achille Devéria; 1800–1857）：331
テオクリトス（Theokitos/ Théocrite; 紀元前 3 世紀頃）：108
デュヴァル、ジャンヌ［別姓：ルメール、プロスペール］（Jeanne Duval/ Lemaire/ Lemer/ Prosper;）1827?-：20, 34, **35**（イニシャルによる詩との対応）, 36, **37–44**（ボードレールとの関係）, 49, 51, 55,

76, 78, 79n, **80n**（ボードレールのスケッチの精度）, 122, 330, **352-353**（詩篇「ベアトリクス」のモデルについて）, 356, 386, **413**（詩篇「宝石」のモデル）, **417**（詩篇「異国の香り」のモデル）, **421**（「無題（おまえは全世界を閨房にいれかねない……）」のモデル）, 426, 428, **432**（「我ト我ガ身ヲ罰スル者」のモデル）, 448, **453n**（同性愛者の可能性）（ジャンヌ詩群については「ボードレール関連の事項検索」参照）
デュセニュー、ジャン・ベルナール（Jean Bernard Duseigneur; 1808-1866）：217
デュランティー、ルイ＝エミール（Louis Émile Duranty; 1833-1880）：56
デュランドー、エミール（Émile Durandeau; 1827-1880）：62
デュレ、フランシスク・ジョゼフ（Francisque Joseph Duret; 1804-1865）：213
トゥーネル、アルフォンス（Alphonse Toussenel; 1803-1885）：120
ドゾン、オーギュスト（Auguste Dozon; 1822-1890）：72, 318, 319, 320, 341, 357n
ドーブラン、マリー［本名：マリー・ブリュノー］（Marie Daubrun/ Marie Brunaud; 1827-1901）：20, 34, **35**（イニシャルによる詩との対応）, **50-55**（ボードレールとの関係）, 134, 149, 479, 481（マリー詩群については「ボードレール関連の事項検索」参照）
ドーミエ、オノレ＝ヴィクトラン（Honoré-Victorin Daumier; 1808-1879）：85n, 164, **206**（凡庸な彫刻批判）, 212, **227n**（彫刻家としてのドーミエ）, 268, 図十（209）
トライーニ、フランチェスコ（Francesco Traini; 1321-1365）：357n
ドラクロワ、フェルディナン・ヴィクトール・ウージェーヌ（Ferdinand Victor Eugène Delacroix; 1789-1863）：70, 104, 117n, 164, 168n, 233, 258-259, **293n**（ピュジェの受容）, **295n**（ボードレールにおけるドラクロワの批評の受容）, 398
トレ、エティエンヌ＝ジョゼフ＝テオフィル（Étienne-Joseph-Théophile Thoré; 1807-1869）：206

ナ行

ナダール、ガスパール＝フェリックス・トゥールナション（Gaspard-Félix Tournanchon Nadar; 1820-1910）：18, **39-41**（ジャンヌとの関係）, 122, 271, 273, 278, 283, 図一（18）
ナポレオン一世（Charles Louis-Napoléon Bonaparte; 1769-1821）：**179**（18 世紀の古代ギリシア趣味）, **204**（古代彫刻の接収）, 207, 227n, 267
ナポレオン三世（Charles Louis-Napoléon Bonaparte; 1808-1873）：85n, 90, 91, 218
ニューヴェルケルク、エミリアン・ド（Émilien de Nieuwerkerke; 1811-1892）：216, 223
ネルヴァル、ジェラール・ド（Gérard de Nerval; 1808-1854）：80n, 116n, 198, 216, 227n, 253n

ハ行

ハイネ、クリスティアン・ヨハン・ハインリッヒ（Christian Johann Heinrich Heine; 1797-1856）：162
バイロン、ジョージ・ゴードン（George Gordon Byron; 1788-1824）：323
パジュー、オーギュスタン（Augustin Pajou; 1730-1809）：180, 204
パスカル、ブーレーズ（Blaise Pascal; 1623-1662）：66, **85-86n**（ボードレールの受容）, 106, 355
バブー、イポリット（Hippolyte Babou; 1823-1878）：**153n**（『悪の花』命名の由来）
バリー、アントワーヌ・ルイ（Antoine-Louis Barye; 1796-1875）：164, 208, 210-211, **212**（彫刻の複製の販売）, 359n
バルザック、オノレ・ド（Honoré de Balzac; 1799-1850）：22, **93**（新プラトン主義）, **105**（ダンディー）, **135-136n**（『ベアトリクス』）, 138, **153n**（『ベアトリクス』）, 212（小さい彫刻の所有者）, 271, **280**（墓碑の習作）, 288
バルトリーニ、ロレンツォ（Lorenzo Bartolini; 1777-1850）：230, 238, 252n
バルベ・ドールヴィイ、ジュール（Jules Barbey d'Aurevilly; 1808-1889）：**77**（『悪の花』の「秘密の構造」）, 80n, **105-106**（ダンディズム）, **133-134**（ボードレールの読書会）
バレ、ジャン＝フランソワ・ルフェーヴル・ド・ラ・（François-Jean Lefebvre de La Barre, 1745-1766）：273
バンヴィル、テオドール・ド（Théodore de Banville; 1823-1891）：**38-41**（ジャンヌをめぐる証言）, 43, **51-52**（マリー・ドーブランの本当の恋人）, **79n**（ボードレールの詩篇「宝石」との類似）, 81n, **82n**（「ルーベンスの女」をめぐる先行研究の誤解）, **103**（天啓の詩人）, 211, **219-223**（詩篇「テオフィル・ゴーティエへ」とその影響）, 228n, **238**（ボードレールと共作の風刺作品）, 266, 308, **311n**（『悪の花』第三版の編集に対する今日的な批判）, 321, 322, 337, 382n, 479
パンギィイ＝ラリドン、オクターヴ（Octave Penguilly-L'Haridon; 1811-1870）：168n
ピール、ロジェ・ド（Roger de Piles; 1635-1709）：293

ヒエロニムス、エウセビウス・ソポロニウス（Eusebius Sophronius Hieronymus/ Saint Jérôme; 347-420）: **417-418**（神の「器」）, 452-453n
ピガル、ジャン＝バティスト（Jean-Baptiste Pigalle; 1714-1785）: 204
ピナール、エルネスト［『悪の花』裁判の検事、後の内務大臣］（Ernest Pinard; 1822-1909）: **223-224**（『悪の花』裁判と彫刻）, **229n**（回想録に見る裁判記録の省略の示唆）
ピロン、ジェルマン（Germain Pilon; 1525-1590）: 255, 267
ビュイッソン、ジュール（Jules Buisson; 1822-1909）: 318-319
ピュジェ、ピエール（Pierre Puget; 1620-1694）: 227n, **255-256**（詩篇「灯台」）, **293n**（19 世紀フランスの受容）, 393, 398, **449n**（19 世紀フランスの《カリアティード》の再評価）
ファルコネ、エティエンヌ＝モーリス（Étienne Maurice Falconet; 1716-1791）: 179, 180, 204
ファレーズ、ジャン・ド・［フィリップ・ド・シュヌヴィエールへ］
ファンタン＝ラトゥール、アンリ・ジャン・テオドール（Henri Jean Théodore Fantin-Latour; 1836-1904）: 62, **84n**（ボードレールとジャポニスム）, 319
フィオレンティーノ、ピエ・ランジェロ［『神曲』の訳者］（Pier Angelo Fiorentio; 1811-1864）: 116, 356
フィチーノ、マルシリオ（Marsilio Ficino/ Marsile Ficin; 1433-1499）: 89, 92-93, **96-97**（ヌース）, 98, 100-101, 111, 156, 263
フェイディアス（Pheidias/ Phidias; 紀元前 490 頃-紀元前 430 頃）: 39, 173-174
ブーシェ、フランソワ（François Boucher; 1703-1770）: 266
フシェール、ジャン＝ジャック（Jean-Jacques Feuchère; 1807-1852）: 45, 167, 210, **237-238**（クラッグマンとの関係）, 257, **266-270**（ボードレールとの関係）, 271, 276, 292, 301, 512
プラクシテレス（Praxitélês/ Praxitèle; 紀元前 4 世紀頃）: 173, 175
ブラックモン、フェリックス（Félix Bracquemond; 1833-1914）: 61-62, 84
プラディエ、ジェームズ（James Pradier; 1790-1852）: **164-166**（没後の無理解と再評価）, **210**（《リュクサンブール公園のペディメント》）, 230, 232, **238-239**（ボードレールの批判）, **251**（ボードレールの批判のまとめ）, **297n**（同性愛者をめぐるボードレールの詩篇との密かな類似）, 300, **395**（《勝利》）, 図十四（210）, 図二十一と図二十二（240）, 図三十五（395）
プラトン（Plátôn/ Platon; 紀元前 427- 紀元前 347）: **88-89**（新プラトン主義とプラトン自身の思想との差）, 96, 115n , 135, 136, **138-141**（『ゴルギアス』にみる化粧批判）, 153n, 176n, 242, 449n
プラロン、エルネスト［ボードレールの学生時代の友人、証言者の役割を果たす］（Ernest Prarond; 1821-1909）: **41-43**（ジャンヌについての証言）, **57-58**（ボードレールのインド旅行についての証言）, **71-72**（『悪の花』初期作品についての証言）, 79n, **106-107**（ボードレールの若い頃のダンディについての証言）, **143-144**（ボードレールと共作の可能性のある詩篇）, 154n, 269, 318-319, **320-321**（「ノルマンディー」派での位置）, 322, 331, **332**（ボードレールと共作の劇『イデオリュス』）
フランソワ一世（François Ire; 1494-1547）: 207
ブランメル、ジョージ・ブライアン（George Bryan Brummell; 1778-1840）: **105-106**（イギリスのダンディズムの典型例）
フーリエ、シャルル（Francois Marie Charles Fourier; 1772-1837）: 91
プリマティッチョ、フランチェスコ［仏語名：ル・プリマティス］（Francesco Primaticcio/ Le Primatice; 1504-1570）: **207-208**（古代彫刻のレプリカ）, **226n**（古代彫刻のレプリカの評価）, 図十一（209）, 図十二（209）
プルードン、ピエール・ジョゼフ（Pierre）Joseph Proudhon; 1809-1865）: 91, 116, **117-118n**（「ダンディ」ではない社会主義者）
ブレエ、シャルル［ピナール検事の回顧録の出版者］（Charles Boullay; 1857-19??）: 229
フレース、アルマン（Armand Fraisse; 1830-1877）: 74
プレオー、オーギュスト［本名：アントワーヌ＝オーギュスタン・プレオー］（Auguste Préault/ Antoine-Augustin Préault; 1809-1879）: 164, 166, 205, **210-211**（サロンからの締め出し）, **226n**（彫刻の値段の例として）, 227n, 255, 268, 278, 280-281, 290, 図九（205）, 図三十（281）
プーレ＝マラシ、オーギュスト（Auguste Poulet-Malassis; 1825-1878）: 25n, 42, 53, 62, 69, 75, 84n, 87n, 134, 253n, **305-306**（『悪の花』編集）, 361, 368, 383n, 442, 476, 479, 480, 484n
フレミエ、エマニュエル（Emmanuel Frémiet; 1824-1910）: 164, 230
プロティノス（Plotinus/ Plotin; 205?-270）: 89, **92-97**（ボードレールへの影響）, 115n
フロベール、ギュスターヴ（Gustave Flaubert; 1821-1880）: 45, 229, 456
フロマンタン、ウージェーヌ（Eugène Fromentin; 1820-1876）: 278, 280

ブロン、シャルル（Charles Brun; 1840-19?）: 278, 298
ブロンズィーノ、アーニョロ（Agnolo Bronzino; 1503-1572）: 92-93
ヘーゲル、ゲオルグ・ウィルヘルム・フリードリッヒ（Georg Wilhelm Friedrich Hegel; 1770-1831）: 91, 94, 167, 171, **190-198**（美術批評とフランスにおける受容の初期）, 199, 202n, 204, 241, **245**（ボードレールにおける受容の可能性）, **253n**（ボードレールにおける受容の可能性）, 300, 301, 490
ペトラルカ、フランチェスコ（Francesco Petrarca/ Pétrarque; 1304-1374）: 49
ペリクレス（Periklễs/ Périclès; 紀元前 495 頃-紀元前 429 頃）: 197
ペレ、レイモン［本名：ジャン・ルイ・レイモン・ペレ・フェルナンデス・ド・コルドヴァ］（Raymond Pelez/ Jean Louis Raymond Pelez Fernandez de Cordova; 1815-1874）: 図二十三（240）
ペロケ、テオドール（Théodore Pelloquet, 1820-1868）: **238**（《人間喜劇》の批評）
ヘルダー、ヨハン・ゴットフリート（Johann Gottfried Herder; 1744-1803）: 450
ベンヤミン、ヴァルター・ベンディクス・シェーンフリース（Walter Bendix Schoenflies Benjamin; 1892-1940）: **215**（『複製技術時代の芸術』と照らした 19 世紀中葉の彫刻）, 227n
ポー、エドガー・アラン（Edgar Allan Poe; 1809-1849）: 49, 81n, 93, **103**（「大鴉」）, 120, 168n, **297-298n**（jamais をめぐって）, **370-371**（「ヘレンへ」）, 383n
ボードレール、アンヌ＝フェリシテ［義兄の妻］（Anne Félicite Baudelaire; 1812-1902）: 316-317
ボードレール、エドモン［義兄の息子］（Edmond Baudelaire; 1833-1854）: 207, 317, 464
ボードレール、クロード＝アルフォンス［腹違いの義兄］（Claude Alphonse Baudelaire; 1805-1862）: 107, 127, 207, 208, 226n, 315-317, 334n, 453n
ボードレール、ジョゼフ＝フランソワ［実父］（Joseph-François Baudelaire; 1759-1827）: 31, 162, 237, 268, 389
ホメロス（Hómêros/ Homère; 紀元前 8 世紀頃）: 174, 177, 184, 359n
ポーリヌス、ノラの（Paulin de Nole; 353-431）: 417
ポリュクレトゥス（Polýkleitos/ Polyclète; 紀元前 5 世紀頃-紀元前 4 世紀頃）: 174
ホリンシェッド、ラファエル（Raphael Holinshed; 1520-1580）: 296
ポルフュリオス、テュロスの（Porphyre de Tyre; 234-310）: 92
ポレ、ヴィクトール［クリストフの友人］（Victor Pollet）: 279

マ行

マチューリン、チャールズ・ロバート（Charles Robert Maturin; 1782-1824）: **63**（『メルモス、あるいはさまよう男』）, **85n**（『バートラム』）, **435**（メルモストボードレールの笑い）, 456
マネ、エドゥアール（Édouard Manet; 1832-1883）: 43, 162, 164, 168n, 319, 図二（43）
マラルメ、ステファヌ［本名：エティエンヌ・マラルメ］（Stéphane Mallarmé/ Étienne Mallarmé; 1842-1898）: 383
マンツ、ポール（Paul Mantz; 1821-1895）: 278, 280, 283, **284-285**（《人間喜劇》の批評）, 289, 290, 292
ミシュレ、ジュール（Jules Michelet; 1798-1874）: 146
ミュッセ、アルフレッド・ド（Alfred Louis Charles de Musset; 1810-1857）: 323
ミュロン（Múrôn/ Myron; 紀元前 5 世紀頃）: 174
ミケランジェロ・ディ・ロドヴィーコ・ブオナローティ・シモーニ（Michelangelo di Lodovico Buronarroti Simoni/ Michel-Ange; 1475-1564）: 146, 167, 170, 185, 186, 252, 255, **257-263**（詩人・彫刻家としてのボードレールにおける受容）, 265, 289, 292, **294n**（画家としての 19 世紀における受容）, **295n**（《夜》をめぐる異なる解釈）, 301, **342-343**（「冥府」版の詩篇「理想」）, 398, **409-410**（『初版』の詩篇「理想」）, 490
ミルトン、ジョン（John Milton; 1608-1674）: 113, 118n, **324-328**（『失楽園』の受容）, 333
ムシー、ルイ＝フィリップ（Louis-Philippe Mouchy; 1734-1801）: 233
メーストル、ジョゼフ・ド（Joseph de Maistre; 1753-1821）: 93, **116n**（ボードレールの誤読の可能性）, **119-121**（女をめぐる考え方）, **450n**（言語神授説）
メソニエ、ジャン＝ルイ・エルネスト（Jean-Louis Ernest Meissonier; 1815-1891）: 99, **117n**（レアリスムをめぐるクールベとの違い）, 268
モッセルマン、フランソワ・アルフレッド（François Alfred Mosselman; 1810-1867）: 46, 50
モリエール［本名：ジャン＝バティスト・ポクラン］（Molière/ Jean-Baptiste Poquelin; 1622-1673）: 108

ヤ行

ユウェナリス、デキムス・ユニウス（Decimus Junius Juvenalis/ Juvénal; 55?–127?）：422, **453n**（ボードレールにおける受容）
ユゴー、ヴィクトル・マリー（Victor Marie Hugo; 1802–1885）：22, 23, 212, 217, 321, 323

ラ行

ラセーグ、シャルル［ボードレールの家庭教師、後の精神科医］（Charles Lasègue; 1816–1883）：94
ラファエロ・サンティ（Raffaello Santi/ Raphaël; 1483–1520）：190, 243, 247, 325
ラメイ、クロード（Claude Ramey; 1754–1838）：237, 268
ラムネー、フェリシテ・ローベル・ド（Félicité-Robert de Lamennais; 1782–1854）：115
ラルシェ、ロレダン（Lorédan Larchey; 1831–1902）：368
ラ・ロシュフコー、ルイ・フランソワ・ソステーヌ・ド（Louis François Sosthènes de La Rochefoucauld; 1785–1864）：216
リュイーヌ公爵、オノレ・テオドリック・ダルベール・ド（Honoré Théodoric d'Albert de Luynes; 1802–1867）：208
リュード、フランソワ（François Rude; 1784–1855）：164–166, 213, **275–277**（クリストフの師として）, 284, 290, 図七（165）, 図二十七（215）
リュシッポス（Lysippos/ Lysippe; 紀元前 4 世紀頃）：173, 175
ルイ十四世［本名：ルイ・ド・ブルボン］（Louis XIV/ Louis de Bourbon; 1638–1715）：178
ル・ヴァヴァスール、ギュスターヴ［ボードレールの学生時代の友人、アマチュア詩人］（Gustave Le Vavasseur; 1819–1896）：72, 118n, 312–313, **318–331**（ボードレールとの関係）, 333, 439, 442, 486, 491
ルクヴルール、アドリエンヌ（Adrienne Lecouvreur; 1692–1730）：30
ルコント・ド・リール、シャルル・マリ・ルネ（Charles Marie René Leconte de Lisle; 1818–1894）：278
ルソー、ジャン゠ジャック（Jean-Jacques Rousseau; 1712–1778）：20, 178, 450
ルーベンス、ピーテル・パウル（Peter Paul Rubens; 1577–1640）：82n, 398
レッシング、ゴットホルト・エフライム（Gotthold Ephraim Lessing; 1729–1781）：**177**（ヴィンケルマンに対する批判）, 186, **191**（ヘーゲルからの批判）, 198
レンブラント・ハルメンスゾーン・ファン・レイン（Rembrant Harmenszoon van Rijn; 1606–1669）：398
ロスチャイルド、アレクサンドリーヌ・ド（Alexandrine de Rothschild; 1855–1905）：50
ロダン、フランソワ゠オーギュスト゠ルネ（François-Auguste-René Rodin; 1840–1917）：164–165, 206, 225
ロンギノス、偽（Loggínos/ Pseudo-Longin; 2–3 世紀頃）：178
ロンバルドゥス、ペトロス（Petrus Lombardus/ Pierre Lombard; 1100–1160）：90

『悪の花』関連の詩の索引

（無題の詩は冒頭の文章を斜体で示した。またボードレールの作品と断定はされていないが、本論で引用したものも便宜上、ここに含め、標題の前に＊を付した（推定にとどまるものは、333-334n 参照)。本文と註釈で引用している場合は太字とした。一つのまとまりとして議論が続く場合のみ、ダッシュ記号で頁を接続させた。丸括弧内は、引用した『悪の花』関連の詩が掲載された版を示した。註釈は数字の脇に n を付した。）

Abel et Caïn/ アベルとカイン：223
À celle qui est trop gaie/ あまりにも快活な女へ：32, 47, 81n, 223
Albatros（L'）/ アホウドリ：71-72, **392-393**（『初版』）, 458-459
Alchimie de la douleur/ 苦悩の錬金術：141, **146-148**（『第二版』）
Allégorie/ アレゴリー：71, 309, 310, 312-313, 318, 322, **328-330**（『初版』校正刷）, 331, 333, 336n, 385, 411, 438, **440-442**（『初版』）, 447, 448, **478**（『第二版』）, 491
Âme du vin（L'）/ ワインの魂：71
Amour du mensonge（L'）/ 嘘への愛：53, **123**（『第二版』）, 281, 460, 461, 463, **474-480**（『第二版』）
Au Lecteur/ 読者へ：318, 388
À une dame créole/ クレオールのある夫人へ：57, 436
À une Madone/ あるマドンナへ：53, 121, **148-151**（『第二版』）, **245**（『第二版』）, **269**（『第二版』）, **294n**（『第二版』）, 480-481
À une Malabaraise/ あるマラバールの女へ：**63-64**, 71, 87n, 415
À une mendiante rousse/ 赤毛の乞食女へ：223, 460
À une passante/ 通りすがりの女へ：**298n**（『第二版』）, 460, 461, 463, **465-468**（『第二版』）, 481
Avec ses vêtements ondoyants et nacrés/（波打つ、真珠母色の服を身に纏って……）：34, **54**（『第二版』）, 309, 361, 362, **377-378**（『フランス評論』）, 381, 382n, **424**（『初版』）, 427
Avertisseur（L'）/ 警告者：**222-223**（『第二版』）
Aveugles（Les）/ 目が見えない者たち：461, 463

Balcon（Le）/ バルコン：334n
Beau Navire（Le）/ 美しい船：223
Beauté（La）/ 美：54, 124, 298n, 309, 361, **362-365**（『フランス評論』）, 366, 368, 371, 374, 376, 378, 380, 381, 385, 386, 387, 405, **406-408**（『初版』）, 410, 411, 413, 414-416, 418, 421, 427, 430, 437, 440-441, 446, 458-459, 487, 482n
Béatrice（La）/ ベアトリーチェ：153n
Béatrix/ ベアトリクス：De profundis clamavi/ 深キ底カラ我呼ビカケタリヘ
Bénédiction/ 祝福：72, 385, 386, 387, **388-392**（『初版』）, 396, 397, **407**（『初版』）, 427, 430, 435, 446, 447, 448
Bijoux（Les）/ 宝石：**39**（『初版』）, 42-43, 79n, 223, 386, 406, 410, **411-413**（『初版』）, 414, 418, 421, 425, 447, 452n, 459
Brumes et pluies/ 霧と雨：461

Causerie/ 親しい語らい：68, 387, **428-430**（『初版』）, 432, 437, 447, 454n
Chat（Le）: *Dans ma cervelle se promène, ...*/ 猫（私の脳髄で……）：54, **55**（『第二版』）, 82n
Chat（Le）: *Viens, mon beau chat, ...*/ 猫（おいで、私の美しい猫……）：**55**（『第二版』）
Chats（Les）/ 猫たち：296n, 337, 338, **344-345**（「冥府」）
Chant d'automne/ 秋の歌：35, **53-54**（『同時代評論』）, **123-124**（『第二版』）
Chanson d'après-midi/ 午後のシャンソン：**54**（『第二版』）
Chevelure（La）/ 髪：**67**（『第二版』）, 172, 383n
Ciel brouillé/ 曇った空：**54**（『第二版』）
Cloche fêlée（La）/ ひび割れた鐘：337, **353-354**（「冥府」）, 432
Confession/ 告解：47, 49
Correspondances/ 万物照応：387, 388, **394-396**（『初版』）, 397, 398, 399, **444**（『初版』）, 449n
Coucher du solei romantique（Le）/「ロマン主義の夕日」：**100**（『第二版』）
Crépuscule du matin（Le）/ 朝の薄明かり：71, **461-462**（『第二版』）, 482n
Crépuscule du soir（Le）/ 夕べの薄明かり：461, **462**（『第二版』）, 482n
Cygne（Le）/ 白鳥：152n, 298n, 460

Danse macabre/ 死の舞踏：**67**（『第二版』）, 279, 460, 461, 463, **468-474**（『第二版』）, 481
De profundis clamavi/ 深キ底カラ我呼ビカケタリ［「ベアトリクス」、「憂鬱」］：152n, 337, **350-353**（「冥府」）, 356, 358, 426
Destruction（La）/ 破壊：72
Deux Bonnes Sœurs（Les）/ 優しい二人の姉妹：72, 118n, 309, 312-313, 318, **322-324**（『初版』校正刷）, 326-327, 329, 330, 333, 440, 447, 448, 481, 491
Don Juan aux enfers/ 地獄のドン・ジュアン：71

Élévation/ 高翔：386, **393-394**（『初版』）, 396, 397, 407, 415, 446
Ennemi（L'）/ 敵：404

Femmes damnées: *À la pâle clarté...*/ 地獄堕ちの女たち（ランプの淡い光の照らす……）：223,

270, 438
Femmes damnées: *Comme un bétail pensif...*/ 地獄堕ちの女たち（砂の上で物思う獣たちのように……）: 270, **292n**（『第二版』), **297n**（『第二版』), 438
Flacon (Le)/ 香水壜 : 361, 362, 371, **372-373**（『初版』), 374, 381, 382n
Flambeau vivant (Le)/ 生きている松明:47, **49**(『第二版』), 55, 361, 362, **368-371**（『フランス評論』), 374, 381, 382n
Fontaine de sang (La)/ 血の噴水 : 440
Franciscæ meæ laudes/ 我ガふらんきすかヘノ讃歌 : 13, 34, **436**（『初版』)

Géante (La)/ 巨人の女 : 71, 361, 362, **365-368**(『フランス評論』), 371, 374, 381, 405, 406, **410-411**（『初版』), 413, 414, 418, 477, 482
Guignon (Le)/ 不運 : 387, **405**（『初版』)

Harmonie du soir/ 夕べのハーモニー : 361, 362, **371-372**（『フランス評論』), 381, 382n
Héautonitimorouménos (L')/ 我ト我身ヲ罰スル者 : 35, 387, **430-437**（『初版』), 439, 447, 452n, 456n
Hiboux (Les)/ ミミズクたち : **66**（『第二版』), 86n, 337, 338, **354-355**（『フランス評論』), 359n
Hymne/ 讃歌 : 80n
Hymne à la Beauté/ 美への讃歌 : **124**（『第二版』), 125, 405, **459**（『第二版』), 482

Idéal (L')/ 理想 : 72, 257, 258, **260-265**（『第二版』), 292, 296n, 309, 313, 337, 338, **342-343**（「冥府」), 347, 353, 355-356, 385, 405, 406, **408-410**（『初版』), 411, 413, 414, 437, 447, 459, 482n
Il est de chastes mots que nous profanons tous: .../ (私たち皆が　冒瀆している貞淑な言葉がある……) : **127-128**, 154n, **315-318**
Invitation au voyage (L')/ 旅への誘い : **54**（『第二版』)
Irréparable (L')/ 取り返しのつかないもの : 53

J'aime le souvenir de ces époques nues,/ (私はこれら裸の時代の思い出を愛する……) : **65-66**（『第二版』), 68, **69-70**（『第二版』), 72, 387, 388, **397-398**（『初版』), 402, 411, 416
* *—j'aime ta forme grecque et ta froide paupirère, ...*/ (——私はおまえのギリシア風の形と冷たい瞼を愛する……) : **143-144**
Je n'ai pas oublié, voisine de la ville,/ (私は忘れてはいない、街の近くの……) : 71, **162-163**(『第二版』), 232, 461
Je n'ai pas pour maîtresse une lionne illustre; .../ 私の恋人は名の通った花形ではない（……) : **314-315**
Je t'adore à l'égal de la voûte nocturne/ (私は夜空と等しく　おまえを深く愛する……) : 71, 387, 406, **416-419**（『初版』), 447, 453
Je te donne ces vers afin que si mon nom/ (私が以上の詩をおまえに贈るのは……) : 34, **44-45**（『第二版』、『初版』校正刷), 55, 309, 334n, 361, 362, **378-381**（『フランス評論』), 382n, 419, **426-427**（『初版』)
Jeu (Le)/ 賭博 : 461

La servante au grand cœur dont vous étiez jalouse,/ (あなたがお妬みだった偉大な心を持つ女中……) : 71, 461
Lesbos/ レスボス島 : 223, 270, **438-439**（『初版』), 447
Léthé (Le)/ レーテ河 : 223
Litanies de Satan (Les)/ サタンへの連禱 : 223
Lune offensée (La)/ 眉をひそめる月 : 72, 318

Masque (Le)/ 仮面 : 46, 162, 253n, 276, 283, **285-291**（『第二版』), 292, 405, 459, 482n
Mauvais Moine (Le)/ 無能な修道僧 : 72, 318, 337, 338, **340-342**（「冥府」), 343, 387, **404**（『初版』)
Métamorphoses du vampire (Les)/ ヴァンパイアの変身 : 72, 223
Mœsta et errabunda/ 悲シミサマヨウ女 : 13, 34, 436
Mort des amants (La)/ 恋人たちの死 : 337, 338, **347-350**（『フランス評論』), 355, 400, **442-443**（『初版』), 444, 491
Mort des artistes (La)/ 芸術家たちの死 : **144-146**（「冥府」、『初版』), 154n, 309, 337, 338, **345-347**（「冥府」), 349, 351, 355, 356, 385, 386, 400, 442, **444-447**（『初版』), 448, 491
Mort des pauvres (La)/ 貧しい者たちの死 : 442, **443-444**（『初版』)
Mort joyeux (Le)/ 陽気な死者 : 337, **344**（「冥府」)
Muse malade (La)/ 病んだミューズ : 311n, 385, 388, **401-402**（『初版』), 411, 427
Muse vénale (La)/ 金で身を売るミューズ : 385, 387, **402-404**（『初版』), 427

Parfum exotique/ 異国の香り : **64**（『第二版』), 72, 405-406, 408, **413-416**（『初版』), 417, 421, 430, 447, 452n, 458, 459
Paysage/ 風景 : **60**（『第二版』), 460, **463-464**（『現在』)
Petites Vieilles (Les)/ 小さな老婆たち : 460
Phares (Les)/ 灯台 : 162, **255-256**（『第二版』), **294n**（『第二版』), 387, 388, **398-400**（『初版』)
Poison (Le)/ 毒 : 54, 361, **373-374**（「冥府」), 381, 382n, **467**（『第二版』)
Possédé (Le)/ 取り憑かれた男 : 500（『第二版』)
Prière d'un païen (La)/ ある異教徒の祈り : 125-126（『第二版』), 281

Que diras-tu ce soir, pauvre âme solitaire/（今夜、何を語るのか、孤独で哀れな魂よ……）：47, 48, 149

Rebelle（Le）/ 反逆者：71
Reniement de saint Pierre（Le）/ 聖ペテロの否認：21, **100-101**（『第二版』）
Rêve d'un curieux（Le）/ ある好奇心の強い男の夢：318
Rêve parisien/ パリの夢：461, **464-465**（『第二版』）
Réversibilité/ 功徳：35, 47, 49

Sed non satiata/ サレド女ハ飽キ足ラズ：**42**（『第二版』）, 223, **421-424**（『初版』）, 427, 430, **434**（『初版』）
Semper eadem/ イツモ同ジク：**132-133**（『第二版』）
Sept Vieillards（Les）/ 七人の老人：460
Serpent qui danse（Le）/ 踊る蛇：**54-55**（『第二版』）, 385, 419, **424-425**（『初版』）, 427, 452
Sisina/ シジナ：34
Soleil（Le）/ 太陽：386, **392-393**（『初版』）, 407, 446, 447, 458, 460, **464**（『第二版』）
*Sonnet cavalier/ 騎士のソネ：**144**
Sonnet d'automne/ 秋のソネ：34, 133（『第二版』）
Spleen: *Pluviôse irrité...*/ 憂鬱（〈雨月〉は街全体に対して苛立ち……）：337, 338, **339-340**（「冥府」）, 344
Spleen: *J'ai plus de souvenirs...*/ 憂鬱（私はもし千年生きたよりも、多くの思い出を持っている……）：419, **437**（『初版』）, 441, 456n
Squelette laboureur（Le）/ 耕す骸骨：461

Tonneau de la Haine（Le）/ 憎しみの樽：337, 228, **350**（「冥府」）
Tout entière/ 全て：34, 361, 362, **374-376**（『フランス評論』）, 380, 381, 382n, 487
Tu mettrais l'univers entier dans ta ruelle/（おまえは全世界を閨房にいれかねない……）：72, 385, **419-421**（『初版』）, 447

Une charogne/ 腐屍：18, 71, **426**（『初版』）
Une gravure fantastique/ 幻想的な銅版画：**73-74**（草稿、『第二版』）
Une martyre/ 殉教の女：72
Une nuit que j'étais près d'une affreuse Juive/（ある夜　私は恐ろしいユダヤ人女の傍らにいた……）：71, 76, 426, 448
Un voyage à Cythère/ シテール島への旅：72, 438

Vampire（Le）/ ヴァンパイア：152n
Vie antérieure（La）/ 前の世：**64-65**（『第二版』）, 72
Vin de l'assassin（Le）/ 殺人者のワイン：71, 223
Vin des chiffonniers（Le）/ 屑拾いたちのワイン：71
Voyage（Le）/ 旅：456n

Yeux de Berthe（Les）/ ベルトの眼：71, 80n

ボードレール関連の事項索引
（ここでは註釈など随所に散らばっているものを集め、目次で示しているものは割愛した。）

参考文献一覧

（1 ボードレールの著述は時系列、その他はアルファベット順で示す。）

1　ボードレール作品

A　全集

Œuvres complètes, éd. par Jacques Crépet, Louis Conard, 10 vol., 1922-1966.

Œuvres complètes, éd. par Claude Pichois, Paris, Gallimard, coll. « Bibliothèque de la Pléiade », 2 vol., 1re édition; 1975, 4e édition; 1993.

『ボードレール全集』福永武彦編集、人文書院、全 4 巻、1963-1964

『ボードレール全集』阿部良雄訳註、筑摩書房、全 6 巻、1983-1993

B　文芸

①『悪の花』（註解版を含む）

Les Fleurs du Mal, texte de la seconde édition suivi des pièces supprimées en 1857 et des additions de 1868, éd. par Jacques Crépet et Georges Blin, Paris, Corti, 1942.

Les Fleurs du Mal, éd. par Antoine Adam, Paris, Garnier, 1961.

Les Fleurs du Mal, éd. par Jacques Crépet-Georges Blin, refondue par Georges Blin et Claude Pichois, Paris, Corti, 1968.

Les Fleurs du Mal, Paris, Poulet-Malassis et de Broise, 1857. Reprint de l'édition originale, accompagné du commentaire de Jean Pommier, *Autour de l'édition originale des* Fleurs du Mal, Genève, Slatkine reprints, 1968.

Les Fleurs du Mal, éd. par Max Milner, Paris, Imprimerie nationale, 1978.

Les Fleurs du Mal, éd. par Jacques Dupont, Paris, G.-F., 1991.

L'Atelier de Baudelaire: « Les Fleurs du Mal », éd. par Claude Pichois et Jacques Dupont, Paris, Honoré Champion, 4 vol., 2005.

The Flowers of Evil, translated by James McGowan, Oxford, Oxford University Press, 2008.

『悪の華』馬場睦夫訳、洛陽堂、1919

『悪の華』矢野文夫訳、耕進社、1934

『悪の華』三好達治訳、日本限定倶楽部、1935

『悪の華』村上菊一郎訳、版画荘、1936（後に角川、1961）

『悪の華』佐藤朔訳、第一書房、1941

『悪の華』堀口大學訳、白水社、1951（後に新潮社、1953）

『悪の華』斎藤磯雄訳、三笠書房、1951（後に東京創元社にて『全詩集』、1979）

『悪の華』金子光晴訳、宝文館、1852（後に中央公論社の『金子光晴全集』第 14 巻に所収、1975-1977）

『悪の華』鈴木信太朗訳、紀伊国屋書店、1960（後に岩波書店、1961）

『悪の華』安藤元雄訳、『世界文学全集 42』所収、集英社、1981（後に単行本化、1983/ また文庫本化、1991）

『悪の花　註釈』多田道太郎編、京都大学人文科学研究所、上下巻、1986（後に平凡社、1988）

『悪の花』杉本秀太郎訳、彌生書房、1998

『悪の華［1857 年版］』平岡公彦訳、文芸社、2007

『悪の華（1861 年版）』岩切正一郎訳、〈http://subsites.icu.ac.jp/people/iwakiri/images-NewHP/FM1861.pdf〉（最終アクセス 2018 年 9 月 1 日）

②『小散文詩集』

Petits Poèmes en prose, éd. par Henri Lemaitre, Paris, Garnier, 1962.

Petits Poèmes en prose, éd. par Robert Kopp, Paris, Garnier, 1962.

Le Spleen de Paris, éd. Max Milner, Paris, Imprimerie nationale, 1979.

③その他

Vers retrouvés, éd. par Jules Mouquet, Paris, Émile-Paul Frères, 1929.

La Fanfarlo, éd. par Claude Pichois, Monaco, Edition du Rocher, 1957.

La Fanfarlo. Le Spleen de Paris, éd. par David Scott et Barbara Wright, Paris, Garnier-Flammarion, 1987.

C　批評

Le Salon caricatural. Critique en vers et contre tout illustrée du soixante caricatures dessinées sur bois. Première Année, Paris, Charpentier, 1846.
Curiosités esthétiques, éd. par Théodore de Banville et Charles Asselineau, Paris, Lévy, 1868.
Curiosités esthétiques, éd. par Jacques Crépet, Paris, Conard, 1923.
L'Art romantique, éd. par Jacques Crépet, Paris, Conard, 1925.
Le Salon de 1845, éd. par André Ferran, Toulouse, Edition de l'Archer, 1933.
The Mirror of Art, Critical Studies by Charles Baudelaire, edited and translated by Jonathan Mayne, Londres, Phaidon Press, 1955.
Curiosités esthétiques, éd. par Jean Adhémar, Lausanne, Édition de l'Œil, coll. « L'Œil de maitres », 1956.
Curiosités esthétiques. L'Art romantique et autres œuvres critiques, éd. par Henri Lemaitre, Paris, Garnier, coll. « Classique Garnier », 1962.
The Painter of Modern Life and Other Essays, translated by Jonathan Mayne, Londres, Phaidon Press, 1964.
Art in Paris, 1845-1862. Salons and Other Exhibitions, edited and translated by Jonathan Mayne, Londres, Phaidon Press, 1965.
Curiosités esthétiques et autres écrits sur l'art, éd. par Julien Cain, Paris, Hermann, 1968.
Salon de 1846, éd. par David Kelley, Oxford, Claredon Press, 1975.
Critique d'art, suivi de Critique musicale, éd. par Claude Pichois et Claire Brunet, Paris, Gallimard, coll. « Folio », 1992.
Écrits sur l'art, éd. par Francis Moulinat, Liibrairie Paris, Générale Française, coll. « Livre de Poche », 1999.
Salon de 1859, éd. par Worfgang Drost, Paris, Honoré Champion, 2006.

D　内面の日記、エッセイ、書簡

Journaux intimes, éd. par Jacques Crépet et Georges Blin, Paris, Corti, 1949.
Fusées. Mon cœur mis à nu. La Belgique déshabillée, éd. par André Guyaux, Paris, Gallimard, 1986.
Les Paradis artificiels, précédé de La Pipe d'opium, Le Hachich, Le Club des Hachichins par Théophile Gautier, éd. par Claude Pichois, Paris, Gallimard, « Folio », n° 964, 1961.
Correspondance, éd. par Claude Pichois avec la collaboration de Jean Ziegler, Paris, Gallimard, coll. « Bibliothèque de la Pléiade », 2 vol.: t. I, 2e éd., 1993; t. II, 1973.
Correspondances esthétiques sur Delacroix, éd. par Stéphane Guégan, Paris, Olbia, 1998.
Nouvelles lettres, éd. par Claude Pichois, Paris, Fayard, 2000.

2　一次資料

A　十九世紀の様相

BOUSSATON. *Catalogue sommaire des objets d'art antiques et de haute curiosité de la Chine, composant de collection de M. de Montigny*, Paris, Maulde et Renoux, 1854.
Dictionnaire de la langue française, par Émile Littré, Hachette, 4 vol., 2e édition; 1873-1877.
Grand Dictionnaire universel du XIXe siècle, rédigé par Pierre Larousse, Paris, Administration du Grand Dictionnaire universel, 17 vol., 1866-1888.
GUYOT (Yves). *La prostitution. Études de physiologie sociale*, Paris, G. Charpentier, 3 vol., 1882.
HOUSSAYE (J.-G.). *Notice sur la Chine pour servir de Catalogue à la grande Exposition chinoise*, Paris, Chez l'auteur, 1855.
JOUY (Henry Barbet de). *Musée impérial du Louvre. Description des sculptures modernes*, Paris, Vinchon et Charles de Mourgues, 1855.
Rapport sur l'Exposition universelle de 1855, présenté à l'Empereur par S. A. I. le prince Napoléon, Paris, président de la comission, 1857.

B　ボードレールの近隣

ASSELINEAU (Charles). *Baudelaire et Asselineau*, textes recueillis et commentés par Jacques Crépet et Claude Pichois, Paris, Nizet, 1953.

BANVILLE (Théodore de). *Mes souvenirs*, Paris, Charpentier, 1883.
Paris vécu, Paris, Charpentier, 1883.
Petit traité de la poésie française, Paris, Bibliothèque-Charpentier, 1903.
Théodore de Banville, *Œuvres poétiques complètes*, éd. par Peter J. Edwards, Paris, Honoré de Champion, 9 vol., 1994-2009.
BARBEY D'AUREVILLY (Jules Amédée). *Du Dandysme et de Georges Brummell*, Caen, B. Mancel, 1845.
CHAMPFLEURY, *Les chats*, Paris, Rothschild, 1869.
« La Galerie des dessins au Louvre », *L'Artiste* du 16 février 1845, pp. 99-101.
Son regard et celui de Baudelaire, éd. par Jean et Geneviève Lacambre, Paris, Hermann, 1990.
CHRISTOPHE (Ernest). La lettre du 12 septembre 1869, in *Correspondance d'Eugène Fromentin*, éd. par Barbara Wright, CNRS éditions, t. II, 1995.
DELACROIX (Eugène). « Sur Le Jugement dernier », *Revue des Deux Mondes*, août, 1837.
« Puget »,dans *Le Plutarque français, vie des hommes et des femmes, illustres de la France*, Paris, Langlois et Leclercq, 2e édition, t. III; 1845, pp. 181-192.
Journal 1822-1863, Paris, E. Plon, 1996. ウジェーヌ・ドラクロワ『ドラクロワの日記―― 1822-1850』中井あい訳、二見書房、1969
GAUTIER (Théophile). « Le Musée français de la Renaissance », Paris, *La Presse*, 24 août 1850.
« Salon de 1853 », *La Presse*, 25 juillet 1853, pp. 1-2.
Poésies complètes, éd. par Maurice Dreyfous, Paris, Charpentier, 2 vol., 1889-1890.
Émaux et Camées, Paris, G. Crès et Cie, 1913.
La Comédie de la Mort et poèmes divers, dans *Poésies complètes*, éd. par René Jasinski, Paris, Nizet, 3 vol., 1932.
Poésies complètes, éd. par René Jasinski, Nizet, 3 vol., 1970.
Baudelaire, éd. par Jean-Luc Steinmetz, Paris, Le Castor Astral, coll. « Les Inattendus », 1991.
Romans, contes et nouvelles, éd. par Pierre Laubriet, Paris, Gallimard, coll. « Bibliothèque de la Pléiade », 2 vol., 2002.
Les Beaux-Arts en Europe-1855, dans *Œuvres complètes*, t. IV, éd. par Marie-Hélène Girard, Paris, Honoré Champion, 2011.
GONCOURT (Edmond de), *Journal*, éd. par Robert Ricatte, Paris, Laffont, coll. « Bouquins », 3 vol., 1989. ゴンクール『ゴンクールの日記』斎藤一郎編訳、岩波書店、上下巻、2010
LARCHEY (Lorédan). L'article « Du 16 au 30 avril 1857 », *Revue anecdotique*, texte publié à la librairie, t. IV; 1857.
Lettres à Charles Baudelaire, éd. par Claude Pichois et Vincenette Pichois, Neuchâtel, À la Bacconière, 1973.
LE VAVASSEUR (Gustave), PRAROND (Ernest) et ARGONNE (Auguste). *Vers*, Paris, Herman Frères, 1843.
NADAR (Félix), *Baudelaire intime. Le poète vierge*, Paris, Blaizot, 1911.
NERVAL (Gérard de). *Œuvres complètes*, éd. par Jean Guillaume et Claude Pichois, Paris, Gallimard, coll. « Bibliothèque de la Pléiade », 3 vol., 1989. ネルヴァル『ネルヴァル全集』中村真一郎・入沢康夫・岡部正孝・稲生永・前田祝一・佐藤正彰・渡辺一夫訳、筑摩書房、3巻、1975-1976
PINARD (Ernest). *Œuvres judiciaires*, éd. par Charles Boullay, Paris, A. Durand et Pedone-Lauriel, 2 vol.,1885.
SAINTE-BEUVE (Charles-Augustin). « Des prochaines Élections de l'Académie », *Le Constitutionel*, le 20 janvier 1862.
THORÉ (Théophile). *Salons de W. Bürger, 1861 à 1868*, Paris, Renouard, t. I; 1870.

C　ボードレールの見識の考証に関わるもの
①宗教、思想

AUGUSTIN, *Confessions*, éd. par Philippe Sellier, texte traduit par Arnauld d'Andilly, Paris, Gallimard, coll. « folio classique », 1993. 聖アウグスティヌス『告白』服部英次郎訳、岩波書店、上下巻、1976
BURNOUF (Eugène). *Introduction à l'histoire du bouddhisme indien*, Paris, Imprimerie royale, 1844.
COUSIN (Victor). *Fragments philosophiques*, Paris, Ladrange, 1833.
Du Vrai, du beau et du bien, Paris, Didier, 1853.
HEGEL (Georg Wilhelm Friedrich). *Esthétique*, texte traduit par Charles Bénard, annoté par Benoît

Timmermans et Paolo Zaccaria, Paris, Librairie Général Française, coll. « Livre de Poche », 3 vol., 1997. ヘーゲル『ヘーゲル美学講義』長谷川宏訳、作品社、1995
Correspondance, texte traduit par Jean Carrère, Paris, Gallimard, 3 vol., 1990.
Esthétique. Cahier de notes inédit de Victor Cousin, éd. par Alain Patrick, Olivier, Paris, Vrin, 2005.
JÉRÔME. *Œuvre de Saint Jérôme*, éd. par Benoît Matougues, Paris, Auguste Desrez, 1838.
KANT（Emmanuel）. *Critique de la faculté de juger*, éd. par Ferdinand Alquié, Paris, Gallimard, coll. « folio », 1989. カント『判断力批判』宇都宮芳明訳、以文社、上下巻、2004
La Bible. Ancien Testament, éd. par Édouard Dhorme, Paris, Gallimard, coll. « Bibliothèque de la Pléiade », 2 vol., 1956-1959.
La Bible. Nouveau Testament, éd. par Jean Grosjean et Michel Léturmy, Paris, Gallimard, coll. « Bibliothèque de la Pléiade », 1971.
LIGUORI（Alphonse de）. *Livre de prières et de méditations*, Paris, Gaume Frères, 1841.
MAISTRE（Joseph de）. *Lettres d'un royaliste savoisien à ses compatriotes*, Chambéry, Curtet, 1793.
Les Soirées de Saint-Pétersbourg ou Entretiens sur le gouvernement temporel de la providence; suivis d'un Traité sur les sacrifices, Paris, Rusand, 2 vol., 1822,
Lettres et opuscules inédits, éd. par Rodolphe de Maistre, Paris, A. Vaton, 2 vol., 2e édition, t. II; 1853.
PASCAL（Blaise）. *Pensée*, éd. par Léon Brunschvicg, Paris, Hachette, 3 vol., 1904. パスカル『パンセ』塩川徹也訳、岩波書店、上中下巻、2015-2017
PLATON. *Gorgias*, texte traduit par François Thurot, Paris, Hachette, 1877. プラトン『ゴルギアス』加来彰俊訳、岩波書店、2007
PLOTIN. *Les Ennéades*, éd. par Marie-Nicolas Bouillet, 3 vol., Paris, Hachette, 1861. プロティノス『プロティノス全集』水地宗明・田之頭安彦訳、中央公論社、5巻、1986-1988
PRAROND（Ernest）. *De Quelques écrivains nouveaux*, Paris, Michel-Lévy frères, 1852.
Sainte Bible: contenant l'Ancien et le Nouveau Testament, texte traduit par Louis de Carrières, Uthenin Chalandre fils（Besançon）, J. Lefort（Lille）, A. Jouby et Roger（Paris）, Gaume frères et J. Duprey（Paris）, 7 vol., 1870.
VALETTE（Aristide-Jasmin-Hyacinthe）. *De l'enseignement de la philosophie à la faculté des lettres (Académie de Paris), des principes et de la méthode de M. Cousin*, Paris, Hachette, 1828.

②文芸
BALZAC（Honoré de）. *Béatrix*, dans *La Comédie humaine*, éd. par Pierre-Gorges Castex, Paris, Gallimard, coll. « Bibliothèque de la Pléiade », 10 vol., t. II, 1976. バルザック『ベアトリックス／捨てられた女』市原豊太訳、『バルザック全集』第十五巻、東京創元社、1960
Œuvres diverses, éd. par Pierre-Georges Castex, Paris, Gallimard, coll. « Bibliothèque de la Pléiade », 2 vol., 1990.
BERTRAND（Aloysius）. *Gaspard de la nuit*, éd. par Max Milner, Paris, Gallimard, 1980. アロイジウス・ベルトラン『夜のガスパール』及川茂訳、岩波書店、1991
CROWE（Catherine）. *Night Side of Nature, or Ghosts and Ghost Seers*, London, G. Routledge and Co., 1852.
DANTE（Alighieri）. *La Divine Comédie*, texte traduit par Pier-Angelo Fiorentino, Paris, Hachette, 1908.
La Divina Commedia, texte traduit par A. Pézard, Paris, Gallimard, 1965. ダンテ・アリギエリ『神曲』原基晶訳、講談社、地獄篇・煉獄篇・天国篇、2014
HEINE（Heinrich）. *De l'Allemagne*, Genève, Slatkine reprints, 1979.
De la France, Paris, Gallimard, 1994.
MATURIN（Charles Robert）. *Melmoth the wanderer: a tale*, edited by Douglas Grant, New York, Oxford University Press, 1968. *Melmoth ou l'homme errant*, texte traduit par Jean Cohen, Paris, Chez G. C. Hubert, 6 vol., 1821-1825. マチューリン『放浪者メルモス』富山太佳夫訳、国書刊行会、1977
MICHEL-ANGE. *Poésie de Michel-Ange Buonarroti*, texte traduit et annoté par M. A. Varcollier, Paris, Hesse, 1826.
Poème, texte traduit par Pierre Leyris, Paris, Gallimard, coll. « Poésie », 1983.
Poésies/ Rime, texte traduit par Adelin Charles Fiorato, texte italien établi par Enzo Noé Girardi, Paris, Les Belles Lettres, 2004.
MILTON（John）. *Le Paradis perdu*, texte traduit par François-René Chateaubriand, Paris, C. Gosselin et Furne, 2 vol., 1836. ミルトン『失楽園』平井正穂訳、岩波書店、1981

OVIDE. *Les Métamorphoses*, texte traduit par Georges Lafaye, Paris, Les Belles Lettres, 1965. オウィディウス『変身物語』中村善也訳、岩波書店

POE (Edgar Allan). *The Works of the Late Edgar Allan Poe*, edited by Rufus Wilmot Griswold, New York, J. S. Redfield, 4 vol., 1850-1856.

Nouvelles histoires extraordinaires, texte traduit par Charles Baudelaire, Paris, Gallimard, coll. « folio classique », 1951.

Histoires extraordinaires, texte traduit par Charles Baudelaire, Paris, Gallimard, coll. « folio classique », 1973.

Poèmes, texte traduit par Stéphane Mallarmé, éd. par Jean-Louis Curtis, Paris, Gallimard, coll. « Poésie », 1982.

Contes-Essais-Poèmes, texte traduit par Charles Baudelaire et Stéphane Mallarmé, textes complétés et traduit par Jean-Marie Maguin et Claude Richard, Paris, Robert Laffont, 1989.

『対訳ポー詩集　アメリカ詩人選(1)』加島祥造訳、岩波文庫、2003

RACINE (Jean). *Œuvres complètes*, éd par Georges Forestier, Paris, Gallimard, coll. « Bibliothèque de la Pléiade », 2 vol., t. I; 1993. ラシーヌ「アタリー」渡辺義愛訳、『世界古典文学全集』第四十八巻所収、筑摩書房、1965

RONSARD (Pierre de). *Œuvres complètes*, éd. par Jean Céard, Daniel Ménager et Michel Simonin, Paris, Gallimard, coll. « Bibliothèque de la Pléiade », 2 vol., 1993-1994.

SEBILLET (Thomas). *Art poétique françoys*, éd. par Félix Gaiffe, Paris, Société nouvelle de librairie et de l'édition, 1910.

SHAKESPEARE (William). *Œuvres complètes*, texte traduit par Benjamin Laroche, Paris, Charles Gosselin, 2 vol., 1842./ William Shakespeare,*The Arden Edition of the Works of William Shakespeare, Macbeth*, edited by Kenneth Muir, London and New York, Methuen, 1984.『対訳・注解　研究社シェイクスピア選集』「第七巻マクベス」大場健治訳、研究社、2004 ／『マクベス』松岡和子訳、筑摩書房、2006

SWIFT (Jonathan). *Gulliver's Travels*, edited by Albert J. Rivero, New York, W. W. Norton, 2002. スウィフト『ガリヴァー旅行記　徹底注釈』富山太桂夫訳、原田範行・服部典之・武田将明注釈、岩波書店、2013

③美術理論、美術批評

BALLARD (Vinchon). *Notice des tableaux exposés dans le musée royal*, Paris, Musées Royaux, 1840.

BATTEUX (Abbé Charles). *Les Beaux-Arts réduits à un même principe*, 1746; rééd., Paris, Aux Amateurs de livres, 1989.

BAUMGARTEN (Alexandre). *Esthétique*, Paris, L'Herne, 1988. バウムガルテン『美学』松尾大訳、講談社、2016

BURKE (Edmund). *Recherche philosophique sur l'origine de nos idées du sublime et du Beau*, Paris, Vrin, 1990. エドマンド・バーク『現代の不満の原因／崇高と美の観念の起原』中野好之訳、みすず書房、1973

CELLINI (Benvenuto). Letter, in *A Documentary History of Art*, edited and translated by Elizabeth Glimore Holt, New Jersey, Princeton, 2 vol., t. II; 1982, pp. 35-37.

DIDEROT (Denis). *Les Bijoux indiscrets*, *Œuvres romanesques complètes*, éd. par Henri Bénac, Paris, Garnier Frère, 1962, pp. 1-233.

Salon de 1765, essai sur la peinture, éd. par Else-Marie Bukdahl, Annette Lorenceau et Gita May, in *Œuvres complètes*, Paris, Hermann, t. XIV; 1984.

Salon de 1767, éd. par Else-Marie Bukdahl, Annette Lorenceau et Gita May, in *Œuvres complètes*, éd. par Herbert Dickmann et Jean Varloot, Paris, Hermann, 19 vol., t. XVII; 1995.

Traité de peinture, éd. par Ken-ichi Sasaki, 佐々木健一『ディドロ『絵画論』の研究』、中央公論美術出版、3 vol., 2013

LESSING (Gotthold Ephraim). *Laocoon*, translated by Robert Phillimore, New York, George Routledge and sons, 1910. レッシング『ラオコオン――絵画と文学の限界について』斎藤栄治訳、岩波書店、1970

MANTZ (Paul). « Le Salon de 1853 », *Revue de Paris*, juin 1853, pp. 442-453.

« Le Salon de 1859 », *Gazette des Beaux-Arts*, t. I; 1859, pp. 129-141, pp. 193-208, pp. 271-299, pp. 350-371; t. II; 1859, pp. 21-39.

« Le Salon de 1876 », *Le Temps*, 17 juin 1876.

PLANCHE (Gustave). « Peintures et sculptures modernes de la France, Pierre Puget », *Revue des Deux Mondes* du 15 août 1852, pp. 782-789.

QUINCY (Antoine-Chrysostome Quatremère de), *Encyclopédia méthodique, Architecture*, Paris, Panckouke; Liège, Plomteux, 3 vol., t. I; 1788.

RIPA (Cesare). *Iconologia*, Torino, Fogola, 1986.

STENDHAL. *Correspondance*, Paris, Gallimard, coll. « Bibliothèque de la Pléiade », 3 vol., 1968.

Voyage en Italie, éd. par Victor Del Litto, Paris, Gallimard, coll. « Bibliothèque de la Pléiade », 1973.

Histoire de la peinture en Italie, éd. par Paul Arbelet, dans *Œuvres complètes*, éd. par Victor Del Litto et Ernest Abravanel, Genève, Slatkine Reprints, 20 vol., 1986, t. XXVI et t. XXVII. スタンダール『スタンダール全集』第9巻『イタリア絵画史』吉川逸治訳、人文書院、1978

VASARI (Giorgio). *Vies des peintres, sculpteurs et architectes*, texte traduit par Léopold Leclanché, Paris, Just Tessier, 2 vol., 1839. ジョルジョ・ヴァザーリ『ルネサンス画人伝』平川祐弘訳、白水社、1982／『ルネサンス彫刻家建築家列伝』上田恒夫訳、白水社、1989

WINCKELMANN (Johan Joachim). *Histoire de l'art chez les anciens*, texte traduit par Gottfried Sellius et dirigé par Jean-Baptiste-René Robinet, Paris, Saillant, 1766, 2 vol.

Histoire de l'art dans l'antiquité, texte traduit par Dominique Tassel, éd. par Daniela Gallo, Paris, Librairie Général Française, coll. « Pochothèque », 2005. ヨハン・ヨアヒム・ヴィンケルマン『古代美術史』中山典夫訳、中央公論美術出版、2001

De la description, texte traduit par Élisabeth Déculot, Paris, Macula, 2006.

Pensées sur l'imitation des œuvres grecques en peinture et en sculpture, texte traduit par Laure Cahen-Maurel, Paris, Allia, 2005.

YRIARTE (Charles). « Le Salon de 1876 », *Gazette des Beaux-Arts*, t. XIV; 1876, p. 130.

3　ボードレール研究関連

BASSIM (Tamara). *La femme dans l'œuvre de Baudelaire*, Neuchâtel, À la Baconnière, 1974.

Baudelaire, Petit Palais, 23 novembre 1968-17 mars 1969, Paris, Ministère d'Etat Culturelles Réunions des Musées Nationaux, 1968.

Baudelaire et les formes poétiques, réunis par Yoshikazu Nkaji, Rennes, La Licorne, 2008.

BENJAMIN (Walter). *Baudelaire*, éd. par Giorgio Agamben, Barbara Chitussi et Clemens-Carl Härle, Paris, La fabrique éditions, 2013. ヴァルター・ベンヤミン『ボードレール』野村修訳、岩波文庫、1995／ヴァルター・ベンヤミン『パリ論／ボードレール論集成』浅井健二郎編訳、久保哲司・土合文夫訳、ちくま学芸文庫、2015

BERSANI (Leo). *Baudelaire et Freud*, texte traduit par Dominique Jean, Paris, Seuil, coll. « Poétique », 1981. レオ・ベルサーニ『ボードレールとフロイト』山県直子訳、法政大学出版局、1984

BLIN (Gorges). *Le Sadisme de Baudelaire*, Paris, José Corti, 1948. ジョルジュ・ブラン『ボードレールのサディズム』及川馥訳、牧神社、1973

Baudelaire, suivi de Résumés des cours au Collège de France, 1965-1977, Paris, Gallimard, 2011. ジョルジュ・ブラン『ボードレール』阿部良雄・及川馥訳、沖積舎、1985

BONNEAU (Georges). *Mélanges critiques*, Ankara, Dil Ve Tarih, 1956.

BRUNEL (Pierre). *Baudelaire antique et moderne*, Paris, PUPS, 2007.

CASSAGNE (Albert). *La Théorie de l'art pour l'art en France chez les derniers romantiques et les premiers réalistes*, Genève, Slatkine reprints, 1972.

CASTEX (Pierre-Georges). *Baudelaire critique d'art*, Paris, SEDES, 1969.

« La Beauté, Fleur du Mal », *Revues des sciences humaines*, juillet-septembre 1959, pp. 307-313.

CAVALET-SÉRULLAZ (Arlette). « À propos de l'exposition Baudelaire: L'Exposition du bazar de 1846 et Le Salon de 1859 », *Bulletin de la Société de l'Hisotoire de l'Art français*, 1969.

CELLIER (Léon). « Le Poète et le monstre. L'image de la Beauté dans *Les Fleurs du Mal* », *Saggi e ricerche di litteratura francese*, n° 8, 1967, pp. 125-142.

COBLENCE (Françoise). *Le Dandysme, obligation d'incertitude*, Paris, PUF, 1998.

« Baudelaire, sociologue de la modernité », *Baudelaire, du dandysme à la caricature*, *L'Année Baudelaire*, n° 7, Paris, Honoré Champion, 2003, pp. 11-36.

COMPAGNON (Antoine). *Baudelaire devant l'innombrable*, Paris, PUPS, 2003.

DOROST (Wolfgang). « Baudelaire et le néo-baroque », *Gazette des Beaux-Arts*, juillet-septembre 1950, pp. 113-135.

« Baudelaire et le baroque belge », *Revue d'esthétique*, t. XII, juillet-septembre 1959, pp. 33-60.
EIGELDINGER (Marc). *Le Platonisme de Baudelaire*, Neuchâtel, À la Baconnière, 1951.
FERRAN (André). *L'Esthétique de Baudelaire*, Paris, Hachette, 1933; rééd., Paris, Nizet, 1968.
FEUILLERAT (Albert). *Baudelaire et la Belle aux cheveux d'or*, New Haven, Yale University Press, 1941.
FONDANE (Benjamin). *Baudelaire et l'expérience du gouffre*, Paris, Plon, 1972.
FRIDRICH (Hugo). *Structures de la poésie moderne*, Paris, Denoël, Gonthier, 1976.
GALAND (René). *Baudelaire: poétiques et poésie*, Paris, Nizet, 1969.
GUÉGAN (Stéphane). « A propos d'Ernest Christophe: d'une allégorie l'autre », in *Les Fleurs du Mal, Colloque de la Sorbonne*, par André Guyaux et Bertrand Marchal, Paris, PUPS, 2003, pp. 95-106.
HAMRICK (Cassandra). « Baudelaire et la sculpture ennuyeuse de son temps », in *Sculpture et poétique: Sculpture and Literature in France, 1789-1859*, *Ninteenth-Century French Studies*, n° 35, 2006, pp. 110-131.
HEMMINGS (F. W.). « Baudelaire, Stendhal, Michel-Ange et Lady Macbeth », *Stedhal-Club*, 15 avril 1961, pp. 85-98.
JACKSON (John E.). *Baudelaire sans fin, essais sur* Les Fleurs du Mal, Paris, José Corti, 2005.
LABARTHE (Patrick). *Baudelaire et la tradition de l'allégorie*, Genève, Droz, 1999.
Petits Poèmes en prose. Le Spleen de Paris de Charles Baudelaire, Paris, Gallimard, coll. « Folio/ foliothéque », 2000.
LACAMBRE (Geneviève et Jean). « À propos de l'exposition Baudelaire: les Salons de 1845 et 1846 », *Bulletin de la Société de l'Hisotoire de l'Art français*, 1969, pp. 107-121.
LAFORGUE (Pierre). *Ut pictura poesis. Baudelaire la peinture et le romantisme*, Lyon, Presses Universitaires de Lyon, 2000.
Baudelaire dépolitiqué, Saint-Pierre-du-Mont, Eurédit, 2002.
LEAKEY (Félix). « Baudelaire-Cramer: le sens des orfraies », *Du romantisme au surnaturalisme. Hommage à Claude Pichois*, Neuchâtel, À la Bacconière, 1985.
« Pour une étude chronologique des « Fleurs du mal ». « Harmonie du soir » », *Revue d'Histoire Littéraire de la France*, n° 2, avril-juin 1967, pp. 343-356.
Le Corsaire-Satan en Silhouette, éd. par Graham Robb, Publications du Centre W. T. Bandy d'Études baudelairiennes, n° 3, Nashville, Vanderbilt University, 1985.
MARCHAL (Bertrand). « La nature et le péché », *Études baudelairiennes*, n° 12, 1987, pp. 7-22.
« Baudelaire-Mallarmé: relecture ou *la Fleur* et *la Danseuse* », Baudelaire: nouveaux chantiers, Lille, Presses Universitaires du Sptentiron, 1955, pp. 145-157.
MATHIAS (Paul). *La Beauté dans les* Fleurs du Mal, Grenoble, Presses Universitaires de Grenoble, 1977.
MATHIEU (Jean-Claude). Les Fleurs du mal *de Baudelaire*, Paris, Hachette, coll. « Poche critique », 1972.
MAY (Gita). *Diderot et Baudelaire, critiques d'art*, Genève, Droz, 1957
MICHEL (Alain Michel). « Baudelaire et l'antiquité », in *Dix études sur Baudelaire*, réunies par Martine Bercot et André Guyaux, Paris, Champion, 1993, pp. 185-200.
MOSS (Armand). *Baudelaire et Madame Sabatier*, Paris, Nizet, 1975.
MOSSOP (D. J.). *Baudelaire's Tragic Hero. A Study of the Architecture of* Les Fleurs du mal, Oxford, Oxford University Press, 1961.
MURPHY (Steve). *Logiques du dernier Baudelaire. Lectures du Spleen de Paris*, Paris, Honoré Champion, coll. « Champion Classiques », 2007.
PICHOIS (Claude). *Baudelaire. Études et témoignages*, Neuchâtel, À la Baconnière, 1967.
« Banville, Baudelaire et Marie Daubrun », *Théodore de Banville en son temps*, *Bulletin d'études parnassiennes et symbolistes*, Lyon, Aldrui éditions, 1992, pp. 245-249.
Baudelaire devant ses contemporains. Témoignages rassemblés et présentés par W. T. Bandy et Claude Pichois, Paris, Klincksieck, 1995, 3e éd.
Album Baudelaire, Paris, Gallimard, coll. « Bibliothèque de la Pléiade », 1974.
PICHOIS (Claude) et AVICE (Jean-Paul). *Dictionnaire Baudelaire*, Paris, Du Lérot, 2002.
PICHOIS (Claude) et DAYRE (Éric). *La Jeunesse de Baudelaire vue par ses amis*, Nashville, Vanderbilt University, 1991.
PICHOIS (Claude) et ZIEGLER (Jean). *Baudelaire*, Paris, Julliard, 1987; rééd., Fayard, 1996.

POMMIER (Jean). *Autour de l'édition originale des* Fleurs du mal, Genève, Slatkine reprints, 1968.
PRÉVOST (Jean). *Baudelaire, essai sur l'inspiration et la création poétiques*, Paris, Mercure de France, 1953; rééd., Paris, Zulma, 1997.
RAYMOND (Marcel). « Baudelaire et la sculpture », *Preuves*, n° 207,1968, pp. 48-52.
RAYNAUD (Ernest). *Baudelaire et la Religion du Dandysme*, Paris, Mercure de France, 1918.
REBEYROL (Philippe). « Baudelaire et Manet », *Les Temps modernes*, n° 48, octobre 1949, pp. 707-725.
RICHITER (Mario). *Les Fleurs du Mal. Lecture intégrale*, 2 vol., Genève, Slatkine, 2001.
ROBB (Graham). *Baudelaire. Lecteur de Balzac*, Paris, José Corti, 1988.
La poésie de Baudelaire et la poésie française 1838-1852, Paris, Aubier, 1993.
RUFF (Marcel). *L'esprit du mal et l'esthétique baudelairienne*, Genève, Slatkine Reprints, 2011.
SARTRE (Jean-Paul). *Baudelaire*, Paris, Gallimard, coll. « Les Essais », 1947; rééd., coll. « Bibliothèque des Idées », 1963. サルトル『ボードレール』佐藤朔訳、人文書院、1961
SAVATIER (Thierry). *Une femme trop gaie*, Paris, CNRS, 2003.
STAROBINSKI (Jean). *La Mélancolie au miroir. Trois lectures de Baudelaire*, Paris, Julliard, 1989.
THÉLOT (Jérôme). *Baudelaire. Violence et poésie*, Paris, Gallimard, coll. « Bibliothèque des Idées », 1993.
VOUGA (Daniel). *Baudelaire et Joseph de Maistre*, Paris, José Corti, 1957
阿部良雄『ひとでなしの詩学』、小沢書店、1982
『絵画が偉大であった時代』、小沢書店、1989
『シャルル・ボードレール――現代性の成立』、河出書房新社、1995
『悪魔と反復』、河出書房新社、1995
『群衆の中の芸術家――ボードレールと十九世紀フランス絵画』、ちくま学芸文庫、1999
« La nouvelle esthétique du rire: Baudelaire et Champfleury entre 1845 et 1855 », *Annales de la Faculté des lettres*, t. XXXIV, Tokyo, Université Chuo, mars 1964, pp. 18-30.
« Baudelaire face aux artistes de son temps », *Revue de l'art*, n° 4, 1969, pp. 85-89.
安藤元雄『『悪の華』を読む』、水声社、2018
岩切正一郎『さなぎとイマーゴ――ボードレールの詩学』、書肆心水、2006
海老根龍介「美学の倫理化か、倫理の美学化か――ボードレールの『モデルニテ』再考」白百合女子大學研究紀要、第四十二号、2006、43-76 頁
「挑発とカムフラージュ――ボードレールの『反レアリスム』」、『文学』第八巻・第六号、岩波書店、2007、163-173 頁
小倉康寛「一八五五年、万国博覧会の中国展」、『言語社会』、第七号、2013、226-242 頁
「ボードレールにおけるヴィンケルマン主義の受容――『理想美』•『モデルニテ』•レアリスム批判」、『言語社会』、第八号、2014、295-316 頁
気谷誠編集『版画とボードレール』、町田市国際版画美術館、1994
北村卓 « Yoshio Abé et la fortune de Baudelaire au Japon », *L'Année Baudelaire*, n° 13-14, Paris, Honoré Champion, 2011, pp. 87-91.
« Baudelaire dans le monde littéraire japonais », *L'Année Baudelaire*, n° 21, Paris, Honoré Champion, 2017, pp. 199-206.
くぼたのぞみ『鏡の中のボードレール』、共和国、2016
鈴木啓二「苦悩のファンタスマゴリ――ボードレールとベンヤミン」、『ユリイカ』第二十五巻・十一月号、108-118 頁
中堀浩和『ボードレール――魂の原風景』、春風社、2001
西川長夫「ボードレールとプルードン――形成期における「科学的」社会主義と「現代」文学」、『思想』、第五百九十八号、1974、47-69 頁
「思想の秋――ボードレールとフロベール」、『展望』、第十一号、1975、16-47 頁
『フランスの近代とボナパルティズム』、岩波書店、1984
西脇順三郎『ボードレールと私』、講談社、2005
畠山達「七月王政期の学校教育と文学」、『仏語仏文学研究』、第三十七号、2008、3-28 頁
「ボードレールと「古典」の接点と差異――ノエルとドプラスによる教科書との比較を通して」、『言語文化』、第三十五号、2018、138-169 頁
廣田大地 « La poétique de la fenêtre chez Baudelaire », *L'Année Baudelaire*, n° 13-14, Paris, Honoré Champion, 2011, pp. 195-210.
福永武彦『ボードレールの世界』、講談社、1989

『ボードレール　詩の冥府』多田道太郎編、筑摩書房、1988
『ボードレールの世界』阿部良雄編、青土社、1976
山田兼士『ボードレールの詩学』、砂子屋書房、2005
横張誠『侵犯と手袋──『悪の華』裁判』、朝日出版社、1983
　『芸術と策謀のパリ』、講談社、1999
　『ボードレール語録』、岩波書店、2013

4　その他

A　文学関連

ANDRÈS (Philippe). *Théodore de Banville, Un passeur dans le siècle*, Paris, Honoré de Champion, 2009.
BÉNICHOU (Paul). *Le Sacre de l'écrivain*, *Romantisme français I*, Paris, Gallimard, coll. « Quarto Gallimard », 2004. ポール・ベニシュー『作家の聖別　一七五〇──一八三〇年──近代フランスにおける世俗の精神的権力到来をめぐる試論』片岡大右・原大地・辻川慶子・古城毅訳、水声社、2015
BOWMAN (Frank Paul). *Le Christ romantique*, Genève, Droz, 1973.
COMPAGNON (Antoine). *Les antimodernes*, Paris, Gallimard, coll. « Bibliothèque des Idées », 2005. アントワーヌ・コンパニョン『アンチモダン──反近代の精神史』、松澤和宏監訳、名古屋大学出版会、2012
DAVID-WEILL (Natalie). *Rêve de Pierre: La quête de la femme chez Théophile Gautier*, Droz, 1989.
DEL LITTO (Victor). *La Vie intellectuelle de Stendhal*, Genève, Slatkine, 1997.
Dictionnaire du Romantisme, sous la direction de Alain Vaillant, Paris, CNRS éditions, 2012.
GIRAUD (Ramond). « Winckelmann's Part in Gautier's Perception of Classical Beauty », *Yale French Studies*, n° 38, Yale University Press, 1967, pp. 172-182.
ILLOUZ (Jean-Nicolas). *Le Symbolisme*, Paris, Librairie Générale Française, coll. « Livre de Poche/ références », 2004.
POULET (Georges). *Études sur le temps humain*, Paris, Plon, 1950.
RANCIÈRE (Jacques). *Mallarmé. La politique de la sirène*, Paris, Hachette, 1996. ジャック・ランシエール『マラルメ──セイレーンの政治学』坂巻康司・森本淳生訳、水声社、2014
ROBIC (Myriam). *Hellénisimes de Banville: mythe et modernité*, Paris, Honoré Champion, 2010.
エムリッヒ（ヴィルヘルム）『アレゴリーとしての文学』道籏泰三訳、平凡社、1993
大出敦編、『マラルメの現在』、水声社、2013
五味田泰 *Théorie et pratique du lyrisme chez Théodore de Banville*, Lyon, Université Lumière-Lyon 2, 2015.
實谷総一郎「エミール・ゾラ『テレーズ・ラカン』とポスト・レアリスムの絵画理論」、『比較文学』、第五十七号、2014、7-21 頁
高橋晃 « L'Islam selon Vigny: l'alterite au regard d'un romantique »、『学習院大学文学部研究年報』、第五十六号、2009、139-159 頁
塚本昌則『フランス文学講義──言葉とイメージをめぐる 12 章』、中央公論新社、2012
辻川慶子 *Nerval et les limbes de l'histoire. Lecture des* Illuminés, Genève, Droz, 2008.
中井亜佐子『他者の自伝──ポストコロニアル文学を読む』、研究社、2007
中地義和『ランボー──精霊と道化のあいだ』、青土社、1996
中野知律『プルーストと創造の時間』、名古屋大学出版会、2013
野崎歓『異邦の香り──ネルヴァル『東方紀行』論』、講談社、2010
松澤和宏『生成論の探求』、名古屋大学出版会、2003
森本淳生「近代の表裏──ヴァレリーとブルトン」、宇佐見斉編著『アヴァンギャルドの世紀』、京都大学学術出版会、2001、35-72 頁
　『小林秀雄の論理──美と戦争』、人文書院、2002
　Paul Valéry: l'imagination et la genèse du sujet: de la psychologie à la poïétique, Cæn, Lettres modernes Minard, 2009.
　『〈生表象〉の近代──自伝、フィクション、学知』、水声社、2015

B　美術関連

BARASCH. *Modern theories of Art, from Winckelmann to Baudelaire*, New York, New York University Press, 2 vol., 1990.

BECQ (Annie). *Genèse de l'esthétique française moderne 1680-1814*, Paris, Albin Michel, coll. « Bibliothèque de l'Évolution de l'Humanité », 1994.
BELLEICHE (Georges). *Statues de Paris. Les rue de la Rive Gauche*, Paris, Massin, 2006.
BOUILLON (Jean-Paul). « À gauche: note sur la société du Jing-Lar et sa signification », *Gazette des Beaux-Arts*, mars 1978, pp. 105-118.
DÉTRIE (Muriel). *France-Chine, Quand deux mondes se rencontrent*, Paris, Gallimard, 2004.
DILKE (Emilia). « Christophe », *Art Journal*, nº 46, 1894, pp. 40-45.
DUFLO (Pierre), *Constintin Guys, fou de dessin, grand reporter, 1802-1892*, Paris, Arnaud Seydoux, 1988.
Écrire la sculpture, De l'Antiquité à Louise Bourgeois, sous la direction de Claire Barbillon et Sophie Mouquin, Paris, Citadelles & Mazenod, 2011.
ESCHOLIER (Raymond). *Daumier*, Paris, Éditions Floury, 1913.
GABORIT (Jean-René). « Houdon est-il un sculpteur néo-classique ? », Paris, *Louvre feuillets*, Musée du Louvre, nº 5-02, 1989.
GINOUX (Charles). *Notice historique sur le portique et les cariatides de Pierre Puget*, Paris, E. Plon, 1886.
GIRARD (Marie-Hélène). « Théophile Gautier. Une saison romantique », *La Revue du Musée d'Orsay*, nº 5 automne, Réunion des musées nationaux, 1997, pp. 50-57.
HEREDIA (José-Maria de). « Ernest Christophe », *Les Lettres et les Arts*, t. III; 1886.
HONOUR (Hugh), *Chinoiserie*, London, J. Murray, 1981.
JACOBSON (Dawn). *Chinoiserie, a study of the distinctive taste for decoration based on Chinise design*, London, Phaidon, 1999.
Japonisme, Paris, Flammarion, 2014.
KJELIBERG (Pierre). *Les Bronzes du XIXᵉ siècle, Dictionnaire des sculpteurs*, Les Éditions de l'Amateur, 2005.
LAMI (Stanislas). *Dictionnaire des sculpteurs de l'école française au dix-neuvième siècle*, Honoré de Champion, 4 vol., 1914-1921.
L'Antiquité rêvée, innovations et résistances au XVIIIᵉ siècle, sous la direction de Guillaume Faroult, Christophe Leribault et Guihem Scherf, Paris, Gallimard, Louvre Éditions, 2011.
Lapaire (Claude). *James Pradier et la sculpture française de la génération romantique*, Zurich et Lausanne, Institut suisse pour l'étude de l'art, 2010.
La Sculpture, sous la direction de G. Duby et J.-L. Daval, Paris, Taschen, 2013.
La Sculpture française au XIXᵉ siècle, Galeries nationales du Grand Palais, 10 avril-28 juillet 1986, Paris, Réunion des musées nationaux, 1986.
LICHTENSTEIN (Jacqueline). *La couleur éloquente: rhétorique et peinture à l'âge classique*, Paris, Flammarion, 1989.
MILLARD (Charles W.). *Auguste Préault. Sculpteur romantique 1809-1879*, Paris, Gallimard et Réunion des musées nationaux, 1997.
Musée de Cluny. Le Guide, Paris, Réunion des musées nationaux, 2009.
PANOFSKY (Erwin). *Idea*, texte traduit par Henri Joly, Paris, Gallimard, coll. « tel », 1989. エルヴィン・パノフスキー『イデア』伊藤博明・富松保文訳、平凡社、2004
PELLOQUET (Théodore). « Beaux-Arts », *Gazette de Paris*, 27 février, 1859.
RHEIM (Maurice). *La Sculpture au XIXᵉ siècle*, Paris, Arts et Métier Graphiques, 1972.
STANLEY (J. Idzerda). « Iconoclasm during the French Revolution », *The American Historical Review*, vol. 60, nº 1, 1954, pp. 13-26.
『西洋美術研究　特集イコノクラスム』、三元社、2001
アーウィン（デヴィッド）『新古典主義』鈴木杜幾子訳、岩波書店、2001
エーコ（ウンベルト）『完全言語の探求』上村忠男訳、平凡社、2011
大島清次『ジャポニスム』、講談社、1992
ジラルディ（エンツィオ・ノエ）「ミケランジェロの詩」森田義之訳、ヴァレリオ・グァツォーニ『彫刻家ミケランジェロ』森田義之・大宮伸介訳に所収、岩崎美術社、1992
セッティス（サルヴァトーレ）『ラオコーン――名声と様式』芳賀京子・日向太郎訳、三元社、2006
ハウザー（アーノルド）『マニエリスム』若桑みどり訳、岩崎美術社、上中下巻、1970
ホッケ（グスタフ・ルネ）『迷宮としての世界』種村季弘・矢川澄子訳、岩波文庫、上下巻、2010

馬渕明子『ジャポニスム——幻想の日本』、ブリュッケ、2004
三浦篤『近代芸術家の表象——マネ、ファンタン＝ラトゥールと1860年代のフランス絵画』、東京大学出版会、2006
若桑みどり『マニエリスム芸術論』、岩崎美術社、1980

C その他

ADLHER (Laure). *La Vie quotidienne dans les maisons closes 1830-1930*, Paris, Hachette, 1990.
GROETHYSEN (Bernard). *Origines de l'esprit bourgeois en France*, Gallimard, coll. « Bibliothèque des Idées », 1927. ベルンハルト・グレトゥイゼン『ブルジョワ精神の起源』野沢協訳、法政大学出版局、1974
La Femme au XIXe *siècle, littérature et idéologie*, Lyon, Presses Universitaires de Lyon, 1979.
MIQUEL (Pierre). *Le second Empire*, Paris, Perrin, coll. « tempus », 1998.
PUISAIS (Éric). *La naissance de l'hégélianisme français 1830-1870*, Paris, Harmattan, 2005.
SPIVAK (Gayatri Chakravorty). *A Critique of Postcolonial Reason*, Cambridge, Harvard University Press, 1999, pp. 148-157. ガヤトリ・スピヴァク『ポストコロニアル理性批判——消え去りゆく現在の歴史のために』上村忠男・本橋哲也訳、月曜社、2003
アガンベン（ジョルジュ）『スタンツェ』岡田温司訳、ちくま学芸文庫、2008
芥川龍之介『或阿呆の一生』岩波書店、2001
上村くに子『白鳥のシンボリズム』、御茶の水書房、1990
鵜飼哲『抵抗への招待』、みすず書房、1997
川上洋平『ジョゼフ・ド・メーストルの思想世界』、創文社、2013
カントーロヴィッチ（エルンスト）『王の二つの身体』小林公訳、平凡社、1992
『カント事典』有福孝岳・坂部恵編集顧問、弘文堂、1997
コルバン（アラン）『娼婦』杉村和子監訳、藤原書店、1991
互盛央『言語起源論の系譜』、講談社、2014
デリダ（ジャック）『盲者の記憶——自画像およびその他の廃墟』鵜飼哲訳、みすず書房、1998
ネルソン（リチャード・D）『列王記　上・下』田淵結訳、日本基督教団出版局、1998
ホワイト（ジェームズ・F）『キリスト教の礼拝』越川弘英訳、日本基督教団出版局、2000
山上浩嗣『パスカルと身体の生』、大阪大学出版会、2014
『列王記』池田裕訳、岩波書店、1993

5　図版出典

図版はフランス文化・通信省が運営するウェブサイト Joconde、所蔵美術館、図書館が公開しているものを優先的に用いた。それがない場合は、すでに許可を得て公開されているものから転載し、出典を記した。

図一　ナダール、《シャルル・ボードレール》、1859年頃、グワッシュと木炭・紙、H. 0,31 m、L. 0,235 m、フランス国立図書館
図二　エドゥアール・マネ、《扇を持つ夫人》あるいは《ボードレールの愛する女》、1862年頃、油彩・画布、H. 0,90 m、L. 1,13 m、ブダペスト美術館
図三　シャルル・ボードレール、《ジャンヌ・デュヴァルの肖像とプーレ＝マラシのメモ》、1858-1860年後頃、墨にペン・紙、フランス国立図書館。Claude Pichois et Jean-Paul Avice, *Dictionnaire Baudelaire*, *op. cit.*, p. 238.
図四　シャルル・ボードレール、《ジャンヌの肖像》、1850年頃、墨にペン・紙、H. 0,20 m、L. 0,14 m、ルーヴル美術館
図五　オーギュスト・クレザンジェ、《サバティエ夫人の胸像》、1847年、大理石、H. 0,81 m、ルーヴル美術館
図六　アレクサンドル・ラコーシー、《マリー・ドーブランの衣装》、1847年、リトグラフ・紙、H. 0,20 m、L. 0,135 m、フランス国立図書館
図七　フランソワ・リュード、《ラ・マルセイエーズ》（別名《義勇兵たちの出立》）、1833-1836年、石、H. 12,70 m、凱旋門。*Écrire la sculpture, De l'Antiquité à Louise Bourgeois*, par Claire Barbillon et Sophie Mouquin, *op. cit.*, p. 357.
図八　ダヴィッド・ダンジェ、《偉人たちへ、感謝する祖国》、1830-1837年、石、H. 6,00 m、L. 30,80 m、パンテオン。Georges Belleiche, *Statues de Paris. Les rue de la Rive Gauche*, *op. cit.*, pp. 2-3.

図九　オーギュスト・プレオー、《ウェルギリウス》、1853年、青銅、H. 0,95 m、L. 0,85 m、P. 0,23 m、オルセー美術館
図十　オノレ・ドーミエ、《絵画の中におかれた彫刻の悲しげな態度》、1857年、リトグラフ・紙、H. 0, 36 m、L. 0, 27 m、カルナヴァレ美術館
図十一　フランシスコ・プリマティッチョ、《ベルヴェデーレのアポロ》、1541-1543年、青銅、H. 2,18 m、フォンテーヌブロー城
図十二　フランシスコ・プリマティッチョ、《ラオコーン父子》、1542-1543年、青銅、H. 1,91 m、L. 1,50 m、フォンテーヌブロー城
図十三　オーギュスト・プレオー、《クレモンス・イゾール》、1845-1848年、大理石、H. 2,45 m、リュクサンブール公園。Charles W. Millard, *Auguste Préault. Sculpteur romantique 1809-1879*, *op. cit.*, pp. 163-166.
図十四　ジェームズ・プラディエ、《リュクサンブール公園のペディメント》（左が《昼》、右が《夜》、正面下が《小さな精霊》）、1840-41年、石、リュクサンブール公園。Claude Lapaire, *James Pradier et la sculpture française de la génération romantique*, *op. cit.*, p. 296.
図十五　ポール＝ジョゼフ＝レイモン・ゲラール、《聖母と子供》、制作年不明、テラコッタ、H. 0,17 m、L. 0,12 m、P. 0,10 m、デニス・ピエシュ美術館
図十六　オノレ・ドーミエ、《シャルル・フィリポン》、1833年頃、テラコッタ・油彩、H. 0, 16 m、オルセー美術館。*Écrire la sculpture, De l'Antiquité à Louise Bourgeois*, par Claire Barbillon et Sophie Mouquin, *op. cit.*, p. 359.
図十七　エデュアール・ドニ・バルデュス、《1857年のリシュリュー翼》、1857年、写真。*La Sculpture*, sous la direction de G. Duby et J.-L. Daval, *op. cit.*, p. 890.
図十八　ジャン＝バティスト・クラッグマン、《ルヴォワの噴水》、1844年、石、ルヴォワ広場（現パリ2区）。Georges Belleiche, *Statues de Paris. Les rue de la Rive Droite*, *op. cit.*, p. 58.
図十九　シャルル・コルディエ、《アトラントとカリアティード》、1861-1862年、青銅・金箔・大理石・オニキス、H. 3,00 m、ロスチャイルド邸。*La Sculpture*, sous la direction de G. Duby et J.-L. Daval, *op. cit.*, p. 900.
図二十　ジャン＝バティスト＝ジュール・クラッグマン、《クラッグマンの水差し》、1844年、銀、H. 1,01 m、D. 0,26 m、L. 0,46 m、ルーヴル美術館
図二十一と図二十二　ジェームズ・プラディエ、《軽快な詩の女神》、1844-1846年、大理石、H. 2,05 m、ニーム美術館。Claude Lapaire, *James Pradier et la sculpture française de la génération romantique*, *op. cit.*, pp. 333-334.
図二十三　レイモン・ペレ（あるいはボードレール、バンヴィル、オーギュスト・ヴィテュとの共作）、《無題（軽快な詩の女神の風刺画）》、1846年、木版、初出は『カリカチュア一八四六年のサロン』（*Le Salon caricatural. Critique en vers et contre tout illustrée du soixante caricatures dessinées sur bois. Première Année*, Paris, Charpentier, 1846）。OC II, 522.
図二十四と図二十五　ジャン＝ジャック・フシェール、《サタン》、1830年頃、青銅、H. 0,21 m、L. 0,11 m、P. 0,11 m、ルーヴル美術館
図二十六　ピエール＝ウージェーヌ＝エミール・エベール、《そしていつも！　そして決して！》、1863年、青銅、H. 1,49 m、L. 0,63 m、P. 0,68 m、スペンサー美術館
図二十七　フランソワ・リュードとエルネスト・クリストフ、《ゴドフロワ・カヴェニャック》、1847年、青銅、モンマルトル墓地（その他、鋳像がディジョンのリュード美術館にある）
図二十八と図二十九　エルネスト・クリストフ、《奴隷》、1851年、青銅、H. 0,80 m、L. 0,13 m、P. 0,21 m、オルセー美術館
図三十　C. ジルベール、《無題（オーギュスト・プレオー作《人間喜劇》のスケッチ）》。（プレオーの彫刻は1853年制作、青銅、H. 0,66 m、L. 0,30 m、旧ゴーティエ所蔵）。Charles W. Millard, *Auguste Préault. Sculpteur romantique 1809-1879*, *op. cit.*, p. 180.
図三十一と図三十二　エルネスト・クリストフ、《人間喜劇》、1857-1859年、テラコッタ、H. 0,58 m、L. 0,12 m、P. 0,12 m、ランシエ美術館。AB I, 214 et 212.
図三十三と図三十四　エルネスト・クリストフ、《仮面》、1876年、大理石、H. 2,45 m、L. 0,85 m、P. 0,72 m、オルセー美術館
図三十五　ジェームズ・プラディエ、《勝利》、1843-1853年、大理石、H. 3,55 m、アンヴァリッド。Claude Lapaire, *James Pradier et la sculpture française de la génération romantique*, *op. cit.*, p. 62.
図三十六　エルネスト・クリストフ、《死の舞踏》、1859年頃、写真、フランス国立図書館